DANIELLE STEEL

De hertogin

Wanneer haar een erfenis wordt onthouden, neemt ze het heft in eigen hand

Vertaald door Karin Breuker

UITGEVERIJ LUITINGH-SIJTHOFF

Oorspronkelijke titel: *The Duchess*
Vertaling: Karin Breuker
Omslagontwerp: bij Barbara
Omslagfotografie:GettyImages
Foto auteur: Brigitte Lacombe

ISBN 978 90 210 3016 6
ISBN 978 90 245 8807 7 (e-book)
NUR 343

www.daniellesteel.com
www.lsamsterdam.nl
www.boekenwereld.com

Uitgeverij Luitingh-Sijthoff vindt het belangrijk om op milieuvriendelijke en verantwoorde wijze met natuurlijke bronnen om te gaan. Bij de productie van dit boek is daarom gebruikgemaakt van papier waarvan het zeker is dat de productie niet tot bosvernietiging heeft geleid.

Lieve lezer,

Eeuwenlang hebben de Britse erfwetten oudste zoons bevoorrecht ten nadele van jongere zoons en dochters. Dit heeft vaak geleid tot trieste situaties met rijke oudste zoons en jongere kinderen die nauwelijks genoeg hadden om van te leven, nadat al het geld en onroerend goed naar één erfgenaam waren gegaan. Zelfs vandaag nog kunnen niet alleen in Engeland maar ook in andere landen onrechtvaardigheden in een erfenis sommigen tot wanhoop drijven en conflicten veroorzaken tussen broers en zussen.

De Hertogin was boeiend om te schrijven, zowel vanwege de geschiedenis als de menselijke drama's die zich in onverwachte situaties en bij onorthodoxe oplossingen kunnen voordoen. Een jong meisje wordt uit haar veilige, bekende, buitengewoon comfortabele wereld verdreven, en zelfs haar liefdevolle vader kan haar niet beschermen tegen de wetten van het land en haar wrede oudste broer. Wat doe je wanneer je alles wat je kent kwijtraakt en je niets of niemand hebt om je te helpen? Waar ga je naartoe wanneer alle deuren met een klap achter je dichtslaan? En dan gaat er wéér een deur dicht en het randje waarop je je met moeite in evenwicht houdt, wordt nog smaller. Wat doe je wanneer je wordt geconfronteerd met een familielid dat alle macht in handen heeft en besluit die tegen jou te gebruiken? En wanneer een werkgever je vals beschuldigt en je nergens naartoe kunt en je de baan verliest waarvan je afhankelijk was? De jonge hertogin raakt alles en iedereen kwijt die ze had om haar te beschermen.

De vindingrijkheid en moed van de menselijke geest hebben me altijd geïntrigeerd, en ik vind het heerlijk om erover te schrijven. De hertogin kiest voor het onbekendste, ondenkbaarste pad en schept een wereld die haar en zelfs onze ver-

beelding te boven gaat. Een fascinerende wereld, vol machtige mannen en invloedrijke mensen, en zij beweegt zich tussen hen, onaangeraakt, onbeschadigd, meester over haar eigen lot, en zelfs in staat anderen te helpen. Ik hoop dat je zult popelen om te weten waar het leven haar zal brengen. En aan de basis van dit alles ligt mijn overtuiging dat het goed het kwaad overwint, of dat in ieder geval zou moeten doen. De weg is in het begin niet duidelijk, zoals die voor niemand is, en de weg naar redding kan erg hobbelig zijn, maar ik hoop dat de goeden, moedigen, eerlijken en sterken onder ons uiteindelijk zullen overwinnen. Het verhaal zou evenzeer in onze moderne tijd kunnen gelden. Ik hoop dat je net zo zult genieten van het lezen van dit boek als ik heb gedaan van het schrijven.

Liefs,
Danielle Steel

Voor mijn geliefde kinderen, Beatrix, Trevor, Todd,
Nick, Samantha, Victoria, Vanessa, Maxx en Zara.
Vecht altijd voor wat je weet dat goed is. Streef
naar gerechtigheid en alles waar je recht op
hebt. God en het Lot doen de rest.
Ik houd van jullie met heel mijn hart
en alles wat ik in me heb.
Alle liefs,
Mamma/ds

Moed is niet de afwezigheid van angst of wanhoop,
maar de kracht om deze te overwinnen.

I

Belgrave Castle stond in zijn volle glorie in het hart van Hertfordshire, zoals het sinds de zestiende eeuw elf generaties en bijna driehonderd jaar lang had gestaan. Afgezien van wat moderne details en decoratieve elementen die waren aangebracht, was er in de loop van de geschiedenis weinig aan veranderd. En de eigenaars hielden al meer dan tweehonderd jaar vast aan dezelfde tradities, wat geruststellend was. Het kasteel was het familiebezit van Phillip, hertog van Westerfield. De familie Latham had Belgrave Castle gebouwd. Het was een van de grootste en, dankzij het vermogen van de hertog, fraaist onderhouden kastelen van Engeland.

Het landgoed was uitgestrekt en liep door tot zover het oog reikte, met bossen, een groot meer – waarvan de terreinknechten met het oog op het vissen de visstand goed op peil hielden – en pachtboerderijen, die werden beheerd door boeren wier voorouders horigen waren geweest. De hertog had dit alles beheerd sinds zijn vader in zijn jeugd bij een jachtongeluk op een nabijgelegen landgoed om het leven was gekomen. Onder zijn toegewijde zorg had Belgrave met zijn huizen en landerijen goed gedijd. Hij was nu vierenzeventig en was al een aantal jaren bezig om zijn oudste zoon Tristan te leren hoe het landgoed beheerd moest worden. Phillip had het gevoel dat zijn zoon klaar was om deze taak op een verantwoordelijke manier te vervullen, maar hij had ook zorgen over hem. Tristan was vijfenveertig, getrouwd en had twee dochters. De jongste zoon van de hertog, Edward, was tweeënveertig, was nooit getrouwd en had dus geen wettige maar wel talloze onwettige kinderen. Niemand wist precies hoeveel, zelfs Edward zelf niet. Hij was een zware drinker en gokker en gaf zich over aan alle denkbare uitspattingen, bij voorkeur die waar vrouwen of snelle paarden aan te pas kwamen. Het was een ramp geweest als hij de oudste was geweest, maar gelukkig was dat niet zo, hoewel geen van Phillips zoons een zoon en erfopvolger had voortgebracht.

Beide mannen waren zoons van de eerste vrouw van de hertog, Arabella. Zij was Phillips achternicht en de dochter van een graaf, met een flink eigen vermogen. Ze kwam voort uit een onberispelijke, adellijke familie, en ze was jong toen ze trouwden. Het was een verbintenis geweest die beide families goedkeurden. Phillip was achtentwintig en Arabella net zeventien en oogverblindend knap. Ze was de ster van haar eerste seizoen in Londen, waar ze verondersteld werd haar toekomstige echtgenoot te vinden, en ze was daar uitstekend in geslaagd. Phillip was er naarmate ze ouder werd echter achter gekomen dat ze een kil karakter had. Ze was vooral geïnteresseerd in een druk sociaal leven en genoot liever van de voordelen van haar bestaan als hertogin dan dat ze aandacht besteedde aan haar man, en voor haar kinderen had ze nog minder belangstelling. Ze was een erg egocentrische vrouw, hoewel ze enorm werd bewonderd om haar schoonheid. Ze was gestorven aan influenza toen de jongens vier en zeven waren, en met hulp van een gouvernante, de uitgebreide staf en Phillips moeder, die toen nog leefde, had Phillip zijn jongens opgevoed.

De jonge vrouwen van naburige families en gastvrouwen in Londen die hem vertier boden wanneer hij naar de stad ging, deden de jaren daarop hun best om zijn belangstelling te wekken. Maar de jongens waren al in de twintig toen Phillip de vrouw ontmoette die hem volledig betoverde en vanaf het eerste moment van hun ontmoeting zijn grote liefde werd. Marie-Isabelle was de dochter van een Franse markies en een volle nicht van de Franse koning, die tijdens de Franse Revolutie was omgekomen. Aan een kant van haar familie stamde ze af van een Bourbon en aan de andere kant van een Orléans, met royals aan beide zijden. Ze was geboren in het eerste jaar van de Revolutie en haar ouders waren kort daarna vermoord. Hun chateau was tot de grond toe afgebrand en al hun bezittingen waren gestolen of vernietigd. Haar vader, die had voorvoeld wat er ging gebeuren, had haar naar Engeland gestuurd om daar door vrienden te worden opgevangen. Hij had voorzieningen voor haar getroffen voor het geval er in Frankrijk zou gebeuren wat hij vreesde. Ze was gelukkig opgegroeid in de schoot van de Engelse familie, die haar liefdevol had opgenomen. Ze was een bekoorlijk, beeldschoon jong meisje met bijna witblond haar, enorme blauwe ogen, een prachtig figuur en een huid als fijn porselein. En toen ze de hertog ontmoette was zij net zo verrukt van hem als hij van haar. Ze waren allebei van goede komaf en hadden beiden familiebanden met monarchen. Marie-Isabelle werd onmiddellijk verliefd op hem. Vier maanden later, toen ze achttien was, waren ze getrouwd, en Phillip leerde voor het eerst van zijn leven het ware geluk kennen, bij een vrouw die hij aanbad. En ze waren een prachtig stel samen. Hij was lang, krachtig gebouwd en elegant, en Marie-Isabelle combineerde de omgangsvormen van de Engelse aristocratie, te midden waarvan ze was opgegroeid, met de Franse charme die ze van haar voorouders had meegekregen. Ze bleek een fantastische aanvulling op Phillips leven. Ze hield net zoveel van Belgrave als hij en hielp hem prachtige decoratieve stukken aan zijn bestaande familiebezittingen toe te voegen. Het kasteel straalde onder haar aanwezigheid, en iedereen was dol op haar, met haar opgewekte, zonnige natuur en haar overduidelijke liefde voor haar man. Hij was vijfenvijftig toen ze trouwden en hij voelde zich weer als een jongen wanneer hij bij haar was.

Hun leven samen was als een sprookje, dat echter veel te snel eindigde. Ze raakte in het eerste jaar van hun huwelijk zwanger en stierf twee dagen nadat ze het leven had geschonken aan een dochter. Ze noemden haar Angélique, omdat ze eruitzag als een engeltje, met hetzelfde witblonde haar en dezelfde hemelsblauwe ogen als haar moeder. Phillip, die diepbedroefd achterbleef na het verlies van Marie-Isabelle, wijdde zijn leven aan zijn dochter, die het lichtpuntje was van zijn bestaan. Hij nam haar overal mee naartoe en leerde haar net zoveel over het landgoed als haar broers, en misschien nog meer. Ze deelde zijn passie voor het land en het huis en had er hetzelfde aangeboren gevoel voor. Ze brachten vele lange winteravonden door met gesprekken over het beheer van Belgrave en de boerderijen, en in de zomer gingen ze er te paard samen op uit en liet hij haar de veranderingen en verbeteringen zien die hij had aangebracht en legde hij haar uit waarom die belangrijk waren. Ze begreep precies hoe het landgoed functioneerde en had aanleg voor cijfers en financiën, waardoor ze hem goed advies kon geven.

Angélique werd thuis onderwezen en sprak vloeiend Frans, wat ze leerde van een Franse gouvernante die Phillip voor haar in dienst had genomen. Hij wilde dat ze ook haar moeders taal zou spreken. Marie-Isabelle had ook beide talen gesproken, dankzij de goede zorgen van de familie die haar had opgevoed.

Toen Angélique ouder werd, zorgde ze uitstekend voor haar vader. Ze hield goed in de gaten hoe het met hem ging, maakte zich zorgen als hij zich niet goed voelde en verpleegde hem als hij ziek was. Ze was de perfecte dochter en Phillip voelde zich schuldig dat hij haar niet vaker meenam naar Londen. Maar het vermoeide hem om naar de stad te gaan en hij had al lang geleden zijn belangstelling verloren voor het bijwonen van bals en belangrijke sociale evenementen. Wel had hij Angélique in 1821 toen ze twaalf was meegenomen naar de kroning van zijn neef koning George IV in Westminster Abbey. Zij was een van de weinige kinderen die daarbij aanwezig waren, maar dankzij hun nauwe familieband had de koning het toegestaan. Angélique was diep onder de indruk van alle pracht en praal en de festiviteiten na afloop. Phillip, die toen achtenzestig was en leed aan een kwijnende gezondheid, was opgelucht toen hij weer terug kon naar het platteland, maar hij was blij dat hij haar had meegenomen. Ze zei dat ze het nooit zou vergeten en praatte er jaren later nog over.

Sindsdien had de hertog vaak nagedacht over Angéliques debuut, het bal dat hij ter ere daarvan zou moeten geven in hun huis aan Grosvenor Square in Londen, en de mannen die ze daar zou ontmoeten. Maar hij kon de gedachte niet verdragen dat hij haar al zo vroeg aan de wereld zou blootstellen en haar kwijt zou raken aan een echtgenoot, die haar ongetwijfeld bij hem weg zou halen. Ze was zo mooi dat dat beslist zou gebeuren, en hij vreesde dat moment.

Enkele jaren eerder had hij Tristan en zijn vrouw en twee dochters toestemming gegeven om het huis in Londen te betrekken, omdat hij daar niet meer kwam. Hij voelde zich meer op zijn gemak in Belgrave en vond Londen en het drukke sociale leven daar erg vermoeiend. Bovendien zei Angélique steeds dat ze het fijn vond om bij hem in Hertfordshire te zijn en dat ze er geen behoefte aan had om naar Londen te gaan. Zij was liever thuis, bij haar vader.

Tristans vrouw Elizabeth had het gemakkelijk op zich kunnen nemen om Angélique tijdens haar eerste seizoen te begeleiden en zelfs een bal voor haar te organiseren, waar de hertog voor zou hebben betaald. Maar Tristan was vanaf de dag van Angéliques geboorte verteerd geweest door jaloezie. Dit gevoel was begonnen met zijn haat jegens haar moeder en zijn woede over zijn vaders tweede huwelijk. Ondanks Marie-Isabelles koninklijke afkomst noemden Tristan en zijn jongere broer haar 'de Franse hoer'. Hun vader wist daarvan, en het deed hem onnoemelijk veel verdriet. En hun openlijke vijandigheid tegenover hun zusje zodra ze geboren was baarde hem met elk jaar dat voorbijging grotere zorgen.

Volgens de wet gingen de titel, het landgoed en het overgrote deel van zijn vermogen na zijn overlijden over op Tristan. Een veel kleiner deel ging naar Edward, als jongste zoon. Edward zou The Dower House erven, een groot herenhuis op het landgoed, waar zijn grootmoeder tot haar dood had gewoond. Bovendien had Phillip een inkomen op hem vastgezet waarmee hij goed moest kunnen rondkomen, zolang hij zich niet aan al zijn dwaze geneugten te buiten ging. Maar als hij dat wel zou doen, wist Phillip dat zijn oudere broer voor hem zou zorgen. De twee broers hadden altijd een hechte band gehad en Tristan zou hem nooit in de steek laten. Phillip kon echter niets nalaten aan zijn enige dochter, behalve een bruidsschat in het geval ze zou trouwen. Hij had bij Tristan al verschillende keer de wens uitgesproken dat ze zolang ze maar wilde in het kasteel zou mogen blijven wonen, en dat ze als ze ouder werd, en misschien zelfs als ze getrouwd was, op het landgoed een huis zou kunnen betrekken dat ze 'The Cottage' noemden.

The Cottage was bijna net zo groot als The Dower House en er was een uitgebreide staf nodig om het te onderhouden, maar haar vader wist dat ze zich daar prettig zou voelen. De uiteindelijke keuze was echter aan Tristan en hing af van hoe vrijgevig hij zijn zus wenste te behandelen. Hij had geen enkele wettelijke verplichting om in haar onderhoud te voorzien. Haar vader had Tristan ook verzocht haar financieel te ondersteunen en haar wanneer ze trouwde een fatsoenlijk bedrag toe te wijzen, overeenkomstig haar positie in de samenleving en haar adellijke achtergrond. Hij wilde niet dat Angélique berooid achter zou blijven of na zijn dood opzij zou worden geschoven, maar volgens de wet kon hij dat op geen enkele wijze voorkomen. Ze zou overgeleverd zijn aan de genade van haar broers en kon niet rechtstreeks van hem erven. Hij had dit vaak met Angélique besproken, maar zij had benadrukt dat hij zich geen zorgen moest maken. Ze had niet veel nodig om gelukkig te zijn, en zolang zij maar op Belgrave kon blijven wonen, was zij tevreden. Maar Phillip, die beter wist dan zij hoe de wereld in elkaar zat, het gevaar zag van het feit dat het landgoed aan de oudste zoon toeviel en Tristans harde karakter en de hebberigheid van zijn vrouw kende, lag vele nachten wakker van de zorgen om zijn dochter. En nu hij ouder werd en zijn gezondheid hem steeds meer in de steek liet, nam zijn bezorgdheid toe.

Phillip was al de hele maand ziek en leed aan een longontsteking die geleidelijk verslechterde. Angélique maakte zich grote zorgen en had verschillende keren de dokter laten komen. De laatste week had hij er koorts bij gekregen. Het was ongewoon koud voor november, en ze had de dienstmeisjes gevraagd de kachel in de slaapkamer van haar vader goed op te stoken om het daar warm te houden. Belgrave was in de winter nogal tochtig en dit jaar was het bitter koud en sneeuwde het al sinds oktober. Ze hoorde de wind buiten om het huis gieren als ze naast haar vaders bed zat om hem voor te lezen. Hij was die middag verschillende keren in slaap gesukkeld. Als hij wakker werd, maakte hij een onrustige indruk en zijn wangen waren rood van de koorts. Mevrouw White, de huishoudster, was toen hij sliep bij hem komen kijken en was het met Angélique eens dat ze de dokter er weer bij moesten halen. Zijn lijfknecht, John Markham, vond dat ook. Markham diende de hertog al van ver voordat Angélique werd geboren en was bijna net zo oud als zijn werkgever, aan wie hij zeer verknocht was. De wending die zijn ziekte had genomen stond hun geen van allen aan. De hertog had een zware, pijnlijke hoest en wilde niet eten of drinken, hoewel Markham meerdere keren een dienblad naar zijn kamer had gebracht.

De butler, Hobson genaamd, bestierde het huis. Hij wedijverde vaak met Markham om de aandacht van de hertog, maar nu deze zo ziek was, liet hij Markham ongestoord voor hem zorgen. Angélique was dankbaar voor hun toewijding aan haar vader, die bij iedereen zeer geliefd was om zijn vriendelijkheid en zich als een attente, verantwoordelijke werkgever om hen allemaal bekommerde. En hij had Angélique geleerd hetzelfde te doen.

Ze kende alle lakeien en dienstmeisjes bij naam, en wist iets van hun achtergrond en waar ze vandaan kwamen. Hetzelfde gold voor de terreinknechten, de stalknechten en de pachtboeren en hun gezinnen. Ze sprak met hen wanneer ze hen tegenkwam bij het uitvoeren van haar taken rond het kasteel, als ze samen met mevrouw White het linnengoed controleerde, of de problemen in de keuken aanhoorde. Hun kok, mevrouw Williams, was een felle maar goedhartige vrouw, die haar keuken met ijzeren hand regeerde. Ze commandeerde de keukenmeisjes als een legersergeant, maar de maaltijden die ze verzorgde waren verrukkelijk en een huis van stand waardig. Op dit moment probeerde ze de hertog met enkele van zijn favoriete maaltijden tot eten te verleiden, maar de dienbladen waren al drie dagen onaangeroerd teruggekomen. Ze huilde toen ze het zag en vreesde net als de mensen die hem hadden gezien dat het een slecht teken was. Hij zag er vreselijk beroerd uit, dat had Angélique ook opgemerkt. Ze was pas achttien, maar volwassen voor haar leeftijd. Ze wist hoe ze het huis van haar vader moest bestieren en had hem de afgelopen jaren vaak verpleegd. Maar deze keer was het anders. Hij was al een maand ziek, zonder teken van verbetering, en na bijna een week koorts reageerde hij niet op de goede zorg die hij in overvloed kreeg. Hij wilde alleen maar slapen, en dat was niets voor hem. Ondanks zijn vierenzeventig jaar was hij tot nog toe een vitaal man geweest, met talloze interesses.

De dokter kwam weer bij hem kijken en zei dat de ontwikkelingen hem niet aanstonden. Toen hij weg was, probeerde Angélique haar vader over te halen om de bouillon te eten die mevrouw Williams voor hem had gemaakt, met dun gesneden plakjes kip erbij, maar hij wilde er niets van weten. Angélique keek met tranen in de ogen toe toen hij het wegwuifde.

'Papa, alstublieft... probeer dan alleen wat van de soep. Hij is heerlijk, en mevrouw Williams zal ontzettend teleurgesteld zijn als u er niet in ieder geval een klein beetje van neemt.' Hij probeerde tegen haar in te gaan, en moest vervolgens vijf minuten hoesten, waarna hij zich uitgeput in de kussens terug liet zakken. Het viel haar op dat hij leek te verschrompelen. Hij werd magerder en zwakker en het viel niet te ontkennen dat hij erg broos was geworden, hoewel ze meestal probeerde vol te houden dat dat niet zo was. Hij doezelde weer weg terwijl ze zijn hand vasthield en naar hem keek. Markham keek soms vanuit de deuropening even naar binnen en vertrok dan weer, zonder geluid te maken.

Hobson, de butler, zag Markham naar beneden komen en sprak hem zachtjes aan toen hij de keuken in wilde lopen. 'Hoe is het met mijnheer de hertog?'

'Ongeveer hetzelfde,' zei Markham bezorgd, terwijl mevrouw White wat dichterbij kwam om mee te luisteren. De keuken gonsde van de activiteit, hoewel Angélique en haar vader geen van beiden iets aten. Ze zouden Angéliques avondeten op een dienblad naar boven brengen, maar er waren ook nog vijfentwintig bedienden in huis die gevoed moesten worden. Belgrave was een en al bedrijvigheid, vooral in de bediendenverblijven beneden.

'Hoe moet het nou met de kleine meid?' vroeg mevrouw White aan de butler, toen Markham zich bij de anderen voegde om te gaan eten. 'Als er iets met mijnheer de hertog gebeurt, is zij aan de genade van haar broers overgeleverd.'

'Daar is niets aan te doen,' zei Hobson. Hij wenste dat hij minder bezorgd kon zijn dan de huishoudster, maar dat was niet zo. Hij was jaren geleden als butler in dienst gekomen, nadat zijn vrouw en dochter tijdens een influenza-epidemie waren overleden. Hij was tot de ontdekking gekomen dat een leven van dienstbaarheid goed bij hem paste, en hij was gebleven. Nu dacht hij dat de veiligste oplossing voor Angélique was geweest als ze voor het overlijden van haar vader was getrouwd en naast een financiële tegemoetkoming van haar vader de bescherming van een echtgenoot had gehad. Maar ze was nog jong en had niet aan het seizoen in Londen deelgenomen. Deze zomer zou voor haar de eerste gelegenheid daartoe zijn geweest, maar ze wilde niet echt. Als haar vader nu niet herstelde, zou het te laat zijn, tenzij Tristan het de volgende zomer in orde zou maken, maar dat leek niet waarschijnlijk. Hij stelde geen enkel belang in Angéliques toekomst, dat had hij al duidelijk gemaakt. Hij had zelf twee dochters van zestien en zeventien, die lang niet zo knap waren als hun jonge tante, die maar een jaar ouder was dan zij. Angélique zou van elk seizoen in Londen de ster zijn en dus competitie vormen voor zijn dochters, wat wel het laatste was wat Tristan en zijn vrouw wilden.

Mevrouw White en Hobson voegden zich bij de anderen voor de maaltijd en kort daarna ging Markham naar boven om nog eens te kijken hoe de hertog het maakte. Hij had de hele dag de trap op en af gelopen. Toen hij bovenkwam, lag de hertog te slapen. Angélique at met lange tanden van het eten dat hij haar had gebracht en hij kon zien dat ze had gehuild. Ze had het gevoel dat haar vader bij haar vandaan glipte. Ze had altijd geweten dat deze dag zou komen, maar ze was er nog niet klaar voor.

Haar vader hield het nog drie dagen vol, zonder dat zijn toestand verslechterde of verbeterde. Toen hij laat op een avond wakker werd en haar aankeek, schitterden zijn ogen van koorts, maar Angélique zag dat hij helderder was en een sterkere indruk maakte.

'Ik wil naar mijn studeerkamer,' zei hij vastbesloten. Hij klonk meer als zichzelf en ze hoopte dat het een teken was dat de koorts eindelijk was gezakt en dat hij beter zou worden. Ze had zich vreselijke zorgen om hem gemaakt, maar ze deed haar best om hem dit niet te laten merken en zette een dapper gezicht op.

'Vanavond niet, papa. Het is daar te koud.' De dienstmeisjes hadden de haard niet aangestoken in de kleine bibliotheek naast zijn slaapkamer, waar hij vaak 's avonds laat over de boeken van het landgoed gebogen zat. Omdat hij al een week niet uit bed was geweest, had Angélique tegen hen gezegd dat het vuur daar uit kon blijven, en ze wilde niet dat haar vader zijn warme slaapkamer zou verlaten.

'Spreek me niet tegen,' zei hij streng. 'Er is iets wat ik je wil geven.' Ze vroeg zich even af of hij ijlde, maar hij leek volkomen helder en klaarwakker.

'Dat kunnen we morgen doen, papa. Of vertel me wat het is, dan breng ik het naar u toe.' Ze was al opgestaan toen hij de dekens van zich afduwde en met een vastberaden gezicht uit bed stapte. Ze haastte zich naar hem toe, bang dat hij na zoveel dagen in bed te hebben gelegen zou vallen. Ze zag wel in dat ze hem niet tegen kon houden, dus sloeg ze haar arm om hem heen om hem te ondersteunen. Hij torende boven haar uit terwijl ze naar zijn studeerkamer liepen en Angélique had al haar kracht nodig om hem overeind te houden. Net als haar moeder was ze een tenger meisje, en als hij was gevallen, had ze grote moeite gehad om zijn volle gewicht te dragen.

Even later stonden ze in de kleine studeerkamer vol boeken, waar het net zo ijzig koud was als ze had gevreesd. Haar vader, die precies wist waar hij voor was gekomen, liep naar de boekenkast, haalde er een groot, in leer gebonden boek uit en liet zich zwaar in een stoel vallen. Nadat ze was weggelopen om een kaars op het bureau aan te steken, zag ze dat het boek dat hij opensloeg hol was vanbinnen. Met een ernstige blik op zijn dochter haalde hij er een leren buidel en een brief uit. Toen stond hij weer op, zette het boek terug in de kast en liep, nadat Angélique snel de kaars had uitgeblazen, met de inhoud in zijn hand zwaar leunend op zijn dochter terug naar zijn slaapkamer.

Angélique hielp hem terug in bed. Hij hield de brief in zijn hand en keek de dochter van wie hij zoveel hield aan.

'Ik wil dat je dit op een veilige plek legt, Angélique, waar niemand anders het kan vinden. Als er iets met me gebeurt, wil ik dat jij dit krijgt. Ik heb het enige tijd geleden voor je opzij gezet. Zeg het tegen niemand. Je moet dit voor jezelf houden. Ik zou graag geloven dat je broer voor je zal zorgen als ik er niet meer ben, maar de wet biedt je geen bescherming. Op een dag zul je dit misschien nodig hebben. Houd het bij je, bewaar het, en gebruik het alleen als je niet anders kunt. Gebruik het niet nu. Later, als er iets gebeurt, kun je ermee in je onderhoud voorzien. Je kunt er een huis mee kopen als je ouder bent, of je kunt het gebruiken om er een comfortabel bestaan mee op te bouwen als je niet op Belgrave wilt blijven, of als zou blijken dat dat niet mogelijk is.' Hij sprak op ernstige, heldere toon over gebeurtenissen die ze zich niet kon voorstellen en waarover ze niet wilde nadenken. Ze had dat ook nog nooit gedaan, maar hij was met niets anders bezig geweest.

'Papa, zeg dat niet,' zei ze, met tranen in haar ogen. 'Waarom zou ik hier niet willen blijven, of een eigen huis moeten kopen? Belgrave is ons thuis.' Wat hij zei bracht haar in verwarring en ze vond het niet prettig. Door zijn woorden trok er een huivering langs haar rug en ze keek als een bang kind toen hij haar de buidel en de brief toestak.

'Je hoeft het nu niet te lezen, mijn kind. Dit is voor als ik overlijd. Als dat gebeurt, is dit huis van Tristan en Elizabeth. Jij bent dan afhankelijk van hun vrijgevigheid en moet je voegen naar hun regels. Zij hebben twee dochters om aan te denken, die bijna net zo oud zijn als jij. Jij zult niet hun eerste zorg zijn. Maar wel die van mij. Hier zit vijfentwintigduizend pond in, als je het verstandig gebruikt is dat genoeg om als dat nodig is lange tijd van te leven. Nu moet je het bewaren. Het is genoeg om in te brengen als je een respectabele man vindt die van je houdt, of om tot je trouwt voor jezelf te zorgen als dat nodig mocht zijn, of zelfs als je ervoor zou kiezen niet te trouwen. Ik hoop dat Belgrave tot je trouwt en ook daarna altijd je thuis zal zijn, lieveling, maar ik kan daar niet zeker van zijn. Ik heb Tristan gevraagd je hier in het huis te laten wonen, of als je ouder bent in The Cottage. Het is net zo comfortabel als The Dower House dat ik aan Edward heb gegeven. En ik zou het liefst willen dat je in dit huis bleef wonen tot je veel ouder bent. Maar ik zal rustiger slapen in de wetenschap dat je dit hebt. Ik geef het je met al mijn liefde. De brief bevestigt dat ik je dit bij leven heb gegeven en dat je ermee mag doen wat je wilt.' Tranen liepen over haar wangen terwijl ze naar hem luisterde, maar ze zag dat hij nu rustiger was en opgelucht dat hij haar de buidel en de brief had gegeven. Het leek haar een enorm fortuin en het was inderdaad een indrukwekkend bedrag. Hij had zich duidelijk erg ongerust gemaakt. De zorgen over haar toekomst hadden hem gekweld. Zodra ze de buidel in haar trillende handen nam, liet hij zich met een vermoeide glimlach in de kussens zakken.

'Ik wil dit niet, papa. Ik heb het niet nodig. En u moet het me nu niet geven.' Ze wist dat dit zijn eerste stap was om haar voorgoed te verlaten, en ze wilde hem niet helpen om die weg in te slaan. Maar ze wilde hem ook niet van streek maken. Ze kon zich niet voorstellen wat ze met vijfentwintigduizend pond zou moeten doen. Het was een verbijsterende hoeveelheid geld, maar het was wel het enige wat ze had. Als haar oudste broer haar niet genoeg geld zou geven om in haar onderhoud te voorzien, zou ze met dit geld minder afhankelijk van hem zijn. Haar vader had haar met zijn gulle gift beschermd. 'Dank u wel, papa,' wist ze met moeite uit te brengen. Ze boog zich over hem heen en gaf hem een kus, terwijl de tranen nog steeds over haar wangen rolden, en hij sloot zijn ogen.

'Ik ga nu slapen,' zei hij zacht, en een ogenblik later sliep hij. Angélique zat naast hem en staarde in het vuur, met de buidel nog in haar schoot. Het was zo typisch voor haar vader om overal aan te denken en alles voor haar te doen wat hij kon. Als hij nu oud, zwak of gebrekkig werd, zou ze genoeg geld hebben om de rest van haar leven comfortabel en zelfs royaal te leven. Maar terwijl ze op haar vader neerkeek, was het enige wat ze wilde dat hij nog heel lang in leven zou blijven. Dat betekende meer voor haar dan wat hij haar ook maar kon geven. Haar vader was een gulle, liefdevolle man.

Toen las ze zijn brief, die bevestigde wat hij haar had verteld, het geschenk vermeldde en bepaalde dat zij alle sieraden mocht houden die hij in de korte tijd van hun huwelijk voor haar moeder had gekocht. Angélique wist dat als Tristan dat wilde, ze hem alle familie-erfstukken zou moeten teruggegeven die haar vader haar had gegeven, maar de prachtige stukken die Phillip aan zijn tweede vrouw had geschonken, mocht ze houden. Het enige wat Phillip nu nog voor haar kon doen was bidden dat Tristan haar welwillend zou behandelen, en haar in navolging van zijn wensen als zijn zus in ere zou houden. Angélique was ervan overtuigd dat hij dat ondanks zijn haat voor haar moeder zou doen. Ze waren tenslotte bloedverwanten, en hij zou ongetwijfeld de wensen van hun vader respecteren. Angélique had daar alle vertrouwen in.

Die nacht sliep ze naast haar vaders bed, met de brief en de buidel in de diepe zak van haar wijde rok. Ze wilde niet bij hem weglopen om ze in haar kamer te leggen, en het geld was veilig waar het was. Ze viel in een diepe slaap, opgekruld in de stoel naast zijn bed. Ze voelde zich net zo getroost door zijn aanwezigheid als hij door de hare.

2

In de ochtend had Angélique de indruk dat de toestand van haar vader was verslechterd. Markham en mevrouw White waren het met haar eens en ze lieten de dokter komen. De hertog had een rustige nacht gehad, maar toen hij wakker werd, was zijn koorts weer opgelopen. Hij hoestte zo hard dat hij nauwelijks kon ademen en hij rilde onder de dekens en spreien die Angélique over hem heen had gelegd om hem warm te houden. Niets leek te helpen. Hij dronk een klein beetje thee als ontbijt, maar dat was alles.

De dokter onderzocht hem en kwam met een bezorgde frons uit zijn slaapkamer tevoorschijn. Hij zei dat de toestand van mijnheer de hertog duidelijk was verslechterd. Angélique was doodsbang dat hij misschien kou had gevat toen hij de vorige avond naar zijn studeerkamer was gegaan, maar de dokter legde uit dat de infectie in zijn longen hem zo ziek maakte. Hij zou hem anders hebben adergelaten, maar hij vermoedde dat hij zelfs daar niet sterk genoeg voor zou zijn. Het lag op het puntje van zijn tong om voor te stellen Angéliques broers te laten komen, maar hij wilde haar niet nog banger maken dan ze al was. Ze was in paniek over de slechte toestand van haar vader en liet hem alleen even aan de zorg van zijn lijfknecht over om naar haar kamer te gaan, de buidel in een afsluitbare la van haar bureau weg te stoppen en andere kleren aan te trekken, om daarna weer zo snel ze kon naar haar vaders slaapkamer terug te keren. Hij was in diepe slaap en voelde nog warmer aan dan daarvoor. Zijn lippen waren kurkdroog, maar hij wilde niets drinken en het viel haar op hoe wit en mager zijn handen waren die op de sprei lagen. Opeens zag hij eruit als een verschrikkelijk oude man. Ze kwam de hele dag zijn kamer niet uit en keek bezorgd toe terwijl hij moeizaam ademhaalde.

Laat in de middag werd hij wakker en praatte enkele minuten met Angélique. Hij vroeg of ze de buidel op een veilige plek had opgeborgen en zij verzekerde hem dat ze dat had gedaan, in een afgesloten la. Toen sloot hij met een glimlach zijn ogen en viel weer in slaap. Het was bijna middernacht toen hij weer wakker werd, zijn ogen opendeed en naar haar glimlachte. Hij leek er beter aan toe te zijn dan hiervoor, hoewel de koorts niet was afgenomen, maar hij maakte een rustige indruk toen hij haar hand in de zijne nam en haar vingers kuste. Zij boog voorover en kuste zijn wang.

'U moet beter worden, papa. Ik heb u nodig.' Hij knikte, sloot zijn ogen en sliep weer in, en zij bleef tot diep in de nacht naar hem kijken. Hij bewoog zich niet en terwijl Angélique zijn hand vasthield, gleed hij met een vredige uitdrukking op zijn gezicht stilletjes weg en stopte met ademhalen. Angélique zag het onmiddellijk, kuste zijn voorhoofd en probeerde hem voorzichtig wakker te maken. Maar hij was gestorven, na vierenzeventig jaar het leven te hebben geleid waar hij door zijn geboorte toe was voorbestemd, met zorg voor de mensen die van hem afhankelijk waren en voor het landgoed dat aan hem was toevertrouwd. Hij was een geweldige vader en echtgenoot geweest, en had het landgoed uitstekend beheerd. Hij liet alles piekfijn achter voor zijn oudste zoon en had Angélique aan het eind van zijn leven een onvoorstelbaar geschenk gegeven. Maar nu was hij weg, en Tristan was de hertog van Westerfield, ook al wist hij dat nog niet.

Angélique bleef de hele nacht bij haar vader en in de ochtend ging ze Hobson vertellen wat er was gebeurd. Hij gaf een van de palfreniers opdracht om de dokter te halen, die korte tijd later kon bevestigen dat Phillip, hertog van Westerfield, in de nacht was overleden. Hij bood Angélique zijn condoleances aan en vertrok, waarna het nieuws zich stilletjes tot in de bediendenverblijven verspreidde. Angélique had het gevoel dat ze in een akelige droom was beland toen ze Markham hielp haar vader te wassen en aan te kleden. De lakeien droegen hem de trap af naar de bibliotheek, waar hij werd opgebaard tot zijn oudste zoon zou komen. Een andere lakei werd naar Londen gestuurd om Tristan van de dood van zijn vader op de hoogte te stellen. Angélique bleef het grootste deel van de dag bij haar vader. De lakeien keerden bij het vallen van de avond uit Londen terug met de mededeling dat mijnheer de hertog in de ochtend zou arriveren. Het deed Angélique pijn om Tristan 'mijnheer de hertog' te horen noemen, maar dat was hij nu. Hij was de hertog van Westerfield en heer en meester van Belgrave Castle en het landgoed.

Het grootste deel van de avond bleef Angélique bij haar vader in de bibliotheek, tot mevrouw White kwam, die haar aanspoorde om een poosje te gaan rusten. Ze voelde zich half verdoofd toen ze de bibliotheek verliet om wat van de bouillon te eten die mevrouw Williams had gemaakt. Angélique kon zich niet herinneren wanneer ze voor het laatst iets had gegeten en het kon haar ook niet schelen. De vader van wie ze zoveel had gehouden was er niet meer. Het maakte niet uit wat er nu gebeurde – ze kon zich geen leven op Belgrave of waar dan ook zonder hem voorstellen. Talloze herinneringen stroomden haar geest binnen. Ze was nu een wees en had haar laatste nog levende ouder verloren. Ze wist dat niemand ooit zijn plaats zou innemen. Geen broer, geen echtgenoot, niemand. Haar wereld was opeens een lege plek geworden.

Op aandringen van mevrouw White sliep ze die nacht voor het eerst sinds dagen in haar bed, en ze was zo uitgeput dat ze tot de ochtend sliep als een blok. Ze werd pas wakker toen er buiten een rijtuig aankwam en ze het geschreeuw hoorde van de palfreniers die de paarden tot stilstand brachten. Ze hoorde de lakeien naar elkaar roepen en toen de stem van haar broer Tristan. Hij was gearriveerd. Ze gluurde tussen de gordijnen van haar slaapkamer naar buiten en zag hem net voor hij naar binnen liep. Hij droeg plechtige rouwkleding en ze wist dat de bedienden de vorige dag een zwarte rouwkrans aan de voordeur hadden gehangen. Elizabeth was nergens te bekennen; hij was alleen gekomen. Angélique haastte zich om zich aan te kleden en haar haar te kammen, zodat ze hem beneden naar behoren kon ontvangen. Ze hadden allebei een beminde ouder verloren en ze wilde hem vertellen hoe haar dat speet.

Tristan zat in de eetzaal rustig te ontbijten en keek op toen ze binnenkwam. Ze droeg een hooggesloten zwarte jurk, die geschikt was als rouwkleding, maar waarin toch haar slanke taille mooi uitkwam. Haar gezicht zag er net zo afgepeigerd uit als ze zich voelde. Ze liep onmiddellijk naar haar broer toe en sloeg haar armen om hem heen, terwijl hij als uit steen gehouwen aan het hoofd van de tafel bleef zitten. Het schokte haar dat hij in haar vaders stoel zat en zich daar volkomen op zijn gemak leek te voelen, maar ze zei er niets van. Het was nu zijn rechtmatige plek. Hij was heer en meester van Belgrave Castle en het hele landgoed.

'Goedemorgen, Tristan,' zei ze rustig, terwijl ze naast hem ging zitten. 'Heb je papa al gezien?' Hij schudde zijn hoofd, waarna hij zich omdraaide om haar nog eens aan te kijken.

'Ik ga na het ontbijt. Ik was uitgehongerd toen ik aankwam.' Ze knikte en wist niet wat ze moest zeggen. Ze was zo verdrietig dat ze nauwelijks een hap door haar keel kon krijgen, en ze was verbijsterd dat hij niet eerst naar hun vader was gegaan. 'Elizabeth komt vanavond. Ik heb Hobson gezegd dat hij mevrouw White opdracht moet geven de kamers klaar te maken. De meisjes komen met haar mee. Edward komt morgen. Ik dacht de begrafenis zondag te houden.' Hij zei het op zakelijke toon, alsof hij een etentje plande en niet de begrafenis van hun vader. Hij zou te ruste worden gelegd in het familiemausoleum, wat een geluk was, omdat de grond te hard bevroren was om een graf te delven. Haar moeder lag ook in het mausoleum, net als de moeder van Edward en Tristan en meerdere generaties Lathams voor hen.

Angélique ging na het ontbijt naar boven en zag tot haar schrik dat een paar dienstmeisjes bezig waren de kamer van haar vader te luchten en schone lakens op het bed te leggen. Eerst dacht ze dat ze alleen maar opruimden, maar toen zag ze dat ze vazen met bloemen uit de kas naar binnen brachten en het vuur aanstaken, alsof de kamer die avond gebruikt ging worden. 'Waarom doen jullie dit allemaal?' vroeg ze hen. 'Dat is niet nodig.' De kamer zag er nog triester uit als hij in stand werd gehouden alsof haar vader er die avond zou slapen, terwijl dat nooit meer zou gebeuren.

'Mevrouw White zei dat we de kamer in orde moesten maken voor mijnheer de hertog en mevrouw de hertogin,' zei Margaret, de hoofdbediende. Angélique had moeite om te bevatten wat ze zojuist had gehoord en wat het betekende.

'Slapen ze vanavond hier?' fluisterde ze. Margaret, die met haar te doen had, knikte. Haar oudste broer wilde kennelijk zo snel mogelijk de plek van zijn vader innemen en zelfs in zijn bed slapen. Angélique huiverde bij de gedachte. Toen ze op onderzoek uitging, ontdekte ze dat een van de twee mooiste suites voor haar nichtjes werd klaargemaakt, een veel mooiere plek dan waar ze gewoonlijk sliepen als ze naar Belgrave kwamen. Deze kamers werden meestal bewaard voor als er koninklijke hoogwaardigheidsbekleders op bezoek kwamen. Ze lieten er geen gras over groeien en deden nu al alsof ze thuis waren.

Angélique trok zich terug in haar eigen kamer en zat een poosje trillend in een stoel. Ze hield zich voor dat ze zich nuttig zou moeten maken en hen zou moeten helpen met de veranderingen die ze wilden aanbrengen, maar het leek allemaal nog veel te vroeg. Hun vader was nog niet eens begraven, hij lag nog opgebaard in de bibliotheek. Hij was nog maar een dag dood. Ze wapende zich om weer naar beneden te gaan en zag haar broer met een ernstig gezicht uit de bibliotheek komen, nadat hij bij hun vader was geweest.

'À propos,' zei Tristan onmiddellijk, terwijl hij haar met een kille blik opnam, 'het leek Elizabeth handig als jij naar een van de kleinere logeerkamers zou verhuizen. Ze wil dat de meisjes zich hier op hun gemak voelen, en Gwyneth is altijd dol geweest op het uitzicht vanuit jouw suite.'

Ze kon haar oren niet geloven. Dit was haar huis, of dat was het geweest. Nu was het zijn eigendom en behoorde het aan hem, Elizabeth en hun dochters. Ze was letterlijk van de ene op de andere dag een gast geworden. De veranderingen waarvoor haar vader had gevreesd waren al begonnen.

'Natuurlijk. Ik zal hem voor haar klaarmaken,' zei Angélique vlak. 'En de gele suite is voor Louisa?' Het was de mooiste die ze hadden. Tristan kende hem goed, want Elizabeth en hij hadden daar meestal geslapen tijdens hun zeldzame, korte bezoekjes aan zijn vader. Elizabeth zei altijd dat het platteland hen verveelde. Kennelijk ging dat ook veranderen.

Angélique vroeg hem niet in welke kamer zij zou moeten slapen, maar koos een kleinere kamer helemaal aan het andere eind van de gang waar Tristan en Elizabeth sliepen, zodat ze wat privacy zou hebben en hun niet in de weg zou lopen. Maar voordat ze het plan kon uitvoeren sprak Tristan haar weer aan. 'Elizabeth dacht dat je het prettiger zou vinden om in een van de kamers boven te slapen.' Er was daar een hele verdieping met kleinere logeerkamers, die minder mooi waren ingericht en waar wat oudere meubelstukken stonden. Hoewel alle kamers een open haard hadden, waren de meeste tochtig en koud. Ze begon nu te begrijpen hoe haar lot er in hun handen uit zou zien, en het leek haar een verstandig plan om naar The Cottage te verhuizen, zoals haar vader had voorgesteld voor wanneer ze wat ouder zou zijn. Ze zou afwachten hoe het ging als Elizabeth en de meisjes er waren, maar het was misschien voor iedereen het beste als ze naar The Cottage vertrok, zodat ze geen last van elkaar hadden.

Het was onmogelijk om haar kamer in een paar uur helemaal leeg te ruimen, maar ze ging meteen aan de slag. Ze maakte ruimte voor Gwyneth in de hangkasten, haalde een ladekast leeg en legde wat van haar papieren weg om ruimte te maken op het bureau. En ze nam de buidel met haar fortuin erin mee en borg hem op in een afgesloten la in de kamer boven. Het was een kleine, benauwde ruimte met deprimerende meubelen en uitzicht over het landgoed. De bloemperken lagen onder haar raam en in de verte kon ze de eerste pachtboerderij zien liggen, omdat de bomen waar die gewoonlijk achter schuilging kaal waren. En het meer was bevroren. Ze zou haar nichtjes voorstellen om te gaan schaatsen, natuurlijk in de week na de begrafenis. Als ze tenminste van plan waren te blijven. Ze vroeg zich af hoe snel ze weer naar haar eigen kamer terug zou kunnen. Ze zou alles doen wat Elizabeth wilde, zolang ze hier was. Het had geen zin om hen meteen al tegen zich in het harnas te jagen, en nog beter was het om dat helemaal niet te doen. Ze moest respecteren dat dit nu hun huis was en zich zo goed mogelijk aanpassen.

Nadat ze met hulp van een van de dienstmeisjes haar eigen spullen naar boven had gebracht, ging ze naar beneden om de slaapkamers te inspecteren die haar broer en zijn gezin in gebruik zouden nemen. Mevrouw White had alles geregeld en de kamers zagen er onberispelijk uit. Ze aarzelde in de deuropening van haar vaders slaapkamer en kon het niet opbrengen om naar binnen te gaan. Ze kon niet begrijpen dat Elizabeth daar wilde slapen, zo kort nadat haar schoonvader was overleden. En elke keer dat een van de bedienden Tristan aansprak als 'mijnheer de hertog', moest Angélique moeite doen om niet ineen te krimpen. Het was moeilijk om hem nu te zien als de heer en meester van alles. Maar of ze het leuk vond of niet, hij was dat nu. Ze had altijd geweten dat het een keer zou gebeuren, alleen niet zo snel. Tristan was een opgeblazen, zelfingenomen man en had niets van de vriendelijkheid van haar vader. Maar het zou een ramp zijn geweest als Edward de titel en het landgoed had geërfd. Hij zou het volledig te gronde hebben gericht.

Tristan was van plan de week na de begrafenis met de rentmeester van hun vader om de tafel te gaan zitten om beter inzicht te krijgen in hoe alles reilde en zeilde. Hij had er urenlang met zijn vader over gesproken, maar nu wilde hij tot in de kleinste details weten hoe het zat. Hij was vast van plan het landgoed op verantwoordelijke wijze te beheren, maar anders dan zijn vader, die hij altijd te vrijgevig had gevonden en te zacht en te gul voor zijn personeel. Angélique had vaak opgemerkt hoe ruw Tristan met de bedienden omging en hoe anders hij hen aansprak dan hun vader, die op handen werd gedragen. Tristan regeerde liever door de mensen angst in te boezemen. Hij had al lang geleden besloten dat hij zou bezuinigen op de uitbatingskosten van het landgoed. Hij vond dat zijn vader veel te veel personeel in dienst had, dat hij veel te goed betaalde.

Nu de aanwezigheid van de nieuwe hertog zo duidelijk voelbaar was, heerste er beneden een sombere stemming. Tristan bemoeide zich die dag overal mee en stelde Hobson talloze vragen over hoe het huis werd bestierd. Hobson deed zijn best om zijn gevoelens niet te laten blijken, maar Angélique zag dat de toegewijde oude butler zich ergerde, hoewel hij dit goed verborgen hield en Tristan onberispelijk en beleefd antwoordde.

Aan het eind van de middag arriveerde Elizabeth in een enorm, opzichtig, open rijtuig, getrokken door vier zwarte paarden en met twee koetsiers op de bok. Ze had haar twee dochters bij zich, die net als zij waren gekleed in een chique zwarte jurk met een sleeprok en zwarte handschoenen. Elizabeth droeg een enorme zwarte hoed met een voile en had een zwart vossenbont om haar schouders. De zwarte hoeden van de meisjes zagen eruit alsof ze in Parijs waren gemaakt. Elizabeth bespaarde niet op kleding en droeg graag de laatste mode.

Ze liep statig de grote hal in en keek met een misprijzend gezicht om zich heen. Alle bedienden stonden met hun dunne kleren in de ijzige kou buiten opgesteld. Ze leek zich daar niet om te bekommeren en liet ze daar staan terwijl zij naar binnen liep. Toen zei ze, zo luid dat mevrouw White haar kon horen: 'Ik vraag me af hoelang we nodig zullen hebben om de boel hier schoon te krijgen.' Het huis was smetteloos en mevrouw White was erg trots op hoe minutieus ze het onderhielden.

Net als de bedienden had Angélique bij de deur gestaan om de nieuwe vrouw des huizes te begroeten, maar Elizabeth liep rakelings langs haar heen, zonder haar te kussen of te condoleren. Gwyneth en Louisa schonken haar een hooghartige blik, alsof ze wilden zeggen dat zij nu van geen enkel belang meer was. Angélique begon zelf ook dat gevoel te krijgen.

Ze liep met Gwyneth de trap op naar haar suite en zei dat ze hoopte dat ze er een prettige tijd zou hebben, waarop Gwyneth haar aankeek en begon te lachen.

'Deze kamers zijn nu van mij, weet je dat? Mijn moeder zei dat ik ze mocht hebben. Je kunt de rest van je spullen morgen ophalen.' Angélique zei geen woord. Ze zou het zelf met Elizabeth bespreken. Het zou een verschrikkelijke vernedering zijn als Elizabeth van plan was haar in de kleine, sombere bovenkamer te laten slapen, waar in geen veertig jaar iets aan was gedaan. Dit in tegenstelling tot haar eigen suite, die haar vader drie jaar geleden als verrassing voor haar vijftiende verjaardag helemaal had laten opknappen. Ze waren naar Italië gegaan om in Florence een oude vriend van hem te bezoeken, en toen ze terugkwamen stond alles op zijn plaats en waren al haar oude kindermeubelen weggehaald. De kamers waren heel elegant ingericht, met roze satijn en Franse meubelen die haar vader in Parijs voor haar had gekocht.

Op dat moment kwam Louisa de kamer binnenlopen en gaf haar jonge tante, die maar twee jaar ouder was dan zij, weer een hooghartige, minachtende blik. Het kwam Angélique met de minuut aantrekkelijker voor om naar The Cottage te verhuizen. Elizabeth had haar eigen dienstmeisje meegenomen, en nog een meisje voor het kleden van haar dochters. Toen Angélique even later naar beneden ging, stond Elizabeth mevrouw White bevelen te geven. Ze wilde het menu voor die avond veranderen, en hoewel mevrouw Williams, de kok, erg creatief was, zou het moeilijk voor haar worden om zo laat op de dag nog iets nieuws op tafel te zetten. Ze kon niet toveren en het personeel, dat nog steeds van slag was door het verlies van Angéliques vader, was niet in topvorm. Elizabeth stond onverschillig tegenover hun gevoelens. Zij wilde wat ze in haar hoofd had gezet en wel onmiddellijk. Ze legde uit dat ze allemaal een gevoelige maag hadden en geen plattelandseten verdroegen. Mevrouw White werd bijna paars toen Elizabeth dit zei, want de kok was trots op haar verfijnde gerechten. Vele daarvan had ze geleerd van bevriende koks die werkten voor voorname families in Londen, of maakte ze aan de hand van Franse recepten die ze uit tijdschriften had overgeschreven. Zij serveerde geen 'plattelandseten'.

Het leek erop dat de verandering ook voor het personeel niet gemakkelijk zou worden, maar Angélique kon er niets aan doen. Zolang Tristan en zijn gezin hier verbleven, kon zij niet het huishouden besturen en opdrachten geven. Dit was haar huis niet meer. Op de plek die nog maar enkele uren geleden haar domein was geweest, was ze nu nog slechts een ternauwernood getolereerde gast.

De avondmaaltijd was voor Angélique een pijnlijke ervaring. Elizabeth sprak openlijk over alle veranderingen die ze wilde doorvoeren, over haar plannen voor een nieuwe inrichting en over de meubelen die ze wilde verplaatsen. Het gaf Angélique het akelige gevoel dat ze zich op drijfzand bevond. Haar nichtjes waren tijdens de maaltijd onbeschoft tegen het personeel, en niemand corrigeerde hen. Na het eten verdwenen de meisjes zonder haar zelfs maar goedenacht te wensen naar boven, naar wat Angéliques suite was geweest. En Tristan en Elizabeth trokken zich terug in de studeerkamer. Ze nodigden haar niet uit om mee te komen, maar deden de deur vastberaden voor haar neus dicht, met de mededeling dat ze privézaken te bespreken hadden.

Angélique ging naar de bibliotheek om een paar minuten bij haar vader te zitten. Ze raakte zachtjes zijn hand aan, kuste zijn koude grijze wang en ging toen de trap op naar de kamer die haar was toegewezen. Daar barstte ze in tranen uit en lag snikkend op het bed, tot ze iemand op de deur hoorde kloppen. Het was mevrouw White, die kwam kijken hoe het met haar ging. Er was aan de bediendentafel volop gesproken over de kamerwisselingen, en mevrouw White had de jongere dienstmeisjes discreet gewaarschuwd voor als Sir Edward de volgende dag zou komen. Ze begrepen wat ze bedoelde en verschillenden van hen begonnen te giechelen. Hij had bij eerdere gelegenheden meer dan eens een dienstmeisje in het nauw gedreven, en hij was er zelfs de oorzaak van dat enkelen na zijn vertrek waren ontslagen, omdat ze op zijn avances waren ingegaan. Hij misdroeg zich, maar hij was een knappe man. Mevrouw White duldde dat soort gedrag niet van het personeel. Ze had het mijnheer de hertog nooit uitgelegd, maar dat was ook niet nodig geweest.

'Gaat het?' vroeg mevrouw White bezorgd aan Angélique. Ze wisten allebei hoe moeilijk het voor haar was om haar vader te moeten missen en nu geconfronteerd te worden met Tristan en zijn vrouw en dochters. Ze hadden overduidelijk geen respect voor haar en haatten het feit dat ze hier was en zo'n bevoorrechte positie had ingenomen bij de overleden hertog. Haar vader kon nu niets meer doen om haar te beschermen, net zoals de bedienden niets konden doen om haar te steunen, en alleen maar medelijden met haar konden hebben. Net als haar vader was ze haar hele leven alleen maar vriendelijk voor hen geweest, en ze waren erg op haar gesteld. Ze hadden die avond in het bediendenverblijf allemaal openlijk besproken wat een arrogante heks de nieuwe hertogin was.

Angélique knikte en probeerde door haar tranen heen moedig te glimlachen. Mevrouw White was altijd als een moeder voor haar geweest. Ze werkte al op Belgrave voordat de hertog trouwde met Marie-Isabelle en was erg dol op haar. Ze was een van de eersten geweest die Angélique na haar geboorte in haar armen had gehouden, en ze had haar als kind geknuffeld wanneer ze maar kon.

'Het is allemaal zo anders,' zei Angélique voorzichtig. Ze schaamde zich om te klagen. Ze wilde niet onbeleefd lijken.

'Het was onvermijdelijk dat er veranderingen zouden komen,' zei mevrouw White, die naast haar bed was komen staan en zachtjes haar haar streelde, 'maar niet zo snel. Ze hebben zo'n verschrikkelijke haast om ons allemaal duidelijk te maken dat Belgrave nu van hen is.' Angélique was het stilletjes met haar eens en keek op naar de oudere vrouw, dankbaar dat ze was gekomen. Voor Fiona White was Angélique het kind dat ze nooit had gehad. Ze had een huwelijk en kinderen opgegeven voor een dienstbaar leven. Ze was de dochter van een van de pachtboeren. Haar familie had de hertogen van Westerfield generaties lang gediend, en zij stelde er een eer in dat ook te doen. Haar aanstelling als hoofd van de huishouding was voor haar een enorme prestatie geweest, die veel voor haar betekende. 'Ze krijgen er vast snel genoeg van, en dan gaan ze weer terug naar Londen,' zei ze met een glimlach. 'Ik kan me niet voorstellen dat ze lang op het platteland zullen blijven. Dan gaan ze zich vervelen.' Maar wat de meisjes tijdens het eten hadden gezegd gaf Angélique het onbehaaglijke gevoel dat ze wel degelijk van plan waren om te blijven.

'Ik hoop dat u gelijk hebt.'

'Dat weet ik wel zeker, en dan wordt alles weer normaal.' Behalve dat Angélique wist dat haar vader er niet meer zou zijn. Dat veranderde alles voor haar, veel meer dan voor de bedienden. De nieuwe hertog en zijn gezin hadden de bedienden nodig, maar ze hadden al duidelijk gemaakt dat ze Angélique niet nodig hadden, en haar ook niet om zich heen wilden hebben. Ze was alleen maar Tristans zus en de dochter van een vrouw die hij vanaf het begin had gehaat. Ze wilden haar het liefst ergens op zolder wegstoppen – ze hadden er geen gras over laten groeien om haar suite op te eisen.

Mevrouw White bleef nog een paar minuten bij haar en ging toen weer naar beneden. Hobson onderschepte haar zodra hij haar zag. 'Hoe gaat het met haar?' vroeg hij, duidelijk bezorgd. Hij had vaderlijke gevoelens voor haar gekoesterd sinds het moment dat hij haar als baby onder ogen kreeg.

'Ze is van streek, en geef haar eens ongelijk,' antwoordde mevrouw White. 'Haar vader ligt nog niet koud in de bibliotheek of ze behandelen haar als een van ons.' Hij knikte instemmend. Hij was ontsteld geweest toen Angélique uit haar kamer was gezet, en nog meer toen Tristan en Elizabeth plannen maakten om al zo snel in de kamer van de overleden hertog te gaan slapen.

'Het zou mijnheer de hertog helemaal niet aanstaan wat er gebeurt,' zei Hobson somber, maar de hertog die hij bedoelde was er niet meer, en degene die zijn plaats had ingenomen leek geen hart te hebben, met name waar het zijn halfzus betrof.

Angélique lag die nacht urenlang wakker in haar bed en probeerde te verwerken wat er de afgelopen twee dagen was gebeurd. De kamer waarin ze sliep was steenkoud en de ramen sloten niet goed. Een ijzige wind blies de hele nacht over haar heen en toen ze in de ochtend naar beneden kwam, was ze stijf van de kou.

Angélique ging bij Tristan in de eetzaal zitten voor het ontbijt, maar hij bleef zonder een woord tegen haar te zeggen de krant lezen. Elizabeth en haar dochters namen ontbijt op bed, iets wat Angélique nooit deed. Zij had elke dag met haar vader ontbeten in de eetzaal, waar ze kletsten en lachten en spraken over de boeken die ze lazen, de gebeurtenissen in de wereld of hun plannen voor de dag. Tristan had haar niets te zeggen, tot het ontbijt was afgelopen. Toen herinnerde hij haar eraan dat ze alle familiejuwelen moest teruggeven die haar vader haar cadeau had gedaan, met uitzondering van de sieraden die hij voor haar moeder had gekocht. Angélique kwam hem de juwelen een halfuur later met een stoïcijns gezicht brengen.

De rest van de ochtend zag ze er rustig op toe dat alles in huis goed verliep en ging ze Elizabeth en de meisjes zo veel mogelijk uit de weg. Hier slaagde ze in tot de middagmaaltijd, die zij het diner noemden. Elizabeth had opdracht gegeven voor een ingewikkelde maaltijd, die mevrouw Williams tot in de puntjes had weten te bereiden. Angélique was blij. Ze waren niet zulke boerenkinkels als Elizabeth dacht.

Kort na het eten arriveerde Edward in een elegant rijtuig, getrokken door vier snelle paarden. Twee van zijn beste paarden liepen erachter en een hutkoffer stond er achterop. Hij was van plan tijdens zijn verblijf wat te gaan rijden en had geen vertrouwen in de paarden van zijn vader, die naar zijn mening veel te mak waren. Meer nog dan zijn broer en schoonzus had hij een grote hekel aan het plattelandsleven. Hij vond het onverdraaglijk saai, reden waarom hij zelden kwam. Hij had interessantere dingen te doen in Londen.

Hij negeerde Angélique volkomen en was tevreden met de luxueuze suite die zijn schoonzus hem had toegewezen. Hij ging de hele middag paardrijden terwijl de plaatselijke bevolking in een gestage stroom langskwam om de overleden hertog de laatste eer te bewijzen. Twee lakeien stonden bij de voordeur en twee andere hielden in de bibliotheek de wacht bij zijn lichaam, terwijl mensen in een rij langs hem heen schoven. De pachtboeren kwamen in hun beste kleren en bleven lange tijd naast Angéliques vader staan, terwijl ze op gedempte toon met elkaar praatten. Velen van hen huilden toen ze weggingen.

Al met al was het een uitputtende dag geweest, en Angélique ging naar bed met een paar met handdoeken omwikkelde hete stenen om haar warm te houden. Ze hing dekens voor het raam en stookte het vuur in de open haard hoog op, maar de nacht was niet beter dan de vorige. En de volgende ochtend was de begrafenis van haar vader in de kapel op het landgoed. De plaatselijke dominee verzorgde de dienst, en Phillip Latham, hertog van Westerfield, werd te ruste gelegd in het mausoleum, bij zijn ouders, grootouders en beide echtgenotes. Angélique bleef daar nog een paar minuten nadat de anderen waren teruggegaan naar het huis om iets te eten. Verschillende van Phillips vrienden uit de omgeving waren gekomen om de dienst bij te wonen en samen te eten. Aan het eind van de maaltijd had Angelique het gevoel dat alle bloed en energie uit haar was weggevloeid. Toen de laatste gast was vertrokken en haar vrouwelijke familieleden naar boven gingen, vroeg Tristan haar mee te komen naar de bibliotheek, waar haar vader nog maar enkele uren geleden opgebaard had gelegen. Edward, die Angélique sinds zijn aankomst nadrukkelijk had genegeerd en haar bij elke gelegenheid die zich voordeed op bijzonder onbeschofte wijze had behandeld, dolde met zijn nichtjes terwijl ze naar boven liepen. Elizabeth had mevrouw White laten komen om de maaltijden voor de volgende dag te bespreken, waarna die haar instructies aan mevrouw Williams moest overbrengen. Elizabeth was nog steeds niet tevreden met de kookresultaten en had al bij mevrouw White laten vallen dat ze de kok misschien zou laten vervangen door iemand uit Londen, hoewel mevrouw Williams al twintig jaar in dienst was.

'Ik wilde je even spreken,' zei Tristan nonchalant, terwijl Angélique haar best deed om niet te denken aan haar vader die in deze kamer opgebaard had gelegen. Ze vroeg zich af wat Tristan haar te zeggen had, en even ging het door haar heen dat hij haar misschien zelf ging voorstellen om naar The Cottage te verhuizen. Ze hadden al duidelijk laten doorschemeren dat ze vonden dat ze in de weg liep. Ook al was het eerder dan haar vader had gepland, als ze naar The Cottage verhuisde zou dat misschien ook voor haar een aanvaardbare oplossing zijn. Ze kon niet veel langer in de tochtige kamer boven blijven slapen zonder ziek te worden, en er was geen ruimte voor haar spullen, noch een plek om ze op te bergen. Ze had een van de kleinere slaapkamers in gebruik genomen voor haar kleren, nadat Gwyneth erop had gestaan dat ze de kasten in haar oude suite leeg zou halen om ruimte te maken voor haar uitgebreide jurkencollectie.

'Elizabeth en ik hebben met elkaar gepraat,' begon Tristan. 'Ik weet dat dit een ongemakkelijke situatie voor je moet zijn, en eerlijk gezegd is het ook verwarrend voor het personeel. Vader liet de leiding van het huis aan jou over, maar dat is nu niet meer nodig. Elizabeth gaat alles anders organiseren, zodat het soepel loopt.' Het was een klap in haar gezicht om hem dit te horen zeggen. Alsof zij niet wist wat ze deed, omdat ze pas achttien was. Ze had het jarenlang prima gedaan en had meer ervaring dan veel jonge vrouwen van haar leeftijd die getrouwd waren en nog nooit zo'n groot huis met zoveel personeel vanbinnen hadden gezien. 'Het zal lastig voor je zijn om hier niets omhanden te hebben, en we willen niet dat het personeel in een loyaliteitsconflict komt.'

'Ik weet zeker dat dat niet zal gebeuren,' zei Angélique nerveus. 'Ze weten heel goed dat het nu jullie huis is en dat Elizabeth er de leiding heeft. Ze hebben altijd geweten dat dit zou gebeuren. Dat wisten we allemaal. En papa kon al lange tijd niet veel meer.' Nu ze erover nadacht, was zijn dood hartverscheurend geweest, maar niet echt een verrassing. Ze had alleen het einde niet willen zien aankomen. 'En ik zal me natuurlijk nergens mee bemoeien.'

'Precies. Dat is precies ons idee.'

'Papa dacht dat ik uiteindelijk naar The Cottage zou kunnen verhuizen. Misschien moet ik dat nu al doen,' stelde ze aarzelend voor. Ze dacht dat het een opluchting zou zijn voor hen allemaal, en dat Elizabeth en de meisjes blij zouden zijn om haar niet meer in huis te hebben.

'Natuurlijk niet.' Tristan wees het idee onmiddellijk van de hand. 'Een meisje van jouw leeftijd kan niet alleen in een huis wonen. Bovendien hebben we er al andere plannen mee. Elizabeths moeder voelt zich niet zo goed en kan wel wat frisse buitenlucht gebruiken. Elizabeth wil dat huis voor haar opknappen.

Nee, we hebben een ander idee voor jou. Zoals je weet, Angélique, heeft onze vader jou niets nagelaten. Dat kon hij niet. Hij heeft een bedrag voorgesteld dat ik jou als toelage zou kunnen geven, maar eerlijk gezegd zou het onverantwoordelijk zijn om dat te doen. Vader begon oud te worden, en sommige van zijn ideeën kwamen voort uit de verwarde geest van een oude man. Ik kan niet interen op het geld dat ik nodig heb om het landgoed te beheren om jou een toelage te geven, en het zou niet eerlijk zijn tegenover mijn eigen dochters als ik dat wel zou doen. Vader heeft een bedrag opzijgezet voor Edward, maar aan jou heeft hij niet specifiek iets nagelaten, en dat kon hij ook niet. De bepaling van het onvervreemdbaar erfgoed op het landgoed laat het niet toe – alles vervalt aan mij. En ik weet zeker dat je ons niet tot last wilt zijn.'

'Nee, zeker niet,' onderbrak Angélique hem gegeneerd. Ze wist niet waar hij naartoe wilde, nu hij de mogelijkheid dat ze in The Cottage ging wonen van de hand had gewezen.

'De treurige werkelijkheid is, liefje, dat jonge vrouwen in jouw positie geen andere keus hebben dan aan het werk te gaan. En er is maar erg weinig wat je kunt doen. Je ben niet opgeleid om les te geven. Jonge vrouwen van goeden huize die niet over financiële middelen beschikken, worden doorgaans gouvernante en leven dan onder de bescherming van de familie waar ze voor werken. Jij hebt geen ervaring als gouvernante, maar er is geen reden waarom je geen kindermeisje zou kunnen worden, en ik weet zeker dat je je als je wat ouder bent kunt opwerken tot gouvernante. Elizabeth en ik willen je helpen. Toen vader ziek begon te worden en ik zag dat dit ons uiteindelijk boven het hoofd zou hangen, heb ik gesproken met een paar erg aardige mensen die ik ken. En zij zijn bereid je een grote dienst te bewijzen. Zij hebben ermee ingestemd jou als kindermeisje aan te nemen. Om te beginnen voor een klein salaris, omdat je geen ervaring hebt.

Ze wonen in Hampshire, hebben vier jonge kinderen en zijn erg vriendelijk. Haar vader was een baron en haar man heeft geen titel, maar ze hebben een zeer respectabele staf. Niet zo groot als die van ons, natuurlijk, maar ze zijn bereid jou een salaris te geven om voor hun kinderen te zorgen. En echt, liefje, je kunt verder niets. Ik heb hun al verteld dat je de baan aanneemt. Ik ben erg blij voor je. Ik denk dat dit een ideale oplossing is voor ons allemaal. Ik weet dat je daar goed verzorgd bent, je bent ons niet tot last, en jij hebt niet het ongemak van hier te moeten blijven rondhangen nu vader er niet meer is. Ik denk dat je erg gelukkig zult worden.' Hij glimlachte naar haar alsof hij haar zojuist een prachtig geschenk had gegeven en zij enorm dankbaar moest zijn.

Even dacht Angélique dat ze flauw zou vallen, maar die voldoening wilde ze hem niet geven. Ze dwong zichzelf haar rug te rechten, hoewel ze doodsbleek zag. Haar vader had gelijk gehad toen hij er niet op vertrouwde dat Tristan na zijn dood voor haar zou zorgen. Tristan was een slang. Hij had hun vader beloofd dat hij in haar onderhoud zou voorzien, maar in plaats daarvan stuurde hij haar weg om als kindermeisje te gaan werken voor vreemden, mensen die ze zelfs nog nooit had ontmoet. Het was haast ongelofelijk, maar toch niet helemaal, als je bedacht hoe verschrikkelijk Tristan, Elizabeth en Edward haar altijd hadden gehaat, en hoe ze de hechte band die ze met haar vader had hadden verafschuwd. Nu vielen ze haar als wolven aan.

'We hebben alles al geregeld,' verzekerde hij haar, en ze was ervan overtuigd dat dat zo was. 'De meeste van je spullen heb je niet nodig, die kun je hier laten. We zullen ze voor je op zolder zetten. Je kunt ze laten ophalen als je daar noodzaak toe ziet, maar dat betwijfel ik. Chique jurken zul je niet nodig hebben. Tijdens werktijd zul je eenvoudige jurken dragen, geschikt voor een kindermeisje, en een schort. We wilden het je eigenlijk pas over een week of twee vertellen, maar hun kindermeisje gaat blijkbaar weg en ze hebben je al eerder nodig. En eigenlijk komt het zo prima uit. Je hoeft hier nu niet te blijven rouwen om vader. Je zult het druk hebben bij de Fergusons en andere dingen hebben om over na te denken.' Volgens hem was het allemaal perfect, maar de trieste werkelijkheid van wat hij deed was anders. Hij verried zijn eigen zus en stuurde haar, bij zijn weten zonder een rooie cent, de wereld in om kindermeisje te worden. Het was de ultieme wraak voor alle liefde die hun vader haar had gegeven. Eindelijk had hij het haar betaald gezet, nadat hij haar haar hele leven had gehaat. Zijn tijd was gekomen en hij ontdeed zich van haar, zonder zich iets van haar aan te trekken.

'Wanneer verwachten ze dat ik begin?' wist ze met moeite uit te brengen, terwijl ze hem ontzet aanstaarde.

'Morgen al, eigenlijk. Je vertrekt in de ochtend. Ik zal je naar Hampshire sturen in de kleine sjees – natuurlijk niet in vaders rijtuig. Je wilt jezelf niet in verlegenheid brengen door aan te komen in een formeel rijtuig of in de koets. Je bent nu een werkende vrouw, Angélique. Ik weet zeker dat je het uitstekend gaat doen, en het ooit nog wel eens tot gouvernante zult brengen. Je kunt de kinderen Frans leren.'

Hij had het altijd gehaat dat zij wel nog een andere taal sprak en hij niet, maar had nooit de moeite genomen om er een te leren. Hij was jaloers geweest op alles wat ze had en was, en had al die jaren gewacht om het haar af te kunnen pakken. En nu had hij de macht om dat te doen. Het onvervreemdbaar erfgoed speelde hem prachtig in de kaart. Hij had alles geërfd en had ervoor gekozen haar niets te geven. Ze begreep nu waarom haar vader haar voor zijn dood de buidel met geld had gegeven. Hij was al bang geweest dat er zoiets als dit zou gebeuren. Het was de enige manier waarop hij voor haar kon zorgen. Maar zelfs haar vader kon haar niet beschermen tegen het feit dat ze nu kindermeisje moest worden, een bediende in het huis van een ander, en gedwongen werd haar eigen huis te verlaten. Hij had gezegd dat ze het geld niet lichtzinnig moest gebruiken en het pas uit moest geven als dat echt nodig was. En dat zou ze doen. Ze zou het bewaren voor als ze ooit een huis voor zichzelf moest kopen of als ze geen andere bron van inkomsten had. En dat kon gebeuren, als ze werd ontslagen of zelf ontslag nam. Ze was veel te jong om nu een huis te kopen en ze had geen idee hoe ze dat zou moeten doen. Ze zou binnen enkele uren worden weggestuurd, en ze had geen tijd om zich voor te bereiden of een noodplan te bedenken. Dankzij de kuiperijen van haar broer had ze een baan als kindermeisje en vermoedelijk zou ze veilig zijn in het huis van haar werkgevers. Ze zou het doen zolang dat nodig was, en daarna zou ze een andere manier vinden om in haar onderhoud te voorzien. Het leven en het lot moesten meer voor haar in petto hebben dan dit. Ze had het gevoel dat ze tot slavernij werd gedwongen.

'Goed, dat is dan geregeld,' zei hij, en hij stond op om duidelijk te maken dat het gesprek was afgelopen. 'Je zult het vanavond druk hebben met pakken. Het is niet nodig om afscheid te nemen van Elizabeth en de meisjes. Ik moest je de groeten van ze doen. Als je morgenochtend weggaat, zijn zij nog niet op.' Ze hadden haar dus verbannen. Ze hadden zich van haar ontdaan. Haar leven hier was voorbij. Belgrave was nu van hen. En er was voor haar geen plaats in hun leven en in hun huis. Tristan was altijd van mening geweest dat hun vader haar verwende en hij had een baan als kindermeisje voor haar gevonden om haar op haar plaats te zetten. Terwijl ze hem goedenacht wenste, wist ze dat ze hier nooit meer terug zou komen. Ze zou haar huis nooit meer zien. Het zou een verre droom zijn, met de herinneringen aan haar vader en de heerlijke tijd die ze samen hadden gehad. Dat was nu allemaal voorbij. Tristan en zijn vrouw hadden haar verdreven en zij had geen andere keus dan te proberen te overleven in de wereld en het leven waar zij haar in hadden geworpen. Misschien dachten ze dat ze nu ze alles kwijt was ten onder zou gaan, maar ze wist dat ze dat niet kon laten gebeuren. Ze moest vechten om te overleven, wat daar ook maar voor nodig was, ondanks wat zij haar hadden aangedaan.

Ze keek Tristan na terwijl hij de trap opliep naar de slaapkamer van hun vader. Elizabeth zou daar op hem wachten en hij zou haar kunnen vertellen dat hij 'het had geregeld'. De kwestie Angélique was opgelost, met het eindresultaat dat zij wilden. En Angélique had nog nooit iemand zo gehaat als ze die avond haar eigen broer haatte.

In plaats van naar boven te gaan, besloot ze toen Tristan haar alleen had gelaten mevrouw White op te zoeken. Die had haar kantoortje naast dat van Hobson afgesloten en ze wensten elkaar net goedenacht toen Angélique met grote ogen en een bleek gezicht de trap af kwam rennen. Ze moest hun vertellen dat ze wegging, en mevrouw White zag onmiddellijk dat er iets verschrikkelijks aan de hand was.

'Wat is er, kind?' Ze zag er op dat moment niet uit als lady Angélique, maar als het kleine meisje dat mevrouw White haar hele leven had gekend.

'Ze sturen me weg om als kindermeisje te gaan werken,' gooide Angélique eruit. Ze trilde nog steeds van alles wat ze zojuist had gehoord. Mevrouw White keek haar geschokt aan en Hobson, die ongewild had meegeluisterd, zei ontzet: 'Wát hebben ze gedaan? Dat is onmogelijk! Zoiets zou mijnheer de hertog nooit goedvinden!' Maar hij en de huishoudster wisten allebei wat het onvervreemdbaar erfgoed inhield en wat daaruit voortvloeide. Angélique was volledig aan Tristans genade overgeleverd, en hij had een slim plan bedacht om gemakkelijk van haar af te komen in plaats van voor haar te moeten zorgen. Hij had achttien jaar op dit moment gewacht. De twee toegewijde bedienden konden niet uit over de wreedheid van dit alles: eerst was ze haar vader verloren, die zoveel van haar had gehouden, en slechts enkele dagen later raakte ze haar thuis kwijt.

'Er komt vast een moment waarop ze van gedachten veranderen en je terughalen,' zei mevrouw White hoopvol, maar zelfs zij achtte dat niet waarschijnlijk. Tristan was een slechte man, en zijn echtgenote was een hardvochtige, egoïstische, hebzuchtige vrouw.

Angélique liet zich in de armen van de oudere vrouw vallen en Hobson wendde zich af, zodat de twee vrouwen niet de tranen over zijn wangen zouden zien rollen. Hij kon niet verdragen wat Tristan en zijn vrouw deden, maar ze konden niets doen om dit kind te helpen, dat nog nooit op eigen benen had gestaan. Op de een of andere manier zou ze zich er zelf doorheen moeten slaan.

'Het komt goed,' zei Angélique moedig. Ze dacht aan het geld dat haar vader haar had gegeven, maar ze zou het nog niet gebruiken. Haar vader had haar gezegd dat niet te doen, hoewel hij niet kon weten wat Tristan voor haar in petto had. Zelfs hij had zich in zijn angstigste momenten geen verraad van deze omvang kunnen voorstellen.

'Je houdt toch contact, hè?' zei mevrouw White, terwijl ze haar diepbezorgd aankeek.

'Natuurlijk. Ik schrijf jullie zodra ik er ben. En schrijft u mij ook?' vroeg Angélique met smekende ogen.

'Natuurlijk, dat weet je wel.' Ze omhelsden elkaar weer, en toen ging Angélique naar boven om haar spullen te pakken voor haar nieuwe leven. Ze stopte bijna al haar mooie jurken in hutkoffers, samen met haar boeken en een paar favoriete bezittingen waarvan ze wist dat ze ze niet mee kon nemen. In de koffers die ze van plan was mee te nemen stopte ze een klein portretje van haar vader, een miniatuurtje van haar moeder, geschilderd op ivoor, een paar geliefde boeken, zoveel praktische jurken als er maar in pasten, een hoedendoos vol eenvoudige bonnetten, en een waaier van haar moeder waar ze als kind altijd dol op was geweest. Toen ze klaar was met pakken, duizelde het haar, en ze lag de hele nacht in de ijskoude kamer in haar bed met het gevoel dat ze net als de ouders van haar moeder in de ochtend naar de guillotine zou worden geleid.

Ze ontbeet in de eetzaal van de bedienden; slechts enkelen van hen waren op. En toen ze vertrok, hielpen Hobson en mevrouw White haar als liefhebbende ouders in de kleine sjees. Zij waren de enige mensen die ze nog had. En terwijl de sjees in de ochtendmist bij Belgrave Castle wegreed, zag ze niet dat haar oudste broer haar vanuit zijn slaapkamerraam met een tevreden gezicht nakeek. Hij had het voor elkaar. De dochter van de Franse hoer was weg en Belgrave met al zijn land was nu van hem. Hier had hij zijn hele leven op gewacht.

Angélique keek naar het silhouet van haar huis dat zich tegen de ochtendhemel aftekende en Hobson en mevrouw White huilden allebei toen de sjees was weggereden. Ze vroegen zich af hoe Tristan en Elizabeth haar plotselinge verdwijning zouden verklaren.

Terwijl Angélique met een koetsier en zonder lakeien hobbelend op weg was naar Hampshire en de Fergusons, zag de dochter van de vorige hertog van Westerfield haar toekomst angstig, maar ook waardig en moedig tegemoet. Ze had het geld van haar vader weggeborgen in een kistje dat ze had meegenomen. En ze bedankte hem weer in stilte voor het immense geschenk dat hij haar had gegeven. Ze zou er ooit een huis van kunnen kopen, en als ze zuinig was zou ze er als dat echt moest in haar latere jaren van kunnen leven. Maar nu nog niet. Voorlopig zou ze als dienstmeisje werken bij de Fergusons en daar een dak boven haar hoofd hebben.

Ze had geen idee waar de toekomst haar zou brengen en hoe haar leven er dan uit zou zien, maar wat er ook zou gebeuren, ze was vastbesloten vol te houden.

Belgrave Castle was die ochtend vreemd stil, alsof het leven en de ziel eruit weg waren. Alle mensen die er werkten wisten dat ze een erg donkere tijd tegemoet gingen, zonder hun geliefde hertog en zijn dochter. In antwoord op de vraag waar ze was zeiden Hobson en mevrouw White alleen: 'Ze is weg.' En Tristan Latham, de nieuwe hertog van Westerfield, zei helemaal niets. Alleen de bedienden van Belgrave Castle wisten dat ze zowel rouwden om de vader als de dochter terwijl ze hun werk deden met de zwarte rouwband om hun arm, een zwaar hart en tranen in hun ogen. Hun geliefde lady Angélique was weg en ze wisten dat ze haar nooit meer zouden zien.

3

Wilfred, de jongste koetsier van Belgrave, bracht haar van Hertfordshire naar Hampshire, waarbij ze onderweg door St. Albans kwamen. Ze stopten in Slough bij een eenvoudige herberg en hervatten de reis na een maaltijd met worstjes en cider. Wilfred at bij de staljongens in de stal en Angélique, die alleen moest eten, voelde zich niet op haar gemak. Ze zat stilletjes aan een tafel in een hoek. Het was voor het eerst van haar leven dat ze ergens in haar eentje naartoe ging en ze had veel om over na te denken. De dood van haar vader, het plotselinge, onverwachte verlies van haar thuis, het verraad van haar broer, het geld dat haar vader haar had gegeven, en de toekomst die voor haar lag nu ze als kindermeisje ging werken, voor vreemden. Haar broer had dat duidelijk al een poos geleden bekokstoofd, om van haar af te komen. Ze had nooit verwacht dat er zoiets zou gebeuren, of dat ze onbeschermd de wereld in zou worden gestuurd. In plaats van als de geliefde dochter van een hertog te leven in de verheven sferen van Belgrave Castle, zou ze nu tot de wereld van het personeel behoren. Ze kende die goed doordat ze het huis van haar vader had bestierd, maar ze had in de verste verte niet kunnen vermoeden dat haar eigen leven zich daar ooit af zou spelen. Alles zou nu anders worden. Het enige wat ze kon hopen was dat de Fergusons fatsoenlijke mensen waren, vriendelijk personeel hadden en haar goed zouden behandelen.

Angélique had zich nooit een arrogante houding aangemeten, maar aan alles was te zien dat ze van goede komaf was. Ze was op en top een dame van adel, zowel in haar spraak en haar manieren als in hoe ze zich bewoog, ook al droeg ze nog zulke simpele kleding. Ze had een eenvoudige jurk aangetrokken voor de reis en had de minst opvallende kleren meegenomen die ze bezat. Maar het waren allemaal de jurken van een adellijke dame, niet die van een kindermeisje. En de soberheid van haar zwarte kleding liet zien dat ze in de rouw was voor iemand die haar na had gestaan. Ze had niet alleen haar vader verloren, maar haar hele wereld, en onderweg naar Hampshire moest ze meer dan eens huilen. Ze wist dat ze moedig moest zijn als ze daar eenmaal was, maar zolang ze in het eenvoudige rijtuig zat, kon ze zich vastklampen aan de laatste flarden van alles wat ze had gekend. Het was allemaal in een paar dagen in elkaar gestort. Dat was wat Tristan en Elizabeth hadden gewild, en ze wist dat als haar vader het had geweten, hij wanhopig zou zijn geweest. Ze kon nu bij niemand hulp vragen. Ze zou nooit meer contact zoeken met haar broers. Ze had Edward nauwelijks gezien, maar ze wist zeker dat hij van het plan op de hoogte was. Ze vroeg zich af of ze op Belgrave nu een feestje aan het vieren waren. En ze wist dat de enige plek waar ze gemist zou worden beneden zou zijn, waar Hobson en mevrouw White samen met mevrouw Williams en de anderen die haar haar hele leven hadden gekend zouden rouwen om haar vertrek. Ze waren in één klap de hertog en zijn dochter kwijtgeraakt en zouden nu te maken krijgen met Tristan en Elizabeth – kille, veeleisende, bekrompen mensen zonder hart, die graag opschepten en altijd onvriendelijk waren tegen het personeel als dat in de buurt was.

Het was laat in de middag en al bijna donker toen ze Alton in Hampshire bereikten. Ze hadden bijna elf uur gereisd en waren flink door elkaar geschud in de sjees. Voor de paarden was het ook een lange reis geweest, maar ze hadden een paar stevige, sterke dieren genomen die minder vaak hoefden te rusten dan hun fijner gebouwde soortgenoten. Aan de hand van de aanwijzingen die Tristan Wilfred had gegeven vonden ze het huis gemakkelijk. Het was een mooi landhuis met een flink, goed onderhouden stuk grond eromheen, zij het op veel bescheidener schaal dan Belgrave Castle. Het was duidelijk een huis van een welgestelde familie en het zag er vrij nieuw uit, net zo nieuw als het geld van de man die het had laten bouwen. Tristan had erop gezinspeeld dat mevrouw Ferguson hem was getrouwd om zijn geld, waarmee haar man haar rijkelijk overlaadde. Zij was van adellijke familie, hoewel haar vaders titel niet erfelijk was en hij zijn vermogen had verloren met slechte investeringen. Ferguson was dus met haar getrouwd vanwege haar sociale status en zij met hem vanwege het leven dat hij haar kon bieden.

Het huis zag er warm en uitnodigend uit en een lakei kwam naar buiten om hen naar de personeelsingang aan de achterkant van het huis te verwijzen. Wilfred had aangenomen dat lady Angélique met haar bagage door de voordeur zou gaan. Hij had er geen idee van waarom ze hier was en ze vertelde het hem ook niet. Hij wist alleen dat ze hier een poosje zou logeren en hij veronderstelde dat ze bevriend waren en dat ze op vakantie ging om bij te komen na het overlijden van haar vader. Hij probeerde de lakei uit te leggen dat zij een gast was, maar die hield met een strak gezicht vol dat ze de achteringang van het grote huis moesten nemen.

'Het spijt me, mevrouw,' zei Wilfred zacht, met een beschaamd gezicht. 'Die ezel wil dat we de bediendeningang nemen. Ik kan wel met u meelopen naar de hoofdingang.' Hij bracht het rijtuig tot stilstand en een staljongen hield de hoofden van de paarden vast terwijl hij van de bok klom.

'Nee, het is goed zo,' zei ze, zo zacht dat hij haar net kon verstaan. Ze zag een andere lakei naar buiten komen die hen van top tot teen opnam en naar binnen wees.

'Je kunt naar binnen gaan,' zei hij. 'Mevrouw Allbright is de huishoudster hier, die zei al dat je zou komen. We eten over een paar minuten.' Hij was gekleed in een smetteloos livrei en maakte geen aanstalten om te helpen met de bagage. 'Laat de spullen maar buiten staan,' zei hij tegen Wilfred. 'Ze kan ze later naar boven brengen.' Wilfred keek Angélique verward aan. Ze werd behandeld als een bediende, niet als de adellijke dame die ze was. Ze schonk hem een vriendelijke glimlach en knikte.

'Het is goed. Iemand komt me wel helpen,' verzekerde ze hem, maar hij betwijfelde dat. Ze waren niet vriendelijk ontvangen en hij was niet van plan haar hier zomaar achter te laten bij deze norse, stijve lakei die haar als een dienstmeid behandelde. 'Het komt goed.' Ze wilde dat hij zo snel mogelijk vertrok, zonder de aandacht op haar te vestigen.

'Weet u het zeker?' Hij wilde geen standje van Hobson krijgen omdat hij zijn plicht had verzaakt en niet goed voor haar had gezorgd. Maar zij leek te popelen om hem te zien vertrekken.

'Ja, ik weet het zeker. En dank je wel dat je me hiernaartoe hebt gebracht.' Hij was van plan in een naburige pub te overnachten. Tristan had hem verteld welke hij moest hebben. Hij leek de omgeving goed te kennen.

Terwijl Angélique toekeek hoe Wilfred zijn plek op de bok van het rijtuig weer innam en wegreed in de richting vanwaar ze waren gekomen, had ze het gevoel dat het laatste stukje van Belgrave bij haar werd weggerukt. Ze voelde een snik in haar keel omhoogkomen, die ze uit alle macht onderdrukte. Terwijl ze hem nakeek begon het te sneeuwen en even later volgde ze de lakei naar binnen, een drukke bediendenzaal in, waar het krioelde van de mensen. Het huis was veel kleiner, maar de staf leek bijna net zo uitgebreid als waar ze was opgegroeid. De kleding van het personeel zag er splinternieuw en luxer uit dan ze gewend was, bijna Frans. En sommige lakeien droegen gepoederde pruiken, wat het personeel thuis nooit deed, behalve als er koninklijk bezoek kwam. Angélique nam het allemaal met grote ogen in zich op. Toen kwam er een lange, hoekige vrouw op haar af lopen. Ze had een gezicht als een grote vogel en leek net een gevangeniscipier met de grote rinkelende bos sleutels om haar middel, die haar positie aanduidde.

'Ik ben mevrouw Allbright, de huishoudster,' zei ze, zonder te glimlachen. 'En jij bent zeker het nieuwe kindermeisje, Angela Latham.'

'Angélique,' verbeterde ze zachtjes. Ze was doodsbang voor de vrouw, maar was vastbesloten dat niet te laten merken.

'Dat klinkt buitenlands,' zei mevrouw Allbright afkeurend.

'Het is Frans,' bevestigde Angélique.

'Dat zal mevrouw Ferguson prettig vinden,' zei de huishoudster met een pruimenmondje. Kennelijk was ze er zelf niet enthousiast over. 'Wij gaan net aan tafel. Een van de dienstmeisjes zal je later naar je kamer brengen. Het is alleen voor vannacht. Je slaapt uiteindelijk in de kinderkamer bij de kinderen, maar het huidige kindermeisje gaat morgen pas weg. Daarna kun je naar haar kamer verhuizen. Ik hoor dat je veel bagage hebt.' Ze fronste haar voorhoofd. 'Ik weet niet waarom je die hier mee naartoe hebt genomen. Je krijgt net zo'n jurk als mevrouw Ferguson alle kindermeisjes aantrekt. Een eenvoudig geval. Je eigen kleren draag je alleen op de halve vrije dag die je eens per maand krijgt, als de kinderen niet ziek zijn.' Het had geen zin deze streng uitziende vrouw uit te leggen waarom ze drie koffers en een klein houten kistje had meegenomen. Het was het enige op de wereld wat ze nog bezat. Ze had wat dingen van haar vader meegenomen, een paar boeken die ze samen hadden gelezen en zo veel mogelijk kleine persoonlijke souvenirs. En in het afgesloten kistje zaten haar sieraden en haar geld. Ze zou haar best doen om dit alles een plekje te geven, hoe klein de kamer ook was. En ze verwachtte niet dat hij groot zou zijn.

De eetzaal van de bedienden was schoon en ruim en de kok, die drie keukenmeisjes had om haar te helpen, maakte een bedrijvige, efficiënte indruk. Angélique telde aan de tafel twintig personeelsleden voor binnenshuis. Iemand wees haar een lege stoel aan en nadat ze was gaan zitten keek ze rustig naar de mensen om zich heen terwijl de maaltijd werd opgediend. Het eten was overvloedig en iedereen begon met smaak te eten. Ze maakten een gejaagde indruk en hadden kennelijk grote honger.

'Ze geven dit weekend een onthaal met veel gasten. Het is enorm druk. Vandaag zijn ze op jacht geweest. Vanavond is er een groot feest, waarvoor vrienden uit de buurt zijn uitgenodigd. Ze ontvangen vaak gasten, vooral in hun huis in Londen. Maar jij zult daar niet vaak komen. Ze laten de kinderen meestal hier als ze naar de stad gaan,' legde het dienstmeisje naast haar uit. 'Ik ben Sarah, trouwens. Ik ben een van de meisjes van boven. Pas op voor mevrouw Allbright. Ze is een verschrikking en ze ontslaat je voor je met je ogen kunt knipperen,' waarschuwde ze fluisterend.

'Is het kindermeisje dat hier nu werkt ontslagen?' vroeg Angélique bezorgd.

'Nee, zij gaat terug naar Ierland. En ze is blij dat ze weg kan. De kinderen zijn enorm druk.' Angélique knikte en stelde zich voor, waarop Sarah glimlachte en haar aan de anderen voorstelde. De butler, meneer Gilhooley, zat aan het hoofd van de tafel. Naast hem zat een onderbutler en mevrouw Allbright zat aan het andere eind van de tafel, waar ze de dienstmeisjes en het huispersoneel als een schooldirectrice in de gaten hield. De sfeer aan tafel was gemoedelijk, hoewel ze geen tijd hadden om lang te blijven zitten, en Angélique was te gespannen om te eten. 'Waar heb je hiervoor gewerkt?' vroeg Sarah aan haar, toen ze van tafel gingen. Het kamermeisje van mevrouw Ferguson flirtte koket met de onderbutler, maar meneer Gilhooley greep in en maakte een kleinerende opmerking. Mevrouw Allbright en hij waren zo te zien de beste maatjes en hielden iedereen streng in het gareel.

Angélique vroeg zich even af wat ze tegen Sarah moest zeggen in antwoord op haar vraag naar haar laatste baan en besloot een aangepaste versie van de waarheid te vertellen.

'Ik heb hiervoor niet gewerkt. Dit is mijn eerste betrekking,' zei ze verlegen, en Sarah glimlachte.

'Hoe oud ben je?'

'Achttien,' gaf ze toe. Met onopgemaakt haar en in haar eenvoudige zwarte jurk zag ze er nog jonger uit dan ze was.

'Dat is een mooie leeftijd. Ik ben zesentwintig,' zei Sarah spijtig, en dempte toen samenzweerderig haar stem. 'Ik doe dit werk nu tien jaar. Een van de staljongens en ik hebben verkering. Als we genoeg geld hebben gespaard gaan we trouwen. Misschien al gauw.' Ze keek er hoopvol bij, en Angélique was ontroerd. Plotseling kreeg ze een indruk van hoe moeilijk sommige mensen het hadden. Er was weinig geld, er moest hard worden gewerkt en een huwelijk en kinderen waren geen vanzelfsprekendheid. Daar moest voor worden gespaard, soms jarenlang.

'Morgenochtend maak je kennis met kindermeisje Ferguson,' zei mevrouw Allbright tegen haar toen ze de eetzaal uit liepen en de lakeien en de beide butlers zich klaarmaakten om boven te bedienen bij het feest. Zoals gebruikelijk werden de kindermeisjes en kameniersters niet aangesproken met hun eigen achternaam, maar met die van de familie waarvoor ze werkten.

De dienstmeisjes gingen de kamers in orde maken nadat de familie en hun gasten zich hadden omgekleed. Een hele zwerm van hen haastte zich naar de bediendentrap. 'Zorg dat je om zes uur beneden bent voor het ontbijt,' zei mevrouw Allbright tegen Angélique. Ze klonk weer als een schooljuffrouw. 'Sarah brengt je naar de kamer waar je vannacht zult slapen, kindermeisje Latham.' Angélique wist dat als ze de volgende ochtend met haar werk zou beginnen, zij ook tot de dag dat ze vertrok kindermeisje Ferguson zou worden genoemd. Ze volgde Sarah zwijgend meerdere trappen op naar boven.

'Hij is wel aardig,' informeerde Sarah haar fluisterend over de Fergusons. 'Hij is een beetje een rokkenjager, maar hij valt wel mee. In mijn laatste baan moest ik elke nacht mijn slaapkamer op slot draaien om de heer des huizes buiten de deur te houden. Maar pas op voor haar broer. Hij is een schoft, maar een knappe vent, als je op dat type valt. En kijk uit voor mevrouw Allbright. Als ze je betrapt, sta je zo zonder getuigschrift op straat.'

'Nee, nee, dat zou ik nooit doen,' zei Angélique, met een ontzet gezicht. Ze zei er niet bij dat ze zelf ook zo'n broer had. 'En hoe is zij?' vroeg ze, doelend op hun werkgeefster.

'Erg verwend. Hij geeft haar alles wat ze wil. Ze heeft prachtige kleren en juwelen. Maar ik weet niet waarom ze kinderen heeft, ze kijkt nooit naar ze om. Je moet ze elke zondagmiddag naar beneden brengen voor de thee, maar zij vindt bijna altijd wel een reden waarom ze er niet bij kan zijn. Ze zegt dat kinderen altijd ziek zijn, en ze is bang voor influenza. En jouw ouders? Waar zijn die?' Sarah was benieuwd naar haar, en Angélique moest even slikken voordat ze antwoord gaf.

'Ik... mijn vader is kort geleden overleden... en mijn moeder is gestorven bij mijn geboorte... Ik ben nu een wees.' Het deed haar pijn om het te zeggen, maar het was waar.

'Het spijt me dat te horen,' zei Sarah oprecht. Ze waren aangekomen bij de kamer waar ze die nacht zou slapen. Het was een piepkleine, kale kamer, met alleen een bed en een kleine ladekast erin. Er was een wastafel om zich aan te wassen en er lagen grove lakens, een deken en één handdoek op het bed. Het huis mocht dan nieuw en modern zijn, dat gold niet voor de bediendenverblijven. De kamer was half zo groot als de kleinste bediendenkamer op Belgrave. Mevrouw Ferguson interesseerde zich niet voor het comfort van haar personeel.

'De kamer voor het kindermeisje bij de kinderkamer is iets groter,' zei Sarah geruststellend, 'maar niet veel. De kinderen delen een kamer, maar er is een fijne zitkamer waar je 's avonds kunt zitten – als ze tenminste willen slapen. Bridget zegt dat de baby de halve nacht huilt, omdat zijn tandjes doorkomen. Ze vindt het niet erg om weg te gaan.' Angélique knikte en vroeg zich af hoe ze het moest aanpakken. Ze wist niets van kinderverzorging. Ze had haar hele leven nog nooit kinderen om zich heen gehad, behalve een paar minuten als ze bij de pachtboerderijen op bezoek ging. Maar daar werden de kinderen bij haar vandaan gehouden, om te voorkomen dat ze te veel lawaai maakten of haar jurk vies maakten. Dit zou een nieuw ervaring worden, en een hele uitdaging. Ze had geen idee wat ze kon verwachten. Ze wist alleen dat ze voor vier jonge kinderen zou gaan zorgen, die zich volgens Sarah verschrikkelijk slecht gedroegen.

Nadat Sarah haar haar kamer had laten zien, ging Angélique terug naar de bediendenzaal om haar bagage op te halen. Ze moest drie keer de trap op en af en niemand bood aan haar te helpen. Daarna had ze alleen nog energie om een kan water te halen, zich te wassen aan de wastafel in haar kamer, en naar bed te gaan. Ze lag uren wakker en vroeg zich af wat de volgende dag zou brengen. Ze kon alleen maar hopen dat ze moedig en sterk genoeg zou zijn om haar werk te doen en een goede indruk te maken op haar werkgever. Ze had haar hele leven nooit gedacht dat ze nog eens een bediende zou worden. Ze probeerde er niet aan te denken terwijl ze langzaam in slaap viel. Die nacht werd ze verschillende keren met een schok wakker, bang om zich te verslapen. Om vijf uur stond ze eindelijk op, waste zich, kleedde zich aan en maakte haar haar netjes op in de ijskoude kamer. Klokslag zes uur was ze in de eetzaal, zoals de huishoudster had gezegd.

Een van de keukenmeisjes gaf haar een kop thee en voordat ze had kunnen ontbijten, kwam een van de dienstmeisjes haar vertellen dat ze in de kinderkamer werd verwacht en mee naar boven moest komen. Ze namen de bediendentrap naar de tweede verdieping en kwamen uit bij de kinderkamer, waar Angélique een baby hoorde huilen. Het dienstmeisje wees naar een zware houten deur en Angélique keek een lange, beklede gang in, waar verschillende andere bedienden hun slaapkamers hadden. Mevrouw Allbrights kamer bevond zich op deze verdieping, evenals die van mevrouw Fergusons kamenierster, de kok en de dienstmeisjes die al wat langer in dienst waren. Het grootste deel van de verdieping werd in beslag genomen door de kinderkamer, een kleine zitkamer en de slaapkamers. Er was ook een sierlijke trap die naar de eerste verdieping leidde, maar die mocht het personeel niet gebruiken en was alleen bestemd voor de familie, wanneer die verkoos naar boven te komen.

Angélique klopte op de deur van de kinderkamer, maar niemand hoorde haar vanwege het gehuil van de baby. Ze klopte nog een paar keer, en besloot uiteindelijk naar binnen te gaan. Daar trof ze een sproetig roodharig meisje dat de baby probeerde te troosten, terwijl twee andere kinderen om haar heen haar aandacht probeerden te trekken en een peuter op een tafel met speelgoed stond te gooien. Het was een heksenketel en even kwam Angélique in de verleiding op de vlucht te slaan. Ze zou vast wel een andere baan kunnen vinden die gemakkelijker was dan deze.

'Hallo, ik ben Angélique!' riep ze boven het kabaal uit, terwijl de baby krijste en aan zijn oortjes trok. Het knappe roodharige meisje in het eenvoudige kindermeisjesuniform draaide zich naar haar om.

'Ben jij het nieuwe kindermeisje?' vroeg ze hoopvol.

'Ja. Kan ik helpen?'

'Ja, je kunt Rupert van de tafel halen.' Ze wees met een dankbare glimlach naar de tweejarige. Nadat ze de baby in zijn bedje had gelegd, die onmiddellijk nog harder begon te krijsen, liep ze naar Angélique, die Rupert in zijn nachthemdje van de tafel tilde. Zodra ze hem op de grond had gezet, rende hij op onvaste beentjes bij hen vandaan, de kinderkamer door. Hij zag eruit als een kleine dronkenman en de beide vrouwen lachten. De andere twee kinderen waren stil geworden en keken op naar Angélique. Simon leek een jaar of vier en Emma, een meisje met een hoofd vol blonde pijpenkrulletjes, was drie. Charles, de baby, was zes maanden.

'Welkom in het gekkenhuis,' zei het kindermeisje lachend, en Angélique glimlachte terug. Ze probeerde niet te laten merken hoe nerveus ze was. 'Sarah kwam gisteravond naar me toe. Ze zei dat dit je eerste baan is. Je bent moedig – toen ik hier kwam hadden ze nog maar twee kinderen. Ik had nooit gedacht dat ze er nog twee bij zouden krijgen.' Ze had een zwaar Iers accent en een vriendelijk gezicht en de drukke, voortdurend bewegende kinderen leken haar absoluut niet te deren. 'Ik ben hun vijfde kindermeisje. Ik kom uit een groot gezin, dus ik heb er niet zoveel last van als sommige anderen.'

'Ik vind het jammer dat je weggaat,' zei Angélique oprecht.

Zonder dat ze dat zelf besefte klonk ze meer als een dame dan als een bediende.

'Dat moet je niet jammer vinden – daardoor heb jij nu de baan,' zei het meisje. Ze lachte weer en keek haar toen wat opmerkzamer aan. 'Jij bent zeker wel een chique tante.' In haar jaren als kindermeisje had ze andere meisjes gezien uit families die hun vermogen waren kwijtgeraakt en gedwongen waren bij anderen thuis te gaan werken. Maar die meisjes kwamen uit de lagere landadel, en Angélique leek een treetje hoger te staan, hoewel ze vriendelijk en open was en de baan kennelijk nodig had. Angélique ging niet op haar opmerking in. Ze hoopte dat ze er niet te chic uitzag. Alleen uit haar gedrag en haar manier van spreken was haar goede afkomst af te leiden. Het meisje zou nooit kunnen vermoeden dat ze de dochter van een hertog was, en Angélique was vastbesloten dat ook aan niemand te vertellen. Het maakte niets meer uit, en als ze het wisten zouden ze alleen maar een hekel aan haar krijgen, wat wel het laatste was wat ze wilde. Ze wilde alleen maar zo min mogelijk opvallen tussen de rest van het personeel.

Terwijl Bridget haar een kop thee inschonk, stopte de baby met huilen en Bridget glimlachte. 'Godzijdank, dat is mooi. De arme jongen heeft last van zijn tandjes. Rupert' – ze wees naar de peuter – 'was net zo. Maar goed, hoe kom je zo gek, om bij je eerste baan voor vier kinderen te gaan zorgen?'

'Een vriend van de Fergusons heeft me aanbevolen. Ik moet werken.' Angélique zei niets over het verraad van haar broer, en dat hij de baan voor haar had geregeld.

'We moeten allemaal werken,' zei Bridget met een glimlach. 'Ik ga een paar maanden naar Dublin, om mijn zus te helpen die een tweeling heeft gekregen, maar daarna ga ik terug naar Londen om een baan te zoeken. Het platteland is me te stil en de familie neemt ons niet vaak mee naar de stad.'

'Ik ben opgegroeid op het platteland, ik vind het fijn,' zei

Angélique. Nadat ze even bij elkaar hadden gezeten om hun thee op te drinken, ging Bridget in het keukentje bij de kinderkamer hun ontbijt klaarmaken. De rest van de maaltijden werd vanuit de keuken op dienbladen naar boven gestuurd.

'Dan zul je het hier vast naar je zin hebben,' zei Bridget vol vertrouwen. 'Als je die kleine monsters tenminste zover krijgt dat ze zich gedragen. Je hebt Helen, die af en toe bijspringt in de kinderkamer, maar je hebt eigenlijk een ander kindermeisje nodig om je te helpen. Vier kinderen is te veel voor één persoon. Maar Simon wordt over een jaar vijf en dan gaat hij naar Eton. Eerder worden ze daar niet aangenomen. Zij kan niet wachten om hem weg te sturen. Dat helpt misschien, als je het zolang weet vol te houden, als ze er tenminste niet nog eentje bij krijgt. Je weet het nooit met haar – meneer Ferguson wil ze, hoewel hij ook niet naar ze omkijkt. En zij lijkt het niet erg te vinden. Ze krijgt ze net zo gemakkelijk als een landarbeider op de akker.' Het was een interessante beschrijving van haar nieuwe werkgeefster, die haar paarden en haar sociale leven blijkbaar prefereerde boven haar gezin, maar toch kinderen kreeg. Bridget zei dat zolang zij ze maar niet hoefde te zien, niet voor ze hoefde te zorgen, en gemakkelijke zwangerschappen had, het haar niet uitmaakte. Het hield haar echtgenoot gelukkig, die haar verwende, dankbaar omdat ze hem zonen schonk. 'Je zult haar niet vaak hierboven zien. Op zondag brengen wij ze naar beneden voor de thee. Ze duldt ze ongeveer tien minuten en dan stuurt ze je weer weg.' Het was niet wat Angélique zich voorstelde bij het moederschap, hoewel het haar wel bekend voorkwam. Haar schoonzus Elizabeth was ook nooit geïnteresseerd geweest in haar kinderen, tot ze oud genoeg waren om de wat volwassener wereld te betreden. 'Als je in de kast kijkt, denk ik dat we wel een jurk voor je hebben, hoewel je erg klein bent. Je kunt 'm misschien innemen. Je mag mijn uniformen wel hebben, maar die zijn je te groot.' Ze lachte. Ze had een vol figuur, met brede heupen en een flinke boezem en ze was langer dan Angélique. De jurk die ze haar aanbood was grijs met een lang, gesteven wit schort, dat Bridget naar haar zeggen drie keer per dag moest vervangen, een gesteven mutsje, afgezet met een plooirandje en bijpassende witte manchetten. Het zag er minder streng uit dan de zwarte jurken die de huishoudster en de kameniersters droegen, en ook iets eenvoudiger. 'Aan het eind van de dag, als ik ze de hele dag achterna heb gelopen, zie ik eruit als een slons. De hulp springt bij met de was.' Ze nam met Angélique de dagindeling door. De kinderen deden elke dag een ochtend- en een middagdutje. Ze kwamen vroeg uit bed, aten tussen de middag warm, kregen om half zes een uitgebreide vroege avondmaaltijd en wat fruit voor ze naar bed gingen. En ze vonden het leuk als ze hun verhaaltjes voorlas. 'Ik lees niet zo goed,' zei ze eerlijk, 'maar voor hen is het goed genoeg. En als ik er niet uitkom, bedenk ik gewoon wat. Ze zijn te jong om het verschil te merken.' Angélique vond het een leuk idee om de kinderen voor te lezen. Als kind vond ze het altijd heerlijk om te lezen, en nog steeds. Het was iets wat ze voor hen kon doen wat minder ingewikkeld leek dan de rest.

'Wanneer ga je weg?' vroeg Angélique, nog steeds nerveus.

'Na het middageten.'

'Ze zullen je missen,' zei Angélique verdrietig. Ze herinnerde zich nog goed hoe ellendig ze zich had gevoeld toen haar eigen kindermeisje wegging. Ze was als een moeder voor haar geweest. Na haar vertrek had Angélique een nauwere band gekregen met mevrouw White.

'Ze zullen me hooguit een dag of twee missen. Ze raken snel aan je gewend. Ze zijn te jong om me lang te onthouden. Morgen ontmoet je mevrouw Ferguson, als je 's middags thee met ze gaat drinken in de bibliotheek. Helen, de hulp, zal je laten zien welke kleren ze aan moeten. Mevrouw wil graag dat ze er mooi uitzien, zodat ze met ze kan pronken bij haar vriendinnen. En meneer Ferguson is dol op Emma's pijpenkrullen. Zorg ervoor dat je ze borstelt tot ze glimmen, zelfs als ze huilt als je dat doet. Als je ze naar beneden brengt met hun haar in de war, zwaait er wat.'

Toen stond ze op om ontbijt voor de kinderen te maken. Ze hadden een klein fornuis om havermoutpap op te bereiden en ze besmeerde brood met marmelade en jam. Verder stond er een kan water op een blok ijs. Ze zette net het ontbijt op de tafel toen Helen binnenkwam. Ze was ongeveer even oud als Angélique en nam haar meteen wantrouwig op. Net als Bridget was ze twee jaar in dienst. Ze had graag kindermeisje willen worden, maar had te horen gekregen dat ze was gepasseerd voor iemand die de Fergusons via vrienden hadden gevonden. Ze beschouwde Angélique als een bedreiging en had duidelijk weinig zin om haar te helpen. Bridget en zij waren vriendinnen en ze was verdrietig dat ze wegging. Helen had dezelfde reactie als Bridget in het begin en vond dat Angélique er te aristocratisch uitzag om bij mensen in huis te werken. Ze vroeg zich af waarom ze hier was.

'Jij gaat haar helpen en vertellen wat ze moet weten,' sprak Bridget vermanend. 'Geen rare geintjes om haar een slecht figuur te laten slaan. We zijn allemaal ergens begonnen, en ze heeft je hulp nodig.' Helen knikte. Ze nam Angélique nog eens op. Angélique was nog steeds verlegen, maar op dat moment kwam het kleine meisje naar haar toelopen, staarde haar even aan en klom toen met haar pop in haar armen bij haar op schoot. Haar hoofdje was bedekt met een massa zachte blonde krullen.

Na het ontbijt liet Bridget haar zien hoe ze de kinderen moest aankleden, en waste hun gezicht en handen. Een uur nadat Angélique in de kinderkamer was aangekomen, was alles piekfijn in orde. De kinderen hadden gegeten en waren aangekleed, de bedden waren opgemaakt en de baby had sinds hij wakker was geworden niet meer gehuild. Hij strekte glimlachend zijn armpjes naar Bridget uit en zij tilde hem op, net op het moment dat de peuter een houten paard naar Emma gooide en haar op een haar na miste. Bridget pakte speelgoed voor hen en nam de baby op schoot om hem te verschonen en aan te kleden. Het leek ongelofelijk veel werk en geregel, en er was een goede timing nodig om naar vier kanten tegelijk te kijken en in de gaten te houden waar ze allemaal waren. Helen deed de was en de afwas, maar ze bemoeide zich niet met de verzorging van de kinderen. Dat was uitsluitend het werk van het kindermeisje. Angélique had geen idee hoe Bridget het klaarspeelde – ze was een tovenares met vijf paar handen. Het had overduidelijk geholpen dat ze zelf in een groot gezin was opgegroeid.

'En pas op voor de broer van mevrouw Ferguson – die deugt niet,' zei ze, en Angélique glimlachte.

'Dat heb ik gehoord. Sarah waarschuwde me al.' Hij had een slechte reputatie in het huis, en blijkbaar welverdiend.

'Toen hij hier het afgelopen voorjaar was, ging hij achter een van de dienstmeisjes aan. Hij is een charmeur. Toen mevrouw erachter kwam, hebben ze het meisje ontslagen. Over twee maanden krijgt ze zijn baby, maar niemand praat erover. Haar ouders pachten een van de boerderijen, dus ze is naar hen teruggegaan. Het wordt vast een mooi kindje, maar ze komt hier niet meer terug om te werken, en ze krijgt geen getuigschrift. Denk daar maar aan als hij bij je in de buurt komt, en doe 's nachts je deur op slot. Meneer Ferguson zal je niet lastigvallen, hoewel ze zeggen dat hij een paar vrouwen heeft in de stad, met wie hij zich vermaakt als zijn vrouw hier is. Ik geloof niet dat zij het erg vindt – ze heeft het te druk met zijn geld uitgeven om zich er veel van aan te trekken. En als ze gasten hebben, neemt ze het zelf ook niet al te nauw.'

Angélique kreeg een beeld van mensen met een boel geld, waarvan de vrouw verwend was en beneden haar stand was getrouwd vanwege het geld van haar echtgenoot, en die elkaar ontrouw waren en niets gaven om hun kinderen. Het waren geen mensen voor wie Angélique bewondering kon opbrengen en het verbaasde haar niet dat haar broer en zijn vrouw met hen bevriend waren. Het leek haar een erg oppervlakkig, weggegooid leven. Haar vader was anders geweest, maar haar broer leek voorkeur te hebben voor dit lege bestaan en alles wat erbij hoorde. In sommige opzichten leek mevrouw Ferguson een jongere versie van Elizabeth. Bridget zei dat meneer Ferguson vierendertig was en zij vijfentwintig. Ze was een gemakkelijke vrouw om voor te werken, als je haar maar te vriend hield, haar af en toe vleide en haar kinderen bij haar vandaan hield. Het klonk niet als een ingewikkelde baan, alleen uitputtend.

Ze kletsten de hele ochtend, en Bridget legde haar van alles uit. Het was slecht weer, dus ze bleven in de kinderkamer, maar Bridget zei dat ze met mooi weer meestal de tuin in gingen. Nadat Angélique de kinderen een verhaaltje had verteld, waar alleen de oudste twee naar luisterden, bracht Helen de dienbladen met eten naar binnen. Bridget, Helen en Angélique aten samen met de kinderen. Het was een stevige maaltijd van groente en kip, met ijs en fruit toe. 'Mevrouw Ferguson zegt altijd dat je Emma minder eten moet geven dan de jongens. Ze wil niet dat ze dik wordt, maar ik geef haar toch haar toetje. Het arme schaap. We willen haar niet uithongeren, wat haar moeder ook zegt. Ze heeft zelf een prachtig figuur, zelfs na vier kinderen, maar ze wordt natuurlijk in een korset geregen tot ze bijna stikt. Haar kamenierster zegt dat ze soms flauwvalt als ze haar insnoeren. Haar middel is ongeveer net zo dik als mijn arm.' Dat kon Angélique makkelijk geloven als ze naar Bridget keek. Ze mocht dit vriendelijke, open meisje graag, en ze hoopte dat ze het werk net zo goed en met evenveel gemak zou doen als zij. Dat was moeilijk voor te stellen. Ze voelde een golf van paniek door zich heen gaan toen Bridget haar spullen bij elkaar pakte en zich klaarmaakte om weg te gaan. Er blonk een traan in haar oog toen ze afscheid nam van de kinderen en hen allemaal een knuffel gaf. Toen keek ze naar Angélique.

'Nou, jij veel succes. Ik hoop dat alles goed gaat hier. Het zijn soms rare mensen, maar ze zijn niet slecht, en het is een goede baan. Als ze meer tijd met de kinderen in Londen zouden doorbrengen, zou ik bij ze terugkomen, maar niet hier.' Ze had dit al eerder gezegd.

'Ga je nu afscheid nemen van mevrouw Ferguson?' vroeg Angélique. Ze was benieuwd naar haar, vooral na alles wat Bridget haar die ochtend had verteld.

'Nee, ze heeft vorige week al afscheid van me genomen. Ze is geen sentimentele vrouw. Ze is vooral in zichzelf geïnteresseerd. Ze weet dat ze altijd een ander kindermeisje kan vinden. We zijn gemakkelijk te vervangen, weet je, dus onthoud dat en loop niet de kantjes eraf, anders ontslaat ze je en zoekt ze een ander, net zoals ze nu heeft gedaan.'

'Dat houd ik in gedachten,' zei Angélique ernstig. Plotseling besefte ze dat ze geluk had met deze baan, als ze dan toch moest werken. Tristan had haar naar een ergere plek kunnen sturen, en had dat met plezier gedaan, alleen maar om haar het huis uit te krijgen.

Bridget gaf haar een knuffel en was even later vertrokken. Angélique legde de kinderen in bed voor hun middagdutje, terwijl Helen de dienbladen oppakte en in de etenslift naar beneden stuurde. De baby was het moeilijkste naar bed te krijgen, maar ten slotte lag hij in zijn ledikantje met de fles die zijn nieuwe kindermeisje hem had gegeven, en viel binnen vijf minuten in slaap.

Ze keek in de kast tussen de uniformen die de kindermeisjes droegen, koos de twee kleinste uit en vroeg Helen op de kinderen te passen terwijl zij beneden in de waskamer de jurken op maat ging proberen te maken. Ze haastte zich met de twee jurken de bediendentrap af en trof de kamenierster van mevrouw Ferguson in de waskamer, waar ze stond te babbelen met de wasvrouwen terwijl die de kleren van hun werkgevers wasten. Ze keken Angélique allemaal verrast aan.

'Neem me niet kwalijk dat ik stoor,' zei ze aarzelend, 'maar ik zou graag grijs garen en een naald hebben om mijn jurken te vermaken.' Mildred, de bazin van de waskamer, keek haar met een vrolijke glimlach aan en nam de jurken rustig van haar over.

'Ik doe het wel voor je. Jij bent toch het nieuwe kindermeisje?'

'Ja, dat ben ik. Angélique.'

Mildred schudde afkeurend haar hoofd, en nadat ze naald en draad en een vingerhoed had gepakt en Angélique haar had uitgelegd waar de jurk te wijd was, keek ze haar aan. 'Mevrouw wil niet dat je hier bij je voornaam wordt genoemd. Het is nu kindermeisje Ferguson.' Angélique keek beteuterd en Mildred glimlachte. 'Maar leuk om kennis met je te maken,' zei ze. Ze stond op, hield de grijze jurken een voor een voor haar slanke figuur om te zien hoe ze vielen, stak er vervolgens een paar spelden in om te markeren waar ze ingenomen moesten worden en beloofde dat ze ze de volgende ochtend klaar zou hebben. 'Hoe vind je het tot nu toe in de kinderkamer?' vroeg ze belangstellend.

Angélique aarzelde even en glimlachte toen voorzichtig. 'Een beetje eng,' gaf ze toe. 'Bridget is net een uur geleden vertrokken. Dit is mijn eerste baan als kindermeisje. Ik heb nooit voor vier kinderen hoeven zorgen.' Ze klonk haast buiten adem en de andere vrouwen lachten.

'Ik weet ook niet of ik het zou kunnen,' zei de kamenierster van mevrouw Ferguson zacht. Angélique had gehoord dat een van de anderen haar Stella noemde. 'Niet met dat stelletje kleine monsters,' giechelde ze. 'Ze putten hun moeder binnen vijf minuten helemaal uit. Ik ben blij dat ik geen kinderen heb.' Ze was nauwgezet bezig een jurk voor die avond te strijken en keek het nieuwe kindermeisje glimlachend aan. 'Heb je mevrouw Ferguson al ontmoet?'

'Nee, nog niet. Ik ben gisteravond pas aangekomen.'

'Uit Londen?' vroeg een van de wasvrouwen haar.

'Uit Hertfordshire. Het huis en de tuin zien er prachtig uit hier.'

'Het huis in Londen is mooier,' zei Stella trots. 'Ik ben liever daar, maar voor de kinderen is het beter op het platteland. Ze wil liever dat ze hier blijven. Het is gezonder voor ze dan in de stad.' Angélique knikte en bedacht dat ze nu maar beter terug kon gaan naar de kinderkamer. Ze zei de vrouwen gedag en liep weer naar boven. Ze vond het jammer dat ze niet samen met hen kon eten, omdat ze altijd bij de kinderen moest blijven, in de kinderkamer. Het zou leuk zijn om de anderen te leren kennen, maar ze zou meestal alleen zijn. Gelukkig had ze Helen om mee te praten.

Toen Angélique boven kwam, keek ze in de boekenkast. Ze vond een paar boeken waar ze zelf als kind van had genoten en die ze graag aan de kinderen wilde voorlezen. Daarna ging ze naar beneden om haar spullen te halen en zeulde moeizaam haar koffers en het kleine houten kistje de trap op. Er was in haar slaapkamer in de kinderkamer nauwelijks genoeg ruimte voor alles, maar ze stapelde de koffers op elkaar en schoof het kistje onder haar bed. Het zat nog steeds op slot, en dat liet ze zo. Haar moeders sieraden en het geld van haar vader zaten erin. Haar hele toekomst lag verborgen onder haar bed.

'Waar heb je al die kleren voor meegenomen?' vroeg Helen haar. 'Die ga je toch nooit dragen.' Het was Angelique opgevallen dat er geen spiegel in haar slaapkamer was. Helen zei dat mevrouw Ferguson vond dat kindermeisjes die niet nodig hadden, evenmin als het keukenpersoneel.

'Misschien doe ik op een dag wel een mooie jurk aan,' zei Angélique een beetje treurig, en net op dat moment keek Sarah om de hoek van de deur. Ze had pauze en kwam een kort bezoekje brengen aan de kinderkamer.

'Je ziet eruit als een echt kindermeisje,' merkte Sarah glimlachend op. Angélique was blij haar te zien. Het gaf haar het gevoel dat ze hier in elk geval één vriendin had. Ze kletsten een paar minuten, waarna Sarah weer wegging en de kinderen wakker werden. Ze las hun wat voor en leerde Simon en Emma een spelletje dat ze in een kast had gevonden. Daarna stopte ze ze in bad, dat ze met Helens hulp zelf moest vullen. En toen ze daarmee klaar waren, bracht Helen de dienbladen met het avondeten al naar binnen. De dag was voorbijgevlogen, en toen ze de kinderen om zeven uur in bed legde, nadat ze ze eerst nog een verhaaltje had voorgelezen, was ze er zelf ook aan toe om naar bed te gaan. Morgen zou een belangrijke dag worden. Ze zou de kinderen meenemen naar de bibliotheek om hun ouders te zien en om zelf kennis te maken met de Fergusons. Ze was benieuwd naar hen, en nadat ze in de zitkamer bij een kaars nog even had gelezen, gleed ze tussen de lakens en vroeg ze zich af wat de toekomst haar zou brengen. De dochter van de hertog van Westerfield was kindermeisje Ferguson geworden, en het was moeilijk te bedenken wat het lot verder voor haar in petto had.

4

Het kostte Angélique de volgende middag zelfs met Helens hulp meer tijd dan ze had verwacht om de kinderen klaar te maken om hun ouders te zien. Helen hield de baby vast terwijl Angélique de anderen aankleedde. Ze borstelde Emma's krullen tot ze glansden en deed daarna een roze strik in haar haar. De jongens zagen er onberispelijk uit en de baby lachte toen ze met hem speelde en hem een fijn wit babypakje en een wit truitje aandeed. Hij was een stevige jongen en woog zwaar in haar armen toen ze hem met Emma aan haar hand naar beneden droeg. De kinderen waren opgetogen om naar beneden te gaan – het had de hele dag geregend en ze hadden weer binnen moeten blijven.

Angélique popelde om de bloementuin en het park te verkennen, en Helen had haar verteld dat er een doolhof was. Ze wilde dolgraag het terrein zien, hoewel ze wist dat het minder uitgestrekt was dan waar ze was opgegroeid. Maar er werd gezegd dat de tuinen van de Fergusons tot de mooiste van Hampshire behoorden.

Toen ze via de bediendeningang de hoofdverdieping binnenliepen, werd Angélique verblind door een enorme kroonluchter. Alle kaarsen brandden. Het was al donker buiten en de glinsterende kristallen waren spectaculair. Ze zag dat de inrichting erg chic was, en ze had van Sarah gehoord dat er in de oostvleugel een balzaal was.

Er stonden Engelse en Franse meubels en er hingen indrukwekkende schilderijen aan de muur. In de grote hal lag een lange, rode loper en in Angéliques ogen was het meer een toonzaal dan een plek waar gewoond werd. Ze hoorde stemmen in de bibliotheek en zag ongeveer twintig mensen die met elkaar praatten, lachten en kaartten. Ze bleef met de kinderen in de deuropening staan en vroeg zich af wie van de elegante dames hun moeder was. Emma rende als eerste naar haar moeder toe, waarna er een beeldschone verschijning in een zware blauwfluwelen jurk naar hen toe kwam lopen. De twee jongens wierpen zich tegen haar aan terwijl Eugenia Ferguson haar dochter bij de hand hield en Angélique met haar ijsblauwe ogen aanstaarde. Haar donkere, kastanjebruine haar had Stella volgens de laatste mode in een berg krullen boven op haar hoofd vastgezet. Ze had saffieren in haar oren en droeg een enorme, bijpassende sierspeld bij haar middel. Ze zag er adembenemend mooi uit en Angélique maakte een reverence voor haar. Ze wist dat dat van haar werd verwacht, niet vanwege de adellijke positie van de vrouw, die onbeduidend was, maar omdat zij nu een bediende was en de ander haar werkgeefster. Angélique speelde haar bescheiden rol goed en beide vrouwen waren getroffen door elkaars schoonheid. De moeder van de kinderen had niet verwacht dat het nieuwe kindermeisje zo knap zou zijn.

'Dus jij bent meisje Latham,' zei ze uit de hoogte. De kinderen fladderden even om haar heen. Toen renden ze naar hun vader en sloegen hun armen om zijn benen. Hij was opvallend lang en had steil blond haar. Hij was erg knap en alles wees erop dat hij ook erg rijk was. 'Je neef sprak bijzonder lovend over je,' zei Eugenia vriendelijk. 'Hij had je maanden geleden al aan mij beloofd.'

Angélique stond versteld. 'Mijn neef?' Ze had geen neven, alleen een paar verre achterneven en koning George, en ze betwijfelde sterk of Zijne Majesteit haar bij deze vrouw had aanbevolen. Ze keek haar werkgeefster met grote, onschuldige ogen niet-begrijpend aan.

'De hertog van Westerfield natuurlijk, Tristan Latham. Hij zei dat je een verre nicht van hem was, en een charmant meisje.'

Angéliques mond viel bijna open toen ze hoorde dat haar eigen broer tegen Eugenia had beweerd dat ze neef en nicht waren, wat natuurlijk respectabeler klonk dan als hij toe zou geven dat hij zijn eigen zus aan haar had uitbesteed. En als hij haar maanden geleden al had voorgedragen voor de baan, betekende dat dat hij toen haar vader ziek was zijn plan al had gemaakt en het moment had afgewacht waarop hij van haar af kon komen. Daarom was het zo snel gegaan en had hij haar meteen na het overlijden van hun vader kunnen wegsturen. Hij had dit plan maanden geleden al beraamd. Het verbijsterde haar dit te horen. Het was nog erger dan ze had gedacht.

'O... Tristan, natuurlijk...'

'Zijn vrouw de hertogin en ik zijn erg goede vriendinnen,' zei Eugenia, om indruk te maken op de mensen om haar heen. 'We zijn altijd bij elkaar als we in Londen zijn.'

Angélique knikte en probeerde intussen een oogje op de kinderen te houden, die zich op hun vader hadden gestort en zich uitsloofden voor de gasten. Het was een groot feest voor hen om hun ouders te zien.

'Ik ben erg dankbaar voor deze kans, mevrouw,' zei Angélique beleefd, hoewel ze haar broer niet dankbaar was dat hij al voor hun vaders dood deze intrige tegen haar had gesmeed. Misschien had hij zelfs gehoopt op zijn vaders overlijden, zodat hij Belgrave over kon nemen en eindelijk de titel en het landgoed kon erven en een enorm fortuin voor zichzelf zou hebben. En Eugenia Ferguson vond het prettig om de verarmde nicht van een hertog in dienst te hebben, en al helemaal om te weten dat de hertog zelf bij haar in het krijt stond, omdat ze zijn jonge familielid steunde. Ze had hem gevraagd waarom hij het meisje zelf niet in dienst nam, en hij had geantwoord dat het te gênant voor haar zou zijn om als bediende te moeten werken voor haar eigen familie. Hij had Eugenia verzekerd dat ze een beschaafd, welgemanierd meisje was, en dat ze de kinderen zelfs Frans kon leren, als Eugenia dat wilde. Hij had verteld dat de moeder van het meisje een Franse vrouw was van lage komaf, die met een verre neef van hem was getrouwd, en dat het meisje na het overlijden van haar ouders zonder geld was achtergebleven. Angélique had het verschrikkelijk gevonden om haar moeder te horen beschrijven als een vrouw van lage komaf. Ze was verwant aan de koning van Frankrijk, wat betekende dat Angélique verwant was aan de huidige Franse koning, Charles x. En dan was er nog haar familierelatie met de Britse monarch, George iv, aan vaderskant. Maar zelfs met het weinige wat Eugenia over haar wist was ze in haar nopjes. Ze vond het prettig om een adellijk kindermeisje voor haar kinderen te hebben en veronderstelde dat het haar meer prestige gaf. Het had haar altijd gestoord dat haar vader slechts een baron was, en dat zijn titel niet overdraagbaar was, zodat haar broer die niet kon erven. En Harry Ferguson had helemaal geen titel. Maar zijn vermogen maakte zijn niet-adellijke afkomst meer dan goed.

Eugenia vond dat Angélique er erg netjes en waardig uitzag, en toen ze zag dat de jonge vrouw naar de kinderen liep om hun vader te hulp te schieten, fluisterde ze tegen een vriendin dat zij een verarmde nicht was van de hertog van Westerfield. Angélique had de aanvechting om zich met een ruk om te draaien en uit te leggen dat ze zijn zus was, niet zijn nicht, en dat ze de dag na de dood van haar vader uit haar huis was verbannen. Maar ze zei niets en nam de jongens onder haar hoede, terwijl ze nog steeds de baby in haar armen hield. Intussen zag ze dat Emma haar mond vol had gestopt met lekkers, dat ze zonder dat haar moeder het opmerkte van een zilveren schaal had gepakt.

'Je kunt ze nu wel weer mee naar boven nemen,' zei Harry Ferguson, met een opgelucht gezicht. 'Jij bent zeker het nieuwe kindermeisje?' Ze knikte en maakte ook voor hem een reverence.

Eugenia maakte geen bezwaar toen Angelique de kinderen de kamer uit leidde en via de personeelsdeur met hen naar de bediendentrap liep. De kinderen leken zich niet te verbazen over het korte bezoek – ze waren het gewend. Ze waren nauwelijks meer dan tien minuten in de bibliotheek geweest, precies zoals Bridget had voorspeld. En hun ouders zouden hen een week lang niet meer zien. Angélique wist dat dit in de meeste families gebruikelijk was, maar als ze dacht aan de hechte relatie die zij met haar vader had gehad, had ze met de kinderen te doen. Ze zouden zoveel missen met ouders die hen bijna niet zagen, en ze voelde zich op een vreemde manier genoodzaakt om het goed te maken. Vooral voor Simon, die binnen een jaar naar kostschool zou gaan. Hij was nog maar zo klein in haar ogen, met zijn vier jaar. Om op je vijfde van huis gestuurd te worden leek haar nog erger dan wat haar op haar achttiende was overkomen. Zij was tenminste opgegroeid met de warmte en liefde van haar vader. Hij had toen zij klein was nooit afstand van haar gedaan. Zelfs kleine Rupert, die nauwelijks kon praten, zou over drie jaar zijn broertje naar Eton volgen.

Toen ze boven kwamen, las ze hun een verhaaltje voor, zodat ze na de opwinding rond het bezoek aan hun ouders en de gasten weer wat rustiger konden worden. Ze leken het fijn te vinden als Angélique hun voorlas, vooral Emma, die dicht tegen haar aan kroop en met een verdrietig gezichtje vroeg waar Bridget was. Bridget had twee jaar voor hen gezorgd, wat in hun korte leven een hele tijd was. Zij was het enige kindermeisje dat ze zich herinnerden en degene met wie ze zich het nauwst verbonden voelden.

'Ze gaat op bezoek bij haar zus,' legde Angélique uit. Ze beloofde hun niet dat ze haar terug zouden zien, want ze was er niet zeker van of dat zo was. Angélique wist niet of de Fergusons haar op bezoek zouden laten komen. Sommige ouders wilden dat niet, en Angélique vroeg zich af of dat ook voor de Fergusons gold. Ze beloofde zichzelf plechtig dat ze het goed zou maken bij de kinderen. Ook al was ze niet van plan om hier altijd te blijven, ze wilde het zo goed mogelijk doen.

Ze hielp hen zonder Helens hulp een voor een in hun pyjama's en was trots op zichzelf dat het haar goed afging. Ze legde eerst Charles, de baby, in bed, toen Rupert, die twee keer zijn bed uitkwam terwijl zij Emma instopte, en tot slot Simon. Toen ving ze Rupert weer en legde hem terug in bed. De twee jongste jongens deelden een kamer en Emma en Simon hadden allebei een kamer voor zichzelf.

'Kom je naar me toe als ik akelig heb gedroomd?' vroeg Emma aan haar. Angélique beloofde dat ze dat zou doen en kuste haar welterusten. Ze liet de deuren open toen ze daarom vroegen, en ging daarna naar de zitkamer om zich even te ontspannen met een boek. Het verbaasde haar hoe goed de dag was verlopen. De kinderen waren druk, maar wel lief. Ze zat er net over na te denken hoe gemakkelijk het was gegaan, ook het bezoek aan hun ouders, toen Sarah zachtjes aanklopte en naar binnen kwam.

'Alles klaar? Hoe ging het vandaag?' Ze was blij om haar nieuwe vriendin te zien en ging in een van de gemakkelijke stoelen tegenover haar zitten.

'Redelijk goed. We zijn aan het eind van de middag naar de bibliotheek gegaan om thee te drinken. Ze is erg mooi,' merkte ze op over hun werkgeefster, en Sarah knikte.

'Ze is ijskoud en denkt alleen aan zichzelf,' zei Sarah. 'Ik vind meneer Ferguson een erg knappe man,' voegde ze er met een grijns aan toe. 'Hij had een aardigere vrouw kunnen vinden, maar ik denk dat hij onder de indruk was van de titel van haar vader. Hij heeft er zelf weinig aan, en zij kost hem een vermogen. Je moet de jurken eens zien die Stella naar de waskamer brengt om te strijken en te verstellen. Ze koopt ze in Parijs. Wat zou ik het heerlijk vinden om ook ooit zo'n jurk te dragen!' Toen bracht ze het gesprek op een ander onderwerp. 'Ze hadden het beneden aan tafel allemaal over je, vanavond. Het is jammer dat je niet samen met ons kunt eten als de kinderen slapen. Misschien wil Helen ze een avond voor je in de gaten houden, dan kun je in elk geval bij ons komen zitten voor het toetje en een kopje thee.'

'Ik wou dat het kon,' zei Angélique verlangend. Ze zou het eenzaam hebben in de kinderkamer, met alleen Helen als volwassen gezelschap. Ze hadden nog niet veel met elkaar op en Angélique wist niet of dat zou veranderen. Ze had genoten van de gezellige drukte in de eetzaal van de bedienden en in de keuken. Het deed haar denken aan de keuken van Belgrave en het personeel daar. Ze kreeg heimwee als ze daaraan dacht en ze vroeg zich af hoe Hobson, mevrouw White, mevrouw Williams en alle anderen het maakten. Ze nam zich voor mevrouw White de volgende dag te schrijven om haar te laten weten hoe het met haar ging en wat voor werk ze deed.

De twee jonge vrouwen praatten een halfuur met elkaar. Toen stond Sarah op om naar bed te gaan en nadat ze nog een poosje had gelezen deed Angélique hetzelfde. Bridget had haar gewaarschuwd dat de baby elke ochtend voor zessen wakker werd, dus als ze niet snel naar bed ging, zou het een korte nacht worden. Maar het was fijn om in de avond te genieten van de stilte in de zitkamer. Het gaf haar wat rust na de hele dag de kinderen te hebben achternagelopen. Ze gedroegen zich beter dan ze had verwacht en dan er beneden tegen haar was gezegd. Het waren gewoon kinderen, en ze waren met een heel stel. Daardoor leken ze lastiger dan ze eigenlijk waren.

De volgende dag was het zonnig en koud, en Angélique ging na het ontbijt met de kinderen naar buiten om het landgoed te verkennen. Ze renden de tuin in en Angélique gluurde in de doolhof, maar ze durfde er niet in, uit angst dat ze de weg naar buiten niet zou kunnen vinden en de kinderen uit het oog zou verliezen. Het was een prachtig park. Ze wandelden met de baby in de kinderwagen, en de wangen van de kinderen waren rood van de kou toen ze via de keuken weer naar binnen kwamen. Iedereen was vol verbazing toen ze hen zagen. Ze besteedden extra aandacht aan Emma, en de kok gaf hen allemaal een koekje. Het rook heerlijk in de keuken. Het keukenpersoneel was bezig met het avondeten en ze waren verschillende taarten aan het bakken die bij het souper zouden worden geserveerd. De gasten zouden tot grote opluchting van het personeel de volgende dag vertrekken. De jachtpartijen, waarbij de gasten drie tot vier dagen bleven, gaven veel werk. Drie van de vrouwelijke gasten hadden hun eigen dienstmeisjes meegenomen; de anderen lieten zich door de meisjes van het huis kleden. Maar bezoekend personeel nam ook extra werk met zich mee voor de mensen in huis, en er waren meer monden om te voeden. Een van Harry's goede vrienden had zijn eigen lijfknecht meegenomen, die zich tegenover de anderen erg hooghartig gedroeg en erin was geslaagd iedereen met zijn verwaande gedrag tegen zich in het harnas te jagen.

Angélique merkte dat de hoofdbutler, meneer Gilhooley, naar haar staarde toen ze een paar minuten in de keuken bleef praten, en toen ze met de kinderen naar boven ging, zag ze dat hij haar nakeek. Ze had geen idee waarom. Hij zag er streng en onvriendelijk uit, maar ze wist dat Hobson op Belgrave ook zo kon kijken als hij indruk wilde maken op het jongere personeel. De butler van de Fergusons leek haar echter bijzonder slecht gezind. Als hij zo lelijk naar haar bleef kijken, was ze bijna blij dat ze niet beneden kon eten. En de huishoudster van de Fergusons, mevrouw Allbright, was lang niet zo hartelijk als mevrouw White. Maar Angélique besefte dat ze nooit voor mevrouw White had gewerkt. En zelfs op Belgrave werden nieuwelingen in het begin op afstand gehouden, tot het personeel hen beter had leren kennen. Zij was hier nu de nieuweling tussen de bedienden. Het hele idee was zo absurd dat ze bijna moest lachen. Ze vroeg zich af wat haar vader zou zeggen als hij haar hier zou zien, in haar uniform. Afgezien van dat hij zou zijn uitgevaren tegen Tristan, wat Angélique zich maar al te goed kon voorstellen. Ze hoopte dat hij trots op haar zou zijn, dat ze zo elegant mogelijk met de situatie omging. En ze wist zeker dat wat Tristan had gedaan, zijn hart gebroken zou hebben.

Na de maaltijd die de kok naar boven had gestuurd deden de kinderen hun middagdutje, en terwijl Helen op de kinderen paste, ging Angélique terug naar beneden om in de keuken een kopje thee te drinken. In het voorbijgaan zag ze meneer Gilhooley in zijn kantoortje zitten, en hij wenkte haar naar binnen.

'Is de kinderkamer naar tevredenheid?' vroeg hij formeel. Maar hij sprak op een toon alsof het hem echt interesseerde, en vervolgens dempte hij samenzweerderig zijn stem, zodat niemand hen kon horen. 'Milady, ik wilde u laten weten... ik heb lang geleden voor uw vader gewerkt, op Belgrave, en ik wilde u condoleren met het verlies. Hij was een groot man.'

'Ja, dat was hij zeker,' zei Angélique verdrietig. 'Ik mis hem verschrikkelijk. Het is nog maar kort geleden gebeurd.'

'Ik weet niet hoe u hier terecht bent gekomen, milady,' zei hij, en ze kromp ineen bij het horen van de aanspreektitel. Dit was precies wat de staf niet over haar te weten mocht komen: dat ze van hoge komaf was en een adellijke titel had. Ze wilde geen onderscheid tussen haar en de anderen. Als ze hier moest leven en werken, wilde ze een van hen zijn, hoe onwaarschijnlijk haar aanwezigheid hier ook was. Het kwam haar ook nog steeds onwezenlijk voor, maar ze had tenminste een paar andere personeelsleden ontmoet en ze was ontroerd door wat de butler had gezegd over haar vader.

'Ik denk dat het beter is als u me niet zo aanspreekt, meneer Gilhooley. Het maakt het alleen maar moeilijker voor mij bij de anderen. Ze zouden zelfs kunnen besluiten dat ze me alleen al om die reden niet mogen. Ze hoeven niet te weten wie mijn vader was, sterker nog, het is beter als ze dat niet weten. Dat is nu allemaal verleden tijd,' zei ze ernstig.

'Er zijn duidelijk redenen waarom u hier bent, en het moet wel erg moeilijk voor u zijn,' zei hij. Hij keek nu niet meer streng, maar vol medeleven.

'Ik verbaas me nergens meer over,' zei ze eerlijk. 'Maar nu ik hier ben, is het beter dan ik had verwacht. Iedereen is erg aardig tegen me.'

'Ik ben blij dat te horen. Als ik iets kan doen...' Hij keek haar onderzoekend aan, maar ze schudde haar hoofd. Ze wilde geen speciale behandeling. Ze moest zich er zelf doorheen slaan en haar werk doen, net als de anderen. Ze verwachtte geen gunsten van hem, en hij respecteerde haar daarom. Ze was erg jong om zo'n verandering mee te maken. 'Weten de Fergusons het?' Hij was benieuwd hoe ze hier terecht was gekomen.

Angélique schudde haar hoofd. 'Nee, ze weten niets. Mijn broer heeft de betrekking voor me geregeld, en ik geloof dat hij hun heeft verteld dat we neef en nicht zijn. Dat is waarschijnlijk het beste. Zegt u het alstublieft tegen niemand, meneer Gilhooley.' Ze keek hem smekend aan en hij was diepgeraakt.

'Als u dat niet wilt, zal ik dat beslist niet doen. Ik weet zeker dat het voor de Fergusons ook een schok zou zijn te weten dat ze de dochter van een hertog in huis hebben, die in de kinderkamer werkt.' Hij vermoedde dat ze het wel prettig zouden vinden.

'Het is niet belangrijk meer,' zei ze. Ze vocht tegen haar tranen. 'Mijn broer en zijn vrouw en dochters wonen nu op Belgrave. Er is daar geen plaats voor mij.' De butler hoorde haar ontdaan aan. Hij vermoedde dat er een gemeen spelletje was gespeeld, vooral omdat de nieuwe hertog haar liet doorgaan voor zijn nicht in plaats van zijn zus. De hertog had nooit kunnen uitleggen dat hij zijn zus wegstuurde om als kindermeisje te gaan werken zonder zelf een enorm slechte indruk te maken. Het was Gilhooley nu volkomen duidelijk.

'Het is raadselachtig hoe het leven soms loopt, milady,' zei hij zacht. 'Ik weet zeker dat u ooit weer naar huis zult terugkeren.'

Ze knikte en kon geen woord uitbrengen toen hij haar op haar hand klopte. In ieder geval had ze hier naast Sarah nog een vriend, en ze wist zeker dat Hobson op Belgrave blij zou zijn dat een butler van de overleden hertog haar onder zijn hoede had genomen en haar zou beschermen. En voor haarzelf was het ook een troost dat Gilhooley een oogje op haar zou houden. Ze stond op – ze was langer bij de kinderkamer weggebleven dan ze van plan was geweest.

'Ik moet nu gaan,' zei ze zacht, en ze schonk hem een dankbare blik.

'Kom nog eens terug,' zei hij uitnodigend, en ze glimlachte naar hem.

'Dat zal ik doen,' verzekerde ze hem, 'hoewel de kinderen

me bezig zullen houden.' Daar moest hij om lachen.

'Daar ben ik van overtuigd, milady. En ik hoop dat u hier gelukkig zult zijn en nog lang zult blijven.' Hoewel hij voor haar het liefste wilde dat ze terug zou gaan naar Belgrave Castle, waar ze thuishoorde. Hij vond het bijna misdadig dat haar broer haar had weggestuurd om als bediende in het huis van andere mensen te gaan werken. Het had hem diep geschokt.

Even later haastte Angélique zich de trap op naar de kinderkamer, waar Helen ongeduldig op haar zat te wachten.

'Waar bleef je zo lang?' vroeg ze geïrriteerd.

'Het spijt me. Meneer Gilhooley wilde me spreken, en ik kon niet wegkomen.'

'Wat wilde hij?' vroeg ze wantrouwig.

'Hij bleek mijn vader gekend te hebben,' zei ze, en meteen had ze er spijt van.

'Was je vader ook een butler? Of een lakei?'

'Nee,' zei Angélique rustig. Ze wist niet wat ze moest zeggen. 'Ze kenden elkaar gewoon.' Op dat moment liet de baby zich horen en Angélique ging naar hem toe. De anderen werden kort daarna ook wakker. Ze deden die middag spelletjes en namen Simon mee voor een ritje op zijn pony. Zijn vader, die langs de stal kwam lopen toen hij daar was, zwaaide naar hem, maar bleef niet staan om met de kinderen te praten. Hij ging zelf paardrijden en het kwam niet eens in hem op om even bij hen te gaan kijken. Eugenia lag te rusten en hij wilde een luchtje scheppen. Toen hij laat in de middag terugkwam, waren de kinderen alweer binnen, om in bad te worden gestopt door hun kindermeisje.

Het leven verliep daarna vredig, en Angélique raakte steeds meer met de kinderen vertrouwd. Het was een hele klus om vier kinderen te verzorgen, maar ze merkte tot haar verrassing dat ze het leuk vond en zich nuttig voelde. De tijd ging snel.

De kinderen hadden iemand nodig om voor hen te zorgen en het leven interessant te maken. Ze begon hun Frans te leren en was onder de indruk toen ze ontdekte dat Emma het gemakkelijk oppikte en dat ook Simon het leerde, hoewel het bij hem langzamer ging. Toen ze er een maand was, hadden ze serieuze vooruitgang geboekt en een heleboel Franse woorden en een stel Franse liedjes geleerd. Het was intussen bijna Kerstmis en de Fergusons waren de hele maand in Londen geweest om feestjes af te lopen, terwijl hun kinderen in Hampshire op hen wachtten. Uiteindelijk kwamen ze de dag voor kerstavond terug. Er was een enorme kerstboom in de grote hal gezet, die de kinderen hadden helpen versieren, en ze waren opgetogen over het resultaat.

De week ervoor had het hard gesneeuwd, en Angélique had een sneeuwpop met ze gemaakt. Ze zat vol ideeën om hen te vermaken en was zelf bijna nog een kind. Maar ze was de afgelopen maand snel volwassen geworden. Het werk, het wonen in het huis van een ander, de zorg voor de kinderen, het zo goed mogelijk omgaan met het personeel – al deze dingen hadden ervoor gezorgd dat ze zich sneller had ontwikkeld dan ooit. En toen de Fergusons op kerstochtend de kinderen ontvingen om ze hun cadeautjes te geven voordat het feestje begon dat ze daarna zouden geven, hadden ze hen belangrijk nieuws te vertellen. Ze zouden over een paar maanden een nieuw broertje of zusje krijgen. Voor Angélique was dat ook nogal een verrassing. Wanneer ergens in mei de baby geboren zou worden, informeerde haar werkgeefster haar wat uitgebreider, zou er een maand lang een kraamverzorgster zijn. Daarna zou Angélique voor vijf in plaats van vier kinderen gaan zorgen, in elk geval gedurende enkele maanden, totdat Simon aan het eind van de zomer naar Eton zou vertrekken. Mevrouw Ferguson maakte haar onomwonden duidelijk dat ze een tweede kindermeisje niet nodig vond, aangezien Simon al zo snel weg zou gaan en Angélique het naar haar zeggen zo goed redde met deze vier. Ze had er geen flauw idee van wat daarbij kwam kijken en ze wilde dat ook niet weten. Tenslotte had ze zelf nooit meer dan een paar minuten achter elkaar met haar kinderen doorgebracht. Ze vertelde Angélique dat ze het geweldig goed deed, gaf haar een klein kerstcadeautje en stuurde hen toen weg, omdat de gasten begonnen binnen te druppelen. De kinderen trokken zich terug in de kinderkamer, waar ze thuishoorden, zoals Eugenia zei, en haar echtgenoot was het daarmee eens.

Terug in de kinderkamer hielp Angélique de kinderen hun pakjes open te maken. Simon kreeg een spel dat hij met haar wilde spelen, Rupert een speelgoedbeer, die hij meteen overal mee naartoe sleepte, Emma een nieuwe pop, en Charles een zilveren rammelaar, die hij onmiddellijk in zijn mond stopte. Ze waren erg blij met hun cadeautjes, en keken toe terwijl Angélique haar pakje openmaakte. Ze had een paar handschoenen gekregen, die nuttig zouden zijn tijdens hun wandelingen. Ze waren van grijs leer, dat paste bij haar uniform, en zagen er erg mooi uit. Emma drong erop aan dat ze ze aan zou trekken, en ze pasten perfect. Mevrouw Ferguson had het goed ingeschat.

In januari besloten de Fergusons bij uitzondering de kinderen twee weken mee te nemen naar Londen, en Angélique was opgetogen. Er zou daar zoveel te doen zijn met de kinderen. Ze vertrokken op een ijskoude dag. Helen, Angélique en de kinderen reisden in de grote familiekoets, mevrouw Ferguson ging in een rijtuig met kap dat veel leek op het rijtuig van Angéliques broer, en meneer Ferguson reisde in zijn luxueuze snelle tweewielige rijtuig. Een extra rijtuig volgde met hun bagage. Simon vond het geweldig om in de koets te rijden en naar de paarden te kijken, maar Emma voelde zich het grootste deel van de reis misselijk. De twee kleintjes sliepen enkele uren bij het zachte geschommel van het rijtuig, en Angélique hield Charles in haar armen. Toen ze in Londen aankwamen, was het personeel blij hen te zien en Angélique te ontmoeten, die ze een rondleiding gaven door het huis.

De Fergusons bewoonden in Londen een enorm huis aan Curzon Street. Het stond vol met prachtige meubelen en kunstvoorwerpen. Elke avond ontvingen ze er gasten of gingen ze naar feestjes. Het was nu gemakkelijk te begrijpen waarom Eugenia Hampshire saai vond. Ze had een benijdenswaardig leven in de stad, omringd door vriendinnen, en 's avonds kon ze naar het theater, de opera en het ballet. Harry leek het er ook naar zijn zin te hebben. Hij deed zaken in de City en ging vaak naar zijn club om samen met zijn vrienden te dineren of te gokken. Ze gingen elke avond tot laat uit.

Op een zondagmiddag hadden ze gasten uitgenodigd voor de thee, en Angélique werd gevraagd de kinderen naar beneden te brengen, zoals ook op het platteland gebeurde. Ze trok hun hun mooiste kleren aan, geholpen door twee dienstmeisjes. Maar toen ze de salon binnenkwamen, kreeg ze een schok. Plotseling stond ze op hooguit twee meter afstand van Tristan en Elizabeth, die dwars door haar heen keken, alsof ze haar niet kenden. Ze stond op het punt hen te groeten, wat al ongemakkelijk genoeg was, maar toen liep Tristan weg en Elizabeth keerde haar haar rug toe om met een vrouw te praten die ze kende. Angélique wist zeker dat ze haar hadden gezien, hoewel hun gezichten niets prijsgaven.

Uiteindelijk wees Eugenia hen op bijzonder gênante wijze op haar aanwezigheid.

'Herkende je je nicht niet, in haar uniform?' vroeg ze minzaam aan Tristan. 'Je had helemaal gelijk met wat je over haar zei, ze is een fantastisch kindermeisje. Ze leert Simon en Emma Frans.' Tristan veinsde verbazing en gaf zijn zus een koel knikje ter begroeting, alsof hij haar nauwelijks kende. De hertog van Westerfield vond het duidelijk niet prettig om in verband te worden gebracht met een kindermeisje, van wie nu was vastgesteld dat ze zijn nicht was.

'Inderdaad,' zei hij ijzig, 'ik zag haar niet.' Elizabeth zei niets en staarde haar alleen maar met ogen vol haat aan. Het was duidelijk dat ze haar voorgoed uit hun leven wilden bannen. Ze hadden verondersteld dat zij in Hampshire zou zijn toen ze de uitnodiging van de Fergusons accepteerden. Anders waren ze misschien niet gekomen. Tristan leek absoluut niet in verlegenheid gebracht door het feit dat hij had beweerd dat ze zijn nicht was in plaats van zijn zus. 'Een heel verre nicht, moet ik erbij zeggen,' zei hij tegen Eugenia. 'Ik weet zeker dat je erg goed voor haar bent geweest.' Hij knikte nog eens naar Angélique en liep weg. Een paar minuten later zei haar werkgeefster dat ze de kinderen naar boven moest brengen – ze waren er lang genoeg bij geweest.

In het kwartiertje tijd dat Angélique beneden was, had ze de kans om haar broer en zijn vrouw te observeren. Elizabeth had een prachtige jurk aan, maar die van Eugenia was mooier. En er was geen spoor van Tristans dochters, die nog te jong waren om naar een feestje voor volwassenen te gaan. Ze hoorde Elizabeth zeggen dat Gwyneth in juli haar debuut zou maken en in dezelfde tijd aan het hof zou worden geïntroduceerd. Het was de introductie die Angélique nooit had gehad noch had gewild, en die ze nu ook nooit meer zou krijgen. Elke kans om een man uit haar eigen wereld te leren kennen was in rook opgegaan toen Tristan haar zijn bescherming had geweigerd en haar had weggestuurd. En hij was opgelucht toen ze de kamer verliet en terugging naar boven. Hij hoopte haar niet meer te zien. Ook voor Elizabeth was het een onaangename verrassing geweest. Ze keek zwijgend en met een bleek gezicht voor zich uit toen Angélique langs haar heen liep.

De ervaring had Angélique geschokt en toen ze terugkwam in de kinderkamer was ze flink van slag. Ze had zich de afgelopen twee maanden afgevraagd of haar broer spijt zou hebben van wat hij had gedaan, of er ooit spijt van zou krijgen. Nu had ze haar antwoord. Hij verloochende haar niet alleen als zijn zus, maar het was duidelijk dat hij ook verder niets met haar te maken wilde hebben. Ze wist zeker dat hij opgelucht zou zijn als ze dood was. Het was een verschrikkelijk gevoel en er ging een rilling over haar rug toen ze terugdacht aan de blik in zijn ogen op het moment dat hij haar voor het eerst opmerkte en deed alsof hij haar niet zag. Voor hem bestond ze niet meer. Voor hem en zijn vrouw was ze slechts een geest uit het verleden, en in hun gedachten was ze net zo dood als haar vader. Het bevestigde wat ze had gevreesd sinds ze was vertrokken: dat ze haar huis nooit meer zou zien. De eerste achttien jaar van haar leven waren nu nog slechts herinneringen. Die middag had Tristan haar ergste angst bevestigd. Ze was helemaal alleen op de wereld.

5

De Fergusons besloten tot februari in Londen te blijven en volop van het sociale leven te genieten voordat Eugenia in mei ging bevallen. Zeer tegen hun gewoonte in hielden ze de kinderen tijdens hun verblijf in de stad bij zich, waar Angélique meer van genoot dan ze had verwacht.

Het was een vreemd idee dat als ze de vorige zomer haar debuut had gemaakt, zoals het zou zijn gegaan als haar vader gezond was geweest, ze deze winter voor het eerst had deelgenomen aan het societyleven. Ze zou dan zijn geïntroduceerd bij alle vooraanstaande families en aan het hof, en ze zou alle begerenswaardige vrijgezellen hebben ontmoet die misschien naar haar hand hadden willen dingen. Haar naam en afkomst zouden voldoende zijn geweest om velen van hen, zelfs zonder het vermogen van haar vader, tevreden te stellen. En ze was misschien verliefd geworden op iemand die geschikt was om mee te trouwen. In plaats daarvan kenden velen haar nu niet en leefde ze afgezonderd op het platteland, verstoten door haar broer, als bediende. De wereld die aan haar voeten zou hebben gelegen was nu buiten bereik en zou dat altijd blijven. Het feit dat ze niet in de hogere kringen was geïntroduceerd maakte alle verschil voor haar toekomst. Ze was nu gedoemd gouvernante te worden en waarschijnlijk de rest van haar leven ongetrouwd te blijven. Tristan had haar veroordeeld tot een huwelijk beneden haar stand, als ze al ooit zou trouwen, en had haar beroofd van de erfenis die haar door haar geboorte toebehoorde. Hij had met zijn daden praktisch haar leven vernietigd, niet alleen voor nu, maar ook voor de toekomst.

Nu ze hem had gezien in het huis van de Fergusons in Curzon Street en zijn leugens had gehoord over dat zij een verre nicht van hem zou zijn, viel het haar gemakkelijker niet langer te hopen dat ze ooit terug zou keren naar haar oude leven of naar Belgrave, het huis waar ze was opgegroeid. Ze wist dat haar vader er kapot van zou zijn geweest en ze was nu nog dankbaarder voor het geld dat hij haar voor zijn dood had gegeven. Ze was daardoor tenminste verzekerd van een comfortabele toekomst, zelfs als ze nooit zou trouwen. Ze had gezworen het geld alleen in uiterste nood te gebruiken. Ze was ervan overtuigd dat ze zich nooit tot een van haar broers zou kunnen wenden, wat er ook met haar gebeurde. Ze probeerde er het beste van te maken en zich te richten op het leven dat haar ten deel was gevallen. Ze wist dat ze nooit iets anders zou hebben.

Ze was vaak somber als ze over haar toekomst nadacht en vroeg zich af wat er van haar terecht moest komen. Ze was nu bij de Fergusons, maar het was niet waarschijnlijk dat ze daar altijd zou blijven. Het waren geen hartelijke mensen en ze voelden zich niet op de traditionele manier verantwoordelijk voor hun personeel. Harry Ferguson was te zeer een parvenu om het onderscheid te kunnen maken. Het enige wat hij had was geld. Zijn vrouw beschouwde de mensen die ze in dienst had als een gemak, maar zag hen niet als echte mensen. Haar eigen ouders hadden weliswaar vast personeel in dienst gehad, maar in haar ogen was dat alleen maar een enorme, nodeloze last. Angelique wist dat ze niet op hen kon rekenen. Zodra de kinderen groter werden en de jongens naar Eton vertrokken, zou zij worden ontslagen, tenzij de nieuwe baby een meisje was. Maar zelfs dan zouden ze haar slechts beperkte tijd nodig hebben. In het beste geval zouden ze haar aanwezigheid voldoende op prijs stellen om haar nog vijf jaar in dienst te houden. Maar ze voelden geen speciale loyaliteit tegenover hun kindermeisjes en Eugenia had weinig interesse in haar, behalve dat ze kon zeggen dat ze verre familie van een hertog was. Maar dat zou misschien niet genoeg zijn om haar te laten blijven als ze om de een of andere reden genoeg van haar kregen. Na wat haar eigen broer haar had aangedaan, was Angélique zich er zeer van bewust dat niets in het leven zeker was, en dat haar hele bestaan van het ene op het andere moment op zijn kop kon worden gezet. Het enige waar ze op kon rekenen was het geld van haar vader in het afgesloten kistje onder haar bed.

Terwijl ze in Londen waren, ging Angélique elke dag met de kinderen naar het park, waar ze kletste met de andere kindermeisjes die daar zaten. De meesten van hen waren ouder en slechts enkelen hadden net zoveel kinderen onder hun hoede als zij. In dat geval hadden ze echter meestal een hulpje bij zich, terwijl Angélique haar viertal in haar eentje achternaliep.

Ze ontdekte dat er een hiërarchie gold onder de kindermeisjes in het park, waarbij hun belangrijkheid werd bepaald door de adellijke titels van de families voor wie ze werkten. Bijna allemaal noemden ze zichzelf bij de achternaam van hun werkgever. Angélique was niet alleen het leven en de wereld verloren waarin ze was opgegroeid, maar ze was, in ieder geval voorlopig, zelfs haar familienaam kwijtgeraakt. Ze was een anoniem persoon geworden. Tristan had haar ook haar identiteit ontnomen.

Ze schreef vanuit Londen twee keer naar mevrouw White en was dolblij om verschillende brieven van haar terug te ontvangen. Ze kreeg groeten van Hobson, mevrouw Williams en enkele dienstmeisjes. Angélique had mevrouw White geschreven over de kinderen, de Fergusons en haar taken, en ze had verteld hoe ze genoot van Londen en hoe prachtig het huis van haar werkgevers was. Sommigen vonden het vulgair omdat het nog zo nieuw was – het had niets van de waardigheid van Belgrave, met zijn eeuwenoude tradities – maar Angélique hield van het gemak, het comfort en de gerieflijkheid van een royaal uitgeruste, moderne woning. Alles was nieuw voor haar. Ze vertelde de huishoudster in haar brieven ook dat ze haar broer en Elizabeth had gezien, dat die haar nauwelijks hadden begroet en hadden gezegd dat ze een verre nicht was.

Mevrouw White vond het een schande. 'Het arme kind is helemaal alleen op de wereld,' zei ze in vertrouwen tegen Hobson op de avond dat ze de brief had ontvangen. Ze vertelde hem dat mijnheer de hertog zijn eigen zus niet had willen kennen. De oude man kreeg tranen in zijn ogen toen hij dit hoorde en dacht aan wat haar vader hiervan zou hebben gevonden. Ze waren het er allebei over eens dat het zijn hart zou hebben gebroken, hoewel Hobson dacht dat hij het op het eind wel had vermoed. Hij kende zijn zoons goed en wist hoe diep ze hun zus haatten.

Markham, de lijfknecht, had net zijn ontslag ingediend en zei dat hij naar het vasteland van Europa zou gaan om van zijn pensioen te genieten. Hij had Hobson toevertrouwd dat hij het niet kon opbrengen om de nieuwe hertog te dienen nu hij wist wat hij zijn halfzus had aangedaan. Hij vond het beter om te vertrekken. Zodra hij wegging zou de hoofdlakei tot lijfknecht worden gepromoveerd. Tristan had niet geprobeerd Markham tegen te houden: hij was te toegewijd geweest aan zijn vader, wat hem ergerde. Bovendien had hij liever een jongere man.

Mevrouw White vertelde in haar volgende brief dat er sinds

Angéliques vertrek erg veel was veranderd. De nieuwe hertogin had meubelstukken van de ene kamer naar de andere verplaatst en had in Londen verschillende nieuwe meubels laten maken. Ze verving gordijnen, liet bestaande meubelen opnieuw bekleden en had in Wenen een spectaculaire nieuwe kroonluchter besteld. Ze gaf het pasverworven kapitaal van haar echtgenoot kwistig uit om Belgrave luxueuzer te maken dan het ooit was geweest. Mevrouw White vertelde ook dat Elizabeth haar dochters had meegenomen naar Parijs om nieuwe jurken voor hen te laten maken. Ook voor zichzelf had ze er verschillende besteld, passend bij hun nieuwe positie en de bals die ze van plan waren in het voorjaar in het kasteel te geven. Ze hadden zich voorgenomen om in hun prachtige nieuwe huis een buitengewoon luxueus leven te gaan leiden.

Het deed Angélique pijn toen ze las hoe Tristan en Elizabeth bezig waren haar thuis te transformeren. Ze miste er haar vader nog meer door, maar ze was blij nieuws te krijgen van mevrouw White en Hobson. Zij waren de enige familie die ze nog had. De veranderingen aan het huis waar ze over vertelden, klonken haar vulgair in de oren. Tristan had hier zijn hele leven op gewacht, en greep nu zijn kans.

Nu ze in Londen waren, zag Eugenia de kinderen nog minder dan anders. Ze had het veel te druk. Half februari stond haar man er uiteindelijk op dat zij en de kinderen teruggingen naar Hampshire. Ze was inmiddels zesenhalve maand zwanger en hoe hardvochtig ze zichzelf ook insnoerde, haar conditie was te duidelijk zichtbaar om in de stad te blijven en uit te gaan. Ze vond het afschuwelijk om te vertrekken en smeekte hem haar te laten blijven. Maar hij wees erop dat het binnenkort schokkend ongepast zou worden om zich te vertonen en dat mensen hem er nu al over aanspraken. Met grote tegenzin legde Eugenia zich bij zijn wensen neer en in de derde week van februari ging ze terug om in Hamsphire de rest van haar zwangerschap uit te zitten, wat ze ondraaglijk saai vond. Angélique vroeg zich af of ze de kinderen meer zou zien nu ze niets anders te doen had, maar dat was niet zo. Ze organiseerde dinertjes en kaartfeestjes voor haar vriendinnen. En haar moeder kwam logeren. Het was een nogal alledaagse vrouw, de dochter van een welgestelde koopman, die Eugenia's vader was getrouwd om zijn adellijke titel en zijn geld. Ze was net zo pretentieus en arrogant als haar dochter en had net zo weinig belangstelling voor de kinderen als zij. Ze kwam nooit naar de kinderkamer om ze op te zoeken en het werd helemaal aan Angélique overgelaten om de kinderen te vermaken. Die waren inmiddels erg aan haar gehecht geraakt, en zij was dol op hen. En Emma sprak vloeiend Frans.

Meneer Ferguson keerde pas begin april, zes weken na zijn vrouw, naar Hampshire terug, ondanks het feit dat ze zich daarover beklaagde. Hij nam vrienden mee uit Londen, en Eugenia was toen naar eigen zeggen bijna gek van haar verblijf op het platteland. Er gingen onder het personeel geruchten over de feestjes die Harry in Londen had gegeven en over de vrouwen die hij er had bezocht. Eugenia was niet op de hoogte van de escapades van haar echtgenoot, en dat was maar goed ook, want ze had een driftig karakter en niemand wilde haar van streek maken, nu de baby bijna geboren werd.

Eugenia's moeder vertrok zodra Harry arriveerde, want ze waren niet erg op elkaar gesteld. Harry vertrok een week na aankomst om met zijn vrienden de feestjes in de buurt af te lopen, terwijl Eugenia de maand daarop doorbracht met in de tuin wandelen, rusten en wachten op de geboorte van de baby. Ze keek er reikhalzend naar uit dat het kind zou komen, zodat zij weer terug zou kunnen gaan naar Londen. Ze was van plan daar het zomerseizoen door te brengen en de debutantenbals in juni en juli bij te wonen. Ze benijdde Harry dat hij de feestjes in de nabijgelegen landhuizen kon bezoeken, terwijl zij in haar eentje thuis zat weg te kwijnen.

'Ik zou willen dat die baby een beetje opschoot en geboren werd,' zei ze met een verveelde, geërgerde blik tegen Angélique, toen ze haar toevallig tegenkwam terwijl ze met de kinderen in het park aan het spelen was. Ze waren net naar het kleine meer geweest om naar de eenden en de zwanen te kijken.

'Het zal niet lang meer duren, mevrouw,' zei Angélique beleefd. Eugenia's buik was enorm gegroeid sinds ze naar Hampshire was teruggekeerd. Ze snoerde zich niet meer in en zei dat ze 's nachts niet kon slapen. Het was ongewoon warm weer geweest en de kinderen genoten ervan om elke dag met hun kindermeisje buiten te spelen. Simon had op zijn pony gereden en Charles had net leren lopen, dus Angélique, die van 's morgens vroeg tot 's avonds laat achter hem aan moest rennen, had haar handen vol aan hem.

Er zou de eerste maand een kraamverzorgster komen, en ook een voedster, omdat Eugenia ervan gruwelde om baby's de borst te geven. Zodra de kraamverzorgster wegging, zou Angélique het werk van haar overnemen. Ze zou het erg druk krijgen tot Simon in september naar Eton vertrok. Het arme kind zag er verschrikkelijk tegenop en had Angélique al verteld dat hij niet wilde gaan, maar hij had geen keus. Het was te belangrijk voor de sociale status van zijn ouders om het anders te doen.

Het was eind april toen Eugenia's broer Maynard kwam opdagen. Het was de eerste keer dat Angélique hem ontmoette, nadat ze maandenlang over hem had horen praten. Hij vertelde zijn zus dat hij het drukke Londense leven even wilde ontvluchten, maar de waarheid was dat hij aan het laatste schandaal probeerde te ontsnappen. Hij had gescharreld met een jong meisje, de dochter van een bankier, en haar vader was erachter gekomen. Er werd in de hele stad over hem gepraat.

Hij had achter haar oudere zus aan gezeten, die een jaar eerder haar debuut had gemaakt, maar daarna had hij heimelijk zijn aandacht verlegd naar het jongere meisje, dat pas vijftien was. Haar vader, die van een dienstmeisje over hun clandestiene ontmoetingen had gehoord, was woedend. Haar oudere zus was ontroostbaar en de vader had hem gewaarschuwd dat als hij ooit nog bij zijn jongste dochter of bij welke dochter dan ook in de buurt zou komen, hij de politie erbij zou halen. Maynard had besloten dat dit een goed moment was om de stad te verlaten. Hij zou volgende week vrienden gaan bezoeken in Derbyshire en was onderweg daarnaartoe bij Eugenia langsgekomen. Hij was van plan voor het seizoen in juni en juli naar Londen terug te keren, waar zijn zus ook naar uitkeek.

'En, wat heb jij de laatste tijd uitgespookt?' vroeg Eugenia aan hem, terwijl ze in hun leunstoelen limonade zaten te drinken op het terras. In zijn drankje zat een scheut rum. Eugenia had de sterke drank afgezworen tot de baby werd geboren en zei dat ze er misselijk van werd. Ze had niets gehoord van de roddels en geruchten over zijn laatste misdragingen in Londen.

'Erg weinig,' zei hij, terwijl hij kleine slokjes nam van zijn drankje en de tuin in keek. 'Londen is een beetje saai in deze tijd van het jaar, dus had ik besloten de stad uit te gaan.'

'Dat klinkt alsof je ondeugend bent geweest,' antwoordde ze, met een glimlach. 'Iemand die ik ken?' Hij was twee jaar jonger dan zij en nooit te beroerd om zichzelf in de nesten te werken.

'Ik hoop het niet,' zei hij lachend. Hij dacht aan het laatste object van zijn affecties, dat veel te jong was geweest, maar met wie hij zich een kort poosje prettig had vermaakt. 'Niets serieus. Gewoon een beetje geflirt.'

'Met de vrouw van een ander?'

'Natuurlijk niet,' zei hij onschuldig. 'Met een erg knap jong meisje.'

'En?'

'Haar vader maakte zich daar een beetje boos over. Ze is nogal jong. Het was best onschuldig.'

'Maynard, je ben verschrikkelijk. Word je ooit volwassen?' zei ze, lachend.

'Echt niet. Wat zou daar leuk aan zijn?'

'Je hebt gelijk. Het is ontzettend saai om je netjes te gedragen. Ik kan niet wachten om na de baby weer terug te gaan naar de stad. Ik blijf hier niet lang.' Hij was ervan overtuigd dat ze dat inderdaad niet zou doen, en hij vond het altijd leuk om haar bij feestjes tegen te komen en roddels met haar uit te wisselen. In sommige opzichten leken ze erg op elkaar, hoewel hij nooit al die kinderen zou hebben gewild. Hij had er geen idee van waarom ze ze had genomen, en nam aan dat dat het idee was van zijn zwager, niet van zijn zus. Hij kende haar wel beter.

Ze kletsten over verschillende mensen uit hun kennissenkring in Londen en hij bracht verslag uit van de laatste schandalen en affaires. Toen vertrok zij naar haar kamer om te rusten en hij ging een wandeling maken in de tuin. Hij was verrast toen hij Angélique met de kinderen uit de doolhof zag komen. Ze had de jongste met een riempje vastgezet in de kinderwagen, om te voorkomen dat hij eruit zou klimmen en zij hem in de doolhof of de tuin kwijt zou raken. Ze wist inmiddels hoe de doolhof in elkaar zat en ging er vaak met de kinderen naartoe. Ze liep hem letterlijk tegen het lijf toen ze eruit kwamen.

'O, neem me niet kwalijk,' zei ze, terwijl ze haar gesteven mutsje rechtzette. Maynard keek verrast op haar neer. Hij dacht niet dat hij ooit zo'n knappe vrouw had gezien. Ze sprong elegant voor hem opzij en bloosde terwijl de kinderen verder renden. Angélique had geen idee wie hij was en wist ook niet dat er gasten waren gearriveerd. Niemand had haar iets verteld. En ze was verbaasd dat Eugenia in haar vergevorderde toestand gasten ontving. Als de baby op tijd kwam, zou de geboorte al over een paar weken zijn.

'Geeft niets,' zei Maynard beleefd. Hij keek glimlachend op haar neer en genoot van wat hij zag. Ze was overduidelijk het nieuwe kindermeisje en een opvallend knap ding, met een fijn, perfect gevormd gezicht. Zodra ze sprak, wist hij dat ze geen eenvoudig meisje was, maar iemand van stand. 'Ik wist niet dat mijn nichtje en neefjes zo'n charmant nieuw kindermeisje hadden. Ik moet vaker bij ze op bezoek komen,' zei hij plagend. Angélique glimlachte niet. Uit zijn woorden leidde ze onmiddellijk af wie hij was en alle waarschuwingen die ze over hem had gehoord, kwamen haar snel in gedachte.

Ze maakte formeel een reverence voor hem en sloeg haar ogen neer. 'Prettig kennis met u te maken, meneer,' antwoordde ze, waarna ze de kinderen bij zich riep, klaar om met ze naar binnen te gaan voor het avondeten en het bad.

'Zal ik je komen opzoeken in de kinderkamer?' vroeg hij. Hij verwachtte een flirterige reactie, maar die kwam niet. Ze gaf hem een serieus antwoord, met een koel gezicht en stond achter de wandelwagen alsof ze van plan was over hem heen te rijden.

'De kinderen gaan zo eten en in bad, en daarna is het bedtijd,' zei ze vastberaden. Meteen had ze spijt dat ze dat had gezegd. Het betekende dat de kinderen vroeg in bed zouden liggen, en dat ze hen niet om zich heen zou hebben om haar te beschermen als hij naar de kinderkamer zou komen. Ze zette met een nerveus gezicht de wandelwagen in beweging, en de kinderen kwamen achter haar aan.

'Tot straks dan,' zei hij op suggestieve toon. Ze gaf geen antwoord, maar vertelde het gebeurde aan Helen toen ze het dienblad klaarmaakten.

'Wat moet ik doen als hij hier vanavond komt opdagen?'

Angélique was in paniek. Hij had haar zo begerig opgenomen.

'Hij deugt niet,' zei Helen hoofdschuddend. 'Je hebt gehoord van het meisje op de boerderij. Vijftien jaar – ze heeft net vorige week haar baby gekregen. Het heeft het hart van haar ouders gebroken, en hij zal het kind nooit erkennen of er aandacht aan besteden. Het was een kind nog. Ze zal hem vast en zeker nooit meer zien.' Helen zei dat Maynard verschillende onwettige kinderen had en er tot nog toe nooit een had erkend. En met dit kind zou het niet anders gaan. Hij had geen interesse in het kind noch in de moeder, alleen in de lol die hij een kort poosje met haar had gehad. Het meisje had sinds hun affaire, toen hij een paar dagen in Hamsphire verbleef, niets meer van hem gehoord. En hij wist dat er een baby op komst was. Haar vader had hem in de herfst geschreven, maar Maynard had de brief nooit beantwoord, en meneer Ferguson had gezegd dat hij zijn zwager niet in de hand had. 'Zorg ervoor dat je vanavond de deur naar de kinderkamer op slot houdt,' zei Helen tegen Angélique, en Angélique verzekerde haar dat ze dat zou doen. De twee waren de afgelopen vijf maanden meer naar elkaar toe gegroeid, hoewel Angélique een hechtere band had met Sarah, het dienstmeisje dat haar de eerste avond onder haar vleugels had genomen. Helen paste zo nu en dan op de kinderen, zodat Angélique beneden bij de anderen kon eten. Ze genoot daar altijd van, en meneer Gilhooley was blij haar te zien. Hij had van de huishoudster gehoord dat ze het goed maakte.

Angélique en Helen gaven de kinderen hun eten en daarna deed Angélique ze een voor een in bad. Na afloop las ze hun verhaaltjes voor. Voor Simon en Emma had ze zelfs een kinderboek in het Frans gevonden, dat ze allebei leuk vonden. Het ging over een jongetje met zijn hond. De hond raakte zoek en aan het eind vond het jongetje hem terug.

Toen ze de kinderen naar bed bracht, was het nog licht, zoals nu vaak het geval was. De lucht was koel, maar de dagen werden langer. Ze zat een paar minuten met Helen in de zitkamer, maar toen ging Helen naar haar eigen kamer en Angélique draaide de toegangsdeur naar de kinderkamer op slot, zoals ze had gezegd. Ze hadden geen zin in onaangekondigd bezoek en de blik die Eugenia's broer haar die middag had toegeworpen, had haar duidelijk gemaakt dat hij niet zou aarzelen om te nemen wat hij hebben wilde. Ze was vastbesloten ervoor te zorgen dat dat niet zou gebeuren.

Maynard zat beneden met zijn zus in de eetzaal voor een vroeg souper toen Angélique de kinderen naar bed bracht. Harry zou nog een paar dagen wegblijven met zijn vrienden. Hij was dicht genoeg in de buurt om snel terug te komen als de baby kwam. En Eugenia was blij met de afleiding en het gezelschap van haar broer.

'Je had me niet verteld dat je een erg aantrekkelijk nieuw kindermeisje hebt,' zei hij berispend. 'Sinds wanneer is dat?' Zijn zus trok een wenkbrauw op bij deze vraag, hoewel niet viel te ontkennen dat Angélique een bijzonder knap meisje was. Anderen hadden het ook opgemerkt, maar niet met de wellustige blik in hun ogen die ze bij haar broer zag. Die was nieuw voor haar.

'Ik weet het niet meer, iets voor kerst, geloof ik. Maar lieve Maynard, niet doen, alsjeblieft. Ze is erg goed met de kinderen, en we kunnen niet hebben dat ze vlak voor de baby komt weggaat of over negen maanden zelf een kind krijgt. Je zult je met iemand anders moeten vermaken.' Ze keek hem streng aan, maar haar ogen schitterden. 'Het is trouwens een interessant meisje. Ze is een verre nicht van Tristan Latham. Haar moeder was Frans. Ze is een wees.'

'Een nicht van de hertog van Westerfield? Wat interessant. En als ze half Frans is, is ze vast lang niet zo preuts als je denkt.'

'Wees daar maar niet zo zeker van. Ze is erg jong. En Latham geeft misschien niet veel om haar, maar ik weet zeker dat hij niet wil dat ze onechte kinderen over het platteland rondstrooit. Ze is een erg goed opgevoed meisje. Haar moeder mag dan van lage komaf zijn, zoals hij zegt, maar je kunt merken dat ze van adel is. Dus zoek vooral iemand anders, nog een meisje van de boerderij misschien, maar liever niet een van mijn dienstmeisjes. Het geeft zoveel tumult als je dat doet. Harry maakt zich er kwaad over.' Maynard kwam even in de verleiding haar te vertellen dat haar echtgenoot zelf niet anders deed, maar het leek hem verstandiger hier zijn mond over te houden en ging door over het kindermeisje.

'Hoe heb je haar gevonden?'

'De hertog en hertogin hebben haar naar me toegestuurd. Ze wilden dolgraag een baan voor haar vinden, en het Ierse meisje dat ik had wilde weg. Het heeft prima uitgepakt. Toen ze kwam wist ik al dat er nog een baby op komst was, maar ik heb niets gezegd.'

'De nicht van een hertog,' sprak hij peinzend. 'Dat is werkelijk amusant... en erg aantrekkelijk, vooral omdat ze zo knap is. Ze reed me vandaag bijna omver met de wandelwagen. Beeldschoon meisje.' Hij glimlachte en zijn zus keek hem quasi-streng aan.

'Je moet verantwoording afleggen bij Harry als je haar wegjaagt,' waarschuwde Eugenia hem. 'En dan zal hij niet blij zijn. Die toestand met dat boerenmeisje was behoorlijk ongemakkelijk. Ze is vorige week bevallen, weet je dat?'

'Ik weet het niet en het kan me ook niet schelen,' zei hij eerlijk, met een onverschillig gezicht. Een van de lakeien schonk hem nog een glas wijn in, hoewel hij al meer dan genoeg had gehad. 'Dit is een heel ander verhaal. Jammer dat ze kindermeisje is geworden. Dat soort meisjes heeft geen leven. Ze zijn te goed om met een bediende te trouwen, en ons soort wil ze niet als ze geen cent hebben en als dienstmeid aan de slag moeten. Je kunt niet trouwen met een dienstmeid.'

'Doe dat dan niet, en verleid haar ook niet. Ze is trouwens geen dienstmeid, maar een kindermeisje. Ik denk dat ze wel een keer gouvernante zal worden. Misschien blijft ze wel bij ons. We zien wel hoe het gaat.'

'O, het is allemaal zo saai. Ik moet binnenkort terug naar Londen om wat plezier te maken.' Hij grijnsde naar zijn zus.

'Ja, ik ook,' zei ze enthousiast. Ze kon niet wachten. 'Ik wou maar dat dit verrekte ding eens opschoot. Harry wil nog een jongen.'

'Waarom? Hij heeft er al drie.'

'Hij is zijn eigen leger aan het oprichten. Hij wil dat ze op een dag allemaal met hem in zaken gaan. Hij zegt dat je alleen je familie kunt vertrouwen.'

'Waarschijnlijk heeft hij gelijk,' zei Maynard nadenkend. 'Ik vermoed dat vader er net zo over denkt, behalve wat mij betreft. Ik heb helemaal geen hoofd voor zaken.'

'Ik ook niet,' zei Eugenia met een zucht. 'Harry zegt altijd dat ik te veel uitgeef, maar hij doet er heel lief over.'

'Je hebt geluk. Ik zou ook graag zo iemand vinden als hij,' bekende haar broer, en ze lachte.

'Dan kun je maar beter ophouden met achter boerinnetjes en kindermeisjes aangaan, zelfs als ze familiebanden hebben met een hertog. Misschien ontmoet je in Londen een leuk meisje, als je in juli naar een bal gaat. Een lief jong ding met een schatrijke vader, dat net haar debuut heeft gemaakt.'

'Zo eentje heb ik echt nodig. Vader heeft ook geklaagd dat ik te veel geld uitgeef. Het is zo slaapverwekkend.' Hij dronk zijn laatste beetje wijn op en Eugenia stond op om hem alleen te laten.

'Ik laat je verder genieten van je sigaar en je glas port. Ik vrees dat ik misselijk zou worden van de sigaar. Ik ga naar bed. Ik zie je morgenochtend weer, broertjelief, en gedraag je vanavond.' Ze gaf hem een kusje op zijn wang, en even later zat hij alleen aan tafel met een sigaar en een glas van Harry's uitstekende port. Dit vond hij altijd een heerlijk moment van de dag. Hij vond het jammer dat Harry er niet bij was om met hem mee te genieten, maar het was evengoed aangenaam. Nadat hij was opgestaan van tafel, bleef hij nog een paar minuten in de salon hangen om te bedenken wat hij zou gaan doen. Toen lachte hij zachtjes in zichzelf en ging de trap op. Hij sloeg de eerste verdieping, waar zijn kamer was, over en liep verder omhoog. Hij kwam aan op de tweede verdieping en bleef staan voor de deur van de kinderkamer. Het was pas halftien en hij wist zeker dat ze nog wakker was.

Maynard probeerde voorzichtig de deurkruk en duwde. Angélique keek op van haar boek. Ze had een piepje gehoord en zag de deurkruk bewegen terwijl hij er aan de andere kant aan draaide, maar de deur zat tot haar grote opluchting op slot. Ze keek toe terwijl hij tevergeefs probeerde er beweging in te krijgen en hoorde hem zachtjes aankloppen. Ze bleef roerloos in haar stoel zitten om geen geluid te maken. Ze wist dat Helen al sliep. Maar ze had haar hulp niet nodig, ze was veilig.

Hij klopte nog eens en weer maakte ze geen geluid.

'Hallo? Ben je daar? Ik weet dat je daar bent. Doe de deur open, dan kunnen we praten.' Daar trapte ze niet in. Ze zat aan haar stoel vastgeplakt en zei geen woord.

'Doe niet zo raar,' probeerde hij weer, 'laten we een beetje plezier maken. Ik weet zeker dat de kinderen slapen, en jij verveelt je vast net zo erg als ik. Kom op, doe de deur open en laat me binnen.' Hij bleef het nog tien minuten proberen. Toen gaf hij een trap tegen de deur en liep weg. Angélique bleef in haar stoel zitten, voor het geval hij bleef wachten wat ze zou doen als ze dacht dat hij naar beneden was. Toen hoorde ze eindelijk zijn voetstappen op de trap en wist ze dat hij weg was. Ze ademde langzaam uit en was enorm blij dat de anderen haar voor hem hadden gewaarschuwd. Ze had er geen idee van wat hij zou hebben gedaan als ze hem binnen had gelaten, maar ze kon het wel raden. Hij zou haar misschien hebben gedwongen, of haar hebben overgehaald iets te doen waar ze spijt van zou krijgen. En ze was niet van plan te vallen voor een schoft als hij. In al haar onschuld was ze wel wijzer. Ze vond mannen zoals hij, die misbruik maakten van jonge meisjes, zoals het meisje van de boerderij, weerzinwekkend.

Toen Maynard bij zijn kamer aankwam, was hij nijdig op Angélique. Wat verbeeldde ze zich wel om zo preuts te doen, alleen maar omdat ze de verre nicht van een hertog was? Hij schonk zichzelf nog een glas in uit de karaf in zijn kamer. Hij zat een poosje te drinken en staarde in het vuur. De stilte in de kamer maakte hem nerveus en de afgesloten kinderkamer had hem woedend gemaakt. Hij nam nog twee glazen en viel in slaap in de stoel, denkend aan wat een kreng het kindermeisje was. Als hij had gekund had hij haar een lesje geleerd, om haar op haar plaats te zetten. Maar gelukkig voor haar kon hij dat niet. Ze was verstandig geweest.

6

Maynard vertrok de volgende ochtend om meer vertier te zoeken. 'Ik zie je in juli in Londen,' beloofde hij zijn zus. 'Het is voor mij veel te stil hier.'

'Voor mij ook,' zei ze verdrietig. Het speet haar hem te zien gaan. Ze vroeg hem niet wat hij de vorige avond had gedaan, maar zijn haast om te vertrekken leek erop te wijzen dat hij niet achter Angélique aan was gegaan. Als hij dat wel had gedaan, was hij zeker nog een paar dagen gebleven. Ze was opgelucht. Ze had haar kindermeisje nu nodig en wilde niet dat haar broer haar leven op zijn kop zette, zoals hij wel vaker had gedaan. En ze wist dat haar man blij zou zijn dat hij bij terugkomst niet een van Maynards puinhopen zou hoeven op te ruimen. Maar toen hij weg was, verveelde ze zich nog meer. Ze keek ernaar uit dat Harry thuis zou komen, wat hij een aantal dagen later deed, weer met vrienden. Hij beloofde dat ze maar een paar dagen zouden blijven, maar het stoorde Eugenia dat er verschillende zeer aantrekkelijke vrouwen in de groep zaten. Hij hield haar voor dat ze haar gezelschap konden houden, en dat was zo. Maar ze kon in haar toestand niet met hen wedijveren. Het feit dat ze in Hampshire aan huis gekluisterd zat voelde voor haar als een gevangenisstraf en ze wilde niets liever dan dat het afgelopen zou zijn. Terwijl Harry's vrienden er waren, deden ze 's avonds kaartspelletjes en maakten ze in de middag wandelingen, hoewel Eugenia moeite had om hen bij te houden. Ze was nog nooit eerder zo dik geweest, en ze wist zeker dat het weer een jongetje was.

De vrienden bleven een volle week. Toen ze vertrokken, ging Harry met hen mee om bij vrienden in de buurt te logeren, en bij hun vertrek kon Eugenia nauwelijks meer uit bed komen. Op een middag, toen de kinderen sliepen, ging Angélique even bij haar langs om te kijken hoe het met haar ging. Ze was onderweg naar de waskamer om een jurk te repareren die ze had gescheurd terwijl ze met de kinderen door het park rende. Ze klopte op de deur en trof Eugenia aan in bed, omringd door kussens. Ze was in tranen. Ze droeg een kanten peignoir en zag eruit alsof ze er een enorme bal onder had verstopt.

'Hoe voelt u zich, mevrouw?' vroeg Angélique met zachte stem. 'Kan ik iets voor u doen? Wilt u misschien een glas koude thee?' Ze zag dat Stella niet in de kamer was, en ze wilde graag op een of andere manier helpen. Haar werkgeefster zag er ellendig uit, en dat was nu al weken zo.

'Nee, dat wil ik niet,' zei Eugenia kregelig. 'Ik wil dit ding kwijt. Ik kan er niet meer tegen.' Ze zag er ontzettend ongemakkelijk uit, en het was duidelijk dat ze er schoon genoeg van had. Wat niet vreemd was, het was haar vijfde kind in vijf jaar. 'Het kan me niet schelen wat Harry zegt of hoeveel hij er wil, na deze wil ik geen kinderen meer.'

'Het schijnt dat men na afloop alle ongemakken vergeet en bereid is om het allemaal opnieuw te doen,' zei Angélique onschuldig.

'Nou, ik niet.' Eugenia keek Angélique nijdig aan. Ze had gemakkelijke zwangerschappen, maar ze doorkruisten de dingen die ze graag deed, en niets paste haar meer. In de laatste paar dagen was ze nog dikker geworden, en ze kon alleen nog maar kanten peignoirs aan. Niets wat ze had was groot genoeg, en toen ze er zich tegen haar echtgenoot over beklaagde, had dat hem alleen maar geamuseerd en was hij weer vertrokken om vrienden te bezoeken, terwijl zij thuis opgesloten zat.

'Wilt u vanmiddag de kinderen zien?' vroeg Angélique, maar Eugenia schudde haar hoofd.

'Nee, dat wil ik niet. Ze maken te veel lawaai.' Angélique knikte en wist niet wat ze verder nog moest zeggen. 'Misschien wandel ik naar het meer. Er moet iets zijn wat ik aan kan trekken. Help me uit bed.' Angélique hielp haar, waarna Eugenia naar haar kleedkamer schuifelde en Angélique naar beneden ging. De dienstmeisjes in de waskamer zaten te roddelen en plaatselijke nieuwtjes uit te wisselen. Stella was bezig mevrouw Fergusons nachthemden te strijken die, zoals een van de meisjes onaardig opmerkte, groot genoeg waren om als feesttent te gebruiken. Maar het was tenminste begin mei, het zou niet lang meer duren.

'Ze voelt zich verschrikkelijk ongemakkelijk,' zei Angélique meelevend. Ze had met Eugenia te doen, hoewel ze van dat soort gevoelens normaal gesproken niet snel last zou hebben. Ze was geen vrouw die medelijden opriep, maar ze zag er nu zo hulpeloos en ongelukkig uit. Ze leek zich helemaal niet op de baby te verheugen. Ze wilde alleen maar dat het kind zo snel mogelijk geboren zou worden, zodat ze weer vrij zou zijn.

Vanuit het raam van de kinderkamer zag Angélique Eugenia die middag moeizaam door het park sjokken. Het zag er bijna grappig uit. En ze bleef niet lang weg. Angélique kreeg het daarna druk met de kinderen en zat geen moment stil, tot ze 's avonds in bed lagen. Toen ze naar beneden ging om een kop thee te drinken met Sarah, zag ze een van de dienstmeisjes met een stapel lakens en handdoeken de trap op lopen. Ze zei dat het was begonnen: mevrouw Fergusons vliezen waren een uur geleden gebroken en de dokter was net gekomen. Maar er was verder nog niets gebeurd.

'Dat is spannend,' zei Angélique. Ze vroeg zich af of het een meisje of een jongen zou zijn. 'Zeg maar tegen haar dat ik aan haar denk en dat ik hoop dat alles goed gaat.'

'Ik hoop dat ze mij niet vragen om te blijven,' zei het meisje nerveus. 'Ik heb nog nooit een baby geboren zien worden, en mijn moeder wil ook niet dat ik dat zie voordat ik er zelf een krijg.' Ze was pas zestien.

'Heeft de dokter een zuster meegenomen?'

'Twee,' zei ze. Ze bleef even stilstaan op de trap om met Angélique te praten.

'Dan hebben ze jou niet nodig,' zei Angélique geruststellen. Daarna liep het meisje verder om het linnengoed weg te brengen waar de zuster om had gevraagd, en Angélique haastte zich naar beneden, waar ze in de bediendenzaal met Sarah had afgesproken. Iedereen daar was druk in de weer. Ze bereidden een lichte maaltijd voor de dokter, en zetten ook iets te eten klaar voor de zusters, voordat ze het te druk kregen. Er was gezegd dat het nog wel een poosje zou duren voor het zou beginnen, maar ze waren op alles voorbereid. En iemand had de voedster gewaarschuwd. Mevrouw Ferguson had gezegd dat haar man pas geroepen hoefde te worden als de baby er was. Het had geen zin dat hij in huis liep te wachten. Het zou alleen maar vervelend voor hem zijn, en ze wilde hem niet om zich heen hebben. De dokter zou dat trouwens toch niet toestaan. Een man kon zoiets beter niet zien, en Harry was er met de anderen ook niet bij geweest.

'Hoe gaat het met haar?' vroeg Sarah aan Angélique, terwijl ze hun thee inschonken en aan de tafel gingen zitten. 'Heb je haar gezien?'

'Niet sinds vanmiddag. Ik zag alleen een van de meisjes lopen met de lakens en handdoeken waar de zusters om hadden gevraagd. Ik ben zo benieuwd wat het is. De stakker zag er zo ellendig uit vandaag. Ze zal blij zijn als het voorbij is.'

'Stella was er de laatste keer bij en ze zei dat de baby er zonder een kik binnen een paar minuten uit rolde. Het gaat vast gemakkelijk bij haar, anders zou ze er niet zoveel krijgen. Maar het lijkt mij erg zwaar. Ik zou bang zijn als ik haar was.'

Verschillende vrouwen aan tafel kwamen hierop met bevallingsverhalen, van zichzelf of anderen, en Angélique vond dat het allemaal heroïsch klonk. Zij had zelf ook geen haast om kinderen te krijgen. Tot op dit moment had ze er zelfs nog nooit over nagedacht. Ze was nog nooit zo dicht bij een zwangere vrouw in de buurt geweest, en het leek haar niet gemakkelijk.

Kort daarna kwam Stella naar beneden om wat thee te halen voor hun mevrouw. 'De weeën beginnen en ze heeft erge dorst.'

De kok deed er een schaal met vers gebakken koekjes bij. 'Dat zal haar wat kracht geven bij de thee,' zei ze vriendelijk. 'Hoe gaat het met haar?'

'Goed. De dokter denkt niet dat het voor de ochtend geboren zal worden, maar een van de zusters zei dat ze het niet met hem eens is. Ze denkt dat er snel beweging in komt, omdat ze er al zoveel heeft gehad. De laatste heeft niet lang geduurd. We hadden nauwelijks tijd om de lakens onder haar neer te leggen en toen lag kleine Charlie ons al aan te kijken. Ze was erg moedig, maar dit keer is ze dikker. Veel dikker. Het zal misschien niet zo gemakkelijk gaan.' De zuster had dat ook tegen Stella gezegd. 'Ik kan nu maar beter teruggaan, met haar thee.' Stella liep de keuken uit en na een tweede kop thee ging Angélique terug naar de kinderkamer om Helen verslag uit te brengen. Het was opwindend om te weten dat de baby onderweg was en in de ochtend, of eerder nog, geboren zou zijn.

'Ik denk dat het weer een jongen is, ze is zo dik,' merkte

Helen op, en Angélique was het met haar eens. 'Met Emma was ze veel slanker.'

'Nou, we zullen het snel weten. Ik hoop dat er iemand naar boven komt om het ons te vertellen.'

'Dat weet ik wel zeker.' Helen ging wat verstelwerk doen en Angélique pakte een boek. Er waren enkele vrouwen in huis die van lezen hielden en hun boeken met haar deelden.

Eugenia lag in haar slaapkamer en klaagde dat haar rug pijn deed. De weeën waren toegenomen en waren pijnlijker dan ze zich van de andere bevallingen herinnerde. Of misschien vergat ze het van jaar tot jaar. Ze waren allemaal zo gemakkelijk geweest, maar Simon was twee weken te vroeg geboren, Emma was kleiner geweest, Rupert was zo snel geboren dat ze hem bijna in de bibliotheek had gekregen en met Charles was het ook gemakkelijk gegaan. Dit kind voelde enorm en leek zo vastgeklemd te zitten dat ze bij elke wee het gevoel had dat haar rug brak. De zusters hadden haar geholpen in een gemakkelijkere houding te gaan zitten, maar dat had niets geholpen, en toen de dokter haar onderzocht, gilde ze het uit toen er weer een wee kwam. Hij keek bezorgd. De baby leek helemaal niet op te schieten, hoewel de weeën heel snel heviger waren geworden. De bevalling was pas twee uur bezig, maar Stella herinnerde zich van de laatste keer dat Charles toen al was geboren. Dit keer zat er geen beweging in en het was duidelijk dat het een lange nacht ging worden.

De dokter stelde voor dat ze met hulp van de zusters de kamer rond zou lopen, om de zaak in beweging te krijgen, maar ze had zoveel pijn dat ze niet uit bed kon komen en liet zich gillend weer achteroverzakken.

'Ik word uit elkaar gescheurd,' zei ze snikkend. 'Het is nog nooit eerder zo geweest.'

'Elke keer is anders,' zei de dokter geruststellend. 'De baby is dit keer erg groot.' Hij luisterde naar de hartslag en leek tevreden. 'Het hart van de baby is sterk.'

'Het kan me niet schelen,' zei ze, wanhopig van pijn. 'Zorg nou maar dat het eruit komt.'

'Het komt,' zei hij kalm, en toen werd ze getroffen door een nieuwe stortvloed van weeën, de een na de ander, telkens heviger, tot ze naar adem hapte en doodsbleek zag. Stella keek bezorgd en de zusters keken nauwlettend toe terwijl de dokter haar weer onderzocht. Hij keek tevreden. 'Het gaat vooruit.'

'Volgens mij ga ik dood,' zei Eugenia, met paniek in haar ogen. 'Wat als deze baby mijn dood wordt?' Ze wilde vluchten, maar ze kon nergens naartoe. De pijn kneep het leven uit haar weg en elke keer dat een nieuwe wee haar in zijn ijzeren greep nam, zag ze nu sterretjes voor haar ogen.

'Je gaat niet dood, Eugenia,' zei de dokter op sussende toon. 'We moeten dit keer alleen allebei een beetje harder werken.' Hij onderzocht haar telkens aandachtig, en zij lag er tussen de weeën door als verdoofd bij. Niemand in de kamer zei iets. Twee uur ging voorbij, waarin ze het met tussenpozen uitkrijste en er tergend langzaam vooruitgang werd geboekt, maar de dokter verzekerde hun allemaal dat de baby steeds verder opschoof. Stella keek toe en was bijna net zo bleek als haar werkgeefster. Zelfs de zusters zagen er gespannen uit en de dokter was geconcentreerd bezig met zijn werk. Tegen middernacht zag Eugenia zo wit als een doek, maar na zes uur hevige weeën kon de dokter het hoofdje van de baby zien. Hij vertelde haar dat het kindje donker haar had en gaf haar opdracht te persen.

Daarna gebeurde er een uur lang helemaal niets, behalve dat Eugenia nog meer jammerlijke kreten slaakte. Ze deed wanhopig haar best om te persen en begon intussen over te geven. Een van de zusters hield een bakje onder haar kin terwijl Stella en de andere zuster haar benen vasthielden. De dokter keek toe terwijl de baby met elke wee dichterbij kwam en deed een stapje achteruit als ze weer stopte. Het ging tergend langzaam. De baby was erg groot en had duidelijk moeite om naar buiten te komen, maar ze konden alleen maar wachten en Eugenia aanzetten om door te gaan. Ze gaf het verschillende keren op en huilde dat ze niet meer kon, maar gesterkt door hun aanmoedigingen probeerde ze het weer. Het stond de dokter niet aan dat het zo lang duurde. Dit was voor moeder en kind niet goed, maar hij kon niets doen om het proces te versnellen en er alleen maar op vertrouwen dat de natuur en Eugenia hun werk zouden doen. Toen, eindelijk, terwijl Eugenia de ijselijkste kreet tot dan toe slaakte, kwam het hoofdje van de baby in zicht. Eugenia zag eruit alsof ze flauw ging vallen en gilde nog steeds dat haar rug brak. De baby leek serieuze schade te veroorzaken bij zijn moeder.

'We zijn er bijna, Eugenia,' zei de dokter dringend. 'Je moet nu harder persen.' Hij wilde dat de baby zo snel mogelijk geboren werd. Het duurde al veel te lang, en ze zakte steeds verder weg.

'Ik kan niet... Ik kan niet... Laat me maar doodgaan...'

'Nog één keer persen! Nu!' De dokter schreeuwde tegen haar terwijl ze huilde, maar ze wist zich op te werken tot een laatste krachtsinspanning. Deze keer kwam het hoofdje van de baby tevoorschijn. Het kind slaakte een kreetje, maar zijn moeder was te zwak om zich erom te bekommeren. Ze lag in de kussens te huilen en gaf weer over terwijl de dokter zei dat ze nog eens moest persen. Hij hielp de schoudertjes naar buiten en draaide de baby voorzichtig om, zodat de rest naar buiten kon komen. De baby was geboren, maar Eugenia lag te snikken en gilde het weer uit.

'Mijn rug... mijn rug...' zei ze weer, terwijl de dokter de navelstreng doorknipte, de baby in een doek wikkelde en aan de zuster gaf. Het was een grote, stevige jongen die hard huilde, maar zijn moeder snikte het nog steeds uit en de dokter keek bezorgd naar haar. Het was een moeilijke bevalling geweest, wat ongewoon was voor een vijfde kind.

'Eugenia, de baby is helemaal in orde,' zei hij vriendelijk. 'Het is een prachtige jongen.' Maar zij schreeuwde weer en liet zich hysterisch van pijn in de kussens vallen. Ze had nog nooit eerder zoiets meegemaakt. De dokter voelde aan haar nog steeds gezwollen buik en onderzocht haar zorgvuldig. Toen keek hij een van de zusters verrast aan en zei met gedempte stem: 'Dit is nog niet voorbij.' Hij had gewacht op de placenta, maar wat hij in het geboortekanaal voelde was nog een hoofdje en de weeën waren nog steeds hevig. Hij probeerde Eugenia uit te leggen wat er aan de hand was en dat hij haar hulp nodig had. 'Er is nog een baby – je krijgt een tweeling.' De beide zusters keken hem verbaasd aan en Stella was zichtbaar geschokt. 'We moeten zorgen dat de tweede baby er ook uit komt.' Hij klonk dringend.

'Nee, dat kan ik niet.' Eugenia huilde van ellende en ze begon weer over te geven. De weeën leken bij de tweede nog erger dan bij de eerste en Eugenia gilde aan één stuk door tot het kind eruit was. Maar het was kleiner dan de eerste en kwam gemakkelijker naar buiten, waar het in de handen van de dokter gleed. Het was een meisje. Iedereen in de kamer juichte triomfantelijk toen ze haar zagen, behalve haar moeder, die bijna bewusteloos was van de pijn en wat ze had doorgemaakt. Ze gaf niet meer over, maar ze had haar ogen dicht en trilde over haar hele lichaam. Ze bloedde hevig, haar gezicht zag grauw en de dokter was duidelijk bezorgd. Hij had nooit een tweede hartslag gehoord en besefte dat de kinderen achter elkaar hadden gelegen. Het verklaarde wel waarom ze zo enorm dik was geweest en waarom de bevalling zo moeizaam was verlopen. Ze had die nacht dubbel werk verricht, en de eerste baby, de jongen, woog negen pond. Het meisje was kleiner en woog zes pond.

De dokter hield haar nauwlettend in de gaten terwijl de zusters haar wasten en op haar baarmoeder drukten om het bloeden te stoppen. Beide placenta's kwamen keurig naar buiten. Maar Eugenia zag eruit alsof ze op sterven na dood was. Ze bleven de hele nacht aan haar bed zitten en met de hulp van wat druppeltjes die de dokter haar had gegeven, stopte ze eindelijk met huilen en viel ze in slaap. Ze lag pas rustig te slapen toen de zon al opkwam. Het was een erg lange nacht geweest. Het gaf de dokter de gelegenheid wat hechtingen aan te brengen waar ze was uitgescheurd toen de eerste baby geboren werd. Hij had niet verwacht dat de bevalling zo zwaar zou zijn. Het had hen allemaal verrast, vooral Eugenia.

Toen ze om negen uur wakker werd, was de dokter er nog, net als de zusters en haar kamermeisje. Ze zei dat haar rug nog steeds vreselijk pijn deed en ze had het gevoel dat ze een pak slaag had gehad. Het bloeden was echter afgenomen, haar hartslag was normaal en ze had geen koorts. Er was niets misgegaan, het was alleen een zware bevalling geweest. Ze had niet eens de kracht om rechtop in bed te zitten, ze had donkere kringen onder haar ogen, die bloeddoorlopen waren van bloedvaatjes die waren gesprongen, en haar lippen zagen grijs. Ze had veel bloed verloren.

'Wilt u uw baby's zien?' vroeg een van de zusters. 'Ze zijn prachtig.'

'Niet nu,' zei ze zwak en ze deed haar ogen weer dicht. Ze huilde niet meer, maar ze trilde nog steeds. Ze had nog nooit in haar leven zoiets verschrikkelijks doorgemaakt en terwijl ze daar lag, beloofde ze zichzelf plechtig dat ze het nooit meer zou doen. Ze kon het niet. Ze had de hele nacht gedacht dat ze dood zou gaan, en op sommige momenten had ze dat ook gewenst.

De dokter had vaker dit soort bevallingen gezien, en ze eisten allemaal hun tol van de moeder. Ze zou tijd nodig hebben om te herstellen, maar ze was jong en sterk en hij was ervan overtuigd dat ze het te boven zou komen. Ze was nu niet meer in gevaar, hoewel dat de nacht ervoor anders was geweest. Het had zo lang geduurd dat het een of beide baby's het leven had kunnen kosten. Voor de kinderen was het ook stressvol geweest. Infectie was nu zijn enige zorg, maar daar waren geen aanwijzingen voor.

Hij liet de druppels achter bij de zusters en vertelde hun wanneer ze die moesten toedienen. Om tien uur vertrok hij. Hij was er zestien uur geweest en zag er ook moe uit. Stella liep met hem mee de kamer uit en Eugenia viel weer in slaap. Ze had de tweeling nog niet gezien, maar daar voelde ze zich ook nog niet toe in staat. De voedster was erbij gehaald om voor hen te zorgen.

'Je kunt nu meneer Ferguson laten waarschuwen. Sterker nog, ik vind dat dat moet,' zei de dokter tegen Stella, die er net zo moe uitzag als hij.

'Is ze in gevaar, dokter?'

'Nee, dat niet. We zijn altijd bezorgd voor infectie, vooral na een moeilijke bevalling, maar er is geen reden waarom ze problemen zou krijgen. Ze moet alleen uitrusten en het trauma van de bevalling te boven komen. Dit was niet gemakkelijk voor haar.' Dat had iedereen in de kamer gemerkt. 'Ik kom vanmiddag terug.' Hij wist dat de zusters haar zouden controleren op tekenen van koorts. Maar als die uitbleef, verwachtte hij dat ze zou herstellen zoals een jonge, gezonde vrouw zoals zij behoorde te doen. 'Het gaat vaak zo met tweelingen,' zei hij geruststellend tegen Stella, die ook geschokt was door wat ze had gezien. Ze had verschrikkelijk te doen met haar mevrouw, maar ze was blij dat ze erbij was geweest om zo goed mogelijk te helpen. Hoewel niets Eugenia tijdens de bevalling verlichting had kunnen brengen.

'Komt het weer goed met haar rug?' vroeg Stella bezorgd, en de dokter glimlachte.

'Haar rug is in orde, hij is niet beschadigd. De baby's hebben waarschijnlijk op haar ruggengraat gedrukt toen ze naar beneden schoven. Het is allemaal volkomen normaal. Ik heb me nooit zorgen gemaakt over haar rug, alleen over de tweeling. En natuurlijk willen we ook de moeder niet kwijtraken. Ik weet zeker dat het goed komt met haar. De komende twee tot drie weken moet ze het bed houden. Als ze zwak lijkt langer. En een maand lang geen bezoek.' Stella knikte terwijl ze met hem mee naar beneden liep. Een lakei hield de deur voor hem open. Stella had een van de dienstmeisjes na de geboorte op de hoogte gesteld dat het een tweeling was en het personeel was opgetogen, veel meer dan hun moeder boven. Ze wilde de kinderen niet eens zien na de helse pijn die ze haar hadden bezorgd.

Stella liep vervolgens naar de bediendenzaal voor een kop thee, in de wetenschap dat Eugenia de komende uren zou slapen en de zusters bij haar waren. Een van hen zou slapen op een veldbed dat ze in de kleedkamer hadden neergezet, en de ander zou gaan rusten als zij wakker werd. Ze zouden de komende dagen om beurten voor haar zorgen.

'Hoe was het?' vroeg mevrouw Allbright zodra ze binnenkwam.

'Verschrikkelijk,' zei Stella eerlijk. Ze ging doodmoe in een stoel zitten. 'Het arme ding zag eruit alsof ze dood zou gaan.'

'Laten we hopen dat dat niet gebeurt,' zei een van de dienstmeisjes somber. 'Mijn nicht is in het kraambed overleden en mijn schoonzus ook.' Het kwam veel voor.

'Mevrouw Ferguson gaat niet dood,' zei mevrouw Allbright stellig, en Stella knikte. 'Ze heeft gewoon een tweeling gekregen. Het is normaal dat ze het moeilijk heeft gehad. We moeten nu goed voor haar zorgen.' Ze kletsten allemaal geanimeerd verder, terwijl mevrouw Allbright Stella zachtjes aansprak. 'Hoe is het nu met haar? Het moet erg moeilijk voor haar zijn geweest om er twee te krijgen in plaats van een. Ze is er eerdere keren altijd gemakkelijk doorheen gerold.'

'Dit keer niet,' zei Stella ernstig. 'Ik heb nog nooit zoiets ergs gezien. Ze ziet er verschrikkelijk uit.'

'Ze komt er wel weer snel bovenop. Ze is jong,' zei mevrouw Allbright vol vertrouwen. 'We hebben meneer Ferguson laten waarschuwen. Ik weet zeker dat hij hier snel zal zijn.' Stella knikte en ging naar haar kamer om zelf wat uit te rusten.

Harry Ferguson arriveerde na het avondeten en was dolblij. Het eerste wat hij wilde doen toen hij als een opgewonden jongen de trap op rende was zijn baby's zien. De kraamverzorgster, de voedster en de beide baby's waren in een grote logeerkamer dicht bij de slaapkamer van de ouders ondergebracht. Hij liep met grote stappen de kamer binnen, waar de twee vrouwen allebei een diep slapende baby in hun armen hielden. Hij keek stralend naar hen, raakte zachtjes hun piepkleine vingertjes aan en merkte meteen op dat het kleine meisje rood haar had en perfecte gelaatstrekken. Verder leek ze op haar oudere zusje. Het jongetje had donker haar en leek bijna zo groot als een kind van drie maanden. Het waren prachtige kinderen en Harry was buitengewoon blij met Eugenia en met zichzelf. Hij had nu twee dochters en vier zoons. Ze waren een perfect gezin en toen hij de tijdelijke kinderkamer uitliep, wilde hij niemand liever zien dan zijn vrouw. Ze lag te slapen en werd versuft wakker toen ze hem de kamer binnen hoorde komen en met de zuster hoorde praten. Hij liep met een brede glimlach naar haar bed, maar was geschokt toen hij haar zag. Ze hadden haar gewassen, maar haar haar zat in de war, haar ogen lagen diep verzonken en ze was nog steeds doodsbleek.

'...lo Harry...' zei ze slaperig. '... Het was afschuwelijk... doe het nooit meer... nooit... geen baby's meer...' Dit was het enige waar ze nu aan kon denken. Hij keek naar haar en zag hoe moeilijk ze het moest hebben gehad. Even voelde hij zich schuldig, maar tegelijkertijd was hij dolblij met de tweeling.

'Ze zijn prachtig... Het spijt me... maar ze zijn gewoon prachtig. Je hebt het geweldig gedaan.' Ze knikte naar hem met een glazige blik in haar ogen.

'Niet meer...'

'Goed,' zei hij zacht, terwijl de zuster de kamer uit liep. Als ze het echt meende, kon hij daarmee leven. Zes kinderen was genoeg. Hij had er altijd zes gewild, en met een tweeling erbij was het voor hem helemaal perfect. 'Ik hou heel veel van jou,' voegde hij eraan toe, terwijl zij weer in slaap viel. Hij liet haar alleen en ging terug naar de kinderkamer om nog een blik op de baby's te werpen. Het kleine meisje werd net wakker. Ze leek hem met een onzekere blik aan te kijken en gaapte toen. Haar broertje was diep in slaap en Harry liet hen even later alleen om voor zichzelf een borrel in te schenken in de bibliotheek. Hij stond voor het raam en staarde uit over zijn land. Hij dacht aan hun baby's en was Eugenia dankbaar dat ze ze had gekregen. Zijn wereld was volmaakt.

7

Het was feest in de kinderkamer op de dag dat de tweeling werd geboren. Angélique en Helen waren opgetogen toen Sarah hun het nieuws kwam vertellen, en toen de kinderen het hoorden, waren ze dolblij dat ze een broertje en een zusje hadden gekregen en wilden ze hen zien. Maar Angélique legde uit dat ze hen een paar dagen de tijd moesten geven om uit te rusten.

'Waarom? Zijn ze moe geworden toen ze hiernaartoe kwamen? Komen ze van ver?' vroeg Emma. Ze waren allemaal nog te jong om het verband te leggen tussen de komst van een baby en de groeiende buik van hun moeder. Het was hen ook niet uitgelegd, dus ze waren verbaasd te horen dat de baby's nu moe waren.

Emma wilde haar moeder zien, maar Angélique zei dat ze uitgeput was en waarschijnlijk lag te slapen. Emma keek teleurgesteld.

'Komen ze van ver? Is mama ze gaan ophalen?' Het was allemaal erg verwarrend voor ze. Hun vader kwam hen opzoeken toen ze die middag aan de thee zaten. Hij vertelde dat hun nieuwe broertje en zusje George en Rose heetten, en dat ze hen heel snel te zien zouden krijgen. Hij zei dat de baby's erg klein waren en nog een paar dagen moesten slapen. Met hun moeder ging het prima, maar ze had dingen te doen. Hij wilde niet dat de kinderen zich ongerust maakten en het had geen zin om hun te laten zien hoe aangeslagen ze was door de bevalling. Hij wilde dat hun moeder er goed aan toe zou zijn en zich weer beter zou voelen als ze haar te zien kregen. Het had geen zin om de kinderen bang te maken, en als ze haar op dit moment zagen, zou dat gebeuren. Hij maakte zich zelf ook zorgen om haar.

De volgende dag zag ze er beter uit en zat ze rechtop in bed om wat thee te drinken. Ze had twee dagen niets gegeten. Ze volgde nauwlettend de instructies van de dokter en werd goed verzorgd door de zusters. De dokter had haar verteld dat als ze snel wilde opknappen, ze rust moest nemen. Ze had geen moeite om zijn aanwijzingen op te volgen en zei dat ze zich zo zwak voelde dat ze zeker wist dat ze zou vallen als ze uit bed zou komen. Maar ze werd elke dag sterker en haar kleur was intussen ook beter. En toen de baby's een week oud waren, kreeg Angélique toestemming om alle vier de kinderen mee naar beneden te nemen om hun broertje en zusje te zien. De tweeling was klaarwakker. Ze hadden kleine wollen jurkjes, warme mutsjes en bijpassende sokjes aan en waren stijf in een dekentje gewikkeld. De voedster en de kraamzuster hielden ze vast en waarschuwden de kinderen dat ze ze niet aan mochten raken. De vier oudere kinderen staarden vol ontzag naar de baby's, en Angélique was ontroerd door hoe mooi ze waren. Ze zagen er helemaal perfect uit.

'Mag ik er een vasthouden?' vroeg Emma, terwijl ze vol belangstelling over Rose gebogen stond, maar de zuster zei dat ze moest wachten tot de baby sterker was. Binnenkort zou ze bij hen in de kinderkamer komen. De baby staarde naar haar grote zus en luisterde naar het geluid van haar stem.

'Waarom zijn het er twee?' vroeg Simon. 'Waarom hebben

we er niet gewoon één gekregen, zoals het hoort?' Het was hem een raadsel. De laatste keer, toen Charles geboren werd, was er maar één baby geweest, en de keer daarvoor met Rupert ook.

'Ze hebben ons er één extra gegeven,' legde Angélique uit.

'Wilde niemand de andere hebben, en hebben wij die toen maar gekregen?' vroeg hij, met een frons.

'Jullie moeder en vader wilden ze allebei,' zei Angélique met een glimlach, hoewel hij deze overdaad duidelijk niet nodig vond. 'Nu zijn jullie met z'n zessen.' Simon knikte. Dat klonk logisch.

Ze bleven nog een halfuur in de tijdelijke kinderkamer. Daarna waren de kinderen tevreden en gingen ze buiten spelen. Emma merkte op dat Rose er erg mooi uitzag.

'Ze lijkt precies op jou,' zei Angélique tegen haar. 'Op het rode haar na.'

'Krijgt zij ook pijpenkrullen?'

'Dat moeten we afwachten.'

Daarna gingen ze de baby's elke dag opzoeken. Simon kreeg er na een paar dagen genoeg van, omdat ze altijd sliepen, en Rupert en Charles waren nog te jong om zich ervoor te interesseren. Maar Emma vroeg elke dag of ze de tweeling mocht zien, en Angélique nam haar dan mee naar ze toe. Emma was vooral verrukt van haar nieuwe zusje en vond het geweldig dat er twee baby's waren, hoewel Simon het nog steeds gek vond. Hij had het idee dat het een vergissing was. Alsof het een bezorgfout was van een winkel, dat ze twee baby's hadden gestuurd in plaats van een. Maar Emma vond ze lief en had het voortdurend over ze.

Drie weken na de geboorte mochten ze een paar minuutjes bij hun moeder op bezoek. Ze lag op een bank in haar kleedkamer. Ze zag er nog steeds bleek en moe uit, maar de kinderen waren blij haar te zien en zeiden dat ze hun nieuwe broertje en zusje erg lief vonden.

'Voelt u zich beter na uw reis?' vroeg Emma beleefd aan haar, en Eugenia keek haar niet-begrijpend aan. 'Ze zeiden dat u erg moe was nadat u ze was gaan ophalen. Het was vast ver.'

'Ja, zeker,' zei Eugenia, met een glimlach. 'Erg ver. Maar nu voel ik me beter.' Angélique en zij keken elkaar even glimlachend aan, en toen zei hun moeder dat ze buiten moesten gaan spelen. Het was heerlijk weer sinds de tweeling was geboren. Hun bezoekje had maar vijf minuten geduurd en voor Eugenia was dat genoeg. Ze wilde zich niet uitputten met hun aanwezigheid en probeerde weer op krachten te komen.

De tweeling was een maand oud toen ze voor het eerst weer beneden kwam. Ze dineerde met haar man in de eetzaal, zat na afloop een kort poosje op het terras om wat frisse lucht op te doen en ging toen weer naar bed. Hij zou de volgende dag naar Londen vertrekken en zij was van plan zich daar over een paar weken bij hem te voegen. Ze hoopte dat ze dan sterker zou zijn. Het sociale seizoen begon over een paar weken en dat wilde ze niet missen. Gwyneths bal werd eind juni gehouden en ze had Elizabeth beloofd dat ze daarbij zou zijn. Ze hoopte dat ze dan haar figuur terug zou hebben. Ze liet zich sinds kort weer door Stella inrijgen en sindsdien voelde ze zich weer meer zichzelf.

Ze hadden een tweede kinderwagen aangeschaft en de beide zusters namen de tweeling elke dag mee naar buiten voor de frisse lucht. De baby's sliepen heerlijk terwijl de twee vrouwen met hen door het park reden en de oudere kinderen grepen elke gelegenheid aan om naar ze te kijken. Ook de rest van het personeel kon niet wachten om ze te zien.

Later in juni kwamen Eugenia's vriendinnen op bezoek. Ook zij vonden het geweldig om de tweeling te zien. Eugenia had ze kort geleden voor het eerst vastgehouden. Na de bevalling was ze zo aangeslagen geweest dat ze ze de eerste twee weken niet had willen zien, maar Harry was zo verrukt van ze dat ze uiteindelijk had gevraagd om ze naar haar toe te brengen. Ze had ze allebei een paar minuutjes vastgehouden, maar toen ze begonnen te huilen had ze ze teruggegeven, naar haar zeggen omdat ze gevoed moesten worden. Ze voelde zich altijd ongemakkelijk bij pasgeboren baby's. Ze waren zo klein en teer dat ze bang was ze te breken, als porseleinen poppetjes. Ze had er genoeg aan om af en toe de kinderkamer binnen te lopen en even naar ze te kijken. Ze was vooral bezorgd over haar figuur. En zoals altijd na een bevalling was ze voorzichtig met wat ze at. Het gewicht dat ze erbij had gekregen begon alweer te verdwijnen. Ze was niet van plan om vanwege de kinderen haar figuur te bederven. Eind juni, toen de tweeling zeven weken oud was, vertrok ze naar Londen. Ze was nog steeds wat voller dan normaal, maar ze zag er bloeiend en beeldschoon uit. De tweeling liet ze natuurlijk achter in Hampshire, bij de andere kinderen. Ze zei dat Londen met al zijn drukte en lawaai geen plek was voor pasgeboren baby's. Het personeel van het huis in Curzon Street was teleurgesteld dat het de tweeling niet te zien kreeg, maar Harry had hun verteld dat ze niet mee zouden komen.

Zodra Eugenia in Londen aankwam, had ze na de laatste saaie maanden in hun huis op het platteland en het langdurige herstel na de bevalling het gevoel dat ze uit een gevangenis was bevrijd. Het was precies gegaan zoals de dokter had voorspeld: ze was jong en had haar kracht snel teruggekregen. Ze vertelde al haar vriendinnen dat de bevalling van de tweeling de ergste ervaring van haar leven was en dat ze er niet over peinsde om het nog eens te doen. Harry geloofde haar, wat de tweeling nog bijzonderder voor hem maakte.

Toen Eugenia uit Hampshire was vertrokken, begon Angélique meer tijd met de baby's door te brengen. Ze wilde ze leren kennen en met hen vertrouwd zijn voordat ze in augustus naar de kinderkamer zouden verhuizen. Dan zouden ze worden gespeend en zou de voedster weer naar Londen teruggaan.

Ze hadden haar langer gehouden dan gepland, omdat het een tweeling was. Helen had te horen gekregen dat zij Angélique zou moeten helpen met de verzorging van de baby's, want er zouden een maand lang zes kinderen in de kinderkamer zijn, en vijf als Simon naar Eton vertrok. Eugenia hield nog steeds vol dat ze geen tweede kindermeisje nodig hadden, wat volgens Sarah krankzinnig was. Hoe moest Angélique voor vijf kinderen zorgen, onder wie twee pasgeboren baby's?

'Je moet een duizendpoot zijn om dat voor elkaar te krijgen,' zei Sarah droog.

'De voedster zei dat het gemakkelijke baby's zijn,' zei Angélique vol vertrouwen. Het zou een nieuwe ervaring voor haar zijn om voor zulke jonge kinderen te zorgen. Mevrouw Ferguson had haar ervan verzekerd dat ze het kon en dat ze er het volste vertrouwen in had dat ze het er goed vanaf zou brengen. Angélique vond het heerlijk om de kinderen vast te houden en hoewel ze het niet wilde toegeven had ze net als Emma een uitgesproken voorkeur voor Rose. Ze zag er zelfs uit als een rozenknopje, terwijl George er eerder uitzag als een stevig klein mannetje. Een van de Schotse dienstmeisjes noemde hem een 'bonny bairn'.

Eugenia en Harry kwamen pas naar Hampshire terug toen ze alle bals hadden bezocht waar ze waren uitgenodigd, waaronder dat van Gwyneth. Ze kwamen eind juli thuis, toen het seizoen was afgelopen. En drie dagen na hun terugkomst gingen ze een maand zonder de kinderen op vakantie naar Bath om van het geneeskrachtige water te genieten, wat Eugenia zei nodig te hebben na alles wat ze had doorgemaakt.

Toen ze eind augustus terugkwamen, waren ze elke avond druk tot het eind van de eerste week van september, de avond voordat Simon naar Eton vertrok. Hij huilde er dagenlang om bij Angélique, maar hij wist dat hij niet kon klagen bij zijn ouders. Angélique had tegen hem gezegd dat hij moedig moest zijn, en dat beloofde hij. Ze liet hem nooit merken hoe verdrietig ze het voor hem vond om al zo jong het huis uit te moeten. Ze wist dat ze hem zou missen.

De ochtend van zijn vertrek was het prachtig weer en Angélique maakte hem vroeg wakker. Ze had dagenlang voor hem ingepakt en had zijn favoriete boeken, een deken waar hij dol op was en een geliefde beer waar hij al sinds zijn geboorte mee sliep in zijn koffer gestopt. Hij was veel te jong om dat op te geven, vooral omdat hij zijn ouders ging verlaten. Hij moest een kleine vorm van troost hebben. Ze hoopte alleen maar dat de andere jongens hem niet zouden uitlachen of hem van hem af zouden pakken. Maar er zouden vast andere jongen zijn met wie hij levenslange vriendschappen zou sluiten. En alle jongens in de beginklas waren net als hij vijf jaar. Angélique dacht bij zichzelf dat het eigenlijk een klas vol baby's was. Ze vond het een afschuwelijk idee om hem op zijn vijfde weg te sturen en vermoedde dat zijn ouders het alleen maar deden omdat iedereen het deed en omdat het feit dat hun zoon naar zo'n beroemde school ging hun sociale status gaf.

Angélique had Simon de middag voor zijn vertrek meegenomen naar zijn ouders om afscheid van hen te nemen. Zijn vader had zijn hand geschud en zijn moeder had hem omhelsd, en ze hadden hem gewaarschuwd dat hij zich netjes moest gedragen en hard moest studeren. Zoals hij daar voor hen stond zag hij er in Angéliques ogen uit als een baby. Toen nam ze hem mee terug naar de kinderkamer, en die avond had ze hem zelf extra geknuffeld.

De volgende ochtend, toen het tijd was om weg te gaan, nam ze hem mee naar beneden. Zijn koffers waren de avond ervoor door de lakeien opgehaald en in het rijtuig gezet. Zijn vader stuurde hem met hun beste rijtuig en koetsier naar Windsor, een rit waar ze vijf uur over zouden doen. En de kok had een picknickmand klaargemaakt voor onderweg. Hij had alles wat hij nodig had, en voordat hij in het rijtuig werd getild, gaf Angélique hem een dikke knuffel. Geen van zijn ouders kwam hem uitzwaaien. Toen hij wegreed, bleef Angélique wuiven zolang ze hem kon zien en Simon zat stilletjes voor het raam, terwijl de tranen ononderbroken over zijn wangen rolden, alsof zijn hart zou breken.

Toen Simon was vertrokken, ging ze terug naar de kinderkamer, waar Helen op de andere kinderen paste. Ze hadden twee mandjes voor de tweeling, voor wie Angélique sinds augustus had gezorgd. Ze hield weinig tijd over voor iets anders, maar ze wist zich goed te redden en Helen was een enorme hulp. Ze liepen de hele dag de benen uit hun lijf, en behalve als de baby's sliepen, had een van hen altijd wel een baby in de armen. De tweeling had zich goed aangepast aan het leven in de kinderkamer, en Emma vond het prachtig om ze zo dicht bij zich te hebben. Ze was nu vier en dol op haar babyzusje. Ze was nooit jaloers op haar en wilde graag met haar spelen, alsof ze een pop was. Angélique drukte haar steeds op het hart voorzichtig met haar te zijn. De twee kleinere jongens waren nog te jong en te wild om een baby vast te houden, maar Angélique liet Emma op de grond zitten en gaf haar dan een van de twee om vast te houden, in een deken gewikkeld. Op die manier was de baby veilig en kon ze niet ver vallen als ze zich los wurmde of als Emma haar door het gewicht niet meer kon houden.

De kinderkamer voelde vreemd voor Angélique, zonder Simon. Hij was sinds haar komst zo nadrukkelijk aanwezig geweest, en hij had alle kenmerken van een oudste zoon. Hij zorgde voor zijn zusje en beschermde de anderen. In sommige opzichten was hij net een kleine man. Hij praatte met Angélique alsof ze gelijken waren. Ze vond het nu erg vreemd zonder hem, en erg verdrietig. Ze hoopte dat hij gelukkig zou zijn op school, maar ze zag niet in hoe dat mogelijk was, nadat hij zo jong was weggestuurd. Angélique voelde twee maanden lang scherp Simons afwezigheid, en in november was het een schok voor haar toen ze besefte dat ze al een jaar bij de Fergusons was. In sommige opzichten leken het minuten, op andere momenten was het alsof ze hier al haar hele leven was. Ze begon zich af te vragen wat ze met de rest van haar leven aan moest. Ze was gelukkig met haar werk, ze deed het goed en vond het zelfs leuk om kindermeisje te zijn. Ze was erg gehecht geraakt aan de kinderen en ook aan de tweeling. Ze verlangde er niet naar ergens anders te wonen of te werken, behalve op Belgrave, maar ze wist dat dat nooit mogelijk zou zijn. Soms vroeg ze zich af of ze iets belangrijkers moest doen met haar leven, en wanneer ze het geld van haar vader moest gebruiken om een huis te kopen. Maar het voelde nog veel te vroeg om dat te doen, en ze was veiliger onder de bescherming van de Fergusons. Bovendien leek het de juiste baan. Wie zou haar aannemen zonder enige ervaring, behalve nu, als kindermeisje?

Ze vond het prettig om voor de Fergusons te werken, en ze gaven haar veel vrijheid met de kinderen. Eugenia kwam niet naar boven om naar ze te kijken of thee met ze drinken. Als ze de kinderen wilde zien, liet ze ze naar beneden brengen, maar dat gebeurde nooit vaker dan één keer in de week en de bezoekjes duurden zelden langer dan een paar minuten. Door Eugenia's afwezigheid had Angélique de volle verantwoordelijkheid en was ze vrij om haar eigen beslissingen te nemen. Als ze kindermeisje moest zijn, was dit de beste betrekking die ze zich kon wensen, maar ze wist dat ze niet haar hele leven dit werk wilde doen. Het was een vreemd bestaan, andermans kinderen op te voeden en in andermans huis te wonen. Ze wist dat ze zolang ze dit deed, nooit een eigen leven zou hebben.

De meeste mensen met wie ze werkte waren opgevoed met het vooruitzicht een dienend leven te leiden. Dat gold niet voor haar. Ze dacht hier af en toe over na en vroeg zich af hoe het zou zijn om haar eigen huishouden te bestieren en zelf beslissingen te nemen over haar leven. De Fergusons boden haar bescherming, maar zij gaf daar ook veel voor op. De jaren zouden gemakkelijk voorbijglijden, en op een dag zou ze oud zijn, net als de andere bedienden. Toen haar broer haar had verbannen, had hij niet alleen haar thuis van haar gestolen, maar had hij haar ook veroordeeld tot een leven waar ze niet op was voorbereid en dat ze zich nooit had voorgesteld. Soms vroeg ze zich af of dit vanaf nu haar lot zou zijn en of ze geen andere keus had.

Ze bracht haar tweede Kerstmis bij de Fergusons door, en alles was haar nu vertrouwd. Met Helens hulp had ze vijf kinderen onder haar hoede en ze wist dat ze van hen hield, soms meer dan hun eigen vader en moeder. En ze kende ze ook beter. Maar het zouden altijd de kinderen zijn van een ander, en het huis van een ander. Ze vroeg zich af of de andere bedienden daar ooit over nadachten en twijfels hadden bij waar ze mee bezig waren, maar ze durfde er niet naar te vragen. Sarah en zij praatten er soms over, want ze wist dat Sarah op een dag wilde trouwen en kinderen krijgen, en ze ging nog steeds stiekem om met een van de stalknechten.

Angélique was nu negentien en had er geen idee van of dit nu voortaan haar leven zou zijn of dat ze ooit een ander pad zou volgen. Ze had geen tijd om erover na te denken, behalve soms als ze 's avonds in bed lag. En dan werd ze weer geroepen door een van de kinderen, of een van hen had een nachtmerrie, en dan stond ze op om hen te troosten. En als ze dat deed, of de tweeling in haar armen hield, besefte ze dat dit het leven was waartoe ze nu was voorbestemd. Ze wist alleen niet of het voorgoed was of dat het tijdelijk zou zijn. En op dit moment hoefde ze dat ook niet te weten.

Simon kwam met Kerstmis thuis van school, en Angélique zag meteen dat hij langer was geworden, en erg mager. Ze was bezorgd dat ze hem niet genoeg te eten gaven, en zijn ogen stonden verdrietig. Hij zag eruit als een verlaten kind. Terwijl hij thuis was overstelpte ze hem met al haar liefde en energie. Een van de dienstmeisjes had haar leren breien en ze had een trui voor hem gebreid, die ze met Kerstmis aan hem gaf. Ze vroeg hem waar zijn beer was, en hij vertelde haar dat hij die toen hij op Eton aankwam in zijn koffer had moeten stoppen. Ze hadden gezegd dat hij daar te oud voor was en dat hij nu een grote jongen was.

Hij vond het heerlijk om thuis te zijn en hing voortdurend om haar heen. En de avond voordat hij terug moest, huilde hij hartverscheurend in haar armen. Hij smeekte haar hem thuis te laten blijven, bij haar.

'Dat kan ik niet doen, Simon,' zei ze, met een brok in haar keel. 'Je ouders willen dat je daar naartoe gaat. Ze luisteren niet naar mij.'

'Zeg tegen ze dat ik de rest van mijn leven lief zal zijn.'

'Ze willen dat je naar een erg goede school gaat en nieuwe vrienden maakt.'

'Ik wil geen nieuwe vrienden. Ik heb jou. Blijf jij altijd hier?'

Hij stelde haar dezelfde vragen die ze zichzelf had gesteld, en ze wist het antwoord niet. En ze kon niet tegen hem liegen, dat zou niet eerlijk zijn.

'Dat weet ik niet. Dat hangt ervan af of je ouders willen dat ik blijf. En op een dag zijn jullie allemaal groot.' Eerder dan hij dacht. Zijn broertjes zouden allemaal op dezelfde leeftijd naar school gaan als hij, en het kon zijn dat ze de meisjes ook naar kostschool stuurden, al zou dat niet zijn als ze vijf waren.

'Waarom kunnen we niet gewoon hier blijven?' vroeg hij verdrietig.

'Omdat jongens zoals jij naar scholen gaan zoals Eton, en dat is goed.' Maar ze wist niet zeker of ze de waarheid sprak. Ze zou het heerlijk hebben gevonden om hem thuis te houden en hem zelf les te geven. Of dat hij les had gekregen van een privéleraar, zoals zij zelf had gehad. Maar zijn ouders leidden een ander leven, en zij was een meisje. Haar eigen broers waren ook naar kostschool gegaan, zij het niet zo jong als Simon. Edward had het verschrikkelijk gevonden en er weinig van opgestoken. Tristan had ervan genoten om naar school te vertrekken.

Simon zag er doodongelukkig uit toen ze hem de volgende dag in het rijtuig zette. Zijn ouders hadden de avond ervoor al afscheid van hem genomen. Ze keek naar zijn kleine, verdrietige gezichtje voor het raam toen het rijtuig wegreed en had het gevoel dat ze hem weer in de steek liet.

Ze liep met een bezwaard gemoed terug naar de kinderkamer en maakte ontbijt voor de kinderen uit bed kwamen. Het viel haar op dat Emma koortsig aanvoelde en hoestte en besloot haar die dag binnen te houden. Ze had willen gaan schaatsen op de vijver, maar dat kon niet doorgaan als Emma ziek was. Angélique beloofde hun een andere keer mee te nemen. Helen zei dat ze een oogje op Emma zou houden terwijl zij met de jongens een frisse neus ging halen. En voordat ze wegging, stopte ze Emma terug in bed. Ze leek het fijn te vinden om daar te liggen met haar lievelingspop naast zich, en nog voordat Angélique met Rupert en Charles de kinderkamer uit was, was ze in diepe slaap.

'Laat me halen als het slechter met haar gaat,' zei Angélique tegen Helen voordat ze wegging. Helen hield de tweeling in haar armen. Het was voor hen te koud om mee naar buiten te gaan, maar de twee oudere jongens moesten even uitrennen. En terwijl Angélique zich achter hen de trap af haastte, hoopte ze dat Emma zich beter zou voelen als ze wakker werd. Haar gedachten waren op Emma gericht en ze probeerde niet aan Simon te denken, op zijn eenzame rit terug naar school. Eugenia had andere dingen te doen. Zij was druk met het opstellen van haar menu's, voor vrienden die die avond uit Londen zouden overkomen. Zij dacht helemaal niet aan haar zoon.

8

Toen Angélique met de jongens uit het park terugkwam, tintelde haar gezicht en haar handen waren ijskoud, maar ze hadden plezier gehad. De twee kleine jongens waren onvermoeibaar, maar zij had gelukkig net zoveel energie als zij. Ze waren door de keuken binnengekomen en de kok had tegen haar gefluisterd: 'Ik begrijp niet hoe je het klaarspeelt, met zes kinderen nu.' Ze had de twee kleine jongens een bord met koekjes aangeboden en Angélique glimlachte.

'Helen helpt,' zei ze, terwijl ze een van de heerlijke gemberkoekjes pakte, die net uit de oven waren gekomen. Mevrouw Williams op Belgrave had ze ook voor haar gemaakt toen ze klein was, en terwijl ze het koekje opat, kwamen er herinneringen aan haar jeugd in haar boven.

Daarna gingen ze naar boven en Angélique ging bij Emma kijken, die volgens Helen sinds haar vertrek niet wakker was geweest. Maar ze voelde nog warmer aan dan eerst en Angélique maakte zich zorgen. Ze bleef even naar haar kijken en ging toen naar de zitkamer, waar de jongens aan het spelen waren, en pakte Rose op om haar te verschonen. Ze voelde dat ze nat was, en Helen had George in haar armen, die sliep nadat ze hem zijn fles had gegeven. Ze zei dat Rose ook wel snel zou willen drinken. Ze was een tevreden, gemakkelijke baby, gemakkelijker dan haar broertje, dat de laatste tijd last had van darmkrampjes en vaker 's nachts wakker werd. Angélique moest elke nacht drie keer naar hem toe, terwijl zijn zusje rustig doorsliep en met een brede glimlach wakker werd. Angélique vond het heerlijk om met haar te spelen, maar terwijl ze haar flesje ging pakken, maakte ze zich zorgen over Emma.

Nadat ze de baby de fles had gegeven, ging Angélique weer even bij de kleine meid kijken. Emma lag onrustig te woelen in haar bed en begon te huilen zodra ze haar ogen opendeed en haar kindermeisje over zich heen gebogen zag staan.

'Ik heb pijn,' fluisterde ze schor en kreeg meteen een angstaanjagende, blaffende hoestbui, waar ze bijna in stikte. Angélique liet haar rechtop zitten, gaf haar een slokje water en voelde voorzichtig aan haar voorhoofd. Ze was gloeiendheet. Ze huilde, en hoe meer ze huilde, hoe meer ze moest hoesten. Het duurde minstens vijf minuten voor ze weer op adem kwam en kon gaan liggen. Angélique zei tegen haar dat ze zo terug zou zijn, liep naar de zitkamer en vroeg Helen om even op de kinderen te passen.

'Waar ga je naartoe?'

'Ik wil de dokter laten komen,' fluisterde ze. Het beviel haar niet hoe Emma hoestte en uit haar ogen keek, en ook over de koorts maakte ze zich zorgen. Ze was geen verpleegster, maar het was gemakkelijk te zien dat het kind erg ziek was. Het was erg snel opgekomen sinds de vorige avond, toen er nog niets aan de hand leek toen ze naar bed ging.

Angélique haastte zich de trap af naar de eerste verdieping, waar Stella net Eugenia's slaapkamer uit kwam.

'Ik zou nu niet naar binnen gaan,' zei Stella snel, toen ze zag dat Angélique langs haar heen wilde lopen. 'Ze is niet in een al te beste bui.' Ze dempte haar stem. 'Ze is niet tevreden met hoe ik haar haar heb opgemaakt.' Ze rolde met haar ogen terwijl ze het zei.

'Ik moet wel,' zei Angélique met een bezorgd gezicht. 'We hebben de dokter nodig.'

Stella knikte. 'Ga maar, maar het is jouw risico. Ze heeft me haar pantoffel achterna gegooid toen ik wegging.' Eugenia gaf zich regelmatig over aan driftbuien, hoewel die meestal waren gericht tegen haar kamermeisje, wanneer ze vond dat een jurk niet goed paste, dat haar verstelwerk niet netjes was, dat ze iets verkeerd had gestreken of haar korset niet strak genoeg had aangetrokken. Ze was nog net zo mooi als vroeger, maar sinds de tweeling was haar taille iets dikker geworden, en ze wilde niet dat iemand dat wist. Stella had haar zo diplomatiek mogelijk verteld dat ze de korsetkoorden niet zo ver kon aansjorren dat ze braken.

Angélique liep zachtjes naar de kleedkamer van haar werkgeefster en klopte aan voordat ze naar binnen ging.

'Ja? Ben je teruggekomen om het over te doen?' vroeg Eugenia op ruzieachtige toon. Ze dacht dat het haar kamermeisje was.

'Neem me niet kwalijk, mevrouw Ferguson,' zei Angélique, terwijl ze naar binnen stapte. Ze zag dat Eugenia's haar was opgestoken in een ingewikkeld kapsel, waar in haar ogen niets op was aan te merken. Eugenia was verbaasd haar te zien.

'Wat doe jij hier?' Ze klonk niet blij, maar dat kon Angélique niet schelen.

'Het gaat over Emma. Het gaat niet goed met haar. Ze heeft koorts en een akelige hoest.'

'Nou, geef haar een kop thee met honing, en wat van die siroop die de dokter voor ons heeft achtergelaten toen Rupert ziek was. Ze heeft waarschijnlijk hetzelfde.'

'Rupert had geen koorts, mevrouw,' zei Angélique beleefd. 'Ik denk dat de dokter naar haar moet kijken.'

'Doe niet zo raar. Voor een verkoudheid. Die kinderen zijn altijd ziek. Zorg wel dat ze niet bij de tweeling in de buurt komt – die zijn nog te jong om ziek te worden.' Ze waren acht maanden en Angélique wilde ook niet dat ze ziek werden. Maar ze wilde hun moeder waarschuwen dat Emma erg ziek leek, zonder haar onnodig ongerust te maken.

'Ik denk dat het meer is dan een verkoudheid, mevrouw,' zei Angélique vastberaden.

'Jij bent geen dokter. Waar is Stella? Ik heb haar gezegd dat ze terug moest komen om mijn haar over te doen. Waar is ze?'

'Ik weet zeker dat ze zo weer terugkomt,' zei Angélique rustig. 'Ik wil echt graag dokter Smith laten komen.'

'We moeten hem niet lastigvallen met de kinderen, tenzij dat echt nodig is. Anders kunnen we hem wel bij elk kuchje laten komen.'

'Ze heeft hoge koorts, mevrouw, en ze blaft als een zeehond.'

'Wat een onsmakelijke uitdrukking.' Ze draaide zich om en keek Angélique afkeurend aan. 'We zien wel hoe ze er over een paar dagen aan toe is. Als ze morgen slechter is, laat je het me weten. De arme man kan niet voor elk kind dat verkouden is het hele graafschap door reizen. Ik weet zeker dat ze morgen weer helemaal beter is. Je weet hoe kinderen zijn.' Na veertien maanden dag en nacht voor ze te hebben gezorgd, wist Angélique dat inderdaad. Emma was nooit ziek. Ze leek teer, maar ze was sterker dan de jongens, wat het feit dat ze zich nu zo ellendig voelde nog erger leek te maken. Dit was een zeldzaamheid voor haar, en Angélique had intussen een goed instinct voor als de kinderen iets mankeerde. 'Ga nu naar boven en zorg voor haar. Hoe is het met de tweeling?' Ze had ze in geen weken gezien.

'Met de tweeling gaat het erg goed, mevrouw,' zei Angélique radeloos. Emma's moeder begreep duidelijk niet hoe ziek haar dochter was, en het zou nooit in haar opkomen om zelf bij haar te gaan kijken. Ze vond het vreselijk als de kinderen ziek waren en had geen zin om zelf besmet te worden met wat ze ook maar hadden. 'Ik wil echt graag dokter Smith laten komen,' probeerde ze nog één keer, en Eugenia keek haar aan alsof ze haar ook een pantoffel naar het hoofd wilde gooien.

'Ik heb je gezegd hem niet lastig te vallen. We praten er niet meer over. Ga Stella voor me zoeken en zeg tegen haar dat ze terug moet komen om mijn haar te doen. En verveel de dokter niet met een kind met een verkoudheid.'

'Goed, mevrouw,' zei Angélique met opeengeklemde tanden. Intussen was Stella zelf al binnengekomen. Ze zag er gespannen uit. Ze wist wat haar te wachten stond: verschillende pogingen om het haar van haar mevrouw naar haar zin op te steken, hoe lang het ook zou duren.

'Ben je daar eindelijk?' zei Eugenia met een geërgerd gezicht tegen Stella. Ze gebaarde naar het kindermeisje dat ze kon vertrekken, en Angélique trok zich met een knoop in haar maag stilletjes terug, terwijl de kameniersteer zich opmaakte om opnieuw haar haar te gaan doen. De twee bedienden wierpen elkaar een veelbetekenende blik toe terwijl Angélique de kamer uitliep. Ze had medelijden met Stella, maar ze maakte zich veel meer zorgen om Emma, die geen hulp van de dokter zou krijgen. Ze vroeg zich af of de vader van het kind ook zo nonchalant zou zijn geweest, hoewel ze vermoedde van wel. Bovendien was hij in Londen, dus hij had er geen idee van dat Emma ziek was.

Toen Angélique boven kwam, was het kind er nog slechter aan toe dan daarvoor. De koorts was hoger en ze lag zachtjes te jammeren in haar bed. Angélique ging naast haar zitten en gaf Helen opdracht om een oogje op de andere kinderen te houden. Helen vond het niet prettig om op alle vier de kinderen te passen, maar Angélique wilde niet bij Emma weggaan voordat ze weer sliep. Ze legde koude doeken op haar voorhoofd en zong voor haar, nadat ze haar een lepel van de siroop had gegeven die haar moeder had voorgesteld. Het hielp niet, maar een halfuur later viel ze weer in slaap. Angélique verliet haar kamer en richtte haar aandacht op de jongens. De tweeling deed een slaapje voor het middageten. Het zou een hele klus worden om hen allemaal bezig te houden terwijl Emma ziek was.

'Wat zei ze?' vroeg Helen, toen ze even bij elkaar zaten.

'Ze zei dat we er geen dokter bij moesten halen, dat het alleen maar een verkoudheid is.'

'Volgens mij is het meer dan een verkoudheid,' zei Helen met gedempte stem. 'Toen je weg was, hoestte ze aan één stuk door.'

Angélique verbaasde zich daar niet over en was ontdaan dat Eugenia weigerde haar kind medische zorg te laten geven, terwijl ze er als ze zelf ziek zou zijn geweest onmiddellijk een dokter bij zou hebben laten komen. Voor de kinderen deed ze dat zelden. Ze was van mening dat hun kwalen ingebeeld, onbelangrijk of van voorbijgaande aard waren en vond het niet nodig er de diensten van een dokter voor in te schakelen, die beter achter de hand kon blijven voor de volwassenen.

Helen bracht de dienbladen met de warme middagmaaltijd binnen, die vanuit de keuken naar boven waren gestuurd. Er zaten extra gemberkoekjes bij, en er was dikke rundstoof met aardappelen voor elk kind. Het was een stevig maal voor een wintermiddag, en toen de twee jongens wakker werden, aten ze er goed van. Ze zaten nog steeds te eten toen Angélique tegen Helen zei dat ze naar beneden ging om wat bouillon en toast te halen, en thee met honing voor Emma als ze wakker werd. De tweeling sliep nog. Zij dronken alleen melk en aten zacht voedsel, dat ook met de dienbladen naar boven was gekomen.

'Ik kom zo terug,' beloofde Angélique en ze haastte zich

naar beneden. In de keuken gonsde het van de activiteit. Eugenia had gasten van een naburig landgoed. Ze kregen soep en vis, gevolgd door speenvarken en een uitgebreid dessert. De kok had het druk, net als haar hulpjes en de keukenmeiden, dus Angélique pakte zelf wat ze nodig had.

'Vonden ze de stoof niet lekker?' vroeg de kok over haar schouder, terwijl ze voorzichtig de tong op een bord legde.

'Ze hebben ervan gesmuld. Maar Emma is ziek, ik heb voor haar wat bouillon nodig. Ze heeft koorts en voelt zich erg akelig.'

'Arm schaap. Ik zal na het diner voor haar en de jongens wat van het toetje naar boven sturen.' Angélique vroeg zich af of Emma er, ziek als ze was, iets van zou eten en vond het verschrikkelijk dat ze geen dokter voor haar kon laten komen.

Emma at wat van de soep, de toast en de gekookte aardappelen die ze op het fornuis hadden gezet, maar moest direct daarna overgeven. Angélique zat de rest van de dag naast haar bed. Ze keek naar haar, zong voor haar, hield haar hand vast en legde koude doeken op haar voorhoofd. Tegen de avond was ze diep in slaap. Helen had de hele middag voor de andere kinderen gezorgd. Nadat ze ze in bed had gestopt, ging ze zelf slapen. Ze had veel minder energie voor de kinderen dan Angélique en wist hen minder goed bezig te houden. Omdat ze die dag al een keer naar buiten waren geweest, wilde Helen ze niet meenemen naar het park, uit angst hen daar kwijt te raken. Ze vonden het leuk om ver bij haar vandaan te rennen, wat Angélique niet toestond. Tot haar eigen verbazing was ze erg handig geworden in de omgang met de kinderen. Ze hielden van haar en respecteerden haar en deden meestal wat ze zei.

Ze bracht de nacht door in een stoel naast Emma's bed. Ze had haar niet alleen willen laten om haar nachtpon aan te trekken en zat nog in haar gewone kleren. Emma werd in de nacht verschillende keren wakker. In de ochtend was haar toestand niet verbeterd, maar ook niet verslechterd, dus Angélique durfde niet nog eens haar moeder te benaderen. Ze wist zeker dat ze zou weigeren dokter Smith te waarschuwen.

Ze modderden nog een dag voort – het regende, dus de jongens konden toch niet naar buiten. Angélique voedde de baby's, bedacht spelletjes voor de jongens en stuurde Helen naar beneden om voor Emma wat bouillon en rijst te halen, maar tegen het avondeten vond ze dat Emma's toestand verslechterde. De koorts was nog hoger geworden en Emma zei dat haar hoofd en haar hele lichaam pijn deden. Ze had zoveel keelpijn dat ze nauwelijks kon slikken en ze had een pijnlijke hoest. Angélique was vastbesloten om in de ochtend de moeder van het kind weer aan te spreken.

Na een rusteloze nacht leek Emma zwakker. Het was alsof ze langzaam uitdoofde. Om acht uur 's morgens ging Angélique naar beneden en klopte op de deur van haar werkgeefster. Ze wist dat het brutaal was, maar ze wilde geen moment langer wachten. Emma was al te lang erg ziek. Dit was de derde dag, en er was geen verbetering.

Eerst klopte ze zachtjes en toen harder. Uiteindelijk riep Eugenia vanuit haar verduisterde kamer terug, terwijl Angélique aan de andere kant van de deur stond te wachten.

'Wat is er?' Ze klonk slaperig en was duidelijk niet blij om wakker te worden gemaakt.

'Ik ben het, mevrouw, Angélique. Ik denk echt dat we een dokter nodig hebben voor Emma.'

'Is ze verslechterd?' riep ze door de deur heen, vanuit haar bed.

'Niet veel,' zei Angélique eerlijk, 'maar ze is ook niet beter, en ze is heel erg ziek.' Er viel een lange, aarzelende stilte terwijl Angélique op haar antwoord wachtte. Eindelijk kwam het.

'Wacht tot morgen. Ik weet zeker dat het goed komt.' Hoe kon ze dat weten? Ze had haar niet eens gezien. Angélique wilde op de deur bonzen en tegen haar schreeuwen, maar dat durfde ze niet.

'Ik denk echt dat we...' Ze bepleitte de zaak van haar pupil met tranen in de ogen. Wat als het kind stierf aan influenza? Angélique hield van haar, misschien nog meer dan haar eigen moeder.

'Je kunt gaan, Angélique!' schreeuwde Eugenia en Angélique liep weg, terwijl de tranen over haar wangen rolden. Ze stond machteloos. Zonder toestemming van de moeder kon ze geen dokter laten komen.

Angélique ging terug naar de kinderkamer en bleef die hele dag bij Emma. Tegen het vallen van de avond was haar toestand verder verslechterd. Emma was verzwakt door de koorts en kon niet uit bed komen. De koorts was hoger en ze praatte onsamenhangend. Toen weigerde Angélique nog een minuut langer te wachten. Ze wist dat meneer Ferguson eerder die dag uit Londen was teruggekomen. Misschien kon hij zijn vrouw tot rede brengen, of was hij zelf bezorgder. Toen ze met gasten zaten te dineren, ging ze naar beneden. Ze stond met trillende knieën voor de deur van de eetzaal, klaar om een lakei te vragen een boodschap naar binnen te brengen, toen Gilhooley haar zag staan en vroeg wat ze daar deed. Ze legde hem de situatie uit en hij fronste zijn wenkbrauwen.

'Je kunt niet naar binnen gaan,' zei hij streng.

'Dat weet ik. Wilt u het ze vertellen? Ik wil nu de dokter laten komen. Het kan niet langer wachten.'

De butler knikte ernstig en antwoordde Angélique met gedempte stem. 'Ik waarschuw hem zelf. Als ze boos wordt, kan ze mij de schuld geven. Het klinkt alsof je ervan overtuigd bent dat het kind buitengewoon ziek is.'

'Ja, dat is zo,' bevestigde ze, dankbaar dat hij bereid was naar haar te luisteren. De afgelopen vier dagen had niemand dat gedaan, de moeder van het kind nog wel het minst, en Angélique was nog bezorgder toen ze zag hoe Emma wegkwijnde van de koorts en merkte dat haar hoest met de dag erger werd.

'Ik zal het haar na de maaltijd vertellen. Tegen die tijd zal dokter Smith al bij haar zijn geweest en kan ze niets meer doen, behalve tegen mij tekeergaan.' Hij glimlachte naar Angélique. 'Als ze dat durft. Ik zal onmiddellijk een van de stalknechten sturen om hem te waarschuwen.'

'Dank u wel, meneer Gilhooley,' fluisterde ze. Ze was hem enorm dankbaar. 'Ik wacht op hem in de kinderkamer.'

'Goed gedaan,' fluisterde hij terug, waarna hij de lakeien naar binnen stuurde om te bedienen en naar beneden ging om zijn missie te vervullen.

Angélique haastte zich naar boven en hoopte dat de dokter snel zou komen. Tot haar grote verbazing was hij er een halfuur later en liep met zijn tas de kinderkamer in. Ze kwam net Emma's kamer uit toen hij naar binnen stapte. Ze was enorm opgelucht om hem te zien, bedankte hem voor zijn komst en vertelde hem al Emma's symptomen van de afgelopen dagen.

'Waarom heb je me niet eerder laten komen?' vroeg hij ontstemd. Hij was niet blij met wat hij zojuist had gehoord. Hij was bang dat het roodvonk was, of erger. Hij vroeg of Emma koortsstuipen had gehad, maar dat was niet zo. Hij maakte zich zorgen dat de andere kinderen het ook zouden krijgen, vooral de tweeling.

'Mevrouw Ferguson dacht dat het maar een verkoudheid was,' zei Angélique zacht. De dokter kneep zijn lippen op elkaar en gaf geen antwoord, maar dacht aan de vele keren dat Eugenia hem had laten komen als ze zelf iets onschuldigs had. Dit was duidelijk meer dan een verkoudheid.

Ze liepen samen Emma's kamer binnen en Angélique maakte haar voorzichtig wakker. Ze huilde toen ze de dokter zag en zei dat ze pijn had. Toen kreeg ze weer een van haar afschuwelijke, slopende hoestbuien en moest uiteindelijk overgeven. Ze doorliep voor zijn ogen het hele repertoire aan symptomen, en toen ze ten slotte weer rustig in bed lag, liepen ze de kamer uit.

'Het is geen roodvonk,' zei hij, opgelucht. 'Maar het is een zeer ernstig geval van influenza, wat bij kinderen op die leeftijd dodelijk kan zijn. Je hebt er verstandig aan gedaan mij te laten halen. Meneer Gilhooley zei dat ik meteen moest komen. Gelukkig was ik niet bezig met een bevalling. We moeten de koorts breken, en ze heeft een zwaar medicijn nodig tegen die hoest. Ik zal je ook wat druppeltjes geven om haar te helpen slapen. Ik wil niet dat ze alleen is, er moet 's nachts iemand bij haar blijven. Ik wil dat ze goed in de gaten wordt gehouden en als de koorts oploopt, moet je me meteen laten komen.' Hij keek bezorgd, maar ondanks wat hij had gezegd over de risico's van influenza voor een kind van Emma's leeftijd was ze opgelucht. Hij was er tenminste om te helpen en om haar te vertellen dat het niets ernstigers was. En om te bevestigen dat ze er goed aan had gedaan hem te laten komen. Het zou de moeite waard zijn Eugenia's woede te zien als ze erachter kwam wat Angélique had gedaan. Ze wist zeker dat haar werkgeefster haar en niet de butler er de schuld van zou geven dat de dokter was gewaarschuwd, maar het kon haar niet schelen.

'Ik heb elke nacht bij haar gezeten,' vertelde Angélique aan de dokter, 'en het grootste deel van de dag. De hulp is bijgesprongen met de andere kinderen.'

'Ze hoeft niet in quarantaine, maar ik wil de kinderen niet in dezelfde kamer hebben.' Toen ze dit hoorde, hoopte Angélique vurig dat Emma Simon niet zou hebben aangestoken voordat hij wegging. Het zou verschrikkelijk zijn als hij net zo ziek zou worden als zijn zusje, daar alleen op school. Maar het was onmogelijk om daarachter te komen, omdat ze geen contact met hem konden zoeken. En de school zou hun nooit iets vertellen, tenzij hij een ernstige ziekte opliep of overleed.

Terwijl ze fluisterend met elkaar praatten, hoorden ze dat

Emma's blaffende hoest weer begon. De dokter gaf Angélique de siroop die hij haar wilde laten gebruiken en een flesje met de druppels die haar zouden helpen met slapen. Hij vertelde haar dat ze Emma warm moest houden, maar haar gezicht met koel water moest deppen. Hij beloofde haar dat hij in de ochtend terug zou komen, maar dat ze hem in de nacht mocht laten komen als ze dacht dat dat nodig was. 'Dank u wel, dokter,' zei ze dankbaar, en hij glimlachte. Hij was onder de indruk van haar toewijding en haar overduidelijke intelligentie.

'Ze hebben geluk dat ze jou hebben,' zei hij oprecht. 'Als je ooit zou besluiten een andere werkkring te zoeken, zou je een goede verpleegster kunnen worden. Ik zou blij zijn om een verpleegster te hebben zoals jij.'

'Dank u wel,' zei ze verlegen. Een carrière als verpleegster had ze nooit overwogen en ze wist niet zeker of ze er geschikt voor zou zijn, maar ze was dol op Emma en hij zag dat ze zich verschrikkelijke zorgen over haar had gemaakt.

'Het komt goed met haar,' zei hij geruststellend, 'zolang ze maar niet verder achteruitgaat. De druppels helpen haar met slapen, zodat ze weer op krachten kan komen. Kinderen genezen snel.' Tenzij ze doodgaan, dacht Angélique bij zichzelf. Ze wist niet zeker of Emma's leven in gevaar was geweest, maar in haar ogen had het daar wel op geleken. 'Dingen gaan razendsnel als kinderen ziek zijn, zowel ten goede als ten kwade. We zorgen nu dat ze weer de goede kant op gaat.' Hij klopte Angélique vaderlijk op de schouder en even later liep hij de trap af en vertrok via de keuken naar buiten. Hij hoorde van mevrouw Allbright dat de Fergusons een feestje gaven, dus hij vroeg niet hen te spreken. Hun zeer bekwame kindermeisje had alles onder controle. Ze leek nog jong, maar hij kreeg de indruk dat ze vindingrijk was en wist wat ze deed. Het kind was in goede handen. Hij vertrok in de hoop dat het kleine meisje snel beter zou worden.

Na het doktersbezoek gaf Angélique Emma al haar medicijnen en waste haar gezicht en haar handen. Even later sliep ze, en gedurende de nacht hoefde ze nauwelijks te hoesten. Ze sliep rustiger dan ze in dagen had gedaan, en Angélique zat in de stoel naast haar bed te dommelen, zoals ze had gedaan sinds Emma ziek werd. Helen zei in de ochtend tegen Angélique dat ze niet begreep dat ze nog op haar benen kon staan. Maar ze had geen andere keus.

De dokter kwam om negen uur terug, vlak nadat de andere kinderen hadden ontbeten, en Emma begon net wakker te worden. Angélique zag er toen hij aankwam moe en bleek uit, maar ze was opmerkzaam en actief en had een schone jurk en een schoon schort aangetrokken.

'Hoe is het met onze patiënt?' vroeg hij, nadat hij de kinderen had begroet en had gezien dat ze er allemaal goed uitzagen en stevig hadden ontbeten.

'Ze heeft een veel rustigere nacht gehad, en ik denk dat de koorts iets is gezakt. Ze voelt nog steeds warm aan, maar ze lijkt niet meer zo suf, en voor het eerst sinds dagen huilde ze niet toen ik haar wakker maakte.'

'Uitstekend.' Hij liep met Angélique naar binnen om bij Emma te kijken. Op een nieuwe bezoeker van de kinderkamer zou ze een beangstigend zieke indruk maken, maar zij wisten allebei dat ze er beter uitzag dan de vorige avond. En Emma glimlachte, wat een enorme verbetering was. De dokter zag dat Angélique haar hand vasthield en dat het kind vol liefde naar haar opkeek. 'Ik denk dat jij je heel snel beter gaat voelen, jongedame,' zei hij tegen Emma. 'Nu moet je je medicijnen innemen en alles doen wat je kindermeisje tegen je zegt en alle lekkere dingen opeten die de kok voor je naar boven stuurt, dan ben je binnenkort weer kiplekker en kun je weer met je broers en zusje spelen.' Het was duidelijk dat haar pijn was afgenomen, want ze klaagde niet meer, en ze stak hem haar pop toe terwijl hij tegen haar praatte.

'Zij is ook ziek. Ze heeft medicijnen nodig om beter te worden.' Angélique en de dokter wierpen elkaar over het bed een glimlach toe. Dit was duidelijk een verbetering vergeleken bij de voorgaande dagen.

'Echt? Nou, dan moeten we je kindermeisje vragen haar ook wat medicijnen te geven. Moet ze hoesten?' Emma knikte met een brede glimlach. Ze vond de dokter een aardige man. 'Dan moet ze siroop hebben,' zei hij ernstig tegen Angélique. 'En druppels. Zorg dat ze ze goed inneemt en ze niet uitspuugt.' Hij zei het met een strenge stem en Emma giechelde. 'Brave kinderen nemen altijd hun medicijnen in en dan worden ze weer beter.'

'Mag ik Rose vandaag zien?' Het was een goed teken dat ze naar haar kleine zusje vroeg. Tot grote opluchting van de volwassenen wees alles in de goede richting. Maar de dokter vertelde haar dat ze toch moest uitrusten tot ze weer helemaal beter was. Ze had het gemist om met Rose te spelen. Ze hield van haar kleine zus en vond het heerlijk om wanneer ze maar kon bij haar te zijn. Ze vond het leuk om Angélique te helpen als ze met haar bezig was en te kijken terwijl ze haar de fles gaf.

De dokter verliet een paar minuten later de kinderkamer en beloofde de volgende dag terug te komen, tenzij ze hem eerder nodig had, of een van de andere kinderen ook ziek werd. Angélique hoopte dat dit niet zou gebeuren en was zo opgelucht dat Emma buiten gevaar was, dat ze van oor tot oor glimlachte.

De dokter stopte onderweg naar beneden bij de eerste verdieping. Hij wist waar Eugenia's kamer was, omdat hij daar vele keren was geweest om te helpen bij de geboorte van haar kinderen. Hij klopte op de deur van haar kleedkamer. Stella deed onmiddellijk open. Ze schrok enorm toen ze hem zag en haar ogen werden groot van angst.

'O, nee... Is er... is er iets...'

'Helemaal niet,' stelde hij haar meteen gerust. 'Het gaat beter met haar. Maar ik zou graag mevrouw Ferguson even willen spreken.'

'Ik zal het haar zeggen. Haar haar is nog niet gedaan en ze heeft pas net ontbeten, maar ik zal het haar direct zeggen.' Stella verdween in het heiligdom. Ze kwam meteen terug en zei tegen de dokter dat hij binnen kon komen. Eugenia zat rechtop in haar nachtjapon in bed, met haar ontbijtblad op haar knieën. Ze was verbaasd de dokter te zien en maakte zich even zorgen.

'Is er iemand ziek?' Haar ogen stonden uitdrukkingsloos. Het kwam geen moment in haar op dat het om Emma kon gaan, aangezien ze Angélique had opgedragen de dokter niet lastig te vallen met een verkoudheid.

De dokter begreep de situatie uitstekend. Hij wilde voorkomen dat Angélique een uitbrander zou krijgen omdat ze hem had geroepen, en Gilhooley had de avond ervoor geen tijd gehad om het haar te vertellen. 'Ik weet natuurlijk dat u zich zorgen maakte over Emma. Maar gelukkig is er verder niemand ziek geworden, en ik ben blij dat het kindermeisje mij heeft laten halen. Emma heeft een zeer ernstig geval van influenza, wat bij kinderen erg gevaarlijk en zelfs dodelijk kan zijn, maar ik geloof dat ze aan de beterende hand is. U hebt een fantastisch kindermeisje, zeer intelligent, en ze gaat erg verstandig met de kinderen om. U hebt er goed aan gedaan haar aan te nemen. Ze had groot gelijk dat ze mij heeft laten komen. De toestand van het kind verslechterde gisteravond, toen u een feestje had, en ze durfde u niet lastig te vallen. Een heel verstandig meisje,' sprak hij op ongedwongen toon. Eugenia staarde hem aan en besefte dat zij deelde in de eer van iets wat ze niet had gedaan. Ze had er zelfs twee dagen lang niet aan gedacht om naar Emma te vragen.

'Ja, we hadden hier gisteravond een feestje,' zei ze vaag. 'Ik ben blij dat ze u erbij heeft gehaald, als het zo ernstig was.' Ze was duidelijk stomverbaasd dat de dokter de toestand zo serieus had genomen. 'Ik laat de kinderen de komende twee weken niet naar beneden komen. Je kunt nooit weten. Ze steken je altijd aan.'

'Met een paar dagen of een week is ze weer helemaal in orde. Ik zou me geen zorgen maken.' Maar Eugenia bleef altijd bij haar kinderen uit de buurt als ze ziek waren. En nu ze wisten dat Emma influenza had, beschouwde ze haar als een groot gevaar. Blijkbaar was ze toch zo ziek geweest als het kindermeisje had gezegd. Eugenia had gedacht dat ze maar een hysterisch, overbezorgd jong kind was, dat een boel drukte maakte over een verkoudheid. 'Maar uw kindermeisje is goud waard. Het was heel verstandig om haar te vragen mij te waarschuwen. Laat u het maar weten als een van de anderen ziek mocht worden.'

'Natuurlijk,' zei ze, bezorgd over zichzelf.

'Ik kom morgen terug, tenzij u me eerder nodig hebt,' zei hij met een glimlach.

'Dank u wel, dokter,' zei Eugenia toen hij de kamer uitliep en ze staarde even in de ruimte. Ze zou Angélique anders een uitbrander hebben gegeven dat ze alsnog de dokter erbij had gehaald, maar blijkbaar waren haar zorgen toch terecht geweest. Bovendien prees de dokter haar dat ze hem had laten roepen, dus daar kon ze Angélique moeilijk verwijten over maken. Als Emma influenza had, wilde ze voorlopig niemand van de kinderkamer bij haar in de buurt hebben. Toen Stella binnenkwam, deed ze haar verhaal.

'Blijkbaar is Emma gisternacht ziek geworden, en het kindermeisje heeft de dokter laten komen. Ze heeft influenza. Wat je ook doet, ga niet naar de tweede verdieping. Ik ga er zeker niet naartoe, en jij moet er ook wegblijven als je hier komt en aan mijn haar zit.'

'Ja, mevrouw,' zei Stella beleefd. 'Is Emma nu weer beter?'

'Nog niet, maar hij zegt dat het in orde komt. Blijkbaar is het goed dat het kindermeisje de dokter heeft laten komen. Hij zegt dat influenza erg gevaarlijk en zelfs dodelijk kan zijn voor kinderen. Ik wist dat natuurlijk al. Ik snap niet hoe ze zo ziek heeft kunnen worden. Tijdens ons feestje gisteravond ging het opeens slechter met haar.' Dat was niet waar, ze was al vier dagen erg ziek geweest, maar haar moeder had niet willen luisteren en was ook niet geïnteresseerd. En waar ze zich nu druk om maakte was dat ze zelf niet ziek werd. 'Zeg tegen het kindermeisje dat als ze met de andere kinderen naar buiten gaat, ze de bediendentrap moet nemen en absoluut niet in de hal op de eerste verdieping mag komen.'

'Zeker, mevrouw.' Stella maakte een reverence en vertrok naar de kinderkamer, om de boodschap aan Angélique over te brengen.

'Hoe gaat het met Emma?' informeerde ze, oprecht bezorgd.

'Ietsje beter. Het arme ding is erg ziek geweest.'

'Dat hoorde ik. Haar moeder is nu als de dood dat ze het zelf ook krijgt. Ze zegt dat je uit de buurt van de hal op de eerste verdieping moet blijven en de bediendentrap moet nemen. Het zal wel een poosje duren voor je weer in de salon mag komen!' Ze lachte en Angélique glimlachte terug. Ze kenden hun werkgeefster allebei goed. Stella ging vervolgens terug naar Eugenia's kleedkamer en verzekerde haar ervan dat ze niets of niemand had aangeraakt. Eugenia verzocht Stella hierop een bad voor haar te vullen. Daarna kon ze haar haar doen, ze kregen vrienden te dineren. Stella vertrok om de emmers warm water te halen, die in de bijkeuken werden opgewarmd, en Eugenia ging aan haar toilettafel zitten, bekeek zichzelf in de spiegel en vroeg zich af of ze eens iets anders moest proberen met haar haar.

9

De Fergusons brachten het grootste deel van februari in Londen door en keerden in maart terug naar hun huis in Hampshire. Eugenia had uit Londen koffers vol nieuwe jurken meegenomen, die waren vervaardigd uit prachtige zijden stoffen en meer van haar boezem lieten zien dan de jurken die ze eerder droeg. Sommige waren erg gewaagd. En Stella had een paar nieuwe stijlen geleerd voor haar haar. Eugenia zag er lieftalliger uit dan ooit. Op zondag tijdens de thee zag ze haar kinderen voor het eerst sinds bijna twee maanden, want nadat Emma influenza had gehad, had ze hen wekenlang gemeden en ze had ze niet opgezocht voor ze wegging. Ze verbaasde zich erover hoe de tweeling, die nu tien maanden was, was gegroeid, en George was net voor het eerst gaan lopen. Emma was intussen enorm gehecht geraakt aan Angélique, vooral sinds ze ziek was geweest. Ze was daarna langer zwak gebleven dan ze hadden verwacht, maar in maart was ze weer helemaal hersteld.

De week nadat de Fergusons thuis waren gekomen gaven ze een meerdaags onthaal, en Gilhooley en mevrouw Allbright waren druk bezig met de planning. De Fergusons hadden wat nieuwe kennissen aan hun vaste lijst met huisvrienden toegevoegd, onder wie verscheidene knappe vrijgezellen, die Eugenia in Londen openlijk het hof hadden gemaakt en met haar hadden geflirt. Harry leek dat niet erg te vinden. Hij had zelf ook zijn pleziertjes, zij het discreet. Flirten met anderen, onschuldig of niet, was altijd al een beetje hun stijl geweest. Ze waren allebei knappe mensen, en Harry gaf Eugenia sieraden, tooide haar in de nieuwste mode en ontzegde haar niets. Zij had hem het gezin met zes kinderen gegeven dat hij wilde. Ze was daar sportief in geweest en tot de tweeling had hij een willige partner aan haar gehad. Daar was hij haar dankbaar voor, en hij beloonde haar royaal.

Angélique had nog twee brieven gekregen van mevrouw White, met verhalen over wat er gebeurde op Belgrave: nieuwe aanpassingen, meer versieringen in het huis, overal nieuwe bekleding, voortdurend feestjes en logés en hordes nieuw personeel. Het klonk alsof Elizabeth in competitie was met Eugenia en het huis inzette om haar de loef af te steken. Angélique kreeg heimwee als ze dit hoorde en verlangde terug naar hoe het vroeger was. Haar vader was bijna anderhalf jaar dood en het was moeilijk te geloven dat ze ooit een ander leven had geleid dan als personeelslid van de Fergusons. Haar eigen dagen van grandeur en comfort waren voorbij. Ze was nu een werkende vrouw en zou dat blijven, tenzij ze een echtgenoot vond om haar te onderhouden, en dat was onwaarschijnlijk. De enige mannen die ze ontmoette waren lakeien, stalknechten en een onderbutler, en ze kon zich niet voorstellen dat ze met een van hen zou trouwen. Ze zat als bediende gevangen in een niemandsland. Ze was geboren in een hogere sociale klasse dan de rest, en als ze hadden geweten dat zij in werkelijkheid de dochter van een hertog was, hadden ze zich niet bij haar op hun gemak gevoeld. Maar tot nog toe was haar geheim bewaard gebleven. Ze kon zich niet voorstellen dat ze in haar nieuwe leven met iemand zou trouwen en zelf kinderen zou krijgen. Dit maakte de kinderen die ze onder haar hoede had voor haar des te dierbaarder en het verhoogde haar bereidheid om haar baan te houden, ook al vond ze Eugenia een verschrikkelijke moeder en had ze geen respect voor haar. Haar kinderen kenden haar nauwelijks. Ze bracht zo min mogelijk tijd met hen door, nog minder dan haar vriendinnen met hun kinderen.

Toen het onthaal eenmaal was begonnen en er twintig gasten op Ferguson Manor logeerden, verwachtte Angélique niet dat haar werkgevers de kinderen zouden willen zien, en ze bedacht bezigheden voor hen die hen ver bij hun ouders en hun gasten uit de buurt zouden houden. Bezoekers genoten altijd van de ingewikkelde doolhof en de schoonheden van het park, dus ze nam de kinderen mee naar afgelegener gebieden en ging vroeg in de ochtend met hen naar het meer om de eendjes en de zwanen te voeren. Het was prachtig weer, dus Rupert en Emma hadden rijles op hun pony's. Rose kon nog niet lopen, dus haar reed ze in de kinderwagen terug naar het huis. Helen was al met Charles en George teruggegaan toen Angélique een opvallend knappe mannelijke gast tegenkwam, die in zijn eentje aan het wandelen was. Hij keek blij verrast toen hij Angélique met Rose in de kinderwagen aan zag komen.

'Nee, maar, wat hebben we hier,' zei hij lachend. 'Een boselfje, en nog wel een heel knap boselfje.' Hij kon aan haar jurk, de cape die ze eroverheen droeg, haar mutsje en de baby die ze bij zich had gemakkelijk zien dat ze een kindermeisje was. Zijn opmerking deed haar blozen. 'Hallo,' zei hij, terwijl hij naast haar kwam lopen. 'Waar heb jij je schuilgehouden?' Hij was erg vrijpostig in zijn manier van doen en Angélique liep snel door. Rupert en Emma waren nog met hun rijles bezig en de gasten waren nog niet op. In ieder geval liepen ze niet buiten – de mannen zaten waarschijnlijk in de eetzaal te ontbijten. De vrouwen kregen de eerste maaltijd van de dag geserveerd op een dienblad in hun slaapkamer, zoals zij dat graag wilden.

'Hoe heet je?' vroeg hij, terwijl hij haar nauwlettend opnam. Hij was erg lang, goedgebouwd en had donker haar en donkere ogen. Angélique was bij hem vergeleken maar een klein poppetje.

'Kindermeisje Ferguson,' antwoordde ze beleefd. Ze hoopte dat hij weg zou gaan voordat ze het huis bereikten. Ze wilde niet dat hij met haar mee naar binnen zou lopen en daarmee opmerkingen zou uitlokken.

'Die naam bedoel ik niet, gekkie. Je echte naam, je voornaam. Mary? Jane? Margaret?' Hij bleef raden en liet haar niet met rust. Ze waren nog een flink eind van huis. Ze was verder gelopen met de kinderwagen dan haar bedoeling was geweest.

'Angélique,' zei ze rustig. Ze wilde niet onbeleefd zijn, maar ze wilde hem ook niet aanmoedigen. Sommigen van Eugenia en Harry's vrienden waren vlot en allemaal waren ze jong, sommigen niet veel ouder dan zij, maar ze leefden in een andere wereld. En ze was nooit deel geweest van de groep die Eugenia en Harry omringde. Ze leken meer op de vrienden van haar broers dan op de mensen die ze in het huis van haar vader had ontmoet. Die waren ouder en beleefder en gedroegen zich ook waardiger.

'Wat een mooie naam,' merkte hij op, nadat ze hem met tegenzin had verteld hoe ze heette. 'Frans, neem ik aan. Maar je klinkt Engels.' Iets zei hem dat ze geen gewone bediende was. Hij merkte aan haar bewegingen en haar manier van praten dat ze van hogere stand was of was geweest. Ze leek meer op zo'n kindermeisje uit een aan lager wal geraakte adellijke familie. 'Waarom heb ik je niet gezien in het huis in Londen?' vroeg hij door. Ze hoopte vurig dat hij weg zou gaan, maar niets wees in die richting.

'Ze laten de kinderen meestal achter in Hampshire.' Het jaar daarvoor hadden ze een maand in Londen doorgebracht, maar nadat Emma ziek was geweest hadden ze de kinderen daar niet meer mee naartoe genomen.

'Dat zal wel saai voor je zijn,' zei hij vol medeleven.

'Helemaal niet.'

'Doe maar niet alsof je het hier leuk vindt, meisjelief. Je bent veel te knap om je leven op het platteland te verdoen.'

Ze gaf geen antwoord en versnelde haar pas, maar hij had geen moeite om haar met zijn lange benen bij te houden. 'Een meisje zoals jij hoort in Londen thuis.'

'Ik heb het hier erg naar mijn zin, meneer.' Ze kon hem wel wegkijken. Ze was niet gevleid door zijn aandacht, ze voelde zich er juist ongemakkelijk bij. Geen enkele gast had ooit zo hardnekkig aandacht aan haar besteed op een manier die ze niet prettig vond. Zelfs Eugenia's broer Maynard was niet zo vrijpostig geweest.

'Ik zal hier de komende lente en zomer vaak naartoe komen om' – hij aarzelde even – 'je werkgevers te bezoeken. Jij en ik kunnen goede maatjes worden en wat plezier met elkaar hebben.' Hij was schaamteloos in wat hij insinueerde. 'Denk er maar over na.'

Ze hield haar blik strak op de kinderwagen gericht en gaf geen antwoord.

'Je bent een verlegen meisje,' voegde hij eraan toe. 'Je hoeft bij mij niet verlegen te zijn. Ik zal het aan niemand vertellen, daar kun je op rekenen.'

'Dank u wel, meneer,' zei ze. Gelukkig kwam het huis in zicht en ze rende er bijna naartoe, in haar haast aan hem te ontsnappen. Hij lachte terwijl hij haar door de bediendeningang de keuken in zag verdwijnen. Hij keek zeer tevreden. Ze had een taille die hij met zijn beide handen kon omvatten, een tere boezem, prachtig lichtblond haar dat ze droeg in een stijve knot, die hij dolgraag los wilde maken, en grote blauwe ogen. Hij schatte haar ergens tussen de zeventien en de twintig jaar, en hij had zelden zo'n knap meisje gezien. Ze had niets van de vrouwelijkheid en de hardheid van Eugenia en hij was verrukt van haar bescheidenheid en verlegenheid, die haar nog aantrekkelijker maakten. Het gaf hem iets om te overwinnen en te veroveren. Hij liep fluitend door de voordeur naar binnen. Zijn bezoekjes aan Hampshire zouden nu veel plezieriger worden en hij zou zich niet hoeven te vervelen, met twee vrouwen om hem te amuseren, de een boven, de ander beneden. Zo zag hij dat graag.

Hij slenterde de eetzaal binnen en trof daar Harry aan het ontbijt met een stel andere mannen, die de krant zaten te lezen en te praten. Harry keek op en zodra hij hem zag, verscheen er een glimlach op zijn gezicht. Ze waren pas sinds kort met elkaar bevriend.

'Hé, Bertie! Wat heb jij uitgevoerd?'

'Ik heb een wandeling gemaakt. Ik vind het prettig om wat aan lichaamsbeweging te doen voor het ontbijt. Prachtig gebied hier, mooi uitzicht,' zei hij, denkend aan het jonge kindermeisje met de kinderwagen.

'We gaan na het ontbijt een eindje rijden.' Harry had een paar nieuwe paarden waar hij graag mee wilde pronken, en hij had zijn gasten uitgenodigd om hem gezelschap te houden.

'Dat lijkt me erg leuk,' zei Bertie met een brede glimlach. 'Gaan de vrouwen ook mee?'

'Waarschijnlijk niet – de meesten komen voor het middaguur niet in beweging. Eugenia tenminste niet. Ze gaat graag laat naar bed en doet het in de ochtend kalm aan.' Bertie nam wat eieren en fruit en een lakei schonk hem een kop koffie in. Hij pakte een van de kranten die voor de gasten waren neergelegd en zag er zeer tevreden uit terwijl hij de tafel rondkeek naar zijn nieuwe vrienden. Het zou een zeer aangename lente en zomer worden, met wat geflirt om de spanning erin te houden.

De mannen gingen paardrijden terwijl de vrouwen zich aankleedden en om een uur verzamelden ze zich allemaal in de eetzaal voor een uitgebreide maaltijd. Eugenia had daarna een spelletje croquet georganiseerd en iedereen was in een opperbeste stemming. Drie van de gasten flirtten met haar, van wie Bertie het minst opvallend. Hij hield zich graag mysterieus op de achtergrond. Bovendien was hij zijn vriendschap met Harry nog aan het opbouwen. Hij wilde eerst zijn vertrouwen winnen voordat hij serieuze stappen ondernam met Eugenia. Bovendien wist hij dat hij de tijd had. Omdat hij van haar vele aanbidders het minst geïnteresseerd leek, was hij degene op wie ze haar zinnen had gezet, en ze deed alles wat ze kon om hem te behagen en zijn aandacht te trekken. Het was een spelletje waar hij goed in was en dat hij vaak speelde. Hij was nooit getrouwd en verlangde daar ook niet naar: hij beleefde veel te veel plezier aan zijn vrijpartijen met vrouwen die willig waren, met name de vrouwen van anderen.

Na het croquet deden ze kaartspelletjes, terwijl er in de bibliotheek een enorme theetafel voor hen werd klaargezet. Daar zaten ze met elkaar te keuvelen tot het tijd was om naar boven te gaan en zich te kleden voor het diner.

De vrouwen kwamen naar beneden in prachtige avondjurken en sommige droegen schitterende tiara's. Vrouwen probeerden graag indruk te maken bij de Fergusons, hoewel Eugenia's jurken het kostbaarst en meest verfijnd waren en haar sieraden het grootst. Harry was een dankbare, vrijgevige man en na de maaltijd bleef iedereen tot ver na middernacht hangen. Harry en Bertie gingen als laatsten naar boven, kort na Eugenia, die met Bertie was blijven praten. Hij had haar met een sensuele stem in het oor gefluisterd dat ze betoverend was en dat hij verliefd op haar begon te worden. Ze had gebloosd, maar niets gedaan om hem te ontmoedigen. Ze vroeg zich af hoe ze hem naar haar kamer kon lokken zonder Harry's wantrouwen te wekken. Haar echtgenoot en zij hadden ieder hun eigen slaapkamer, dus ze was alleen. Dat was begonnen na haar eerste zwangerschap, en daarna was hij nooit meer terug verhuisd. Dat was maar goed ook, want ze was vijf jaar lang continu zwanger geweest. Nu was ze vastbesloten dat niet meer te laten gebeuren, wat des te meer reden was om niet met hem te slapen. En hij had er ook geen moeite mee. Na al hun baby's kon Eugenia hem niet meer opwinden, en ook hij had andere interesses. Met de nodige voorzichtigheid was Eugenia maar al te graag bereid met anderen te flirten.

'We hebben geen haast,' had Bertie haar toegefluisterd. 'Ik kom net zo vaak terug als je me hebben wilt... volgende keer als hij naar de stad gaat.' Nadat hij dit had gezegd stond hij op en liep de kamer door naar Harry. Eugenia had voor hen beiden een reverence gemaakt en zich teruggetrokken. Ze was opgetogen over wat Bertie tegen haar had gezegd en verheugde zich op wat er zou gaan gebeuren. Ze keek nog steeds dromerig voor zich uit toen Stella haar hielp met uitkleden.

'Hebt u een prettige avond gehad, mevrouw?' vroeg Stella, en Eugenia keek haar stralend aan.

'Heerlijk. We hebben dit keer zulke geweldige gasten.' Stella had beneden horen praten over de knappe mannen die dat weekend bleven logeren. Haar werkgeefster had er een aantal om uit te kiezen en Stella vroeg zich af wie van hen terug zou komen. Eugenia wekte de laatste tijd de indruk dat ze ondeugende plannetjes had en haar echtgenoot leek haar te vervelen. Stella had dit soort situaties vaker meegemaakt en verbaasde zich nergens over.

Angélique had tegen niemand iets gezegd over haar ontmoeting met Bertie die ochtend. Het had haar diep geschokt en ze had het erg onplezierig gevonden. Het had haar doen denken aan Eugenia's broer, maar deze man was veel directer en leek gevaarlijker. Hij had niet geaarzeld haar 'wat plezier' in het vooruitzicht te stellen en te insinueren dat dat was wat ze het liefste wilde, maar dat ze niet de moed had om het toe te geven. In werkelijkheid zat hij er helemaal naast. En ze was blij dat ze hem niet meer had teruggezien.

Ze betwijfelde of hij zo dom zou zijn naar boven te komen, vooral omdat hij een van de gasten was die Eugenia het hof maakten, zoals ze ook beneden had gehoord. De vrouw des huizes had verschillende van haar gasten aangemoedigd, en volgens de lakeien kon het meneer Ferguson niets schelen. Hij had evenveel aandacht besteed aan een Duitse barones, een jonge weduwe die ze ook pas sinds kort kenden. De Fergusons waren aan elkaar gewaagd. En zolang dit alles speelde, had Angélique het gevoel dat ze veilig was. De man van die ochtend zou het veel te druk hebben met het najagen van de vrouwen op de eerste verdieping om de moeite te nemen de trap op te komen om haar te verleiden. Ze ruimde de salon op, blies de kaars uit en liep haar slaapkamer binnen. De hulp en de kinderen waren al in diepe slaap en zij haalde nog even een glas water voor ze naar bed ging. Ze liep op blote voeten in haar nachthemd, met haar lange haar in een vlecht op haar rug, toen ze in een flits iemand in avondkleding de donkere kamer in zag lopen. Hij zag er adembenemend knap uit terwijl hij in het maanlicht glimlachend op haar neerkeek, en ze voelde haar hart heftig kloppen van angst.

'Wat doet u hier?' vroeg ze fluisterend. Ze deed haar best om streng te klinken in plaats van bang.

'Ik dacht dat we elkaar beter konden leren kennen als iedereen naar bed was,' fluisterde hij tegen haar. Hij was in twee stappen bij haar en greep haar stevig bij haar middel. Toen streelde hij over haar buik en stak zijn hand tussen haar benen. Ze wrong zich los en rende de kamer door, naar Helens slaapkamerdeur. Ze wilde niet gillen, uit angst de kinderen wakker te maken, maar ze was nog nooit van haar leven zo bang geweest. Geen enkele man had ooit bij haar gedaan wat hij net deed. Hij liep snel naar haar toe en greep haar weer beet. Hij perste zijn mond op de hare terwijl hij haar borst pakte. Hij smaakte naar sterke drank en ze wist dat hij dronken moest zijn om zich zo te gedragen. 'Kom op,' zei hij ruw. 'Doe maar niet zo verlegen. Je weet dat je het zelf ook wilt.'

'Nee, ik wil het niet,' zei ze. Ze rukte zich los en liep de kamer rond. Ze wilde het liefst de deur uit en de trap af rennen, maar ze durfde hem niet alleen in de kinderkamer achter te laten. Ze wist niet wat hij zou doen en zij was verantwoordelijk voor de kinderen. 'Ik wil dat u weggaat,' zei ze duidelijk. 'Ik ga niets met u doen.'

Hij lachte om wat ze zei. 'Jawel, dat doe je wel. Als ik dat wil. Je werkgeefster heeft me gesmeekt naar haar bed te komen. Ik ben liever in dat van jou.' Ze was jonger, knapper en frisser, en haar verzet prikkelde hem nog meer. Eugenia was te gewillig, maar hij wist dat hij haar uiteindelijk ook zou krijgen. Dit deed hij voor de sport – andermans vrouwen of verlegen jonge meisjes achterna zitten.

'Gaat u alstublieft weg,' zei Angélique smekend. Ze spraken nog steeds met gedempte stem om niemand wakker te maken.

'En als ik dat niet doe?' zei hij. Hij greep haar weer beet, en dit keer liet hij haar niet ontsnappen. Hij trok haar dicht tegen zich aan en hield haar stevig vast. 'Wat doe je dan?'

'Gillen,' zei ze met een klein stemmetje.

Hij kuste haar weer en duwde zijn tong diep in haar mond, terwijl hij met zijn beide handen haar billen omklemde. Ze wist dat ze nu iets moest doen, voordat hij nog verder ging, dus ze beet hem hard in zijn lip en duwde hem van zich af. Hij slaakte een kreet van pijn en viel zwaar op een van de stoelen, terwijl bloed op zijn smetteloze witte overhemd en vest droop.

'Jij kreng!' zei hij. Hij probeerde haar weer vast te grijpen, maar zij deed de deur van de kinderkamer open en bleef er trillend naast staan.

'Ik ga gillen,' zei ze resoluut, 'en morgen vertel ik het aan meneer Ferguson. Alles.' Ze zei het met een vastberaden blik, en ze zag eruit alsof ze het meende. Ze ging hem straks meer last bezorgen dan ze waard was. Hij had haar verkeerd ingeschat, ze was niet zo'n gemakkelijke prooi als hij had gedacht.

'Dat durf je niet,' zei Bertie, terwijl hij tegenover haar in de deuropening stond, maar hij raakte haar niet meer aan. Hij hield wel van een beetje tegenstand, maar niet van een vechtpartij, en zijn lip bloedde flink. Hij hield er een zakdoek tegenaan, maar zijn overhemd zat al onder het bloed.

'Dat durf ik wel,' verzekerde Angelique hem. 'Als u ooit weer te dichtbij komt.'

'Je bent de heisa niet waard,' snauwde hij haar toe. 'En als je me last bezorgt met dat preutse gedoe van je, dan krijg je daar spijt van. Wie mag er wel aan je komen? Een van de staljongens soms? Weer je me daarom af? Wie denk je wel dat je bent?'

'Niet uw hoer,' zei ze tegen hem, terwijl hij de deur uit liep. En voordat hij zich kon omdraaien of haar kon slaan, smeet ze de deur achter hem dicht en draaide hem op slot. Ze was sneller dan hij en even later hoorde ze hem de trap af lopen. Ze trilde over haar hele lijf en ging in de stoel zitten waar hij op was gevallen. Ze zag dat er bloed op zat en ze veegde het af met een vochtige doek. Het duurde tien minuten voordat ze was gekalmeerd en terugliep naar haar slaapkamer. Ze lag uren na te denken over wat hij had gezegd en wat hij haar had geprobeerd aan te doen. Ze was doodsbang geweest, maar er was godzijdank niets gebeurd en ze was niet van plan het te melden bij haar werkgevers. Hij zou niet meer terugkomen, dat wist ze zeker. En als mevrouw Ferguson wilde dat hij naar haar slaapkamer kwam, zou ze het niet prettig vinden om te horen dat hij had geprobeerd het kindermeisje te verleiden. Ze had er geen enkel belang bij het hen te vertellen.

Ze lag door haar slaapkamerraam naar de maan te kijken en viel eindelijk in slaap. Toen ze de volgende ochtend wakker werd, voelde ze zich geradbraakt. Haar hele lichaam deed pijn, alsof ze een pak slaag had gehad, zowel van de worsteling met hem als van haar eigen krachtsinspanning toen ze had geprobeerd hem van zich af te houden.

De kinderen waren vroeg wakker geworden. Terwijl Helen en zij hen aankleedden en klaarmaakten voor het ontbijt, vroeg Helen haar: 'Was er hier iemand, gisteravond?'

'Nee,' zei Angélique vastberaden. Ze had de deur van de kinderkamer al van het slot gehaald, zodat Helen niets zou vermoeden. Ze wilde het aan niemand vertellen, ook niet aan Helen. Ze was te ontdaan en beschaamd, hoewel ze niets verkeerds had gedaan. Ze wilde alleen maar vergeten dat het was gebeurd.

'Ik meende stemmen de horen, maar toen dacht ik dat ik het had gedroomd en ben ik weer in slaap gevallen.'

Angélique glimlachte naar haar en haalde haar schouders op. 'Dromen lijken soms zo echt. Ik heb ook dat soort dromen.'

Helen ging daarna de ontbijtbladen uit de etenslift halen en de ontbijttafel dekken terwijl Angélique de tweeling waste en aankleedde. George rende al rond met een natte luier en ze moest hem vangen om hem te verschonen, nadat ze Rose in de kinderstoel had gezet. Helen zag er moe uit terwijl ze met z'n allen aan het ontbijt zaten, en Angélique probeerde de gebeurtenissen van de vorige avond uit haar gedachten te bannen.

Helen maakte die ochtend de kamers schoon, terwijl Angélique de kinderen mee naar buiten nam. Ze hield ze dit keer dichter bij huis. Ze kon alle vijf de kinderen met gemak aan. Emma duwde Roses kinderwagen en Angélique zat George achterna, die op zijn stevige, onvaste beentjes voor haar uit rende, en hield intussen een oog op Rupert en Charles. Ze hadden een fijne ochtend en kwamen op tijd terug voor de middagmaaltijd. Ze zaten net aan tafel toen ze de boodschap kreeg dat mevrouw Ferguson haar onmiddellijk wilde spreken, in de bibliotheek. Angélique kon zich niet voorstellen waarom, maar ze vroeg Helen de warme maaltijd op te dienen die naar boven was gekomen en zei dat ze met een paar minuten terug zou zijn.

Ze haastte zich langs de bediendentrap naar beneden en kwam uit in de grote hal. De gasten zaten voor aanvang van de maaltijd in de salon, waar ze hun stemmen kon horen. Ze schrok toen ze allebei haar werkgevers in de bibliotheek aantrof, en meneer Ferguson vroeg haar de deur achter zich te sluiten. Dit zag er ernstig uit. Ze staarden haar allebei afkeurend aan en nodigden haar niet uit te gaan zitten. Eugenia zat met een woedend gezicht op de bank en Harry stond achter zijn bureau.

'Er is hier gisteravond iets heel ernstigs gebeurd,' zei hij, terwijl hij haar recht aankeek. 'En ik wil dat je weet dat ik persoonlijk erg in je teleurgesteld ben.'

Ze kon zich niet voorstellen wat ze had gedaan. Ze had niet geklaagd over hun gast, die naar de kinderkamer was gekomen om te proberen haar te verkrachten, wat ze wel had kunnen doen. En ze had niets verkeerd gedaan met de kinderen. Ze wachtte om te horen wat het was.

'Ik denk dat je wel weet waar ik het over heb.'

'Nee, meneer, dat weet ik niet,' zei ze, oprecht gealarmeerd. Ze had nog nooit moeilijkheden met hen gehad en Eugenia keek haar met een vernietigende blik aan. Ze vroeg zich af of iemand misschien iets had gestolen en haar de schuld had gegeven.

'Ik ben buitengewoon geschokt, vooral gezien je familierelaties. De nicht van een hertog, hoe verarmd ook, gedraagt zich niet als een slet. Hoewel mijnheer de hertog ons wel heeft verteld over je moeder,' zei Harry met walging in zijn stem.

'Wat is er met mijn moeder?' Angélique keek hem verbijsterd aan, terwijl het woord 'slet' nog in haar oren naklonk.

'Laat maar. Sir Bertram heeft ons verteld wat er gisteravond is gebeurd.'

'O ja?' Waarom waren ze dan kwaad op haar? 'Ik wilde het u niet vertellen, meneer. Er is niets gebeurd, en ik wilde geen problemen veroorzaken met een van uw gasten. Ik denk dat hij erg veel had gedronken.'

Harry Ferguson staarde dwars door haar heen. 'Hij vertelde ons dat je gisteravond naar zijn kamer bent gekomen en hebt geprobeerd hem te verleiden. Je hebt hem je lichaam aangeboden en jezelf voor hem ontbloot. Hij moest dreigen om je weg te krijgen, en nadat hij je had afgewezen, heb je hem voor je wegging aangevallen. De sporen daarvan waren vanmorgen op zijn gezicht te zien.'

Angélique sperde haar ogen wijd open en staarde hen beiden aan. Eugenia trilde van jaloezie en nijd, wat haar echtgenoot ten onrechte aanzag voor gerechtvaardigde verontwaardiging.

'Nee, meneer,' zei Angélique, en tranen sprongen haar in de ogen. 'Hij is naar de kinderkamer gekomen en heeft mij aangerand. Ik zag hem toen ik gisteren uit wandelen ging, en hij sprak me aan. Ik heb niets gedaan om hem aan te moedigen. En toen iedereen gisteravond naar bed was, kwam hij naar boven. Ik was in mijn nachthemd, en hij probeerde me te verleiden. Hij probeerde me steeds vast te grijpen en wilde zich aan me opdringen, maar dat wilde ik niet. Dus toen heb ik hem gebeten.' Tranen rolden over haar wangen. Ze zag dat ze haar niet geloofden. Bertie was als eerste naar hen toe gekomen en had hen ervan overtuigd dat zij naar zijn kamer was gekomen om hem te verleiden en dat ze hem had aangevallen toen hij haar afwees. Hij had op gruwelijke wijze wraak genomen voor haar afwijzing. Hij had die niet licht opgevat. Ze herinnerde zich wat hij had gezegd over Eugenia, dat ze hem had gesmeekt met haar naar bed te gaan. Maar ze zei het niet, en zou dat ook later niet doen. Ze geloofden zijn verhaal, niet het hare. 'Ik spreek de waarheid, meneer... mevrouw...' Ze wendde zich tot Eugenia, die haar vol openlijke haat aanstaarde. Dit meisje, dit niemendalletje, deze bediende had geprobeerd de man te verleiden die zij wilde hebben. Het was ondenkbaar.

'Ik durf te wedden dat je hem voor de ogen van mijn kinderen had verleid in de kinderkamer, als je had gekund,' snauwde Eugenia haar toe.

'Natuurlijk niet, ik zou nooit iets doen om de kinderen te schaden. En ik zou hem nergens hebben verleid. Daarom verzette ik me tegen hem, en dat vond hij niet prettig.' De tranen rolden nog steeds over haar wangen terwijl ze haar verhaal deed, maar ze zag dat ze hen er niet toe zou kunnen brengen haar te geloven, en ze raakte in paniek. Wat zou er nu met haar gebeuren?

'Sir Bertram is een heer,' bracht Harry haar in herinnering. 'Hij zou nooit doen wat jij insinueert.'

'Nee, hij is geen heer,' zei ze, met vastere stem. 'Ik dacht dat hij me ging verkrachten, en hij is erg sterk.'

'Precies, en jij bent nauwelijks groter dan een kind. Als hij je had willen nemen, had hij dat gedaan. Maar jij hebt je aan hem opgedrongen, niet andersom. We wilden je duidelijk maken hoe woedend we zijn over je gedrag. Je verlaat vanmiddag nog dit huis, zonder getuigschrift. We willen niet dat een hoer voor onze kinderen zorgt,' zei hij ruw, en zijn vrouw keek tevreden. Bertie was van alle blaam gezuiverd, en het kindermeisje dat hem weerstand had geboden, werd verbannen.

'Vandaag nog, meneer?' Angélique was ontzet. 'Maar waar moet ik dan naartoe?'

'Dat is onze zorg niet. Wat je verder doet moet je zelf uitmaken. Van ons krijg je geen getuigschrift. We laten je door een van de staljongens bij de pub afzetten. Daar kun je overnachten en de eerstvolgende koets naar Londen nemen, als je daarnaartoe gaat. Maar hier moet je voor de avond weg zijn.' Hij was onvermurwbaar, en Eugenia was opgetogen. Zij wilde geen competitie voor Bertie. Het kwam niet in haar op zich af te vragen wie er nu voor haar kinderen moest zorgen, en dat kon haar ook niet schelen. De Fergusons vormden een gezamenlijk front tegen het kindermeisje, dat naar hun overtuiging een hoer was die ze niet langer in hun huis wilden.

'En de kinderen?' vroeg Angélique met verstikte stem. Het deed haar verschrikkelijk veel pijn hen te verlaten. Ze was in de afgelopen zestien maanden van hen gaan houden, vooral van Emma, die haar nodig had en die ze niet in de steek wilde laten.

'De kinderen zijn jouw zorg niet meer.' Ze lieten geen ruimte voor discussie, en ze zou toch niet hebben geprobeerd hen op andere gedachten te brengen. Ze wist dat ze verloren had, net zoals destijds met Tristan. 'Je kunt nu gaan,' zei Harry. Hij wierp een blik op zijn vrouw, die er vergenoegd uitzag.

'Het spijt me heel erg, meneer en mevrouw Ferguson. Maar geloof me alstublieft, wat Sir Bertram u heeft verteld is niet waar. Ik hoop dat u dat op een dag zult weten,' zei ze eenvoudig. Toen draaide ze zich om en liep de kamer uit, met alle waardigheid die ze kon opbrengen. Toen ze de hal door liep op weg naar de bediendentrap, zag ze Bertie in de salon staan. Hij keek haar zonder enige blijk van herkenning aan. Toen draaide hij zich om en liep weg. Zij rende de trap op naar de kinderkamer. Ze was buiten adem toen ze daar aankwam.

'Waar was je?' vroeg Emma, met een bezorgd gezicht. Even wist Angélique niet wat ze moest zeggen, en Helen zag dat ze had gehuild. 'Je hebt het middageten gemist,' zei Emma, en ze gaf Angélique een koekje dat ze voor haar had bewaard.

'Ik heb net gehoord dat ik vanavond weg moet. Iemand in mijn familie is ziek, en ik moet ernaartoe.' Het was het enige verhaal dat ze kon bedenken.

'Kom je terug als ze weer beter is? Heeft ze influenza?' Angélique wilde niet meer tegen haar liegen dan nodig was, en wilde niet beloven dat ze terug zou komen, terwijl ze wist dat dat niet zou gebeuren.

'Nee, meisjelief, ik kom niet meer terug. Dat kan niet. Ik moet daar blijven om voor de zieke te zorgen. Maar ik zal altijd, altijd van je houden. Van jullie allemaal.' Ze keek de tafel rond terwijl Emma op haar schoot klom, haar armen stijf om haar heen sloeg en begon te huilen. Angélique huilde ook, en Helen was geschokt.

'Wie gaat er nu voor ons zorgen?' vroeg Emma aan haar.

'Helen een poosje, en ik weet zeker dat jullie pappie en mammie een erg lief kindermeisje zullen vinden om mijn plaats in te nemen.' Maar er zouden maar erg weinig kindermeisjes bereid zijn vijf jonge kinderen onder hun hoede te nemen – zes, als Simon in de vakanties naar huis kwam. Angélique zat daar een hele poos en bracht de kinderen daarna allemaal naar bed voor hun middagslaapje. Ze beloofde Emma dat ze er nog zou zijn als ze wakker werd, en daarna ging ze naar de bijkeuken om met Helen te praten.

'Is dat waar?' fluisterde Helen tegen haar. 'Je zei dat je geen familie had, behalve een neef, die je niet mag.'

'Dat is zo. Ik ben ontslagen, zonder getuigschrift. De stemmen die je hier gisteravond hoorde had je niet gedroomd. Een van hun gasten kwam na het diner naar boven. Ik had hem gisteren ontmoet tijdens de wandeling. Hij is een gladde prater en bood me aan om "een beetje plezier te maken", maar ik liet hem weten dat ik niet geïnteresseerd was. Gisteravond kwam hij naar boven. Hij was aangeschoten en verraste me. Hij greep me vast en ik verzette me. Ik wist niet wat ik anders moest doen, dus ik beet hem in zijn lip toen hij me zoende, en toen ging hij weg. Hij heeft hun verteld dat ik naar zijn kamer was gekomen om hem te verleiden. Toen ik hun het echte verhaal vertelde, geloofden ze hem en niet mij. Hij is een leugenaar. Hij heeft een oogje op mevrouw Ferguson, en ik denk dat hij niet wil dat ik me daarmee bemoei, maar ik was toch niet van plan om het aan iemand te vertellen. Ik was alleen maar blij dat er niets was gebeurd. Meneer Ferguson noemde me een slet en een hoer.' Tranen rolden over haar wangen. 'Ze willen dat ik voor de avond weg ben. Een van de staljongens zal me bij de pub afzetten, en het kan ze niet schelen wat er daarna met me gebeurt.'

'Heb je een plek om naartoe te gaan?' vroeg Helen. Ze had medelijden met Angélique en maakte zich zorgen.

'Nee, ik zou het niet weten. Misschien ga ik naar Londen.'

'Ik weet een vrouw in Londen die je zou kunnen opzoeken om een andere baan als kindermeisje te vinden. Ze was jaren geleden huishoudster, en nu helpt ze meisjes werk te vinden bij families die ze kent. Ze is erg discreet, maar zonder getuigschrift zal niemand je aannemen.'

'Dat weet ik. Misschien kan ik ander werk vinden. Als verstelster of zo.' Ze was vanuit Belgrave rechtstreeks bij de Fergusons terechtgekomen en had nooit alleen haar weg hoeven zoeken in de wereld. De twee vrouwen omhelsden elkaar en Angélique ging haar spullen pakken, hoewel ze maar erg weinig had uitgepakt. Het enige wat ze in haar koffers hoefde te doen waren een paar persoonlijke dingen en de twee portretten van haar ouders. Ze had net het laatste ingepakt toen Helen in de deuropening verscheen.

'Ik wil dat je weet dat ik je geloof. Ze krijgen hier soms erg slechte mensen. Haar broer is er een van, maar ik heb ook anderen gezien. Wees voorzichtig, Angélique. Zoek een baan waar ze goed voor je zorgen. Ik hoor van de dienstmeisjes voortdurend dit soort verhalen. Ga niet ergens werken waar je de echtgenoot of een of andere broer achter je aan krijgt. Je hebt gisteravond meer geluk gehad dan de meesten. Hij had je kunnen dwingen, en dan had ook niemand je geloofd. Zelfs niet als je zwanger was geraakt. Kijk heel goed uit.' Angélique was net twintig geworden en was nog niet zo wereldwijs. Maar ze had weer een bittere les geleerd over hoe wispelturig het leven was, hoe gemakkelijk het was om alles te verliezen en weer helemaal opnieuw te moeten beginnen.

'Dank je wel. Het komt wel goed,' zei ze zacht. 'Ik zal jou en de kinderen missen.' Vooral de kinderen. Ze hield meer van hen dan hun moeder.

'Wij zullen jou ook missen. En de hemel mag weten wie ze hier nu binnenhaalt.'

'Ik hoop dat het iemand is die goed is voor de kinderen,' zei Angélique verdrietig.

'Ik ook,' beaamde Helen. Ze trok zich Angéliques lot erg aan.

Angélique ging vervolgens naar beneden om Sarah op te zoeken en vertelde haar wat er was gebeurd. Voor haar was het ook een bekend verhaal. Dienstmeisjes werden voortdurend ontslagen wanneer gasten over hen logen of hen van diefstal beschuldigden. Of ze werden verleid door gasten die een oogje op hen hadden, zoals de boerendochter die de baby van mevrouw Fergusons broer had gekregen. Sarah omhelsde haar en drukte haar op het hart hun te schrijven, en Angélique beloofde dat ze dat zou doen. Toen ging ze terug naar de kinderkamer, om op tijd te zijn als de kinderen wakker werden. Ze deed de hele middag spelletjes met hen en las hun voor. Haar koffers stonden al klaar en direct na het avondeten kleedde ze zich om in haar eigen simpele zwarte jurk en hing ze de schorten en jurken die ze als kindermeisje had gedragen in de kast. Emma keek met grote ogen toe.

Nadat ze de kinderen had gebaad en hun hun nachtgoed had aangetrokken, verliet Angélique de kinderkamer. Ze bracht een voor een haar koffers naar beneden, terwijl Emma ontroostbaar snikte. Als laatste nam ze het kleine kistje met haar fortuin en kostbaarheden mee. Toen draaide ze zich om en omhelsde Helen en de kinderen. De drie oudsten klampten zich aan haar vast. Ze gaf Emma voor de laatste keer een zoen, kuste de tweeling en trok toen zachtjes de deur van de kinderkamer achter zich dicht, terwijl de tranen over haar gezicht rolden.

Eugenia was zich aan het omkleden voor het diner toen Harry vanuit zijn kleedkamer binnen kwam lopen en zei dat hij haar wilde spreken. Ze vroeg Stella hen even alleen te laten.

'Wat is er?' Ze was nog steeds ontstemd door het verhaal over de vorige avond. Hoe durfde dat meisje Bertie in te palmen? Zij wilde hem voor zichzelf hebben.

'Je denkt toch niet dat het zo kan zijn dat het kindermeisje de waarheid spreekt, hè? Ik heb er de hele dag over nagedacht. Ze maakte een erg oprechte indruk, en we kennen hem helemaal niet zo goed. Het zou niet juist zijn haar weg te sturen als ze de waarheid spreekt.'

'Natuurlijk niet,' zei Eugenia geïrriteerd. 'Dat meisje liegt. Zie je dat niet? Ze is achter hem aan gegaan, maar hij wilde haar niet. Het is een ambitieus wicht, dat tussen onze gasten een echtgenoot aan de haak probeert te slaan. Wat ben je toch naïef. Ik doorzag haar meteen.'

'Ik ben niet zo naïef als je denkt,' zei hij, terwijl hij haar onbewogen aankeek. 'Hij is een arrogante man. Pas maar op dat hij niet achter jou aan gaat.' Zelfs aan zijn geduld kwam een eind als ze hem in verlegenheid bracht. En er was iets aan Bertie wat hem niet beviel, vooral nadat hij Angéliques verhaal had gehoord.

'Harry, doe niet zo raar. Dat zou ik je nooit aandoen.' Hij knikte zonder nog iets te zeggen en liep terug naar zijn kleedkamer, waarna Stella terugkwam om haar haar te doen. Ze was nu nog opgeluchter dat Angélique wegging. Zij was een complicatie die Eugenia niet kon gebruiken en een obstakel dat ze uit de weg wilde hebben.

'Het spijt me te horen van kindermeisje Latham, mevrouw,' zei Stella, terwijl ze haar haar in een ingewikkeld kapsel opmaakte. 'Ze was een aardig meisje en een goede kinderjuffrouw.'

'Blijkbaar niet zo aardig als we allemaal dachten. Ik wil niet dat er een hoer achter mijn gasten aanzit en voor mijn kinderen zorgt.'

Stella gaf geen antwoord. Ze had het echte verhaal die middag van Sarah gehoord. Maar ze wisten allemaal dat een gast altijd eerder werd geloofd dan een bediende. En Eugenia's motieven waren voor hen duidelijk, zelfs als haar man zich zand in de ogen liet strooien.

Beneden nam Angélique afscheid van meneer Gilhooley.

'Geloof me alstublieft. Ik heb niets verkeerds gedaan,' zei ze zacht.

'Ik geloof u. Zorg alstublieft goed voor uzelf, milady. Wees voorzichtig.' Ze knikte en liep naar de paard en wagen die klaarstond en waar een van de staljongens haar koffers achterin had gezet om haar naar de pub te brengen. Meneer Gilhooley kwam naar buiten en keek hen met tranen in de ogen na terwijl ze wegreden.

Ze hadden weinig tijd nodig om de pub te bereiken, die vol zat met ruige, drinkende mannen. Het was er lawaaiig en het rook er naar bier, en ze hadden drie kamers te huur. Ze vroeg wanneer de volgende koets naar Londen vertrok en kreeg te horen dat er om middernacht een ging, als ze daarbij mee wilde. Dat deed ze liever dan de nacht door te brengen in de pub vol dronkaards. Ze betaalde een kamer voor een paar uur en een staljongen bracht haar koffers en haar kistje naar boven, zodat ze daar op de koets kon wachten.

'Wilt u misschien iets eten?' vroeg de jongen haar.

'Nee, dank je wel,' zei ze zacht. Ze dacht aan de kinderen die ze had achtergelaten en aan de reis naar de stad die ze voor de boeg had. Ze kon nergens terecht en had geen connecties in Londen. En het ergste van alles was dat ze wist dat ze de kinderen nooit meer zou zien. Haar hart deed pijn als ze aan ze dacht.

Ze zat stilletjes in haar kamer tot de koets arriveerde. Toen ging ze naar beneden en vroeg de staljongen haar koffers in te laden. Ze stapte in en zette het kistje op haar knieën. Er reisde één man met haar mee, die in slaap viel zodra hij zat. Hij rook naar drank. Een paar minuten later vertrok de koets naar Londen en Angélique werd op de hobbelige wegen door elkaar geschud. Vlak voor ze in Londen aankwamen, viel ze eindelijk in slaap. En toen ze wakker werd en om zich heen keek, zag ze de zon boven de stad opkomen. Ze herinnerde zich een klein, fatsoenlijk hotel dicht bij het huis van haar vader aan Grosvenor Square en was weer dankbaar voor het geld dat hij haar had gegeven. Ze zou tenminste niet van de honger omkomen en ze zou een dak boven haar hoofd hebben. Zonder geld zou ze misschien in armoede op straat moeten leven. Ze begreep nu hoe zoiets kon gebeuren.

Ze wist dat een verblijf in een net hotel duur zou zijn, maar ze was er tenminste veilig. Ze had er de hele nacht over nagedacht. Ze zou de mensen vertellen dat ze een weduwe was. En ze zou de oude huishoudster opzoeken die Helen kende en proberen via haar een baan te vinden. Met Gods hulp en een beetje geluk zou ze ergens, op een of andere manier, helemaal opnieuw kunnen beginnen.

10

Nadat de koets uit Hampshire haar had afgezet, huurde Angélique een rijtuig om haar naar het kleine hotel te brengen dat ze zich herinnerde in de buurt van waar ze vroeger woonde. Ze wilde niet riskeren in een slechte buurt of bij enge mensen terecht te komen. En ze was graag bereid het salaris dat Gilhooley haar had betaald uit te geven aan een veilige verblijfplaats. Ze checkte in als mevrouw Latham, ontbeet in de eetzaal en liep een poosje rond in Londen. Sarah had haar de naam en het adres gegeven van mevrouw McCarthy, de oude huishoudster in Londen. Ze hielp dienstmeisjes, huishoudsters en kindermeisjes bij het vinden van een baan, mits ze een fatsoenlijke indruk maakten, via vrienden bij haar terecht waren gekomen en een getuigschrift hadden.

Ze liet Angélique behoedzaam binnen in haar kleine, nette woning en vroeg haar een paar minuten te wachten. Ze was een ernstig uitziende vrouw met grijs haar. Toen ze terugkwam bood ze Angélique een kop thee aan en nam haar mee naar de keuken, waar ze samen gingen zitten. Angélique droeg een eenvoudige zwarte jurk en had haar haar in een knot gedaan. Ze legde uit dat ze een baan als kindermeisje nodig had, en dat ze zestien maanden had gewerkt voor de Fergusons in Hampshire, waar ze voor zes kinderen had gezorgd, van wie er een sinds september op kostschool zat.

'Eén kindermeisje voor zes kinderen?' De vrouw keek verbaasd.

'Ja, met een meisje erbij om me te helpen.' Ze vertelde de leeftijd van de kinderen, onder wie een tweeling, en de vrouw was onder de indruk.

'Hoe oud ben je?' Ze leek haar erg jong, te jong om zoveel kinderen aan te kunnen. Ze had over de Fergusons gehoord, en gezien hun voorname achtergrond verbaasde ze zich erover dat ze niet twee kindermeisjes hadden.

'Ik ben net twintig geworden,' zei Angélique met grote ogen, en de vrouw glimlachte.

'Je bent nog erg jong. Waar heb je hiervoor gewerkt?'

'Nergens. Ik woonde bij mijn vader in Hertfordshire. Ik heb geholpen bij het bestieren van het huishouden.' Ze vertelde er niet bij hoe groot het was, hoewel mevrouw McCarthy uit haar manier van praten en haar gedrag kon opmaken dat ze onderlegd was en een goede opvoeding had gehad. 'Mijn vader is bijna anderhalf jaar geleden overleden. Mijn broer erfde alles, dus ik ben gaan werken.' Ze zei niet dat haar broer haar min of meer als slaaf aan de Fergusons had overgedragen. Het deed er nu niet meer toe, en ze wilde niet klagen. Ze dacht dat dat een slechte indruk zou maken, en anderen verkeerden in soortgelijke omstandigheden als zij.

'Ik neem aan dat de Fergusons je een getuigschrift hebben meegegeven,' zei mevrouw McCarthy.

Angélique staarde haar aan zonder antwoord te geven en schudde toen haar hoofd. 'Nee, dat hebben ze niet gedaan.' Ze vertelde haar precies wat er was gebeurd en leunde met een zucht achterover in haar stoel.

'Je hebt er geen idee van hoe vaak dat voorkomt. Ik hoor

deze verhalen voortdurend. Daarom probeer ik jonge meisjes aan een nieuwe baan te helpen. Meestal is het de echtgenoot die dit soort dingen doet, niet een gast. Hij klinkt als een ellendig heerschap,' zei ze vol medeleven.

'Dat was hij ook. Ik was niet van plan het hun te vertellen. Maar hij loog over mij. En ze geloofden hem.'

'Dat soort mannen liegt vaak. Hij was waarschijnlijk bang dat je hen zou inlichten, dus deed hij zijn eigen verhaal om zichzelf in te dekken. Wel triest voor de kinderen. Het is een akelige manier om weg te gaan. Ze waren vast erg van streek.' Angélique knikte en probeerde niet te denken aan Emma's tranen en die van haarzelf. De vrouw keek Angélique spijtig aan. 'Ik weet zeker dat je een erg goed kindermeisje bent. Iemand die zo jong is als jij en zes kinderen van die leeftijd aan kan, heeft er slag van. En het klinkt alsof je er plezier in had.'

'Dat had ik ook,' zei Angélique met een glimlachje. Ook al had ze dat aanvankelijk niet verwacht.

'Het probleem is dat ik je zonder getuigschrift niet kan helpen een baan te vinden. Mensen zullen bang zijn dat je de kinderen iets hebt aangedaan, of dat je de baby hebt laten vallen, of dronken bent geweest, of hebt gestolen, of met de echtgenoot naar bed bent geweest. Zonder aanbevelingsbrief denken ze het ergste, en je hebt nergens anders gewerkt. Als je getuigschriften had gehad van eerdere betrekkingen, zouden we het kunnen toeschrijven aan een slechte werkgever. Maar zonder ook maar één referentie kan ik je niet eens als dienstmeisje aanbevelen. Ze zouden denken dat je hebt gestolen, of nog erger. Het spijt me, ik zou je graag helpen, maar ik zie geen enkele mogelijkheid.'

'Wat moet ik dan doen?' vroeg Angélique, met een wanhopig gezicht. Ze had geen idee waar ze naartoe moest, en ze vertrouwde op het advies van deze vrouw.

'Je kunt reageren op advertenties in de krant, maar zij zullen je afwijzen. Zonder aanbevelingsbrief zijn er geen banen. Niemand wil dat risico nemen, en dat is begrijpelijk. Vooral als er kinderen bij betrokken zijn.' Ze keek Angélique aandachtig aan. 'Spreek je andere talen? Duits? Italiaans? Frans? Italianen zijn wat gemakkelijker als het om referenties gaat, maar je moet de taal spreken. Ik kende een paar jaar geleden een erg aardig gezin in Florence. De vrouw was natuurlijk Engels. Maar goed, die kinderen zijn nu toch te oud.'

'Ik spreek Frans,' zei Angélique zacht. 'Ik ben half Frans. Ik spreek het vloeiend. Ik heb het de kinderen van de Fergusons geleerd. Het meisje spreekt het erg goed.'

Mevrouw McCarthy was opnieuw onder de indruk. 'Je bent fantastisch voor iemand die nog nooit kindermeisje is geweest. Het is erg dom van ze om je weg te sturen op gezag van wat die man vertelt. Ze zullen er nog wel spijt van krijgen, misschien eerder dan ze denken.' Ze dacht even na. 'Je zou het misschien in Frankrijk kunnen proberen. De meesten zullen daar ook een getuigschrift vragen, maar ze zijn iets minder streng dan wij. Misschien geven ze je een kans. Je zou kunnen aanbieden de kinderen Engels te leren. Ik ken een vrouw daar die hetzelfde doet als ik. We hebben jaren geleden samengewerkt.' Ze schreef de naam van haar vriendin op een stuk papier en gaf het aan Angélique. 'Ik vrees dat dat het beste is wat ik voor je kan doen. Hier zul je niets vinden. Als hun gast wraak wilde nemen vanwege je afwijzing, is hem dat zeker gelukt.'

'Ik denk dat mevrouw Ferguson me ook weg wilde hebben,' zei Angélique zacht.

'O?' De vrouw aan de andere kant van de tafel trok haar wenkbrauw op en vroeg zich af of Angélique dan misschien toch een onvergeeflijke zonde had begaan.

'Hij zei iets over dat zij hem wilde hebben. Misschien was dat zo. Maar hij had liever mij. Dat beweerde hij tenminste.'

Mevrouw McCarthy kreunde bijna toen ze dit hoorde. 'Mijn

kind, je was gedoemd. Als er iets tussen hen speelde, wilde ze vast en zeker van je af toen hij beweerde dat jij had geprobeerd hem te verleiden. Ik denk dat hij precies wist wat hij deed toen hij dat verhaal opdiste. Jij bent het slachtoffer van dit alles, maar dat verandert niets aan hoe het er nu voorstaat. Zonder aanbevelingsbrief zal niemand je aannemen als kindermeisje, of als wat dan ook. Ik denk dat de enige oplossing is dat je naar Frankrijk gaat en het daar probeert. Of misschien Amerika, New York. Maar dat is een beetje extreem. Je spreekt Frans, dus probeer eerst Frankrijk maar.' Toen stond ze op, schudde Angélique de hand en wenste haar geluk.

Angélique liep als verdoofd het huis uit. Ze kon geen baan vinden en moest Engeland verlaten. Ze was met haar vader in Parijs geweest, maar dat was vele jaren geleden. En het zou heel anders zijn om in een vreemd land naar een baan te gaan zoeken. Hier, in een stad die ze min of meer kende, was het al moeilijk genoeg. Maar ze besefte dat de vrouw gelijk had. Ze had geen andere keus. En Amerika leek haar doodeng. Frankrijk was tenminste dichtbij, en ze kon altijd teruggaan.

Toen ze terugkwam in het hotel, informeerde ze hoe ze per boot het Kanaal over kon steken, en ze legden haar uit dat ze een boot zou moeten nemen van Dover naar Calais en vandaar een koets naar Parijs. Ze wilden het graag voor haar regelen en ze vroeg hun dat te doen. Het had geen zin om in Londen te blijven als ze er geen werk kon vinden, dus zei ze dat ze de volgende dag wilde vertrekken. Ze zou die nacht tenminste in een schone kamer kunnen slapen, nadat ze de nacht ervoor in de smerige koets uit Hampshire had doorgebracht.

Die middag liep ze langs het huis van haar vader aan Grosvenor Square. Ze verwachtte half dat ze Tristan of Elizabeth naar buiten zou zien komen, maar het huis zag er gesloten uit en ze wandelde met een somber gevoel langzaam terug naar het hotel. Ze had geen idee wat ze in Parijs zou aantreffen, of wat ze er zou moeten doen. Wat als ze daar ook geen werk kon vinden? Zonder een getuigschrift of een aanbevelingsbrief zou niemand haar willen hebben. Sir Bertram en de Fergusons hadden haar in een verschrikkelijke positie gebracht. Ze kon nu alleen maar hopen dat iemand in Parijs haar een kans zou geven en haar als kindermeisje in dienst zou nemen. En waarom zouden ze dat doen? Wat hen betrof kon ze wel een moordenares zijn. Het kwam niet in haar op dat ze er niet zo uitzag. Ze had een van haar oudere, onopvallende jurken aangetrokken en zag eruit als een welopgevoede jonge vrouw die een bezoek bracht aan Londen. Maar iemand moest haar een baan willen aanbieden en ze was bang dat niemand dat zou doen.

Ze bracht de nacht door in het hotel en liet een maaltijd op haar kamer brengen. Ze wilde alleen zijn en had geen zin om mensen te ontmoeten in de eetzaal. Ze wist niet wat ze tegen hen zou moeten zeggen. Het verhaal dat ze een weduwe was klonk zelfs haarzelf ongeloofwaardig in de oren. Ze sliep die nacht slecht. Ze dacht aan de kinderen en aan de mensen die ze bij de Fergusons had achtergelaten en maakte zich zorgen over wat ze in Parijs zou aantreffen. Ze voelde zich helemaal alleen op de wereld. Ze keek die nacht lange tijd naar het kleine portret van haar vader en had hem nog nooit zo gemist.

De volgende ochtend stond ze voor dag en dauw op en trok haar reiskleding aan. Het hotel had een koets voor haar gehuurd die haar naar Dover zou brengen. Nadat ze de hotelrekening en de reiskosten had betaald, laadde de koetsier haar koffers in. Na hun vertrek uit Londen hobbelden ze elf uur lang over de wegen. In het begin was het een plezierige rit, maar ze maakte zich te veel zorgen om ervan te genieten. Toen ze laat in de middag, moe van de lange, hobbelige rit, in Dover aankwamen, boekte ze meteen de oversteek op de kleine raderstoomboot over het Kanaal. Het was een korte reis, maar ze wist dat het water vaak ruig was en er was een harde wind opgestoken. Ze stapte aan boord van het kleine schip, dat lag te stampen en te deinen aan de kade. Ze had een kleine hut gereserveerd en zat daar in haar eentje te wachten tot ze de Franse kust bereikten. Er stonden hoge golven, maar ze was niet zeeziek en ging een paar minuten op het dek staan om wat frisse lucht op te snuiven. Terwijl ze Engeland achter zich kleiner zag worden, dacht ze aan Parijs. Het hotel in Londen had haar de naam gegeven van een klein, fatsoenlijk hotel, dat naar hun zeggen niet te duur was, maar in een goede buurt stond. Ze was van plan de volgende dag de vriendin van mevrouw McCarthy op te zoeken, om haar te vragen of ze een baan voor haar wist.

Na de lange reis en de korte boottocht voelde ze zich verfrist toen ze in Calais aankwamen. De zeelucht had haar goed gedaan en haar hoofd was helder. Samen met twee andere passagiers, die allebei Frans waren en naar Parijs gingen, reserveerde ze een koets, en het kostte haar geen moeite om een gesprek te voeren en haar rit te betalen. Haar Frans was nog net zo goed als het altijd was geweest. Ze hadden haar identiteitspapieren gecontroleerd en in orde bevonden en na enkele minuten, waarin ze net genoeg tijd hadden om in een naburig restaurant een kop thee te drinken, vertrokken ze naar Parijs. Angélique had haar kleine afgesloten kistje op haar schoot en viel tijdens de hobbelige rit in slaap. Ze sliep het grootste deel van de reis en werd pas wakker toen ze vroeg in de ochtend in Parijs aankwamen. Daar moest ze een nieuw rijtuig huren om haar naar het hotel te brengen. Het stond op de linker oever, op de grens van het zesde en het zevende arrondissement.

Tegen de tijd dat ze daar aankwam had ze meer dan vierentwintig uur gereisd en ze was aangenaam verrast door het mooie, kleine Hôtel des Saints Pères in Saint Germain des Prés. De lobby was fraai gedecoreerd en haar kamer was licht en zonnig, met een prachtig uitzicht op een tuin, een kerk en een klein park. Ze zag vrouwen met kinderwagens lopen en hun honden uitlaten. Parijs was een prachtige stad en plotseling was ze blij dat ze daar was, op een heel nieuwe plek. Ze kon hier een nieuw leven beginnen, ver van de Fergusons en haar broer en alle pijn en teleurstelling van het afgelopen anderhalf jaar. Ze zou weer ergens een betrekking moeten zoeken, maar voorlopig was ze vrij.

Ze liet haar koffers en haar kistje in de kamer achter en maakte een wandeling. Ze luisterde naar de mensen om haar heen die Frans spraken. Ze keek naar de rijtuigen die voorbijreden, sommige erg chic, andere sportief, weer andere onderweg om bestellingen af te leveren. Het was een drukke stad en ze liep langs verschillende kleine parken met standbeelden en prachtige bomen en ging ten slotte terug naar het hotel. Ze liep de trap naar haar kamer op met een gevoel van rust en hoop voor de volgende dag, wanneer ze mevrouw Bardaud zou vragen of ze een baan voor haar wist.

Ze dacht erover om in de ochtend naar het Louvre te gaan, of een wandeling te maken over de Faubourg Saint Honoré met zijn fraaie gebouwen, maar ze besloot dat het beter was om eerst mevrouw Bardaud te bezoeken en daarna pas Parijs in te gaan. Het bracht herinneringen terug aan toen ze hier met haar vader was geweest. Ze had heerlijke momenten met hem gehad toen ze in Hôtel Meurice op de rue Saint Honoré logeerden en vrienden bezochten. Ze voelde zich op een vreemde, onverklaarbare manier met de stad verbonden, alsof iets in haar wist dat ze half Frans was en blij was om thuis te zijn. Ze wenste dat ze haar moeder en haar andere familieleden had gekend voordat ze overleden. Hun chateau was na de revolutie herbouwd en had een andere eigenaar gekregen, ze wist niet wie. De monarchie was vijftien jaar geleden, na Napoleon, in ere hersteld en nu zat Charles x op de troon. Hij was een Bourbon en ze wist dat ze via haar moeder verre familie van hem was. Maar daar had ze nu niets aan. Wat zij nodig had was een baan, en haar adellijke afkomst zou haar niet helpen er een te krijgen. Net zo min als dat in Engeland het geval was geweest, waar ze via haar vader familiebanden had met koning George IV.

Ze was de dochter van een hertog en verwant aan koningen in twee landen, maar haar broer had haar verbannen. Ze moest werken als bediende en was overgeleverd aan de genade van wie haar maar in dienst wilde nemen. Het enige wat haar behoedde voor de totale ondergang was de buidel in haar kistje. Als ze die niet had zou ze letterlijk zonder een cent op zak over de straten moeten zwerven. Ze was zich daar heel goed van bewust toen ze die avond naar bed ging. Ze had iets van haar vaders geld moeten gebruiken om het hotel in Parijs en de reis tussen de twee steden te betalen. Het grootste deel van haar salaris had ze uitgegeven aan de hotels, de koetsen en de boot. Dankzij het geld van haar vader kon ze op fatsoenlijke plekken verblijven, waar ze zich veilig voelde. Dat was belangrijk voor haar, en het geld dat hij haar voor zijn dood had gegeven ervoer ze dan ook als een zegen. Maar ze wist dat ze snel werk zou moeten vinden.

Ze kon niet eindeloos op zijn geld teren en wilde zo veel mogelijk geld sparen, zodat ze wanneer ze ouder was een huis voor zichzelf kon kopen en niet meer als bediende hoefde te werken. Maar daar was het nu nog te vroeg voor. Ze wist niet hoe ze in haar eentje een huis zou moeten kopen, en de verantwoordelijkheid was te groot voor een meisje van haar leeftijd. Nu moest ze werken. Bovendien wist ze niet waar ze wilde wonen, in Engeland of in Frankrijk. Er was op dit moment niets wat haar aan een van beide landen bond. Ze zweefde tussen haar verloren wereld en een wereld die ze nog niet had gevonden. Het was alsof ze door de lucht reisde, zonder enig houvast. Ze moest ergens landen, maar ze had nog geen idee waar. Alle banden die haar ooit veiligheid hadden gegeven waren doorgesneden toen haar vader overleed en Tristan haar had verstoten.

Die nacht viel ze in slaap terwijl ze over dit alles nadacht en toen ze de volgende ochtend laat wakker werd, moest ze in de onbekende kamer van het hotel eerst goed om zich heen kijken voor ze wist waar ze was. Ze herinnerde het zich toen ze uit het raam keek en toen wist ze ook weer wat ze die dag moest doen. Ze ging mevrouw Bardaud opzoeken om naar werk te vragen. Binnenkort zou ze weer een baan hebben. Ze wilde van haar vrijheid genieten zolang dat nog kon. Hopelijk zou dat niet te lang zijn.

Ze trok weer een eenvoudige jurk aan – toen ze uit Belgrave wegging had ze weinig frivole kleren meegenomen. Ze nam een croissant met een café au lait in de kleine eetzaal van haar hotel en vroeg de medewerker aan de balie de weg naar het adres dat ze had gekregen. Ze besloot er lopend naartoe te gaan – het was een prachtige voorjaarsdag en ze voelde zich gelukkig terwijl ze daar zo liep. Ze miste de kinderen van de Fergusons, maar ze moest zich nu concentreren op haar eigen leven.

Mevrouw Bardaud woonde op de rechter oever, op de tweede verdieping van een smal gebouw in het tweede arrondissement. Angélique liep naar boven en klopte aan. Een oma-achtige dame gluurde naar buiten en Angélique legde uit dat mevrouw McCarthy haar had gestuurd. Mevrouw Bardaud was voor haar trouwen gouvernante geweest in Londen. Ze nodigde Angélique uit om binnen te komen en te gaan zitten.

'Waarmee kan ik je helpen?' vroeg ze vriendelijk.

Angélique legde de vrouw in onberispelijk Frans uit dat ze een baan zocht als kindermeisje of gouvernante en dat ze de kinderen, als de ouders dat wensten, Engels kon leren.

Net zoals haar vriendin in Engeland informeerde ook deze

vrouw naar haar laatste baan. Angélique vertelde dat ze voor zes kinderen had gezorgd, noemde hun leeftijden en vertelde wat ze had gedaan, hoelang ze er had gewerkt en dat het haar eerste betrekking was geweest.

'En wat is de reden dat je bent weggegaan?' vroeg de vrouw, en Angélique deed eerlijk uit de doeken wat er was gebeurd. Ze vertelde dat ze geen getuigschrift had van de zestien maanden dat ze er in dienst was geweest, maar dat ze kon bezweren dat ze goed werk had gedaan.

'Daar ben ik van overtuigd,' zei de vrouw vriendelijk, 'en deze verhalen zijn niet ongebruikelijk. Ik geloof je, liefje. Maar geen enkele werkgever zal iemand zonder getuigschrift in dienst nemen. Ze weten niet of je van je laatste werkgever hebt gestolen, of iets veel ergers hebt gedaan dan te weigeren je door een van hun gasten te laten verleiden. En er is niemand die je verhaal kan bevestigen.' Het was hier niet anders dan in Londen. Mevrouw Bardaud vertelde haar dat ze zonder aanbevelingsbrief onmogelijk werk zou kunnen vinden. Ze kon misschien hooguit ergens borden gaan wassen of vloeren gaan schrobben, maar niet in een fatsoenlijk huis. En zij wist niemand die haar een baan zou geven.

'Wat moet ik nu dan doen?' vroeg ze zich hardop af. Ze vocht tegen haar tranen en voelde zich totaal verloren.

'Ik kan je niet helpen. Je hebt bewijs nodig dat je een verantwoordelijk, eerlijk persoon bent, en zonder getuigschrift van je vorige werkgever zal niemand je aannemen,' zei de vrouw eerlijk.

Angélique bedankte haar met een verbijsterd gezicht en liep enkele minuten later de trap af en de straat op. Ze kon niets doen, ze kon nergens naartoe. Ze dacht aan mevrouw McCarthy's voorstel om naar Amerika te gaan, maar wat als ze daar ook een getuigschrift wilden? Wat moest ze dan doen?

Ze liep langzaam weg en dwaalde, nadat ze de Place Louis

xvi was overgestoken, helemaal naar de Jardin des Tuileries. Parijs was zo mooi, maar ze had er geen vrienden en niemand kon haar beschermen. Ook dit was weer een stad waar ze nergens naartoe kon. Ze deed haar best om niet in paniek te raken, maar ze wist niet wat er nu van haar terecht moest komen. Ze vroeg zich af wat haar vader zou zeggen en wat hij haar zou aanraden. Had hij zich ooit een situatie kunnen voorstellen zoals die waarin zij zich nu bevond?

Ze zat een poosje op een bank in een park en dacht over dit alles na. Ze probeerde tevergeefs een plan te bedenken. Daarna liep ze terug naar het hotel en ging naar haar kamer. Ze pakte een boek en las een poosje om aan haar zorgen te ontsnappen. Ze vroeg zich af of het hotel haar als dienstmeisje zou willen aannemen, maar ze schaamde zich om dat te vragen.

Ze bleef op haar kamer tot het donker werd. Toen liep ze weer door de straten van Parijs en stopte ergens om iets te eten, maar ze voelde zich ongemakkelijk in haar eentje in een restaurant. Ze had dat nooit eerder gedaan en ze voelde zich opgelaten. Ze zag mannen en stelletjes naar haar staren. Ze was een jong, knap meisje alleen. Haar leugen dat ze een weduwe was zei hun niets. Ze hoorde niet in haar eentje op straat, en zodra ze klaar was met eten ging ze terug naar haar hotel. Ze nam een andere route en liep door een smalle straat, maar plotseling wist ze niet meer precies waar ze heen moest. Ze liep terug, en toen ze in een andere smalle straat terechtkwam, wist ze dat ze verdwaald was. Het was donker en ze was bang. Toen hoorde ze een kreun. Ze schrok en keek om zich heen. Ze vroeg zich af of het een kat of een hond was – het was geen menselijk geluid. Het liefst wilde ze vluchten. Maar toen ze weg wilde rennen, zag ze een ineengedoken gestalte in de goot liggen en weer hoorde ze hetzelfde gekreun. Ze bleef staan om te kijken en dacht dat het misschien een gewond kind was. Ze liep er langzaam naartoe. Zonder na te denken boog ze zich voorover en zag dat het een jong meisje was. Ze had een diepe snee in haar voorhoofd en er zat bloed op haar gezicht. Ze lag met haar ogen dicht en een van haar ogen was opgezwollen. Angélique dacht eerst dat ze bewusteloos was, maar toen deed het meisje haar ogen open en staarde haar aan.

'Ga weg,' kreunde ze. 'Laat me met rust.' Angélique kon haar nauwelijks verstaan doordat haar lippen waren stukgeslagen.

'Je bent gewond,' zei ze zacht. 'Laat me je helpen.' Het meisje moest naar het ziekenhuis, maar Angélique wist niet hoe ze haar daar moest krijgen. Het meisje droeg een roodsatijnen jurk zonder jas en ze had een zwarte strik in haar haar. Iemand had haar bruut aangevallen. 'Zal ik de politie waarschuwen?' De ogen van het meisje vlogen open en ze schudde kreunend haar hoofd.

'Geen politie. Ga weg,' zei ze weer.

'Ik laat je hier niet achter,' zei Angélique vastberaden. 'Ik breng je naar huis, of als je wilt naar een ziekenhuis.' Het meisje begon te huilen toen Angélique dit zei. Ze zag eruit als een lappenpop die in de goot was neergesmeten, en haar jurk zat onder de modder. 'Je kunt hier niet de hele nacht blijven, anders vindt de politie je,' zei Angélique met vastere stem. 'Kun je opstaan?' Het zag er niet naar uit dat ze dat kon, of dat ze kon lopen. 'Ik kom zo terug,' zei Angélique en ze haastte zich weg. Ze had rijtuigen zien staan in de straat waar ze vandaan was gekomen en ze was vastbesloten er een te huren en naar de plek te brengen waar de jonge vrouw lag. Het zag er niet naar uit dat ze op eigen kracht ergens naartoe kon lopen.

Het duurde een paar minuten voordat ze een rijtuig had gevonden en hem de weg had gewezen naar de smalle straat waar ze de jonge vrouw had gevonden, maar even later herkende ze waar ze was. Ze vroeg de koetsier op haar te wachten en haastte zich terug naar de plek waar ze het meisje had achtergelaten.

Ze lag er nog steeds en leek te slapen. Ze gaf geen geluid toen Angélique haar zachtjes heen en weer schudde. Toen begon ze wat te bewegen. Toen Angélique haar omhoog hees, probeerde ze eerst te protesteren, maar ze had niet de kracht om zich te verzetten. Angélique hielp haar overeind en droeg haar half terug naar het rijtuig, waar de koetsier haar naar binnen tilde.

'Zo te zien is haar iets akeligs overkomen,' zei de koetsier bezorgd.

'Ze is van de trap gevallen,' zei Angélique zakelijk. Ze gaf hem de naam van haar hotel en ging naast het meisje zitten, dat onderuitgezakt op de bank zat. Toen Angélique haar zwarte cape afdeed en om haar heen sloeg, opende het meisje haar ogen en staarde haar aan.

'Het ziekenhuis of mijn hotel?' vroeg Angélique haar eenvoudig.

Het meisje staarde haar ongelovig aan. 'Je hotel.' Ze had niet de kracht om tegen haar in te gaan en kon op eigen kracht nergens naartoe. Haar hele lichaam was toegetakeld, haar ribben waren gebroken en het deed pijn om adem te halen. 'Je had me daar moeten laten liggen,' zei ze ongelukkig.

'Geen denken aan,' zei Angélique vastberaden, alsof ze het tegen een kind had. Even later waren ze bij haar hotel. Ze betaalde de koetsier en hij hielp haar de gewonde passagier uit het rijtuig te tillen. Met Angéliques cape om zich heen leunde het meisje zwaar tegen haar aan terwijl ze samen het hotel in liepen. De baliemedewerker had het druk en besteedde geen aandacht aan hen. Hij herkende Angélique en ging door met wat hij aan het doen was terwijl zij haar gast de trap op hielp naar haar kamer. Het meisje zag eruit alsof ze elk moment flauw kon vallen. Angélique draaide de deur van het slot, sleepte haar min of meer de kamer binnen en tilde haar op het bed, terwijl de jonge vrouw haar door haar tranen heen dankbaar aankeek.

'Het spijt me,' zei ze en sloot haar ogen weer van pijn. Angélique liep weg om wat handdoeken en een nachthemd te halen. Ze waste voorzichtig haar gezicht en trok haar kleren uit. De jurk was goedkoop en ze droeg een zwaar parfum, maar het enige wat Angélique zag terwijl ze haar verzorgde, waren de sneden, de blauwe plekken en het opgedroogde bloed op haar gezicht. Het duurde een poosje voor het meisje schoon was. Ze haalde de strik weg en streek haar haren glad, en toen de jonge vrouw ten slotte schoon in bed lag, zag ze er weer een klein beetje menselijker uit. Angélique gaf haar wat water en nadat ze daar een slokje van had genomen, liet ze zich kreunend terugzakken in de kussens.

'Hoe heet je?' vroeg Angélique haar.

'Fabienne,' fluisterde ze.

'Weet je wie je dit heeft aangedaan?'

Het meisje schudde haar hoofd, deed haar ogen weer dicht en viel even later in slaap.

Angélique zat in de stoel naast het bed en doezelde weg, maar uren later schrok ze wakker toen het meisje schreeuwde in haar slaap en wakker werd. 'Ssst, het is goed. Je bent veilig,' zei ze zacht.

Fabienne staarde haar aan terwijl ze zich probeerde te herinneren hoe ze hier terecht was gekomen. 'Waarom heb je me geholpen?' Ze begreep niet wat er met haar was gebeurd. Ze was in een onbekende kamer, in een comfortabel bed, met schone lakens. Het was allemaal erg surrealistisch, nadat ze op straat in elkaar was geslagen.

'Ik kon je daar niet achterlaten,' zei Angélique eenvoudig. Ze kleedde zich intussen zelf ook uit en trok een nachthemd en een peignoir aan. 'Hoe voel je je?'

'Verschrikkelijk.' Fabienne probeerde ondanks haar opgezwollen lippen te glimlachen terwijl Angélique de verwondingen in haar gezicht bekeek. De snee in haar voorhoofd was minder ernstig dan ze had gevreesd, hoewel ze er misschien een litteken aan zou overhouden. 'Maar ik ben blij dat ik hier ben. Je bent zeker een soort engel.'

'Nee.' Angélique glimlachte naar haar. 'Helemaal niet. Ik kwam alleen toevallig op het juiste moment langs. Weet je zeker dat je niet naar een ziekenhuis wilt? Als je wilt kan ik het hotel vragen een dokter te laten komen.' Fabienne schudde haar hoofd en keek weer angstig. Ze was kennelijk bang voor elke vorm van autoriteit en Angélique vroeg zich af wat ze verborgen hield.

'Heb je iets ergs gedaan dat je zo gewond bent geraakt?' Angélique sprak tegen haar alsof ze een kind was, maar Fabienne gaf geen antwoord. Ze haalde haar schouders op en wendde haar ogen af. Wat ze ook maar had gedaan, ze verdiende het niet om geslagen te worden. Angélique herinnerde zich de roodsatijnen jurk, de strik in haar haar en de sterke parfum die ze op de jurk had geroken. Ze vermoedde wat ze was, maar het kon haar niet schelen. Het meisje was ernstig gewond en had hulp nodig. Fabienne zag het begrip in haar ogen.

'Hoe oud ben je?' Nu haar gezicht schoon was, zag ze er erg jong uit.

'Zeventien,' antwoordde Fabienne.

'Heb je familie?'

Ze schudde haar hoofd.

'Ik ook niet.' Angélique glimlachte naar haar. 'Dus het is misschien maar goed dat ik je heb geholpen.'

'Het is erg aardig van je,' zei Fabienne dankbaar. Angélique ging weer in de stoel zitten, draaide de lamp zachter en Fabienne viel weer in slaap.

Toen Angélique de volgende ochtend wakker werd, zat Fabienne rechtop in bed naar haar te kijken. Ze zag er iets beter uit, maar niet veel.

'Ik moet snel gaan,' zei ze, toen Angélique helemaal wakker was.

'Heb je een plek waar je heen kunt?'

Fabienne liet een lange stilte vallen voordat ze antwoord gaf. Toen schudde ze haar hoofd en legde het uit.

'Ik ben weggelopen.'

'Ben je daarom mishandeld? Heeft iemand je gevonden?'

Ze schudde weer haar hoofd. 'Ik ben uit huis gegaan toen ik vijftien was. Mijn ouders zijn overleden en ik woonde bij mijn oom en tante. Mijn oom was een erg slechte man en hij... hij... gebruikte me... steeds. Mijn tante zei niets. Hij was altijd dronken, en zij ook... dus ik ben bij ze weggelopen. Het was in Marseille, en ik ging naar Parijs om werk te zoeken. Ik probeerde een baan te vinden in een restaurant, of een winkel, of een hotel. Ik kreeg een schoonmaakbaantje in een ziekenhuis, maar ze ontsloegen me toen ze erachter kwamen hoe oud ik was. Ik kon geen werk meer vinden, en ik had geen geld om eten te kopen. Ik had voortdurend honger en ik had het koud. Soms verstopte ik me ergens en sliep ik buiten.

Toen ontmoette ik een vrouw, die zei dat ze me zou helpen. Ze zei dat ze andere meisjes had die bij haar in huis woonden, en dat ze net een familie waren. Ik wist niet wat ik anders moest doen, dus ik ging met haar mee, en toen kwam ik erachter wat ze deden. Het was net als met mijn oom, maar dan met vreemden. We moesten voortdurend voor haar werken. We waren met z'n vijven, en de mannen betaalden haar om ons te gebruiken. Zij hield het geld en gaf ons nauwelijks eten. Iedereen was jong, behalve één meisje dat wat ouder was, en we konden geen van allen ander werk vinden. Ze zei dat ze ons zou betalen, maar ze gaf ons bijna niets. En ze gaf ons geen kleren, dus we konden niet naar buiten. We zaten de hele tijd in ons ondergoed te wachten tot de mannen kwamen.

Ik ben daar twee jaar geweest, toen kon ik er niet meer tegen. Ik vluchtte, en ik bedacht dat als ik hetzelfde werk in mijn eentje zou gaan doen, ik al het geld zelf kon houden.

Maar zij beschermde ons. Ze was geen goed mens, maar ze liet niet toe dat de mannen ons pijn deden, niet erg tenminste. Sommige mannen waren ruw, maar als ze een van ons hoorde gillen, kwam ze tussenbeide en stuurde ze de mannen weg. En ze liet ons allemaal registreren bij de Gendarmerie Royale, dus haar huis was legaal. Maar de meisjes op straat zijn dat niet. Dus toen ik op mezelf was, had ik niemand om me te beschermen. Sommige mannen zijn erg slecht. Dit is de derde keer dat ik in elkaar ben geslagen, en deze keer was het ergste. Hij heeft me al mijn geld afgepakt en toen heeft hij me geslagen en is hij ervandoor gegaan. Ik ken andere meisjes op straat – een van hen is vorige maand doodgestoken. Ze was zestien. Ik denk dat ik maar terug moet gaan naar het huis van Madame Albin, als ze me nog wil hebben. Zij beschermt ons en laat ons fatsoenlijk registreren. Maar op straat hebben we geen papieren. Vorige maand werd ik aangehouden door een agent. Hij zei dat hij me zou laten gaan als ik lief voor hem was, en hij was erg ruw. Bij Madame Albin is alles netjes geregeld. Ik kan dit niet alleen.'

Angélique deed haar best om niet te laten merken hoe geschokt ze was door wat ze hoorde. Het was een tragisch verhaal vol ellende en wanhoop van jonge meisjes die nergens naartoe konden en werden uitgebuit door mensen zoals Madame Albin. En die werden mishandeld door de mannen aan wie ze hun diensten verleenden, zoals de man die Fabienne had beroofd en geslagen.

Angélique vermoedde dat ze knap was, maar het was moeilijk te zien met alle blauwe plekken en zwellingen in haar gezicht. Ze wist dat ze geschokt zou moeten zijn, maar ze zag nu in hoe gemakkelijk het kon gebeuren. Meisjes die geen werk konden vinden, geen geld hadden en nergens naartoe konden vielen ten prooi aan het enige wat hun nog restte. Dat begreep ze nu. Zonder getuigschrift kon zij zelf ook geen baan krijgen, en als zij het geld van haar vader niet had gehad, was ze misschien ook ten einde raad geweest. Angélique kon zich geen voorstelling maken van het leven dat Fabienne bijna vanaf haar kindertijd had geleid. Bij gebrek aan andere mogelijkheden kon ze alleen maar haar lichaam verkopen.

'Wat doe jij voor werk?' vroeg Fabienne aan haar. 'Je moet wel rijk zijn dat je hier kunt logeren.'

'Nee, ik ben niet rijk,' zei Angélique eerlijk. 'Ik ben een kindermeisje. Dat was ik tenminste, tot een paar dagen geleden. Ik ben ontslagen en ze hebben me zonder getuigschrift weggestuurd. Dat was in Engeland. In Londen kon ik geen werk vinden, dus toen ben ik hiernaartoe gekomen.'

'Je spreekt goed Frans.' Fabienne was onder de indruk.

'Dat heb ik als kind geleerd. Mijn vader heeft me erin laten onderwijzen omdat mijn moeder Frans was. Zij is bij mijn geboorte overleden.' Fabienne knikte, geïnteresseerd in haar verhaal. 'Dus nu ben ik zonder getuigschrift op zoek naar een baan, en die kan ik hier ook niet vinden.'

'Ik zou je aan Madame Albin kunnen voorstellen.' Fabienne plaagde haar, want ze kon wel zien dat Angélique niet zo'n soort meisje was. Ze maakte een intelligente, onderlegde indruk en ze had iets heel voornaams over zich. 'Ik denk dat ik naar haar terugga, als ze me wil hebben.' Ze klonk verdrietig toen ze dit zei. Ze had bij haar weg gewild, maar nu wist ze dat dat haar nooit zou lukken.

'Waarom blijf je niet een paar dagen hier, tot je je beter voelt? Dan kun je daarna beslissen wat je gaat doen. Ik ga nergens naartoe, voorlopig niet tenminste. Ik moet werk zoeken. Jij kunt in bed blijven en uitrusten.'

'Ik wil geen misbruik maken van je vriendelijkheid. Madame Albin zal me vast wel een paar dagen rust geven voordat ze me weer aan het werk zet. Zoals ik er nu uitzie wil toch niemand me hebben.' Hoewel ze wist dat sommige mannen haar evengoed wel zouden willen, en dat het hen koud zou laten hoe ze eraan toe was. De klanten van Madame Albin waren niet erg kieskeurig. Het was geen chic huis, zoals sommige andere. Maar ze had veel klanten en verdiende goed, hoewel de meisjes nooit veel van het geld te zien kregen.

Het was voor Angélique een verbazingwekkend verhaal. Ze had nooit nagedacht over vrouwen zoals Fabienne en hoe ze in het leven dat ze leidden terecht waren gekomen. Ze waren zo wanhopig en hadden zo weinig mogelijkheden dat ze alles wilden doen om maar niet van honger om te komen. En zodra ze in dat leven gevangen zaten, konden ze nergens anders meer terecht en was er voor hen geen uitweg meer mogelijk.

'Haat je me niet om wat ik je heb verteld?' vroeg Fabienne nerveus aan Angélique.

'Hoe zou ik je kunnen haten? Ik vind het erg voor je, en ik zou willen dat er een betere manier voor je zou zijn om de kost te verdienen, zonder mishandeld te worden of bedrogen te worden door Madame Albin.'

'Ze is eigenlijk niet zo slecht. Ze heeft het werk vroeger zelf ook gedaan, dus ze weet hoe het is. Nu is ze te oud, behalve voor een of twee oude klanten, maar die komen alleen maar om te praten. Die zijn zelf nu ook te oud.' Ze glimlachte. 'Ze vindt het fijn om erg jonge meisjes te hebben voor de mannen. Daar houden ze van. De oudste in ons huis was achttien. De jongste was veertien, maar zag er ouder uit.' Angélique werd snel wegwijs gemaakt in een wereld die ze nooit had gezien of gekend en die ze ook nooit hoopte te leren kennen. Ze had medelijden met al deze meisjes en vooral met Fabienne. Ze leek haar een lief meisje, dat een fatsoenlijk leven had kunnen leiden als ze de kans had gehad. Maar die kans had ze niet gekregen, eerst niet van haar oom en later niet van Madame Albin. Ze hadden haar allemaal misbruikt en ze wist geen uitweg.

'Sommige meisjes vinden het werk prettig,' gaf Fabienne toe. 'Vooral als ze er geld aan overhouden. En sommige meisjes die alleen werken, hebben een pooier. Maar die slaan hen en pakken ook hun geld af. De enigen die hier geld aan verdienen zijn de madams, zoals Madame Albin, en de pooiers. De meisjes verdienen nooit iets, of niet genoeg. Ze gebruiken ons gewoon als koeien of schapen en pikken ons geld in. Ze zei dat het veel geld kostte om ons eten te geven en het huis te betalen. Maar wij aten nooit veel, daar hadden we geen tijd voor. We werkten altijd van 's morgens vroeg tot 's avonds laat. De mannen komen op alle mogelijke tijdstippen, 's morgens op weg naar hun werk, tussen de middag als ze van kantoor weg kunnen, 's avonds op weg naar huis. Of ze gaan niet naar huis en zeggen dat ze uitgaan met vrienden, of ze komen als hun vrouw slaapt. Sommige zijn niet eens getrouwd, die zeggen dat het gewoon gemakkelijker is dan een vrouw te zoeken die het met ze wil doen. Of hun vrouwen willen niet meer, of zijn in verwachting. Er zijn allerlei redenen waarom mannen naar ons toe komen. Sommige komen alleen om met iemand te kunnen praten. Sommige zijn erg aardig, maar de meeste niet.'

Het stemde Angélique verdrietig om dit hele verhaal te horen. Maar Fabienne keek op een erg nuchtere manier tegen haar leven en haar werk aan. Voor haar was het een baan, net zoals voor Angélique haar werk als kindermeisje. Ze vroeg zich af wat haar broer zou hebben gezegd als ze in plaats van een kindermeisje een prostituee was geworden.

'Denk je dat je hier in Parijs blijft?' vroeg Fabienne haar.

'Ik weet het niet. Het hangt ervan af of ik werk vind. In Londen stelden ze voor het hier te proberen, of naar Amerika te gaan. Maar dat is zo ver weg, en wat als ik geen werk vind als ik daar ben?'

'Ik zou het eng vinden om zo ver weg te gaan,' gaf Fabienne toe en Angélique was het met haar eens. Ze vond het leuk om met haar te praten. Ze had het gevoel dat ze een nieuwe vriendin had, al waren hun levens totaal verschillend. En hun achtergronden al helemaal.

'Heb je honger?' vroeg Angélique aan haar, en Fabienne knikte aarzelend. Ze wilde haar niet nog meer tot last zijn. 'Ik ga iets te eten halen. Ze hebben beneden koffie en croissants.'

Angélique trok wat kleren aan en ging naar beneden om voor hen beiden ontbijt te halen. Ze bracht het op een dienblad naar boven en zette het naast Fabienne op het bed. Ze was zich er heel goed van bewust dat ze haar portemonnee in de kamer had achtergelaten, maar er zat erg weinig in. Haar echte geld zat in het afgesloten kistje, en ze vertrouwde Fabienne met haar portemonnee. Ze leek haar niet het type meisje dat van haar zou stelen en ze hoopte dat ze gelijk had. En toen ze terugkwam zag ze dat de portemonnee inderdaad niet was aangeraakt.

Ze aten hun croissants en dronken de café au lait en even later trok Angélique een andere jurk aan. Fabienne probeerde op te staan, maar haar ribben deden te veel pijn en ze liet zich weer terugzakken op het bed.

'Misschien blijf ik nog een dag,' zei ze, met een bleek gezicht.

'Ik ga even een wandeling maken,' zei Angélique. 'Ik breng wel wat eten mee terug.'

'Dank je wel,' zei Fabienne dankbaar. Nog nooit was er iemand zo aardig voor haar geweest, zelfs niet toen haar ouders nog leefden. Ook de meisjes met wie ze werkte maakten soms ruzie met elkaar. Ze zag dat Angélique een goed mens was en van veel betere komaf was dan alle mensen die ze ooit had gekend. Toch was ze bereid haar kamer met haar te delen, in het mooiste hotel waar Fabienne ooit van haar leven was geweest.

Even later ging Angélique naar buiten en zoals beloofd kwam ze terug met kaas, wat salami, paté, een baguette en een paar appels. Het was eenvoudig maar verrukkelijk eten en Fabienne at er gulzig van. Ze was uitgehongerd.

'Het spijt me, ik heb in geen twee dagen gegeten,' zei ze verontschuldigend.

'Het geeft niet,' verzekerde Angélique haar. Bij terugkomst had ze het hotel verteld dat haar nichtje bij haar logeerde, zodat ze niet zouden denken dat ze hen probeerde te benadelen. Ze rekenden een klein bedrag voor een extra persoon in de kamer. Ze was graag bereid dat voor Fabienne te betalen en zei er niets over tegen haar. Ze had toch geen geld.

Angélique sprak die middag met de huishoudster van het hotel en die zei hetzelfde wat ze van de anderen had gehoord: dat ze zonder getuigschrift geen baan zou vinden, al helemaal niet als kindermeisje in een goed huis, maar zelfs niet als dienstmeisje in het hotel. Ze zou al het werk moeten aannemen dat ze kon krijgen: vloeren schrobben, borden wassen in een restaurant. Maar ze zou niet kunnen werken voor mensen van stand in een mooi huis, of voor een fatsoenlijk hotel. Door haar geen getuigschrift te geven hadden de Fergusons haar mogelijkheden om werk te vinden vernietigd. Of eigenlijk had Bertie dat gedaan, en zij hadden hem geloofd. Samen hadden ze haar beroofd van elke fatsoenlijke toekomstige baan, tenzij iemand bereid was het risico te nemen en haar een kans te geven. Maar iedereen verzekerde haar ervan dat dat nooit zou gebeuren. Ze was ontmoedigd toen ze terugkwam in de kamer, waar ze Fabienne slapend aantrof.

Toen Fabienne wakker werd, zag ze er beter uit. Ze wist dat Angélique met de huishoudster zou gaan praten over een baan.

'Wat zei ze?' vroeg ze aan Angélique.

'Dat er zonder getuigschrift geen hoop is op werk. Misschien moet ik toch naar Amerika gaan. Misschien kan ik als naaister aan de slag,' zei ze somber.

'Dan word je blind. En ze betalen je bijna niets. Ik heb dat geprobeerd toen ik naar Parijs ging. En je moet erg goed kunnen naaien. Kun je koken?'

Angélique aarzelde even voor ze antwoord gaf en schudde toen haar hoofd. 'Niet echt. Maar daar zou ik waarschijnlijk ook een getuigschrift voor nodig hebben. Voor werk bij mensen thuis in elk geval.' Ze dacht aan de bedienden op Belgrave en bij de Fergusons en aan de vele dingen die ze konden. Maar zij hadden hun hele leven gediend en hadden allemaal aanbevelingen gehad, net zoals zij had gehad van haar broer. Er waren sleutels om de juiste deuren te openen, maar zij had ze niet. Ze voelde hoe de wanhoop haar langzaam in zijn greep kreeg.

Die avond ging Angélique eten halen en kwam terug met wat geroosterde kip uit een restaurantje in de buurt, wortels, aardappelen en een baguette. Terwijl ze het samen opaten, praatten ze over hun leven. Fabienne wist heel wat meer van de mannen dan Angélique. Angélique wist alleen iets van de kinderen waar ze voor had gezorgd en het leven dat ze had gehad toen ze opgroeide. Ze gaf daar tegen Fabienne geen details over en vertelde ook niet wie haar vader was.

'Ik zou graag op een dag trouwen,' zei Fabienne onschuldig, toen ze hun eten bijna op hadden. Ze klonk nu net als ieder ander meisje van haar leeftijd. 'Als iemand me zou willen. Ik zou het heerlijk vinden om kinderen te hebben.'

'Je hebt er je handen vol aan.' Angélique glimlachte. 'De vrouw voor wie ik werkte kreeg de laatste keer een tweeling. Ze waren erg lief.'

'Het zal wel veel pijn hebben gedaan toen ze ze kreeg,' zei Fabienne praktisch.

'Dat denk ik ook wel. Ze wilde daarna geen kinderen meer.'

'Dat zou ik ook niet willen. Een van de meisjes met wie ik werkte raakte vorig jaar zwanger en ze besloot het te houden. Ze ging naar haar ouders en liet het kind daar achter toen ze weer aan het werk ging. Maar het is leuk als ze naar huis gaat en het kind ziet. Madame Albin laat de meisjes niet zo vaak naar huis gaan. De meesten hebben trouwens toch geen thuis, of hun ouders willen niet dat ze terugkomen. Het meisje dat de baby kreeg had tegen haar ouders gezegd dat ze kleermaakster was in Parijs, en zij geloofden haar. Ik ben nooit teruggegaan naar Marseille, en ik ben dat ook niet van plan. Ik haat ze,' zei ze, doelend op haar tante en oom. Angélique kon dat begrijpen, na wat haar oom haar had aangedaan.

Ze waren allebei moe en gingen die avond vroeg naar bed. 's Morgens werd Angélique het eerste wakker en lag in bed na te denken. Fabienne had haar de ogen geopend voor een heel andere manier van leven. Het klonk vies en smakeloos, maar ze had eerder over dit soort vrouwen gehoord. Er werd op hen neergekeken en beschaafde mensen wilden niets met hen te maken hebben, maar ze herinnerde zich dat ze de bedienden had horen praten over huizen waar belangrijke mannen naartoe gingen, clubs bijna, waar de vrouwen stuitend en onacceptabel waren, maar heimelijk zeer in trek waren bij de mannen. Het waren courtisanes. Het was een duistere kant van het leven waar ze niets van afwist, maar die haar plotseling intrigeerde. Toen Fabienne wakker werd, begon ze erover en ze praatten met elkaar terwijl ze hun eerste café au lait dronken en de croissantjes opaten die ze van beneden hadden gehaald.

'Zijn er geen chique huizen die doen wat Madame Albin doet? Ik heb erover horen fluisteren. Volgens mij gaan daar sommige erg machtige mannen naartoe, om buiten hun echtgenotes om aantrekkelijke vrouwen te ontmoeten.'

'Natuurlijk,' zei Fabienne, die meteen wist waar ze het over had. 'Maar het is daar niet als bij Madame Albin. Dat soort mannen komt niet bij haar. Ze hebben er erg elegante vrouwen en de madams vragen een heleboel geld. Het is allemaal erg discreet en chic. Ik heb ook over dat soort huizen gehoord, maar ik ben er nog nooit geweest.'

Angélique keek haar aandachtig aan – ze waren net twee jonge meisjes die kattenkwaad uit wilden halen. Ze zat even in gedachten verzonken.

'Wat zou er nodig zijn om zo'n huis op te zetten?' vroeg ze na een paar minuten.

Fabienne schoot in de lach. 'Een heleboel geld. Een prachtig huis, of in ieder geval een erg mooi huis, schitterende kleren, beeldschone vrouwen, heerlijk eten, lekkere wijn, waarschijnlijk bedienden. Het zou een fortuin kosten. En je zou er een soort geheime club van moeten maken, waar iedereen wil komen, zodat belangrijke mannen zich er op hun gemak voelen. Je zou heel erg rijk moeten zijn en veel belangrijke mensen moeten kennen om zoiets te doen.' Ze had gehoord van dat soort luxueuze huizen dicht bij het Palais Royal, maar ze had nog nooit iemand ontmoet die daar werkte. Het was een totaal andere wereld dan het huis van Madame Albin.

'Ken je meisjes die in dat soort huizen werken? Andere huizen dan die van Madame Albin?'

'Ik heb één keer zo'n meisje ontmoet. Ze zei dat ze vroeger in een van de beste huizen van Parijs had gewerkt, maar ze dronk veel en werd dik. Volgens mij had ze geld gestolen en was ze op straat gegooid. Maar ze was erg knap. En ik heb gehoord van twee andere meisjes die samen iets hadden opgezet en belangrijke klanten hadden. Ze verdienden veel geld en zijn later in het zuiden gaan rentenieren. Hoezo?'

'Wat als wij ons eigen huis zouden opzetten? Ik weet dat het krankzinnig klinkt, maar zo'n echt chic huis, met heel mooie meisjes waar belangrijke mannen graag naartoe komen. Een soort ontmoetingsplaats voor die mannen, met meisjes. Denk je dat jij een paar van zulke meisjes zou kunnen vinden?'

'Ik zou het kunnen proberen. Ik kan wel eens rondvragen. Maar ik denk dat ze allemaal al ergens werken. Aan de andere kant, als het huis mooi genoeg is, komen ze misschien wel, en ze zouden dan hun vaste klanten mee kunnen nemen. Je zou wel veel geld nodig hebben om zoiets te doen.'

'Als het niet al te veel is, kan ik daar misschien wel aan komen. Het moet voor de meisjes wel een veilige plek zijn om te werken. Waar ze beschermd zijn en een eerlijk deel krijgen van het geld dat ze voor het huis verdienen.'

'Heb je het over een hotel of over een bordeel?' vroeg Fabienne plagend, maar ze zag een opgewonden schittering in Angéliques ogen.

Angélique dacht na. Haar vader had beslist niet voor ogen gehad dat ze dit met zijn geld zou doen, maar als ze het een paar jaar deden kon ze misschien wat geld verdienen, en daarna konden ze allemaal stoppen met werken. Het zou voor de vrouwen een stuk beter zijn dan in hun eentje op straat de kost te moeten verdienen, of in slechte huizen waar ze werden uitgebuit. Ze kon geen andere oplossing bedenken. Ze zou nooit een fatsoenlijke baan krijgen, en met het geld van haar vader zou ze wel ooit een huis kunnen kopen, maar ze zou er niet haar hele leven van kunnen bestaan. Ze moest erbij blijven werken. En voor fatsoenlijke banen waren nu alle deuren voor haar gesloten. Dit leek een creatieve oplossing voor de situatie waarin ze zich bevond, en een kans om geld te verdienen naast het geld dat haar vader haar had nagelaten, nu ze niet als kindermeisje kon werken.

'Ik meen het serieus,' zei Angélique. 'Wat als we het beste bordeel van Parijs zouden opzetten? Iets echt luxueus, met de mooiste vrouwen, waar de belangrijkste mannen zouden willen komen? Als ik het huis zoek, denk jij dan dat je de meisjes kunt vinden, met goede connecties en belangrijke klanten?'

'Ik zou het kunnen proberen. Meen je het echt?' Fabienne was stomverbaasd.

'Ja.'

'Hoeveel meisjes wil je?' Fabienne keek haar vol bewondering aan.

'Hoeveel hebben we er nodig?' Angélique leerde een nieuwe bedrijfstak kennen.

'Zes zou goed zijn. Acht nog beter. En jij? Zou jij ook gaan werken?' Het schokte Fabienne om de mogelijkheid zelfs maar in overweging te nemen. Angélique leek er niet het type voor, maar je wist het nooit. Sommigen van de beroemdste prostituees in Parijs zagen eruit als respectabele vrouwen, al waren ze dat niet. Fabienne had over hen gehoord. En ze hadden meestal belangrijke beschermheren.

Angélique schudde haar hoofd. 'Nee, dat zou ik niet doen. Ik zou de exploitatie doen en de vrouwen beschermen. Ik zou zelfs met de klanten praten. Maar ze kunnen niet met mij. Dat is mijn enige voorwaarde.'

'De meeste madams doen alleen de exploitatie, en sommige hebben maar een paar klanten,' zei Fabienne nadenkend.

'Zelfs niet een paar,' zei Angélique met een stalen blik.

'Oké. Het is jouw huis, jij bepaalt de regels.'

'Zoek de meisjes, maar niet te jong. Ze moeten interessant zijn, ervaring hebben en goede gesprekspartners zijn.' Fabienne knikte – ze begon te begrijpen wat Angélique voor ogen had. Het ging alles te boven wat ze ooit had gezien, maar het idee beviel haar, en het was veel beter dan terug te gaan naar Madame Albin, of haar leven te wagen in haar eentje op straat, waar ze zou worden mishandeld en voortdurend op de vlucht zou zijn voor de politie.

'Ik ga op zoek naar het huis,' zei Angélique. 'En jij moet beter worden, zodat je kunt gaan zoeken naar de meisjes.'

'Denk je echt dat je het kunt doen?' Fabienne keek haar verwonderd aan. Voor haar klonk het als een droom.

'Ik weet het niet. Laten we het proberen.' Ze wilde het geld van haar vader niet verspillen, het moest echt werken. 'Ik wil het beste bordeel hebben van Parijs.' En terwijl ze een lijst maakten van alles wat ze nodig hadden om dat mogelijk te maken, wist Angélique dat het lot een nieuwe deur had geopend en haar een nieuw pad liet zien. Plotseling had ze het gevoel dat het voorbestemd was dat Fabienne en zij elkaar hadden ontmoet. Angélique keek haar met een glimlach aan. Voor hen beiden was zojuist een heel nieuw leven begonnen.

11

Angélique begon die dag de basis te leggen voor haar plan. Ze haalde haar jurken tevoorschijn en bekeek ze kritisch. Ze wilde er wanneer ze naar een huurhuis op zoek ging uitzien als een respectabele weduwe, en Fabienne kon doorgaan voor haar kamenierster. Ze wilde geen huis kopen, maar er een huren in een goede buurt, waar niet te veel op hen zou worden gelet.

Ze had een marineblauwe zijden jurk met een nauwsluitende taille, een wijde rok en een kanten kraag die ze, met bijpassend jasje, had gedragen als ze op Belgrave dineerde met haar vader. Daarnaast had ze een donkerrode jurk met een bijpassende sjaal en een hoge kraag, en twee eenvoudige zwarte jurken die ze had gedragen toen ze in de rouw was. De laatste twee waren zeer geschikt voor haar rol als voorname jonge weduwe, waarbij haar hele optreden en manier van spreken duidelijk maakten dat ze van adel was. Ze had ook handschoenen meegenomen, een waaier van haar moeder en een klein handtasje uit Parijs. Ze had alles wat ze nodig had om overtuigend over te komen als een vrouw die in een nette buurt van Parijs een huis wilde huren. Ze had ook een eenvoudige zwartwollen jurk die ze bij de Fergusons had gedragen. Ze kon aan de hals wat kant toevoegen voor Fabienne, als die in de dagen dat ze de boel opzetten als kamenierster gekleed moest gaan. Alle kleren die Angélique bezat waren natuurlijk van goede kwaliteit. Maar toen ze haar hoeden tevoorschijn haalde, die twee jaar lang weggestopt hadden gezeten, bleken die er bedroevend uit te zien. Ze hield de jurken omhoog en bestudeerde ze nauwkeurig. De mode voor respectabele jonge vrouwen was in twee jaar tijd niet veel veranderd. Bovendien had ze nooit zulke uitbundige jurken gedragen als Eugenia Ferguson. Zij had altijd gekozen voor eenvoudigere kleding, die beter paste bij haar leeftijd en haar positie als dochter van een hertog.

'Waar heb je die kleren vandaan?' vroeg Fabienne, die met haar meekeek. Het waren de mooiste jurken die ze ooit had gezien, van fluweel en zijde, met prachtige kanten kragen.

'Die had ik voordat ik een kindermeisje werd,' zei ze zacht.

'Wat was je dan? Een koningin?' Het was slechts deels als grapje bedoeld, maar haar nieuwe vriendin gaf geen antwoord – ze had duidelijk zo haar geheimen.

'Natuurlijk niet.' Angélique wenste dat ze de rest van haar kleren van Belgrave ook hier had, maar ze kon daar onmogelijk aankomen. Ze durfde er niet naar te vragen bij mevrouw White, die zou willen weten waar ze mee bezig was. Ze had haar nog niet geschreven dat ze bij de Fergusons weg was. Ze wilde eerst nieuw werk vinden, zodat mevrouw White zich geen zorgen hoefde te maken. En Tristan zou nooit haar kleren vrij willen geven of koffers naar haar willen opsturen. Waarschijnlijk had hij alles al weggedaan, in de hoop haar nooit meer te zien.

'Kun je staan?' vroeg Angélique aan Fabienne. Fabiennes ribben waren nog pijnlijk, maar ze deed wat haar werd gevraagd. Ze was een paar centimeter langer dan Angélique en haar boezem was iets voller, maar verder hadden ze ongeveer hetzelfde postuur. Angélique hield haar de eenvoudige zwarte jurken voor en kneep haar ogen tot spleetjes. 'Ik kan de zomen uitleggen. En met wat kant bij de kraag en de manchetten zul je eruitzien als een keurige kamenierster, en nog elegant ook.' Ze keek haar glimlachend aan.

'Ben ik dan een kamenierster?' Even was Fabienne geschokt. Dat hoorde niet bij het plan.

'Wel zolang we nog een huurhuis zoeken. Ik ben een weduwe en jij bent mijn kamenierster, of mijn jongere nichtje. We zijn net vanuit Lyon hiernaartoe gekomen, om wat dichter bij onze familie te zijn. Hoe oud lijk ik?'

Fabienne nam haar aandachtig op. 'Een jaar of vijftien,' zei ze eerlijk. Angélique was klein en tenger en met haar blonde haar zag ze er op de een of andere manier jonger uit dan Fabienne met haar donkere haardos.

'Dat kunnen we niet hebben. Denk je dat ik er als vijf- of zesentwintigjarige uit kan zien?'

'Misschien met een iets minder simpele jurk, die wat meer van je boezem laat zien.'

'Dat is dan geschikt voor in het huis. Ik wil niet dat de klanten weten dat ik twintig ben. Dat jij jong bent is prima, maar de klanten en de meisjes zullen geen respect voor me hebben als ze denken dat ik zo jong ben. Ik moet zesentwintig zijn, denk ik. Dat is een mooie leeftijd voor een jonge weduwe.'

'Waar is je man aan gestorven?' Fabienne grijnsde. Ze genoot van het toneelstukje dat ze samen opvoerden. Ze had haar hele leven nog nooit zoveel plezier gehad als met dit ondernemende jonge meisje dat haar uit de goot had gered en haar had verpleegd in haar hotel. Angélique was haar reddende engel en als haar plan doorging, stonden ze op het punt twee jonge duivelinnen te worden.

'Ik heb hem vermoord,' zei Angélique met een stalen gezicht, en Fabienne lachte. 'O, ik weet het niet. Cholera, malaria, iets afschuwelijks. Ik ben er helemaal kapot van, althans wanneer we het huis gaan huren. Als we klanten ontvangen, ben ik een vrolijke weduwe. Maar ik heb altijd intens van mijn man gehouden, en ik ga zijn nagedachtenis niet bezoedelen. Dus voor de klanten ben ik onbereikbaar. Hoe klinkt dat?'

'Fascinerend. Ik weet niet of je gek bent, of juist heel erg slim,' zei Fabienne oprecht.

'Laten we hopen dat ik van allebei een beetje ben,' zei Angélique ernstig. 'Gek genoeg om het te doen, en slim genoeg om er een succes van te maken.' Het was een wild plan. Ze moest een huis vinden en daar een bordeel van maken waar mannen graag naartoe kwamen. Ze moest een bedrijf opzetten dat de lichamen verkocht van mooie, jonge vrouwen, die zich misschien niet gemakkelijk in het gareel zouden laten houden. En het moest een succes worden, zodat ze er allemaal geld aan over zouden houden en uiteindelijk tevreden zouden kunnen stoppen. Ze wilde het geld dat ze ermee verdiende bij het geld dat ze van haar vader had gekregen doen, en zich daarna terugtrekken. Fabienne zei dat ze geld wilde verdienen en daarna Parijs wilde verlaten om te trouwen en kinderen te krijgen. Ze wilde terug naar het zuiden, maar niet terug naar huis. Angélique had geen idee waar ze later naartoe wilde. Zij had ook geen thuis om naar terug te gaan en verlangde er niet naar te trouwen en zich aan een man te onderwerpen. Dat leek haar gevaarlijk. Zoveel mannen waren oneerlijk. Dat gold voor haar broers, maar ze had onder het personeel ook alle verhalen en roddels over Harry Ferguson gehoord. En Sir Bertie had een affaire met haar én haar werkgeefster willen hebben. In haar ogen waren alle mannen slecht, behalve haar vader, die een fantastische, eerlijke man was geweest die oprecht van zijn vrouw had gehouden.

'We hebben nieuwe hoeden nodig. Die van mij zijn er verschrikkelijk aan toe. Iets eenvoudigs voor jou, en misschien een grote voor mij, zodat ik wat ouder lijk.'

'Zal dat niet duur zijn?' Fabienne maakte zich zorgen.

'Waarschijnlijk wel. En we hebben kleren nodig voor alle meisjes. Mooie jurken. We hoeven in het begin geen erg dure jurken te kopen, maar ze moeten wel elegant zijn, voor het type mannen dat wij als klant willen. Jullie kunnen niet allemaal rondlopen in jullie ondergoed, zoals bij Madame Albin. We moeten een keurige salon hebben, waar we de heren op passende wijze kunnen onderhouden. Als jullie naar boven gaan, kunnen jullie ze de rest laten zien.'

'Hoe weet je dit allemaal?' Fabienne keek haar gefascineerd aan. Angélique had hiervoor nog nooit van haar leven een prostituee ontmoet. Nu stond ze klaar om een chic bordeel op te zetten voor de mannelijke crème de la crème van Parijs.

'Ik verzin het gewoon gaandeweg.' Ze grijnsde als een blij kind. 'Voel je je goed genoeg om vandaag naar buiten te gaan?' Fabienne zag er beter uit, maar ze had nog steeds wat blauwe plekken in haar gezicht. De snee in haar voorhoofd genas mooi en haar lippen waren niet langer opgezwollen. Haar ribben deden nog pijn, maar ze kon zich al beter bewegen. Ze wilde liever nog geen korset dragen, maar Angélique zei dat dat ook niet hoefde. Ze zou er meer als een kamenierster uitzien als ze haar jeugdige figuur niet te veel benadrukte.

'En hoe oud ben ik in dat sprookjesland dat je hebt bedacht?' vroeg Fabienne aan haar nieuwe madam. Ze had al enorm veel respect voor Angélique en voor wat ze voor haar had gedaan en nog van plan was te doen. Ze had meerdere keren gezegd dat ze de meisjes zou beschermen en hen goed zou betalen. Als het waar was, zou dat voor hen allemaal een grote aanbeveling zijn, en Fabienne geloofde haar.

'Achttien, denk ik. Dat klinkt oud genoeg,' zei Angélique. Ze legde hun kleren uit op het bed en de sombere jurk die ze had gedragen in de hoop als kindermeisje te kunnen solliciteren gooide ze opzij. Haar leven als kindermeisje was zojuist beëindigd, misschien wel voorgoed. Hoewel ze als het nodig was misschien ooit gouvernante zou kunnen worden. Ze vond het een leuk idee om les te geven aan oudere kinderen, jongedames van goede familie die graag wilden leren. Ze was bedreven in talen, las alles wat los en vast zat en had een goed hoofd voor getallen, wat haar in haar nieuwe werk prima van pas zou komen. Ze had vaak samen met haar vader de registers van het landgoed doorgenomen en wist hoe ze werkten.

Uit haar spraak, haar gedrag en de kleren die ze bij zich had, had Fabienne al afgeleid dat ze van adel was en dat er iets enorm mis was gegaan. Ze wilde echter geen nieuwsgierige vragen stellen en dacht dat Angélique het haar op een dag, als ze elkaar beter kenden, misschien wel zou vertellen.

Nadat Angélique in de wasruimte beneden hun jurken had gestreken, kleedden ze zich zorgvuldig aan. Angélique naaide wat kant langs de hals van Fabiennes jurk en hielp haar met het opmaken van haar haar, omdat ze zelf haar armen nog niet kon optillen. Vervolgens verlieten ze als twee keurige jongedames het hotel, huurden een rijtuig en reden naar een hoedenmaakster in het eerste arrondissement, die hun door het hotel was aanbevolen. Toen ze daar aankwamen, werden ze geholpen door een erg knappe oudere vrouw. Sommige hoeden waren beeldschoon en Fabienne wilde ze allemaal passen. Angélique maakte haar blij met een prachtige lichtblauwe hoed die haar gezicht mooi omlijstte en kocht er een klein, eenvoudig zwart hoedje bij, dat paste bij haar denkbeeldige rol als kamenierster. Ze kocht ook drie zeer elegante hoeden voor zichzelf, die mooi stonden bij de jurken die ze had meegenomen. Met een kleine aanpassing hier en daar konden ze de meeste van hun kleren samen gebruiken.

Ze lunchten tussen de middag in een respectabel restaurant, waar Fabienne haar ogen uitkeek. Ze was nog nooit in een dergelijke gelegenheid geweest. En nu Angélique niet alleen was, maar Fabienne bij zich had, werd er niet meer achterdochtig naar haar gekeken.

Na de lunch hadden ze een gesprek met een 'notaire' die vastgoedtransacties afhandelde, waaronder de huur en verkoop van huizen. Fabienne verslikte zich bijna toen Angélique hem vertelde dat ze aardig wat slaapkamers nodig hadden, omdat haar zes kinderen zich bij hen zouden voegen.

'Zés kinderen?' fluisterde Fabienne, toen de notaire, een soort advocaat, even wegliep om een paar mappen te halen die hij hen wilde laten zien. 'Gaan we een weeshuis beginnen?' Angélique glimlachte alleen maar. Even later kwam de man terug om drie huizen te bespreken die te huur stonden. Een ervan was schrikbarend duur en Angélique wist dat hij het alleen liet zien om te testen hoever ze bereid was te gaan. Ze zei zedig dat het iets boven haar begroting ging, gezien het pensioen dat haar overleden echtgenoot haar had nagelaten. Maar de andere twee zouden kunnen. Beide huizen hadden een flinke tuin, maar een van de twee zag er op de tekening erg vol uit, met alle slaapkamers dicht op elkaar gepakt. Het andere huis had op de hoofdverdieping een grote ontvangstruimte, een salon, een eetkamer en een kleine zitkamer. In het souterrain zaten de keuken en vier meidenkamers en op de bovenste twee verdiepingen bevonden zich twee keer vijf slaapkamers plus een zeer royale mastersuite. En dan waren er nog wat kleinere slaapkamers op de zolder. Volgens de notaire was het huis in goede staat. De vorige bewoners waren naar Limoges verhuisd, maar wilden het huis aanhouden en verhuren. De eigenaar was een welgestelde fabriekseigenaar en de huurprijs was ongeveer waar Angélique op had gehoopt. Tegenover het huis en om de hoek lagen twee kleine parken. Het enige minder aantrekkelijke punt van het huis, gaf de notaire toe, was dat het alleen in een smalle straat stond. Het bevond zich aan de rand van een uitstekende buurt, maar stond er niet middenin, en de mensen die zo'n groot, fraai huis wilden, vonden het meestal prettig om in het hart van zo'n mooie buurt te wonen en niet maar zo'n beetje aan de buitenkant. Maar voor Angéliques doeleinden was het uitstekend geschikt. Ze wilden niet worden omringd door keurige buren die zich zouden opwinden over het mannelijk bezoek dat de deur plat liep, vooral niet als ze succesvol waren en iemand hen in de gaten hield. De smalle straat en de locatie hadden ze zelf niet beter kunnen bedenken.

'Is het er veilig?' vroeg Angélique en ze keek de notaire een beetje bezorgd aan. 'Mijn kinderen zijn erg jong, en ons huishouden bestaat alleen uit vrouwen. We kunnen niet in een onveilige omgeving wonen.'

'Natuurlijk,' verklaarde hij plechtig. 'Ik verzeker u dat het er volkomen veilig is voor vrouwen en kinderen.' Het huis stond al zes maanden te huur en de gezinnen die het hadden bekeken, waren teleurgesteld geweest over de locatie en hadden iets beters gezocht. Maar hij besefte dat deze jonge weduwe daar minder zwaar aan tilde, omdat de huurprijs goed was. Hij zei dat ze het voor een of twee jaar kon huren, net wat ze wilde, en dat ze het contract kon verlengen als de regeling haar beviel.

'Ik denk dat ik begin met een jaar,' zei ze, zonder te verblikken of verblozen. Fabienne keek vol bewondering toe hoe gemakkelijk het haar allemaal afging. 'Uiteraard met een optie om het contract te vernieuwen als mijn kinderen het er naar hun zin hebben.'

'Ik weet zeker dat ze het er fijn zullen vinden, en het nabijgelegen park is erg mooi. Gaan ze naar school?' informeerde hij.

'Ze worden thuis onderwezen,' zei ze zedig. 'Het zijn allemaal meisjes.' Na alle leugens was dat tenminste waar. Hij vertelde hen dat er een koetshuis voor twee rijtuigen om de hoek was. Daar was ze blij mee, aangezien ze niet wist hoe hun klanten zouden komen. 'Met een kamer voor uw koetsier,' voegde hij eraan toe. En de vier kleine kamers in het souterrain, naast de keuken, waren geschikt voor bedienden. Het was een uitstekend huis, verzekerde hij haar.

'Wanneer kunnen we het bekijken?' vroeg ze hem.

'Het is een beetje laat op de dag om nu nog te gaan. Het lijkt me beter als u het bij daglicht ziet. Ik kan u er morgen naartoe brengen.' Hij had die middag bovendien een andere afspraak. Ze spraken af voor de volgende dag tegen het middaguur, en nadat ze hem de hand hadden geschud, verlieten de beide jonge vrouwen zijn kantoor en namen een huurrijtuig terug naar het hotel.

'Mijn god, je meent dit serieus, hè?' vroeg Fabienne haar. Ze stond nog versteld van het uur dat ze zojuist bij de notaire hadden doorgebracht. 'Ik denk steeds dat ik droom en zo wakker word.' Maar Angélique was vastbesloten. Ze had Fabiennes hulp nodig om de juiste meisjes te vinden, wat eerst nog maar moest lukken. Maar ze vond dat het huis klonk als een geschenk uit de hemel, of uit de hel, gezien wat ze er wilden gaan doen. Het leek perfect geschikt voor hun doel.

'Natuurlijk meen ik het serieus,' zei Angélique, met een schittering in haar ogen.

'Hoe gaan we het doen met de meubels?'

'Die kopen we. Dat is het laatste waar we ons druk over hoeven te maken. Nu moet jij de juiste meisjes vinden. Het type mannen dat wij als klant willen, wil geen meisjes van de straat. We zoeken mooie, intelligente meisjes die hen kunnen boeien.' Ze lachte in zichzelf toen ze bedacht dat Eugenia Ferguson goed aan de eisen zou voldoen. Ze was een mooie vrouw met een losse moraal die dol was op mannen. Maar ze was ook irritant en verwend. Ze hadden meisjes nodig die beter waren dan Eugenia. Angélique voelde aan dat haar klanten vrouwen wilden die er plezier in hadden om mannen te amuseren en het hun graag naar de zin wilden maken. Het was een ander soort dienstbaarheid – ze moesten mooi en elegant zijn in de salon en exotisch wanneer ze naar boven gingen. Ze leidde dit af uit sommige romans die ze graag las en putte de rest uit haar fantasie. 'Weet je al waar je je zoektocht gaat beginnen?' vroeg Angélique aan Fabienne toen ze bij het hotel aankwamen.

'Ik moet met wat mensen gaan praten. Ik ken een lief meisje dat bij Madame Albin werkte. Ze is jong en knap en lijkt erg onschuldig, maar dat is ze niet. De mannen die bij Madame Albin komen zijn dol op haar. Ze geeft al haar klanten het gevoel dat ze belangrijk zijn en ze lijkt nergens voor terug te schrikken. En ze is niet aan de drank of andere middelen. Ze zegt gewoon dat ze haar werk leuk vindt, en ze doet het goed.'

'Onthoud dat we ook een paar andere meisjes nodig hebben, die iets ouder zijn en meer ontwikkeld zijn. Deze mannen zullen ook met hen willen praten. Het moeten speelse, mooie, elegante meisjes zijn, die goed kunnen luisteren.' Ze had het type meisjes dat ze wilde precies in haar hoofd. Fabienne kon een van de jonge, lieve meisjes zijn, maar ze wilde ook een paar verleidelijke, mysterieuze vrouwen.

Terwijl ze met hun nieuwe bonnetten en een aantal grote hoedendozen het hotel binnenliepen, praatten ze weer over het huis. Zodra ze in hun kamer waren, zette Fabienne haar prachtige lichtblauwe hoed op en paradeerde er opgetogen mee door de kamer, terwijl ze Angélique nog eens bedankte.

'Dank je wel dat je zo goed voor me bent.' Ze keek haar nieuwe vriendin en toekomstige werkgeefster stralend aan.

'We zijn nu zusters in het kwaad,' zei Angélique tegen haar, en zette ook een van haar nieuwe hoeden op. Ze waren net twee kinderen die een verkleedpartijtje hielden met de kleren van hun moeder. Maar Angélique nam haar nieuwe rol zeer serieus. Ze ging het beste bordeel van de stad opzetten. Hoewel respectabele burgers er afkeurend tegenover stonden, was dat soort huizen legaal, net als prostitutie, zolang de prostituees maar geregistreerd stonden bij de gendarmerie. Bordelen bestonden al honderden jaren en de politie besteedde er geen aandacht aan. Het enige wat ze moesten doen was discreet zijn en al hun activiteiten binnenskamers houden. Als het een goed huis was en mannen er graag naartoe kwamen, zou het nieuws zich als een lopend vuurtje verspreiden. Angélique was vast van plan hoge maatstaven aan te houden en het huis voor hun klanten aantrekkelijker te maken dan hun clubs of thuis. Angélique en Fabienne wisten allebei dat hun klanten er waren en alleen maar op hen wachtten. Nu moesten ze het huis opzetten en de meisjes vinden die ervoor zouden zorgen dat de mannen er als bijen op de honing op af zouden komen.

12

Toen de meisjes de volgende dag het huis gingen bekijken dat de notaire had beschreven, was het net zo perfect als Angélique had gehoopt. Ze zag al precies voor zich hoe ze het zou inrichten. Het werd beschreven als een 'hôtel particulier', een privéwoning. De eigenaars hadden drie kroonluchters achtergelaten in de eetkamer, de grote ontvangstruimte en de hal, en de rest van het huis moest nog worden ingericht. Angélique had daar enige ervaring mee opgedaan op Belgrave en had de twee woningen van de Fergusons gezien, maar ze wilde dit huis warmer en uitnodigender maken en tegelijkertijd een elegante uitstraling geven, zonder er een vermogen aan te spenderen. Het huis moest bij binnenkomst aanvoelen als een warme omhelzing, en zo comfortabel zijn dat de mannen er niet meer weg wilden en er het liefst zo snel mogelijk weer terug wilden komen. Alles in het huis moest soepel verlopen en gericht zijn op het ultieme geluk van hun klanten.

Nadat ze het hele huis hadden bekeken, vertelde Angélique de notaire dat ze het namen. Het was schoon en in goede staat, en net zo zonnig als hij had beloofd. Fabienne zei dat ze in elke kamer een scherm met een wastafel moesten neerzetten, waar de meisjes uit het zicht alles konden doen wat nodig was. Angélique wilde deze details niet weten. Zij hield zich liever bezig met de grote lijnen en het project van de inrichting, terwijl Fabienne hun 'personeel' bij elkaar zocht.

Ze deelde de notaire mee dat ze die middag met het geld naar zijn kantoor zou komen. Ze gaf de voorkeur aan contant betalen en vertelde hem niet dat ze Britse ponden voor Franse francs moest omwisselen. Hij wilde de eerste maand huur vooruit ontvangen, wat zeer redelijk was. Ze ging terug naar het hotel om het geld te halen en bracht met Fabienne een bezoek aan de bank. Die middag had ze hun eerste maand huur voldaan en een contract getekend voor een jaar. Uit consideratie met haar positie als weduwe stond de notaire toe dat zij zelf tekende en hij vroeg geen bewijs van haar burgerlijke staat. Ze maakte een onberispelijke indruk en maakte geen problemen over het geld. Hij deed graag op deze manier zaken en zei dat de eigenaar blij zou zijn dat het huis aan zo'n aardige familie was verhuurd. Een weduwe met zes dochters.

De meisjes trilden bijna van opwinding toen ze na de betaling en het tekenen van het contract het kantoor van de notaire verlieten. Het ging gebeuren! De droom werd werkelijkheid, en al heel snel. Maar ze hadden nog zoveel te doen voordat ze open konden. Ze moesten meubels kopen en personeel vinden. Angélique besloot dat ze twee dienstmeisjes en een kok in dienst zouden nemen, die niet gechoqueerd zouden zijn door wat er in het huis gebeurde. Er moest ook een man komen om te helpen, hen te beschermen en het zware werk te doen. En bovenal moest Fabienne de meisjes vinden die ze nodig hadden. Dat was het belangrijkste. De rest zou gemakkelijk zijn. Maar de vrouwen wier charmes ze zouden aanbieden moesten uiterst zorgvuldig worden geselecteerd, en Angélique wilde hen allemaal ontmoeten voordat ze de uiteindelijke beslissing nam. Fabienne kende vrouwen en jonge meisjes van de straat, maar Angélique was veel beter bekend met het soort mannen dat ze zouden bedienen.

Fabienne begon twee dagen later aan haar zoektocht. Ze stuurde een bericht naar Juliette, het meisje bij Madame Albin over wie ze eerder had gesproken, en vroeg of ze haar ergens kon ontmoeten. Het kostte Juliette nog eens vijf dagen voor ze erin slaagde met een smoesje weg te komen. Ze hadden afgesproken in een café en het verbaasde Juliette dat Fabienne er zoveel eleganter uitzag dan toen ze bij Madame Albin werkte. En ze stond perplex toen Fabienne haar vertelde over Angélique en haar plan. Ze wilde zich dolgraag bij hen aansluiten en Fabienne regelde een afspraak voor haar met Angélique.

Angélique vond Juliette een lief meisje, dat iets engelachtig onschuldigs over zich had en jonger leek dan haar achttien jaar. Maar ze zag ook de sensuele vrouw onder de oppervlakte en vermoedde dat ze kwaliteiten had die sommigen van hun klanten op prijs zouden stellen. Fabienne en Juliette konden de jonge engeltjes van de groep zijn, met meer kennis over hoe ze een man konden plezieren dan je op het oog zou denken. Maar daarnaast wilde ze krachtiger vrouwen. Ze rekende erop dat Fabienne die zou vinden, al zou het geen gemakkelijke opgave zijn. Tegen Juliette zeiden ze dat ze voorlopig nog even bij Madame Albin moest blijven werken en niets mocht zeggen. Ze zouden haar laten weten wanneer ze klaar waren, naar ze hoopten over een maand of twee. Angélique wilde het goed doen en niets overhaasten, hoewel ook zij popelde om haar deuren te openen.

Intussen besteedde zij haar dagen met het kopen van meubels, die ze liet afleveren bij het huis. Ze kocht bij verschillende winkels tien grote hemelbedden en vele meters stof om ze zelf mee te bekleden, en een kleiner bed voor zichzelf. Ze kocht nachtkastjes, toilettafels, gemakkelijke stoelen met zijden en satijnen bekleding, vloerkleden voor in elke kamer, inclusief de ontvangstruimten, olielampen en een fraaie Engelse eettafel met stoelen. Ze kocht ook heerlijk comfortabele divans en Egyptische banken voor in de salon, en stelde zich voor dat de meisjes zich daar rustig met hun klanten zouden terugtrekken om te praten voordat ze naar boven gingen. Ze kocht twee kaarttafels en prachtige zware damasten gordijnen voor in de salon. Het huis raakte langzaam maar zeker mooi ingericht. Ze gaf het geld van haar vader uit, maar hield haar bestedingen goed bij en bleef binnen het budget dat ze zichzelf had gesteld. Het huis begon er erg mooi, warm en weelderig uit te zien, en ze zag erop toe dat ook de verlichting 's avonds precies goed was, zodat die zou zorgen voor een romantische sfeer, waarin iedereen optimaal tot zijn recht kon komen. Ze kocht ook flink wat spiegels voor in de salon en de slaapkamers, en Fabienne liet haar zien hoe ze die in de slaapkamers strategisch kon opstellen. Ze deden al het werk zelf, maar toen de zwaardere meubels kwamen, ook voor de slaapkamers van de dienstmeisjes, waren de beide vrouwen het erover eens dat ze een man nodig hadden om hen te helpen. De meubels waren zwaar, de gordijnen waren voor hen moeilijk om op te hangen, en ook al verrichtte Angélique wonderen, ze konden niet alles alleen. Ze had zelfs een paar meubelstukken gevonden voor in haar eigen slaapvertrek. Dit deed haar denken aan haar slaapkamer in Belgrave, die Gwyneth met goedkeuring van haar ouders van haar had gestolen toen ze aankwam. Angélique sliep op zolder, maar dit keer uit vrije keus, in een prachtige suite die alleen zijzelf ooit te zien zou krijgen, ver weg van de meisjes. Ze kocht ook een paar eenvoudige schilderijen die ze mooi vond, van onbekende Franse kunstenaars, die bijna niets kostten.

Ze zochten in de krant naar mannelijk personeel en hielden een aantal sollicitatiegesprekken. Het was niet eenvoudig de sollicitanten te vertellen dat ze een huis vol vrouwen moesten beschermen, zonder te zeggen wat die vrouwen deden. Sommige mannen vroegen of het een school was, of een pension, maar de laatste man die ze spraken vroeg helemaal niets, en Fabienne en hij mochten elkaar direct. Hij had brede schouders en een sterke rug, kwam net als Fabienne uit het zuiden van het land en sprak hetzelfde dialect. Hij vertelde dat hij samen met vier zussen was opgegroeid op een boerderij. Zijn vader was gestorven toen hij jong was en hij was het gewend om de enige man in huis te zijn tussen een zwerm vrouwen. Hij heette Jacques en toen ze hem het huis lieten zien, liep hij als een hondje achter Fabienne aan. Hij vond het niet erg om de kleine kamer in het koetshuis te krijgen en Angélique legde hem uit dat hij discreet moest zijn over wat zich in het hoofdgebouw afspeelde. Ze probeerde hem uit te horen over zijn normen en waarden en was opgelucht toen hij vertelde dat hij niet religieus was. Een van zijn zussen was non geworden, en hij vond dat ze een vergissing had gemaakt. De anderen waren getrouwd en hadden kinderen.

'Er zullen hier ook mannen zijn, niet alleen vrouwen,' zei Angélique, terwijl ze hem aandachtig opnam. 'Misschien veel mannen. En een aantal erg mooie vrouwen.' Hij vroeg of het een hotel zou zijn en zij ontkende dit. Toen, terwijl hij haar aankeek, zag ze dat het hem begon te dagen, en hij zei dat hij het begreep. Hij was niet zo onschuldig als hij leek. Even leek hij bezorgd, maar toen knikte hij en stelde haar een vraag.

'Fabienne ook?' Hij had duidelijk een zwak voor haar, en Angélique wist niet of dat goed was. Als hij verliefd op haar zou worden en jaloers werd, zou dat een complicatie zijn die ze niet konden gebruiken.

'Ja, Fabienne ook,' zei ze onomwonden, en hij knikte.

'Ik begrijp het. Het is een beroep als alle andere. Iedereen moet de kost verdienen. Ik zal jullie allemaal beschermen,' zei hij ernstig, en ze zag dat hij het meende. Ze namen hem onmiddellijk aan en hij bleek een enorme hulp. Hij versjouwde meubelen, droeg spullen die werden bezorgd naar binnen, hing gordijnen en schilderijen op en hielp Angélique bij het inrichten van de slaapkamers, terwijl Fabienne haar zoektocht naar vrouwen voortzette.

De eerste paar vrouwen, die ze ontmoette via andere vrouwen die ze kende, waren niet geïnteresseerd. Ze waren tevreden met hoe ze hun zaakjes hadden geregeld en wilden niet werken in een huis dat nog maar net was opgezet door vrouwen die geen ervaring hadden met het houden van een bordeel. Fabienne vertelde hun dat ze netjes zouden worden geregistreerd bij de gendarmerie, bescherming zouden krijgen en eerlijk zouden worden betaald, maar dat was niet genoeg om hen op andere gedachten te brengen. Ze verwezen haar echter door naar andere vrouwen, die niet tevreden waren met hun pooiers of hun madams, en daar waren twee meisjes bij in wie Fabienne wel iets zag en die ook Angélique intrigeerden.

Een van de meisjes was duidelijk van een goede Franse familie, en had om welke reden dan ook een heel andere weg gekozen dan haar bourgeois zussen en ouders. Ze was vierentwintig jaar en werkte al zeven jaar als prostituee. Ze zag eruit als een dame, wat ze dus kennelijk niet was. En ze maakte duidelijk dat sommige meer 'exotische' verzoeken van haar klanten haar aantrokken. Ze vertelde terloops dat ze een zweepje gebruikte en expert was in bondage. Ze verwondde haar klanten nooit en stond ook niet toe dat ze haar pijn deden, maar ze was graag bereid te experimenteren met nieuwe 'technieken' en zei dat ze over een grote collectie seksuele hulpmiddelen beschikte. Angélique deed haar best om onverstoorbaar te blijven, hoewel de vrouw haar enigszins van haar stuk bracht. Maar ze was erg mooi en erotisch, en op een subtiele, sensuele manier aantrekkelijk. Ze heette Ambre en had naar het gesprek een zeer elegante jurk aangetrokken, waaruit bleek dat ze zich goed wist te kleden. Ambre had gitzwart haar en smeulende ogen en was groot, met lange benen en grote borsten. Ze had een poosje zelfstandig gewerkt in de buurt van het Palais Royal, maar zei dat ze liever in een bordeel werkte en nog niets had gevonden dat naar haar zin was. Wat Angélique deed had haar interesse gewekt. Het was haar duidelijk dat Angélique intelligent was en dat vond ze prettig. Ze wilde werken in een bordeel dat werd gerund als een bedrijf. Ze rekende een vrij hoog tarief vanwege haar ongewone specialiteiten. En ze had niets van de schijnbare onschuld van Fabienne en Juliette. Ze zei dat ze plezier had in wat ze deed en dat er werd gezegd dat ze goed was in haar vak. Angélique vertelde haar dat ze kon komen en toen ze het later met Fabienne besprak, was die het met haar eens.

'Ik ben een beetje bang voor haar,' gaf Fabienne toe. 'Ze is erg kil. Maar sommige mannen houden daarvan, denk ik.'

'Blijkbaar,' zei Angélique. Ze voelde zich een beetje overdonderd door het gesprek, maar ze was tevreden met hun beslissing.

De andere kandidate die volgens Fabienne misschien geschikt was, was een rondborstig, bijdehand meisje met een groot gevoel voor humor. Ze was weggevlucht uit een klooster in Bordeaux waar ze door haar ouders naartoe was gestuurd en was vervolgens in haar eentje naar Parijs gekomen. Ze was tweeëntwintig jaar, had een warme persoonlijkheid en leek iemand die iedereens favoriete zusje zou kunnen zijn. Ze heette Philippine, en Angélique vond het erg leuk haar te ontmoeten. Ze was een knappe blondine met een lief gezichtje, slanke benen en een volle boezem, waar mannen volgens Fabienne in zouden willen duiken, en ze was intelligent.

'Ik wist niet of ze er chic genoeg uitzag naar je zin,' zei Fabienne bezorgd. Ze had een eerlijk, open karakter dat Angélique prettig vond.

'Ze is grappig om mee te praten. Sommige mannen zullen dat erg leuk vinden. En we kunnen haar elegant kleden. Ze is erg knap. Het is geen probleem.' Ze hadden het hele gesprek samen gelachen en Philippine had een prachtige stem. Ze kon pianospelen en had in het nonnenkoor gezongen. Het herinnerde Angélique eraan dat ze een piano moest kopen voor in de salon. Ze namen Philippine ook aan, waarna ze nog maar vier vrouwen hoefden te vinden. Ze hadden nu de helft van het aantal vrouwen dat ze moesten hebben.

Het volgende meisje dat Fabienne vond was een Ethiopische, met een koffiebruine huid, fijne gelaatstrekken en grote groene ogen. Ze was op jonge leeftijd door haar vader als slavin verkocht en door de familie die haar had gekocht naar Parijs gebracht. Daar hadden ze haar aan haar lot overgelaten, waarna ze voor zichzelf had moeten zorgen. Ze was negentien en de mooiste van allemaal. Ze heette Yaba en voegde een nieuw exotisch element toe aan de groep die ze probeerden te vormen. Met Yaba erbij hadden ze nu vijf vrouwen.

Angélique en Fabienne waren het erover eens dat ze met zes vrouwen open konden gaan, maar ze wilden er liever acht, om de mannen meer keus te geven. Bovendien konden de meisjes dan meer tijd nemen, zonder zich naar de volgende klant te hoeven haasten. Ze hadden genoeg slaapkamers, dus Angélique verwachtte dat ze uiteindelijk met tien vrouwen zouden kunnen werken. Maar voorlopig was acht haar streven.

Het duurde een paar weken voordat Fabienne nog twee meisjes had gevonden. Een van hen was voorgedragen door Philippine. Het was een prachtige vrouw met vlammend rood haar die Agathe heette. Ze was iets ouder dan de anderen en meer ontwikkeld. Ze had een man gehad die haar beschermde, maar die was onlangs overleden, en ze wilde nu weer in een bordeel werken. Haar beschermer was politicus geweest en ze had interessante connecties met de mannen uit zijn omgeving.

Ze zei dat ze verschillende klanten mee zou brengen. Ze was een echte courtisane. Ook haar nodigden ze uit om zich bij hen aan te sluiten.

Agathe beval een vriendin aan, die hen ook mogelijk veel klanten op kon leveren. Ze was begonnen als actrice, maar vond prostitutie lucratiever. Ze was net als Agathe vijfentwintig jaar, had een sterke, zelfverzekerde persoonlijkheid, maar was wel toegankelijk gebleven. Ze heette Camille en had blond haar en een paar grote blauwe ogen. Ze was op en top een ster.

Ze waren net aan het beraadslagen of zeven meisjes genoeg zou zijn, toen Ambre met haar voorkeur voor zweepjes en exotische praktijken contact met hen zocht en vertelde dat ze iemand had ontmoet die ze misschien zouden willen aannemen. Het was een Japanse die in Parijs was gestrand nadat de man met wie ze verloofd was hun relatie had verbroken. Ze schaamde zich te veel om terug te gaan naar haar familie in Japan. Ze was ondergedoken in de onderwereld van Parijs, maar ze had voor ze uit Japan vertrok een opleiding tot geisha gevolgd. Het klonk intrigerend. Toen Angélique haar ontmoette, zag ze eruit als een popje. Ze was nog kleiner dan Angélique. Ze droeg een traditionele kimono en sprak redelijk Frans. Ze was een verlegen vrouw, maar ze hadden een lang gesprek over de kunst van het geisha zijn, wat Angélique fascineerde. Zij zou net het laatste exotische tintje bieden dat ze nodig hadden. Ze was tweeëntwintig jaar en heette Hiroko. Ze hadden nu iemand voor elke mannelijke smaak: Aziatisch, Afrikaans, Europees, groot, klein, vrijmoedig, verlegen, Philippine met haar gevoel voor humor en Ambre met haar voorliefde voor bondage. Meer hadden ze niet nodig.

Met Jacques' hulp was het huis eindelijk klaar voor bewoning. Fabienne en Angélique namen contact op met alle zeven vrouwen en nodigden hen uit om zo snel mogelijk hun kamers te komen betrekken. Angélique wilde hen ook meenemen om kleren te kopen en wat kleding te laten maken. Ze wilde dat ze beeldschone lingerie zouden dragen en avondjurken die hun klanten waardig waren. Agathe zei dat ze al verschillende jurken had, maar Angélique wilde dat ze allemaal voortreffelijk gekleed zouden gaan, met perfect opgemaakte kapsels. Ze moesten alle acht een droombeeld van vrouwelijk schoon zijn zodra een man de deur binnenstapte. Angélique had tegen Hiroko gezegd dat ze voorlopig haar kimono's kon blijven dragen, wat ook opwindend zou zijn.

In de loop van de week kwamen de vrouwen met hun tassen, hutkoffers en dozen aan, en ten slotte waren ze allemaal geïnstalleerd. Fabienne en Angélique waren een paar weken eerder al uit het hotel vertrokken. Fabienne had de kamer van haar voorkeur mogen uitkiezen, en Angélique verbleef op zolder. De anderen kozen bij aankomst hun kamers uit en voegden er allemaal wat kleine persoonlijke accenten aan toe. Juliette zette een pluchen beertje op haar bed, en Ambre had een rijzweepje aan de muur hangen. Iedereen was blij met het huis en hoe het was ingericht. En Angélique had een jonge kok en twee dienstmeisjes aangenomen om hen te bedienen.

'Ik heb net het gevoel dat ik ben gestorven en in de hemel ben beland,' zei Philippine toen ze de eerste keer samen zaten te eten aan de mooie nieuwe tafel in de eetkamer, waar twintig mensen omheen pasten. De meisjes en zelfs hun klanten konden hier dineren. Jacques at in de keuken bij de kok en de dienstmeisjes. En niemand leek zich ongemakkelijk te voelen bij het soort bedrijf dat ze gingen runnen. Alleen buitenshuis was het nog een geheim. Binnen wisten de mensen die ze hadden aangenomen overal van.

Na de maaltijd zongen Philippine en Camille aan de nieuwe piano en alle meisjes zongen mee. Angélique vertelde hen dat ze de volgende dag zouden gaan winkelen, en ze begonnen opgewonden door elkaar te praten. Het was net een meisjeskostschool. Iedereen was in een opperbeste stemming en ze popelden om hun klanten te ontvangen.

Fabienne en Angélique keken elkaar glimlachend aan. 'We hebben het voor elkaar,' zei Angélique tegen Fabienne, terwijl ze bewonderend keek naar de vrouwen, die tussen de liedjes door met elkaar zaten te kletsen.

'Nee, jíj hebt het voor elkaar,' zei Fabienne dankbaar. Ze stond er nog steeds versteld van hoe soepel het met Angéliques onberispelijke organisatietalent en tomeloze energie allemaal was gelopen.

'Ik heb alleen de inrichting gedaan. Als jij de meisjes niet had gevonden, hadden we met een leeg huis gezeten.'

'Je hebt veel meer gedaan dan inrichten.' Zij had het geld erin gestoken, en de meisjes hadden allemaal ingestemd met de tarieven en het bedrag dat ze zelf zouden overhouden. Angélique zou hun de helft betalen van wat ze hadden verdiend, wat ze allemaal buitengewoon royaal vonden. Niemand had hen ooit eerder zo behandeld.

'Iedereen in Parijs zal het over ons hebben,' zei Agathe voldaan. Ze had al contact opgenomen met vrienden van haar overleden beschermer en hen uitgenodigd om naar de opening te komen, al was het maar om een kijkje te nemen en samen te eten. Angélique wilde dat ze zich welkom en op hun gemak zouden voelen en zei dat ze het niet erg vond als ze in het begin niet naar boven gingen, maar wachtten tot ze de meisjes hadden ontmoet en wisten dat die hun bevielen. Ze hoopte dat het meer zou worden dan alleen een bordeel – ze stelde het zich bijna voor als een chique club, tot ze boven kwamen, waar het veel meer was dan dat. Camille en Ambre hadden ook contact gezocht met hun vaste klanten en hadden veel bijgedragen. Dat gold voor alle meisjes, ieder op haar eigen speciale manier.

'En jij, Angélique, ga jij ook klanten ontvangen?' vroeg Ambre haar op een zeer directe manier, en Angélique schudde haar hoofd.

'Nee, dat doe ik niet. Ik zal met hen praten in de salon en hen samen met jullie aangenaam bezighouden, maar ik run de zaak en werk op een andere manier.' Ambre knikte, en geen van de meisjes leek zich eraan te storen. Ze buitte hen niet uit zoals de meeste madams, en ze opende de weg naar betere klanten dan ze ooit hadden gehad – dat hoopte Ambre tenminste.

'Hoe gaan we het huis noemen?' vroeg Yaba. Er werd een poosje druk heen en weer gepraat en er werden verschillende voorstellen gedaan, maar de naam die ze allemaal het beste vonden was 'Le Boudoir'. Die had iets sensueels, zonder ordinair te worden. Angélique vond het ook een goede naam.

De volgende dag nam ze hen mee om inkopen te doen. Ze gingen in twee rijtuigen, die Jacques die middag voor hen had gehuurd. Er stond een oud rijtuig in het koetshuis, dat bruikbaar was, maar niet elegant genoeg. Toen ze bij een kledingatelier aankwamen waar Angélique over had gehoord, wachtte haar een schok. De eigenares van de zaak weigerde hen te helpen en vroeg hen te vertrekken. Ze wist precies wie ze voor zich had en wilde niets met hen te maken hebben. Het herinnerde Angélique eraan dat de beschaafde wereld niet onder de indruk zou zijn van haar nieuwe onderneming, hoe goed ze die ook leidde en hoe knap de meisjes ook waren. Ze hadden zich voor het uitje allemaal netjes aangekleed, maar ze waren iets te mooi, iets te exotisch en iets te uitbundig. Ze hadden niet de uitgestreken gezichten van bourgeois huisvrouwen, en zelfs vrouwen in de straat bekeken hen afkeurend, terwijl de mannen hen aanstaarden.

Ze reden door naar een andere zaak, waar Angélique en Fabienne eerder waren geweest. Ze hadden erg mooie spullen, en hoewel de vrouw die de zaak dreef begreep met wie ze te maken had, bediende ze hen met plezier en bedankte ze hen voor hun klandizie. Ze was erg beleefd en vriendelijk tegen de meisjes. Daarna gingen ze naar een zaak met korsetten en kanten ondergoed, en daar raakten de meisjes helemaal in vervoering. Hoe blij ze ook waren met de jurken die ze overdag en 's avonds in de salon zouden dragen, wat ze daaronder droegen hadden ze veel harder nodig. Ze verlieten de winkel met prachtige spulletjes van zijde en satijn, sommige met exotische openingen, en rijgsnoeren, jarretelles, minuscule korsetten en allerlei andere zaken om hun toch al prachtige lichamen extra te benadrukken. Philippine haalde Angélique over om een setje ondergoed met satijn en kant voor zichzelf te kopen.

'Niemand krijgt het ooit te zien,' zei Angélique praktisch, met een lach.

'O, doe niet zo preuts,' zei Philippine plagend. 'Je kunt wel overreden worden door een rijtuig. Denk je eens in hoe opwindend het zal zijn als je in het ziekenhuis komt en ze je ondergoed zien! Kom op, doe nou mee.' Ze deed er zo grappig over dat Angélique het kocht, samen met de rest, en toen ze thuiskwamen en alle meisjes hun eigen stapel schatten oppakten, nam Angélique ook haar spulletjes mee.

De meisjes poseerden voor elkaar in hun mooie nieuwe kleren en besloten bij het avondeten een generale repetitie te houden en hun nieuwe avondjurken aan te trekken.

Toen ze die avond naar beneden kwamen, had Angélique nog nooit een groep vrouwen gezien die er zo spectaculair uitzag en ze wist dat ze de juiste keuzes had gemaakt. Ze was opgelucht toen ze zag dat ze allemaal over goede tafelmanieren beschikten. Alle acht gedroegen ze zich als dames, ongeacht het beroep dat ze om wat voor reden dan ook hadden uitgekozen. En ze was trots op hen.

Ze droeg zelf de enige echt chique avondjurk die ze van Belgrave had meegenomen. Het was er een van kostbaar blauw fluweel, en ze droeg er de saffieren oorbellen en halsketting van haar moeder bij. Alle vrouwen waren onder de indruk en vertelden haar hoe mooi ze was. Zij waren ook trots op haar.

'Je lijkt wel een prinses,' zei Camille welgemeend en voor Angélique wist wat ze deed, verbeterde ze haar lachend.

'Nee, hoor, alleen maar een hertogin.' Ze schrok van zichzelf en had meteen spijt dat ze het had gezegd.

'Hoe bedoel je?' vroeg Agathe scherp.

'Niets. Het was maar een grapje.'

'Nee, dat is niet waar,' hielden ze aan. Van het begin af aan hadden ze gevonden dat er iets raadselachtigs aan haar was. 'Vertel ons de waarheid. Ben je een hertogin?'

Ze aarzelde even. Maar ze kende al hun verhalen. Ze wist waar ze vandaan kwamen, waarom ze hier waren en hoe ze in deze levenswijze verzeild waren geraakt. Nu mochten ze haar verhaal ook wel weten.

'Nee, ik ben geen hertogin,' zei ze eerlijk. 'Ik ben een lady, maar mijn vader was een hertog. Zoals de Britse wet voorschrijft erfde mijn broer na zijn overlijden de titel, het landgoed en het volledige familiefortuin, op een klein huis op het landgoed na, dat naar mijn andere broer ging. Zoals dat in Engeland gaat erfde ik als vrouw niets, noch het onroerend goed, noch de titel, noch het geld. Toen mijn moeder met mijn vader trouwde was ze een hertogin, en haar vader was een Franse markies. Na het overlijden van mijn vader stuurde mijn broer me weg om als kindermeisje te gaan werken bij mensen die hij kende. Hij deed het voorkomen alsof ik alleen maar een verre nicht van hem was. Ik heb dus niets, en ik ben niets. De vrouw van mijn broer is hertogin van Westerfield. Ik niet,' zei ze bescheiden.

'Hoe heb je dan voor dit alles betaald?' vroeg Juliette verlegen. De anderen hadden zich dat ook afgevraagd.

'Mijn vader schonk me voor hij stierf een geldbedrag. Zijn bedoeling was dat ik daar de rest van mijn leven mee zou kunnen rondkomen, als ik het ooit nodig zou hebben. Het was op zijn zachtst gezegd niet zijn idee dat ik er dit mee zou doen. Maar hopelijk kunnen we er allemaal ons geld mee verdienen en ons uiteindelijk terugtrekken. En intussen zijn we dankzij mijn vader allemaal hier.'

'Le Boudoir de la Duchesse!' riep Philippine enthousiast, en de anderen waren het met deze nieuwe naam voor het huis eens. 'En je schoonzus kan de pest krijgen. Voor ons ben jij de Hertogin. Eigenlijk zou je een prinses moeten zijn, maar hertogin is ook mooi.' Ze keken allemaal tevreden en Angélique moest lachen.

'Wanneer gaan we open?' wilde Ambre weten. Ze hadden nu hun kleding, het huis zag er onberispelijk uit en alle meisjes waren er. Angélique had hen allemaal laten registreren bij de gendarmerie. Er was geen reden om te wachten.

'Nemen jullie morgen eerst allemaal een dag rust,' stelde Angélique voor. 'Dan gaan we de dag daarna open.' Het hele proces had twee maanden geduurd. 'Jullie kunnen morgen een bericht sturen naar jullie klanten en hun vragen hun vrienden mee te brengen om een kijkje te komen nemen. Ze zijn nergens toe verplicht als ze komen, ze kunnen gewoon met jullie allemaal kennismaken en het huis leren kennen. Overmorgen gaan we officieel open,' kondigde ze aan. Ze had dit zojuist besloten. Ze hief haar glas op en dronk hen toe. 'Op jullie, dames! Dank je wel dat jullie er zijn.' Ze glimlachte naar hen, dankbaar dat ze in haar geloofden.

'Op de Hertogin!' zeiden ze in koor, en ze hieven allemaal hun glas naar haar op.

13

Zoals beloofd maakten de meisjes hun klanten erop attent dat het huis nu open was. Drie tenenkrommende weken lang kwam er niemand. De meisjes trokken elke avond hun avondjurken aan, drapeerden zich bij zacht kaarslicht op de banken in de salon terwijl Jacques in livrei bij de deur stond, klaar om hun gasten binnen te laten, maar er kwam niemand opdagen. Angélique was in paniek en aan het eind van de tweede week zaten de meisjes in de put.

Niet wetend wat ze anders moest doen, nam ze hen op een middag allemaal mee naar het Louvre en maakte een wandeling met hen door het park. Na afloop nam ze hen mee uit eten in een restaurant, Maison Catherine aan de Place du Tertre in Montmartre, waar nette dames hen vernietigend opnamen. Hoe goed ze ook gekleed gingen, mensen die ondanks het feit dat, of misschien juist daarom, raadden wat ze waren, keken met een ijzige blik hun kant op. En de avonden bleven pijnlijk lang, zonder mannen over de vloer. De meisjes deden kaartspelletjes, Philippine vermaakte hen met grapjes, Camille speelde piano en Angélique probeerde iedereen gerust te stellen. Ze verzekerde hun dat de mannen op den duur wel zouden komen, en hoopte vurig dat ze gelijk had. De mannen die zij als klant wilden hadden een drukbezet leven en carrières om na te jagen. Toen, eindelijk, na drie eindeloze weken, verscheen in de eerste week van juni op miraculeuze wijze een van Agatha's contacten, en hij had een vriend meegenomen. Ze waren kennissen van haar overleden beschermer en hooggeplaatste politici. Toen zij de salon van Le Boudoir binnenkwamen, stonden ze versteld van wat ze daar zagen. Negen spectaculair mooie vrouwen in elegante jurken, van wie er een prachtige juwelen droeg, en die hen allemaal met een glimlach verwelkomden.

'Nee, maar,' zei Alphonse Cardin, terwijl hij om zich heen keek. Hij was blij om Agathe weer te zien. Ze waren gekomen uit nieuwsgierigheid, maar de dames in de salon betoverden hen. Ze dronken en kaartten met hen en rookten sigaren, wat hun volkomen vrij stond. En omdat er die avond verder niemand kwam, beduidde Angélique stilletjes naar meneer Cardin dat hij net zoveel meisjes mee naar boven mocht nemen als hij wilde. Hij mocht hen allemaal proberen, als cadeautje, voor deze eerste keer. Hij keek verrukt en zijn vriend en hij kozen allebei vier vrouwen uit. Angélique bleef tevreden achter in de zitkamer. De beide heren bleven tot zes uur in de ochtend. Zij was toen inmiddels al naar bed gegaan, maar Cardin was zo vriendelijk haar de volgende dag een briefje te sturen met een grote fles champagne erbij. Op het briefje stond: 'Bravo, ma chérie! Merci. A.C.' Zijn nacht was kennelijk een groot succes geweest, evenals die van zijn vriend, die een exotische smaak had en, nadat haar specialiteiten aan hem waren uitgelegd, de nacht had doorgebracht met Ambre, en ook met Yaba, Hiroko en Agathe. Hij had zo van hen genoten dat hij Cardin vertelde dat hij er geen idee van had hoeveel meisjes hij een volgende keer uit zou kiezen en wie dat dan zouden zijn. En dat hij ook de meisjes wilde proberen met wie

Alphonse de nacht had doorgebracht en die naar diens zeggen fantastisch waren geweest. Ze waren jonger en luchthartiger, en namen de dingen niet zo serieus als de andere groep. Zijn vriend had nog niet eerder ervaren hoe het was om op een vakkundige, verrukkelijke manier met de zweep te krijgen en wilde terugkomen voor meer.

Alphonse had Angélique discreet gevraagd of zij zich ook bij hen zou voegen – zij zou zijn eerste keus zijn geweest. Maar zij had met een sensuele, ingetogen blik geantwoord dat ze dat niet zou doen, wat hem alleen nog maar sterkte in zijn voornemen haar in de toekomst op andere gedachten te brengen. Fabienne complimenteerde haar de volgende dag met hoe ze dat had gedaan. 'Ze zullen allemaal naar je hunkeren,' zei ze, 'omdat je nee zegt.' Angélique had daar alleen maar om gelachen, maar ze was dolgelukkig dat alles goed was verlopen en dat ze op het idee was gekomen hun de avond cadeau te doen. De meisjes vertelden Angélique dat de mannen buitengewoon tevreden waren geweest en hadden beloofd snel terug te komen. Nu zouden ze hun vrienden kunnen vertellen hoe goed de meisjes waren, want ze hadden hen allemaal gehad en uitgebreid van de geneugten van Le Boudoir geproefd.

De beide mannen kwamen de week daarop elke avond terug. Soms namen ze twee of drie meisjes tegelijk mee naar boven, andere keren een. Tegen het eind van de week kwamen er ook andere mannen, die van Cardin en zijn vriend hadden gehoord hoe geweldig het huis was, hoe elegant de madam, hoe prettig het interieur, en hoe interessant het assortiment vrouwen dat er rondliep. Hun vrienden en kennissen wilden het voor zichzelf zien en binnen twee weken was het huis elke avond vol. De gasten betaalden royaal voor de diensten van de meisjes en Angélique hield de boeken nauwkeurig bij. Ze verdienden veel geld. Ze serveerden lichte maaltijden in de eetzaal, sommige mannen kaartten een poosje met de meisjes om hen wat beter te leren kennen, anderen wilden praten en velen gingen direct met het meisje van hun keuze naar boven. Een verrassend aantal van de klanten had een uitgesproken voorkeur voor Ambre en haar specialiteiten, die ze kennelijk uitstekend beheerste en waarbij ze soms alleen een paar rijlaarzen droeg.

De klanten die Le Boudoir regelmatig bezochten waren precies het type mannen die Angélique vanaf het allereerste begin had gewild. Welbekende politieke figuren, bankiers, advocaten, aristocraten, mannen met enorme vermogens die bereid waren vrijwel elke prijs te betalen voor de juiste vrouwen die hen konden opwinden. De avonden begonnen als een elegant feestje met een gezelschap van indrukwekkende mannen en beeldschone vrouwen, dat snel uitdunde wanneer de gasten met de meisjes naar boven verdwenen. Sommige bleven kort, andere langer. Een aantal zei meteen dat ze de hele nacht wilden blijven, hoewel er niet veel waren die dat konden doen, tenzij hun vrouwen met de kinderen in hun buiten op het platteland verbleven. Het huis was elke dag tot vijf of zes uur 's ochtends in bedrijf en de meisjes sliepen tot een uur in de middag. Elke zondagmiddag betaalde Angélique de meisjes uit wat ze de voorgaande week hadden verdiend, aan de hand van zorgvuldig bijgehouden lijsten van welke klanten ze op welke avond hadden gehad. Alle meisjes waren het erover eens dat ze nog nooit van hun leven zo snel en gemakkelijk zoveel geld hadden verdiend. Anticiperend op wie er zouden komen had Angélique hoog ingezet. Ze wilden geen armlastigen onder hun gasten, maar alleen vermogende mannen, en van hen schrok niemand terug voor haar prijzen of beklaagde zich over wat ze ervoor kregen. Ze kwamen telkens terug voor meer.

En toen hun vrouwen in juli naar het platteland, de kust of hun chateaus in de Dordogne vertrokken, en de mannen achterbleven in de stad, zogenaamd om te werken maar in werkelijkheid om de bloemetjes buiten te zetten, was het huis drukker dan ooit en deden ze ongekend goede zaken. Angélique zei zelfs tegen Fabienne dat ze erover dacht twee extra meisjes aan te nemen. De vrouwen die ze hadden waren voortdurend bezet en sommige mannen moesten een uur of twee in de salon wachten tot het meisje van hun voorkeur vrij was. In die tijd hield Angélique hen bezig en ze leerde velen van hen beter kennen. Tot haar eigen grote verbazing had ze een vak gevonden dat bij haar paste. Ze wilde niet denken aan wat haar vader ervan gevonden zou hebben, maar nadat haar broer haar in de ellende had gestort en de Fergusons haar onterecht zonder getuigschrift hadden ontslagen, had ze geen andere uitweg gezien. En ze was tenminste niet een van de vrouwen die in de slaapkamers werkten. Zij was de madam, wat iets respectabeler was, en ze had haar maagdelijkheid behouden. Noch de meisjes noch de klanten twijfelden eraan dat zij een vooraanstaande dame was en een aristocrate in hart en nieren. De meisjes noemden haar de Hertogin en sommige klanten hadden dit overgenomen. Velen vroegen zich af of zij echt een hertogin was, maar zij had het ontkend, want ondanks haar adellijke achtergrond was ze slechts de dochter en de zus van een hertog. Daarnaast was ze aan moederskant de kleindochter van een Franse markies, wat ze niet aan haar klanten uitlegde. Maar hoe vaak ze ook beweerde dat ze geen hertogin was, ze gedroeg zich met de gratie die bij die titel paste. Geen van de klanten vermoedde hoe jong ze nog was. Ze hield zich aan haar vooraf bedachte verhaal dat ze zesentwintig was, en ze geloofden haar. Gezien de onderneming die ze zo soepeltjes runde had niemand kunnen vermoeden dat ze pas twintig was. Zelfs de meisjes die voor haar werkten wisten haar werkelijke leeftijd niet, behalve Fabienne, die het geheim bewaarde.

Fabienne flirtte nog steeds met Jacques wanneer ze daar de gelegenheid toe had, maar nu ze bijna voortdurend werkte, had ze het te druk om er serieus werk van te maken. Hij was haar gewillige slaaf en deed alles wat ze wilde, en Angélique lette goed op dat het niet verder ging dan dat, wat nog niet was gebeurd.

De namen van veel mannen in de salon waren Angélique welbekend. Het waren mannen met macht, en velen van hen maakten deel uit van de huidige regering van de Bourbons, die aan de macht was gekomen toen Charles x na Bonaparte de troon had bestegen en de monarchie in ere had hersteld. Er waren ook verschillende bankdirecteuren onder hun klanten, en Angélique genoot ervan om met hen over financiële zaken te praten en van hen te leren. In de eerste week van augustus maakte op een avond een indrukwekkende man zijn opwachting, met een groep vrienden. Hij kwam haar bekend voor, maar ze kon zijn gezicht niet thuisbrengen. Het was Agathe, met haar politieke connecties, die haar vertelde wie hij was.

'Weet je wie dat is?' fluisterde ze tegen Angélique, onder een spelletje kaarten. Zelfs zij was onder de indruk. Angélique gaf toe dat ze het niet wist en zijn gezicht niet kon plaatsen. De man had doordringende ogen en een bijna militaire houding en was opvallend knap, met een scherp gezicht. 'Hij is de minister van Binnenlandse Zaken,' vertelde Agathe haar. 'Het is heel bijzonder dat hij hier is. Hij is heel voorzichtig met waar hij naartoe gaat. Hij wil niet dat iemand weet wat hij uitvoert.' Hij had zich voorgesteld als Thomas, zonder achternaam. Het was een schuilnaam, maar iedereen wist wie hij was. Hij hoefde zijn echte naam niet te gebruiken. Hij stond bekend als een geheimzinnig man, wat paste bij zijn baan.

'Ken je hem?' vroeg Angélique, onder de indruk.

'We hebben elkaar weleens ontmoet,' zei Agathe zacht, 'maar ik heb hem hier niet uitgenodigd. Daar ken ik hem niet goed genoeg voor. Blijkbaar heeft iemand hem over ons verteld.' De beide vrouwen keken toe terwijl hij zijn sigaar rookte en intussen behoedzaam de kamer rondkeek om te zien wie daar waren.

Angélique zag hem de kamer door lopen en een praatje maken met een paar mannen. Hij glimlachte naar de vrouwen, maar betrok hen niet bij het gesprek. Toen keek hij naar haar. Ze knikte hem toe en hij glimlachte terug. Even later, toen Agathe met een van haar klanten naar boven was gegaan, kwam hij naast haar zitten.

'Dus u bent de Hertogin waar heel Parijs het over heeft,' zei hij, terwijl hij haar opnam. 'Is die titel echt?'

'Jazeker, maar niet voor mij bestemd,' vertelde ze hem eerlijk, terwijl hun ogen elkaar vonden en niet meer loslieten. Ze voelde zijn nabijheid, bijna als een elektrische lading.

'Wie draagt hem dan?'

'Mijn vader deed dat, en nu mijn broer.'

'Ah.' Dit intrigeerde hem nog meer. 'U bent Brits,' raadde hij, hoewel het aan haar onberispelijke Frans niet te horen was.

'Half. Mijn moeder was Frans.'

'En van haar kant ook blauw bloed?' Hij was door haar gefascineerd en kon zien dat ze van adel was. Hij begreep niet wat ze hier deed. Het leek ondenkbaar dat een meisje met haar achtergrond een bordeel zou runnen, maar zij deed het met een vanzelfsprekende gratie, alsof ze een etentje gaf.

'Bourbon en Orléans,' antwoordde ze. Dit waren de twee koningshuizen van Frankrijk.

'Ik heb van u gehoord,' zei hij. Hij was volledig in haar ban.

'Goede dingen, hoop ik,' zei ze zedig, zonder haar ogen ook maar een moment af te wenden. Ze deed geen moeite om zijn intense blik te ontwijken. Ook dat vond hij prettig aan haar.

'Uitsluitend goede dingen. Ik heb gehoord dat u niet met de klanten naar boven gaat, en dat u de beste meisjes van de stad hebt.'

'Ik heb geprobeerd een interessante groep samen te stellen, in een aangename atmosfeer,' zei ze bescheiden, en hij schonk haar een warme glimlach.

'Het lijkt me dat u daarin bent geslaagd. Ik vind het hier prettig, en mijn vrienden ook. Iedereen voelt zich hier thuis.'

'Dat was mijn streven. Ik hoop dat u ons vaak zult komen bezoeken.' Ze schonk hem een uitnodigende glimlach, maar niet zo uitnodigend dat hij erdoor op verkeerde gedachten zou kunnen komen. Ze was buitengewoon elegant en stijlvol, zowel in haar gedrag als in haar kledingstijl, en tegelijkertijd was ze vriendelijk en warm. Hij had nog nooit een vrouw ontmoet die hem zo intrigeerde.

'En als ik dat doe, komt u dan met mij mee naar boven? Bij wijze van speciale regeling?' Hij vroeg haar in niet mis te verstane bewoordingen of ze zijn maîtresse wilde worden, dat begreep ze heel goed. Ze had de afgelopen drie maanden dingen geleerd waar ze eerder nooit over had durven dromen. En ze kon aan de manier waarop hij het zei horen dat hij het meende.

'Als ik dat zou doen, zou dat onze vriendschap bederven,' zei ze rustig, met overduidelijk respect.

'Worden we dan vrienden?' vroeg hij en hij trok zijn wenkbrauw op, hoopvol en teleurgesteld tegelijk. Ze stelde bij voorbaat grenzen.

'Dat is aan u, maar ik hoop het wel. U bent hier altijd welkom,' zei ze hoffelijk. Even keek hij tevreden, maar niet helemaal. Ze vroeg zich af of hij echt met haar naar boven zou zijn gegaan als ze daarmee had ingestemd, maar ze wist instinctief dat het dom zou zijn geweest om dat te doen. Hij was veel te gevaarlijk en machtig om met hem te spelen of afhankelijk van hem te zijn. Hij was veel waardevoller voor haar als bondgenoot, beschermer en vriend, als hij dat al zou worden. En Agathe had haar verteld dat hij vaak de beste bordelen bezocht, maar nooit met de meisjes naar boven ging. Angélique had echter sterk het gevoel dat hij voor haar een uitzondering zou hebben gemaakt, en als ze hem de kans had gegeven misschien na sluitingstijd was teruggekomen. 'Thomas' was volledig in haar ban en bleef lange tijd met haar praten. Ten slotte wenste hij haar met een diepe buiging goedenacht en vertrok, met de belofte snel terug te komen.

Een week later verscheen hij weer en soupeerde hij met haar in de eetkamer. Het was inmiddels minder druk, omdat iedereen Parijs had verlaten voor de zomervakantie. Hij vertelde haar dat hij in de stad was gebleven om te werken.

'U bent altijd welkom om de maaltijd met mij te gebruiken,' herhaalde Angélique haar eerdere uitnodiging, en dit keer nam hij haar aanbod aan. Soms dineerde hij met haar of bracht hij haar alleen een bezoek, andere keren kwam hij gewoon een poosje bij haar in de salon zitten. Soms kwam hij wel vier of vijf keer per week. Hij kon niet bij haar wegblijven en ze genoten ervan om met elkaar te praten. Hij beschreef wat ze samen hadden als een 'amitié amoureuse', een romantische of liefdevolle vriendschap. Tijdens hun geestelijke uitwisselingen hing er altijd een romantische sfeer, waarin ze met elkaar flirtten, maar zij liet het nooit verder komen dan de salon. Hij respecteerde haar daarom. Hun bewondering voor elkaar was wederzijds, en kreeg vanwege de begrenzingen extra diepgang. Hij behandelde haar als de dame die ze was, niet als een madam.

'Waarom dit?' vroeg hij haar op een dag, doelend op het huis en hoe het tot stand was gekomen.

'Dat is een lang verhaal, het gebruikelijke trieste relaas van een landgoed en een titel in Engeland. Een jaloerse halfbroer die vastbesloten was zich van mij te ontdoen en daarin slaagde door me als bediende bij andere mensen onder te brengen.'

'En u stierf liever dan bediende te worden?' vroeg hij plagend. Ze schudde haar hoofd.

'Helemaal niet. Eerst was ik geschokt, maar uiteindelijk vond ik het leuk. Ik was kindermeisje van zes jonge kinderen. Ik zou daar zijn gebleven, als een van hun vrienden niet had geprobeerd misbruik van me te maken. Toen ik hem afwees, beweerde hij dat ik hem had geprobeerd te verleiden. Dat was niet waar. Ik beet hem toen hij het probeerde. De volgende dag stuurden ze me zonder getuigschrift weg. Ik kon in Londen geen huishoudelijk werk vinden en ook toen ik hier in Parijs aankwam lukte dat niet. Toen ontmoette ik Fabienne, een van de meisjes hier. Zij was mishandeld en in de goot achtergelaten, en ik nam haar mee om haar te verplegen. Toen ze me vertelde over haar leven, kwam ik op het idee een bordeel op te richten waar vrouwen beschermd en gerespecteerd zouden worden en goed zouden worden betaald om interessante, machtige mannen te bedienen. Mannen die het verdienen om in het gezelschap te zijn van charmante, mooie vrouwen' – ze glimlachte naar hem – 'en hen goed behandelen. Ik betaal de meisjes de helft van alles wat we verdienen, en de rest gebruik ik om het huis te runnen en geld opzij te zetten voor de toekomst,' zei ze verstandig. 'Het werkt erg goed.' Ze keek tevreden, en hij was zichtbaar onder de indruk.

'En u staat aan het hoofd van dit alles, zonder er zelf deel van uit te maken, en oordeelt niet over hen, of over ons.' Hij had dat aan haar gemerkt. Ze was vriendelijk tegen iedereen, maar had ogen van staal, die alles zagen. Dat had ze met hem gemeen. Niets ontsnapte aan zijn intense blik, hoe ontspannen hij ook oogde. 'U bent een opmerkelijke vrouw.' Toen bedacht hij iets. 'Hoe oud bent u eigenlijk?'

'Dat heb ik u al verteld, ik ben zesentwintig,' zei ze, met een glimlach.

'Waarom geloof ik dat niet?' vroeg hij zacht, zodat niemand hem kon horen, terwijl hij haar met een vriendelijke blik opnam.

'Omdat het niet waar is.' Ze dempte net als hij haar stem, en aarzelde een fractie van een seconde. Ze vertrouwde hem – ze waren inderdaad op weg om vrienden te worden. 'Ik ben twintig, maar zelfs de meisjes hier weten dat niet, behalve Fabienne.'

'U bent werkelijk een verbazingwekkend meisje,' zei hij bewonderend. 'En u moet heel goed oppassen dat niemand u ooit probeert kwaad te doen of kapot te maken. Als dat gebeurt, wil ik dat u onmiddellijk naar mij toekomt. Parijs is dezer dagen een gevaarlijke stad. Veel mensen zijn ontevreden met de regering. Ze denken dat Charles zwak is en niets begrijpt van zijn onderdanen. De prijzen zijn hoog en er is veel werkloosheid. De financiën staan er slecht voor. Het zal nog even duren, maar er komen problemen. Ik zal u waarschuwen,' beloofde hij. 'En er zullen mensen zijn die jaloers op u zijn, als u hier te succesvol in bent.' Hij gebaarde om zich heen. Toen dacht hij aan iets anders. 'Wilt u mij misschien eens ontmoeten voor de lunch, op een discrete plek?' Hij vond het prettig om zijn persoonlijke activiteiten in redelijke mate privé te houden.

'Dat zou ik heel graag willen,' zei ze, met een glimlach. Ze wist dat hij getrouwd was, maar net als veel van de mannen die ze nu kende werd hij nooit in het openbaar met zijn vrouw gezien. Iemand had haar verteld dat zij al jaren ziek was.

Thomas stond op om weg te gaan en keek glimlachend op haar neer. 'Ik vind het altijd prettig om met u te praten.'

'En ik met u,' zei ze eerlijk. Hij was meer dan twee keer zo oud als zij, maar verreweg de opwindendste man die het huis bezocht. En hij ging nooit naar boven. Ze wist nu dat hij dat ook nooit zou doen.

Daarna zag ze hem enige tijd niet. Ze hoorde dat hij naar Brittannië was gegaan, maar ze wist dat hij terug zou komen. Daar was ze van overtuigd.

14

In september, toen iedereen terugkwam van vakantie, was Le Boudoir inmiddels vier maanden open en de zaken liepen uitstekend. Ze hadden zelfs in de zomer een regelmatige stroom klanten gehad en hun reputatie was stevig gevestigd. Angéliques vriend 'Thomas', de minister van Binnenlandse Zaken, had de waarheid gesproken toen hij zei dat de Hertogin hét onderwerp van gesprek was in Parijs. Mensen wisten niet wie ze was of waar ze vandaan kwam, maar zeiden dat ze een adembenemende jonge vrouw was. Elke man van betekenis was in Le Boudoir geweest, en na de eerste keer kwamen ze steeds terug. Ze konden niet wegblijven bij de gezellige, intieme atmosfeer die Angélique had gecreëerd, en bij de geweldige vrouwen die er werkten. Ze had goed gekozen.

Angélique had gehoopt nog twee meisjes te kunnen aannemen, maar hoewel ze verschillende gesprekken had gevoerd, had ze nog niemand gevonden die ze erbij wilde hebben. Ze stelde hoge eisen en wilde de goedkeuring van de andere vrouwen, om er zeker van te zijn dat zij zich ook bij de nieuwe meisjes op hun gemak zouden voelen. Alle vrouwen in het huis mochten elkaar en konden goed met elkaar overweg. Dat vond ze belangrijk.

Op een middag in september had ze een gesprek met een meisje dat werkte bij een welbekend bordeel, dat erg populair was geweest totdat Angélique op het toneel verscheen en Le Boudoir opende. Het bordeel werd gerund door een madam die volgens de geruchten een vreselijke draak was. Ze ontving zelf geen klanten meer, maar er werd beweerd dat ze in haar tijd erg goed was geweest. Het meisje dat Angélique die middag sprak had zelf contact met haar gezocht en zei dat ze weg wilde bij het bordeel en de madam. Naar haar zeggen werd ze er erg slecht betaald en was het kaliber mannen dat er kwam enorm achteruitgegaan. Alle mannen van enig statuur gingen nu naar Le Boudoir. Maar Angélique mocht het meisje niet. Ze vond dat ze iets plats en ordinairs over zich had, wat met het type mannen dat ze in haar huis ontvingen wel het laatste was wat ze wilde.

Het gebruikelijke feestje in de zitkamer was die avond in volle gang toen er hard op de deur werd geklopt. Angélique hoorde het niet, omdat er iemand piano zat te spelen, maar Jacques, die het wel had gehoord, deed open en werd meteen voorbijgelopen door vier zwaargebouwde mannen. Ze zagen eruit als straatboeven, en werden op de voet gevolgd door een buitengewoon slonzige vrouw met een schelle stem, die achter hen aan de zitkamer binnenliep.

'Waar is ze?' schreeuwde ze, terwijl de muziek verstomde. 'Waar is die Hertogin waar jullie het allemaal over hebben?' Ze keek naar de mannen in avondkleding in de zitkamer en herkende er maar een paar van. De crème de la crème van Parijs was nooit bij haar geweest. Zij ontving voornamelijk de nouveau riche, mannen met geld, maar niet van adellijke afkomst. Angélique had de elite. Zodra die haar zagen, herkenden ze haar klasse. Of haar titel echt was wisten ze niet en het interesseerde hen ook niet. Ze leek hen oprecht en ze was erg charmant.

'Ik denk dat u mij zoekt,' zei Angélique rustig. Ze stapte naar voren: een kleine gestalte in een prachtige grijze avondjurk, met rechte rug en opgeheven hoofd. Ze zag er meer uit als een koningin. De minister van Binnenlandse Zaken keek toe – hij had net met haar zitten praten – en wachtte af wat er zou gebeuren. Hij was als een tijger die zich klaarmaakte voor de sprong. Angélique merkte hier niets van terwijl ze de vrouw aansprak. 'Wie bent u, en wat komt u hier doen?'

'Je weet wie ik ben. Antoinette Alençon. Madame Antoinette. Je hebt vandaag geprobeerd een van mijn meisjes in te pikken.' Ze klonk vulgair en Angélique nam haar met beleefd verhulde minachting op.

'Beslist niet,' sprak ze koel. 'Ik heb haar gezegd dat ze naar u terug moest gaan. Ik wens haar niet aan te nemen. En nu verzoek ik u mijn salon te verlaten. Er is een privéfeestje gaande.' De boeven die om de oudere vrouw heen stonden doken iets in elkaar, alsof ze zich klaar maakten om toe te slaan, maar ze wisten niet precies op wie ze hun aanval moesten richten. En Jacques was geen partij voor hen. Angélique hoopte vurig dat ze niet iemand in de salon zouden aanvallen of aanleiding zouden geven om de politie te bellen. Ze wilde niet dat het huis op die manier de aandacht op zich zou vestigen.

'Ze vertelde me dat jij had aangeboden om haar meer te betalen en wilde dat ik haar loonsverhoging zou geven.'

'Dat is niet waar en voor mij totaal oninteressant. Goedenavond, mevrouw. Vertrekt u alstublieft en neemt u uw vrienden mee.' Ze keek de vrouw strak aan, tot die haar ogen neersloeg. Niemand in de kamer bewoog. Niemand wilde betrokken raken bij een schandaal, of erger nog, bij een vechtpartij. Toen draaide Madame Antoinette zich abrupt om en gaf een teken aan haar trawanten, die achter haar aan naar buiten liepen. Jacques deed de deur achter hen op slot en iedereen in de kamer slaakte een zucht van opluchting.

'Mijn hemel, wat een afschuwelijke vrouw,' zei Angélique lachend. Haar knieën trilden, maar dat liet ze niet merken. Ze gaf een van de dienstmeisjes fluisterend opdracht om iedereen champagne te geven en degenen die al hadden bij te schenken. Vervolgens ging ze door alsof er niets was gebeurd en iedereen ontspande zich. Toen kwam haar machtige vriend naast haar staan.

'Goed gedaan,' fluisterde Thomas, en ze wisselden een warme, liefdevolle blik. Ze hadden al verschillende keren samen geluncht en hadden elkaar beter leren kennen. Hij had haar verteld over zijn vrouw, die ziek was en sinds lange tijd in een inrichting verbleef, en ze voelde zijn eenzaamheid. Hij leefde alleen voor zijn werk. Zij was gevleid door zijn vertrouwelijkheid en genoot als hij haar uitleg gaf van politieke kwesties. Als hij vrijgezel was geweest en hun levens er anders voor hadden gestaan, was ze graag meer voor hem geweest dan een gewone vriendin. Maar ze had hem duidelijk gemaakt dat dat niet mogelijk was. Ze wilde niemands maîtresse zijn, en dat accepteerde hij van haar. Hij genoot van haar gezelschap. Ze maakten lange wandelingen in de Tuilerieën, waarbij zij haar kleine hand onder zijn arm door schoof. Als ze met hem lunchte was ze altijd voortreffelijk gekleed en ze was werkelijk de mooiste vrouw die hij kende. Ze had de reputatie altijd de meest modieuze kleding te dragen en ook haar meisjes kleedde ze goed. Ze hadden niet het vulgaire van andere vrouwen van hun soort. Er was niets schokkends aan hen, behalve boven, waar het thuishoorde. 'Gaat het?' vroeg hij, na de ruwe verstoring. Ze knikte, maar hij kon zien dat ze bang was geweest, al wist ze dat goed te verbergen. Het liet hem weer zien hoe moedig ze was. De vier mannen die Madame Antoinette had meegebracht hadden iedereen de indruk gegeven dat ze gevaarlijk waren, en waarschijnlijk waren ze dat ook geweest. De vrouw had duidelijk niet verwacht dat ze op deze manier ontvangen zou worden en was uiteindelijk afgedropen.

'Natuurlijk, het gaat prima.' Angélique hield zich groot tegenover hem. Ze wilde haar andere klanten niet verontrusten.

'Ik wil dat je een tweede man aanneemt. Een is niet genoeg. Er zou weer zoiets kunnen gebeuren, of erger. Je weet het nooit. Wij hier zijn allemaal heren, maar er kan altijd verkeerd volk binnenkomen. Ik wil niet dat er iets met je gebeurt.' Zijn bezorgdheid en warme gevoelens voor haar waren zichtbaar in zijn ogen.

'Ik ken iedereen hier,' zei ze geruststellend, terwijl ze om zich heen keek.

'Ik ook.' Hij glimlachte naar haar. 'Maar zorg alsjeblieft dat je er een tweede man bij krijgt.'

'Dat zal ik doen,' beloofde ze. Kort daarna vertrok hij. Hij bleef zelden erg lang, hij kwam alleen om haar te zien en met haar te praten. Hij had altijd werk en geheime missies, waar hij haar niets over kon vertellen. En zij wist dat ze er niet naar moest vragen.

Zoals beloofd liet ze Jacques een tweede man zoeken om hem te helpen, wat hij zelf ook verstandig vond. De mannen deelden de kamer in het koetshuis, en Jacques vond dat niet erg. Hij was altijd aardig en bereid om alles te doen wat hij kon om te helpen. En de vier ruige mannen die in de salon waren opgedoken hadden ook hem ongerust gemaakt. Hij vond ook dat het beter zou zijn als ze met z'n tweeën waren. Luc, de man die ze aannamen, was jong, een jongen haast nog, maar hij was enorm groot. Hij was de zoon van een hoefsmid, dus hij kon goed met de paarden overweg, maar bovenal was hij naast Jacques een imposante verschijning bij de deur. Dat gaf zowel de klanten als de meisjes, maar ook Angélique, een veiliger gevoel.

Uiteindelijk bleken ze de bescherming niet buiten nodig te hebben, maar boven. Een schoolvriend van een van hun favoriete klanten, een vaste klant van Yaba, kwam op een avond voor de eerste keer mee, nadat zijn vriend enthousiast had verteld over Le Boudoir. De nieuwe klant was vooral geïnteresseerd in de diensten van Ambre, die naar hij had gehoord goed met haar zweepje overweg kon en bereid was hem op het bed vast te binden. In de salon had hij zich vriendelijk en vrij bescheiden gedragen, en daarna was hij met haar naar boven gegaan. Ze bleven lange tijd weg, wat niemand vreemd vond, totdat Ambre half bewusteloos en druipend van het bloed haar kamer uit kwam kruipen. Het was de eerste keer dat een van de meisjes gewond raakte. Iedereen was geschokt, ook de klanten in de gang, die het zagen en haar te hulp schoten. Een van de mannen in de salon was dokter en kwam naar boven om haar te verzorgen. Blijkbaar had de klant, voordat ze hem een tik met haar zweep had kunnen geven of een van haar prikkelende speeltjes had kunnen gebruiken, haar met zijn vuisten halfdood geslagen en haar vervolgens op elke mogelijke manier gestraft. Voor hij ook maar iets kon zeggen, sleurden de andere klanten, die hadden gezien hoe Ambre eraan toe was, hem de trap af en smeten hem op straat. Ze waren ontzet door wat er was gebeurd. Velen van hen kenden de man. De vriend die hem had meegenomen bood Angélique uitvoerig zijn excuses aan en liet speciaal voor Ambre een enorm geldbedrag achter. Het was een erg slechte avond.

Angélique deed de volgende dag haar uiterste best om iedereen gerust te stellen. Ze spraken erover om een soort alarmsysteem met een bel te installeren, of een fluitje bij de hand te houden dat ze konden gebruiken als er iemand in de problemen kwam. Maar er was nog nooit eerder zoiets gebeurd, en het zou waarschijnlijk ook niet meer voorkomen. Ze kenden al hun klanten en iedereen was zo aardig. Ambre had twee weken nodig om te herstellen, en iedereen juichte toen ze haar weer in de salon zagen. Ze wist dat ze onder vriendinnen was.

Alle meisjes hadden voor haar gezorgd, net zoals Angélique dat voor Fabienne had gedaan toen ze elkaar voor het eerst ontmoetten.

Om de meisjes na Ambres incident te belonen en op te vrolijken nam Angélique hen weer mee uit winkelen. Ze wilde hun garderobes op peil houden. Het huis had de naam modieus te zijn en dat wilde ze graag zo houden. Dit keer kregen ze geen hooghartige, minachtende blikken toen ze enkele van de beste winkels bezochten. Winkeliers herkenden Angélique van eerdere keren dat ze dure jurken bij hen had gekocht en ze verwelkomden haar klandizie en die van de meisjes. Ze besteedde een enorm bedrag aan kleren voor de meisjes en haarzelf. Het huis was dan ook in korte tijd extreem winstgevend geworden. Na hun winkelfestijn werden er stapels dozen bij het huis afgeleverd en de meisjes waren dolblij met hun nieuwe jurken en de nieuwe lingerie. Ze hadden ook een berg cadeautjes voor Ambre uitgezocht. Angélique stond inmiddels bekend als de gulste madam van de stad en meisjes stonden in de rij om voor haar te werken. Maar ze was erg voorzichtig met wie ze aannam. Ze wilde er nog steeds twee meisjes bij, maar ze had de juiste nog niet gevonden.

Ondanks hun voorzichtige toelatingsbeleid, verscheen er eind september een onbekende Amerikaan aan de deur, die door een van hun beste klanten naar hen toe was gestuurd. Hij vertelde dat hij voor zaken in Parijs was en via zijn vriend van Le Boudoir had gehoord. Hij was een voornaam uitziende oudere heer met wit haar en leek een vermogend man. Hij stelde zich voor als John Carson, wat door de aanbevelingsbrief werd bevestigd. Maar Angélique had een vreemd gevoel bij hem. Hij leek zich ongemakkelijk te voelen bij het feit dat hij daar was, wat Amerikanen wel vaker hadden. Angélique had dat eerder opgemerkt –Amerikanen waren vaak veel preutser dan de Fransen. Hij maakte in het begin een nerveuze indruk en

Angélique nam de tijd om hem op zijn gemak te stellen. Eindelijk ontspande hij zich en maakte hij een praatje met haar. Ze spraken voornamelijk over zaken en politiek en vermeden persoonlijke onderwerpen, maar ze had meteen al gezien dat hij een trouwring droeg. Nadat ze een uur in zijn gezelschap had doorgebracht, stelde ze hem terloops voor aan enkele meisjes, maar inmiddels wilde hij alleen nog maar met haar praten. Hij maakte zijn belangstelling voor haar duidelijk toen hij met gedempte stem en een afgewende blik vroeg of zij met hem naar boven wilde gaan. Hij voegde er bijna fluisterend aan toe dat hij nog nooit eerder in een bordeel was geweest, en ze geloofde hem. Hij had er vanaf het moment dat hij binnenkwam nerveus en schuldbewust uitgezien.

'Het spijt me, John,' zei ze vriendelijk. Ze wilde hem graag geruststellen. 'Ik ga niet naar boven. Ik vind het fijn om met onze klanten te praten, maar ik vermaak hen niet persoonlijk.' Ze zag dat hij begreep wat ze bedoelde. 'Ik ben beter in de salon,' zei ze luchtig, en hij glimlachte.

'Mijn vriend vertelde me over je. Je bent nog specialer dan hij zei. Ik vind het heerlijk om met je te praten.'

'Dank je wel, John. Misschien kan een van de jongedames je ook bekoren.' Ze sprak altijd over hen als dames, niet vrouwen of meisjes.

'Met jou zou ik naar boven zijn gegaan,' zei hij met een spijtige blik. 'Mijn vrouw en ik... We hebben niet... We zijn lang geleden getrouwd. We zijn erg verschillend, we staan ver van elkaar af.' Het was een verhaal dat ze vaker had gehoord en ze knikte.

'Ik begrijp het,' zei ze meelevend. Ze wilde hem bevrijden van zijn remmingen, zodat hij optimaal van de diensten van het huis zou kunnen genieten. Ze dacht dat hij Agathe misschien wel zou kunnen waarderen, die nog meer klanten had zoals hij, maar toen ze voorbij kwam lopen, toonde hij geen interesse in haar. Hij had alleen oog voor Angélique, en nadat hij twee uur met haar had doorgebracht, vertrok hij ten slotte, met de belofte de volgende dag terug te komen. Angélique verzekerde hem ervan dat ze het heerlijk zou vinden om hem terug te zien. Toen hij weg was, bleek een van hun klanten hem te hebben herkend en hij vertelde haar dat hij een zeer belangrijke financier was in de Verenigde Staten. Hij was duidelijk geen vaste bordeelbezoeker. Hij had zich de hele avond zichtbaar ongemakkelijk gevoeld, behalve wanneer hij diep in gesprek verwikkeld was met Angélique. Hij had haar verteld dat hij vaak zaken deed in Europa, maar meestal in Londen. Ze hadden een poosje over Engeland gepraat, en in het begin van het gesprek was hij geschokt te ontdekken dat ze Brits was. Zodra hij haar chique accent hoorde, was het hem duidelijk dat ze geen vrouw van de straat was. Net als iedereen was hij door haar gefascineerd. Na dat eerste bezoek kwam hij een week lang elke avond terug om met Angélique te praten. Hij nam geen van de meisjes mee naar boven, hij zat alleen bij Angélique en praatte urenlang met haar. Op de laatste avond vertelde hij hoe blij hij was dat hij haar had ontmoet, en ook dat hij de volgende dag weg moest.

'Volgende keer dat ik in Parijs ben, kom ik terug om je te bezoeken. Waarschijnlijk over een paar weken. Ik kom elk jaar een paar keer,' zei hij droevig. 'Misschien denk je er een volgende keer anders over om met me naar boven te gaan.' Hij zei het met een vastberaden gezicht. Hij was duidelijk gewend zijn zin te krijgen.

'Dat gaat niet gebeuren,' zei ze resoluut, maar met een warme blik in haar ogen, om de klap van de afwijzing te verzachten. 'Maar ik zal heel blij zijn om je te zien. Goede reis naar huis.' Toen hij weg was, dacht ze nog een poosje over hem na. Hij leek een ongelukkige man, maar zijn ogen lichtten op als hij met haar praatte. Ze voelde dat hij gewend was de touwtjes in handen te hebben en te krijgen wat hij hebben wilde, maar als hij Angélique in een slaapkamer boven wilde, wachtte hem een teleurstelling. Hij had een verrassend groot bedrag achtergelaten voor de tijd dat hij met haar had gepraat. Angélique had nooit verwacht geld te krijgen voor de tijd die ze pratend met hun klanten in de salon doorbracht, en legde het geld weg om het later onder de meisjes te verdelen. Ze had sterk het gevoel dat ze hem terug zou zien.

Le Boudoir raakte steeds meer bekend en ze kregen het steeds drukker. In oktober en november moesten ze ten slotte twee nieuwe meisjes aannemen. Ze waren allebei buitengewoon knap. Het ene meisje was Zweeds. Ze heette Sigrid en sprak Engels, Frans en Duits. Het andere meisje, Carmen, was een beeldschone Spaanse die flamencodanseres was geweest en als zigeunerin was opgegroeid in Sevilla. Ze had iets erg wilds over zich en zodra ze begon te werken, waren de mannen dol op haar. De vrouwen waren allebei een geweldige aanvulling op de groep. Carmen was zelden langer dan vijf minuten in de salon voordat ze weer mee naar boven werd genomen. Ze was speels en vond het leuk om te plagen en uit te dagen, wat de mannen geweldig vonden.

Een paar dagen voor Kerstmis gaven ze een uitbundig, stijlvol feest. De champagne vloeide, er werd kaviaar geserveerd, en tweehonderd man dromden het huis binnen. Al hun vaste klanten brachten vrienden mee. Thomas kwam om haar prettige kerstdagen te wensen en hoewel hij zoals gewoonlijk niet lang bleef, ontroerde het haar dat hij de tijd had genomen om te komen. De dag na het feest praatte Angélique met enkele van hun vaste klanten na over hoe leuk het was geweest. Ze had tijdens het feest een spectaculaire witsatijnen jurk gedragen, die meer van haar lichaam toonde dan meestal het geval was. Dat prikkelde hun klanten des te meer, omdat ze allemaal wisten dat ze haar niet konden hebben. Voor een madam van een bordeel was ze, tot grote teleurstelling van de mannen, onwrikbaar in haar kuisheid.

De avond na het feest droeg ze een elegante zwarte jurk met een fraaie paarlen choker die van haar moeder was geweest. Plotseling hoorde ze twee Engelsen binnenkomen, die uitlegden dat ze door vrienden waren gestuurd. Een van de stemmen herkende ze onmiddellijk. Toen ze de hal in keek, zag ze haar broer Edward, die wankelend op zijn benen zijn jas uittrok. Hij was dronken en zei dat hij de meisjes wilde ontmoeten. Zonder te aarzelen excuseerde ze zich bij de man met wie ze in gesprek was, verdween de keuken in en liet Fabienne roepen. Die kwam even later naar haar toe om te horen wat er mis was.

'Die dronken Engelsman die intussen naar de salon is gelopen, is mijn jongste broer,' fluisterde ze. 'Hij mag mij niet zien, anders brengt hij heel Engeland op de hoogte. Geef hem een van de meisjes en stuur hem snel naar boven. Ik ga naar mijn kamer. Zeg tegen iedereen dat ik hoofdpijn heb.'

'Ik neem hem zelf wel,' zei Fabienne geruststellend. Het was het minste wat ze voor haar kon doen, en ze had op dit moment geen andere klant. 'Maak je geen zorgen, het komt goed.'

'Dank je wel,' zei Angélique dankbaar. Zij verdween via de bediendentrap naar boven, terwijl Fabienne terugliep naar de salon en zich met een uitbundig vertoon van charme nagenoeg in de armen van Angéliques broer stortte. Hij was erg dronken en zeer gevleid.

'Mag ik nog kiezen?' vroeg hij, slingerend op zijn benen. 'Volgens onze vrienden zijn alle meisjes fantastisch, en sommige zijn nogal exotisch. Er is een Afrikaans meisje bij dat ik wil ontmoeten.' Hij drong erg aan, maar Yaba was gelukkig nergens te bekennen – ze was boven, met een klant.

'Ze is met een vaste klant,' vertelde Fabienne hem. 'Ze komt vanavond niet meer beneden.' Toen trok ze een pruilmondje en keek hem als een onschuldig engeltje aan. 'Ik ben heel erg gekwetst als je mij niet kiest.'

'O, goed dan,' zei hij, terwijl hij op haar af strompelde. Ze pakte hem bij de hand en trok hem mee naar de trap. 'Wie is die nephertogin trouwens? Dat is best grappig, een hoer die zich hertogin noemt. Mijn broer is een hertog, weet je dat?'

'Echt?' kirde Fabienne, terwijl ze naar haar kamer liepen. Ze wenste dat ze hem een klap in zijn gezicht kon geven voor wat hij over Angélique had gezegd. 'Ik weet zeker dat hij niet half zo opwindend is als u, en ook vast niet zo'n echte man.'

'Goed gesproken,' antwoordde Edward, terwijl ze haar kamer in liepen. Zij deed de deur dicht, en hij liep strompelend naar het bed, ging liggen en maakte zijn broek los. Hij was allesbehalve opwindend en had geen enkele fantasie. Hij vertelde haar wat hij wilde en met de hoeveelheid drank die hij op had, was het binnen vijf minuten gepiept. Daarna raakte hij buiten westen en lag hij bewusteloos op haar bed. Fabienne liet even later zijn vriend komen om hem op te halen, en Jacques hielp mee om hem naar beneden te dragen. Er was aan Edward niets leuks of charmants te beleven geweest. Zijn vriend betaalde het verschuldigde bedrag en Fabienne was blij toen ze weg waren. Daarna ging ze Angélique vertellen dat ze waren vertrokken. Ze zag er ontdaan uit. Het was de eerste keer in twee jaar dat ze haar broer had gezien. Maar het was tenminste niet Tristan. Dat was nog erger geweest. Ze was nog aangekleed en ging met Fabienne naar beneden om de andere gasten goedenacht te wensen.

Het had haar aangegrepen om Edward te zien. Die nacht in bed dacht ze aan hem en hun oudere broer en aan hoe afschuwelijk ze haar hadden behandeld. En ze dacht aan het huis dat ze nooit meer zou zien, en aan het leven dat ze nu had gekozen. Sinds ze negen maanden geleden naar Parijs was gekomen, had ze niet de moed gehad om naar mevrouw White te schrijven. Ze voelde zich daar verschrikkelijk schuldig over, maar ze wilde niet tegen haar liegen en kon niet vertellen wat ze werkelijk deed. Ze besloot uiteindelijk haar een brief te schrijven en te zeggen dat ze in Parijs een baan als kindermeisje had gevonden en het erg druk had gehad. Ze kon haar onmogelijk de waarheid vertellen. Toen ze die nacht in slaap viel, rolden de tranen op haar kussen. Ze was de succesvolste madam van Parijs, maar ze had zoveel heimwee naar haar vader en het huis van haar jeugd dat ze huilde als een kind.

15

Angélique en de meisjes brachten een rustige eerste kerstdag door. De meesten van hun klanten waren thuis bij hun gezin of weg, dus ze gingen ervan uit dat ze een vrije dag hadden. Maar ze hadden hun klanten niet officieel verteld dat ze dicht waren, voor het geval een enkeling eenzaam of alleen zou zijn en langs wilde komen. De deur stond altijd voor hen open.

Maar op eerste kerstdag kwam er tot grote opluchting van de dames niemand, en ze dekten de tafel voor wat ze een 'Boudoir Familiediner' noemden. Hun vrije tijd samen gaf altijd een familiegevoel, als van een groep liefdevolle zussen die goed met elkaar overweg konden. Ze droegen wat ze wilden, zonder make-up, ingewikkelde kapsels of bijzondere gewaden. Het was voor het eerst sinds lange tijd dat ze zich konden ontspannen. Ze waren nooit gesloten, er kwam altijd wel een klant onaangekondigd binnenvallen. De mannen vonden het fijn dat ze altijd welkom waren en de meisjes waren blij hen te zien. Ze konden praten, zich ontspannen, kaarten, pianospelen of alleen maar de krant lezen, bijna als in een club. Als ze geen zin hadden, hoefden ze niet naar boven te gaan. En als ze glamour wilden, konden ze in de avond komen, wanneer de meisjes mooi aangekleed op hen wachtten en de dienstmeisjes champagne serveerden.

De meisjes gaven elkaar allemaal cadeautjes en hadden prachtige, attente geschenken gekocht of gemaakt. Angélique gaf ieder van hen een nieuw handtasje of een nieuwe blouse of hoed, iets wat ze konden dragen als ze niet hoefden te werken, en een flinke bonus.

'Ik heb nog nooit van mijn leven zoveel geld gehad,' zei Philippine blij. 'Ik spaar voor iets speciaals.'

'Ik spaar voor een reis naar Italië in het voorjaar, als we vakantie krijgen,' zei Camille. 'Ik wil naar Florence of Venetië. Ik ben daar nog nooit geweest.' Angélique had met een vaste stroom inkomsten deuren voor hen geopend die eerder voor hen gesloten waren geweest. In het gezelschap van de wereldwijze, onderlegde mannen met wie ze omgingen hadden ze zich ontwikkeld tot elegantere vrouwen, en velen van hen waren interessanter dan de echtgenoten van de mannen, en in elk geval opwindender. Iedereen was beter geworden van Le Boudoir. Angélique dacht soms aan de kinderen van de Fergusons en vroeg zich af hoe het met hen zou gaan. Ze had ze graag allemaal een kerstcadeautje gestuurd, maar dat durfde ze niet, en ze wist zeker dat hun ouders het niet goed zouden vinden dat ze iets van haar kregen. Helemaal als ze zouden weten wat ze nu deed, maar gelukkig konden ze daar niet achter komen. Uiteindelijk hadden ze haar een enorme dienst bewezen door haar te ontslaan. Het geld van haar vader had ze alweer aangevuld en ze had nu zelfs nog meer. Ze was een aardig reservepotje aan het opbouwen.

Ze had ook eindelijk geschreven naar mevrouw White op Belgrave en een verhaal verzonnen over dat ze in Parijs een baan als kindermeisje had, met twee lieve kinderen. Mevrouw White was opgelucht om het te horen en schreef meteen terug. Angéliques broer en Elizabeth waren nog steeds bezig het huis opnieuw in te richten en hadden meer personeel aangenomen voor de grote feesten die ze gaven. En ze waren bezig het huis aan Grosvenor Square op te knappen en volledig te moderniseren, wat extreem veel geld kostte.

Jacques kwam er na de lunch bij en ging een poosje bij de meisjes zitten. Daarna deden Fabienne en hij een kaartspelletje in de salon, en uiteindelijk verzamelden ze zich allemaal om de piano, waar Camille en Philippine om de beurt speelden en ze samen kerstliedjes zongen. Het was een liefdevolle dag waarin iedereen herinneringen met elkaar deelde en praatte over de gezinnen die ze hadden achtergelaten en in veel gevallen waren kwijtgeraakt. Ze waren nu familie van elkaar geworden. Laat in de middag zag Angélique dat Jacques en Fabienne samen door de tuin liepen en elkaar kusten, en ze vroeg zich af wat daarvan zou komen. Sommigen van de meisjes hadden een hechte band ontwikkeld met hun klanten, maar de meesten hadden slechts een oppervlakkig contact met de mannen die naar het huis kwamen. Dat was gemakkelijker, hoewel bijna alle meisjes zeiden dat ze ooit wilden trouwen. Het was een droom die Angélique niet langer met hen deelde. Ze was nog nooit verliefd geweest en wilde dat nu ook niet. Haar leven was in haar eentje eenvoudiger dan met een man. En ze wist nu te veel. Bijna al hun klanten waren getrouwd, en sommige hadden vaste maîtresses en brachten toch nog bezoekjes aan het huis. Ze wilde niet de vrouw zijn die door haar man werd bedrogen, of leven zoals de Fergusons, die allebei ontrouw waren en er affaires op na hielden. Ze wist zeker dat haar vader niet zo was geweest, maar de meeste mannen die ze nu kende zagen geen enkele reden om weerstand te bieden aan een knappe vrouw, of ze getrouwd waren of niet.

De meisjes hadden een prettige, ontspannen dag, en wat later kwamen er een paar klanten binnen om een rustige avond door te brengen. De dag eindigde in een warme, gemoedelijke sfeer.

Op oudejaarsavond gaven ze weer een groot feest, dat tot de volgende ochtend doorging. Al hun klanten hadden te veel gedronken en moesten door Luc en Jacques in hun rijtuigen worden geholpen. En sommige hadden nog steeds een erg zwaar hoofd toen ze de volgende dag terugkwamen.

Een week later kwam John Carson, de oudere Amerikaanse financier, het huis weer bezoeken. Hij was op zoek naar Angélique en keek zeer verheugd toen hij haar meteen bij binnenkomst opmerkte. Ze zat in de zitkamer, omringd door bewonderaars, die allemaal hoopten dat ze zich op een dag zou laten vermurwen en de nacht met hen door zou brengen. Ze was een uitdaging voor hen allemaal, maar ze ging niet op hun smeekbeden in en vond het leuk om wat met hen te dollen. John stond haar met een glas whisky in zijn hand vanaf een afstandje te bewonderen. Hij zag eruit als een zeer welvarend man. Hij wachtte tot de anderen weg waren om rustig met haar te kunnen praten. Hij had een zeer vastberaden blik in zijn ogen en voelde zich minder ongemakkelijk dan bij zijn eerdere bezoek.

'Ik heb veel aan je gedacht sinds de laatste keer dat ik je heb gezien.' Hij keek haar diep in de ogen, en ze glimlachte, maar hij zag niet waar hij op had gehoopt, noch zag hij iets weerspiegeld van de gevoelens die hij duidelijk voor haar koesterde.

'Dank je wel, John,' zei ze zacht. Zij had ook af en toe aan hem gedacht en zich afgevraagd of hij terug zou komen. Hij was enkele maanden niet in Parijs geweest en zei dat hij het druk had gehad in New York. Hij vertelde haar dat de economie bloeide en dat hij bij veel ondernemingen een dikke vinger in de pap had en bij allerlei opwindende nieuwe ontwikkelingen betrokken was. Maar hij was hier niet om met haar over zaken te praten. Hij had maandenlang nagedacht over wat hij haar wilde zeggen. Hij vertelde dat hij over een paar dagen naar Londen zou gaan om de regering bij te staan, aangezien de Engelse koning ernstig in de schulden zat. Hij had een vermogen besteed aan de verbouwing van Buckingham Palace, Windsor Castle en nog wat andere belangrijke gebouwen, en zijn adviseurs hadden hem niet van zijn buitensporige uitgaven kunnen weerhouden. Bovendien was hij een zware drinker. Hij was inmiddels een buitengewoon onpopulaire vorst geworden. Ze wilden graag dat John hen zou helpen de zaken recht te zetten en de koning te adviseren, wat voor hem een grote eer was.

'Ik wilde met je praten over een idee dat ik had,' zei John zacht. 'Je bent jong, Angélique, en je hebt hier een mooie tijd. Ik zie dat je zaken goed lopen, en je bent omringd door de interessantste mensen van Parijs. Ik wed dat elk vermogend, invloedrijk man hier vroeg of laat zijn opwachting maakt, meer dan eens zelfs. Maar dit is geen beroep waar je altijd mee door kunt gaan. Op een dag wordt het een zware last voor je, en er kan elk moment iets misgaan, waardoor je alles wat je hebt opgebouwd kwijtraakt. Het is een huis gebouwd op drijfzand,' zei hij ernstig. 'Ik wil je iets aanbieden wat meer solide is.' Hij zweeg even en zij keek hem verbaasd aan. Ze wist niet waar hij met zijn zorgvuldig voorbereide toespraak naartoe wilde. Ze vermoedde dat hij er goed over had nagedacht, en dat was ook zo. 'Ik wil je een mooi huis aanbieden in New York, een huis alleen voor jou, met alle bedienden die je wenst. Je kunt het net zo weelderig inrichten als je wilt, en je kunt er alles hebben wat je hartje begeert. Je kunt gasten ontvangen, met mij mee op reis gaan, en het leven van een respectabele vrouw leiden, voor zover ik je dat kan bieden, want ik ben getrouwd. Ik denk dat er geen goede manier is om dit tegen je te zeggen, maar ik zou graag willen dat je mijn maîtresse zou worden, met alles wat je wenst, en mij aan je voeten.' Hij keek haar glimlachend aan, ervan overtuigd dat ze onder de indruk zou zijn. En dat was ze ook. Het was een buitengewoon genereus aanbod, en voor de meeste vrouwen zou het verleidelijk zijn geweest om het aan te nemen, maar niet voor haar. Ze hield niet van hem, en ze wilde niet zijn maîtresse zijn, zelfs niet zijn vrouw. Ze wist dat als ze zich ooit aan een man zou binden, het een respectabele verbintenis zou moeten zijn, uit liefde. 'Ik zou veel tijd met je doorbrengen. Mijn vrouw is ziek.' Hij zweeg even. 'En het is vanaf het begin een rampzalig huwelijk geweest. We hebben een fantastische zoon samen, maar verder hebben we niets met elkaar gemeen, en dat is altijd zo geweest. Zelfs toen ze nog gezond was, hebben we bijna dertig jaar ieder ons eigen leven geleid.' Ze schatte hem een jaar of zestig, en hij was een knappe man, maar er ontbrak iets. Ze had het vreemde gevoel dat hij haar wilde bezitten, niet dat hij van haar wilde houden. Ze was ervan overtuigd dat hij haar alles zou geven wat hij beloofde, en dat hij zijn woord zou houden. Ze wist dat veel vrouwen de kans die hij haar bood met beide handen zouden aangrijpen, maar zij kon dat niet. Ze had geen behoefte om zichzelf als slaaf te verkopen aan hem of wie dan ook, of om een vogel in een gouden kooi te zijn, als iemands maîtresse. Ze had een respectabel leven opgegeven toen ze Le Boudoir opende, maar ze had onafhankelijkheid verworven. Ze kon haar eigen beslissingen nemen en doen wat ze wilde. Ze wilde dat nu niet opgeven en wist niet eens zeker of ze dat zou kunnen. De vrijheid smaakte te zoet. Ze had geen echtgenoot of werkgever, geen weldoener of broer of andere man aan wie ze verantwoording hoefde af te leggen, die haar vertelde wat ze wel en niet kon doen en beslissingen voor haar nam. Over een paar maanden werd ze eenentwintig, en het leek nog veel te vroeg om alles wat ze had bereikt op te geven. Wat ze deed beschouwde ze als iets tijdelijks. Als ze zijn maîtresse werd, zou dat voorgoed zijn, alsof ze zijn vrouw was, maar dan erger. Hoe vriendelijk en intelligent hij ook was, Angélique wilde niet iemands eigendom zijn, of het bezit zijn van een man.

'Ik ben erg geroerd door je aanbod,' zei ze en ze keek hem aan, om te peilen wat hij voor haar voelde. Ze kon er niet achter komen of het zijn ego was dat sprak, of zijn hart. En ze voelde dat haar weigering een klap voor hem zou zijn. 'Maar ik kan dat niet doen. Ik wil in Parijs blijven, en ik ben er niet aan toe om Le Boudoir op te geven. Ik vind het fijn om mijn eigen bedrijf te runnen. Hoe verleidelijk en vriendelijk het aanbod ook is, ik wil niemands maîtresse zijn, en ik betwijfel of ik dat ooit zal willen.'

'Ik kan niet met je trouwen, Angélique,' zei hij verdrietig. 'Na al die tijd kan ik dat mijn vrouw niet aandoen. Vooral niet nu ze ziek is.' Hij respecteerde haar, ook al hield hij al jaren niet meer van haar.

'Ik wil geen huwelijk. Ik wil vrij zijn om mijn eigen keuzes te maken en mijn eigen beslissingen te nemen. Als jij mij zo overdadig zou steunen, zou ik dat niet meer kunnen doen. Alle beslissingen zouden door jou worden genomen, alsof we getrouwd waren. En het huis en alles wat erin stond zou van jou zijn.'

'Ik zou het je natuurlijk geven, als geschenk. Alles wat ik je zou geven, zou van jou zijn.' Hij vroeg zich even af of ze met hem probeerde te onderhandelen om er meer uit te halen, maar hij zag dat dat niet zo was. Ze was een vrouw met principes, die haar waarden en wat ze wilde voor niets of niemand opofferde.

'En ik ben gelukkig in Parijs. Ik ben er helemaal niet van overtuigd dat ik gelukkig zou zijn in New York. En ik wil misschien ooit terug naar Engeland.' Hoewel ze niet zou weten hoe. Op dit moment was er daar voor haar niets anders dan herinneringen, verdriet en verlies, en dat zou misschien altijd zo blijven. Maar het was nog steeds haar land, meer dan Frankrijk. Ze was er opgegroeid en voelde zich meer Engels dan Frans. Maar ze had geen enkele band met Amerika. Ze kon zichzelf daar niet voorstellen.

'Ik denk dat je het er erg naar je zin zou hebben, vooral met een mooi groot huis voor jezelf.' Hij probeerde haar in verleiding te brengen, zonder resultaat. Hij had een vastberaden blik in zijn ogen. Hij wilde niet verliezen. Maar hij zou het bij haar niet winnen.

'Misschien wel,' zei ze zacht, maar hij zag dat hij haar niet had overtuigd. Even leek hij kwaad te worden, maar toen werd hij verdrietig.

'Zul je erover nadenken?' drong hij aan, maar ze schudde haar hoofd.

'Ik wil je geen valse hoop geven,' zei ze eerlijk. Ze wilde niet tegen hem liegen. 'Ik denk niet dat ik het temperament heb voor een maîtresse. Een courtisane misschien, maar geen maîtresse.' Het leek haar veel te benauwend. Haar vrienden behoorden tot de machtigste mannen van de stad en van het land, en steeds meer mannen uit heel Europa kwamen naar Le Boudoir, onder wie haar eigen broer, die niet meer was dan een waardeloze dronkenlap en een tweede zoon. Maar anderen waren belangrijker en interessanter. En John behoorde zeker tot die laatsten. Voor zover ze wist was hij een zeer belangrijk man in de Verenigde Staten. 'Het is een buitengewoon vleiend aanbod, maar ik kan het niet aannemen.' Hij knikte. Hij zag dat hij niet verder kwam en hij verliet haar die avond met spijt in zijn hart. De volgende dag kwam hij terug, en vertelde haar dat hij naar Londen ging. Hij beloofde dat hij haar de volgende keer dat hij in Parijs was weer zou komen opzoeken.

'Denk over mijn aanbod na. Misschien verander je van gedachte,' zei hij op een toon die hij in het zakenleven gebruikte om een deal te sluiten. Ze zag dat hij het meende, maar het klonk haar niet als liefde in de oren.

'Zorg goed voor jezelf,' zei ze vriendelijk. Hij zag er niet gelukkig uit. 'En red de financiën van onze koning.' Ze keek hem glimlachend aan. 'Hij is een neef van mijn vader. Als klein meisje ben ik bij zijn kroning geweest.'

'Je bent een uitzonderlijke vrouw,' zei hij verlangend. Hij gaf haar een kus op de wang en vertrok. Zijn missie om haar over te halen zijn maîtresse te worden was mislukt en hij voelde de stekende pijn daarvan toen hij terugging naar zijn hotel. Hij begeerde haar er alleen maar meer om.

Gedurende het hele voorjaar liepen de zaken in Le Boudoir goed. Hun klanten kwamen vaak en regelmatig en ook in andere steden in Europa hoorden mensen over hun bestaan. Ze hadden verschillende nieuwe Britse bezoekers, Italiaanse prinsen en graven en een Spaanse hertog in huis gehad. Mannen van adel dromden met hun bekende klanten samen in de zitkamer. De meisjes werden goed behandeld en kregen vaak prachtige cadeaus en gulle fooien van hun klanten.

In mei vierden ze het eenjarig jubileum van de opening van het huis. Angélique had al verschillende zaken vervangen en opgeknapt, en het huis werd allengs weelderiger en luxueuzer. Ook de meisjes gingen steeds stijlvoller gekleed. Angéliques kleding behoorde tot de modieuste van Parijs. Ze was eenentwintig en mooier dan ooit, en de meisjes waren oneindig meer verfijnd dan in het begin. Ze waren de mannen die ze bedienden waardig. Andere meisjes zochten vaak contact met Angélique om te vragen of ze voor haar mochten werken, maar ze was tevreden met het aantal meisjes dat ze hadden. Zowel de mannen als de vrouwen die in Le Boudoir bijeenkwamen vormden samen een kleine, exclusieve groep. Geen van hen had verwacht dat het zo'n groot succes zou worden.

Een paar dagen na hun jubileum kwam er op een avond weer

een nieuw groepje Engelsen naar het huis. Ze waren rumoerig en vrolijk, erg goed gekleed en flink aangeschoten. Angélique merkte hen op toen ze binnenkwamen. En ze hoorde hen aan Jacques vertellen dat ze door vrienden waren doorgestuurd. Jacques keek haar aan en ze knikte. Volgens haar was er geen probleem. Toen zag ze een bekend gezicht in de groep. Het was Harry Ferguson, haar werkgever uit de tijd dat ze als kindermeisje werkte. Ze trok zich discreet terug, net zoals ze had gedaan toen haar broer Edward was komen opdagen. Ze fluisterde tegen Fabienne dat ze naar boven ging en vertrok.

'Je broer weer?' vroeg Fabienne toen Angélique langs haar heen glipte, maar ze schudde haar hoofd.

'Ik vertel het je later wel. Neem jij hen onder je hoede,' fluisterde, en ze verdween de trap op naar haar kamer op zolder. Het was al laat. Ze was niet van plan nog naar beneden te gaan, dus ze kleedde zich uit en ging naar bed. Het verbaasde haar niet echt om Harry bij Le Boudoir te zien. En ze wist zeker dat hij nooit verband zou leggen tussen de Hertogin en het kindermeisje dat hij veertien maanden geleden had ontslagen. Hij had haar een grote dienst bewezen en het interesseerde haar niet meer dat ze haar niet hadden geloofd en naar de leugens van hun vriend hadden geluisterd. Ze was nu oneindig veel gelukkiger, hoewel ze Emma nog steeds miste en af en toe aan haar moest denken.

Toen ze elkaar de volgende ochtend bij het ontbijt zagen, vroeg Fabienne haar wie de man was geweest.

'Hij was degene bij wie ik terecht was gekomen en voor wie ik als kindermeisje heb gewerkt toen mijn broer me als een stuk vuil het huis uit zette.'

'De man die je heeft ontslagen?'

'Ja,' zei Angélique met een glimlach. 'Heb jij hem gisteravond gehad?'

'Nee, hij wilde Ambre. Hij had over haar gehoord. Hij wilde

Yaba ook, maar die had al iemand. Ze bleven lang en betaalden erg goed. Blijkbaar heeft hij veel geld te besteden.' Angélique knikte en begon de krant te lezen. Harry Ferguson betekende niets voor haar, net zo min als zijn vrouw en zijn geld.

Ze las dat er weer onrust was in Parijs over de Franse koning. Hij dreigde het kabinet op te doeken en de mensen waren daar erg kwaad over. Ze had het uitgebreid besproken met Thomas, die als minister veel wist. Politiek intrigeerde haar altijd. Thomas had haar verteld dat hij bang was dat de zaken een verkeerde wending zouden nemen. Er gingen geruchten dat koning Charles zou worden afgezet en er heerste angst voor een nieuwe revolutie, maar hij dacht niet dat het zover zou komen. Hij had beloofd haar te waarschuwen als het ernaar uitzag dat het toch zou gebeuren, maar voorlopig leek alles onder controle. En geen van hun andere klanten die in de regering zaten leek zich zorgen te maken.

In juni las ze tot haar verdriet dat koning George IV van Engeland, de neef van haar vader, was overleden. Hij had op Windsor Castle een hartaanval gekregen en was plotseling gestorven. Hij was jarenlang extreem zwaarlijvig geweest en had zich aan allerlei excessen overgegeven. Ze vroeg zich af of John nog iets van zijn financiële problemen had weten op te lossen toen hij naar Engeland was gegaan. Koning George was pas zevenenzestig toen hij overleed, tien jaar jonger dan haar vader. En hij werd opgevolgd door zijn jongere broer William, die koning William IV zou worden. Volgens de krant was er nog geen datum voor de kroning vastgesteld, en zou die voorlopig ook nog niet plaatsvinden. George had slechts één dochter en verschillende onwettige kinderen, dus werd hij opgevolgd door zijn broer William, hoewel die maar drie jaar jonger was dan hij. Diens opvolging zou uiteindelijk ook een probleem worden, omdat zijn wettige kinderen allemaal kort na hun geboorte waren gestorven. Hij had tien onwettige kinderen bij een Ierse actrice, Dorothea Jordan, met wie hij nooit was getrouwd. De grillen en misdragingen van het Britse koningshuis waren moeilijk te volgen, maar Angélique was er goed van op de hoogte.

In juli, een maand na de dood van koning George, kwam Thomas haar in stilte een bezoekje brengen, zoals hij wel vaker deed, om wat tijd met haar door te brengen. Hij was een bekende figuur in het huis, en de meisjes vroegen zich altijd af of er meer van zou komen, maar Angélique hield vol dat ze alleen maar vrienden waren. Toen hij die dag verscheen, vertelde hij dat hij zich grote zorgen maakte over haar veiligheid. Koning Charles had het parlement ontbonden, dat hij te liberaal vond, en had de pers onder censuur geplaatst. Woedende burgers verzamelden zich en de komende uren zouden er barricades worden opgericht en waarschijnlijk zouden er gevechten uitbreken op straat. De mensen waren de Bourbons beu. Het zou waarschijnlijk tot een gewelddadige confrontatie komen, die misschien zelfs zou leiden tot een nieuwe revolutie.

'Jij en de meisjes moeten vanavond onmiddellijk de stad verlaten,' vertelde hij haar.

'Maar waar moeten we dan naartoe?' vroeg Angélique in paniek. Ze was doodsbang voor een soortgelijke revolutie als die haar grootouders en de meesten van haar familieleden het leven had gekost en die ervoor had gezorgd dat haar moeder als baby in Engeland terecht was gekomen.

'Ik raad je sterk aan om tot het rustig is een vakantie aan zee te nemen.' Ze zag dat hij het meende en dacht razendsnel na. Ze wilde het huis niet verlaten, maar ze wilde ook hun levens en veiligheid niet op het spel zetten. Zij was verantwoordelijk voor de tien vrouwen die bij haar woonden en voor haar werkten. 'Kun je over een paar uur klaarstaan om te vertrekken?' vroeg hij, diepbezorgd. Ze wist dat hij over voldoende vertrouwelijke informatie beschikte. Als hij haar vertelde dat ze Parijs moest verlaten, zou ze gek zijn om dat niet te doen. Ze vertrouwde hem volledig en wist dat zijn bezorgdheid om haar oprecht was.

'Als het moet kan dat. Ik zal het meteen regelen,' zei ze, terwijl ze probeerde te bedenken wat ze moest doen.

'Kom pas terug wanneer het veilig is,' waarschuwde hij, en een paar minuten later drukte hij een tedere kus op haar wang en vertrok.

Ze stuurde Jacques en Luc er meteen op uit om drie rijtuigen voor hen te huren, en ging van kamer naar kamer om de meisjes te vertellen dat ze hun koffers moesten pakken. Ze zouden over een uur naar Normandië vertrekken en daar in een herberg logeren, als ze genoeg kamers kon krijgen. Ze wist niet of ook anderen de stad zouden ontvluchten en de plaatselijke herbergen zouden vullen. Ze was Thomas dankbaar dat hij haar had gewaarschuwd.

De meisjes pakten haastig hun spullen bij elkaar en een uur later klommen ze in de drie rijtuigen die de jongens op deze korte termijn hadden gevonden. Hun eigen oude rijtuig gebruikten ze voor de bagage. De rijtuigen waren niet elegant maar bruikbaar en de paarden zagen er sterk uit. Twee uur na het bezoek van de minister hadden ze de stad verlaten en waren ze onderweg naar Normandië. Die nacht kwamen ze aan en het lukte haar om voor hen allemaal kamers te bemachtigen bij een comfortabele herberg met uitzicht op zee. Nadat ze zich hadden geïnstalleerd, wachtten ze op nieuws uit de stad. Angélique had haar kistje met geld en sieraden meegenomen en had genoeg kleren bij zich om een maand weg te blijven. Ze had ook een grote doos met hoeden meegebracht, en de andere meisjes hadden op haar aanwijzingen hetzelfde gedaan. Jacques en Luc waren thuisgebleven om de twee dienstmeisjes te beschermen en hadden haar verzekerd dat ze goed voor hen zouden zorgen.

Het nieuws voor de volgende paar dagen was alarmerend. De opstand werd een revolutie genoemd en koning Charles werd gedwongen om af te treden. Maar de kleinschalige revolutie was in drie dagen afgelopen. Een week later werd de troon aangeboden aan Charles' neef, Louis-Philippe, van het huis van Orléans, en hadden ze een nieuwe koning. Tien dagen daarna, terwijl Angélique en de meisjes ver van Parijs omringd door wilde bloemen over landelijke weggetjes liepen, deed Charles troonsafstand en vertrok vreedzaam naar Engeland. De orde in de stad was intussen hersteld. In theorie konden ze teruggaan. Maar Angélique vond het beter in elk geval nog een week te wachten, om er zeker van te zijn dat alles inderdaad weer veilig was en er verder niets zou gebeuren. Ze waren al drie weken in Normandië en konden nog wel een paar weken wachten. Ze hadden het er best naar hun zin. Ze hadden een aangename, onverwachte vakantie en waren ver verwijderd van de chaos in de stad, allemaal dankzij Thomas' waarschuwing. Angélique was erg blij dat ze op tijd waren vertrokken en niets van de narigheid hadden hoeven meemaken, en de meisjes genoten van hun verblijf aan de kust en de onderbreking van het leven in Parijs.

Ze hadden nogal wat boze blikken gekregen van plaatselijke bewoonsters, toen die al die mooie vrouwen zagen in hun elegante jurken. Omdat ze met z'n elven waren, trokken ze overal waar ze kwamen de aandacht, en vrouwen vitten op hun echtgenoten wanneer die naar hen keken.

Begin september, toen Jacques haar een bericht had gestuurd dat alles weer vredig en veilig was, nam Angélique de meisjes mee terug naar Parijs. Ze waren zes weken weggeweest en kwamen verfrist, opgewekt en vol energie terug in het huis, klaar om hun klanten te ontvangen. De minister was hun eerste bezoeker en wilde weten of alles goed was.

'Dank je wel voor de waarschuwing,' zei Angélique, toen

hij naar haar toe kwam. 'Het moet hier erg onaangenaam zijn geweest.'

'Een paar dagen maar. Het was erg snel voorbij. En we zullen zien hoe de nieuwe koning het doet. Ik hoop dat hij redelijker zal zijn dan zijn voorganger.'

'De meisjes hebben genoten van hun vakantie,' gaf ze met een glimlach toe. Ze was blij hem te zien.

Direct na hun thuiskomst kwamen de klanten weer toestromen, verheugd dat ze terug waren. Ze hadden de meisjes in augustus gemist, hoewel velen van hen zelf ook in hun landhuizen en kastelen op het platteland hadden verbleven, zoals ze elk jaar deden. Maar nu was iedereen terug, en september was een drukke maand. Het was abnormaal warm voor de tijd van het jaar, meer nog dan in Normandië, waar altijd een aangenaam briesje stond.

De week nadat ze uit Normandië waren teruggekomen, zag Angélique tot haar verbazing dat John weer in Parijs was. Hij zei dat hij er zaken te doen had, en hij had ook een afspraak in Londen met de nieuwe koning. Maar hij zei dat hij haar iets te vertellen had waardoor ze misschien anders tegen de dingen aan zou kijken. Sinds zijn laatste bezoek in januari had er in zijn leven een belangrijke verandering plaatsgevonden. Zijn vrouw was in juni overleden en hij zou de eerstkomende maanden in de rouw zijn. Maar hij vertelde Angélique dat hij na deze periode van formele rouw bereid was met haar te trouwen. Hij hoefde zich niet langer te beperken tot een aanbod zijn maîtresse te worden – hij kon een eerlijke vrouw van haar maken. Zijn ogen smeekten haar zijn aanbod aan te nemen. Maar het simpele feit was dat ze niet van hem hield. Hij was veertig jaar ouder dan zij. Ze mocht hem graag en vond het leuk om met hem te praten in de salon, maar ze wilde niet met hem trouwen, hoe vrijgevig hij ook bereid was te zijn. En ze was geschokt door zijn onverwachte aanzoek.

'John, dat kan ik niet doen,' zei ze verdrietig. 'Ik heb het je eerder gezegd, mijn leven is hier. Ik wil niet naar New York. En ik wil niet trouwen. We kennen elkaar nauwelijks. En wat als iemand ontdekt hoe we elkaar hebben leren kennen? Dat je me hier hebt ontmoet? Ik ben madam van een bordeel. Hoe zou het in je leven passen als iemand daarachter zou komen?'

'Waarom zouden ze daarachter komen?' vroeg hij zelfverzekerd. 'Niemand hoeft ooit te weten hoe of waar wij elkaar hebben leren kennen. Je bent van een buitengewoon respectabele familie. En ik ben oud genoeg om te doen wat ik wil. Ik ben niet meer op een leeftijd dat het mijn carrière nog zal schaden. En niemand komt erachter.' Als dat wel zou gebeuren, kon het hem bovendien niet schelen. Hij wilde haar wanhopig graag hebben. Sinds juni had hij aan niets anders gedacht, en hij had haar geloofd toen ze zei dat ze niemands maîtresse wilde zijn. Hij was bereid het risico te nemen, en als iemand haar herkende, zou hij dit deel van haar voorgeschiedenis ontkennen. Hij wilde haar zo graag dat het bijna een obsessie was. Ze wist niet of hij van haar hield, hoewel hij zei van wel, maar hij begeerde haar meer dan wat ook ter wereld. Hij móést haar hebben. Er kwam voor hem geen redelijkheid meer aan te pas. Maar voor haar wel.

'Ik kan je aanbod niet aannemen,' zei ze vriendelijk. 'Niet als je maîtresse, en ook niet als je vrouw. Het spijt me heel erg dat je vrouw is overleden. Zelfs als je niet gelukkig met haar was, weet ik zeker dat je er erg verdrietig over bent. Maar ik kan niet met je trouwen.'

Hij stond op en keek op haar neer. Even leek hij woedend te worden. Hij was verbluft en leek niet te kunnen geloven dat ze hem had afgewezen, ondanks zijn bereidheid met haar te trouwen. Hij zou alles voor haar op het spel zetten. Maar Angélique was onvermurwbaar. Ze wilde niet onder zijn druk iets doen waarvan ze hem herhaaldelijk had gezegd dat ze het niet wilde. Ze hield niet van hem en wilde niet weg uit Parijs. En hoewel ze dat niet tegen hem zei, vond ze hem te oud voor haar – hij had haar grootvader kunnen zijn. Maar los van zijn leeftijd, ze hield niet van hem, en dat was voor haar het belangrijkste.

'Ik zal je niet meer lastigvallen,' zei hij, en na een laatste verslagen blik liep hij de kamer door en de deur uit, zonder om te kijken. En dit keer wist ze dat ze hem niet terug zou zien.

16

De herfst had een goed begin met nieuwe én oude klanten. Na de driedaagse revolutie in juli en de komst van een nieuwe monarch was Parijs weer tot rust gekomen en de mensen waren hoopvol dat de nieuwe koning beter zou regeren dan de oude. Hun klanten hadden het druk met zich aan te passen aan de machtswisseling. Er werden nieuwe overeenkomsten gesloten en nieuw beleid en nieuwe wetten gemaakt. Dit verhoogde de spanning en opwinding van dat moment, wat Angélique en de meisjes in het huis konden voelen. Er was een golf nieuwe energie vrijgekomen.

'Ze zijn wel erg levendig, hè?' merkte Philippine op een avond op, toen de laatste klant was vertrokken. Ambre was voortdurend in touw geweest, en ook naar Camille, Agathe en Fabienne was veel vraag. Het was alsof de mannen te veel energie hadden en niet wisten wat ze ermee aan moesten. Het was Angélique opgevallen dat de politieke discussies in de salon ook verhitter waren dan gewoonlijk. Het warme weer droeg daar mede toe bij, maar ook de politieke situatie speelde een rol, en de mannen hunkerden ernaar om zich boven van hun spanningen te ontdoen. De meisjes zagen er die avond moe uit, en Angélique was dat ook. Verschillende klanten waren pas laat binnengekomen en sommige hadden erg veel gedronken, wat hen licht ontvlambaar maakte. En aangezien ze geen van allen met hun echtgenoten over politiek spraken, wilden ze de nieuwe veranderingen allemaal met Angélique bespreken, die zo intelligent was en goed op de hoogte van de politieke gebeurtenissen.

De avond daarop laaiden in een soortgelijke sfeer en in de drukkende hitte die nog in de lucht hing de gemoederen hoog op. Er begon een discussie over de koningen van het huis van Bourbon versus die van Orléans, en een aantal mannen was van mening dat Louis-Philippe niet beter zou zijn dan zijn voorganger, waar andere klanten het niet mee eens waren. Voordat iemand hen kon tegenhouden begonnen twee mannen, die voordat ze naar het huis kwamen al te veel hadden gedronken, in de salon tegen elkaar te schreeuwen. De een gaf de ander een zet, anderen probeerden tussenbeide te komen en er vielen klappen. Op een teken van Angélique kwamen Jacques en Luc de salon binnen. Het was voor het eerst dat er tussen haar aristocratische klanten een vechtpartij uitbrak, en ze wilde dat de mannen verwijderd werden voordat ze elkaar konden verwonden. In hun toestand kon en wilde ze hen niet laten blijven. Le Boudoir was bedoeld als toevluchtsoord voor belangrijke mannen, niet als boksring. Jacques greep een van de twee mannen bij zijn schouder, maar voordat Luc de ander kon bereiken, haalde de grootste heethoofd een pistool met een parelmoeren handvat uit zijn zak en schoot zijn tegenstander in de borst. Er verscheen een rode bloem van bloed in het onberispelijk gesteven witte vest van de man en hij zakte met een verbaasde uitdrukking op zijn gezicht voor Jacques' voeten op de grond. De man met het pistool probeerde de kamer uit te strompelen, maar Luc greep hem stevig beet en hield hem tegen.

Angélique kende de schutter slechts oppervlakkig, maar zijn slachtoffer was een van hun beste klanten. Ze boog onmiddellijk over hem heen terwijl hij naar adem hapte. Een tiental mannen voegde zich bij Luc om te voorkomen dat de schutter ontkwam, en Angélique keek naar hen op. 'Haal een dokter,' zei ze tegen Luc, en op dat moment stapte Thomas uit de menigte naar voren. Ze was even vergeten dat hij daar was, en ze was enorm dankbaar hem te zien. Ze had geen idee wat ze verder moest doen. De situatie zag er slecht uit en zou voor hen allemaal tot een schandaal leiden. Ze kon zich niet voorstellen dat Thomas iets voor hen zou kunnen doen. De schutter zat met een verdwaasde blik onderuitgezakt in een stoel en deed geen pogingen meer om weg te komen. Thomas nam de toestand aandachtig in zich op.

Angélique pakte een kussen en legde dat onder het hoofd van de neergeschoten man. Ze wist niet wat ze anders moest doen. Een van de meisjes kwam de trap af rennen met een stapel handdoeken om het bloeden te stelpen – hij zat er intussen helemaal onder, net als Angéliques jurk, en zijn hele vest was rood. De man balanceerde duidelijk op het randje van de dood en ondanks de druk die Angélique en Agathe op de wond uitoefenden hield het bloeden niet op. Zijn ogen waren weggedraaid en hij kon niet meer praten. De kogel had ernstige schade aangericht. Zijn aanvaller en hij hadden nog geen meter uit elkaar gestaan toen het schot werd gelost. Er ging een geroezemoes door de kamer terwijl de mannen toekeken. Velen van hen kenden het slachtoffer. Hij was een van de meest gerespecteerde bankiers van Parijs en de schutter was een lid van het parlement dat in juli door koning Charles was ontbonden, wat hem zeer had verbitterd.

Plotseling maakte de man op de grond een verschrikkelijk rochelend geluid en terwijl Thomas naast hem op de grond knielde, borrelde er een stroompje bloed uit zijn mond omhoog en droop langs zijn kin naar beneden. Angélique trok hem een beetje omhoog, in de hoop dat dat hem zou helpen met ademhalen, maar toen blies hij zijn laatste adem uit en stierf in haar armen, terwijl ze allemaal ontzet toekeken. Hij was in haar zitkamer vermoord. Ze legde hem zachtjes neer, terwijl Thomas zijn pols voelde. Het slachtoffer lag met zijn ogen open en ademde niet meer. De mensen in de kamer keken elkaar in paniek aan en bespraken met gedempte stem wat ze moesten doen. Niemand had de tijd gehad om de politie te halen, of had daar zelfs maar aan gedacht – het was allemaal zo snel gegaan. Angélique keek Thomas vragend aan. Er stonden zeker dertig man in de kamer toen Thomas de leiding nam. Hij kende de meeste mensen die daar waren. De schutter zat, verbijsterd door wat hij had gedaan, in zijn stoel en wist dat het leven zoals hij dat had gekend binnenkort afgelopen zou zijn. Iemand had nadat hij de fatale kogel had afgevuurd het pistool van hem afgepakt en Angélique had geen idee waar het was. Thomas nam met een sterke, rustige stem het woord.

'Heren, ik stel voor dat u allemaal onmiddellijk vertrekt. U bent hier niet geweest. We hebben elkaar niet gezien. Is dat juist?' Ze knikten allemaal opgelucht. Ze wilden geen van allen iets te maken hebben met het onvermijdelijke schandaal dat zou volgen wanneer ze zouden toegeven dat ze hier deze avond waren geweest. Ze verdwenen snel naar buiten, terwijl Thomas Angélique opdracht gaf de meisjes boven te laten waarschuwen en hen te vertellen dat ook hun gasten moesten vertrekken. De klanten bij de meisjes in de kamers hadden geen idee wat er aan de hand was en wisten niet dat er iemand was vermoord. Angélique stuurde Agathe naar boven om het hen te vertellen en binnen enkele minuten haastten de mannen zich naar beneden. Daar gaf de minister hun dezelfde instructies die hij de anderen had gegeven en liet hen vertrekken. Niemand zou er graag voor uitkomen dat hij in een bordeel was geweest, waar een man bij een dronkenmansruzie was vermoord. De laatste klanten die het huis verlieten, zagen in het voorbijgaan de dode man open en bloot op de grond liggen. Ze vertrokken net zo snel als de anderen, en de man die het pistool had afgepakt, gaf het in het voorbijgaan discreet af aan Jacques. Die stond er nog steeds mee in zijn hand toen de schutter wankelend overeind kwam en van Angélique naar de minister keek. Hij was iets nuchterder dan toen hij de trekker overhaalde, maar hij was nog steeds erg dronken.

Thomas zei zachtjes tegen Agathe dat ze hem naar boven moest brengen om zijn roes uit te slapen. Hij wilde hem nu niet naar huis laten gaan, uit angst voor wat hij uit zou kramen.

'Ik moet naar de politie,' zei de man luid.

'Ik bén de politie,' zei de minister kwaad. 'Ga naar boven, en doe wat je gezegd wordt.'

'Ik heb hem vermoord,' zei de man, terwijl Agathe hem de trap op leidde, naar haar kamer. Hij verdween snikkend, terwijl Thomas zich naar Angélique omdraaide. Ze was bang, maar deed moedig haar best om een rustige indruk te maken.

'Wat moeten we nu doen?' vroeg Angélique aan Thomas. Ze was bijna net zo bleek als de dode man die nog bij haar voeten lag.

'We moeten hem ergens in de buurt van zijn huis neerleggen, zodat hij daar wordt gevonden. Zijn vrouw hoeft niet te weten dat hij hier is vermoord. Niemand zal iets zeggen.' Het was niet de eerste keer dat er een man in een bordeel was overleden. En Thomas wilde nu vooral een schandaal vermijden, meer nog voor de anderen en met name Angélique dan voor de schutter.

'Als Dumas morgen nuchter is, ga ik met hem naar de politie, en daar gaat hij bekennen dat hij zijn slachtoffer bij een ruzie op straat heeft doodgeschoten en hem daar, dronken als hij was, heeft achtergelaten. Heb je een rijtuig?' vroeg hij snel.

'Ja.'

'Laat het door een van je mannen voorrijden. Ze kunnen Vincent achterlaten in een stil straatje in de buurt van zijn huis, waar hij zal worden gevonden.' Hij instrueerde Luc en Jacques om het slachtoffer in een deken te wikkelen en hem daarmee in het rijtuig te tillen. Een minuut later vertrok Luc om het rijtuig te halen en Jacques overhandigde Thomas het wapen. Angélique was oneindig dankbaar dat hij daar was.

Luc was binnen enkele minuten terug met het rijtuig en zette het voor de deur. Gelukkig stonden er geen andere huizen in de buurt. Luc en Jacques droegen de dode man snel naar buiten en legden hem, in de deken gewikkeld, op de bodem van het rijtuig.

Thomas vertelde hun waar de man woonde en kort daarna vertrokken ze op hun akelige missie om het schandaal te voorkomen dat Thomas Angélique en het huis wilde besparen. Hij wist dat iemand het slachtoffer snel genoeg zou vinden en de politie erbij zou halen. Luc en Jacques vertrokken zonder een woord te zeggen. Angélique liet intussen een van de dienstmeisjes komen om het tapijt schoon te maken, maar het meeste bloed van de dode man zat op haar jurk.

De meisjes waren intussen allemaal naar beneden gekomen. Ze bespraken zachtjes met elkaar wat er was gebeurd en wachtten tot ze te horen kregen wat ze hierna moesten doen. Ze keken allemaal doodsbang. 'Jullie hebben vanavond geen van allen iets gezien,' vertelde de minister hun resoluut. 'Er is niets gebeurd. Het was een gewone avond. Niemand zal jullie iets vragen. Hij is hier niet doodgeschoten. Hij zal worden gevonden op straat.' Hij stuurde de meisjes terug naar hun kamers en keek Angélique ernstig aan, terwijl ze in de eetkamer gingen zitten. Ze schonk een glas cognac voor hem in. Hij vond het verschrikkelijk wat hij haar moest vertellen. Maar er was geen andere keus.

'Je moet weggaan, Angélique. Niet voorgoed, maar een half jaar of een jaar, om elk vermoeden dat jij hier iets mee te maken hebt de kop in te drukken. Je klanten zullen hier ook een poosje niet durven komen. Zij zullen hier niets mee te maken willen hebben, en jij ook niet. Je kunt opnieuw beginnen, in een ander huis. Maar voorlopig niet. Dit soort dingen zijn vaker gebeurd, maar voordat je weer opengaat moeten de wolken eerst de tijd krijgen om op te trekken.' Vanaf het moment dat dit gebeurde had ze gevreesd dat hij dit zou zeggen, maar ze wist dat hij gelijk had. Ze sprak hem niet tegen en knikte met tranen in haar ogen terwijl hij haar hand vasthield. Hij wenste net als zij dat de moord nooit had plaatsgevonden. Weer had het lot ingegrepen en haar leven op zijn kop gezet, net nu het zo goed ging. Er was een man dood en ze moest het bordeel sluiten. En ze had geen idee waar ze naartoe moest.

'Hoe snel moet ik weg?' vroeg ze verdrietig. Zijn hart deed pijn terwijl hij haar aankeek en hij vond het verschrikkelijk om de woorden uit te spreken.

'Zo snel mogelijk. Dit moet bekoelen voordat je weer terug kunt komen.' Ze luisterde, zichtbaar geschokt. Maar ze had een machtige beschermer in Thomas. Zonder hem zou de situatie oneindig veel erger zijn geweest.

'Wat gebeurt er met de meisjes? Waar moeten zij naartoe?'

'Zij hebben veel geld verdiend sinds je open bent gegaan. Ze kunnen een poosje ergens anders gaan wonen, of naar huis gaan. Jullie kunnen allemaal terugkomen – maar op dit moment kunnen jullie hier niet blijven. En jij? Waar ga jij naartoe?'

'Dat weet ik niet,' zei ze. Even sloot ze haar ogen, en toen ze ze weer opendeed, staarde ze hem verdrietig aan. Ze vond het verschrikkelijk om dit te horen, maar ze wist dat hij gelijk had. 'In Engeland is er niets meer voor me. Ik kan nergens naartoe.' Terwijl ze dit zei, vroeg ze zich af waarom ze altijd aan de idioterieën van andere mensen was overgeleverd: haar broer, Bertie, en nu dit.

'New York?' stelde hij voor. Ze dacht erover na en knikte.

'Misschien. Daar heb ik ook niets of niemand.'

'Je kunt er een frisse start maken en dit hier een poosje ontvluchten. Misschien doet het je goed. Dit is geen leven voor een meisje zoals jij, de dochter van een hertog. La Duchesse.' Ze glimlachte om de bijnaam die de meisjes haar hadden gegeven – het klonk vreemd uit zijn mond. 'Je moet morgen passage boeken. Er staat voor je klanten veel op het spel. Ze zullen niets zeggen. En geen van hen zal willen uitleggen waarom hij hier was. Als je nu vertrekt, raak je er niet bij betrokken.' Ze knikte en wist dat hij gelijk had. Ze zaten lange tijd met elkaar te praten, tot de zon opkwam. Jacques en Luc kwamen intussen terug en meldden dat ze hun missie hadden volbracht. Ze hadden zelfs de hoge hoed van de dode man naast hem op de straat gelegd waar ze hem hadden achtergelaten. Er was in het huis geen bewijs achtergebleven, behalve Angéliques bebloede jurk en twee handdoeken, die ze zou weggooien.

Om negen uur ging Thomas naar Agathes kamer om Dumas te wekken. Hij was nog nooit eerder boven geweest. Dumas was nog steeds een beetje dronken toen ze hem wakker maakten, en Angélique gaf het dienstmeisje opdracht om een kop sterke koffie voor hem te zetten. Thomas instrueerde hem om de politie te vertellen dat hij het slachtoffer tijdens een dronkenmansruzie uit zelfverdediging had neergeschoten. Hij had de hele nacht door de straten gezworven, tot hij ten slotte naar Thomas' huis was gegaan en alles aan hem had opgebiecht. Le Boudoir werd in het verhaal niet genoemd. Dat was precies wat Thomas wilde en Dumas had daar ook geen enkel bezwaar tegen. Hij wilde ook niet dat iedereen zou weten dat hij in een bordeel was geweest. Korte tijd later vertrok hij met Thomas, en Angélique ging de meisjes wekken en vertellen wat er moest gebeuren. Thomas had beloofd dat hij later terug zou komen, en hij had tegen Angélique gezegd dat ze die dag nog haar passage naar New York moest boeken.

Ze had nog steeds haar jurk vol bloedvlekken aan toen de meisjes een voor een naar de keuken kwamen en wachtten op wat ze te zeggen had. Ze stonden met bezorgde gezichten om de tafel terwijl ze hun het slechte nieuws vertelde.

'We moeten allemaal weg. Ik moet het huis sluiten. Ik zal de meubels opslaan, en we kunnen over een half jaar of een jaar weer opengaan, maar niet eerder.' Ze zei precies wat Thomas haar had geïnstrueerd.

'Een half jaar of een jaar? Wat moeten we dan tot die tijd doen?' vroeg Agathe, en Fabienne begon te huilen. Ze had de vorige avond al zoiets verwacht. Ze ging absoluut niet terug naar Madame Albin of iets wat daarop leek, en ze was ook niet van plan in haar eentje op straat te gaan werken. Dit was het eerste werk dat ze ooit had gedaan, en ze wist niet wat ze anders zou kunnen doen. Ze had de afgelopen zestien maanden haar geld opgespaard. Het was een heerlijke droom geweest, maar nu was die voorbij. Le Boudoir wat net zo dood als de man die er was neergeschoten. Angélique zou het op een dag misschien weer nieuw leven inblazen, maar dat zou lang duren. Alle meisjes hadden nu echter geld, meer dan ze ooit hadden gehad, dankzij Angélique. Dat gaf hun keuzemogelijkheden die ze anders nooit zouden hebben gehad. De meesten van hen konden zich veroorloven om een jaar vrij te nemen. En Angélique kon dat ook, met gemak.

'Ik ga niet terug naar het klooster,' zei Philippine met een grimmig lachje.

'Sommigen van ons kunnen misschien samen een appartement nemen en daar werken terwijl we wachten tot Angélique terugkomt,' stelde Agathe voor. Dat leek een aantal van hen een goed idee, als ze door zouden gaan met werken. Hiroko zei dat ze misschien terug zou gaan naar Japan. Ze had daar het geld nu voor. Camille zei dat ze misschien het theater weer in zou gaan. De twee nieuwe meisjes, Sigrid en Carmen, waren van plan met het geld dat ze hadden verdiend terug te gaan naar huis. Omdat Angélique hen eerlijk had beloond, zouden ze geen van allen gebrek hoeven lijden, of gedwongen worden tot situaties die ze niet wilden. Ze waren er financieel allemaal veel beter aan toe dan ze ooit waren geweest of hadden durven hopen. Le Boudoir de la Duchesse was een enorm succes geweest, en veel winstgevender dan ze in het begin hadden kunnen denken.

'En jij?' vroeg Fabienne aan Angélique. Ze was ook bezorgd om haar.

'Ik ga passage boeken op een schip naar New York.' Ze was verdrietig toen ze het zei, en haar ogen vulden zich met tranen.

'Ga je daar werken?' Ze keken geschokt.

'Nee, ik denk dat ik de tijd daar uitzit. Zonder jullie heb ik niets te verkopen' – ze glimlachte – 'en zonder getuigschrift kan ik geen kindermeisje worden. Dat ligt trouwens toch achter me. Ik ben niet in de wieg gelegd voor een dienstbaar leven.' Ze knikten. Ze wisten dat dat zo was. Maar ze had een verbazend zakentalent, wat hun allemaal goed van pas was gekomen. Het was fantastisch geweest zolang het duurde, en hopelijk zouden ze later de draad weer oppakken.

Die ochtend hadden ze het allemaal druk met inpakken en plannen maken. Angélique vertelde de meisjes dat ze de kleren die ze hadden gekregen mochten houden. Ze had hun prachtige jurken gegeven, met bijpassende accessoires. Ze was gul geweest, niet alleen met geld, maar ook met alle liefdevolle details waar ze zorg voor had gedragen. Ze had hen eerlijk behandeld en ervoor gezorgd dat er voor het eerst van hun leven vriendelijk en respectvol met hen werd omgegaan. Voor de meesten was dit de enige veilige schuilplaats die ze ooit hadden gehad en ze waren diepbedroefd om Le Boudoir en de dappere kleine vrouw die het had opgericht te verlaten.

Die ochtend ging Angélique naar de notaire die de huiseigenaars vertegenwoordigde en vertelde hem dat ze met haar familie naar New York vertrok. Ze betaalde hem drie maanden huur, wat ze de eigenaars bij opzegging verschuldigd was. En hij was tevreden. Hij zei dat de eigenaars het jammer zouden vinden dat ze wegging. Ze was een uitstekende huurder geweest, die altijd op tijd betaalde. Niemand, noch de buren, noch de notaire, noch de eigenaars, had ooit vermoed wat zich in het huis afspeelde.

Ze ging naar een opslagbedrijf, dat ze opdracht gaf de inhoud van het huis in te pakken en op te slaan. Daarna ging ze naar het kantoor van de Second Line en boekte passage op de pakketboot Desdemona naar New York. In een dwaze opwelling kocht ze een eersteklas kaartje voor zichzelf en een kaartje voor het tussendek voor een van de dienstmeisjes, voor het geval een van hen bereid was met haar mee te gaan. Het schip vertrok over vier dagen, en tot die tijd had ze veel te doen.

Toen ze terugkwam in het huis, zei Fabienne dat ze haar iets moest vertellen. Jacques en zij hadden met elkaar gepraat. Ze gingen trouwen en zouden verhuizen naar de Provence. Zelfs als Le Boudoir weer openging, zou ze daar niet meer komen werken.

'Ik wil kinderen.' Ze keek haar vriendin en werkgeefster glimlachend aan, en Angélique sloeg haar armen om haar heen. Ze wist dat dat voor haar een goed plan was.

'Ik ben blij voor je,' zei ze oprecht, en terwijl ze wegliep om met inpakken te beginnen, dacht ze aan het aanzoek dat John Carson haar nog maar een week geleden had gedaan. Ze had geen spijt van haar weigering. Het was niet wat ze wilde, hoe gebelgd hij daar ook over was geweest, en ze vroeg zich af of ze hem in New York nog tegen het lijf zou lopen. Maar ze was overtuigd van haar besluit. Als ze ooit zou trouwen, wist ze dat het uit liefde zou zijn.

Toen ze die middag met haar kaartje terugkwam van de scheepvaartmaatschappij, kwam Thomas haar opzoeken en vertelde haar dat Dumas' bekentenis volgens verwachting was verlopen. Hij zat in de gevangenis en zou daar blijven, in afwachting van zijn berechting. Niemand had zijn verhaal in twijfel getrokken en Le Boudoir was nooit ter sprake gekomen. Thomas had hen voor een schandaal behoed en de nasleep in goede banen geleid. Toen vroeg hij haar wanneer ze wegging.

'Over vier dagen,' zei ze, met een droevig gezicht. Ze liet zoveel achter: de vrouwen van wie ze was gaan houden, het leven dat ze hier hadden opgebouwd, een bloeiende zaak, hoe onfatsoenlijk ook, en in hem een dierbare vriend. Hij had haar sinds ze elkaar hadden ontmoet altijd even vriendelijk en respectvol behandeld, en hij voelde het naderende verlies even scherp als zij. En toen hij korte tijd later vertrok, waren ze allebei diepbedroefd. Hij was opgelucht dat ze wegging, maar hij wist dat hij nooit meer iemand zoals zij zou tegenkomen. Hij vermoedde dat zo'n mooie, uitzonderlijke vrouw als zij in New York een man zou ontmoeten en nooit meer naar Frankrijk zou terugkeren.

Binnen twee dagen vertrokken alle meisjes zo snel als ze het maar konden regelen naar hun nieuwe bestemmingen. Sommige bleven in Parijs, andere gingen terug naar de steden waar ze vandaan kwamen en enkele meisjes gingen bij elkaar wonen. En terwijl ze in tranen afscheid namen, zeiden ze dat ze zouden wachten tot Angélique terugkwam en dan weer voor haar zouden komen werken. Het deed Angélique pijn in haar hart om hen vaarwel te zeggen en de familie van liefhebbende zussen die ze waren geworden uiteen te zien vallen.

De derde dag na de moord was het huis leeg. Fabienne en

Angélique huilden toen ze die ochtend afscheid van elkaar namen. Jacques en Fabienne vertrokken naar de Provence, en Angélique wenste hun alle goeds. Ze was blij dat Fabienne een beter leven tegemoet ging, met een man en kinderen.

Angélique liep voor ze wegging nog een laatste keer door het huis. Ze hadden er een mooie tijd gehad en het boven verwachting goed gedaan. Het was een tijdlang een schitterende droom geweest, maar nu was die voorbij. Ze vertrok met haar lading koffers en Claire, het dienstmeisje dat had besloten met haar mee te gaan, naar het hotel. Ze logeerde in hotel Meurice, iets wat onmogelijk was geweest toen ze in Parijs aankwam. Nu kon ze het zich gemakkelijk veroorloven, zonder aan het geld van haar vader te komen. Ze had al haar kleren meegenomen, en nadat ze Thomas een bericht had gestuurd, kwam hij haar de avond voor haar vertrek opzoeken.

'Vertrek je morgen?' vroeg hij zacht, toen hij naar haar suite kwam, en ze knikte verdrietig. 'Ik hoop dat het een rustige overtocht wordt. En dat je ooit terugkomt. Hoewel ik het gevoel heb dat dat niet gaat gebeuren.'

'Waar zou ik anders naartoe moeten?' vroeg ze simpel.

'Waar dan ook. Argentinië. Brazilië. Rome, Florence, terug naar Engeland. Er zijn veel mogelijkheden die je nog niet hebt verkend.' Ze had daar niet eens aan gedacht, en wilde dat ook niet. Ze wilde helemaal niet weg, maar ze wist dat ze niet anders kon. Daar had hij gelijk in.

'Ik wil hier terugkomen en opnieuw beginnen,' zei ze vastbesloten, met een wilskrachtige schittering in haar ogen.

'Soms is dat niet zo gemakkelijk als we denken. Maar ik hoop dat je het doet,' zei hij, met een tedere blik, en hij meende het. Toen, zonder ook maar iets te zeggen, boog hij zich naar haar toe en kuste haar. En zij wenste dat alles anders was, dat hij niet getrouwd was, dat zij niet wegging, en dat hij niet was wie hij was. Het kon tussen hen nooit iets worden, dat had ze altijd geweten, maar hij was een bijzondere vriend geweest, de beste die ze ooit had gehad. En hij had een ramp voor haar voorkomen, en haar uitstekend advies gegeven. Ze wist dat als ze zou blijven, het ooit op de een of andere manier uit zou komen wat er was gebeurd. Dat bekend zou worden wie het had gedaan, en waar, en dat Le Boudoir van haar was. Maar dankzij hem was dat gevaar nu voorlopig geweken. Ze had zich niets beters kunnen wensen. 'Zul je me schrijven?' vroeg hij haar. Ze knikte, maar hij wist niet zeker of hij haar geloofde. Het zou riskant zijn om hem te schrijven. En wie wist er wat het leven in New York haar zou brengen? Hij wenste haar het allerbeste toe en vond het verschrikkelijk om haar te zien gaan. Als het leven anders en eerlijker was geweest, wist hij dat hij met haar was getrouwd. Hij had nog nooit een vrouw zoals zij gekend en had nog nooit zoveel van iemand gehouden.

'Dank je wel,' zei ze, voor ze wegging. De woorden schoten tekort voor wat hij had gedaan.

'Je hoeft me niet te bedanken, Angélique. Je hoeft alleen maar terug te komen. Ik hoop dat ik je weer zal zien.' Ze knikte, en tranen rolden over haar wangen. Ze had het gevoel dat ze weer haar huis verliet, zonder haar vrienden, zonder ouders en zonder plan. Ze stapte een lege, ijle ruimte binnen, van iedereen verlaten, zonder de mensen van wie ze hield. Het enige waar ze op kon hopen was dat ze weer op haar pootjes terecht zou komen. Thomas hoopte dat ook, en was er zeker van dat dat zou gebeuren. Hij kuste haar nog een laatste keer, fluisterde: '*Au revoir, mon amour,*' en haastte zich de trappen van haar hotel af, naar zijn rijtuig. Angélique stond bij het raam en keek hem met tranen in de ogen na, terwijl met hem la Duchesse van Le Boudoir uit het zicht verdween.

17

Op de ochtend van Angéliques vertrek, anderhalf jaar nadat ze in Parijs was aangekomen, stond ze bij het krieken van de dag op om zich klaar te maken. Ze had de hele nacht niet geslapen en vroeg zich af of ze Parijs ooit terug zou zien. In een zeer elegant donkergrijs zijden ensemble en met een enorme hoed met een voile die haar gezicht verborg stapte ze in het rijtuig dat haar naar Le Havre zou brengen. Claire, die haar kamenierster zou worden, reisde met haar mee. Hun andere dienstmeisje was naar haar ouders in het zuiden vertrokken.

Angélique dacht onderweg aan Thomas. Hij kon haar niet komen uitzwaaien, dat zou veel te veel opvallen, en het zou gênant zijn als hij zou worden herkend. Ze hadden de dag ervoor alles gezegd wat gezegd moest worden. Er waren geen woorden meer, alleen herinneringen die ze met elkaar deelden.

Ze zag Parijs met zijn buitenwijken vervagen terwijl ze de provincie in reden, op weg naar de haven. De reis nam vele uren in beslag. De pakketboot was zwart geschilderd en leek haar erg groot toen ze aan boord stapte. Ze had nog nooit zo'n verre reis gemaakt. Ze had besloten weer het verhaal aan te houden dat ze een jonge weduwe was. Het leek haar respectabeler dan als zeer jonge vrouw alleen te reizen, zelfs met een kamenierster. Claire was opgetogen om aan boord te gaan en met haar naar Amerika te reizen. Zij zag het als een avontuur, maar Angélique keek met een bezwaard gemoed haar hut rond. Het was een ruime hut, fris en met veel licht, en de matras zag er comfortabel uit. Andere passagiers werden uitgezwaaid en het beste toegewenst. Het was voor haar nog steeds moeilijk te geloven dat haar hele nieuwe leven vijf dagen geleden met één kogel was beëindigd. Fabienne en zij hadden haar jurk en de handdoeken verbrand, en ze was ervan overtuigd dat het zo zou gaan als Thomas had gezegd en dat geen van de mannen die de moord had gezien erover zou praten. Voor hen stond er veel meer op het spel dan voor haar. Maar ze had een hoge prijs betaald voor de drift van één klant en een meningsverschil over politiek. Een man had er zijn leven bij verloren en nu raakte zij haar leven ook kwijt.

Met de rand van haar hoed naar beneden getrokken en de voile voor haar gezicht keek ze toe hoe het schip zich losmaakte van de kade, en ze voelde de aangename zeebries toen de zeilen werden gehesen. Verschillende mensen hadden haar al opgemerkt: een kleine, elegante, modieuze vrouw die er mysterieus uitzag en alleen reisde. Eenmaal onderweg maakte ze een wandelingetje over het dek. Er waren hokken voor schapen en geiten, een koeienstal en een ren voor kippen, eenden en ganzen. Toen liep ze terug naar haar hut om een poosje te lezen. Ze had vanuit het hotel een brief geschreven naar mevrouw White en haar verteld dat de familie voor wie ze werkte naar New York ging verhuizen en dat ze met hen meeging, ze wist niet voor hoelang. Ze hoopte niet te lang. En ze beloofde dat ze haar zou laten weten waar ze was. Ze vroeg zich af of de oude huishoudster haar zou geloven, maar er was geen reden waarom ze dat niet zou doen. Angélique vond het verschrikkelijk om tegen haar te liegen, maar ze kon haar onmogelijk de werkelijke reden vertellen waarom ze Frankrijk verliet. Ze wist zeker dat mevrouw White zich in haar wildste dromen niet had kunnen voorstellen dat ze de afgelopen zestien maanden het beste bordeel van Parijs had gerund. Hetzelfde gold voor iedereen die naar haar keek op het schip. Ze zag eruit als een gedistingeerde dame van goede komaf, en als de jonge weduwe die ze beweerde te zijn.

Ze dineerde in haar hut en maakte daarna een lange wandeling over het dek om het schip te verkennen. Er was een fraaie zaal met houten panelen en vergulde decoraties. Haar medepassagiers brachten de tijd door met lezen en kaarten. En haar was verteld dat er in de middag thee werd geserveerd. De luxe ambiance deed haar denken aan het huis van de Fergusons. Ze dacht met weemoed aan Emma en wenste dat ze haar nog eens kon zien. Ze herinnerde zich ook dat ze Harry had gezien in Le Boudoir. Ze vroeg zich af aan welke andere losbandige activiteiten hij zich te buiten ging, en of zijn vrouw net zo druk was met het najagen van andere mannen.

Angélique was gedurende haar verblijf in Parijs veel over de menselijke soort te weten gekomen: mensen die onverwacht veel aardiger waren dan je verwachtte, mensen die zich vriendelijk voordeden maar dat niet waren, de kracht van de vrouwen die voor haar hadden gewerkt en de waarden en principes die ze eropna hielden, ondanks het werk dat ze deden. En het ontbreken van dezelfde waarden bij mensen die beweerden die wel te hebben. Ze was er ook achter gekomen hoe gemakkelijk mensen elkaar verrieden en hoe sterk een mens moest worden om te overleven. Die les had ze in de drie jaar sinds haar vaders dood geleerd. Ze kon zich onmogelijk voorstellen hoe hij zou reageren als hij zou weten wat er van haar leven was geworden, en of hij trots zou zijn dat ze het hoofd boven water had gehouden, of dat hij zich diep voor haar zou schamen. Ze hoopte op het eerste, maar er waren dingen waar zij zelf ook niet trots op was. Ze had het beste gedaan wat ze onder de omstandigheden kon doen en hoopte dat als hij over haar schouder meekeek, hij het zou begrijpen.

Ze dacht hier met een verlangende, spijtige blik over na terwijl ze onder de bollende zeilen uitstaarde over de zee. Even deed ze haar ogen dicht, en toen hoorde ze plotseling een stem en ze keek op. Naast haar stond een lange man met een vriendelijk gezicht.

'Zo erg kan het toch niet zijn,' zei hij vol medeleven.

'Sorry, ik stond na te denken.' Ze glimlachte verlegen door haar voile.

'Niet over iets prettigs, ben ik bang.' Hij had haar twee keer op het dek gezien en was niet van plan geweest haar aan te spreken, maar ze zag er zo verdrietig uit terwijl ze over de zee uitkeek, dat hij het gevoel had dat hij niet anders kon. Niemand verdiende het om zo droevig te zijn.

'Ik heb mijn echtgenoot verloren en mijn huis verlaten,' zei ze, om snel een verklaring te geven voor haar situatie en haar verdriet. Het leek haar een goede uitleg en het was het enige wat ze zo gauw kon bedenken.

'Wat maar weer bewijst dat er altijd mensen zijn die ergere problemen hebben dan men zelf heeft. Ik ben onlangs mijn verloofde kwijtgeraakt. Aan een andere man,' voegde hij er openhartig aan toe. 'Ik was naar Europa gegaan om een andere omgeving te zien en weg te zijn uit het geroddel in New York. Het blijkt dat vluchten niet echt helpt. Dus ik ga nu terug naar huis, na een maand vol eenzame activiteiten en zelfmedelijden,' zei hij meesmuilend en glimlachte. Ze vroeg zich af wat hij zou zeggen als ze hem zou vertellen dat ze het bordeel was kwijtgeraakt dat ze zelf had opgezet en dat ze verdrietig was om het verlies van haar zaak en de klanten en de fantastische vrouwen die voor haar hadden gewerkt. Ze glimlachte bij de gedachte. Haar eerlijkheid zou totaal absurd zijn en hij zou er diep door worden geschokt.

'Het spijt me om te horen van uw verloofde,' zei ze meelevend. Ze was verrast en ontroerd door zijn eerlijkheid. De Europese mannen die ze kende waren altijd meer gesloten over hun gevoelens.

'En ik van uw echtgenoot. Hebt u kinderen?' Hij had geen kinderen gezien toen ze aan boord stapte en hij haar voor het eerst opmerkte. Hij had haar alleen gezien met een dienstmeisje. Hun hutten lagen niet ver uit elkaar, op hetzelfde dek, hoewel die van haar groter was – dat wist hij door de ligging. Maar zijn hut was ook prettig. Ze schudde haar hoofd in antwoord op zijn vraag.

'Nee, ik heb geen kinderen.' En ik zal ze waarschijnlijk ook nooit krijgen, voegde ze er bijna aan toe. Welke man zou met haar trouwen, als ze eerlijk tegen hem was? Ze had haar lot bezegeld toen ze in Parijs Le Boudoir opende. Sommige meisjes, zoals Fabienne, zouden uiteindelijk misschien trouwen, maar in haar wereld was dat niet mogelijk. De man met wie ze op het dek stond te praten had er geen idee van wie ze was en waar ze vandaan kwam. Ze wist zeker dat hij nooit in het openbaar met haar zou hebben gesproken als hij dat zou hebben geweten. Hij zou dat alleen doen in een huis zoals zij had gerund, als hij zich met dat soort dingen inliet. En het feit dat ze nooit met haar klanten naar boven was gegaan maakte niet uit. Ze was voorgoed besmet, dat wist ze. Het enige wat ze nu nog kon doen was als de tijd daar rijp voor was een soortgelijk huis openen. Alle meisjes hoopten dat ze dat zou doen. Haar klanten zouden dolgraag terugkomen en zouden haar dankbaar zijn dat ze hun het schandaal van de moord had bespaard. Intussen had ze het kapitaal dat haar vader haar had geschonken flink aangevuld. Het succes van Le Boudoir had de meisjes en haar geen windeieren gelegd.

'Blijft u lang in New York?' vroeg hij beleefd, en zij keek vaag.

'Dat weet ik niet. Een paar maanden, misschien een jaar. Ik heb geen haast om terug te gaan.'

Hij had intussen geraden dat ze niet Frans was maar Engels, hoewel hij haar Frans had horen spreken tegen de stewards toen die haar een dekstoel en een deken aanboden die ze niet nodig had. Hij kende genoeg Frans om het te kunnen verstaan en haar Frans klonk in zijn oren vloeiend.

'Woont u in Engeland of in Parijs?' Hij was nieuwsgierig naar haar. Het juiste antwoord was 'nergens', wat precies de reden was waarom ze er zo verdrietig uitzag.

'We zijn een jaar geleden van Engeland naar Parijs verhuisd, en toen is mijn man overleden. Ik besloot naar New York te gaan en in die tijd te beslissen wat ik verder ga doen. Het is een grote verandering.' Hij hield van de aristocratische klank in haar stem, en ze was ook vriendelijker en toegankelijker dan de meeste Engelse vrouwen die hij had ontmoet. Ze leek zich er volkomen bij op haar gemak te voelen om een gesprek te voeren met een man, wat bij vrouwen alleen van hoge komaf niet altijd het geval was. Het was een kunst die ze had verworven in Parijs, waar ze veel van haar aanvankelijke verlegenheid had overwonnen. Maar dat kon hij natuurlijk niet weten.

'Hebt u vrienden in New York?' vroeg hij.

Ze aarzelde even voor ze antwoordde. 'Niet veel.' Degenen die ze kende kon ze niet opzoeken, en ze zou ook niet weten hoe ze hen zou moeten vinden. Het zou hoogst ongepast zijn contact met hen op te nemen, gezien de plek waar ze elkaar hadden leren kennen. Ze hadden in het afgelopen jaar verschillende Amerikaanse klanten gehad, de meesten uit New York en een paar uit Boston. Zijn vraag herinnerde haar aan John Carson en hun pijnlijke laatste gesprek, toen hij zo verbolgen was geweest dat ze zijn aanzoek had afgewezen. Ze had daar nog steeds geen spijt van. Ze was niet van plan een man te trouwen om zijn geld. Ze hield eenvoudigweg niet van hem en wist dat ze nooit van hem zou kunnen houden. Er was iets aan hem wat voor haar niet goed voelde, ondanks zijn genereuze voorstellen. Ze herinnerde zich een bepaalde hardheid die hij had gehad, en zijn woede toen hij zijn zin niet kreeg.

De man met wie ze sprak vond het dapper van haar dat ze naar New York ging, terwijl ze daar weinig vrienden had. Het was een ongewone stap voor een vrouw en hij bewonderde de moed die eruit sprak.

'Ik heet trouwens Andrew Hanson,' zei hij en hij stak haar zijn hand toe, die ze met haar fijne, met een zwarte handschoen bedekte hand aanpakte. Het viel hem op hoe klein haar handen waren, evenals haar voeten in haar elegante zwarte schoenen.

'Angélique Latham,' stelde ze zichzelf voor. Ze hoopte vurig dat hij haar broer Tristan niet zou kennen, of erger nog, Edward. Hij was walgelijker geweest dan ooit toen ze hem in Parijs zag.

'Dat is een erg mooie naam,' merkte Andrew op. En ze was een prachtige vrouw. Hij vond het prettig om met haar te praten. Ze stonden een poosje zwijgend bij elkaar en keken uit over de zee, allebei in gedachten verzonken. Toen maakte ze een beweging alsof ze weg wilde lopen.

'Ik ga een poosje lezen in mijn hut,' zei ze rustig, en hij glimlachte naar haar. Hij was een stuk langer dan zij en leek een jaar of tien ouder. Hij schatte haar vier- of vijfentwintig jaar – vanwege haar elegante kleding leek ze ouder dan ze was, wat precies haar bedoeling was. Ze hield van mooie kleren. Ze had er een goede smaak voor ontwikkeld in Parijs en had daar wanneer dat maar mogelijk was aan toegegeven. Hij vroeg haar niet of hij haar nog eens mocht zien. Dat was niet nodig. Ze zouden elkaar de komende weken op het schip vaak tegenkomen. Het was een lange reis. Ze hadden de luxe dat ze tijd genoeg hadden om elkaar beter te leren kennen, als ze dat wilden. Met goed weer konden ze binnen drie weken in New York zijn, als de omstandigheden minder gunstig waren of de wind verkeerd stond konden het er vier worden.

Hij wilde haar niet storen in haar rouwproces, vooral omdat hij niet wist hoe recent haar echtgenoot was overleden, en hij wilde daar niet naar vragen. Zijn verloofde had hem begin augustus twee dagen voor de bruiloft de bons gegeven. De wond die ze daarmee had geslagen was na zes weken uiteindelijk zover geheeld dat hij zich prettig kon voelen bij een gesprek met een knappe vrouw op een schip. Hij glimlachte toen ze wegliep en maakte daarna in zijn eentje een lange wandeling over het dek.

Angélique sliep in met haar hoofd op haar boek, in slaap gesust door de zachte beweging van het schip, en liet zich niet zien voor de thee. Claire, die bij haar kwam kijken, zag dat ze sliep en liet haar met rust. Ze werd op tijd wakker voor het souper, maar besloot in haar hut te eten. Pas de volgende dag kwam ze tevoorschijn in een beeldschoon witwollen ensemble, met weer een enorme hoed, die dit keer meer van haar gezicht liet zien. Ze zag Andrew toen ze het dek op kwam en hij liep, kennelijk blij om haar te zien, naar haar toe. Ze droeg veel mooiere kleren dan alle andere vrouwen op het schip, die afgunstig keken naar wat ze aan had.

'Ik heb je gisteren niet gezien bij de thee of het souper,' merkte hij op. 'Was alles goed met je?'

'Ja, ik was alleen moe. Het boek dat ik las was erg saai en ik ben in slaap gevallen.' Ze glimlachte naar hem, en hij lachte terug.

'Ik val altijd in slaap als ik lees. En dat is niet goed. Ik ben een advocaat, dus ik moet veel lezen.' Ze liepen samen over het dek terwijl anderen lazen of doezelden, de vrouwen onder parasols om de zon te mijden. Hij merkte op dat Angélique geen parasol bij zich had en het niet erg leek te vinden om in de zon te lopen.

'In welk rechtsgebied werk je?' vroeg ze. Ze leek zich te interesseren voor wat hij deed. Ze was een expert in mannen uitvragen over zichzelf – het was haar tweede natuur geworden, en ze genoot ervan. Hij leek een intelligente, interessante man, ook al was hij nog jong.

'Ik heb gewerkt in het civiel recht en ik heb wat bestuursrecht gedaan, wat erg saai is. Ik wil de politiek in. Ik hoop me over een jaar of twee kandidaat te stellen voor het Congres of de Senaat.'

'Misschien word je nog wel eens president,' zei ze plagend. Ze had geen idee wie hij was, of wat voor connecties hij had. Misschien zou hij het echt doen. Amerika was zo anders dan Engeland, waar je in de heersende klasse geboren moest zijn. In Amerika was alles mogelijk, voor iedereen.

'Misschien wel, hoewel dat meer mijn vaders droom is dan die van mezelf,' zei hij eerlijk. 'Ik zou het prima vinden om Congreslid te zijn, of senator. Ik denk dat dat een van de dingen is die mijn verloofde heeft afgeschrikt. Zij zag niets in de politiek. Zij vond het "vulgair" om de politiek in te gaan, en dacht dat politici een erg onaangenaam leven leidden. Ze heeft verschillende keren geprobeerd het uit mijn hoofd te praten.' Hij glimlachte weer bedroefd naar Angélique en was zelf verbaasd over wat hij haar allemaal vertelde.

'Ik heb hetzelfde gevoel over koning zijn,' zei Angélique met een stalen gezicht. 'Zo vulgair en zoveel werk.' Toen lachte ze, en hij lachte mee. Hij merkte op dat ze er erg jong uitzag als ze lachte.

'Heb je de koning ooit ontmoet?' vroeg hij. Hij had de indruk dat dat weleens zo zou kunnen zijn, maar ze schudde haar hoofd.

'Niet deze koning.' Ze vertelde niet dat ze familie van hem

was, evenals van de nieuwe koning van Frankrijk. Het was interessant dat beide landen in hetzelfde jaar een nieuwe monarch hadden gekregen.

Ze liepen nog een poosje samen op en hij stelde haar voor aan een paar mensen die hij kende en die door haar geïntrigeerd leken. Daarna gingen ze in dekstoelen zitten en bestelden thee. Er werden dunne koekjes bij geserveerd, die heerlijk smaakten.

Ze praatten over de Amerikaanse politiek en over Andrew Jackson, die twee jaar eerder tot president was gekozen en haar een indrukwekkende persoon leek. Andrew legde haar een paar dingen uit die ze niet begreep en verwarrend vond aan de Amerikaanse verkiezingen. Voor haar was het allemaal onbekend, maar ze vond de uitleg die hij haar gaf gemakkelijk te begrijpen.

'Waar hield jij je in Parijs mee bezig?' vroeg hij aan haar. Ze dacht er even over na hoe ze het voor hem op een aanvaardbare manier onder woorden kon brengen.

'Ik heb wat liefdadigheidswerk gedaan om jonge vrouwen te helpen die onder ongunstige omstandigheden waren opgegroeid. Velen van hen waren ernstig mishandeld en uitgebuit. Ik heb gedaan wat ik kon om hun levenslot te verbeteren.' Ze deed het klinken als een nobele zaak, en in zekere zin was het dat ook. Ze had niet geprobeerd iets te veranderen aan het werk wat ze deden en ze had er zelf ook voordeel bij gehad, maar ze had ervoor gezorgd dat ze behoorlijk werden betaald, en met het geld dat ze hadden verdiend konden ze nu als ze dat wilden een andere weg inslaan.

'En ben je daarin geslaagd?'

'Ik denk het wel.'

'Dat is een klein beetje als in de politiek: proberen de massa verder te helpen en te zorgen dat ze eerlijk worden behandeld.'

'Zo heb ik dat nooit gezien. Soms denk ik dat onze koningen

te veel eten en drinken en zich ten koste van ons te buiten gaan.' Dat gold zeker voor de vorige koningen van Engeland en Frankrijk, die allebei extreem dik waren, buitensporig veel dronken en het contact met hun onderdanen waren verloren, met alle schadelijke gevolgen van dien. En de economieën van hun land hadden eronder geleden.

'Ben je geïnteresseerd in politiek, Angélique?'

'Soms wel. De korte revolutie in Parijs in juli was erg verontrustend.'

'Was je in de stad?'

'Nee, ik was laf en zocht mijn toevlucht bij vrienden in Normandië.'

'Dat klinkt verstandig,' zei hij goedkeurend. 'De monarchie in Engeland lijkt beslist solider dan die in Frankrijk.'

'In Engeland hebben ze geen revolutie gehad. Mijn Franse familieleden zijn bij de laatste revolutie allemaal vermoord. Alleen mijn moeder is als baby naar Engeland gestuurd, waar ze later mijn vader heeft leren kennen. Zij was Frans.' Vandaar haar naam, veronderstelde hij.

'Leven je ouders nog?'

Ze schudde verdrietig haar hoofd. 'Nee, ze zijn allebei dood. Ik heb twee broers, maar we staan niet op goede voet.' En dat is nog heel zacht uitgedrukt, dacht ze.

'Ik ben enig kind, en ik heb mijn moeder ook verloren. Met mijn vader kan ik het niet altijd goed vinden en soms ga ik hem ook uit de weg. Hij is erg ambitieus wat mijn politieke carrière betreft, meer dan ikzelf, dus we zijn het vaak niet met elkaar eens. Ik zie politiek als een kans om verschil te maken, dat is belangrijk voor me. Ik stel me er niet tevreden mee om de dingen gewoon te accepteren zoals ze zijn. Ik wil een stem hebben in hoe het land wordt bestuurd.' Ze keek hem gefascineerd aan. Ze zou zelf ook graag zoiets hebben gedaan, maar voor een vrouw was dat onmogelijk.

'Je hebt geluk dat je een man bent. Vrouwen krijgen die kans niet.'

'Misschien komt dat ooit. Dingen veranderen.'

'Erg langzaam. Waarschijnlijk zal dat in jouw of mijn leven niet meer gebeuren.'

'Soms gaan dingen sneller dan we verwachten,' zei hij hoopvol. Hij had veel idealen en interessante ideeën, en met sommige daarvan was hij zijn tijd vooruit. Maar hij vond dat iemand de eerste stap moest zetten. 'Heb je misschien zin om samen met me te lunchen?' vroeg hij voorzichtig. Hij wist niet zeker of ze het gepast zou vinden, maar ze knikte en glimlachte. Korte tijd daarna vertrok ze om zich om te kleden en later ontmoette ze hem in de grote zaal, waar de tafels waren gedekt. Ze droeg een zwarte, tafzijden jurk met een diamanten speld op haar schouder. Zijn blik viel op het sieraad en hij complimenteerde haar ermee.

'Hij is van mijn moeder geweest,' zei ze eenvoudig. De speld had een poosje in haar kistje gelegen, hoewel ze hem op speciale avonden in Le Boudoir een paar keer had gedragen en er ook toen bewondering mee had geoogst. 'Mijn vader had hem aan haar gegeven.' Ze vertelde hem niet dat de vrouw van haar broer, Elizabeth, de meeste sieraden had gekregen. Er waren veel dingen die hij niet hoefde te weten. Hij was benieuwd wie haar vader was, maar hij was niet nieuwsgierig genoeg om ernaar te vragen en wilde niet onbeleefd zijn.

Ze hadden een plezierige lunch samen, en die avond at ze weer in haar hut. Claire kwam haar daar opzoeken en vertelde dat ze het erg naar haar zin had met de mensen op het tussendek. Ze deelde een hut met een erg aardig Iers meisje dat haar familie in de Verenigde Staten ging bezoeken, en ze hadden vriendschap gesloten. Ze hoopte haar in New York op te zoeken. Angélique had hetzelfde gevoel over Andrew en hoopte dat zij elkaar ook nog eens zouden ontmoeten. Op dit moment ontwikkelde zich tussen hen een ontspannen vriendschap. Het maakte de reis voor hen allebei aangenamer nu ze samen hun wonden konden laten helen, hoewel die van haar anders waren dan hij dacht.

Toen ze elkaar op de derde dag van de reis op het dek ontmoetten, viel het haar op dat verschillende mensen hun kant op keken toen ze voorbijliepen. Ze vormden een oogstrelend paar. De vrouwen bewonderden haar kleren en waren elke dag benieuwd wat ze aan zou trekken. Ze vonden dat ze iets mysterieus had. Andrew had hun belangstelling en de bewonderende blikken van andere mannen ook opgemerkt. Hij vond het prettig om in haar gezelschap te zijn en prees zich gelukkig dat hij degene was met wie ze praatte. Ze was vol aandacht voor alles wat hij zei, alsof hij de enige man op de wereld was met wie ze tijd wilde doorbrengen en wilde praten. Ze gaf hem het gevoel dat hij belangrijk en bijzonder was, en dat gevoel kreeg hij ook steeds meer over haar. Ze ging helemaal op in wat hij haar vertelde, in tegenstelling tot veel andere vrouwen die hij kende, die vaak een verveelde indruk maakten, of bovenmatig geïnteresseerd waren om de verkeerde redenen. Met Angélique was dat heel anders. Zij was rechtdoorzee en voelde zich volkomen bij hem op haar gemak, zonder andere motieven dan het plezier van zijn gezelschap.

Op de vierde dag stemde ze ermee in met hem te souperen, en hij was opgetogen. Ze had een beeldschone, eenvoudige zwarte avondjurk aangetrokken, met een licht klokkende rok en een laag uitgesneden hals. Ze droeg diamanten in haar oren, een parelketting en lange witte handschoenen, die ze alleen uittrok tijdens het eten. Ze genoten allebei van de muziek die werd gespeeld om de gasten te vermaken. Na een poosje stelde Andrew voor om naar het dek te gaan voor wat frisse lucht. De zee was erg kalm en de boot deinde rustig op en neer terwijl hij haar vossenbont om haar schouders legde en met haar naar buiten stapte. Bij het verlaten van de zaal kwamen ze de kapitein tegen, die een bezoek had gebracht aan enkele passagiers. Hij was tegen hen allebei erg vriendelijk en begroette mevrouw Latham als de dame die ze was. Hij sprak haar niet aan met milady, omdat hij niet wist dat die titel van toepassing was, en het kwam niet in Andrew op dat ze van adel zou kunnen zijn. Als Amerikaan dacht hij niet in zulke termen.

Sindsdien dineerden ze vele avonden samen, wanneer ze niet in haar hut at. Overdag liepen ze over het dek, praatten urenlang over talloze onderwerpen, en deden kaartspelletjes. Het weer was perfect en de reis verliep sneller dan verwacht onder een azuurblauwe hemel.

Ze leerden elkaar gedurende de reis steeds beter kennen en op de laatste dag, nadat ze elkaar iets meer dan drie weken dag in dag uit hadden gezien, voelden ze zich als oude vrienden. Andrew had een heerlijke tijd met haar gehad en vertelde dit aan haar toen ze de laatste avond in de grote zaal van hun champagne nipten.

'Ik zou je in New York graag nog eens zien, als je dat goed vindt.' Hij hoopte dat ze daarmee in zou stemmen. En zij had net zo van de reis genoten als hij. Ze had niet verwacht dat ze iemand zou ontmoeten, en ze was daar ook niet op uit geweest. Ze had gedacht afscheid te nemen van haar oude leven en zich voor te bereiden op het nieuwe, maar in plaats daarvan was ze net als in een sprookje smoorverliefd op hem geworden, wat het vooruitzicht van New York een stuk opwindender maakte.

'Dat zou ik ook heel leuk vinden,' zei ze, terwijl ze zedig haar ogen neersloeg. Soms was het moeilijk om hem aan te kijken. Zijn blik was zo direct, en zijn verliefdheid zo overduidelijk. Hij was de eerste man die ze ooit had ontmoet met wie ze heel graag tijd wilde doorbrengen en met wie dat ook een serieuze mogelijkheid was. De anderen waren ofwel ongeschikt, ofwel te oud, of getrouwd. Andrew was dat allemaal niet, hoewel Angélique er zich heel goed van bewust was dat zij zelf degene was die ongeschikt was. Ze wist niet goed wat ze daaraan moest doen, maar ze wist wel dat ze het sprookje niet wilde laten eindigen. Ze was aan zijn gezelschap gewend geraakt en wilde dat nu niet kwijtraken.

'Waar logeer je?' vroeg hij zacht.

'Ik heb gereserveerd in het City Hotel.' Het was het beste hotel van New York. Ze had gehoord dat het erg groot was, met honderdveertig kamers, een balzaal, winkels, een bibliotheek, een eetzaal en verschillende grote suites, waarvan ze er een schriftelijk had gereserveerd. 'Ik dacht daar een poosje te blijven en misschien een huis te zoeken dat ik een maand of wat kan huren. Zes maanden misschien, of langer, tot ik terugga.'

Hij knikte nadenkend. 'Ik kan je helpen zoeken, als je wilt. Ik ken New York beter dan jij, en je wilt in de juiste buurt terechtkomen.'

'Ja, dat is zo,' beaamde ze, en ze keken elkaar glimlachend aan. New York zou door hem zoveel leuker worden.

'Ik wil je graag de stad laten zien,' bood hij aan, en ze keek verheugd. Toen gingen ze terug naar binnen voor een laatste glas champagne. Hij liet haar die avond met spijt achter bij haar hut. Hij vond het fijn om haar voor zichzelf te hebben en niet te hoeven wedijveren met alle mannen die ze in New York vast en zeker achter zich aan zou krijgen. Hij was zich er terdege van bewust geweest dat sommige mannen op het schip haar ook graag zouden hebben benaderd, maar hij had haar tot zijn vreugde de volle drie weken voor zichzelf weten op te eisen, en zij leek daar geen bezwaar tegen te hebben. Integendeel, ze leek net zo blij als hij om tijd samen door te brengen.

Ze stonden naast elkaar op het dek toen het schip de volgende dag aanlegde. Claire had haar koffers en tassen ingepakt, en alles stond in haar hut te wachten om opgehaald te worden. Ze droeg een duifgrijze satijnen jurk, een bijpassende jas, een hoed van dezelfde stof, die haar favoriete hoedenmaker in Parijs had gemaakt, en een zilverkleurige vos om haar hals. Ze zag eruit als een plaatje in een tijdschrift, en de andere vrouwen staarden haar nog één keer afgunstig aan. Ze hadden haar garderobe gedurende de hele reis gadegeslagen, net zoals hij dat had gedaan.

'Komt iemand je ophalen?' vroeg Andrew bezorgd, maar ze schudde haar hoofd.

'Ik heb de purser gevraagd een rijtuig te reserveren dat me naar het hotel brengt.'

Hij knikte tevreden. 'Ik kom je later in het hotel opzoeken, om te zien of alles in orde is.'

'Het komt goed,' verzekerde ze hem, maar ze waardeerde zijn hulp. Dit was een ontwikkeling die ze nooit had verwacht. Ze had het zonder hem ook gered, en ze was vastbesloten geweest om zelf alles te regelen, maar het feit dat hij in haar leven was gekomen, was een geschenk waar ze erg dankbaar voor was. Ze had plezier met hem gehad, en ze wist dat hij ook van zijn tijd met haar had genoten.

'Krijg je het druk?' vroeg ze hem, terwijl ze toekeken hoe de havenwerkers het schip met enorme touwen vastlegden.

Hij knikte. 'Ik moet weer aan het werk. Ik heb me twee maanden aan mijn verantwoordelijkheden onttrokken. Dat is ongeveer de tijd die je je met een gebroken hart kunt veroorloven.' Hij zei het met een glimlach, en zag eruit alsof hij het er nu niet meer moeilijk mee had. Toen draaide hij zich met een ernstig gezicht naar haar toe. 'Jij hebt de afgelopen weken alles voor mij veranderd. Ik had nooit verwacht dat dit zou gebeuren,' zei hij zacht. Hij wilde zijn gevoelens uitspreken voordat ze uit elkaar gingen en in New York ieder aan hun eigen leven begonnen.

'Ik ook niet. Ik had gedacht dat ik de hele reis in tranen zou zijn.' Ze glimlachte naar hem. 'Ik heb een heerlijke tijd met je gehad, Andrew. Dank je wel.' Hij gaf haar geen antwoord, maar nam haar kleine gehandschoende hand in de zijne en hield hem vast tot werd meegedeeld dat ze het schip konden verlaten. Toen bracht hij haar naar haar hut en liet haar achter bij Claire. Nadat hij zijn eigen bagage had gehaald, kwam hij terug om haar naar de wal te begeleiden en naar haar rijtuig te brengen. Ze liepen met stralende gezichten samen het schip af en nadat hij haar in het rijtuig had geholpen, draaide ze zich om en kuste hij haar op de wang. Hij kon zich nauwelijks van haar losrukken. Hij kon zich niet meer voorstellen hoe het zou zijn om haar niet elke dag om zich heen te hebben.

'Ik zie je later,' zei hij zacht. Hij had haar zijn adres gegeven en gezegd dat ze hem een berichtje moest sturen als er een probleem was. Ze zwaaide naar hem terwijl ze wegreden, gevolgd door een tweede rijtuig met de bagage. Claire reed met haar mee, verdrietig dat ze het schip en haar nieuwe vrienden had moeten verlaten. Ze hadden allebei een onverwacht fijne reis gehad, en keken elkaar even glimlachend aan terwijl ze naar het hotel reden.

18

Het City Hotel was chiquer dan ze had verwacht, maar met haar vaders geld en dat van haarzelf kon ze zich de prijs veroorloven. Ze was altijd voorzichtig met haar uitgaven, en ze wist dat ze heel lang zou moeten doen met wat ze had. Ze kon er niet van uitgaan dat iemand haar zou helpen en verwachtte dat ook niet. Ze smeet het geld niet over de balk, hoe dol ze ook was op mode en dure jurken. Maar haar suite in het hotel was beeldschoon en prachtig ingericht, en Claire zei dat zij ook een erg leuke kamer had, op de bovenste verdieping, bij de andere dienstmeisjes.

Twee uur na hun aankomst, terwijl Claire Angéliques vele koffers uitpakte en bekeek wat er gestreken moest worden en Angélique een lichte maaltijd bestelde, werd er een enorm bloemstuk voor haar bezorgd. Het zag eruit als een complete rozentuin. Het kwam van Andrew en op het kaartje stond: 'Welkom in New York. Ik mis je nu al. Liefs, A.H.' Ze zette het bloemstuk op een tafel en ze stond het net te bewonderen toen een assistent-manager haar kwam vertellen dat meneer Hanson in de lobby stond en graag naar boven wilde komen.

'Stuur hem maar,' zei Angélique en gaf de man een fooi.

Even later stapte Andrew energiek de kamer binnen. Hij was zichtbaar blij om haar te zien en gaf haar een kus op de wang. Door hun tijd op de boot, waarin ze zoveel gelegenheid hadden gehad om bij elkaar te zijn, waren ze snel naar elkaar toe gegroeid en was er meer intimiteit tussen hen ontstaan dan anders misschien het geval zou zijn geweest. Ze had het gevoel dat ze hem al maanden of zelfs jaren kende.

'Hoe zou je het vinden om New York te gaan bekijken?' stelde hij voor. Zijn rijtuig stond beneden. Het was een prachtige herfstmiddag en hij had besloten pas de volgende dag weer aan het werk te gaan. 'Het kan geen kwaad als ik me één dag langer aan mijn plichten onttrek.' Hij zag er jong en ondeugend uit terwijl hij dit zei.

'Zo word je nooit president,' zei ze bestraffend, maar ze was blij. Ze pakte een stola en volgde hem de suite uit. Even later reden ze door de straten van New York in zijn fraai uitgeruste rijtuig. Het was niet opzichtig, maar buitengewoon elegant en geschikt voor een man. Ze genoot ervan om naast hem te zitten terwijl hij haar interessante trekpleisters aanwees en zijn koetsier instrueerde waar hij hen verder naartoe moest rijden. Aan het eind van de middag had ze alle belangrijke bezienswaardigheden in de stad gezien. Ze reden langs Niblo's Garden met zijn theater, de Vauxhall Gardens, het Nationaal Theater, het Morris-Jumel Mansion, het James Watson-huis, het Gracie Mansion, maar ook Castle Garden, City Hall en St. Patrick's Cathedral tussen Mott en Prince Street. Het was een uitgebreide rondrit, waarna ze terugkeerden naar het hotel.

Ze dronken thee in de eetzaal, vanwaar ze de gasten en bezoekers in en uit zagen lopen en Angélique de uiteenlopende kledingstijlen kon observeren. Vrouwen leken zich in New York conservatiever te kleden dan in Parijs, hoewel Angélique een paar prachtige jassen en jurken zag, en enkele erg mooie hoeden, hoewel er niet een zo verfijnd en elegant was als de hare. Andrew genoot ervan hoe ze er na elke kledingwisseling uitzag. Hij had nog nooit zo'n modieuze vrouw ontmoet als zij. Zijn vroegere verloofde was vergeleken bij haar erg alledaags geweest, niet zo mondain en veel minder geïnteresseerd in de wereld. Hij begon te denken dat hun verbroken verloving een verhulde zegen was geweest. Hij had nooit kunnen vermoeden dat Angélique zou komen en zijn hart zou stelen.

Die avond gaf hij haar de tijd om zich te installeren, maar de volgende avond nodigde hij haar uit voor een souper in Sans Souci en het theater, twee dagen later voor de opera in het National Theater, en daarna voor souper en dans bij Delmonico's en Noblo's Garden. Tussen de avonden die ze met hem doorbracht en overdag, wanneer ze in haar eentje de stad verkende, had ze nauwelijks tijd om op adem te komen.

Na twee weken had ze nog geen van zijn vrienden ontmoet. Hij gaf openlijk toe dat hij haar voor zichzelf wilde, maar soms, als ze in het theater en de restaurants kennissen van hem tegenkwamen, stelde hij haar trots aan hen voor. Zijn mannelijke vrienden stonden versteld van haar schoonheid en zelfs de vrouwen waren onder de indruk en hadden plezier in haar ontspannen, opgewekte manier van doen. Ze deed niet uit de hoogte en maakte geen zelfingenomen indruk. Ze vond het leuk hen te ontmoeten en leek het in Andrews gezelschap enorm naar haar zin te hebben.

Ze bekeken een paar huizen die ze misschien zou kunnen betrekken, maar ze vond er niets bij wat haar aanstond en zei dat ze voorlopig liever in het hotel bleef. Toen, drie weken na hun aankomst, kuste Andrew haar hartstochtelijk op de mond. Nadat ze zes weken lang voortdurend in elkaars gezelschap waren geweest, kon hij zich niet langer inhouden en nam hij geen genoegen meer met een kus op de wang. En zij maakte geen bezwaar. Zij was net zo verliefd op hem als hij op haar. Het was inmiddels begin november en hij zei dat hij haar aan zijn vader wilde voorstellen. Die had het echter druk met een paar belangrijke zakelijke bijeenkomsten en reisde steeds heen en weer naar Boston. Als Andrew niet werkte, vond hij het heerlijk om al zijn tijd samen met haar door te brengen, en ze vierden Thanksgiving met zijn tweetjes in het hotel, omdat zijn vader met vrienden weg was. Andrew legde haar het idee achter de feestdag uit, en het sprak haar aan om een dag te hebben gebaseerd op dankbaarheid, die je samen met vrienden en familie doorbracht.

Het was bijna Kerstmis, drie maanden nadat ze elkaar hadden ontmoet, toen ze op een middag terugkwamen van een wandeling in de sneeuw, en hij haar beide handen in de zijne nam om ze te warmen. Toen ze haar hoed afzette en haar bonten mof in de zitkamer van haar suite neerlegde, verraste hij haar compleet door zich op zijn knie te laten vallen.

'Andrew, wat doe je?' vroeg ze zacht. Haar ogen straalden van haar gevoelens voor hem en haar wangen waren roze van de kou.

'Angélique Latham,' zei hij, terwijl tranen van emotie in zijn ogen schitterden, 'wil je me de eer doen met me te trouwen?' Ze had dit niet verwacht, hoewel iedereen die hen samen zag het zou hebben zien aankomen. Ze had geen huwelijksaanzoek voorzien en had wat hem betrof nooit verwachtingen of plannen gekoesterd. Maar ze hield oprecht van hem en knikte, met tranen in haar ogen.

'O, mijn god... ja... ja... O, mijn liefste, ik hou van je,' zei ze. Hij stond op, nam haar in zijn armen en hield haar vast. Hij kon zich alleen maar een voorstelling maken van hun stralende toekomst samen, en van al hun dromen die werkelijkheid zouden worden. En terwijl hij haar in zijn armen hield, wist ze dat er dingen waren die ze hem moest vertellen, maar ze wilde hem niet verliezen. Ze vroeg zich af of ze hem moest vertellen over Parijs en Le Boudoir, maar misschien hoefde hij dat niet te weten. Ze wilde hem geen pijn doen en ook niet tegen hem liegen. Het verwarde haar, maar het enige wat ze wist was dat ze heel veel van hem hield en zijn vrouw wilde worden. Ze had zich nog nooit zo gevoeld. 'Ik hou zoveel van je,' was het enige wat ze kon zeggen. Hij wist ook niet dat ze een kindermeisje was geweest, en dat haar broer haar had verstoten. Er was zoveel wat hij niet wist, en hij accepteerde haar zoals ze was. Hoeveel meer kon ze vragen, en hoe kon ze het risico lopen dat ze hem kwijt zou raken als ze hem nu alles zou vertellen? Maar wat als hij erachter kwam? New York leek zo ver verwijderd van alles wat haar in de afgelopen drie jaar was overkomen. Ze klampte zich aan hem vast als een verloren kind, en hij begon plannen te maken voor de toekomst.

'We moeten een huis vinden,' zei hij, met een opgetogen gezicht. 'En ik wil snel trouwen. We hoeven niet te wachten.' Toen bedacht hij iets. 'Zal ik je broer een brief sturen en hem om je hand vragen? Ik weet dat je hebt gezegd dat jullie niet met elkaar overweg kunnen, maar ik wil hem niet beledigen of iets ongepasts doen.'

'Hij zal niet beledigd zijn,' zei ze zacht. Andrews woorden zetten haar weer met beide benen op de grond. 'Het kan hem niet schelen. Hij haat me. Je hoeft niemand iets te vragen.'

'Moeten we hem en je andere broer voor de bruiloft uitnodigen?'

'Beslist niet. Als je dat doet, kom ik niet,' zei ze plagend, en hij lachte.

'Ik wil dat je mijn vader ontmoet zodra hij uit Boston terug is. Hij heeft het de afgelopen maanden waanzinnig druk gehad. Ik weet zeker dat hij dol op je zal zijn,' zei Andrew gelukkig.

Drie dagen later gaf hij haar een verlovingsring die veel groter was dan ze had verwacht, met een grote diamant in een fraai bewerkte zetting. Zij zou gelukkig zijn geweest met een kleine ring, of helemaal niets. Ze hield van Andrew, niet van wat hij haar kon geven. Ze was nog nooit zo gelukkig geweest als toen ze dacht aan hun toekomst en de dagen die voor hen lagen. En nu wilde hij haar aan zijn vrienden voorstellen als zijn toekomstige vrouw. Maar het leek hem beter om haar eerst kennis te laten maken met zijn vader, die erg traditioneel en formeel was ingesteld en zeer ouderwets was. Andrew waarschuwde haar dat hij er erg conservatieve opvattingen op na hield, maar hij wist zeker dat hij onder de indruk zou zijn van haar charmes. Hij wist dat iedereen dat zou zijn, hij zelf nog het meest.

Hij wilde hun trouwdag plannen en zag geen reden om lang te wachten. Ze wisten allebei wat ze wilden en waren er oud genoeg voor. Toen hij dit zei, bekende ze dat ze jonger was dan ze eerst had gezegd. Ze zei dat het haar respectabeler leek dan haar echte leeftijd. 'Eigenlijk ben ik eenentwintig,' zei ze verlegen. Van alle leugens die ze had verteld was dit de enige die ze wilde toegeven. Hij lachte om haar bekentenis en was blij. Hij was dertig en hij vond hun leeftijden prima bij elkaar passen. Hij vond alles aan hun verbintenis perfect en hij was er zeker van dat zijn vader er ook zo over zou denken. Angélique hoopte dat hij gelijk had. Ze zag op tegen de ontmoeting. Zoals Andrew zijn vader beschreef was hij nogal intimiderend en stijf. Maar ze was ervan overtuigd dat hij hield van zijn enige zoon en hem graag gelukkig zou zien, en dat waren ze.

'Laten we in februari trouwen, op Valentijnsdag,' stelde Andrew voor. Zij vond dat ook een goed idee.

'We houden dan wel weinig tijd over om plannen te maken,' zei ze nadenkend. 'Wil je een grote bruiloft?' Ze wist niet precies hoe dat geregeld zou moeten worden, vooral niet in New York. In Parijs of Londen had ze dat gekund, maar niet hier. De stad was te nieuw voor haar.

'Niet echt,' zei hij eerlijk. 'Jij hebt hier geen vrienden, en als je niet wilt dat je familie uit Engeland overkomt, voelt het niet goed om honderden kennissen van mij uit te nodigen, die jij niet kent. Waarom proberen we het niet klein te houden?'

Hij zei het niet, maar omdat ze nog maar kort geleden weduwe was geworden, leek het hem beter om geen opzichtige bruiloft te houden, en hij wist zeker dat zijn vader het daar ook mee eens zou zijn. Een intieme bruiloft, met alleen zijn vader en zijn allerbeste vrienden, leek Andrew gepaster. Het maakte hem niet uit hoe ze gingen trouwen, als ze maar trouwden, en hoe eerder hoe beter. Hij popelde om een gezin met haar te stichten, en zij vond dat ook een heerlijk idee. Het enige wat ze nu wilde was zijn vrouw worden en zijn kinderen krijgen. Ze wilde ook schrijven naar de meisjes van Le Boudoir om het hun te vertellen, zodat ze niet zouden verwachten dat ze terug zou komen om het huis weer te openen. Ze wist dat Fabienne blij voor haar zou zijn. Angélique had haar geschreven toen ze in New York aankwam en Fabienne had geantwoord dat Jacques en zij in oktober waren getrouwd en dat er al een baby onderweg was. Hun levens waren zo veranderd.

Ze was van plan de meubels van Le Boudoir die ze had opgeslagen te verkopen. Ze wilde niet de meubels van haar bordeel in hun nieuwe huis. Ze had het opslagbedrijf geschreven en zij zouden de spullen voor haar verkopen.

Angélique kon het allemaal nauwelijks bevatten terwijl Andrew en zij plannen maakten. Hij vertelde haar dat ze de avond voor kerstavond bij zijn vader zouden souperen. Hij keek er erg naar uit om haar te ontmoeten en was blij voor zijn zoon. Zoals Andrew haar had beschreven was ze helemaal perfect, en Andrew wist dat ze dat ook was.

De avond dat ze bij Andrews vader gingen eten droeg Angélique een eenvoudige zwartfluwelen jurk, die precies genoeg maar niet te veel van haar boezem liet zien, de parels van haar moeder en een kleine tiara die haar grootmoeder van moederskant had gedragen toen ze een jong meisje was. Angélique had de tiara altijd gekoesterd en had hem pas één keer eerder gedragen, toen ze met haar vader naar een bal in Londen ging. Daarna was hij ziek geworden en later waren ze niet meer naar de stad gegaan en had ze hem nooit meer gebruikt. Het leek haar passend om hem vanavond te dragen, samen met de prachtige verlovingsring die Andrew haar had gegeven. Hij hield zijn adem in toen hij haar bij het hotel ophaalde. Ze zag er beeldschoon uit, en hij was nog nooit van zijn leven zo trots geweest. Hij kon niet wachten om haar aan zijn vader voor te stellen.

Angélique schrok een beetje toen het rijtuig voor een enorm herenhuis aan Pearl Street stilhield. Ze had niet verwacht dat het huis zo voornaam zou zijn, en even voelde ze zich een beetje geïntimideerd. Maar ze hield zich voor dat ze in grotere huizen was geweest. En Belgrave, waar ze was opgegroeid, was nog vele malen groter dan dit. Ze had Andrew er nooit iets over verteld. Daar was geen reden toe, omdat het niet meer van haar was en ze er niet meer naartoe kon. Het had geen zin om te huilen om het verleden, terwijl de toekomst er zo zonnig uitzag.

Twee lakeien en een butler lieten hen het huis binnen, dat haar toch weer aan Belgrave deed denken. Alles leek hier echter nieuwer, en natuurlijk kleiner, dan haar grote voorouderlijke huis in Engeland. De ontvangsthal van het huis van Andrews vader was helemaal van marmer en de ruimte werd verlicht door een enorme kroonluchter met kaarsen. Ze deed haar stola af en liet hem achter bij een van de lakeien, waarna Andrew haar de grote zitkamer in voerde, waar zijn vader op hen wachtte. Hij stond met zijn rug naar hen toe en keek met een glas in zijn hand uit over de tuin. Net als Andrew droeg hij een jacquet. Toen draaide hij zich om en de beide mannen wisselden een warme blik. Vervolgens richtte hij zijn blik met een vriendelijke glimlach op zijn toekomstige schoondochter, en terwijl hij dit deed viel Angélique bijna flauw, net als hij. Ze staarden elkaar ongelovig aan.

Het was John Carson, de Amerikaanse financier, die haar nog maar drie maanden geleden in Le Boudoir een aanzoek had gedaan, dat ze had afgewezen. Kennelijk had hij de naam Carson als alias gebruikt voor zijn bezoeken aan Le Boudoir, in plaats van zijn echte naam te gebruiken. Een minuut lang zeiden ze geen van beiden een woord, terwijl er een harde uitdrukking op zijn gezicht verscheen. Angélique probeerde haar schrik te verbergen, maar werd intussen lijkbleek. Het was een laatste wrede wending in de lange reeks gebeurtenissen van de afgelopen jaren. Hij was smoorverliefd op haar geweest en had haar eerst aangeboden zijn maîtresse te worden. En toen hij weduwnaar werd, was hij vastbesloten geweest met haar te trouwen, ondanks het feit dat ze een bordeel runde. Hij had bijna alles willen doen om met haar te trouwen en was geschokt en kwaad geweest toen ze weigerde. En nu ging ze trouwen met zijn zoon. Het was bijna te ironisch om waar te zijn. Hij kende haar verleden in Parijs, en ze was als de dood dat hij Andrew daar nu over zou vertellen.

'Ik... Hoe maakt u het...' zei ze, terwijl ze met tranen in haar ogen respectvol een diepe reverence voor hem maakte. Ze hoopte vurig dat hij in staat was over het gebeurde heen te stappen en haar als Andrews nieuwe vrouw te accepteren, maar hij keek haar furieus aan, en Andrew zag dat ook.

'Is er iets verkeerd?' vroeg hij, terwijl hij heen en weer keek van zijn vader naar Angélique. Hij was niet in staat de uitdrukking op zijn vaders gezicht te verklaren.

'Helemaal niet,' zei John tegen zijn zoon. 'Leuk je te ontmoeten,' vervolgde hij tegen Angélique, waarna hij zijn glas leegdronk en een lakei gebaarde hem een nieuw glas vol te schenken. Toen ging hij met een onaangename uitdrukking op zijn gezicht zitten. Hij wilde niets anders dan deze avond zo snel mogelijk achter de rug hebben en haar zijn huis en het leven van zijn zoon uit werken. Hij zou Andrew nooit toestaan met haar te trouwen, hoewel hij dat zelf maar al te graag zou hebben gedaan, en alles in het werk had gesteld om haar te overtuigen. Hij was haar weigering nog steeds niet te boven. En nu had deze wrede wending van het lot ervoor gezorgd dat ze elkaar weer ontmoetten.

De maaltijd verliep in een martelende, pijnlijke stilte. John bleef zwaar drinken. Hij sprak geen woord tegen Angélique en keurde haar geen blik waardig. Hij besprak zakelijke kwesties met zijn zoon alsof ze er niet bij was. Andrew had geen idee wat er aan de hand was, maar Angélique zag er de hele avond ellendig uit en at bijna niets. Zodra de maaltijd afgelopen was, stond Andrews vader op en vroeg of hij zijn zoon even onder vier ogen kon spreken. Hij liep naar de bibliotheek, en zodra Andrew de deur dichttrok, keerde hij zich als een razende stier naar hem om.

'Wat is er aan de hand?' Andrew had zijn vader nog nooit zo gezien, als een gekooide leeuw.

'Je kunt niet met die vrouw trouwen!' schreeuwde zijn vader tegen hem. 'Ik sta het niet toe! Je moet hier ogenblikkelijk een eind aan maken!'

'Waarom? Ik begrijp het niet. U hebt zich de hele avond als een krankzinnige gedragen.'

'Ik weet dingen over haar die jij niet weet. Ze is een hoer, Andrew, en niets meer. Ze zit achter je geld aan, en dat van mij.' Als dat zo was geweest, had ze in Parijs zijn aanbod aangenomen in plaats van hem botweg af te wijzen. Maar het laatste wat hij wilde was dat zijn zoon de vrouw zou trouwen die hij zelf had gewild, en die bovendien de madam was geweest van een bordeel in Parijs. Hij beschouwde zichzelf oud genoeg om zo'n keuze te maken, maar zijn zoon niet. Andrews moeder was een respectabele vrouw geweest, uit een van de beste families van New York, ook al hadden ze later nog zo'n hekel aan elkaar gekregen. Dit meisje was allesbehalve respectabel, hoe beschaafd ze er ook uitzag. In Johns ogen voerde ze een toneelstukje op, overtuigend, maar beslist niet goed genoeg om een huwelijk met zijn zoon te rechtvaardigen. 'Ik zal alles doen wat in mijn vermogen ligt om een huwelijk tegen te houden, Andrew. Je moet onmiddellijk een punt zetten achter deze schertsvertoning.'

'Het is geen schertsvertoning, ik hou van haar. Ze is een fantastische vrouw. Hebt u haar ooit eerder ontmoet?'

'Nee!' schreeuwde zijn vader tegen hem. Hij loog, maar hij kon moeilijk de waarheid vertellen en toegeven dat hij haar had ontmoet in een bordeel en haar zelf ten huwelijk had gevraagd. Maar hij maakte zich nu zorgen dat Angélique het aan Andrew zou vertellen als ze ook de rest op zou biechten. Het was een ernstig risico voor hem. Hij zou nooit willen dat zijn zoon zoiets van hem zou weten. Als ze ermee had ingestemd met hem te trouwen, dan had hij een keurig verhaaltje over haar verzonnen, net zoals zij dat zelf had gedaan om met zijn zoon te kunnen trouwen. 'Je weet niets van haar achtergrond. Ik wel. Ik heb haar nooit ontmoet,' loog hij weer, 'maar ik heb van anderen over haar gehoord. Ze is in Parijs erg beroemd. Wat heeft ze je over haarzelf verteld?'

'Dat ze twee broers heeft die haar niet mogen en die zij haat. Haar ouders zijn dood. Ze was getrouwd, haar man overleed in Parijs, en zij kwam hiernaartoe om een andere omgeving te zien. En ik heb haar leren kennen op het schip. Hoezo? Weet u iets wat hiervan afwijkt?' Andrew keek bezorgd, maar niet heel erg. Hij was veel meer verbolgen over het slechte gedrag van zijn vader en de dingen die hij nu vertelde, en die hem allemaal leugens leken. 'Bent u kwaad omdat ze een Europese is en geen Amerikaans meisje uit een familie die u kent?' Hij was zo'n snob dat dat heel goed mogelijk was. Andrew wist zeker dat zijn vader zich nooit met een Europese vrouw zou inlaten. Hij had eens moeten weten wat zijn vader allemaal deed.

'Dat heeft er niets mee te maken, hoewel je niet naar het buitenland hoeft te gaan om een vrouw te zoeken. Er zijn hier genoeg aardige meisjes. Ze zal je politieke carrière verwoesten en je elke kans ontnemen om in de politiek iets belangrijks te bereiken. En ik kan je één ding vertellen: ik zal alles doen wat in mijn vermogen ligt om te voorkomen dat je met dat meisje trouwt!' Hij schreeuwde nog steeds. Zijn ogen puilden uit en een ader in zijn voorhoofd zwol op, zo razend was hij. 'Zeg tegen haar dat ze je de waarheid over zichzelf moet vertellen, dan zullen we zien of ze dat doet! Ik kan je ervan verzekeren dat het heel wat anders is dan het verhaal dat jij kent.' Terwijl hij sprak ijsbeerde hij door de kamer. Andrew keek naar hem, zonder te bewegen.

'Ze is een eerlijk persoon en ik zal het haar vragen. We hebben allemaal geheimen waarvan we niet willen dat anderen ze weten. Als zij die ook heeft, weet ik zeker dat ze me de waarheid zal vertellen. Maar ik ben dertig, vader. U kunt me niet vertellen met wie ik moet trouwen, en u kunt me niet verbieden te trouwen met de vrouw van wie ik houd. Het zal met mij niet zo gaan als met u en moeder. Jullie hebben elkaar dertig jaar gehaat en een ellendig, eenzaam bestaan geleid, omdat jullie trouwden met iemand uit de "juiste" familie. Ik trouw liever met iemand uit de verkeerde familie dan met de verkeerde vrouw, zoals u hebt gedaan. En u kunt mij niet voorschrijven hoe ik mijn leven moet leiden. Ik was tot voor kort nog verloofd met een meisje dat u geschikt vond, en zij is ervandoor gegaan met mijn beste vriend, nadat ze me met hem had bedrogen.' Hij was nu ook kwaad. Hij had nog nooit eerder meegemaakt dat zijn vader zich zo verschrikkelijk had gedragen en hij had ontzettend medelijden met Angélique, die een afschuwelijke avond had gehad en waardig en beleefd was gebleven, hoewel ze eruit had gezien alsof ze elk moment in tranen kon uitbarsten.

'Ik weet zeker dat deze je ook heel snel zal bedriegen. En mijn huwelijk met je moeder en de redenen daarvoor gaan je helemaal niets aan.'

'Ik heb mijn hele leven gezien hoe jullie elkaar verachtten en het bijna niet konden verdragen om samen in dezelfde kamer te zijn. Ik wil dat niet.' Ze wisten allebei dat hij gelijk had, maar John zei niets en staarde zijn zoon alleen maar grimmig aan.

'Zorg dat je van haar af komt,' zei hij bot. 'Als je dat niet doet, krijg je daar spijt van. En ik laat haar nooit meer in mijn huis. Als je zo dwaas bent om bij haar te blijven, of als ze je voorliegt, verwacht dan niet van mij dat ik haar ontvang of ooit nog wil zien.'

'Ik zou niet weten waarom ze dat zou willen, na uw gedrag van vanavond,' zei Andrew. Hij liep met grote stappen naar de deur en rukte hem open. 'Goedenavond, vader. Bedankt voor het eten.' Met deze woorden liep hij de kamer uit en smeet de deur achter zich dicht. John keek hem na, liet zich zwaar in een stoel vallen en voelde zich plotseling honderd jaar oud. Ze had hem afgewezen, en nu ging ze met Andrew trouwen. Hij had haar willen hebben, haar bezitten, haar alles willen geven wat hij had. Hij had alles gedaan wat hij kon om haar te verlokken en te overtuigen. Hij was door haar geobsedeerd geweest en was dat nog steeds. En nu had Andrew gewonnen. Op dat moment wist hij niet wie hij het meeste haatte, Angélique, of zijn zoon, omdat hij haar had.

19

Andrew en Angélique reden zwijgend terug naar het hotel. Hij dacht met een strak gezicht aan zijn vader en wat die had gezegd, en Angélique was ervan overtuigd dat hij woedend op haar was, en was doodsbang voor wat zijn vader hem na het eten achter gesloten deuren had verteld. Ze zat met een lijkbleek gezicht kaarsrecht in het donkere rijtuig. Ze verwachtte niet dat ze Andrew hierna ooit nog zou zien. Na wat zijn vader hem ongetwijfeld had verteld zou hij niet meer met haar willen trouwen, en ze was bereid hem als ze bij het hotel terug waren zijn ring terug te geven. Ze wilde dat niet in het rijtuig doen, met het risico dat ze hem op de grond zou laten vallen. Maar ze twijfelde er niet aan dat hun verloving voorbij was, en ze moest vechten tegen haar tranen. Ze wilde nu het liefst alleen zijn om te rouwen om wat ze maar zo kort hadden gehad. Het was het zoveelste grote, belangrijke verlies in haar leven.

De portier hielp haar met uitstappen en Andrew keek haar ernstig aan. 'Mag ik boven komen?' Ze knikte. Ze zou hem de ring daar geven. Hij hoefde er niet om te vragen. Ze begreep het. Ze had hem niet verdiend, en ze had hem niet de waarheid verteld over haar leven. Het was een ongelooflijk wrede wending van het lot dat de man die haar in Parijs onder een valse naam een huwelijksaanzoek had gedaan, dat ze had afgewezen, Andrews vader bleek te zijn. Ze kon zich niets ergers voorstellen, behalve als ze met hem had geslapen. Goddank was dat niet gebeurd. Dan had ze Andrew echt niet meer onder ogen kunnen komen.

Zodra ze in de zitkamer van haar hotelkamer waren, pakte Andrew haar zachtjes bij de schouders en sprak haar vriendelijk toe. 'Ik wil dat je gaat zitten, en dan gaan we praten. Mijn vader zegt dat er dingen zijn die ik niet van je weet. Ik wil dat je me nu alles vertelt, hoe erg het naar jouw idee ook is. Ik hou van je, en het zal voor mij geen verschil maken. Maar ik moet het weten, zodat zoiets als dit niet nog eens kan gebeuren. Als ik je man word, wil ik alles van je weten. In de liefde hou je niet alleen van de goede, maar ook van de slechte dingen.' De tranen rolden over haar wangen toen hij dit zei, en ze gingen zitten.

'Ik verdien jou niet,' zei ze met verstikte stem, terwijl hij haar hand vasthield. 'Wil je nu je ring terug hebben?' Ze begon hem af te doen, maar hij hield haar tegen.

'Nee, dat wil ik niet. Begin nu maar bij het begin. De luierfase en je eerste kindermeisje kunnen we overslaan, maar de rest wil ik horen, om alles goed te begrijpen.' Hij had een vaag vermoeden waar zijn vader op doelde, maar hij wist het niet zeker. En nu wilde hij het weten. 'Ik wil de hele waarheid horen, niets uitgezonderd. Er mogen tussen ons geen geheimen bestaan.'

'Mijn moeder is bij mijn geboorte overleden. Zij was Frans, dat weet je al. Ze was een Bourbon en een Orléans, en haar familie was tijdens de Revolutie vermoord. Mijn vader was Phillip, hertog van Westerfield en verwant aan de koning. Hij hield heel veel van mij. Hij was geweldig voor me.' Haar ogen vulden zich met tranen toen ze dit zei, vooral na deze avond.

'We woonden in een erg groot huis, Belgrave Castle, in Hertfordshire. Het is een prachtig landhuis. Mijn vader was eerder getrouwd geweest en had twee zoons uit zijn eerste huwelijk. Zij haatten mijn moeder, en mij nog meer. Ze waren mijn hele leven jaloers op me. We hadden ook een huis aan Grosvenor Square, waar mijn oudste broer Tristan woonde in de laatste jaren voordat mijn vader stierf. Tristan heeft een afschuwelijke vrouw, Elizabeth, en twee dochters. Die hebben ook allemaal een hekel aan me.' Andrew luisterde rustig en kon zich voorstellen hoe het was geweest. Eerste huwelijk, jaloerse zoons, Angélique haar vaders oogappel.

'Volgens de Engelse wet,' vervolgde ze, 'erfde mijn oudste broer alles. De titel, mijn vaders vermogen, Belgrave Castle, Grosvenor Square, alles. Mijn vader kon mij niets nalaten, tenminste niet wettelijk gezien. Hij wilde dat Tristan mij na zijn dood in een grote cottage op het landgoed zou laten wonen, maar Tristan stond dat niet toe, en hij wilde me ook niet in het huis laten blijven. Ik was achttien jaar toen mijn vader stierf, en de nacht voor zijn overlijden gaf hij me wat geld en de sieraden van mijn moeder. Dat was het enige waar ik recht op had, tenzij mijn broer vrijgeviger zou willen zijn.

Zodra papa was overleden, kwamen Tristan en zijn gezin en mijn broer Edward naar ons huis. En de avond na de begrafenis vertelde Tristan me dat ik hem alleen maar tot last zou zijn en dat ik niet meer het recht had daar te wonen. Ze hadden een regeling getroffen met mensen die ze kenden in Hampshire, waar ik als kindermeisje in dienst zou komen. De volgende dag zou ik al vertrekken. Onder het mom dat ik een verre nicht was stuurden ze me naar die erg rijke, verwende mensen, en ik werd het kindermeisje van hun zes kinderen.'

Andrew zei niets, maar zijn hart deed pijn terwijl hij naar haar luisterde en voor zich zag hoe ze na haar vaders dood als jong meisje was weggestuurd van huis om bediende te worden.

Het was een verschrikkelijk verhaal.

'Ik hield van de kinderen voor wie ik moest zorgen. Ze waren erg lief, al waren hun ouders nog zo afschuwelijk. Ik heb daar zestien maanden gewerkt.' Toen vertelde ze hem over Bertie, en dat ze hem had gebeten om zichzelf te verdedigen, en dat hij de volgende dag leugens over haar had verteld om wraak te nemen. 'Dus ik werd ontslagen en dezelfde dag nog zonder getuigschrift weggestuurd. Eerst begreep ik niet wat dat inhield. Het betekende dat ik als ik naar Londen ging nergens werk zou kunnen vinden. Zonder getuigschrift zou niemand me aannemen.' Andrew kon wel raden wat er hierna zou komen, dat dacht hij tenminste. 'Ze stelden voor om het in Frankrijk te proberen. Misschien dat ik daar meer geluk zou hebben. Dat was niet zo. Daar wilde ook niemand me in dienst nemen, niet als kindermeisje, of als dienstmeisje, of om de vloeren te schrobben. Zonder getuigschrift kon ik geen werk krijgen.'

'Je hoeft me de rest niet te vertellen,' zei hij zacht. Hij wilde haar de vernedering en de pijn van een verdere bekentenis niet aandoen. Hij had nu al intens medelijden met haar.

'Ja, dat moet wel. Je zei dat je alles wilde weten. Ik logeerde in een hotel in Parijs en probeerde te bedenken wat ik moest doen. Een vrouw die ik ontmoette zei dat ik misschien naar Amerika zou kunnen gaan, maar dat durfde ik niet.' Toen vertelde ze hem over Fabienne en hoe ze haar had gevonden, gewond in de goot, in elkaar geslagen door een 'klant'. En over alle dingen die Fabienne haar had verteld, en hoeveel medelijden ze had met meisjes zoals zij. 'Ik kon zelf geen werk vinden, en ik wilde niet zo eindigen als zij. Ze werden door iedereen uitgebuit: door hun madams, hun pooiers, hun klanten. Ze werden in elkaar geslagen en verdienden niks. De madams en de pooiers verdienen al het geld,' legde ze hem uit. Ze zag er erg jong uit, en hij glimlachte.

'Daar heb ik weleens over gehoord,' zei hij, met een tedere blik. Gezien haar achtergrond en haar opvoeding leek het onvoorstelbaar dat ze dit soort dingen wist.

'Dus ik besloot een deel van het geld van mijn vader te gebruiken om een onderneming op te richten, een bordeel. Ik kocht meubels, zocht met Fabiennes hulp meisjes die ik eerlijk betaalde en richtte het beste bordeel van Parijs op, met de beste meisjes, voor de beste mannen.' Dit keer staarde Andrew haar ongelovig aan.

'Heb je een bordeel opgericht?' Ze had hem eindelijk geschokt, niet met de immoraliteit ervan, maar met de moed, het lef en de ondernemingszin die haar ertoe hadden aangezet dit te doen.

'Ja,' zei ze, met een klein stemmetje, 'dat heb ik gedaan. En het was fantastisch. Het huis was prachtig. Het werkte perfect. De mannen kwamen er graag, de meisjes waren gelukkig en we verdienden een heleboel geld, dat ik eerlijk met hen deelde. Het was het beste bordeel van Parijs,' zei ze trots, en Andrew schudde lachend zijn hoofd. Hij had dit nooit van haar verwacht en hij had ook nooit gedacht dat ze zoiets zou kunnen. Ze was zo ingetogen en aristocratisch, en zo jong.

'En je was twintig toen je dit allemaal deed?'

'Ja. En het is anderhalf jaar perfect gegaan.' Toen vertelde ze hem over de moord op de laatste avond dat ze open waren. 'De machtigste mannen van Parijs kwamen naar ons toe, en ik kende een aantal erg belangrijke mensen. De minister van Binnenlandse Zaken was een soort vaste bezoeker en een vriend. Hij hielp die avond alles te regelen.' Ze vertelde hem hier ook over. 'Hij zei dat we moesten sluiten en dat ik een half jaar of een jaar weg moest gaan. Daarna kon ik terugkomen om het huis opnieuw op te zetten, maar als ik open bleef, was het risico op een schandaal te groot. Hij zei dat ik passage moest boeken op een schip naar Amerika, dus dat heb ik gedaan. Ik was van plan hier een half jaar te blijven en dan weer terug te gaan. Maar toen ontmoette ik jou op de boot, en we werden verliefd en hebben ons verloofd. Ik heb Fabienne en de andere meisjes geschreven dat ik niet terugkom. Ik vond dat ze dat moesten weten.' Ze keek hem met grote, onschuldige ogen aan en hij glimlachte naar haar. 'Nu weet je alles. Meer is er niet.' Behalve één laatste detail, en dat wilde hij ook weten, alleen voor hemzelf.

'Ik heb niet het recht om je dit te vragen, Angélique, maar ik hoor het het liefst van jou. Heb jij ook de klanten bediend?... Zoals de meisjes deden?' Ze schudde nadrukkelijk haar hoofd.

'Nee, dat hebben we vanaf het begin afgesproken. Ik runde het huis. Ik was de madam, maar ik heb nooit met iemand seks gehad. Ik ben nog maagd,' zei ze zacht. 'Sommige mannen noemden me de IJskoningin. Ik praatte met ze in de salon, ik kaartte met ze, ik kende hen goed, maar ik ging nooit verder. Ik denk dat ze daar respect voor hadden.' Dat had hij ook.

'Dat is me nogal een verhaal van moed en vindingrijkheid.' Hij wist dat ze eerlijk tegen hem was geweest. Hij had haar volledig vertrouwd, en hij had zich niet in haar vergist. En hij hield nog meer van haar om alles wat ze had doorstaan. Zijn vader had gelijk, ze had tegen hem gelogen, maar na wat hij had gehoord respecteerde hij haar nog meer. En hij besefte dat hij in haar plaats misschien ook zou hebben gelogen.

'Het spijt me dat ik het je niet durfde te vertellen. Ik heb erover nagedacht, maar ik wist niet hoe ik het moest doen. En hoe moet het nu met je politieke carrière? Zal die er op een dag niet door worden geschaad? Als je vader het weet, weten andere mensen het misschien ook, zelfs hier,' zei ze, hoewel ze wist dat dat niet waar was. Zij wist dat John haar in het bordeel had ontmoet. Niemand in New York had het hem 'verteld'.

'Dat zou kunnen. Maar ik maak me geen zorgen. Er zijn

hier mensen in de politiek die wel ergere dingen hebben gedaan en daar ook mee weg zijn gekomen. Dit is Amerika – er lopen in het zakenleven en de politiek een aantal erg ruige figuren rond. Het zijn niet allemaal keurige heren. En wie zou dit trouwens geloven? Het is een verbijsterend verhaal.' Ze knikte, dankbaar dat hij niet halverwege was opgestaan en weggelopen. Toen begon ze zijn ring weer van haar vinger te trekken, en hij hield haar weer tegen. 'Ik hou van je, Angélique. Dank je wel dat je eerlijk tegen me bent geweest. Ik wil met je trouwen. Dit verandert niets voor mij. Je moet me alleen beloven dat je nooit meer bang zult zijn om me de waarheid te vertellen.'

Toen zweeg hij even en dacht aan iets anders wat hij haar wilde vragen, alleen maar om het zeker te weten. 'Heb je mijn vader wel eens gezien daar, in het huis? Is hij daar ooit geweest?' Ze keek in Andrews ogen en vroeg zich wanhopig af wat ze hem moest antwoorden. Ook al haatte John haar, ze vond dat ze niet het recht had de relatie tussen Andrew en zijn vader kapot te maken. Ze hoefde zijn vader niet te gronde te richten om zichzelf schoon te praten, en wie ze in het bordeel zagen was een onschendbaar geheim, dat ze nooit prijsgaven. Zelfs een man als John had het recht om geheimen te hebben voor zijn zoon. Voordat ze antwoordde, bezwoer ze zichzelf plechtig dat dit de laatste leugen was die ze Andrew ooit zou vertellen. Hij hoefde het niet te weten. Het was een edelmoedig besluit, dat ze meer nam om Andrew zijn illusies over zijn vader te laten behouden dan om John te beschermen.

'Nee, ik heb hem daar nooit gezien,' zei ze eenvoudig, en Andrew knikte.

'Ik vroeg het me gewoon af. Ik had niet gedacht dat hij zoiets zou doen, maar je weet het nooit. Hij was zo woedend. Ik ga morgen met hem praten.' Hij kuste haar en ze keek hem met ogen vol verbazing en dankbaarheid aan.

'Weet je het zeker?' vroeg ze zacht. 'Ik beloof dat ik nooit meer tegen je zal liegen.' En dat meende ze uit de grond van haar hart.

'Helemaal zeker. Ik hou van je.' Toen moest hij lachen, of hij wilde of niet. 'Het is nogal exotisch. Ik ga trouwen met een madam en een hertogin.'

'Ik ben geen hertogin,' zei ze parmantig. 'Dat is de vrouw van mijn broer. Maar ik was wel een madam.' En toen lachte zij ook. 'Het was echt het beste huis van Parijs. Ik wou maar dat je het had kunnen zien.' Ze klonk weer als een kind, en hij pakte haar vast en kuste haar hard op de mond. Hij wilde niets liever dan zo snel mogelijk met haar trouwen. Op Valentijnsdag, of nog eerder, zelfs nu hij de waarheid kende.

De volgende dag liep hij het kantoor van zijn vader binnen, kort nadat die daar zelf was aangekomen, en ging tegenover hem voor zijn bureau staan.

'Ze heeft me alles verteld,' zei hij, terwijl hij zijn vader indringend aanstaarde.

'O ja?' Zijn vader staarde net zo hard terug. 'En wat zei ze dan wel?' Hij was doodsbang dat ze Andrew over hem had verteld.

'Dat ze na de dood van haar vader door haar broer is weggestuurd, als kindermeisje heeft gewerkt, daarna zonder getuigschrift in Londen en later Parijs is aangekomen en vervolgens in Parijs een bordeel heeft opgezet. Het moet nogal wat zijn geweest.' De ogen van zijn vader werden nog harder, maar toen wendde hij zijn blik af, omdat hij zijn zoon niet meer durfde aan te kijken.

'Ik weet daar niks van, en ik wil het ook niet weten.' Hij durfde zijn zoon niet te vragen of ze had gezegd dat ze hem daar had ontmoet, of had verteld over de voorstellen die hij haar had gedaan. Maar Andrew zei er niets over, wat hem de hoop gaf dat ze hem op wonderbaarlijke wijze had gespaard. Hij dacht wel dat Andrew iets gezegd zou hebben als hij het wist. 'En hoe moet het met je politieke ambities? Wat gebeurt daarmee als iemand erachter komt dat je met een hoer bent getrouwd?'

'Ze is geen hoer,' zei Andrew kwaad. 'Ze was een madam. En voor een meisje van twintig, dochter van een hertog, vind ik dat op een krankzinnige manier verdomd indrukwekkend.'

'Je bent gek.' Hij begreep het maar al te goed. Hij was ook gek op haar geweest, en hij was dat nog steeds. Zij was zo'n vrouw die maakte dat mannen haar wanhopig graag wilden hebben, vooral als ze haar niet konden krijgen. 'En ik weet niet of de wereld geïnteresseerd zal zijn in het verschil tussen een hoer en een madam. Voor de meeste mensen is dat hetzelfde.'

'Dat is het kennelijk niet. Zij runde een bedrijf.'

'Laten we dit niet mooier maken dan het is, Andrew. Ze heeft in Parijs een hoerentent gerund, of ze met de klanten naar bed ging of niet. Dat gaat je niet helpen om senator te worden, of president, als je dat ooit zou willen. Als iemand erachter komt, geeft dat een schandaal dat je uit elke post die je maar bekleedt wegblaast.'

'Misschien is dat voor mij niet zo belangrijk als voor jou. En ik neem het risico. Ze is het waard en ik hou van haar. Ik trouw met haar, met of zonder je goedkeuring.'

John Hanson zweeg lange tijd en zakte toen onderuit in zijn stoel. Hij wilde zijn zoon niet verliezen, maar hij zou Angélique nooit vergeven dat ze van Andrew hield en niet van hem. John Hanson was een man die iemand die hem had gekwetst nooit vergaf en zijn vijandschappen zijn hele leven koesterde. Zij was een vijand geworden door hem in Parijs af te wijzen. Dat had hij haar misschien nog kunnen vergeven, maar nooit dat ze zijn zoon boven hem had verkozen.

'Doe wat je wilt. Maar breng haar nooit naar mijn huis.

Spreek nooit tegen mij over haar. Naar mijn mening ben je een dwaas om met haar te trouwen en ik wil niets met haar te maken hebben. Ik laat me niet met dat soort vrouwen in,' loog hij tegen Andrew. 'Dat zou jij ook niet moeten doen, laat staan met haar trouwen. En ik smeek je er nog eens over na te denken.' Hij wilde zijn zoon niet toegeven dat hij zelf met haar zou zijn getrouwd als hij de kans had gekregen, wat voor soort vrouw ze ook was. Ze was als een prachtig juweel dat hij wilde bezitten. Andrew hield echt van haar, ongeacht wat ze in het verleden had gedaan.

'Ik zou u hetzelfde willen vragen: denk er nog eens over na. Ze wordt uw schoondochter, en ooit de moeder van uw kleinkinderen.' De gedachte daaraan maakte John ziek en hij antwoordde niet.

Hierna vertrok Andrew, en later dineerde hij met Angélique in het hotel.

'Hoe was het met je vader?' vroeg ze nerveus. Ze was bang dat hij misschien had toegegeven dat hij haar had ontmoet. Dan zou Andrew weten dat ze had gelogen, ook al was het de enige leugen die ze hem nu nog had verteld, en alleen omdat ze dacht dat dat voor hem het beste was. Maar John had blijkbaar niets gezegd en ze vermoedde nu dat hij dat ook nooit zou doen. Zelf was ze ook niet van plan het aan Andrew te vertellen. Het was niet belangrijk meer.

'Hij is soms een onredelijke man,' zei Andrew rustig. 'En als hij er een probleem van maakt, wil ik niet wachten met ons huwelijk. Laten we nu trouwen, volgende week of de week erna. Ik wil bij jou zijn.' Zij vond dat ook een heerlijk idee en ze regelden een intieme trouwerij op oudjaarsavond, met twee van zijn beste vrienden als getuigen. Angélique ontmoette hen een paar dagen na hun gesprek en vond hen erg aardig, en zij waren dolenthousiast over haar. Andrew en zij zochten ook een huis, maar ze hadden nog niets gevonden. En zijn vrijgezellenappartement was te klein voor hen samen.

Ze brachten de kerstdagen rustig door in het hotel. Hij ging naar zijn vader voor een borrel, maar at niet bij hem en ze spraken geen van beiden over Angélique.

En op oudjaarsavond trouwden ze. Zij droeg een witsatijnen jurk die ze één keer had gedragen in Le Boudoir, met kerst. Het was een privé-plechtigheid in St. Mark's-Church-in-the-Bowery, gebouwd naar het voorbeeld van de St. Martin-in-the-Fields Church in Londen, en hij bracht de nacht met haar door in haar hotel.

De volgende dag vertrokken ze voor een huwelijksreis van twee weken naar het luxueuze Greenbrier in Virginia. Na hun terugkomst maakte ze al snel naam als een van de mooiste, elegantste vrouwen van New York.

Andrew had zijn vader sinds hun gesprek voor de trouwerij niet meer gezien en had geen haast om hem op te zoeken. Angélique en hij stonden voortdurend in de kranten, als het gouden paar. En een maand nadat ze terug waren van hun huwelijksreis, ontdekte Angélique dat ze zwanger was. Hun nieuwe leven was begonnen, hun dromen kwamen uit en Andrew vertelde haar elke dag hoeveel hij van haar hield en dat ze het verdienden. En zij geloofde hem.

20

Angélique schreef naar mevrouw White dat Andrew en zij getrouwd waren. Ze vertelde haar hoe gelukkig ze was en hoe leuk ze New York vond, en later, toen ze wist dat ze zwanger was, schreef ze haar weer. Mevrouw White vertelde alles aan Hobson, en ook hij was blij. Het was voor hem een opluchting te weten dat milady gelukkig was, met een aardige man was getrouwd en in goede handen was.

In het voorjaar kreeg Angélique een brief van mevrouw White, waarin die haar vertelde dat haar broer Edward bij een jachtongeluk was omgekomen. De begrafenis had op Belgrave plaatsgevonden en hij was bijgezet in het mausoleum, bij haar ouders. Ze dacht erover om Tristan een brief te schrijven om hem te condoleren, maar nadat ze het met Andrew had besproken, besloot ze dat niet te doen. Ze had niets meer van haar broer gehoord sinds hun laatste ontmoeting bij de Fergusons, toen hij had ontkend dat ze zijn zus was.

'Hij verdient het niet dat je je nog om hem bekommert,' zei Andrew tegen haar, en ze besloot dat hij gelijk had.

Ze hadden onlangs een huis gevonden op Washington Square en zij was druk bezig met het klaar te maken en in te richten. Ze waren van plan er in mei in te trekken, en de baby werd begin oktober verwacht. Ze voelde zich goed, en Andrew vond haar mooier dan ooit, met zijn baby die groeide in haar langzaam opbollende buik.

Angélique had Andrews vader nooit meer gezien, hoewel Andrew van tijd tot tijd bij hem ging dineren. Hij had hem verteld over de baby, wat zijn vader alleen maar kwader maakte. Hij herinnerde Andrew eraan dat hij niets over haar wilde horen, en ook niet over hun toekomstige nakomelingen. Hij wilde met niemand iets te maken hebben, behalve met zijn zoon.

Met Andrews politieke ambities ging het goed. Hij was van plan zich bij een ingelaste verkiezing in november kandidaat te stellen voor een Congreszetel, die na het overlijden van een Congreslid was vrijgekomen. Het was een uitstekende kans voor hem. Het was zijn eerste grote stap in de politiek, en Angélique was er net als hij opgewonden over. Ze hoopte de laatste weken voor de verkiezing na de geboorte van de baby aan zijn zijde te kunnen staan.

Toen ze in hun nieuwe huis trokken, was alles even mooi en fijn als ze hadden gehoopt. Ze was intussen vier maanden zwanger. Ze ontvingen vaak vrienden, en Andrew wist dat hij een gelukkig man was. Hij had een prachtige vrouw, die hij aanbad.

In juni kreeg ze een brief van Fabienne, uit de Provence. Hun baby was geboren, een zoontje dat ze Étienne hadden genoemd, en ze waren dolgelukkig. Angélique beloofde haar meteen te laten weten wanneer hun baby geboren was. Ze kon haast niet wachten. De babykamer die ze had ingericht zag eruit als een kinderdroom. Het enige waar Andrew en zij het niet over eens waren, was dat zij zelf voor het kind wilde zorgen en hij erop stond een kindermeisje te nemen. Hij wilde met haar uit kunnen gaan en zei dat ze het niet alleen kon.

Uiteindelijk kwamen ze tot een compromis en besloten ze een jong meisje in dienst te nemen om haar te helpen. Maar ze was niet van plan een moeder te worden zoals Eugenia Ferguson, of zelfs sommigen van hun vrienden in New York, die hun kinderen nooit zagen. Andrew zei dat hij veel kinderen wilde, en Angélique stemde daar graag mee in. Ze verheugde zich erop moeder te worden. Het zou beslist gemakkelijker worden dan de zorg voor Eugenia's tweeling. De dokter zei dat het maar één kindje zou worden. Ze hoopten op een jongen, maar Andrew verzekerde haar dat hij ook tevreden zou zijn met een meisje, en dat ze in dat geval snel daarna nog eens konden proberen om een jongen te krijgen.

Ze huurden voor de zomer een huis in Saratoga Springs, en bleven daar in juli en augustus, tot Labor Day. Andrew reisde af en toe naar de stad voor zijn werk en de campagne, en in september kreeg hij het extreem druk met dinertjes, toespraken en bijeenkomsten. Hij greep elke gelegenheid aan om kiezers de hand te schudden, terwijl Angélique thuis bleef en op de baby wachtte. Ze was nu te dik om uit te gaan en er werd van haar verwacht dat ze uit het zicht bleef. Ze had ook bijna geen kledingstukken meer die haar pasten. Ze klaagde dat ze zich verveelde, maar ze was vermoeider dan ze wilde toegeven. Ze zou de baby thuis krijgen, waar alles klaarstond, en Andrew werd elke dag verliefder op haar, en zij op hem.

Op de eerste dag van oktober stond ze in de babykamer samen met Claire kleine hemdjes op te vouwen toen haar vliezen braken en de eerste weeën begonnen. Er was een kraamzuster ingehuurd, die over enkele dagen zou arriveren vanuit Boston, waar ze bij een ander gezin had gewerkt.

Angélique liep terug naar hun slaapkamer om op bed de ontwikkelingen af te wachten. Claire en hun nieuwe huishoudster, mevrouw Partridge, brachten stapels lakens en handdoeken naar binnen, net zoals Angélique had zien doen toen Eugenia haar tweeling kreeg, en ze stuurden een bericht naar de dokter. Die kwam een uur later en zei dat alles goed ging. Ze boekte langzaam vooruitgang en had niet al te veel pijn. Andrew had een belangrijk diner met zijn aanhangers en werd pas in de avond thuis verwacht. De dokter dacht niet dat de baby voor middernacht geboren zou worden, en beloofde aan het begin van de avond terug te komen. Hij verwachtte dat er dan meer schot in de zaak zou zitten en hij liet een verpleegster komen om Angélique in de gaten te houden. Angélique lag nerveus in bed en hield bij hoe snel de weeën elkaar opvolgden. Toen Andrew thuiskwam van het diner, dat goed was verlopen, was het nog weinig opgeschoten.

'Het is zo vervelend om te moeten wachten tot er iets gebeurt,' klaagde ze tegen hem. De zuster was naar beneden gegaan om iets te eten en hij bleef bij haar om haar gezelschap te houden. Hij wilde ook niets liever dan dat de baby snel zou komen, hoewel hij dankbaar was dat ze niet te veel pijn had. Toen de dokter nog eens bij haar kwam kijken, bleek er minder beweging in te zitten dan hij had verwacht. Hij dacht niet dat de baby voor de volgende dag geboren zou worden. Ze keken allebei teleurgesteld toen hij wegging.

'Misschien moet ik opstaan en wat heen en weer lopen,' zei Angélique tegen Andrew, maar die keek bedenkelijk.

'Dat lijkt me geen goed idee. Je kunt beter in bed blijven.' Hij had het nog maar net gezegd toen ze haar eerste zware wee kreeg, gevolgd door een hele reeks, de een na de ander. Ze kneep hem hard in zijn hand en had nauwelijks tijd om op adem te komen. Het viel haar zwaarder dan ze had verwacht en ze liet zich in de kussens zakken. Andrew zei dat hij de zuster ging halen, die met mevrouw Partridge beneden zat te eten.

'Nee, laat me niet alleen,' hijgde ze, terwijl een nieuwe pijngolf over haar heen sloeg, en ze klampte zich aan hem vast of haar leven ervan afhing. Ze had het gevoel dat er een trein door haar heen denderde, die ze niet kon tegenhouden. 'Dit is erger dan ik had gedacht,' bekende ze hem, en hij keek haar angstig aan.

'Laat me de zuster halen.' Hij probeerde weg te komen, maar ze wilde zijn arm niet loslaten.

'Nee, Andrew, nee.' Ze schreeuwde het uit terwijl de ene na de andere wee door haar lichaam raasde. Toen ze even rust kreeg staarde ze versuft voor zich uit, en de zuster, die net op dat moment binnenkwam, zag meteen hoe het ervoor stond. Ze glimlachte en zei tegen Andrew dat hij weg kon gaan.

'Nee,' smeekte Angélique hem, 'laat me niet alleen.' Ze zagen allebei hoe de zuster de wenkbrauwen fronste toen ze een plas bloed in het bed ontdekte.

'Is dat ongewoon?' vroeg Andrew haar, maar ze schudde haar hoofd en verzekerde hem dat het heel goed ging met mevrouw Hanson. Toen liep ze discreet de kamer uit en vroeg mevrouw Partridge om de koetsier te sturen om de dokter te halen. Ze zei dat ze hem onmiddellijk nodig hadden.

'Is er iets mis?' vroeg de huishoudster bezorgd.

'Sommige vrouwen bloeden gewoon meer dan andere. Zo te zien is zij iemand die makkelijk bloedt,' was het enige wat de zuster wilde zeggen. Toen ging ze terug naar boven, waar Angélique het uitschreeuwde van pijn. Ze had het gevoel dat haar rug doormidden brak. Ze zei dat ze de baby naar beneden voelde komen, en Andrew en de zuster zagen dat het bloeden erger werd.

'Mijn moeder is bij mijn geboorte overleden. Wat als ik ook doodga?' zei ze schor tegen Andrew, die zijn best deed om rustig te blijven, hoewel hij zich niet zo voelde. Hij maakte zich zorgen om al het bloed. Niemand had hem hiervoor gewaarschuwd, en er gingen stapels lakens en handdoeken doorheen. Claire had er net nog meer gebracht. Angélique kon intussen niet meer ophouden met huilen, en ze leek steeds zwakker te worden. De zuster zei tegen haar dat ze moest persen, maar ze kon het niet, en elke keer dat ze het probeerde, gutste er een nieuwe golf bloed over het bed.

'Jij gaat niet dood,' verzekerde Andrew zijn vrouw, en hij bad dat het waar was. Op dat moment kwam de dokter binnen.

'Ah, ik zie dat er beweging in komt. Ik denk dat ik me heb vergist en dat we vanavond nog een prachtige baby hebben.' Maar hij fronste toen hij het bloed zag. Andrew zag dat hij de zuster zwijgend aankeek en knikte, en hij wist met een misselijkmakend gevoel diep in zijn maag dat er iets helemaal mis was. 'Lieve kind, laten we de baby er snel uit proberen te krijgen,' zei de dokter tegen Angélique. 'Het heeft geen zin om te treuzelen als je je kindje in je armen kunt houden.' Maar ze was al te zwak en had te veel bloed verloren. Ze kon niet hard genoeg persen om de baby eruit te krijgen, ze kon alleen nog maar schreeuwen en huilen van pijn. Toen keek de dokter Andrew indringend aan. 'U moet haar helpen. Op mijn teken wil ik dat u de baby naar beneden duwt, naar mij toe. Wees niet bang om kracht uit te oefenen.' Andrew knikte, en precies op dat moment kwam er een nieuwe wee. De zuster hield Angéliques benen vast, Andrew duwde, Angélique deed haar best om te persen en de dokter keek hoe het ging en probeerde het bloeden te stelpen. Hier gingen ze vijf minuten mee door, en toen verscheen er een piepklein gezichtje, en daarna het hele hoofdje en de schoudertjes. Hun zoontje werd geboren terwijl Andrew in tranen toekeek. De baby slaakte een krachtige kreet terwijl zijn moeder haar hoofd optilde, naar hem glimlachte en het bewustzijn verloor. Er lag een grote plas bloed in het bed, haar gezicht zag grauw en Andrew kon niet ophouden met huilen. Hij was doodsbang dat hij haar kwijt zou raken. De dokter werkte hard terwijl de zuster de baby meenam om hem te wassen en in een deken te wikkelen. Hij zat onder het bloed van zijn moeder.

'Dokter,' zei Andrew met een door paniek verstikte stem.

'Ze heeft veel bloed verloren,' zei de dokter, maar toen hield het bloeden op wonderbaarlijke wijze op. Hij sloeg haar een paar minuten gade. Toen hield hij reukzout onder haar neus, en Angélique kwam weer bij. Ze was doodsbleek en zwak, maar ze ademde en was wakker.

'Is alles goed met de baby?' vroeg ze aan Andrew en de dokter.

'Het is prima met hem,' vertelde Andrew haar. Ze had hem de schrik van zijn leven bezorgd, en hij vermoedde dat ze nog niet buiten levensgevaar was. Maar twee uur later leek de dokter tevreden, en nadat hij haar laudanumdruppels had gegeven om te slapen en tegen de pijn, en de zuster instructies had gegeven om haar er over een paar uur nog wat te geven, vertrok hij. Onderweg naar buiten sprak hij met Andrew.

'Zij heeft een aandoening die placenta previa wordt genoemd,' legde hij uit. 'Sommige vrouwen die dat hebben bloeden dood. Ik verwacht dat het nu verder goedkomt met haar, maar ze mag een poos niet uit bed komen. En ze heeft tijd nodig om te herstellen.' Toen keek hij Andrew ernstig aan. 'Ik zou het haar niet nog eens laten proberen. Een volgende keer zou u haar of de baby kunnen verliezen. Ze heeft dit keer geluk gehad.' Andrew knikte, verdwaasd door wat hij zojuist had gehoord en wat hij de afgelopen uren had gezien. Hij had gelijk gehad toen hij dacht dat de hele gang van zaken en het bloedverlies haar het leven hadden kunnen kosten. Het enige wat hij nu belangrijk vond was dat ze leefde, net als hun zoon. Hij liep terug naar hun slaapkamer en keek op haar neer. Ze voelde zijn aanwezigheid naast haar en keek met een beverig glimlachje naar hem op.

'Ik hou van je...' zei ze, en ze doezelde weer weg.

'Ik hou ook van jou,' zei hij, en hij meende het met elke vezel in zijn lichaam. Het maakte hem niet uit als ze verder geen kinderen meer zouden krijgen. Ze hadden er nu een. En hij wilde haar de rest van zijn leven veilig en levend aan zijn zijde. Die avond hadden ze geluk gehad, maar hij wilde hun geluk niet nog eens op de proef stellen. Ze betekende te veel voor hem om dat risico te nemen.

Ze hadden al afgesproken dat ze hun zoon Phillip Andrew Hanson zouden noemen, naar haar vader en Andrew. En haar broer Tristan wist het niet, maar de volgende erfgenaam van Belgrave Castle, het landgoed en de titel was zojuist geboren. Haar broer Edward was overleden, en aangezien Tristan alleen twee dochters had – tenzij hij voor zijn dood nog een zoon kreeg, wat onwaarschijnlijk leek – was de baby aan wie Angélique die avond het leven had geschonken Tristans erfopvolger, en die van haar vader. Ze had het allemaal aan Andrew uitgelegd, voor het geval ze een zoon zouden krijgen en er iets met haar zou gebeuren. Ze wilde dat haar zoon zou erven waar hij recht op had. Het zou Tristan op een zeker moment verteld moeten worden, maar daar was geen haast bij. De toekomstige hertog van Westerfield was die avond in New York geboren.

Andrew glimlachte in zichzelf terwijl hij hierover nadacht. Het was een achterhaald systeem dat mensen benadeelde die dat niet verdienden, vooral vrouwen, zoals zijn echtgenote. Maar het was een vreemd gevoel dat zijn zoon op een dag hertog zou worden. En het deed hem plezier dat de man die Angélique zo wreed had behandeld langs natuurlijke weg zijn verdiende loon zou krijgen, volgens dezelfde regels en wetten die hij had gebruikt om haar pijn te doen. De titel zei Andrew weinig tot niets, maar Angélique was alles voor hem, en hun zoon nu ook. Zijne Hoogwaardigheid Phillip Andrew, hertog van Westerfield, was gearriveerd.

21

Zes weken na de geboorte van zijn zoon won Andrew tijdens de ingelaste verkiezing zijn zetel in het Congres. Angélique was nog te zwak om op de verkiezingsavond aan zijn zijde te staan, maar ze was bij zijn beëdiging en ze was enorm trots op hem. Hij had met een ruime meerderheid gewonnen en was opgetogen.

De enige teleurstelling in zijn leven was dat zijn vader de baby niet wilde zien en had gezegd dat dat zo zou blijven. Hij haatte Angélique met een onverminderde, niet aflatende hartstocht en zei dat hij haar afkeurde. Het maakte Andrew kwaad, maar hij kon er niets aan veranderen. Zijn vaders oordeel over haar was keihard. Verder was hun leven volkomen gelukkig.

In januari, toen Angélique weer op krachten was, lieten ze de baby dopen. Angélique zag er prachtig uit en ze gaven een feest bij hen thuis ter ere van de baby. Ze waren inmiddels een jaar getrouwd. Angélique had via Andrews advocaat in New York een brief naar Tristan gestuurd, waarin ze hem informeerde dat de erfgenaam en toekomstige hertog was geboren, en vaststelde dat het landgoed en de titel, zoals ze allebei wisten, op een dag aan hem zouden toevallen. Ze had graag haar broers gezicht gezien toen hij de brief ontving, maar alleen het versturen was al een genoegen. Tristan had haar verbannen, maar de titel en alles wat er ten tijde van Tristans dood over was, zou haar zoon erven. Niet Edward, als die nog had geleefd, of Tristans dochters, die net zo min iets konden erven als zij destijds. Als haar zoon niet was geboren, hadden ze naar een neef op zoek moeten gaan. In plaats daarvan zou op een dag haar zoon in de voetsporen van haar vader treden. Er zou eindelijk recht worden gedaan.

De tijd ging hierna rustig voorbij. Andrew werd herkozen in het Congres, na een verpletterende overwinning. Wanneer Andrew in Washington moest zijn, gingen ze samen, en zij nam dan de baby en het kindermeisje mee. Ze vond het afschuwelijk om hun zoon achter te laten. Ze hadden wijselijk het advies van de dokter opgevolgd om geen kinderen meer te krijgen. Andrew wilde haar leven absoluut niet nog eens in de waagschaal stellen.

Sinds hun huwelijk had ze Andrews vader nooit meer gezien en ze was daar nu aan gewend. Het was gemakkelijker zo. Ze had Andrew nooit verteld dat ze zijn vader in Parijs had ontmoet en dat hij haar twee keer een aanzoek had gedaan. Ze was ook niet van plan dat te doen, uit respect voor hen beiden, ook al verdiende John dat niet.

Drie jaar na de ingelaste verkiezing, aan het eind van zijn tweede termijn in het Congres, stelde Andrew zich kandidaat voor de Senaat. Hij voerde strijd met een felle tegenkandidaat, en drie weken voor de verkiezing kwam de voorspelling die John Hanson voor hun huwelijk had gedaan uit. Ze zouden er nooit achter komen wie het had onthuld, maar een ijverige verslaggever ging op onderzoek uit en vond iemand die Angélique had herkend van haar tijd in Parijs, bij Le Boudoir.

Hij bracht het hele verhaal naar buiten. Angélique vroeg zich af of Andrews vader de krant had getipt, maar ze dacht niet dat hij zo ver zou gaan dat hij zijn eigen zoon schade toe zou brengen. Het verhaal lag echter op straat, de verkiezing was zo goed als verloren en Andrew trok zich terug uit de campagne met een waardige verklaring over zijn bijzondere, toegewijde, liefhebbende vrouw. Hij zette rustig een punt achter zijn politieke carrière, terwijl zijn vader hem er verbitterd aan herinnerde dat hij hem had gewaarschuwd dat dit op een dag zou gebeuren.

Andrew hield tegenover Angélique vol dat hij het niet erg vond. Ze waren gelukkig. Zij was vijfentwintig jaar en een gelukkig getrouwde vrouw, Andrew was vierendertig en hun zoon was drie. Hij had drie jaar in het Congres gezeten, en nadat hij zich uit de politiek had teruggetrokken, pakte hij zijn werk als advocaat weer op. Zij voelde zich verschrikkelijk schuldig dat ze hem zijn verkiezing had gekost.

'Het geeft niet,' hield hij haar voor, hoewel ze zich allebei afvroegen wie haar had verraden. Andrew had geprobeerd daarachter te komen, maar de journalist wilde zijn bron niet onthullen. Bovendien hadden zoveel mensen Le Boudoir bezocht, hetzij eenmalig, tijdens hun reizen, hetzij als vaste klant, en allemaal hadden ze tegen anderen gepraat over de zogenaamde 'Hertogin' die de zaak runde. Zonder ruchtbaarheid was ze korte tijd beroemd geweest in Parijs. En nu speelde haar leven zich ver van dit alles af. Als ze erover nadacht, leek het net een droom. Soms dacht ze aan Thomas, haar raadsman en beschermer, en vroeg ze zich af hoe het met hem zou gaan. Maar ze kon nooit contact met hem zoeken zonder het risico hem hiermee in een schandaal te storten, dus wenste ze hem alleen in gedachten alle goeds toe. Ze had hem een berichtje gestuurd toen ze ging trouwen, en sindsdien niets meer. Hij had formeel gereageerd met een felicitatie, maar haar bericht had bevestigd wat hij had gevreesd: dat een gelukkig man met haar zou trouwen en dat ze nooit naar Parijs zou terugkeren. Hij kon het haar onmogelijk vertellen, maar hij hield nog net zoveel van haar als altijd en wist dat hij dat tot zijn dood zou blijven doen.

Angélique hield nog steeds contact met een aantal van de meisjes. Ambre was opmerkelijk genoeg getrouwd en had twee kinderen. Fabienne kreeg elk jaar een kind en had er nu vier. Philippine was een carrière in het theater begonnen en Camille had haar oude werk weer opgepakt. Agathe had een nieuwe beschermer. Met de anderen was Angélique het contact verloren.

Mevrouw White hield haar nog steeds op de hoogte van wat er op Belgrave gebeurde. Tristans dochters waren allebei getrouwd met mannen met een onbeduidende titel en een klein vermogen. Hobson raakte op leeftijd en werd brozer, maar hij leefde nog en was nog steeds de hoofdbutler op Belgrave. Mevrouw Williams was van plan met pensioen te gaan. En sommigen van de oude personeelsleden met wie ze was opgegroeid waren er nog. Markham, de trouwe lijfknecht van haar vader, was jaren geleden met pensioen gegaan. En Angélique had geamuseerd vernomen dat Harry Ferguson achter de trouweloze uitspattingen van zijn vrouw was gekomen, die alleen onderdeden voor wat hijzelf had uitgehaald, en haar tot ieders ontzetting had verlaten voor een andere vrouw. Hij was er met een gravin vandoor gegaan naar Italië en Eugenia was buiten zichzelf. Angélique had dit allemaal gehoord op een feestje in New York, van mensen die hen kenden.

Andrew was, zoals altijd, ongelofelijk lief voor Angélique over zijn politieke carrière, die door haar was stukgelopen, en vertelde haar dat het in zekere zin een opluchting was. De zomer brachten ze zoals altijd door in Sarasota Springs, en kleine Phillip werd in de herfst daarop vier. Angélique had hem dolgraag Belgrave laten zien, dat hij op een dag zou erven, maar dat was nog niet mogelijk. Tristan en zijn advocaten hadden nooit gereageerd op de brief over Phillips geboorte, maar de erfopvolging was een gegeven en het was duidelijk wat er zou gebeuren als Tristan op een dag zou overlijden.

Toen, vlak voor Kerstmis, kreeg Angélique een brief van mevrouw White, waarin ze vertelde dat Tristan in ernstige geldproblemen zat. Er werd veel personeel ontslagen, maar zij was er nog. Ze hadden haar te hard nodig om haar te ontslaan of haar te dwingen met pensioen te gaan.

Angélique had het Andrew willen vertellen, maar die had het een jaar na de mislukte campagne voor de senaat druk met zijn werk. En toen werd het Kerstmis en had ze haar handen vol met cadeautjes kopen voor iedereen, en met de voorbereidingen voor een enorm feest op oudejaarsavond, ter ere van hun vijfjarig huwelijk.

Ze had speciaal voor het feest een jurk laten maken en popelde om hem aan Andrew te laten zien. Ze had een orkest ingehuurd en ze zouden na het eten dansen. Ze hadden honderd gasten uitgenodigd om samen met hen hun trouwdag en het begin van het nieuwe jaar te vieren.

Die avond wachtte ze op Andrews thuiskomst. Hij was laat, zoals wel vaker voorkwam, hoewel hij had beloofd dat hij op tijd thuis zou zijn om zich om te kleden voor het feest en de gasten. Ze had met Claires hulp haar jurk aangetrokken en deed net de diamanten oorbellen in die Andrew haar een jaar geleden voor hun vierde huwelijksdag had gegeven, toen mevrouw Partridge met een lijkbleek gezicht haar kleedkamer binnenkwam. Angélique dacht onmiddellijk aan haar zoon en vreesde dat er iets met hem was gebeurd.

'U kunt beter meteen naar beneden komen,' zei de huishoudster. Ze durfde verder niets te zeggen. Toen Angélique in haar nieuwe, rode feestjurk de trap afkwam, zag ze drie politieagenten in de hal staan. Een van hen, de commandant, keek met een ernstig gezicht naar haar op.

'Mag ik u onder vier ogen spreken, mevrouw?' vroeg hij respectvol. Ze nam hem mee naar de bibliotheek, waar hij zijn pet afnam en haar bedroefd aankeek. 'Het gaat over uw man. Het spijt me... hij is bij het verlaten van zijn kantoor aangereden door een rijtuig dat iemand onbeheerd had achtergelaten. De paarden waren op hol geslagen. Hij is hard terechtgekomen, mevrouw. Hij... Het spijt me,' zei hij weer.

'Ligt hij in het ziekenhuis?' vroeg ze. Ze hield haar adem in, vol hoop dat dat zo was. Hoe erg hij ook gewond was, het was beter dan het alternatief. De politieman schudde zijn hoofd.

'Er waren getuigen bij. Een van hen zei dat hij niet om zich heen keek toen hij de stoep afstapte. Hij had haast en zag het rijtuig niet aankomen. Het voorste paard botste met volle vaart tegen hem op, waardoor hij tegen de grond werd geslagen. Hij is met zijn hoofd op straat terechtgekomen... hij ligt in het lijkenhuis.'

Ze ging met een verdwaasde blik in een stoel zitten. Ze kon niet geloven wat hij haar had verteld. Het kon niet waar zijn. Dit kon niet gebeuren. Ze hielden zoveel van elkaar.

'Het spijt me, mevrouw,' zei de politieman weer.

Zij dacht dat ze flauw ging vallen.

'Moet ik iemand voor u halen? Wilt u een glas water?'

Ze schudde haar hoofd, niet in staat om iets uit te brengen. En toen begon ze te huilen. Wie kon ze laten halen, behalve Andrew, die alles was voor haar? Hoe moest ze zonder hem verder leven? Hoe zou ze de rest van haar leven wakker worden als hij er niet meer was? Als ze daaraan dacht, wilde ze het liefste dood zijn. Ze kon zich geen leven zonder hem voorstellen, net zoals ze zich acht jaar geleden geen leven zonder haar vader had kunnen voorstellen.

De politiecommandant stond daar lange tijd, zonder te weten wat hij moest doen, en verliet toen stilletjes de kamer. Hij vertelde de huishoudster wat er was gebeurd, en daarna vertrok hij met zijn mannen. Mevrouw Partridge ging naar Angélique in de bibliotheek. Ze nam haar zachtjes mee naar boven, waar ze haar in bed hielp en Claire bij haar achterliet.

Mevrouw Partridge bracht de hoofdlakei op de hoogte, en toen de gasten arriveerden, werd hen bij de deur verteld wat er was gebeurd en werden ze weggestuurd. Het eten voor het geplande feest werd aan de bedienden gegeven en de rest ging naar de armen. En er werd een zwarte rouwkrans aan de deur gehangen. Mevrouw Partridge had de politiecommandant gevraagd of ze de vader van meneer Hanson op de hoogte hadden gebracht en hij had gezegd dat ze nu naar hem toe gingen. Ze hadden eerst zijn vrouw willen informeren. Er zou een begrafenis moeten worden geregeld en hij veronderstelde dat mevrouw Hanson de volgende ochtend iemand zou laten komen om dat in orde te maken.

Angélique lag ontredderd en als verlamd op haar bed. Claire bleef die nacht bij haar terwijl ze het uitsnikte. Angélique wilde niemand zien, er was geen vriend of vriendin die haar kon troosten. Sinds de dag dat Andrew en zij elkaar hadden ontmoet, was hij alles geweest in haar leven.

Andrews begrafenis was een sombere gebeurtenis, die werd bijgewoond door honderden mensen met wie hij bevriend was geweest of op school had gezeten, of die hem kenden uit de politiek en het zakenleven. Al zijn cliënten waren er. Zijn vader en Angélique zaten in aparte kerkbanken en spraken geen woord tegen elkaar, ook al botsten ze bijna tegen elkaar toen ze bij het verlaten van de kerk tegelijkertijd het gangpad bereikten. Ze hield Phillip bij de hand, die niet goed begreep waar zijn vader was en waarom hij niet terugkwam.

John en Angélique stonden op de begraafplaats aan weerskanten van de doodskist en vermeden elkaars blik. Phillip brak bijna haar hart toen hij vroeg of pappie in de kist lag, en zij knikte. Zijn grootvader had een paar keer bedekt zijn kant op gekeken, maar sprak haar of het kind niet aan.

Angélique kwam niet naar beneden toen vrienden na de begrafenis naar haar huis kwamen. Ze kon het niet. Het enige leven dat ze ooit had gewild was voorbij, en de man van wie ze meer hield dan van het leven zelf was er niet meer. Ze wilde zonder hem niet doorgaan, hoewel ze wist dat ze moest, voor hun kind.

De maanden daarop was het huis als een graftombe. Ze ging zelden naar buiten en zag niemand. Ze bracht alleen tijd door met haar zoon. Ze sprak met geen van hun vrienden en had geen idee wat ze nu moest doen. Andrew had haar alles nagelaten wat hij bezat: hun huis, zijn beleggingen, zijn aanzienlijke vermogen. Maar ze wilde er niets mee doen, behalve het op een dag doorgeven aan hun zoon. Dankzij Andrew was ze nu een zeer rijke vrouw, maar wat haar betrof had haar leven zonder hem alle betekenis verloren.

In mei kreeg ze een brief van mevrouw White die haar deed opschrikken. Tristan had toegegeven dat hij aan de grond zat. Na de extravagante uitgaven die Elizabeth en hij hadden gedaan en de arrogante, onverantwoorde manier waarop hij het landgoed had beheerd, had hij niets meer over. Haar ogen vielen bijna uit haar hoofd toen ze las dat hij Belgrave en het huis in Londen te koop had gezet. Mevrouw White vertelde dat Elizabeth woedend op hem was en dat ze nauwelijks meer met elkaar spraken. Tristan had gezegd dat ze na de verkoop van de beide huizen naar een klein huis in Londen zouden verhuizen, tenzij de nieuwe eigenaars van het landgoed The Cottage aan hen wilden verhuren. Ze konden nergens naartoe en hadden geen geld meer. Ze hadden elke cent van de verkoop van de twee huizen nodig om hun enorme schulden af te betalen.

Mevrouw White schreef dat ze hoopte dat de nieuwe eigenaren haar in dienst zouden houden – ze had er sinds ze een meisje was gewerkt. Hobson zou, zodra Belgrave was verkocht, met pensioen gaan. Hij zei dat hij te oud was om zich aan te passen aan nieuwe eigenaren, die daar niet hoorden. Volgens de wet zou de titel onvermijdelijk naar Phillip gaan, maar het landgoed als dat werd verkocht niet.

Angélique las de brief nog een keer, trok toen onmiddellijk een van haar zwarte rouwjurken aan en bracht nog dezelfde dag een bezoek aan Andrews advocaat. Hij had een andere afspraak, maar toen ze hem een bericht stuurde dat het buitengewoon dringend was, ontving hij haar meteen. Hij had haar sinds het voorlezen van Andrews testament in januari niet meer gezien en had gehoord dat ze er verschrikkelijk slecht aan toe was en een teruggetrokken bestaan leidde. Hij vond haar erg mager toen hij haar zag, maar haar ogen stonden helder. Ze vertelde hem wat ze had gelezen in de brief van de huishoudster van Belgrave.

'Ik ga daar zo snel mogelijk naartoe, en ik heb een advocaat in Londen nodig. Kunt u me helpen er een te vinden?' Ze had plotseling weer energie en was nerveus en erg bezorgd.

'Wat gaat u doen?' vroeg hij, terwijl hij haar vol medeleven aankeek. 'Wilt u uw broer helpen met zijn schulden voordat hij tot verkoop overgaat?' Hij wist niets van hun voorgeschiedenis, en daar was ook geen reden toe. Alleen Andrew had geweten wat er was gebeurd. Hij had het aan niemand anders verteld, hoewel zijn advocaat wist dat Phillip de titel en het landgoed zou erven. Hij had zelf de brief gestuurd waarin Tristan, hertog van Westerfield, van zijn geboorte op de hoogte was gesteld.

'Beslist niet,' zei Angélique, in antwoord op zijn vraag. Ze keek woedend en leek weer meer op haar oude zelf. 'Ik ben van plan het landgoed te kopen, zo mogelijk zonder dat hij weet dat ik het ben. Ik wil pas dat hij daarachter komt als de verkoop is voltooid.' Patrick Murphy, de advocaat, schrok van dit ongebruikelijke verzoek, maar hij ging ervan uit dat het mogelijk was, als een competente advocaat de verkoop discreet aanpakte.

'Koopt u het huis op Grosvenor Square ook?'

'Nee,' zei ze nadenkend. 'Ik heb geen huis in Londen nodig, en mijn vader is er nooit echt op gesteld geweest. Maar ik wil dat mijn zoon het landgoed dat hij ooit zal erven leert kennen, en dat hij het ver daarvoor al leert beheren. Ik kan het beheer waarnemen tot hij ouder is.' Want zij zou het landgoed nu van Tristan kopen. En haar vader had haar toen ze opgroeide goed onderricht in het beheer ervan. Ze was veel competenter dan haar broer. 'Ik vind het fijn als mijn zoon daar woont,' zei ze zacht. 'Net zoals ik als kind. Het is een heerlijke plek.'

'Geeft u het huis in New York dan op?' Murphy keek verbaasd.

'Dat weet ik niet,' zei ze eerlijk. 'Zover heb ik nog niet nagedacht. Ik weet alleen dat ik Belgrave Castle wil kopen, voordat iemand anders dat doet.' Hij knikte. Toen ze erover nadacht, wist ze dat het te pijnlijk zou zijn om in het huis te blijven wonen dat Andrew en zij samen hadden gekocht, en dat dat ook gold voor hun leven in New York, nu hij er niet meer was. Ze had het nooit voor mogelijk gehouden, maar nu de situatie zo was, wilde ze naar huis. 'Zorg er alstublieft voor dat niemand het koopt voordat ik daar ben. Leg alles uit aan de advocaat die u in Londen aanstelt. Wat een andere koper ook biedt, ik bied meer. Ik ben niet van plan mijn thuis nog eens kwijt te raken.' Hij wist niet waar ze op doelde en vroeg daar ook niet naar. Hij verzekerde haar dat hij het in orde zou maken en de naam van de advocaat in Londen aan haar door zou geven.

Daarna ging ze naar huis en riep Claire en mevrouw Partridge bij zich. Ze vertelde hun dat ze zo snel mogelijk met haar zoon naar Engeland zou vertrekken. Ze wilde graag dat Claire met haar mee zou gaan, en die was daartoe bereid. Ze was gelukkig geweest in New York, maar ze was jong en had er in de afgelopen zes jaar geen sterke banden opgebouwd. Ze vond het een prettig idee om naar Engeland te gaan en dichter bij haar familie in Frankrijk te zijn.

'En komt u weer terug, mevrouw?' vroeg de huishoudster met een bezorgd gezicht. Het personeel vond het prettig om voor haar te werken en had het verschrikkelijk gevonden om haar zo diepbedroefd te zien na de dood van haar man. Ze hadden zich afgevraagd wat ze zou gaan doen: of ze terug zou gaan naar Europa of in New York zou blijven. Tot nu toe was er geen teken geweest dat er iets zou veranderen. Ze had in vijf maanden tijd het huis nauwelijks verlaten.

'Ik weet het niet,' zei ze verdrietig. 'Ik heb wat familiezaken af te handelen in Engeland. Dat zal misschien wat tijd in beslag nemen.' Ze was er nog niet aan toe hun te vertellen dat ze ging verhuizen. Ze was daar zelf nog niet zeker van. De huishoudster knikte en Claire en zij liepen samen de kamer uit. Angélique liet vervolgens een rijtuig voorrijden en vertrok naar het kantoor van de Black Ball Line.

Ze ontdekte dat de pakketboot North America over vier dagen naar Liverpool zou vertrekken, en zij was van plan die te nemen. Ze wilde geen tijd verloren laten gaan. Ze moest voorkomen dat Tristan Belgrave in zijn wanhoop aan de eerste de beste bieder zou verkopen. Het was een landgoed waar mensen jarenlang op hadden geaasd, en totdat Tristan het overnam was het in perfecte conditie geweest. Haar vader had het onberispelijk onderhouden. Ze had geen idee hoe de situatie nu was, behalve dat haar broer geen geld meer had.

Ze boekte passage voor zichzelf, Claire, haar zoon en het kindermeisje. Ze boekte voor Phillip en het kindermeisje een luxe hut naast die van haar, en een kleine hut voor Claire, net als de eerste keer. Toen ze thuiskwam bracht ze het kindermeisje op de hoogte en vertelde haar dat ze Phillips spulletjes in moest pakken. Daarna gaf ze Claire opdracht om haar koffers te pakken.

'Wat voor soort kleding nemen we mee?' vroeg Claire. Haar mevrouw had in vijf maanden tijd niemand gezien en geen enkele van haar elegante jurken gedragen. Ze was nog steeds in diepe rouw voor Andrew en droeg alleen haar eenvoudigste zwarte jurken.

'Ik ben nog steeds in de rouw,' bracht Angélique haar in herinnering, 'en ik ben van plan dat het hele jaar te blijven. Maar ik heb wat andere kleren nodig voor de tijd daarna, en misschien een paar nette jurken.'

'Blijven we zo lang weg, mevrouw?' Claire keek haar verbaasd aan en Angélique besloot open kaart met haar te spelen, meer dan met mevrouw Partridge.

'Waarschijnlijk wel. Ik hoop het. We gaan terug naar het huis waar ik ben opgegroeid,' vertelde ze haar, en ze besefte dat wat ze vorige keer had beweerd toen ze aan boord ging, dit keer waar was. Ze had gezegd dat ze een weduwe was. Toen was dat een leugen, nu was het de waarheid. Terwijl ze spullen uit haar kasten pakte en op het bed legde, besefte ze hoelang Claire haar kende. Al vanaf de tijd in Le Boudoir. En ze had er nooit met een woord over gerept tegen het andere personeel. Angélique wist dat ze haar kon vertrouwen en had dat ook altijd gedaan.

De volgende drie dagen was iedereen in huis razend druk met inpakken en sorteren en beslissen wat er wel en niet mee moest. Maar Angélique kwijnde tenminste niet meer weg in haar bed. Ze had een plan en wist diep vanbinnen dat Andrew blij zou zijn om haar weer actief bezig te zien en het zou goedkeuren dat ze Belgrave probeerde te redden voor hun zoon. Het was zijn geboorterecht.

Patrick Murphy kwam haar vertellen dat hij een brief had gestuurd naar een advocaat in Londen, die hem sterk was aanbevolen, en dat hij hoopte dat die brief hem zou bereiken voordat zij aankwam. Zij zou zelf over drie weken in Londen zijn.

De volgende dag stopte ze nog wat laatste spullen in haar koffer en ze had net haar juwelen ingepakt toen mevrouw Partridge haar kwam vertellen dat er een gast beneden was.

'Wie is het?' vroeg Angélique verstoord. Ze had geen idee wie het was en wilde niemand zien voordat ze wegging. Het was te pijnlijk om mensen te horen vertellen hoezeer ze met haar te doen hadden, terwijl ze geen idee hadden hoe enorm het verlies was geweest toen Andrew stierf. Hij en hun zoon waren het enige wat ze had.

'Ik weet niet zeker wie deze heer is,' zei mevrouw Partridge verward. 'Ik geloof dat het de vader van meneer Hanson is, mevrouw. Hij zei dat hij John Hanson heette. Ik heb hem hier nooit eerder gezien.' Angélique schrok en aarzelde even voordat ze naar beneden ging. Waarom kwam hij nu naar haar toe? Hij had niet eens iets tegen haar gezegd tijdens de begrafenis, en Phillip had hij voor die tijd nooit gezien. Hij had de jongen zelfs genegeerd bij de begrafenis van zijn vader. Ze had bijna besloten om niet naar beneden te gaan, maar uiteindelijk streek ze haar haar glad, trok haar jurk recht en ging.

Ze trof hem aan in de bibliotheek, waar hij rondkeek in het huis waar ze zes jaar hadden gewoond en dat hij nooit had gezien. Sinds hun huwelijk had hij geen deel uitgemaakt van hun gezamenlijke leven, alleen van dat van Andrew. Ze wist zeker dat de dood van zijn enige zoon hem ook hevig had aangegrepen. Ze was geschokt toen ze zag hoe oud hij was geworden in de zesenhalf jaar dat ze hem kende. Het was haar bij de begrafenis ook opgevallen, maar toen had ze gedacht dat hij overmand was door verdriet. Hij was plotseling een oude man geworden. Hij was zevenenzestig.

'Goedemiddag,' zei ze rustig, terwijl ze naar binnen liep. Hij draaide zich naar haar om en was onmiddellijk van zijn stuk gebracht. Ze was nog net zo mooi als vroeger, al stonden haar ogen triest en was ze erg mager. Ze wilde niet onbeleefd zijn door te vragen wat hij kwam doen. 'Ik hoop dat het goed met je gaat.'

'Patrick Murphy vertelde me dat je New York gaat verlaten.' Afgezien van haar bedienden was Murphy de enige die het wist.

'Ja, dat is zo.' Ze bleef staan en nodigde hem niet uit te gaan zitten.

'Ik wilde afscheid nemen voor je weggaat. Ik wilde al langer met je praten, maar er was nooit een goed moment. Het spijt me hoe ik me heb gedragen toen Andrew met je wilde trouwen. Ik besefte pas na zijn dood dat ik niet zo kwaad was omdat je de madam was geweest van een bordeel in Parijs, maar omdat je mijn aanzoek had afgewezen en dat van hem had geaccepteerd. Dat heb ik nooit onder ogen willen zien.' Hij nam een stoel en zag er diepbedroefd uit. 'Ik wilde zo graag met je trouwen en zag je na al die eenzame jaren als mijn grote liefde. En toen trouwde je met Andrew en ik zag hoeveel jullie van elkaar hielden. Ik was jaloers op mijn eigen zoon.' Er stonden tranen in zijn ogen toen hij dit zei, en Angélique stond perplex. Het was een enorme bekentenis en ze wist niet hoe ze moest reageren. Ze hoopte dat hij zijn aanzoek niet ging herhalen nu zijn zoon er niet meer was. Ze hield haar adem in en beet op haar tong. 'De reden waarom ik met je wilde spreken voordat je wegging,' vervolgde hij, 'was om je te bedanken dat je me nooit hebt verraden tegenover Andrew. Je hebt hem nooit verteld dat je me had leren kennen in het bordeel in Parijs. Hij vertelde me dat je had gezegd dat je me nooit eerder had ontmoet. Ik was je daar zeer dankbaar voor. Het was erg edelmoedig van je om mijn zoon zijn illusies over mij te laten behouden, en het was meer dan ik verdiende. Jij was eerlijk tegenover hem en ik niet. En daar schaam ik me nu diep voor. Het was voor mij het bewijs dat je een goede, eervolle vrouw was, en dat heb ik tegenover hem nooit toegegeven. Jij was eerlijker tegen hem dan ik. En ik heb zoveel jaren verspild met kwaad te zijn op jou, omdat je samen was met hem en niet met mij. We hadden al die tijd bij elkaar kunnen zijn. En nu leeft hij niet meer en gaan jij en de jongen weg.'

'Maar je had gelijk dat ik zijn politieke carrière te gronde zou richten,' zei ze spijtig.

'Ik geloof niet dat hij dat erg vond,' zei John Hanson eerlijk. 'Hij heeft mij in de tijd dat hij met jou getrouwd was geen moment de indruk gegeven dat hij ongelukkig was. En de politieke ambities kwamen meer van mijn kant dan van die van hem.'

'Dank je wel daarvoor,' zei ze zacht. Ze hadden schoon schip gemaakt en de strijdbijl begraven. Het was voor haar een goede manier om weg te gaan. De strijd was voorbij.

'Kom je weer terug uit Europa?' vroeg hij bezorgd. Ze wilde niet tegen hem liegen.

'Waarschijnlijk niet. Ik wil zien hoe Phillip het daar vindt. Maar ik wil het liefst dat hij in het huis van mijn jeugd opgroeit. Het is een heerlijke plek voor een kind. Beter dan New York.'

'Maar kun je dan na al die tijd teruggaan?' Hij dacht niet dat dat mogelijk was, afgaande op wat Andrew hem had gezegd. En de advocaat had alleen verteld dat ze weggingen, hij had niet gezegd waarom.

'Ik probeer het landgoed van mijn broer te kopen,' legde ze uit, en hij knikte. Toen keek hij haar smekend aan.

'Mag ik de jongen zien? Hij is het evenbeeld van zijn vader op die leeftijd.' Ze aarzelde even. Toen knikte ze en liep de kamer uit om hem te zoeken. Hij was in de kinderkamer bezig om samen met zijn kindermeisje zijn favoriete speelgoed in te pakken. Hij verheugde zich erop om op het schip te gaan, en Angélique had hem er alles over verteld.

'Er is iemand die ik je graag wil laten ontmoeten,' zei ze rustig, terwijl ze de kinderkamer in liep. Ze ging in een klein stoeltje naast haar zoon zitten, die sprekend leek op zijn vader, precies zoals zijn grootvader had gezegd. Het troostte haar om naar hem te kijken en te weten dat Andrew in hun kind zou voortleven. Ze kon elke dag naar hem kijken en de man zien die ze liefhad.

'Wie is het?' vroeg Phillip, benieuwd naar hun gast.

'Hij is beneden, en hij wil je graag zien. Hij is je grootvader, papa's vader.' Het kind keek verrast. Hij had geen grootouders die hij kende. Drie waren er dood en een had zijn hele leven geweigerd hem te zien, wat hij niet wist en wat hem ook nooit was verteld. Ze hadden het simpelweg nooit over Andrews vader gehad. Hij bestond niet in hun leven. Tot nu.

'Heb ik hem wel eens eerder gezien?' vroeg Phillip.

'Hij was bij papa's begrafenis.'

'Waarom heeft hij toen dan niets tegen me gezegd?'

'Waarschijnlijk was hij te verdrietig, net als wij. Maar nu wil hij je zien, en ik wil graag dat je met me mee naar beneden komt om hem te ontmoeten.' Ze nam hem bij de hand en hij liep met haar mee de kinderkamer uit. Ze gingen samen de trap af en Phillip liep voor haar uit de bibliotheek in. Hij bleef staan toen hij John Hanson zag.

'Hallo, jongeman.' John glimlachte naar hem en wenkte hem dichterbij. 'Ik heb gehoord dat je een reis gaat maken op een grote boot.'

'Ja, dat is zo.' Zijn kleinzoon glimlachte naar hem en vertelde hem er alles over.

'Dat klinkt heel erg leuk. En je gaat naar Engeland.'

Phillip knikte en ze praatten verder. 'Ik ga het huis van mijn andere grootvader zien. Op een dag wordt het van mij, en ik word een hertog,' babbelde hij, alsof het de gewoonste zaak van de wereld was. Zijn grootvader glimlachte.

'Dat is me nogal wat. Denk je dat je een kroon op krijgt?' vroeg zijn grootvader plagend, en Phillip lachte.

'Dat weet ik niet. Dat heeft mama niet verteld.' Hij draaide zich naar haar om. 'Krijg ik een kroon, mama?'

'Nee.' Ze lachten alle drie.

'Maar ik ga wel paardrijden en vissen in een meer.'

'Dat klinkt erg leuk. Denk je dat ik je daar een keer kan komen opzoeken? Of misschien kun je hier terugkomen en mij een bezoek brengen.'

'Als u me wilt komen opzoeken, moet u ook een boot nemen.'

'Soms doe ik dat. Of misschien kunnen je mama en jij een keer naar Londen komen om me te bezoeken als ik daar aan het werk ben.'

Phillip knikte. Het klonk voor hem allemaal een beetje ingewikkeld. 'Ik denk dat ik nu verder moet gaan met inpakken. Ik neem heel veel speelgoed mee.'

Zijn grootvader stak hem zijn hand toe. Phillip schudde hem, maakte een kleine buiging en rende toen de kamer uit naar boven.

'Hij is een fantastische jongen,' zei John tegen Angélique en vervolgde met droevige ogen: 'Ik ben zo'n dwaas geweest. Ik heb zoveel jaren gemist.'

'Je bent nu naar hem toe gekomen. Dat is een begin,' zei ze, ontroerd door de ontmoeting en het feit dat hij zich zo deemoedig had opgesteld.

'Mag ik je laten weten als ik naar Londen ga? Ik wil de jongen graag zien.' Ze knikte. Het zou goed voor Phillip zijn om in ieder geval één grootouder te hebben, en John was aardig tegen hem geweest. Ze wist dat Andrew er blij om zou zijn.

Hij had er lang over gedaan om bij te trekken. Vijfenhalf jaar.

'Je mag hem gerust komen bezoeken,' zei ze voorzichtig. Ze wilde hem verder niet aanmoedigen. Zijn bekentenissen hadden veel verklaard, maar ze waren ook overweldigend geweest. Het was nooit in haar opgekomen dat hij al die jaren verliefd op haar was geweest. Ze dacht dat hij haar was vergeten, behalve als object van haat en woede.

Hij stond op en ze liep met hem mee naar de deur. 'Dank je wel dat je bent gekomen en het oude zeer hebt weggenomen. Dat zal alles gemakkelijker voor me maken,' zei ze met een glimlach.

'Voor mij ook,' zei hij opgelucht. 'Zorg goed voor jezelf, Angélique.' Hij kuste haar op het voorhoofd en liep de deur uit, denkend aan het meisje dat hij had gekend en dat hij jaren geleden in Parijs zo wanhopig had begeerd. Hij had haar eindelijk losgelaten. En het enige wat hij nu voor haar voelde was respect.

22

De overtocht van New York naar Engeland verliep erg rustig. Angélique had geen behoefte om contact te zoeken met anderen, in tegenstelling tot zes jaar geleden, toen ze onderweg Andrew had ontmoet. Ze gebruikte de maaltijden in haar hut, speelde met Phillip en wandelde over het dek om wat frisse lucht te krijgen, zonder met andere passagiers te praten. Ze wilde alleen maar zo snel mogelijk in Engeland aankomen om haar zaken af te handelen. Ze was doodsbang dat iemand anders haar voor zou zijn en dat haar broer Belgrave voor een appel en een ei van de hand zou doen. Ze hoopte vurig dat dat niet zou gebeuren voordat ze er was.

Zodra ze in Liverpool waren aangekomen en in Londen arriveerden, boekte ze een kamer in het Mivart's Hotel op Brook Street in Mayfair en dezelfde middag nog ging ze naar de advocaat. Hij had twee dagen eerder Patrick Murphy's brief ontvangen en verwachtte haar al. De opdracht die ze hem gaf was duidelijk.

'Ik begrijp dat u het landgoed wilt kopen en dat u niet wilt dat de hertog weet wie de koper is.' Hij had hier en daar wat navraag gedaan en het was duidelijk dat de hertog in grote financiële problemen verkeerde en tot over zijn oren in de schulden zat. 'Wilt u dat hij het nooit te weten komt, of pas wanneer de transactie plaatsvindt?'

'Eerst moet de koop van het landgoed volledig zijn afgerond,' zei ze simpel. 'Daarna maakt het me niet meer uit.'

'Mag ik vragen waarom?' Hij was nieuwsgierig, en hoewel hij het niet per se hoefde te weten, vertelde ze het hem toch.

'Omdat ik bang ben dat als hij weet dat ik het ben, hij de verkoop tegen zal houden en het landgoed aan iemand anders zal verkopen, al is het voor minder geld.' Ze achtte Tristan in staat alles te doen om haar te kwetsen. Zijn haat voor haar was grenzeloos, en dat zou nu nog meer het geval zijn.

'Het zou dwaas van hem zijn om dat te doen. Hij kan het zich niet veroorloven. Uit de brief van de heer Murphy heb ik begrepen dat u bereid bent nagenoeg elke prijs te betalen om het landgoed in uw bezit te krijgen. Weet u hoeveel hij vraagt?'

'Nee, dat weet ik niet. Maar om het simpel te zeggen: hij haat mij en heeft me jaren geleden weggestuurd. Hij heeft geen idee wat er van me is geworden, en dat ik het zou kunnen kopen.'

'Hij heeft erg veel geluk dat u dat kunt doen. Ik heb begrepen dat zijn vele schuldeisers ongeduldig beginnen te worden. Ze zouden beslag kunnen leggen op het landgoed. Hij heeft het als onderpand gebruikt, maar hij heeft ook gokschulden.'

'Wij zullen alles betalen om het huis schuldenvrij te maken,' zei ze rustig.

'Dat heb ik begrepen. Het zal moeilijk zijn om dat bod af te wijzen.'

'Niet als hij weet dat ik het ben. Het zal een verschrikking voor hem zijn als het landgoed uiteindelijk toch nog bij mij terechtkomt. Als het had gekund, had mijn vader het aan mij nagelaten. Mijn broer kreeg het alleen omdat hij daar wettelijk recht op had. En hij heeft me er de volgende dag meteen uit gegooid.'

'Dus ik moet hem vertellen dat ik een Amerikaanse koper heb die onbekend wil blijven en altijd op deze manier zaken doet. Denkt u dat hij daar bezwaar tegen zal maken?' vroeg de advocaat haar. Net als iedereen was hij gefascineerd door haar schoonheid en haar vastberadenheid.

'Hij zou het aan een gorilla verkopen als die het geld had,' zei ze met een glimlach.

'En u weet zeker dat u het huis in Londen niet ook in de koop wilt opnemen?'

Ze schudde haar hoofd.

'Dat moet hij ook verkopen. U kunt het waarschijnlijk samen voor een goede prijs krijgen.'

'Ik wil op het platteland wonen. Ik heb geen huis in Londen nodig. Als ik er kom kan ik in een hotel gaan, of als ik er later meer tijd wil doorbrengen, kan ik een kleiner huis kopen. Eén erg groot oud huis met een leger aan bedienden om het draaiende te houden is genoeg voor mij. En ik heb nog een huis in New York.' Ze dacht erover om dat te verkopen, maar ze had geen haast. Ze had er tijdens de overtocht op de boot over nagedacht en geprobeerd tot een besluit te komen. Ze wilde na al die jaren eerst weten hoe Belgrave voor haar voelde.

'Ik weet wie zijn advocaat is en zal morgenochtend meteen contact met hem opnemen. Waar kan ik u bereiken?'

'In het Mivart's Hotel. Ik wacht af wat ze zeggen. Hoe gaat u het aanpakken?'

'Ik zal informeren wat de vraagprijs is en dan zal ik hem een vast bedrag bieden dat hij niet kan weigeren. Ik zal geen spelletjes met hem spelen,' zei hij serieus.

'Ik wil dit snel afhandelen,' zei ze vastbesloten, met een stalen blik, die hem verraste. Ze was een vrouw die wist wat ze wilde en in dit geval nergens voor zou terugdeinzen om het te krijgen.

'Ik begrijp het. We zullen er alles aan doen om dat mogelijk te maken,' zei de advocaat resoluut.

'Dank u wel.' Ze schudden elkaar de hand, waarna zij vertrok en terugging naar het hotel.

Die middag wandelde ze wat door Londen om de winkels te bewonderen en 's avonds ging ze vroeg naar bed. De volgende dag zat ze tot het middaguur op hete kolen. Om vijf over twaalf bracht een medewerker van de receptie haar een berichtje met de mededeling dat meneer Barclay-Squires beneden was, en ze vroeg hem de advocaat naar boven te laten komen. Ze liet hem binnen in de salon van haar suite. Ze had slaapkamers voor Claire, het kindermeisje, haarzelf en Phillip, en een salon speciaal voor dit doel.

De advocaat stelde haar snel gerust. 'Het is erg goed gegaan. De advocaat was zeer openhartig, waarschijnlijk openhartiger dan uw broer zou hebben gewild. Hij zei dat ze wanhopig zijn en zo snel mogelijk willen verkopen. Hij vraagt dertigduizend pond, alles inbegrepen. Dat dekt alle schulden en geeft hem een kleine winst die hij nodig heeft om van te leven. En er is blijkbaar een cottage op het landgoed, dat hij voor een klein bedrag van u wil huren.'

'Absoluut niet,' zei ze, met een ijzige blik.

'Dat vermoedde ik al. Ik heb de advocaat gezegd dat dat niet mogelijk is.'

'Dank u wel,' zei ze, opgelucht. 'Dus wat hebben we geboden?'

'Achtentwintig. Ik had lager willen gaan, maar ik weet dat u dit snel wilt afhandelen. Als ze vasthouden aan dertig, gaan we daarmee akkoord.'

'Weet u zeker dat dat verstandig is? Hadden we niet gewoon in moeten stemmen met zijn vraagprijs?'

'Ik denk dat het zo prima is,' zei de advocaat kalm. 'Hij zei dat hij vandaag naar Hertfordshire gaat, en morgen terugkomt. Uw broer is er evenzeer als u op gebrand deze overeenkomst snel af te handelen. Ik denk dat we heel spoedig antwoord krijgen.'

'Zijn er nog andere biedingen?' vroeg ze bezorgd.

'Nee, de schulden schrikken iedereen af, behalve u.' Ze glimlachte om wat hij zei, en hij beloofde contact met haar op te nemen zodra hij iets van Tristans advocaat had gehoord.

Ze hoefde niet lang te wachten, hoewel het voor haar voelde als een eeuwigheid. De volgende middag kwam Barclay-Squires terug en nam tegenover haar plaats in haar salon.

'Wat zeiden ze?' vroeg ze nerveus.

'Dertig. Hij zegt dat hij zich niet kan veroorloven om naar achtentwintig te zakken. Ik ben ermee akkoord gegaan en heb gezegd dat ze het geld kunnen hebben zodra de papieren zijn getekend. Ik denk niet dat het lang zal duren. Hij vroeg wel in strikt vertrouwen wie de koper was, en ik zei dat ik dat om even strikt vertrouwelijke redenen niet kon onthullen. Ik denk niet dat het hem echt iets interesseert, zolang hij het geld maar krijgt. Ik zei dat de koper een rijke Amerikaan is die een kasteel wil en rolde vol afgrijzen met mijn ogen.' Hij keek haar glimlachend aan. 'De advocaat benadrukte nog dat de titel niet bij de koop is inbegrepen, maar dat hij bereid is die voor tien extra mee te verkopen. Ik heb gezegd dat daar geen interesse voor is.'

'Daar hebt u groot gelijk in,' bevestigde Angélique. 'Mijn zoon erft de titel als mijn broer overlijdt. Daar kunnen we wel op wachten.' Het vervulde haar met afschuw dat haar broer zelfs de titel zou hebben verkocht.

'Zeker,' zei de advocaat, die besefte dat zij iemand was om rekening mee te houden.

Ze had het landgoed niet kunnen erven, maar nu zou ze het kopen, wat gelukkig tot haar mogelijkheden behoorde. Toen ze er die avond over nadacht, besefte ze iets wat Tristan nooit had kunnen vermoeden, namelijk dat ze met het geld dat haar vader haar had gegeven het landgoed ruimschoots kon betalen. In feite kocht haar vader lang na zijn dood het huis van hun voorvaderen voor haar, dat haar broer maar al te graag van de hand deed, 'met de titel'. Het was walgelijk. Maar gelukkig voor haar zat hij in de schulden.

Twee dagen later werden de papieren afgeleverd bij het advocatenkantoor, getekend door Tristan, hertog van Westerfield, met zijn zegel. Angéliques advocaat had zijn collega duidelijk gemaakt dat bij de koop alle meubels, kunst en toebehoren van het landgoed waren inbegrepen, waarmee Tristan had ingestemd. Zijn enige vraag was hoelang hij de tijd had om eruit te trekken.

'Tien minuten,' zei Angélique met een glimlach. Ze was dolblij. 'Achtenveertig uur,' zei ze, redelijker nu, maar met een genadeloze blik. Ze was een vriendelijke, barmhartige vrouw, maar niet waar het haar broer betrof. Hij verdiende dat niet, na wat hij haar had aangedaan.

'Het kan zijn dat hij daar bezwaar tegen maakt,' zei de advocaat.

'Hij gaf mij negen jaar geleden, toen ik achttien was, één avond de tijd en joeg me toen de wereld in, een paar dagen nadat mijn vader was overleden.'

'Ik zal het hun vertellen,' zei meneer Barclay-Squires rustig.

De volgende ochtend was iedereen afgeleid door het feit dat koning William op eenenzeventigjarige leeftijd was gestorven aan een hartaanval. Omdat hij geen wettige kinderen had, zou hij worden opgevolgd door zijn nicht Victoria, die nog maar enkele weken geleden achttien jaar was geworden. Het leek Angélique op een vreemde manier passend dat een vrouw de troon zou bestijgen in dezelfde tijd dat zijzelf triomfantelijk terugkeerde naar Belgrave. Tristan had in geen honderd jaar verwacht dat ze dat zou doen, en verwachtte dat nog steeds niet. Hij had er geen idee van wie zijn huis had gekocht en was daar waarschijnlijk ook niet in geïnteresseerd.

Angélique tekende de papieren met haar mans naam en alleen haar eerste voorletter, niet haar voornaam, om haar anonimiteit te bewaren. Ze stuurde ze terug naar meneer Barclay-Squires, die direct een exemplaar doorstuurde naar Tristans advocaat en hem informeerde dat de hertog binnen achtenveertig uur het pand moest verlaten.

'Daar zal hij niet blij mee zijn,' zei de advocaat ongelukkig.

'Het is een voorwaarde in het koopcontract en hij heeft ervoor getekend. Als hij het geld op zijn bankrekening gestort wil krijgen, zorgt hij dat hij er op tijd uit is,' zei Barclay-Squires onverzettelijk.

'Ik zal de boodschap overbrengen.' Hij keerde voor de derde keer in evenzoveel dagen terug naar Belgrave, en Elizabeth slaakte een gil toen haar man het haar die avond vertelde.

'Ben je gek geworden? Hoe kan ik nou in twee dagen inpakken en vertrekken?'

'Als we het geld willen, hebben we geen keus. Ik was niet van plan met hen in discussie te gaan. Dit is de beste overeenkomst die we konden krijgen. Het is jammer dat ze ons niet in The Cottage willen laten wonen. Maar voorlopig hebben we Grosvenor Square nog.' Hij deed zijn best om haar gerust te stellen, maar sinds ze van de omvang van zijn schulden op de hoogte was, waren de diplomatieke betrekkingen tussen hen tot het nulpunt gedaald.

'Tot je schuldeisers ons eruit gooien.' Ze keek hem nijdig aan. 'Je hebt geluk dat die Amerikaan dit huis heeft gekocht. Hebben ze gezegd wie het is?'

'Nee, en het zal me een zorg zijn. We hebben ervoor gekregen wat we nodig hadden, Elizabeth, dus hou op met klagen en ga inpakken.'

Binnen twee dagen stonden al hun eigendommen, verzameld in stapels hutkoffers, in de grote hal, en overal renden de bedienden rond om tassen en dozen in rijtuigen te laden. Het personeel was erg nerveus over de mysterieuze persoon die het landgoed had gekocht, maar het vertrek van de hertog en hertogin bleek zo'n uitdaging dat niemand tijd had om erover na te denken.

Elizabeth reisde voor zonsondergang af naar Londen, maar Tristan besloot dat hij lak had aan wat ze ervan zouden zeggen. Hij zou die nacht nog in zijn eigen bed slapen en de volgende ochtend vertrekken. Als dat de nieuwe eigenaar niet aanstond, kon hij de pest krijgen. Ze zouden waarschijnlijk toch pas over een paar dagen verschijnen. Hij vertrok naar zijn slaapkamer en de bedienden gingen naar beneden om te praten over de plotselinge veranderingen op Belgrave en te gissen naar wat er hierna zou gebeuren.

Angélique verliet Mivart's voor zonsopkomst in een gehuurd rijtuig. Ze wilde eerst naar het kasteel gaan om te zien hoe het eraan toe was en te controleren of er comfortabele slaapkamers gebruiksklaar waren. Haar zoon, zijn kindermeisje en Claire zouden later op de dag aankomen. En dankzij mevrouw White, haar uitmuntende staf en zelfs Hobson was ze ervan overtuigd dat het huis in ieder geval schoon zou zijn. Ze had er geen idee van wat voor veranderingen haar broer en zijn vrouw hadden doorgevoerd, maar ze wist dat ze veel hadden laten doen in de tijd dat ze daar nog geld voor hadden.

Vanaf vanmorgen waren Belgrave Castle, de bossen en landerijen, de pachtboerderijen, The Cottage en The Dower House haar eigendom, en op een dag zou ze alles doorgeven aan haar zoon, precies zoals dat de bedoeling was. En als een achttienjarig meisje koningin van Engeland kon worden, wist Angélique zeker dat zij het landgoed kon beheren. Ze was alleen verdrietig dat Andrew het niet kon zien en hoopte dat hij over hen waakte. Ze had altijd het gevoel dat hij dichtbij haar was, net als haar vader, en haar alle goeds wenste.

De rit naar Belgrave was langer dan ze zich herinnerde en ze popelde om er te zijn. Het rijtuig reed rond het middaguur door de hoofdingang naar binnen. Ze staarde omhoog naar het vertrouwde gebouw en tranen rolden over haar wangen. Ze had nooit verwacht dat ze het terug zou zien en had de afgelopen negen jaar gedacht dat ze het voorgoed kwijt was.

Bij het geluid van het naderende rijtuig kwam het personeel in een ordelijke rij naar buiten en ging bij de voordeur staan, om de nieuwe eigenaar te begroeten. De koetsier liet het trappetje zakken en Angélique pakte haar rokken op. Ze droeg een eenvoudige zwartlinnen jurk met een bijpassende bonnet en terwijl ze met lichte tred naar beneden stapte, keek ze naar de vele bekende gezichten die er nog waren. Mevrouw Whites hand vloog naar haar mond en Hobsons ogen werden zo groot als schoteltjes toen ze haar herkenden. Sommigen van de dienstmeiden die destijds nog meisjes waren geweest, waren nu vrouwen geworden, en zelfs sommigen van de lakeien kende ze nog. Een van de oudere dienstmeiden pakte een punt van haar schort en veegde haar ogen af. Angélique huilde ook toen ze de laatste stappen naar hen toe rende om hen te omhelzen.

'O, mijn lieve kind,' bleef mevrouw White maar zeggen, terwijl ze haar tegen zich aan drukte, en ook Hobson sloeg zijn armen om haar heen. Net als de bedienden bij wie ze was opgegroeid was ze nu een vrouw. Ze was niet anders geworden, maar volwassener, niet meer het doodsbange jonge meisje dat haar broer had verbannen toen ze pas achttien was. Ze had het allemaal overleefd en was teruggekomen, zoals een zwaluw in de lente terugkeert naar huis. Ze popelde om hen voor te stellen aan haar zoon, en hem zijn nieuwe thuis te laten zien, waar zij had gewoond toen ze net zo oud was als hij.

Ze bleven even huilend, lachend en stralend bij elkaar staan, maar toen opende Hobson de voordeur voor haar, en ze zag tot haar opluchting dat daar tenminste erg weinig was veranderd. Het was alsof ze terugreisde in de tijd naar waar ze was begonnen, en ze hoopte dat ze nooit meer weg zou gaan.

Ze dwaalde op de benedenverdieping van kamer naar kamer. Ze dacht aan haar vader en voelde hem naast zich toen ze voetstappen op de trap hoorde. Ze kwam uit de bibliotheek met haar haar losjes om haar gezicht en haar bonnet in haar hand. Zoals mevrouw White tegen Hobson had gezegd, zag ze er nog steeds uit als een jong meisje. En hij had haar eraan herinnerd dat ze nauwelijks meer was dan dat.

Toen ze de hal in liep, stond ze tot haar verbazing plotseling tegenover haar broer, die zich eindelijk klaarmaakte om te vertrekken. Hij was even verbaasd als zij.

'Wat doe jij hier?' vroeg hij kwaad. Hij kon niet begrijpen waarom ze daar stond, als een spookverschijning. Ze was teruggekomen om hem te achtervolgen tijdens zijn laatste uur, en ze waren geen van beiden blij om elkaar te zien, ondanks het bloed dat ze deelden en de tijd die was verstreken.

'Je zou hier niet zijn,' zei ze met een sterke, vastberaden stem.

'Hoe dat zo? Hoe kom jij hier verzeild, juist op deze dag? We horen hier nu geen van beiden meer. Ik heb het huis net verkocht aan een Amerikaan.' Hij verkneukelde zich over het feit dat hij haar nog eens haar thuis had afgenomen. Maar het lachen zou hem snel vergaan.

'Dat heb ik begrepen,' zei ze rustig. 'Ik kwam terug om een kijkje te nemen.'

'Nou, je kunt maar beter maken dat je wegkomt, voordat hij arriveert.'

'De nieuwe eigenaar komt vanmiddag pas.' Ze doelde op haar zoon. Ze had het gekocht voor hem en voor de kinderen die hij op een dag zou hebben.

'En hoe weet jij dat?' Hij had het alleen aan zijn advocaat en het personeel verteld. 'Blijkbaar heb je nog steeds je spionnen hier. Maar het zal je niets goeds opleveren.'

Ze luisterde maar met een half oor naar hem. Ze was zo blij om weer thuis te zijn, en ze vond het jammer dat hij er nog was. Maar zelfs hij kon het niet voor haar bederven. De overwinning was aan haar, meer dan hij wist. 'Ik heb gehoord van je activiteiten in Parijs,' zei hij venijnig. 'Het verbaast me niets dat je in een bordeel bent geëindigd. Ik heb het altijd geweten.' Ze vroeg zich af hoe hij het had gehoord, maar ze vroeg er niet naar. Het kon haar niet schelen. 'Net als je moeder, de Franse hoer die mijn vader heeft verleid. Hij was stapelgek op haar, net als op jou.' Tristan ademde gif uit al zijn poriën.

'Ga je dit allemaal missen?' vroeg ze met een koele glimlach. Ze verwaardigde zich niet te reageren op wat hij had gezegd. 'Jammer dat je de titel niet mee kon verkopen. Degene die het nu bezit heeft die niet nodig. Hij heeft er zelf een.' Terwijl ze dit zei, keek Tristan haar met haat in zijn ogen aan. Hij wilde het liefst zijn handen om haar keel slaan om haar te wurgen, maar ze was niet bang meer voor hem. Ze tergde hem, en plotseling besefte hij wat er was gebeurd. Nu pas wist hij waarom ze hier was.

'Heb jij... ben jij...' Nu begreep hij alles. Hij had geen idee hoe ze het had gedaan, maar plotseling wist hij zeker dat zij het had gekocht. Het was nooit in hem opgekomen dat de geheimzinnige Amerikaan een vrouw zou kunnen zijn, en, wat nog schokkender was, zijn zus. Voor hem was het alsof ze uit haar graf was herrezen.

'Ik heb het gekocht voor mijn zoon. En volgens mij bevind jij je nu op verboden terrein. Je zou gisteren om middernacht weg zijn.'

'Ik ga wanneer ik dat wens, verdomme,' zei hij met zijn gebruikelijke arrogantie.

'Nee, Tristan, dat doe je niet. Je verlaat nu mijn huis, anders laat ik de politie halen. Je hoort hier niet meer. Je hebt hier nooit gehoord.' Hij keek alsof hij haar zou gaan slaan, maar dat durfde hij niet. 'En als je je geld wilt, blijf dan bij mij en dit huis uit de buurt. Belgrave is niet meer van jou.'

Na deze woorden stormde hij langs haar heen en liep met grote passen naar de voordeur. Nog een laatste keer draaide hij zich om en keek haar met haat in zijn ogen aan. Voor het eerst van zijn leven stond hij sprakeloos. Hij had gedacht dat hij zich voorgoed van haar had ontdaan, maar in plaats daarvan was ze teruggekomen en had ze toch nog gewonnen. Hij draaide zich abrupt om, liep het huis uit en sloeg de enorme zware deur met een klap achter zich dicht. Angélique slaakte een zucht van opluchting. De nachtmerrie was eindelijk voorbij, negen jaar nadat hij was begonnen. Tristan had geprobeerd haar haar thuis af te nemen en haar voorgoed te verbannen, maar ondanks al zijn kwaadaardige kuiperijen had het recht gezegevierd. Hij was weg. En zij had gewonnen.

De rest van de dag besteedde ze met het bekijken van de veranderingen die ze hadden aangebracht. Sommige waren mooi, andere niet, maar dat kon ongedaan worden gemaakt. Ze wist niet zeker in welke kamer ze wilde slapen. Beslist niet in die van haar vader. Uiteindelijk besloot ze haar oude suite dichtbij zijn kamer te nemen, en voor Phillip en zijn kindermeisje koos ze een zonnige kamer dichtbij die van haar. Ze wilde niet dat haar zoon in de kinderkamer zou slapen, ver bij haar vandaan, vooral niet in een nieuw huis. En ze zag dat er weinig personeel was.

'Ze hebben veel mensen ontslagen toen het geld opraakte,' legde de huishoudster uit, en Angélique keek haar peinzend aan.

'Weet u, als u me niet had geschreven dat ze het huis te koop hadden gezet, had ik het nooit geweten, en had iemand anders het gekocht. Godzijdank hebt u dat wel gedaan.' De huishoudster keek haar glimlachend aan, nog steeds stomverbaasd dat dit was gebeurd en dat Angélique terug was. Het was net een droom.

'Het spijt me van uw man,' zei mevrouw White hartelijk tegen haar.

'Hij was een fantastische man. U zou dol op hem zijn geweest,' verzekerde Angélique haar. 'En hij zou het hier geweldig hebben gevonden. Ik kan niet wachten om alles aan mijn zoon te laten zien. Zijn er nog paarden in de stal?'

'Een paar. De beste hebben ze verkocht, maar er zijn nog wat goede paarden over.' Angélique wilde Phillip leren paardrijden en hem al hun grond laten zien. Hij had voor hij groot was veel te leren over het beheer van het landgoed, en dat gold ook voor haar, zolang zij het werk voor hem waarnam. Ze herinnerde zich nog alles wat haar vader haar voor zijn dood over het landgoed had geleerd.

Ze liepen naar buiten toen ze het rijtuig aan hoorden komen. Ook Hobson kwam erbij, en toen de koetsier de deur opende, tilde hij Phillip uit het rijtuig en zette hem op de grond.

'Goedemiddag, my lord,' zei hij formeel. 'Welkom op Belgrave.' Toen glimlachte hij naar de jongen, en Phillip glimlachte voorzichtig terug. Toen sloeg hij zijn armen om zijn moeder heen.

'Ben ik al een hertog, mama?' vroeg hij aan haar, en zij lachte.

'Nee, nog niet. En waarschijnlijk gaat dat nog een hele tijd duren.'

Toen nam ze hem, gevolgd door de anderen, door de voordeur mee naar binnen om hem zijn nieuwe thuis te laten zien. Het zag er in zijn ogen groot en intimiderend uit. Terwijl ze door het huis liepen, vertelde ze hem verhalen over haar eigen jeugd, over zijn grootvader, over paardrijden en vissen in het meer en alle andere dingen die ze gingen doen. Daarna nam ze hem mee naar boven, naar zijn kamer dicht bij die van haar, en hij ging op zijn tenen voor het raam staan om het uitzicht te bekijken.

'Kijk, mama, daar is het meer!' zei hij blij, toen ze naast hem kwam staan. 'Is dat allemaal van ons?'

'Ja,' zei ze zacht. Ze had nooit gedacht dat dit moment zou komen. 'En op een dag is het van jou.' En van zijn kinderen, en zijn kindskinderen, net zoals het honderden jaren lang van haar voorouders was geweest. Hopelijk zou het nog vele jaren lang in hun familie blijven. Ze waren schakels in een ketting, die de eeuwen met elkaar verbonden, hun voorouders voor hen, de kinderen die nog zouden komen na hen, en allemaal droegen ze bij wat ze konden voor ze het aan de volgende generatie doorgaven. Nu, door een ongelofelijk gelukkige wending van het lot, was het aan haar toegevallen, en op een dag zou ze alles aan hem doorgeven.

'Ik vind het hier fijn,' zei Phillip. Hij draaide zich lachend naar haar om, en zij kon zich al de man voorstellen die hij zou worden, als hij op een dag in de voetsporen van haar vader zou treden. Zij was de brug tussen de twee, het verleden en het heden. Ze boog voorover om hem een kus te geven en sloeg haar arm om hem heen.

'Daar ben ik blij om,' zei ze zacht. 'Ik vind het hier ook fijn.' Alles was precies zoals het moest zijn. Het lot had haar teruggebracht naar Belgrave, waar ze thuishoorde. En terwijl ze samen uit het raam keken, wisten ze allebei dat ze thuis waren.

Van Danielle Steel zijn verschenen:

Hartslag * Geen groter liefde * Door liefde gedreven * Juwelen * Palomino * Kinderzegen * Spoorloos verdwenen * Ongeluk * Het geschenk * De ring van de hartstocht * Gravin Zoya * Prijs der liefde * Kaleidoscoop * Souvenir van een liefde * Vaders en kinderen * Ster * Bliksem * Het einde van een zomer * Vijf dagen in Parijs * Vleugels * Stille eer * Boze opzet * De ranch * Verslag uit Vietnam * De volmaakte vreemdeling * De geest * De lange weg naar huis * Een zonnestraal * De kloon en ik * Liefde * Het geluk tegemoet * Spiegelbeeld * Bitterzoet * Mijn Russische oma (Oma Danina) * De bruiloft * Onweerstaanbare krachten * De reis * Hoop * De vliegenier * Sprong in het diepe * Thuiskomst * De belofte * De kus * Voor nu en altijd * De overwinning * De villa * Zonsondergang in St.Tropez * Eens in je leven * Vervulde wensen * Het grote huis * Verleiding * Veranderingen * Beschermengel * Als de cirkel rond is * Omzwervingen * Veilige haven * Losprijs * Tweede kans * Echo * (On)mogelijk * Het wonder * Vrijgezellen * Het huis * Het debuut * De kroonprinses * Zussen * Hollywood hotel * Roeping * Trouw aan jezelf * De casanova * Een goede vrouw * Een tijd van hartstocht * Een speciaal geval * Geheimen * Familiealbum * Elke dag is er een * Door dik en dun * De weg van het hart * Het warme Zuiden * Familieband * Erfenis * Hoop is een geschenk * Charles Street 44 * De verjaardag * Hotel Vendôme * Bedrog * Vrienden voor het leven * De fouten van de moeder * Tot in lengte van dagen * Op het eerste gezicht * Puur geluk * Winnaars * Het spel van de macht * Een perfect leven * Pegasus * Verloren zoon * Pluk de dag * Dubbelleven * Van onschatbare waarde * Magie * Vriendschap * Een vrouw van adel * De maîtresse * Het juiste moment * De hoogste eer * Een sprookje * Een rijk verleden * De hertogin

Artur Daniel Liskowacki

Sonate für S.

ROMAN

Aus dem Polnischen von
Joanna Manc

Albrecht Knaus

Titel der Originalausgabe: Eine kleine
Originalverlag: 13 Muz, Szczecin

Die vorliegende Übersetzung wurde vom
© POLAND Translator Program gefördert.

©POLAND

Umwelthinweis:
Dieses Buch und sein Schutzumschlag wurden auf chlorfrei gebleichtem Papier gedruckt. Die vor Verschmutzung schützende Einschrumpffolie ist aus umweltschonender und recyclingfähiger PE-Folie.

1. Auflage

Umschlaggestaltung: Design Team München
Gesetzt aus: 10.15/13.6 pt. Stempel Garamond
Satz: Filmsatz Schröter, München
Druck und Bindung: GGP Media, Pößneck
Printed in Germany
ISBN 3-8135-0212-0
www.knaus-verlag.de

Adagio pastorale

Am anfang heini. Ja, Heini am Anfang.
Heini. Heini.
Heini wie früher. Über ein Bilderbuch gebeugt. Die Dämmerung in Plüsch, ein grüner Sessel neben der Glasvitrine, die im satten Licht der Lampe glänzt. Es gibt nichts, außer dem, was es nicht gibt. Den Laufkäfer aus der Familie *Scarabaeidae* und ein Insekt mit dem Namen Gottesanbeterin – *Mantis religiosa*, die Durchsichtigkeit der Haut, die dünne, dunkelblaue und rote Stränge sichtbar werden lässt, Bergkristalle, das Amazonasgebiet, den Querschnitt des Ackerbodens, die Verbrämung an der Husarenuniform, Andreas Hofer auf der Wiese des Tiroler Bluts, die engelsgleichen Spatzen des Herrn Jesus, die durch das Stallfenster von Stephan Lochner schauen, den Teutoburger Wald, die Schätze aus dem Grab des König Priamos.

Na und Heini, den es am wenigsten gibt.

Viele Jahre später ist dieses Bild verblichen: Die Farben sind längst im vergilbten Karton versickert, aber Heini sieht lebendige, helle Farben. Weil er sich gerade in diesem Moment über das Bild beugt: kurz nachdem es entstanden ist. Damals, in der neuen Welt, der ersten Welt, die es gab.

Nein, es ist nicht Heini, der das Bild gemalt hat. Sicher war es Frieda Gruber, der man die verantwortungsvolle Aufgabe übertragen hatte, die Chronik zu führen. Aber vielleicht war sie es doch nicht, denn Frieda bekam diese Aufgabe hauptsächlich wegen ihres Talents für Kalligraphie: Ihre Buchstaben sind rund und wirken sehr feierlich. Sie eignen sich also besonders für die Wörter, die hier zusammengefügt werden. Zum Beispiel «unerschütterliche Freundschaft». Heini gefallen die Wörter, jedes für sich, doch besonders beide zusammen. Um aber auf Frieda zurückzukommen: Man kann nicht ausschließen, dass nicht nur die Buchstaben, sondern auch kleinere Illustrationen und Ornamente, die die Wörter der Chronik verzieren, ihr Werk sind. Diese Lyren, Lorbeeren, Trompeten, Trommeln mit gekreuzten Schlägeln, lachende und weinende Masken, Schachfelder – das sind schematische Zeichnungen, wer weiß, ob sie nicht einfach mit einer Schablone kopiert wurden. Etwas anderes ist das Bild auf der ersten Seite – das muss jemand anderes gemalt haben.

Vielleicht Hedwig Masur, die kastanienbraunes, lockiges Haar hat und feuchte, braune Augen, von denen Erik Gärtner sagt, sie hätten den Ausdruck von Kuhaugen? Hedwig könnte so malen. Sie parfümiert sich mit Jasminwasser, lacht oft und hat mitgeholfen, Papierkostüme für die Aufführungen von Dr. Thimm anzufertigen. Oder war das Leni, die nicht nur alles kann, sondern auch für alles zu begeistern ist? Herr F. Hummel nennt sie «unser Blümchen», aber noch öfter «unser Sonnenstrahl». Ja, Leni Wiese könnte sicherlich so malen. Ihre schmalen Finger, die an dem unregelmäßigen Pinsel zupfen, weil schon einige Härchen bei dem Blau des Hintergrunds für die Friedenstauben und die flatternden Fahnen ausgefallen sind. Lenis Finger, die das Glück beschwören und drei kleine Stücke von dem Besen des Schornsteinfegers abbrechen, kurz vor Weihnachten, neunzehnhunderteinundvierzig. Lenis Finger, die durch Heinis Haare fahren: Weißt du, sie riechen wirklich nach Rauch. Schau mich doch nicht so an. Ich mach mich nicht lustig. Sie riechen wie trockenes Laub. Habt ihr ein Lagerfeuer gemacht?

Heini kann überhaupt nicht malen. Eigentlich kann er gar nichts richtig. Je mehr er etwas möchte, umso weniger kann er es. Denn etwas wirklich können, denkt Heini (besonders dann, wenn es niemand von ihm vermutet, also ziemlich oft), bedeutet, dass es einem für immer gehört. So dass man damit einschlafen könnte und mit dem selbigen, völlig unveränderten wieder aufwachen würde. So dass man es verlieren und ohne es verreisen könnte, es aber trotzdem immer in der Tasche hätte, auf der Zunge, unter den Augenlidern, und es auf dieser Reise, in diesem Vergessen nicht auseinander fallen und nicht aufgezehrt würde. Wie ein Zauberbrötchen, das man auf den Weg mitnimmt, das aber nie weniger wird.

Aber Heini kann nichts richtig. Sogar singen und fliegen kann er nicht so gut. Deshalb betrachtet er das Bild sehr genau, mit seiner ganzen Kraft, und überlegt überhaupt nicht, wer es gemalt hat.

Auf dem Bild sieht man ein Haus. Mit mehreren Stockwerken, wahrscheinlich ein ziemlich großes. In warmem Braun und leuchtendem Orange gemalt. Wie das Ahornblatt von diesem Platz auf der anderen Straßenseite, den man auf dem Bild nicht sieht. Die Treppe ist am besten zu erkennen, weil das Bild die Frontansicht zeigt. Am oberen Ende der Treppe, fast auf halber Höhe des Hauses, ist die Tür.

Sie ist verschlossen. Aber die Treppe, unten breiter und nach oben hin schmaler – was mit den Grundsätzen der Perspektive übereinstimmt, wenn auch nicht mit der Wirklichkeit –, wurde ganz gezielt so dargestellt. Denn so entsteht der Eindruck, das Haus würde zum Eintreten einladen, es würde mit Offenheit und gleichzeitig mit dem, was noch verborgen ist, locken. Eine geheimnisvolle Frucht in goldener Schale.

Und da ist noch das Blau des Himmels. Und das helle Grün des Grases. Und rundherum ist niemand, weder vor dem Haus noch sonst wo auf dem Bild.

So malt man Paläste und Schlösser, aber nicht solche wie das Schloss in S.: streng, grau und düster. Echte Schlösser, wie aus einem Märchen. Solche wie die am Rhein. Bei denen sieht man auch keinen Schornstein, aus dem Rauch aufsteigt.

Vielleicht hat man deshalb den Schornstein vergessen, einen ganz gewöhnlichen Schornstein, aus dem ein Wölkchen zieht, ein blauer Streifen. Der aschfahle, sich drehende Rauch brauchte sehr lange, bis er aus dem Fenster strömte. Konkret aus einem

Rohr, das zwischen Brettern herausragte, die mit Pappe abgedichtet waren. Das Rohr war mit einem riesigen, breitbeinigen Ofen in der Saalmitte verbunden. Man machte Feuer mit allem, was einem in die Hände fiel. Mit Zweigen, die man aus der Umgebung des Krankenhauses anschleppen konnte, weil es dort viele Bäume gab, mit Sägespänen, mit Möbelresten, mit Kohle, die man noch manchmal in einem Keller fand, und mit dem allgegenwärtigen Papier, auf dem offizielle Überschriften in schwarzer Druckerfarbe leuchteten.

Der Ofen bebte dann von dem Feuer, das ihn erfüllte, und draußen, durch das Rohr und aus dem mit Brettern zugenagelten Fenster schlug schwarzer, stinkender Rauch empor. Doch das brachte nur eine schwache Wärme, die es gerade schaffte, sich über die Ecken zu verteilen, die es aber nicht einmal versuchte, auf die Treppe, ins Stockwerk, in den Aufführungssaal, in dem Dr. Thimm von Anfang an seinen Unterricht abhielt, zu gelangen.

Trotzdem kann sich Heini an den Ofen sehr gut erinnern. Denn der Ofen ist eines der Dinge, die ihm am stärksten von der tatsächlich existierenden Welt in Erinnerung geblieben sind.

Heinis Erinnerung gleitet über Dinge, Orte und Menschen wie eine Hand; Heinis Hand vor Jahren, die behutsam über Äpfel gleitet, die auf der Anrichte im Esszimmer liegen. Diese Äpfel liegen, einer neben dem anderen, nicht in der Porzellanschale, die mit der silbernen Figur eines nackten Jünglings mit geflügelten Fersen verziert ist, sondern einfach so, auf der kirschroten Anrichte. Damit sie reif werden. Such dir einen aus, sagte Mutter oft, einen richtig reifen. Sie sagte nicht: Such dir den schönsten aus. Nicht einmal: einen, auf den du Lust hast. Vielleicht hatte er deswegen den Eindruck, dass die Äpfel ihn aussuchten. Deshalb streifte er lange mit den Fingerkuppen über ihre glatten Schalen, um Zeit zu gewinnen und wenigstens für einen Moment noch die Illusion der Wahl zu haben.

Heini suchte sich den Ofen aus. Der Ofen suchte sich Heini aus. Jetzt brennt er noch, rot erhitzt, wie dieses Feuer, das schmutzige, verlauste Kleidung und die in Kückenmühle geschnittenen Haare verbrannte, wie auch die schwarze, feuchte Leere und den Hunger, der kalt war wie die nackte Erde.

Vielleicht ist es Heini deshalb sogar lieber, dass es auf dem Bild in der Chronik keinen Schornstein gibt. Das Feuer ist drinnen, versteckt. Wie hat Bruno gesungen? *Deines Herzens Feuer brennt in mir ungeheuer.* Selbst Alfred Bonkowsky kannte diesen Schlager nicht.

Sie tanzten viel. Weil es Spaß machte. Und nebenbei verdiente man auch genug, um sich mal was leisten zu können. Beim Tanz konnten sie sich aufwärmen. Der Tango, den Bonkowsky zu diesem Zweck empfahl, wurde jedoch von manchen Genossen nicht gern gesehen. Die schwäbischen und Badenser Polkas wärmten genauso gut auf. Aber es war doch schön, dass der Direktor, Herr Zygmunt, über die verschiedenen Leitersprossen der Macht und der Verbände eine Renovierung der Zentralheizung erwirkte. Und jetzt reicht Johann Lipke, dem Hausmeister, sogar im Winter nur eine kurze Weste über dem Hemd, und seine Frau Else, die in der Garderobe die Mäntel entgegennimmt, sagt immer wieder: Ja, ja, im Mantel würdet ihr hier, *ni ma co**, wie in einer Sauna schwitzen. Johann und Else kamen aus dem Posener Raum, und wahrscheinlich hatte sie deshalb diese – nicht nur für Erik nervige – Angewohnheit, polnische Wörter einzuschieben. Sie machte das unbewusst und konnte es nie loswerden. So wie sie übrigens auch nie richtig Polnisch gelernt hat.

Herr Zygmunt erntete viel Sympathie mit seinem Kampf um die Wärme für das Haus. Doch Heini, obwohl er nichts gegen eine Heizung hat, erinnert sich gut an diesen Ofen.

Was gar nicht heißen muss, dass Heini bereit wäre zu vergessen, wie das Haus ohne das Bild aussah. Denn Heini hat das Haus von allen Seiten kennen gelernt. Vom krätzigen Boden der Vorhalle bis zu den starken Balken auf dem Dachboden. Er lernte es

* poln.: (ugs.) ganz sicher / da kann man nichts machen

von den vierzehn Eingangsstufen bis zu den dreißig Stufen im Inneren (fünfzehn auf jeder Seite), die zum ersten Stockwerk und in den Aufführungssaal führten. Er lernte es von der Schule bis zum Krankenhaus, vom Sportplatz bis zu den Müllhaufen auf dem Platz, vom jüdischen Friedhof bis zum alten Straßenbahndepot der Linie eins.

So dass sich das Haus für ihn mit der Zeit auf einen Raum von ein paar Straßen und Grünanlagen ausgeweitet hatte, dann zu einem kleinen, selbstständigen Stadtteil anwuchs und schließlich mit jedem Tag zu einem größeren Gebiet wurde. Obwohl es gar nicht zunahm, wuchs es wie Teig im Backtrog, aber noch mehr in sich selbst, voll von immer stärkeren Gerüchen, stärkeren Farben, mit immer weiter ausgedehnten Grenzen.

Das war insofern ein überraschendes Phänomen, weil fast gleichzeitig der umgekehrte Prozess ablief. Die Grenzen zogen sich zusammen, die Gerüche verflüchtigten sich, die Farben verloren an Leuchtkraft, und der Raum schrumpfte, fiel in sich zusammen, ins Nichts. Um schließlich auf die Maße einer Fotografie zu schrumpfen, auf der man einige Dutzend Personen sieht, die sichtlich verlegen sind und in ein Sonntagslächeln gekleidet, und die sich eher gegenseitig beäugen, anstatt ins Objektiv zu schauen. Obwohl früher keiner von ihnen dem Blick dieses kleinen, unsichtbaren Lichtlochs ausgewichen war, in dem die Zukunft lauerte. Oder die Vergangenheit. Was letztendlich für die Gegenwart auch keine große Bedeutung hat.

Und Heini? Heini sieht ein Bild der Chronik vor sich. Und dieses Bild ist die Erlösung der Gegenwart, egal, wann diese stattfinden würde. Und was sie bedeuten sollte.

Deshalb gibt es diese Fotografie noch nicht. Sie existiert einfach noch nicht (wird sie Herr Zygmunt machen? Nein, er wird dann nicht mehr dort sein), als Heini im Unterrichtsraum für Polnisch ein in rotes Plastik gebundenes Fotoalbum auf dem Schoß beziehungsweise auf dem Tisch hält – nämlich die Chronik, die ihm Frieda Gruber in einem ungewöhnlichen Anflug von gutem Willen ausgeliehen hat (der wiederum das Ergebnis ihrer

Freude darüber war, dass sie auf der Liste für eine Reise in die vom ganzen Volk wiederaufgebaute Hauptstadt stand) – und das braun-orange Haus vor dem Hintergrund des wolkenlosen Himmels betrachtet. Wenn es also diese Fotografie nicht gibt, dafür aber das Bild, das verblichene Aquarell, heißt das, dass es diese Welt nicht wirklich gibt. Deshalb wird sie mit jedem Augenblick immer mehr, kommt zutage, taucht an die Oberfläche, und Heini sieht sie schon, doch er berührt sie nicht, wie das Spiegelbild seines Gesichts im Wasser. Damit es sich nicht auflöst.

Dieser Ort. Diese Welt. Diese Zeit.

Also das Haus, ganz am Rand der weit ausgedehnten Parzelle, die zu dem Krankenhaus Bethanien gehört. Ein Haus aus unverputztem, dunkelrotem Backstein. Von der Front aus gesehen die Treppe, wie auf dem Bild, eine Tür und fünf kleine Fenster auf der Etage, im Flur vor dem Aufführungssaal. Und noch ein Baum rechts von der Treppe, eine Linde, die den ganzen Staub der Straße sammelt und Gerüche verstreut, wie die kleine Fabrik von Piper, die auf Lastadie künstlichen Honig produziert. Das Haus ist wirklich groß, aber eher in der Tiefe, entlang der Seitenmauer, an der zwei Reihen Fenster angebracht sind, fünfzehn in jeder. Hinten der Hof und zwei hässliche, niedrige Wohnhäuser, in denen vor allem das Hilfspersonal des Krankenhauses und viele Ratten wohnen. Noch weiter hinten ist ein zugewachsener, wilder Garten, voll mit Holunder, üppigen Brennnesseln, Rosensträuchern und Baldachinen aus Kletten. In diesem Unkraut, das brennt, stickig und von dem Duft der Erde, der Blumen und der Fäulnis durchtränkt ist (im Grunde ist das alles der gleiche Geruch), steht auf einem steinernen, hohen Podest etwas, was früher wohl die Prosektur des Krankenhauses war oder vielleicht die Kapelle oder auch das eine und andere zugleich, das man in ein Lager für Gott weiß was umfunktioniert hat und das mit einem großen, damals schon rostenden Vorhängeschloss verschlossen war. Das geometrische Ornament an der Wand des Gebäudes, gleich unter dem Dach, erinnert an sich brechende Wellen.

Also der Sportplatz, noch weiter, in Richtung des Krankenhauses. Achtzig mal fünfunddreißig Meter. Das hat Bedeutung, wenn man weiß, dass jeder dieser Meter das Ergebnis einer ernsten, politischen Kalkulation von Menschen ist, die die Wirklichkeit so ernst nehmen, als ob diese schon zum Zeitpunkt ihrer Geburt Geschichte wäre. Andererseits haben diese Leute in einem gewissen Maß immer Recht. Was die Zeit und den Raum angeht.

Also die Schule, neben dem Haus, aber näher an der Straße. Ein kleines Gebäude mit einem grünen Holzanbau.

Der ganze Siedlungsraum (samt Kirche, die auch zum Krankenhaus gehört) ist im Dreieck zwischen der Kreckower Straße, Alleestraße und dem Grün des an den Sportplatz anliegenden Terrains eingeschlossen.

Heini wohnt nicht weit entfernt, in der Bethanienstraße, also wird diese Entfernung sogar durch den Straßennamen bestätigt. Parallel verläuft die Henriettestraße, und zwischen den beiden Straßen, im Gras, liegen zwischen Birken – manchmal stehen sie noch – die Grabsteine des jüdischen Friedhofs.

Von allen Abbildungen, die Heini auf ihnen entdeckte, machten die Hände den größten Eindruck auf ihn. Hände ohne Arme, Finger, die ermahnten oder vielleicht drohten. Wenn das jüdische Finger sind, dann zählen sie bestimmt, sagte einmal Herman Noske, der auch in der Bethanienstraße wohnt und auch immer Bethanienstraße sagt und nicht anders. Genauso wie seine Eltern, also weiß er bestimmt, was er sagt, denn wofür hat man schließlich Eltern, wenn nicht, um solche Dinge zu wissen?

Heini hat keine, also weiß er solche Dinge nicht. Heini weiß sehr viele Dinge nicht. Und eine ganze Menge will er auch gar nicht wissen. Dafür weiß er ein paar andere Sachen, hat aber keine Ahnung, was er mit ihnen machen soll. Ähnlich wie mit den Sachen, die er in die Wohnung in der Bethanienstraße anschleppt. Willy Peters, sein Onkel, der übrigens weder von ihm noch von irgendjemandem sonst der Onkel ist, schmeißt in freien Augenblicken diese Sachen aus dem Fenster. Zum Glück gibt es nicht viele von diesen freien Augenblicken. Zum Glück für die

Sachen, die Heini in einem Koffer unter dem Bett versteckt, aber vor allem für Willy, der auch ohne freie Augenblicke überhaupt nicht weiß, was weiter sein wird. Dafür weiß er, was in der Nähe und um ihn herum ist.

Deshalb nennt er für alle Fälle keine Straßennamen. Er benutzt weder die einen noch die anderen. Schließlich könnte ihm der falsche Name entschlüpfen, und Willy arbeitet in der Werft und muss sehr aufpassen, was diese Dinge angeht. Doch um die Wahrheit zu sagen, weiß Willy nicht so recht, was seinen neuen Arbeitgebern Freude machen würde und ob er die neu verordneten Namen benutzen oder den alten treu bleiben sollte. Für gewöhnlich sagt er also: Auf unserer Straße, bei dem Geschäft der alten Klara, dort, wo man die drei Leichen vergraben hat, neben dem Eingang der Krankenhausverwaltung, vor dem Haus mit der Hundeskulptur, dort, wo dein Albin gekotzt hat, dort, wo, na, du weißt schon, ich das Gespräch mit diesen beiden hatte. Heini weiß nicht, was Verwaltung ist, aber er weiß, wo das ist. Er erinnert sich, wo Albin gekotzt hat, obwohl er gar nicht das Gefühl hat, dass es sein Albin ist. Und viele Male hatte er sich das Medaillonrelief an der Wand des kleinen Schlosses angeschaut: einen steinernen Hund, der lautlos die steinernen Sterne anheult.

Heini hat es leichter als Willy Peters, er muss gar nicht überlegen, welchen Straßennamen er benutzen wird, denn er spricht mit niemandem über die Namen der Straßen und Schlösser. Manche behaupten, dass Heini überhaupt sehr wenig sprechen würde. Und es gibt auch solche, die meinen, Heini würde gar nicht sprechen.

Das ist natürlich übertrieben, denn wenn Heini überhaupt nicht sprechen würde, dann würde er doch auch nicht singen.

Und dass Heini singt, das haben ja wohl alle gehört.

Sogar dieser russische Soldat im Krankenhausfenster im zweiten Stock. Das war vor ein paar Jahren. Heini fischte gerade im Brandschutzbecken hinter dem Block C. Das Becken war vor gar nicht so langer Zeit wegen der Bombenangriffe – dieser ersten, aus der Luft kommenden Phase des Krieges – angelegt worden. Aber jetzt war es schon zugewachsen, umgeben von einem jungen Birkenwald, den man auf dem hinteren Gelände des Krankenhauses anpflanzte, gleich nachdem die Gebäude gebaut worden waren. Eigentlich fischte Heini gar nicht, er stand nur da, auf der kleinen Betonmauer. Weil man ihm gesagt hatte, er solle dorthin gehen und dann für alle eine ganze Tasche voll mit Brassen, Barschen und Forellen mitbringen. Man würde ja gern mal einen gebratenen Fisch essen. Oder auch eine Solianka* nach der neuesten Mode. Obwohl man eine gute Solianka schon früher bekommen konnte, wie Alfred Bonkowsky versicherte, der sie zum Beispiel im Berliner Adlon gegessen hatte (aber dort gab es sie mit einem Hausen; nein! Mit einem Stör!) und in einer Schenke an der Kurfürstenstraße und sogar hier, in S., im Restaurant des Hotels Preußenhof, obwohl der Koch ihren Geschmack etwas übertrieben mit schwarzen Oliven verfeinern wollte. Appetit auf Fisch also. Schließlich ist das eine Stadt inmitten von Gewässern mit einem Heringsgeruch, der immer noch über dem Bollwerk schwebt, und da muss der Mensch Kartoffeln fressen und noch froh sein, dass es welche gibt. Man würde also gern mal einen Fisch essen. Aber Heini glaubte nicht so recht, dass es im Becken Fische geben würde, vor allem keine Forellen.

Einmal hatte er den Einband einer Partitur gesehen, vielleicht in den Noten seiner Mutter, vielleicht im Schaufenster bei Simon, am Theater, als sie eines Tages dort hingegangen waren. Mutter suchte die Lieder von Wolf zu Goethes Gedicht *Blumengruß*, weil Maria, ihre Schwägerin, die zu Besuch gekommen war, eine wunderschöne, obwohl nicht allzu starke Sopranstimme hatte. Also wollte Mutter mit einer gemeinsamen Aufführung Vater überraschen, was Heini nicht wusste. Doch staunend schaute er auf die goldenen Trompeten, die in dem Laden an der Wand hin-

* Fischsuppe

gen und miteinander verflochten waren. Oder hatte er diesen Partitureinband zwischen den Papieren von Bonkowsky gesehen, dem er für die Proben einen kleinen Kartonkoffer hinterhertrug, der voll von solchen Schätzen war? Genug, dass auf dem Umschlag der Titel *Forelle* und ein im Sprung über das spritzende Wasser gekrümmter Fisch zu sehen waren. Forellen leben in Wildbächen und nicht in Wasserbecken auf dem Krankenhausgelände.

Doch Heini ging zu dem Becken und schob mit einem langen, an seinem Ende gabelförmigen Stock das Entengrün auseinander, auf dem sich schon dunkel gewordene Birkenkätzchen niedergelassen hatten. Und da er sich ziemlich unbefangen fühlte, sang er eben. Wahrscheinlich die *Mexikanische Serenade*, die ihm Bruno beigebracht hatte. Er fühlte sich unbefangen, weil ihn die Sträucher auf der Seite des Blocks C verdeckten und die Birken – sowie die mit reifen Früchten übersäten Traubenkirschbäume – von der Hofeinfahrt abgrenzten. Die größte Baumgruppe umgab den Rasen gleich an der Mauer, auf die manchmal Frauen aus der Küche Hocker stellten. Einmal saßen sie dort, schälten Kartoffeln und warfen sie in eine große Waschbütte, als Heini gerade vorbeiging. Er hielt an, unsicher, ob er weitergehen sollte, weil ihn der Hausmeister, ein Deutscher mit dem pockennarbigen Gesicht eines Maskarons, schon mehrmals von hier verscheucht hatte und auch das Personal in den weißen Kitteln misstrauisch nach ihm schielte. Doch die Frauen, zuerst nur eine, dann eine zweite und dritte, begannen, die schon geschälten Kartoffeln nach ihm zu werfen, und lachten laut, als er sie nicht fangen konnte. Er sammelte damals ein ganzes Hemd voll von diesen kalten und nackten Kartoffeln auf.

Jetzt waren die Frauen nicht da. Heinis Finger und Lippen waren von dem purpurroten Saft der Traubenkirschen schmutzig. Im Mund spürte er den bitter-süßen Geschmack, und seine Zunge wurde von dem rau-herben Saft fast steif. Das beruhigte aber erst mal den leeren Magen und erschwerte nur wenig das Singen. Heini sang über einen Gaucho, der ein Liebeslied summte, während er eine Büffelherde vor sich her trieb. Heini sang und stocherte mit dem Stock im Wasser.

Und irgendwie, ganz ohne es zu wollen, zufällig oder vielleicht gar nicht zufällig, vielleicht von dem Blick angezogen, so wie ein Kamm, der, am Ärmel gerieben, kleine Papierfetzen anzieht – was ihm einmal ganz am Anfang Onkel Willy gezeigt hatte –, vielleicht also von dem fremden Blick angezogen, sah er dorthin. In das Fenster im zweiten Stock. Obwohl der Soldat, der sich mit seinen Ellbogen auf das Fensterbrett stützte, ihn gar nicht gerufen hatte. Er stützte sich nur einfach auf das Fensterbrett und schaute zu Heini. Mit einem sanften, abwesenden Lächeln. Vielleicht war das auch gar kein Lächeln. Heini konnte sich irren, zweiter Stock ist zweiter Stock, und die Fenster im Bethanienkrankenhaus sind hoch.

Aber trotzdem hörte er gleich auf zu singen und mit dem Stock in dem mit Entengrün bedeckten Wasser zu wühlen. Er spürte Unruhe, obwohl er nicht so recht wusste, warum.

Da hob der russische Soldat, der kranke russische Soldat ohne Uniform, beide Hände und zog die Zeigefinger, einer hinter dem anderen, an den Körper, und das sollte eine Maschinenpistole, ein Gewehr sein, mit dem er auf Heini zielte. Mit einer langsamen, fast schläfrigen Bewegung. Und dann, ganz leise (doch Heini hörte es trotzdem, er hatte ein sehr gutes Gehör) ließ er durch die zusammengepressten Lippen die Luft raus, wobei er das Geräusch einer fliegenden Kugel nachahmte.

Die Kugel, die für dich bestimmt ist, wirst du nicht mal hören, sagte Erik Gärtner, und er wusste, was er sagte. Seine blauen Augen waren kühl, doch irgendwo in ihnen brannte eine eisige Flamme. Sein linker Arm war teilweise gelähmt, was ihm die Arbeit als Tanzlehrer nicht leicht machte. Doch beim schwäbischen *Siedertanz* reichte der rechte Arm, um ihn auf die Hüfte zu stützen: *Mein Mutter kocht mer Zwiebeln und Fisch, rutsch her, rutsch hin!*

Heini warf den Stock ins Wasser und eilte davon, wobei er die

Büsche zur Seite schob. Weg vor sich selbst, weg vor dem Heute, Hauptsache so weit weg wie möglich.

Deten, die Haushälterin von Herrn Hummel, immer mit demselben schwarz-weiß karierten Turban auf dem Kopf, als ob sie sich der Welt, in der sich der Vorsitzende Hummel am wohlsten fühlt, angleichen wollte, glättet energisch mit der Hand die Tischdecke. Herr Ingenieur wissen doch, dass für den Iwan ein Kind das Wichtigste ist: Der brennt ein Haus nieder, schändet Frauen, schlägt Menschen, doch ein Kind wird er auf den Arm nehmen, es an sich drücken und *na, biery sachar** sagen. Der ist mal zärtlich, mal blutrünstig, wie das in der Steppe so ist. Und, schmeckt die Suppe gut? Herr Ingenieur wissen doch, dass für mich jeder einzelne Knochen bis heute, mit Verlaub, nach Pferdefleisch stinkt. Da bin ich sehr empfindlich.

Heini lief davon, weil er damals noch nicht fliegen konnte. Aber selbst wenn er es gekonnt hätte, dann doch nicht, um zu flüchten. Denn das Fliegen gehorcht niemandem. Er lief also weg und sah noch das Gesicht des Soldaten vor sich. Und später hatte er es immer vor Augen, obwohl er früher so viele andere Soldaten gesehen hatte, in verschiedenen Uniformen, mit echten Gewehren. Und er hatte echte Schüsse gehört und echtes Blut und Leichen auf der Straße gesehen. Zum Beispiel Pferdeleichen. Pferdeleichen schauen schrecklicher aus als die Leichen von Menschen.

Ein Eimer voll mit schwarzer, glänzender Masse, in die grauer, mit dickem Ruß gesprenkelter Schnee schnell einsickert. Eine Frau in einem graubraunen Mantel stellt ihn mit dem Gesichtsausdrucks eines Eroberers vor die Hausschwelle und haucht in die vor Kälte erstarrten Hände. Ich danke Ihnen, Frau Peters, sagt Mutter, die in der offenen Tür steht. In ihrem Gesicht sieht man Ekel, den sie mit Mühe zu verbergen sucht, und wahrscheinlich noch etwas, was Heini nicht versteht. Vielleicht Stolz, vielleicht Verachtung. Sie trägt diese glatte und nach Pelz duf-

* russ.: na, nimm dir was Süßes

tende, braune Bluse, die Heini so sehr mag. Hinter ihrem Rücken dringt aus dem Kinderzimmer der trockene Husten von Loremarie. Frische Leber, von der Straßenschlachtung, gesund für die Kinder, lächelt die Nachbarin. Ihr Gesicht ist mit Ruß bedeckt, sie schaut Heini an.

Ist die Suppe gut, Herr Ingenieur?, möchte Deten wissen.

Die Kugel, die für dich bestimmt ist, wirst du nicht mal hören, wiederholt Erik Gärtner und schaut Heini überhaupt nicht an.

Sicher, Heini hat auch einen Nachnamen.

Euer neuer Kamerad heißt Heini Qualm, sagt Frau Ilse Vetter. Ihre leicht ergrauten, noch lebendigen Haare sind geflochten und in Brezelform hochgesteckt. In dem dunkelblauen Kleid mit doppelten Patten und den zwei Reihen silberner Knöpfe ähnelt sie einem Grenadier der Preußischen Garde.

Aber Heini schaut zum Fenster: Weiß schimmern die vom Wind bewegten Lindenblätter. Der in den Halbmond der eingeschlagenen Scheibe reingedrückte Pappkarton hat sich aufgebläht und wird gleich unter dem Druck der Sonne nachgeben.

Qualm? So einen Namen gibt es nicht! Das kommt von da hinten, an der Wand, aus der Ecke des Klassenzimmers. Gekicher, Lachen. Da hat er sich aber was ausgedacht: Herr Qualm. Genosse Qualm. Er wird uns doch nicht einqualmen? Ein rothaariger Junge mit blassem Mausgesicht dreht sich um und sucht nach Bestätigung: Nicht wahr, Noske? Klar, brummt Noske von der Wand, vielleicht Quark, so ein schlapper, weicher Quark? Oder vielleicht ist das überhaupt nur Mumpitz, irgend so ein Heini-Quatsch?!

Frau Ilse Vetter ist verlegen, was sich für einen Grenadier nicht schickt. Ruhe, Noske, Ruhe, wiederholt sie gleich dreimal, jedes Mal mit weniger Überzeugung.

Ich hab's, ich erinnere mich, Noske hebt die Hand, und alle werden still. Das ist … Heini Quax! Noske triumphiert, er verschränkt die Arme vor der Brust, und die spannungsgeladene

Stille, in der ein Riesengelächter explodieren sollte, wird schwer und unerträglich.

Frau Vetters Wangen, normalerweise sowieso ziegelfarbig, als ob die Lehrerin sie mit zu viel Rouge bedeckt hätte, wenngleich es die geplatzten Äderchen sind, die ihnen dieses Aussehen verleihen, werden rot wie Rüben. Grenadiere in der frostigen Kälte und im Feuergefecht: Frau Vetter versucht zum Gegenangriff mit Bajonetten überzugehen.

Wie kannst du es wagen, Noske, uns hier daran zu erinnern, wenn so viele eurer Kameraden, beginnt Frau Vetter und stützt sich mit der Hand auf einen klapprigen Tisch, der ihr als Lehrerpult dient, wenn so viele Jungen im Namen einer irrsinnigen Ideologie, Frau Vetter verliert ihren anfänglichen Schwung, einer falsch aufgefassten Ideologie, ihr Leben hingaben. Wie kannst du es wagen, uns an diesen schändlichen, schrecklichen Film zu erinnern, ein Film, der … Frau Vetters Stimme wird gedämpfter, die Hand auf dem Tisch zittert samt der wackligen Tischplatte.

Ich erinnere überhaupt nicht daran, sagt Herman Noske und zuckt mit den Achseln, weil ich diesen Film gar nicht gesehen habe. Wir waren doch zu klein dafür, oder? Albin Schwerdtfeger schaut schmeichlerisch in die Augen der Lehrerin.

Denn die Hitlerjugend war nicht für Rotznasen, schnauft Noske. Aber für das Jungvolk, fragt der rothaarige Albin dümmlich, nicht wahr?

Schon gut, sagt Frau Ilse Vetter schnell und zieht Heini am Ärmel, dann stell dich jetzt deinen Schulkameraden selbst vor.

Heini schaut zum Fenster, aus dem die Sonne hartnäckig den Kartonflicken herausdrücken will. Und dann dreht er sich in der allgemeinen Stille zu den Mädchen und Jungen, die sieben bis zwölf Jahre alt sind, und beginnt zu singen. Seine Stimme ist schön, klangvoll, obwohl sicherlich noch nicht geübt. Es zittern die morschen Knochen der Welt vor dem roten Krieg. Hör sofort auf, genug! Doch Heini hört Frau Vetters Befehl nicht. Wir haben die Knechtschaft gebrochen, für uns war's ein großer Sieg. Genug, genug! Frau Vetter rennt zum Fenster und stellt sich mit ausgebreiteten Armen davor, als ob sie annehmen würde, dass Heini rausspringen wollte, dass er emporfliegen könnte mit seinem Lied, das – wer weiß – schon nach außen gedrungen ist. Wir werden weitermarschieren, wenn alles in Scherben fällt. Frau Vetter schreit nicht mehr. Die Mädchen und Jungen starren Heini an, und ihre Augen verstehen nichts. Sie sind still, und umso mehr hört man, was für eine starke und helle Stimme Heini Qualm hat. Denn heute, da hört uns Deutschland und morgen die ganze Welt!

Jetzt erst beginnt das Geschrei: allgemeines Buhrufen, Stampfen, mit Fäusten auf die Tische schlagen, scharfes Lachen, nervöses, bellendes Gekicher vermischen sich zu einem einzigen Tumult. Heini wendet schnell den Blick vom Fenster ab. Es ist ihm kalt geworden. Die junge Linde schimmert silbern im Wind und klingt leise.

Und, hab ich nicht gleich gesagt, dass das Heini Quax ist? Noske schaut um sich und streicht mit einer ausladenden Bewegung ein hellgelbes Haarbüschel aus der Stirn. Frau Vetter geht zur Tür und macht dabei kleine, unsichere Schritte, als ob sie über diese wackelige Laufplanke gehen würde, die sie täglich überquert. Und bis jetzt hat sie nie nach unten gesehen.

Heini steht vor dem Spiegel. Er hat wahrscheinlich noch immer keinen Nachnamen. Aber er weiß nicht viel darüber. Er steht in einem weißen Matrosenblouson mit dunkelblauem Kragen, der die Hälfte des Rückens bedeckt, vor dem Spiegel.

Dieser Blouson ist sehr groß, wird immer größer. Er kriecht aus dem Spiegel und schleicht über das ganze Zimmer. Heini kann sich nicht von der Stelle rühren. Ihm ist kalt, denn auf der anderen Seite des Spiegels ist es sehr kalt. Wahrscheinlich schneit es sogar. Ein Schlitten fährt, in dem eine Königin mit Eiskrone und noch irgendwelche Leute sitzen, die bis zu den Augen in Schals eingehüllt sind und mit Sammeldosen des Winterhilfswerks klingeln. Die Pferde sind riesig und schwarz, ihr Atem zischt wie Dampf aus den Nüstern, die Zähne blitzen.

Heini freut sich jedes Mal, wenn er das Knarren des Parketts im Flur hört. Das ist das Gejammer der losen Holzplanken vor der Garderobennische. Vater kann dieses Geräusch nicht ausstehen. Er sagt: als ob ein Gehängter baumeln würde. Heini findet das lustig. Aber er lacht nicht, sondern öffnet die Augen, weil er sonst den im Wind Hängenden schaukeln sieht. Vater sagt: Starr nicht so, weil du wie der Froschkönig aussiehst, König Henry, Heinrich, Heini. Eingeschlossen im Spiegel sieht er durch die Tür der matten Scheibe schwarze Gestalten auf goldenem Hintergrund. Und dann kommen Mama und Vater in den Salon, ihre Stimmen sind warm und raschelnd. Und Heini steht wieder vor dem Spiegel. Inmitten von Rosen. In einem Hauch von Konfitüregeruch.

Nur dass er jetzt größer ist. Er hat eine Wollweste mit roten und schwarzen Streifen und eine graue Pumphose an. Er ist größer, und um in den Spiegel zu passen, muss er einen Schritt zurückgehen. Der Spiegel ist zwar ziemlich groß, aber er hat auch einen breiten Rahmen, der oben noch mit einem rechteckigen Bild gekrönt ist.

Auf den Rahmen sind Rosen gemalt. Hellrote, beige, weiße, rostgoldene, rosa, violettrote. Sie scheinen zu atmen, zu keuchen; sie pulsieren rhythmisch, wachsen, schwellen an und schrumpfen wie Seerosen. Solche Seerosen hat Heini in der neuen, zwölfbändigen Enzyklopädie von Meyer gesehen. In der Stadtbibliothek am Rosengarten. Manchmal brachte ihn Mutter dorthin und ließ ihn dann bei einem Mann mit einem Schnurrbart, der eine Brille ohne Fassung trug. Sie sagte: Lieber Herr Augentaler, und wenn sie wiederkam, legte sie, aber so, dass es niemand merkte, ein oder zwei Eier oder ein bisschen Butter in einer Nescafé-Dose auf seinen Tisch. Mutter fuhr mit Loremarie aufs Land nach Völschendorf, wo ihre alte Erzieherin wohnte. Und Herr Augentaler mit seinen unglaublichen Gläsern, die so dick wie der Boden der großen Weingläser waren – diese, die im Salon hinter der Scheibe des Geschirrschranks standen und über die Vater immer sagte: Gutes, altes Jena –, also dieser Herr Augentaler, dessen Nachname für

Heini der eindeutige Beweis für die Übereinstimmung der Person mit ihrem Namen war, räusperte sich verlegen und setzte ihn ganz ans Ende des Saals mit dem Zwischengeschoss. Und dann, ohne zu fragen, ob Heini schon gut genug lesen konnte, brachte er ihm die Bände von *Die Welt der Märchen* von Leyen und Zauner, die grün eingebundenen Bücher von Theodor Storm, *Wunder der Welt* im weichen Leder der gestanzten Einbände, *Das Pflanzenleben der Alpen* von Schröter, wo jede Blume, jedes Moos oder Gras, eine königliche, bis ins kleinste Detail gezeichnete Abbildung hatte. Nur dass mir der junge Mann beim Blättern nicht die Finger nass macht, flüsterte Herr Augentaler über das Lesepult gebeugt, auf das sich das ölige Licht der Bibliothekslampe ergoss. Auf den Seiten sind so kleine, mit dem bloßen Auge nicht erkennbare Lebewesen, und wer zum Blättern die Finger anleckt, kann diese Lebewesen aus Versehen runterschlucken.

Das Auge von Herrn Augentaler war nicht bloß, und wahrscheinlich konnte es deshalb die kleinen Lebewesen erkennen. Heini hatte nur einmal, von einem unwiderstehlichen Verlangen angetrieben, die Kuppe seines Zeigefingers nass gemacht und eine Seite berührt, und dann legte er den Finger wieder auf die Zunge. Er wartete, ob er Getrampel, Gebrüll und Fluchtgejammer hören würde. Aber er hörte nur die knarrende Feder des alten Mannes, der vor ihm saß.

Am Rosengarten wuchsen keine Rosen. Die Straße der Rosengärten wurde grau im winterlichen Halbdunkel: schwarze Rollläden in den Fenstern, ein unregelmäßiger Bombentrichter am Abhang, direkt am Abstieg zur Grünen Schanze, die mit einer grauen Eisfläche bedeckt war. Ein tschechischer Bleistift mit Radiergummi, den der liebe Herr Augentaler Heini geschenkt hatte. Das Geklapper von Mamas Absätzen. Die Hände von Loremarie, kalt, selbst in den gestrickten Handschuhen. Ausgebrannte, in die Erde eingeschmolzene Reste der Synagoge und das ganz frische, massive und pechschwarze Wrack des Ufa-Palasts. Die Eile, um die Straßenbahn zu erwischen. Dabei könnte Heini ein bisschen bei uns bleiben, lächelt Frau Peters unsicher, das ist überhaupt kein Problem. Warum mag sie Mama nicht? Gerade jetzt, wo Mama, Loremarie und er allein geblieben sind und Herr Peters mit vollen Wassereimern die Treppen rauf und runter läuft, ohne dabei im Treppenhaus auch nur einen Tropfen zu verschütten.

Im Wohnzimmer brennt eine Lampe im orangefarbenen Lampenschirm. Heini steht vor dem Spiegel. Mama und Loremarie sind weggefahren. Aber sie werden zurückkommen. Mama bringt ihn nicht mehr zum Rosengarten. Sie sagt, heute gäbe es keine sicheren Orte mehr, und hier haben sie wenigstens den Luftschutzraum auf der anderen Straßenseite gebaut. Wenn also was ist, wird ihn die Peters schon mitnehmen. Schließlich ist sie dort angeblich der Bunkerwart, und das heißt, dass alle auf sie hören müssen. Also wird sie sich um dich kümmern. Und das bisschen Butter kann man doch nicht mit Herrn Augentaler teilen.

Rosen in dem Bild, das den Spiegelrahmen krönt. Wolken, Massen von Rosen. Und in der Mitte ein kleiner Amor. Völlig nackt, aber ohne irgendwelche Geschlechtsmerkmale. Heini traut ihm nicht, in den Enzyklopädien von Brockhaus und Meyer führen *Penis* und *Vagina* durch geheimnisvolle Höhlen, verborgene Korridore und Labyrinthe ins Innere des Körpers, und der rosige und wie ein Zuckerguss glatte Amor hat überhaupt keine Öffnung. Dafür hat er einen Strohhut auf dem Kopf, mit überraschender, männlicher Koketterie quer in die Stirn gezogen. In der Hand hält er einen Strauß blauer Vergissmeinnicht. Ein Strauß Vergissmeinnicht im Rosenmeer.

Heini versucht, ihn nicht anzusehen. Er bemüht sich aber, sich selbst im Spiegel zu erkennen. Doch das ist schwer. So schwer, dass Heini schon nicht mehr weiß, ob er überhaupt dort ist. Dort, in diesem Zimmer, diesem Haus, das es lange nicht mehr gibt, oder vielleicht existiert es doch, gerade deswegen? So wie früher, als die Gottesanbeterin, Andreas Hofer und der Froschkönig nur in dem eingeatmeten Geruch der Seiten waren, in dem Staub, der im Lampenlicht wirbelte. Aber sie existierten gerade deswegen. Dieses Haus also und dieser Spiegel, in dem Heini nach sich selbst Ausschau hält, sind da und werden immer da sein. Im Spiegel sieht man sogar schon die Weste mit den rot-schwarzen Streifen und den dunklen Fleck des Gesichts. Etwas heller ist es nur auf der Seite, wo der Schein des orangefarbenen Lampenschirms drauf fällt. Heini schaut auf diesen Fleck und zieht die Augenbrauen zusammen, aber er erkennt nur das Innere des Zimmers hinter seinem Rücken. Den grünen Plüsch des Sessels, den Tisch zum Patiencelegen, die Kante des hellbraunen Klaviers und die darauf stehende Fotografie. Das Gesicht auf dem Foto ist genauso wenig erkennbar wie das Gesicht im Spiegel. Aber Heini weiß, dass der Mann eine Uniform trägt und der Fotorahmen schwarz ist.

Vor der Fotografie liegt ein vom Frost zusammengeschrumpfter Rosenstrauß. Daneben steht eine Kerze im kleinen Porzellanleuchter. Die Rosen sind auch schwarz, sagt der Spiegel, und die Kerze ist erloschen, von allein.

Das Knirschen im Schloss der Wohnungstür, gedämpfte Stimmen, das Knarren des Parketts im Flur, vor der Garderobennische. Wie ein Gehängter. Heini öffnet die Augen. Mutter bleibt aber in der Wohnzimmertür stehen. Sie hat den Mantel noch nicht ausgezogen, hält Loremarie an der Hand. Warum verschwendest du Licht, hast du die Plakate nicht gesehen? Diese mit dem Dieb, dem schwarzen mit dem Schnurrbart. Wer Strom verbraucht, der stiehlt uns allen Kohle, so wie der Kohlenklau, der sie in einem Sack auf dem Rücken rausträgt. Und warum hast du die Kerze ausgemacht? Du weißt doch, dass heute der zweite Jahrestag ist. Wie alt bist du, dass ich dir das sagen muss?

Und dann geht sie, ohne die schneebedeckten Schuhe auszuziehen, sie geht durch das ganze Zimmer, um die Kerze neben der Fotografie ihres Mannes anzuzünden.

Frau Vetter weiß, dass sie es diesmal tun muss. Ganz einfach: nach unten schauen. Denn die Laufplanke ist über einem Graben, wo früher das Haus stand, in dem die Konditorei von Gauss war.

Der, der an Weihnachten im Schaufenster immer ein Lebkuchenhaus mit Schnee aus Zuckerguss hatte. Oma, wir schauen noch ein bisschen, ja? Vor dreizehn Jahren war sie in einem Film von Steinhoff im Ufa-Palast, mit Marcus. Sie erinnert sich an das müde Gesicht des alten Berliner Kommunisten – des Filmvaters von Heini Quax – und an das leise Schluchzen der Frau, die neben ihr saß. Marcus zappelte hin und her und machte sich nichts aus dem Tod für die nationalsozialistische Idee, den der Held des Films *Hitlerjunge Quax* erlitten hatte. Vor zwei Jahren legte sie neben den Teller von Marcus, auf eine weiße, bestickte Tischdecke, eine kleine Postkarte mit einem rot-weiß-schwarzen Streifen und dem schwarzen Buchstaben R, der rot umrandet war. Als schon alles vorbei war, schrieb ihr Lothe, ihre Schwiegertochter, die Mutter von Marcus. Dass es Marcus nicht mehr gäbe. Nirgendwo.

Frau Ilse Vetter geht über die Laufplanke über dem Graben, in dem sie verbrannte Bretter, angeschwärzte Ziegelstücke und Müllklumpen sieht. Sie geht rüber, und erst am Ende stolpert sie über irgendein hervorstehendes Trümmerstück. Aber sie geht rüber und schaut sich nicht mehr um.

Pferdeleichen sind schrecklicher als die Leichen von Menschen. Loremarie ist sich dessen nicht sicher, aber sie nickt mit ihrem goldenen Köpfchen. Menschen liegen auf der Straße, als ob sie schlafen würden. Und ein Pferd schläft nie im Liegen.

Die Beine eines toten Pferdes sind steif, wie Streichhölzer. Es reicht, vier Streichhölzer in den Bauch einer Kastanie zu stecken, und schon steht, schon liegt das Pferd. Siehst du, Loremarie? Am leichtesten findet man Kastanien im Quistorppark oder an der Grabower Anlage. Mit Papa sind wir bis zum Eckerberger Wald gefahren, weißt du, wo das ist? Nicht? Da ist so eine Stelle, wo es Kastanien wie Gold im Baumloch gibt. Na in diesem Baumloch aus dem Märchen über den Soldaten, du erinnerst dich doch an dieses Märchen.

Loremarie nickt, aber sie erinnert sich nicht. Dafür erinnert sich Heini an Loremarie. Denn er erinnert sich an das Bild von der Sinalco-Werbung: ein Goldlöckchen, pausbackig, im blauen Kleid.

Weißt du, Loremarie, wie schwer es jetzt ist, solche Rosen zu kriegen? Du hast es selbst gesehen, die Leute stehen Schlange, um auch nur irgendein Blümchen zu bekommen, und wenn es nur Astern sind, und eine Rose zu bekommen ist noch schwieriger als Wurst aus Pferdefleisch, obwohl man eine Rose nicht essen kann (auch wenn es Rosenbonbons gibt). Aber Mama schafft es immer, Rosen zu bekommen. Und wenn sie verwelken, trocknet sie sie. Und weißt du, die liegen dann im Buffet und auf den Fotoalben. Einmal werde ich für dich zwei trockene Blütenblätter rauszupfen, wenn du sie dir dann auf die Augen legst, wirst du träumen, dass du eine Prinzessin bist. Willst du?

Ich möchte, dass du mir das Lied *Maikäfer, flieg!* singst.

Aber ich kann das nicht. Sing es doch selbst.

Du kannst es. Ene, mene, minken. Siehst du: Du bist dran.

Du hast geschummelt.

Ist nicht wahr. Udel, budel, topp. Und wieder bist du es.

Ich weiß nicht, wie es anfängt.

Doch, du weißt es. Ganz einfach: *Maikäfer flieg!*

Ich kann das nicht, das ist albern.

Du kannst es, jeder kann es. *Dein Vater ist im Krieg.*

Das ist albern und kindisch, Mama würde das gar nicht gefallen, Loremarie.

Ich kann es aber, Heini. *Die Mutter lebt in Pommernland. Ein Hündchen heult, das Haus ist verbrannt, Maikäfer flieg.*

Das war damals, als Heini wirklich noch nicht singen konnte. Und auch nicht fliegen. Es reichte ihm, Bilder anzuschauen.

Im dritten Band der *Naturgeschichte der vierfüßigen Tiere* von Buffon, herausgegeben siebzehnhundertfünfundsiebzig von Joachim Pauli in Berlin, gibt es siebzehn bunte, handgemalte Illustrationen.

Keiner weiß, woher Heini dieses Buch hat. Aber er hat es

schon lange. Er hat es also wahrscheinlich nicht von Dr. Thimm bekommen, der außer dem Unterricht in der Theatergruppe seit einem Jahr auch die Bibliothek leitet. In dieser Bibliothek, die um die dreihundert Bände zählt und die übrigens ziemlich genau durchgesehen wurde (trotzdem fand man ein stark abgenutztes Exemplar von *Das Wäldchen 125* von Jünger, das, vielleicht versehentlich, zwischen dem Rechtsratgeber von F. H. Hartmann und einem Jagdkalender reingedrückt war), gab es die Erzählungen von London und Cooper, Abenteuergeschichten über Rothäute von Fritz Steuben, die unvollständige Ausgabe von Tolstojs *Krieg und Frieden*, Goethe, Kleist, die *Erinnerungen eines Soldaten der Revolution* von Karl Liebknecht in der Berliner Ausgabe von neunzehnhundertneunundzwanzig, die der Vorsitzende Hummel aus seiner persönlichen Sammlung der Bibliothek überlassen hatte, *Die Mutter* von Gorky, *Pommersche Volkslieder* von Haas und vierzehn Exemplare der Broschüre «Zur Geschichte der Kommunistischen Partei Deutschlands» von Wilhelm Pieck. Außerdem ein paar Partituren und alte Notensammlungen, von denen einige mit dem violetten Stempel Kraft durch Freude versehen waren. Wertvolle Ausgaben häufte Dr. Thimm in seinen Schränken nicht an.

Auch der liebe Herr Augentaler hat Heini dieses Buch nicht gegeben, denn Ende August vierundvierzig ist er auf dem Augustplatz umgekommen, in einem ganz soliden Bunker, der allerdings sehr gezielt von einer der zweitausend Bomben, die an diesem Tag auf die Stadt niederfielen, getroffen wurde. Und früher, als Heini noch öfter am Rosengarten war, wäre es besonders ihm, einem Bibliophilen, einem Kenner der preußischen Editionskunst (irgendwo in den Archiven müsste sich noch seine Arbeit «L. Saunier und F. Hirt, die Korrespondenz zwischen zwei Buchhändlern, Verlegern und Kunstmäzenen, 1846–1853» erhalten haben) nicht in den Sinn gekommen, so ein kostbares Buch einem Kind anzuvertrauen.

Einem Kind? Eben. Wie alt ist eigentlich Heini Qualm, dass er dies oder jenes nicht weiß?

Frau Ilse Vetter meinte, er würde wie ein Sieben- bis Achtjähriger aussehen, doch sein Wissen beziehungsweise das Fehlen von Wissen und das Fehlen einer Grundlage, um es einzuschätzen – denn mit anderen spricht Heini vielleicht, aber nicht mit ihr –, also all das zusammen lässt sie folgern, dass Heini die Natur eines Fünfjährigen hat. Ja, so drückte sie sich aus: die Natur.

Die Naturgeschichte des Heini Qualm? Mit Illustrationen?

Der Einzige, der in dieser Sache etwas sagen könnte, nämlich Willy Peters, versicherte Frau Vetter und dem Genossen Schuster, dem Direktor der einzigen deutschen Schule in der Stadt (abgesehen von der auf Lastadie, aber Łasztownia ist auf der anderen Seite des Flusses), dass Heini zehn Jahre alt ist. Und ganz sicher kann er auch viel, nur dass er von der Schule kaum etwas mitbekommen hat. Seine Schulzeit begann gerade in dem Moment, als die Kinder aus S. aufs Land gefahren wurden, nach Anklam oder Gartz, um sie nicht mehr der Gefahr der zunehmenden Bombenangriffe auszusetzen. Doch Frau Qualm blieb fast bis zum Schluss in der Stadt – angeblich wartete sie auf ihre Schwägerin oder ihren Bruder, einen Offizier, weil sie sie mit dem eigenen Wagen mitnehmen sollten –, und sie wollte sich von ihrem Sohn nicht trennen; sie muss gute Beziehungen nach oben gehabt haben, weil man deswegen ein Auge zugedrückt hat. Aber vielleicht war dieses Auge damals schon ein bisschen blind. Auf jeden Fall ist Heini vielleicht gerade mal ein paar Monate zur Schule gegangen. Aber um die Wahrheit zu sagen, hat ihn damals eher Frau Qualm selbst unterrichtet, die von der Rente ihres Mannes und von privaten Klavierstunden lebte. Aber er ist ein vielseitig talentierter Junge. Nur etwas schwierig. Er hat einiges durchgemacht. Was genau, das könne Peters so nicht sagen, weil Heini nicht gern darüber spricht. Er ist überhaupt wortkarg, verschließt sich, aber er müsste zehn Jahre alt sein, dessen ist sich Peters sicher. Im gleichen Jahr nämlich, als Heini geboren wurde, hatte er, Willy, der im Leben einen Haufen Glück, aber keine Kinder hatte – wegen seiner Frau Trudi, das heißt wegen ihrer

Krankheit, die ihnen seitens der nationalsozialistischen Regierung viel Kummer und Unannehmlichkeiten eingebracht hat – für siebenhundertacht Mark einen Volksempfänger VE-301 gekauft. Sein erstes und einziges Radio, mit dem er, wenn er nur konnte und ihn die summenden Bienchen nicht störten, BBC hörte, genau gesagt die *Gespräche zwischen Kurt und Willy*, auch wegen des zweiten Namens, und im Allgemeinen gab er den Stimmen aus London Recht, obwohl sie natürlich keinen Klassen-, sondern nur einen bürgerlich-nationalistischen Charakter hatten. Aber in der damaligen Phase waren sie nützlich, weil sie ein Regime angriffen, mit dem sich Willy persönlich nie verbunden fühlte. Dieses Radio hat später samt dem Haus der Schlag getroffen. Was Willy mit seinen eigenen Augen geprüft hat. Und solche Sachen vergisst man nicht, also ist es klar, dass Heini zehn Jahr alt sein müsste.

Wenn aber Heini, den Willy Peters zu der Schule an der Alleestraße gebracht hat (die am Krankenhaus Bethanien und nicht die in Pommerensdorf, die übrigens in Adolf-Hitler-Straße umbenannt wurde), damals wirklich zehn Jahre alt war, dann müsste er in dem Augenblick, als er die rot eingebundene Chronik betrachtet, schon über sechzehn sein. Doch selbst wenn er etwas sagen würde, würde es den allgemeinen Eindruck nur bestätigen. Weil er die Stimme eines Kindes hat.

Natürlich könnte man das der allgemein gültigen literarischen Form anlasten, die junge Helden in die Rüstung der ewigen Kindheit zwingt, damit sie von dieser rostfreien Festung aus die Welt betrachten, die von allen Katastrophen der vorbeifließenden Zeit heimgesucht wird. Trotzdem bleibt es dahingestellt, ob es sich die Literatur so einfach macht oder ob sie eher, in einem gewissen Maß, nur die Wirklichkeit nachahmt.

Im Maß der Zeit.

Heini im warmen Lichtkegel, dichter Abend hinter dem Fenster.

Heini, der Loremarie an der Hand hält, wenn sie den Schritt beschleunigen und versuchen, Mutter einzuholen, um noch vor der Dämmerung an der Straßenbahnhaltestelle Am Königstor zu sein.

Heini, der durch die Spalte des kleinen Kellerfensters starrt: Der Holunderstrauch im Hof hat schon glatte, herzförmige Blätter. Aus Richtung Stadt hört man trockene Schüsse, die wie eine Peitsche knallen.

Heini und Onkel Willy auf der Treppe mit der hohen Tür. Vierzehn Stufen. Mit geraden Zahlen hat man Erfolg bei seinen Plänen.

Heini, Heini. Eine sehr natürliche Geschichte, obwohl mit Akzenten aus dem Phantastischen. Wie es im Leben eben so ist.

Aber die Frage nach dem Maß der Zeit betraf auch das Buch von Francis Buffon. Als man in «Freies Deutschland», dem Informationsbulletin der Stadtverwaltung, welche die Polen hartnäckig mit Deutscher Bezirk Zabelsdorf bezeichneten, ungefähr Mitte Mai – weil auf der Hakenterrasse gerade die weißrote Fahne eingeholt wurde und der lila Flieder in den Innenhöfen, zwischen den Trümmern, schon schwere, dicke Dolden trug – bekannt gab, dass bei dem Waisenhaus Zabelsdorf eine Kinderbibliothek eingerichtet wird und man Bücher bringen sollte, kannte Willy Peters Heini noch nicht. Er konnte also nicht wissen, ob Heini den dritten Band der vor einhundertsiebzig Jahren herausgegebenen *Naturgeschichte* von Buffon schon damals besaß.

Er wusste auch nicht, ob Heini dieses Buch hinter den Gürtel mit der Metallschnalle (Trappergürtelschnalle sagte Vater immer) oder unter die Jacke, die bei den Brüdern Horst im zweiten Stock für die letzten zugeteilten Punkte gekauft wurde, gesteckt hatte. Oder unter dem Pullover – den Vater aus Wien mitgebracht hatte, wo er die Lebensmittelkarten für Soldaten im Urlaub gegen einen Kleidergutschein eintauschte – mit den gestickten Edelweiß versteckte (diese Edelweiß sahen überhaupt nicht so aus wie die aus *Das Pflanzenleben der Alpen*). Oder ob er es doch unter die rotschwarze Weste und die zwei Hemden, die Mutter ihm noch schnell übergezogen hatte, bevor das alles passierte, schob. Ob er also dieses unscheinbare, nach Moder stinkende Buch mit der auf dem Buchrücken eingestanzten, kaum noch sichtbaren goldenen Rose (schon wieder Rose) damals – als er Mutter und Loremarie in der Menge von kreischenden, sich schubsenden und gegenseitig antreibenden Menschen aus den Augen verlor – bei sich hatte oder erst später in Braunsfelde, als er auf Säcken mit verfaulten Kartoffeln in einem Keller mit zugemauerten Fenstern schlief, von denen eins durch das Visier eines herausgeschlagenen Ziegels einen Hof und einen kleinen Fliederbaum mit jungen, hellgrünen Blättern zeigte. Oder noch später, als er ein Viertel Brot aus der Volksküche neben dem Bahnhof an der Friedebornstraße stahl (was gar nicht so einfach war) und ihn ein Mann mit einer roten Armbinde erwischte und Heini, der um sich schlug, hinter sich herschleifte.

Man weiß es nicht. Obwohl es eine eindrucksvolle Szene hätte sein können.

Heini versucht sich loszureißen, schmeißt sich hin und her, und unter der mit Kohlestaub und getrocknetem Matsch verdreckten Jacke, unter dem Pullover, der Weste und den zwei Hemden hervor fällt ein vergilbtes Buch aufs Pflaster und daneben ein Viertel Brot. Der Mann mit der roten Armbinde hebt sofort das Brot auf und stößt irritiert das Buch mit dem Fuß zur Seite, ohne auch nur für einen Moment den zappelnden Jungen loszulassen. Oder anders: Mit Neugierde und Respekt hebt er das Buch auf und dann erst das Brot. Nur dass er dann beide Hände dafür braucht und Heini atemlos wegläuft; die Friedebornstraße nach unten oder vielleicht in die andere Richtung, entlang des Eisenbahndamms an der Schwartzkopfstraße. Aber zu seinem eigenen Glück gelang es Heini nicht wegzulaufen. Offensichtlich war ihm das Buch überhaupt nicht rausgefallen. Aber vielleicht hatte er es da noch gar nicht? Was zählt, ist, dass man keine Nachforschungen darüber anstellen muss, ob der Mann mit der roten Armbinde etwas von seiner klassischen Ausbildung rettete, die er im Wilhelm- oder einem städtischen Gymnasium bekommen hatte, wo er über den Übersetzungen von Catos Reden hockte, ob er dieses praktische, technische Wissen hatte, die ihm die Otto-Schule gab, oder ob er die gewöhnlichen, täglichen Lektionen des Lebens in einer der vierzig Grundschulen in S. mitbekam.

Aber in dem Zimmer mit Küche, im grauen Mietshaus in der Bethanienstraße, das vor allem von sowjetischen Offizieren bewohnt wurde, im ersten Stock, dort, wo die Fenster auf die Gräber der jüdischen Kaufleute, Schneider und Heringsverkäufer rausgingen, da hatte Heini schon ganz sicher das Buch von Buffon. Und jeden Abend, beim Licht eines Kerzenstummels, den er heimlich aus der Schublade des weißen Küchenschranks nahm, blätterte er die gelblichen Seiten der Evolutionsabhandlung und ihres Disputs mit der Statik der Welt. Nicht um zu lesen. Die strenge gotische Schrift war für so jemanden wie Heini keine leichte Lektüre. Aber diese siebzehn Illustrationen! Heini sah sie sich immer wieder an, mit wachsender Neugierde. Sie war anfangs sanft und leise, wie das Betrachten von Insekten am heißen Sommernachmittag. Später wurde sie aufdringlich und etwas peinlich, wie das Beobachten von Menschen, die nicht wissen, dass sie beobachtet werden. Und schließlich war sie fieberhaft und irritierend, wie das Suchen nach Krankheitsanzeichen, wenn man sich im Spiegel betrachtet.

Soll es geschehen.

Heini über das Buch gebeugt. Heini, der schweben kann. Heini, den es nicht gibt, also ist er immer mehr da.

Der dritte Band der klassischen, grundlegenden Arbeit des Grafen Buffon, herausgegeben in Berlin mit allen Privilegien des Königs von Preußen (worüber die Titelseite informiert), ist den Vierbeinern gewidmet. Den Hirschen und Hasen. Also ziemlich gewöhnlichen Tieren. Was diesen Teil der Erde angeht – und seine natürliche Geschichte.

Ein kühler Morgen im März. Auf den Bürgersteigen liegt grauer Reif. Trudi Peters drückt einen noch dampfenden, lehmigen Brotklumpen an ihren graubraunen Mantel. Wenn Willy und seine Arbeit nicht wären. Wenn Willy nicht wäre. Auf der Straße ist es still, wenig Leute. Vorsichtig gleiten sie mit den Füßen über die mit Reif bedeckten Granitplatten des Bürgersteigs. Die sind ja rosa, wundert sich Trudi, während sie mit der Schuhspitze in dem frostigen Belag scharrt. Irgendwie hatte sie es bis dahin nicht bemerkt. Ihr ist ein wenig schwindlig, sie stützt sich an der Hauswand ab. Nur für einen Moment. Sie schaut zum Himmel: Eine glatte, farblose Leere wird plötzlich von einem rosa Schauder durchdrungen, der langsam Licht in sie eindringen lässt.

Und dann, unerwartet, irgendwo aus einer Seitenstraße kommend, hört Trudi Geschrei, unmenschliches, erschütterndes Geschrei. Ein Mann mit in die Stirn gezogenem Filzhut und Ohrschützern aus Wolle geht an ihr vorbei und schaut auch in die Richtung, aus der das Geschrei kommt. Er scheint zu lächeln, blass und schief, aber immerhin. Es ist passiert, denkt Trudi, irgendwann musste es ja so kommen. Man kann nicht alles ertragen. Nicht länger. Das Geschrei kommt näher: hoch, erfüllt von Grauen und sich steigerndem Wahnsinn. Trudi dreht sich dorthin, wartet. Bis sie es sieht, obwohl sie noch nicht versteht. Mitten auf der Straße taumelt und stolpert auf dem glatten Kopfsteinpflaster ein Schwein. Ein ganz und gar echtes Borstenschwein. Und quiekt mit einer fürchterlichen, erschütternden Stimme. Ein paar Schritte hinter ihm zwei Gendarmen. Der erste ist ausgerutscht, auf sein Knie gefallen und flucht laut. Das Schwein dreht in eine Seitenstraße ab, die zwei hinter ihm her. Trudi hört ein Lachen. Sie schaut sich um, ohne zu merken, dass sie es ist, die lacht.

Gehen Sie dorthin. Eine Frau mit um den Kopf gebundenem Schal zeigt ihr die Richtung. Dort ist erst die Apokalypse. Hühner, Schweine, Kaninchen, sogar Ziegen. Ein ganzer Hof voll, Lastwagen und Kisten. Es wurde angeordnet, alles zusammenzutreiben, damit man gar nichts mehr mitnehmen kann. Doch Trudi Peters lacht laut und drückt das Brot an den graubraunen Mantel.

Bruno, der Sohn des Hausmeisters Johann, mit Ohrklappenmütze auf dem Kopf und Filzstiefeln an den Füßen, steht am Rand eines Kiefernwaldes. Um sich aufzuwärmen schlägt er immer wieder die Arme über der Brust zusammen. Der Schnee ist hoch und locker, der Winter ist ja auch teuflisch streng. Sie haben das Feld überquert und sind dabei bis zu den Knien eingesunken. Sie schnaufen, keuchen, spucken, alle paar Meter einer. Hetzjagd. Bläuliche Gesichter, Tropfen an der Nase. Sie sind ein bisschen müde geworden, werden etwas verschnaufen und gleich im Wald verschwinden, dann geht's los. Gebrüll, Knarren, Schlagen gegen die Baumstämme.

Das soll eine gute, deutsche Hetzjagd werden, sagte Leutnant Siedych. Er sagte es auf Deutsch, obwohl sie es auch so verstanden hätten. Aber der Leutnant hatte in einer Schule in Woronesch Deutsch gelernt und erinnert gern daran. Er sprach am Abend zuvor und gab den Leuten etwas Wodka aus. Jetzt ist es ungefähr sieben Uhr früh. Major Kalugin und der Rest der Genossen Offiziere sollten schon längst auf ihren Posten sein.

Bruno schaut zum Himmel. Er ist hell und rosafarben. Der Tag wird sonnig. Der dampfende Atem, der aus dem Mund schlägt, erinnert an die Menge des Selbstgebrannten, den sie beim Weggehen getrunken haben. Ja, denkt Bruno, der Tag wird schön. Und dann von der Seite, irgendwo hinter seinem Rücken hervor, vom Geschrei angetrieben – schau ihn an, schau, direkt durch den Schnee, im Zickzack, alle drei, vier Sprünge einsinkend –, ein Hase, bis jetzt im Versteck, zieht an dem Kordon der Jäger vorbei und rast in das Waldstück. *Ot i durak**, sagt Bruno laut und schüttelt gutmütig den Kopf. Sind wir an dir vorbeigezogen und haben dich in Ruhe gelassen, damit du uns jetzt vor die Füße läufst?

Und dann erschallen von überall her forsche Stimmen und Getöse. Die Hetzjagd beginnt.

* russ.: was für ein Dummkopf

Weißt du, sagt Leni, bei uns gab es auch solche Kaninchen. Genau solche wie dieses, weiße mit schwarzen Flecken auf dem Rücken. Ich habe ihnen Klee, Gänseblümchen und frisches Gras gebracht, manchmal Krautblätter oder ein Stück Karotte. Dieses Kaninchen (was soll's, dass es ein Hase ist) ähnelt sehr einem anderen. Es hieß Sisi. Schöne Bilder, aber das Buch ist furchtbar alt. Ein Kaninchen hat so ein süßes Fleisch, hast du mal welches gegessen? Wir haben sie bis zum Schluss gegessen. Papa trug dann die zwei Käfige in den Keller, damit die Leute sie nicht sahen. Aber weißt du, Heini, mir taten die Kaninchen immer Leid. Doch Papa sagte immer, dass die Kaninchen, diese Haushasen, unser Glück seien.

Herbst neunzehnhundertdreiundfünfzig in der polnischen Stadt S. Do, do, do. Heini Qualm hört die monotonen Schläge auf der verstimmten Pianoklaviatur im Saal nebenan. Re, re, re. Die Linde hinter dem Fenster – aber nicht die von der Straße, sondern die vom Hof – kommt an die Scheibe heran. Golden, blau, gelassen. Fa, fa, fa.

Heini hat die Chronik des Kulturhauses für Polnisch-Deutsche Freundschaft vor sich. Das Kulturhaus wurde mit Wasserfarben gemalt. Ganz sicher von Leni. Unser Sonnenschein, nennt sie der Vorsitzende Hummel. Ein Haus in der Mitte des Blatts. Die Treppen führen zu einer hohen Tür. Die Tür ist verschlossen. Der Himmel ist sehr hell, weil Leni wahrscheinlich den Pinsel zu lange im Wasser hielt.

Heini schaut auf das Bild, und dann kneift er mit all seiner Kraft die Augen zusammen.

Allegro con fuoco

August Kugel trägt ein gestreiftes Jackett. Er ist groß und ziemlich dick, sein Körper ist blass und schlaff. Das Jackett bedeckt gerade die Hüften, die Ärmel reichen nicht bis zu den Handgelenken. Er steht etwas an der Seite und trotzdem vor der Reihe. Er lächelt nicht, verzieht sogar das Gesicht. Vielleicht deshalb, weil sich die ganze Gruppe gegen die Sonne aufgestellt hat. Aber wahrscheinlich eher deshalb, weil er wieder diesen schmerzhaften Druck auf der Blase spürt und das Stechen im Lendenbereich, wobei er diesem Leiden – wie seine Frau Gretl immer meinte – das Leben verdankt.

Gretl sah darin ein heimliches Zeichen. Das Geheimnis göttlicher Urteile. Obwohl sie nie darüber sprach und auch versuchte, nicht darüber nachzudenken. Weil es ein zu tiefgründiges Denken wäre, das zu viele Fallen hatte.

Gretl ist sehr fromm. Das heißt, sie hat sich immer bemüht, es zu sein. Sie musste aber schließlich zugeben – trotz der Anspielungen der Damen, die zusammen mit ihr Haushaltskurse für BDM-Mädel führten und obwohl sie nicht aus der Kirche ausgetreten war –, dass sie diese Frömmigkeit nur im geringen Maße praktiziert hatte. Erst später, als alles vorbei war, fand sie den verlorenen Pfad wieder. Und da er durch Trümmer führte, wie es Pastor Voss malerisch ausdrückte, war er umso mühsamer und gefiel Gott umso mehr.

Gretl nahm diese Erklärung mit Demut und Erleichterung zur Kenntnis. Tief in ihrer Seele befürchtete sie nämlich, dass so eine heftige Rückkehr zum Glauben – in einem Moment, als die Luft von Asche erfüllt war und die Lebensmittelkarten so ganz und gar nicht reichten, um eine vierköpfige Familie zu ernähren, das heißt August, Traudl, Eva und sich selbst – Gott als eine allzu leichte Bekehrung erscheinen könnte. So leicht, dass es schon beinah eine Sünde ist, die ein Mensch doch nicht anders als nur durch den Glauben sühnen kann. Doch wird Gott so einem späten und erzwungenen Glauben vertrauen? Gretl, obwohl ihr komplizierte, doktrinäre Grundsätze völlig fremd waren, spürte eine Gefahr in dieser Verzwickung von Ursachen und Folgen ihrer wiederentdeckten Frömmigkeit.

Deshalb konnte Pastor Voss so was wie Zufriedenheit, aber auch Zweifel in ihrem Gesicht erkennen. Also wollte er Gretl Kugel – deren Mutter, die Näherin bei Lehman gewesen war, er gut kannte, und man sollte erwähnen, dass er seinerzeit schwer in sie verliebt war – ein paar Worte über den verlorenen Sohn, das verloren gegangene Lamm und über die Arbeiter im Weinberg sagen. Aber er leckte sich nur die vom Frost aufgesprungenen Lippen ab und warf ein paar Krümel unter einen nackten Strauch, der von Spatzen belagert wurde. Einige flogen schwerfällig davon, der Rest saß auf den Ästen wie angefroren.

Es war Dezember vierundvierzig, sie standen am Ufer des Westendsees, wo Pastor Voss hinging, um Schwäne zu füttern. Er hatte es nicht weit, nur über die Straße. Die Mühlenstraße – an der seit sieben Jahren die neue, majestätische und ein wenig düstere Erlöserkirche stand – zog sich nämlich entlang des Quistorpparks. Und der Westendsee, Ziel von Sonntagsspaziergängern und wie eine romantische Landschaft angelegt, war voll von den langhalsigen, weißen Vögeln. Um die Wahrheit zu sagen, Voss hatte ein wenig Angst vor ihnen. Als er ein Kind gewesen war, nahmen ihn die Eltern mit aufs Land. Einmal entfernte er sich von seinen Beschützern und provozierte mit seiner übergroßen Neugierde eine auf der Wiese weidende Gänseschar. Die zerbissenen Waden schmerzten ihn nachher umso mehr, weil er sich seiner eigenen Schuld bewusst wurde. Er hatte ja die Vögel mit Erdklumpen beworfen, um festzustellen, was dann passieren würde. Später warf er Vögeln nur noch Brot hin, und es passierte immer das Gleiche: Sie fraßen.

Im letzten Kriegswinter gab es auf dem zugefrorenen Westendsee keine Schwäne. Getötet und gerupft waren sie schon längst als stattliche Gänse, für die man keine Lebensmittelkarten brauchte, verkauft worden. Aber Pastor Voss kam jeden Tag von der Kirche hierher, um den Spatzen und Seidenschwänzchen die immer ärmlicheren Krümel oder ein wenig Hafer hinzuwerfen. Einmal hatte ihm jemand erzählt, dass die Seidenschwänzchen für den Winter aus den unendlichen Weiten Russlands in diese Region kämen. Voss konnte sich nicht erinnern, ob das ein Scherz war und darin eine Art Anspielung lag. Worauf sollte sie sich aber auch beziehen?

Acht Jahre später verzieht August Kugel immer deutlicher das Gesicht vor dem Objektiv des Fotoapparats. Die Sonne scheint direkt in die Augen, und der Druck auf die Blase sowie der Schmerz in der Nierengegend, der sich in die Bauchhöhle frisst, werden ungeduldig, weil er ihnen zu wenig Aufmerksamkeit schenkt. Was aber überhaupt nicht der Wahrheit entspricht. Denn Kugel, Objekt des jahrelangen Interesses der Medizin, Patient der Urologieabteilung des Städtischen Krankenhauses, der persönliche und treue Lieferant von manchmal bis zu hundert Mark im Monat an Dr. Steiger, Vater (oder eher Mutter) von einigen stattlichen Steinen, sowohl der banalen *Pyelitis* wie auch der *Onephrosis* und sogar der *Degeneratio polycystica renum* verdächtigt, getränkt mit Wassern aus der Gegend von Frauendorf, von Röntgenstrahlen durchleuchtet und abfotografiert – wie die Hakenterrasse, das Schloss und der Hafen von den Photoverlagen Hildebrandt, Andres sowie Schöning & Co. zusammengenommen –, obwohl mitunter für Monate verschont, kennt diesen Schmerz wahrscheinlich besser als sich selbst.

Am einfachsten drückte es Gretl aus, die immer wieder sagte: Du hast eine schwächere Blase als ein Kind. Oder: Diese Nieren werden dich noch mal ins Grab bringen.

Aber die letzte Redewendung benutzte sie nur vor dem Krieg.

August Kugel diente schon neunzehnhundertachtzehn, er eignete sich also hervorragend zum Veteranen. Er wurde keiner, denn man zog ihn nicht rechtzeitig ein. Die französischen Schützengräben, das war damals eben so, sagte er immer im Kreis seiner Kameraden, die misstrauisch seine zivile, vierzigjährige Gestalt betrachteten. Klar, die Feuchtigkeit, man steckt bis zu den Ohren im Lehm, kalter Wind von der Marne, und es hat mich von innen her erwischt. Doch die Wahrheit war, dass Kugel als jüngster Jahrgang es weder an die Somme noch an die Marne geschafft hatte, sondern erst gegen Ende der französischen Septemberoffensive an die Front geschickt wurde. Er fand sich in Reserveverbänden bei Charleroi wieder, die auf schlaue Weise oder vielleicht auch nur zufällig den Kampf mieden, und während er in einem nicht sehr tiefen Schützengraben lag und das Gesicht zur schläfrigen Herbstsonne drehte, betete er, dass es immer so bliebe. Die Probleme mit den Nieren und der Blase hatten also andere Ursachen und erst Ende der dreißiger Jahre begonnen. Jedoch beim Wehrbezirkskommando waren sie für August ein wertvolles Alibi, und vielleicht verdankte er es tatsächlich ihnen, dass er nicht als ein Knochenhaufen endete, der von Kolchosetraktoren in irgendeinem Pjeskowa, im Tal von Rososchki oder in Wierchna Goluba herausgepflügt wurde. Wie *Tschastuschki** hämmerte ihm diese Namen, ohne irgendwelche bösen Absichten, Johann Lipke ein, der Hausmeister des Kulturhauses, dessen ältester Sohn, Konrad, als Unteroffizier der Artillerie bei Stalingrad umgekommen war. Kugel wollte sich selbst und seine Blase lieber erst gar nicht in der frostigen Kälte vorstellen und im rauen Wind, der über die verschneiten Felder wehte, wo die Armee von General Paulus erfroren war.

Es ist also nicht ausgeschlossen, dass Gretl Recht hatte, wenn sie sagte, dass die Krankheit für ihren Mann ein Geschenk Gottes war. Doch wenn das stimmte, dann hatte Kugel nie gelernt, dieses Geschenk wirklich zu schätzen.

Er floh vor ihm in Turnhallen, auf Sportplätze und Rennbahnen.

* russ.: kurze Lieder mit sich wiederholendem Text

Und als Mitglied der Kirchengemeinde von Pastor Voss, das heißt als Protestant, hatte er eine etwas andere Meinung über das Leiden als die Katholiken. So schien es ihm zumindest, denn eigentlich hatte er keine besonders klaren Ansichten zu diesem Thema. Er war zwar beunruhigt, als die in Tränen aufgelöste Gretl die Herbstausgabe von «Sigrune», die vor der Kirche von Mitgliedern der Deutschen Christen ausgeteilt wurde, mitbrachte und ihm einen Artikel zeigte, der besagte, dass Jesus ein feiger, jüdischer Knecht gewesen sei, der die Männer von der Familie wegholte und sie von ihren Vaterlandspflichten abbrachte. Doch das vergaß er schnell wieder. Außerdem hatte er mit Juden seine eigenen Erfahrungen gemacht. Zum Beispiel mit Rosemann, dem Bäckereibesitzer ein paar Querstraßen weiter, in der Adolfstraße. Damals hätte es Kugel nicht geglaubt, wenn ihm jemand erzählt hätte, dass er sich einmal vom alten Medow lösen und seine eigene Bäckerei aufmachen würde. Doch er hatte schon immer davon geträumt. Rosemann wollte von solchen Träumen nicht einmal etwas hören. Er kam sogar zu ihm nach Hause, brachte ein Päckchen Kekse mit Marmelade für Gretl mit und sagte: Herr Kugel, wollen Sie nicht bei mir, wo es sauber ist, ein paar gute, deutsche Mark verdienen? Mein Geselle trinkt zu viel, sein Vater war ein einfacher Bauer aus der Posener Gegend, und wie man sieht, fällt der Apfel nicht weit vom Stamm. Gestern fand ich ihn, wie er im Mehl auf dem Arbeitstisch lag, und am Morgen gab es ein großes Nichts anstatt Brötchen. Und ich kann es mir nicht leisten, meine Kunden stehen zu lassen. Kugel lächelte die ganze Zeit, was besagen sollte, dass er sich durch den Vorschlag geehrt fühlte, doch er redete sich mit dem Vertrag mit Medow heraus und spuckte Rosemann hinterher, gleich nachdem er ihn in der Treppenhausspirale aus den Augen verlor. Später erzählten ihm die Leute, dass sie in Rosemanns Backwaren Ratten gefunden hätten, wodurch der Straßenname noch zusätzlichem Spott ausgesetzt war. Das war vielleicht ein starrköpfiger Jude! Nach dem öffentlichen Megaphonappell von Czirniok, der, bevor er sich an die Spitze der NSDAP in S. stellte, auch Bäcker gewesen war

– Kugel hatte ihn sogar einmal auf einer Innungsversammlung getroffen –, schmierten Jungs aus der HJ mit Hilfe einiger anderer Passanten Rosemanns Schaufensterscheibe voll und warfen ihm eine tote Katze auf den Tresen. Doch der rührte sich nicht und unterschrieb auch noch die Proteste der Jüdischen Gemeinde ans Reichsministerium. Als die Leute das erfahren hatten, machten sie einen Bogen um sein Geschäft. Seine Kunden waren nur noch Juden, aber auch nur wenige, denn viele wollten nicht zeigen, dass sie in irgendwelchen Beziehungen zu Rosemann standen. Kugel beobachtete das nicht ohne Neugierde. Er hatte da schon seine eigene Bäckerei. Und als nach dem Attentat des siebzehnjährigen Herszel Grynszpan auf den Staatsrat der deutschen Botschaft in Paris die Scheiben der Bäckerei in der Adolfstraße zerbarsten, zerbrach auch der Rest der Berufssolidarität, die Kugel bis dahin in der Tiefe seines Herzens für den starrsinnigen jüdischen Bäcker hegte. S. lieferte übrigens genug Beispiele, die bewiesen, dass Augusts Herz ein äußerst delikates Instrument war; denn es durchschaute nicht solche Typen, wie diesen Steinitz oder eigentlich Jakob Schmull, der öffentlich mit so einer Dirne aus Bredow herummachte, bis ihm das ein paar Leute samt Zähnen aus dem Kopf schlugen, worüber auch die Zeitungen berichteten. Rosemann schickte man im ersten Kriegswinter in ein Arbeitslager ins Generalgouvernement. Er hinterließ eine angeblich schöne Wohnung in der Zabelsdorfer Straße, in der Nähe der großen Steinmetzwerkstatt von Johann Emacoro. Kugel ging dort manchmal vorbei. Er hörte das Geklopfe und das pfeifende Geräusch der Schleifmaschinen im Hof, und dann schielte er unwillkürlich zu den Fenstern von Rosemann. Normalerweise ging er dort entlang, wenn er auf dem Weg in die Malzfabrik war, um ein kleines Geschäft abzuschließen. Aber auch früher, als er bei dem jüngeren Medow gearbeitet hatte, schickte man ihn in die Zabelsdorfer Straße, zu Hilbert, damit er in der Großhandlung vor Ort die Lieferung der Aromaessenzen beaufsichtigte. In Rosemanns Fenstern im ersten Stock hingen gelbe, dichte Vorhänge, und nur auf einer Fensterbank konnte man einen Blumentopf mit Pelargonien erkennen. Diese Blumen standen dort noch im Frühling, als neue Mieter in die Wohnung einzogen. Sie blühten graurot. Bei ihrem Anblick spürte Kugel einen Stich in der unteren Bauchgegend, aber auch eine Art Befriedigung. So eine, die man bei einem treffend vorausgesagten Fußballergebnis verspürt. Selbst wenn es sich bei dem Ergebnis um eine Niederlage handelt. In S. werden Wohnungen gebraucht, so viele junge Familien müssen sich in überfüllten Zimmern zusammendrängen. Das erzählte August Gretl, wobei er Wort für Wort das wiederholte, was man in der Innung sagte. Er hatte übrigens schon früher darüber nachgedacht, ob er sich nicht um die von Rosemann zurückgelassene Bäckerei bemühen sollte, um einen zweiten Anlaufpunkt zu haben, wodurch auf der Strecke der wenigen Straßen zwischen beiden Geschäften eine gerade Linie entstanden wäre, die viele Kunden kreuzen würden. Gretl riet ihm sogar dazu, aber Kugel hatte dann wieder Gesundheitsprobleme und ließ das Projekt fallen. Dabei war es ein gutes Projekt, was sich schnell zeigte, denn als die ehemals jüdische Bäckerei von einem jungen Mann übernommen wurde, lief das Geschäft ganz gut, obwohl dieser gerade erst seinen Meisterbrief gemacht hatte. Doch Kugel machte sich keine großen Gedanken mehr darüber. Die Probleme mit dem Korn und die daraus resultierende zeitweilige Reglementierung machten das Brotbacken zu einer mühsamen Beschäftigung. Allerdings einer risikolosen. Weil, paradoxerweise, viele Probleme verschwunden waren und jeder Bäcker fast zu einem «Waffenlieferanten» für die Front des gemeinsamen Krieges wurde. Es bestand natürlich die Gefahr, dass durch diese Selbstverständlichkeit des Handels viele auf die schiefe Bahn geraten könnten, was die Machthaber genau überprüften. Doch Kugel war immer bemüht, alle Regeln ordnungsgemäß zu befolgen.

Seit Frühling achtunddreißig war er außerdem NSDAP-Mitglied und konnte so die Grundsätze von Loyalität seinen Vorgesetzten gegenüber nach präzisen Instruktionen befolgen, was ihm ein beruhigendes Gefühl gab. Nur einmal, als er im Halbdunkel des Treppenhauses auf der Türschwelle seiner Wohnung stand, erinnerte er sich an Rosemann, wie dieser die Treppen herunterging, als ob ihn ein tiefer Bombentrichter einzöge. Zusammen mit dieser Erinnerung zeigte sich ein Sonnenstrahl, der von der gelben Fensterscheibe im Zwischengeschoss aufgefangen wurde. Etwas blitzte für einen Moment auf und erlosch wieder. Und Kugel kehrte mit den Gedanken zu seiner Blase zurück, denn die Mineralwasser, von denen er in der letzten Zeit reichlich trank, drückten ständig auf das sensible Organ.

Seit seinem Eintritt in die Partei besuchte er die Kirche am Quistorppark nicht mehr, so wie er auch grundsätzlich über Religion nicht mehr nachdachte. Was ihn aber nicht daran hinderte, vor den Mahlzeiten, vor allem vor dem Mittagessen, ein Gebet zu sprechen. Und den Pastor grüßte er auch weiterhin.

Einmal passierte es sogar, dass er Voss mit einem zackig nach vorn ausgestreckten Arm begrüßte. Doch das war keine Gehässigkeit seinerseits und auch keine zur Schau getragene Parteitreue. Der Pastor, der vor dem verregneten Schaufenster der Bibelbuchhandlung in der Moltkestraße stand, starrte mit leerem Blick auf die schwarzen Bände der *Heiligen Schrift*, über denen schon längst das ausladende Kreuz, das dort viele Jahre gehangen hatte, entfernt wurde. Kugel stieß mit Pastor Voss fast zusammen. Er dachte gerade an die neue Einberufungswelle, bei der auch ein paar seines Jahrgangs aus der Bezirksorganisation waren; insofern hatte seine Geste eher Selbstverteidigungscharakter und war keine Provokation dem Pastor gegenüber.

Voss zuckte jedoch unwillkürlich zusammen, ohne eine seit Jahren unterdrückte Angst bremsen zu können. Nicht um seine Person, nicht, weil er nicht wusste, was mit ihm passieren würde, sondern weil er fürchtete, dass er eines Tages nicht mehr fähig sein könnte, mit all den wachsenden Zweifeln und Fragen fertig zu werden, die, wie Kinder nach Nahrung, nach Antworten verlangten. Kugel bemerkte diese Angst in den Augen des Pastors. Und er trug sie davon wie eine unerwartete Beute, mit der man nichts anzufangen weiß.

Kann sein, dass gerade dieses geheimnisvolle Gefühl, das an die Befriedigung beim Vorbeigehen an Rosemanns Haus in der Zabelsdorfer Straße erinnerte, aber auch das Gefühl des Triumphs, das beschämender war, Kugels Angst vor einer Einberufung milderten. Wie immer es auch gewesen sein mag – es war ihm nicht gegeben, Konrad Lipke, den Feuerwerker irgendeines Artillerieregiments des elften Korps der sechsten Armee, in der unermesslichen, verschneiten Steppe bei Stalingrad zu treffen.

August Kugel ging zum Training, das auf der Hugo-Rühl-Kampfbahn für den jüngsten Jahrgang der Fußballgruppe des Kaufmännischen Turnvereins stattfand. Er ging zu Fuß, weil gerade der Strom ausgeschaltet wurde, was leider immer öfter passierte, und die gelben Straßenbahnwaggons auf den Gleisen erstarrt waren. Als er sich an das Gesicht des Pastors erinnerte, lächelte er unwillkürlich. Und er hatte fast vergessen, dass ihm die Blase in letzter Zeit weniger zu schaffen machte und die Einberufungskommission sich darüber freuen könnte.

Doch jetzt ist Kugel ungeduldig. Sein Nadelstreifenjackett ist mit einem Körper ausgefüllt, der mit Nierenschmerzen und Siegeshunger kämpft.

Eigentlich sollte man Sie bewundern, Herr Kugel, sagte vor kurzem der Vorsitzende F. Hummel. Ihr Leben lang haben Sie Gesundheitsprobleme und können, was sportlichen Erfolg angeht, trotzdem ein Vorbild für so viele junge, leistungsfähige und sorglose Menschen sein.

Während er das sagte, schaute er zwar etwas zur Seite, über die Diplome, die die frisch vom Pilz gereinigte Wand in der Fußballsektion schmückten, doch Ingenieur Hummel hat eine Art von Denken, dem zu folgen schwer war. Ja, Genosse Ingenieur, aber ich bin es doch nicht allein, antwortete damals Kugel. Und jetzt ist er auch nicht allein: Neben ihm stehen sie. Orangefarbene Trikots, weiße Shorts, orangefarbene Überstrümpfe. Eine Mannschaft. Seine Mannschaft.

Mit knirschendem Geräusch nimmt Willy Peters Kies und Steine, die immer wieder auf einen Haufen vor ihm geworfen werden, auf die Schippe. Er ist nackt bis zu den Hüften, sein Körper weiß und sehnig, er glänzt vom Schweiß. Nur Willys Hals ist rot wie bei einem Truthahn. Und ein Stück des Brustkorbs, das wie rohes Fleisch schimmert. Normalerweise zieht er das Hemd nicht aus, aber die Sonne in diesem Sommer, dem vierten nach dem Krieg, brennt wie Feuer. Schließlich zwang sie ihn dazu. Er zog das weiße Hemd aus, hängte es über einen jungen Ahornzweig, spuckte in die Hände und begann zu schaufeln. Kies, Steine, Trümmerstücke, Unkraut mit Wurzeln in trockenen, schweren Erdklumpen. All das auf den Schubkarren, mit dem der große, breit grinsende Bruno Lipke wartet.

Na, noch ein bisschen, bis es voll wird! Kraft durch Freude, nicht wahr? *Dawaj, dawaj!*

Der muss immer mit seinem Russisch daherkommen.

Der junge Lipke – Sohn des Hausmeisters Johann, Bruder des Feuerwerkers Konrad – stöhnt schwer, als er nach dem Schubkarren greift und ihn wegschiebt. Grünschnabel, denkt Peters, ohne ihm hinterherzuschauen, und dann blickt er verstohlen um sich und tut so, als ob er dabei die Schaufel an einem Stein abklopfen würde. Hummel, der Genosse Neumann und die ganze Gefolgschaft aus der Antifa sind weit genug entfernt, also kann es Peters laut wiederholen: Grünschnabel! Er nimmt eine neue Schaufel Kies auf, und für einen Augenblick verharrt er regungslos. Eigentlich hat Bruno nichts Besonderes gesagt. Kraft durch Freude? Sollen die Genossen aus der Antifa ihre Freude haben. So soll es sein. Denn so war es. Freudig.

Noske, der rothaarige Albin Schwerdtfeger und noch ein paar andere aus der Schule schmeißen vor Peters Füße Steine, die sie angeschleppt haben. Sie kreischen, klopfen sich gegenseitig auf die Schultern, und dann laufen sie, um die nächsten zu holen.

Was war denn Schlimmes dabei? Die Schaufel bohrt sich knirschend in den Steinhaufen. Was kann denn an Freude schon schlimm sein? Oder an Kraft?

Ein Sonnenreflex, der von Hummels Brille aufgefangen wird, eine Gruppe von Mädchen in Blusen mit hochgekrempelten

Ärmeln. Sie tragen Rechen über der Schulter, und eine, ja, es ist Leni, das Blümchen, hat sogar eine Sense. Wackere, stramme Germaninnen auf den Fotos in «Glaube und Schönheit». Alles war da. Und es ist wieder da. Arbeit, Eifer, Boden, Frauen, Aufgabe, Ziel, Korn, Fahnen, Gesang.

Man muss nur ein bisschen aufpassen und sich den Polen nicht unbedingt vor die Füße drängen. Das haben die Russen gesagt. Aber sie waren einverstanden. Und sie haben der ganzen Fußballsektion sogar Schuhe versprochen.

Was freut euch denn so, Genosse Hummel?, fragt Otto Neumann, der trotz der Hitze eine Krawatte trägt. Die Krawatte ist rot, so wie es sich gehört, aber unter dem breiten Revers des Jacketts verbirgt sich ein schwarzes Motiv: ein kleiner, schwarzer Elefant und eine kleine, schwarze Palme. Die Krawatte wurde bei Kuhnen gekauft, und Berta, Ottos Schwester, hatte sie für den Bruder noch vor dem Krieg aus Berlin mitgebracht. Sie mochte solche Sachen. Jazz, Pferderennen im Hoppegarten, Billard in Kneipen. Sie verstanden sich nicht. Diese Krawatte sollte eine Herausforderung sein. Otto Neumann kann sich nicht mehr daran erinnern. An die Schwester erinnert er sich auch nur selten. Und die Krawatte – eine komische Sache – fand er in dem Koffer, den er mitgenommen hatte, als er mit Erich Wiesner in diesem Trümmerloch saß, damals im Mai, als sie auf die Russen warteten. Auf die Befreier. Sie hatten es, aber gewiss, in Kyrillisch so auf die Spruchbänder geschrieben: Wir begrüßen unsere *oswoboditieliej**. Oder vielleicht auch: Erlöser, *spasitieliej*. Neumann kann sich nicht so genau erinnern. Den kleinen schwarzen Elefanten und die kleine schwarze Palme unter dem Jackettrevers sieht man nicht. Man sieht nur den roten Knoten am Hals und noch ein Stück Krawatte. Was ist es also, frage ich, was euch so freut, Genosse Hummel?

Alles, Genosse Neumann.

Wie bitte?

* russ: Befreier

Dass alles wieder da ist. Das heißt, dass jetzt alles anders sein wird, Genosse Neumann.

Willy Peters schaut auch zu den Mädchen. Sein Hals ist trocken. Sie sind so fröhlich, als ob sie gerade ein Bad genommen hätten. Ein dunkles Bier mit Schuss wäre jetzt das Richtige.

Weißer, heißer Sand. Schwarze Wasserfläche. Die Augen schließen: schwarzer, heißer Sand, eisiger Wasserspiegel. Seliges Nichts, ganz ohne Gedanken und Zeit. Und plötzlich kühle Funken im Gesicht, am ganzen Körper. Schlaf nicht, sonst stehlen sie uns den Korb mit Fressalien, lacht Trudi und schüttelt über Willy ihre nassen Hände aus. Der Glambecksee, Willy schüttelt den Kopf, ein Bergschloss-Bier mit Himbeersaft, Limonade, Umkleidekabinen zum Mieten, und wenn es für den ganzen Sommer wäre, ein Segel wie ein weißer Schmetterling.

Und dann, später: die von der Sonne stark verbrannte, dunkle Haut, die steifen Laken und Trudi, die ihm kalte Buttermilch auf den Rücken aufträgt, die sich wie Schnee anfühlt.

Heini, wo ist eigentlich Heini?

Willst du ihm deine Schaufel geben? Bruno wartet schon mit der Schubkarre. Groß, muskulös, dass so einer verschont geblieben ist!?

Was weißt du schon? Peters wird plötzlich böse. Der Truthahnhals zieht sich kämpferisch in die Länge, die Schaufel wirft mit großem Krach dicke Erdklumpen in die Schubkarre. Ich habe nur den einen, oder? Und da geb ich eben Acht auf ihn! Klar?

Jasna, sagt Bruno, *wsio jasna**, und bemüht sich, dass Peters in seinen Augen nicht sieht, was er nicht sehen sollte. Keine Fragen. Über kein Gestern. Über kein es war. Kein irgendwo. Na, dann los, sagt Bruno, schmeiß drauf. Wenn der Sportplatz fertig ist, wird auch Heini mit uns kicken, oder? Ich kann mir nicht vorstellen, dass der Junge keine Lust darauf haben sollte. So was hat man im Blut.

* russ.: alles klar

Im Blut, denkt Peters und beruhigt sich wieder. Heini steht an einer Stange, mit der man den Rand des Platzes markiert hat: corner. Jemand hat ein weißes Tuch an die Stange gebunden. Wahrscheinlich, damit sie besser zu sehen ist. Von weitem.

Heini, ruft Bruno und winkt in seine Richtung. Hier sind wir!

Genosse August Kugel war damals auch dort. Alle waren dort. Und in diesem Dortsein waren sie wie bei sich daheim.

Wissen Sie, was wir hier machen? Erik Gärtner, dessen linker, teilweise gelähmter Arm ihn nicht daran hindert, den Jungen und Mädchen des Genossen Schuldirektor Schuster beim Unkrautjäten zu helfen, hält Hummel mit dieser Frage zurück. Nur ihn. Denn Genosse Neumann und die anderen aus der Antifa sind schon gegangen. Sie werden gleich Pfefferminztee trinken, der ihnen in einer Kanne aus der Schule gebracht wird. Kalten Pfefferminztee, der so wunderbar den Durst löscht.

Na, was machen wir hier, was bauen wir? Gärtner bleibt hartnäckig, Hummel zuckt mit den Schultern. Er schaut zu dem schlaksigen, blonden Mann, der einen Strauch Brennnesseln in der bloßen Hand hält, und zuckt erneut mit den Schultern. Ohne etwas zu sagen.

Sie irren sich. Gärtner springt zu ihm hin und fuchtelt mit den Brennnesseln herum. Wir erinnern den Boden an uns, verstehen Sie? Den Boden! Unseren Boden. Verstehen Sie?

Kleine Speicheltropfen glänzen auf seiner Lippe. Man spürt den aufdringlichen Geruch der Brennnesseln: Sonne und grüner Saft.

Hummel rückt seine Brille zurecht. Nein, Sie sind derjenige, der sich irrt, Kollege Gärtner. Wir legen hier einen Sportplatz an. Sehen Sie hier, hier, wo Sie mit den Jungs das Unkraut rausreißen, hier wird wahrscheinlich das Tor stehen. Und seien Sie vorsichtig, sonst bekommen Sie Blasen an den Händen von diesem Zeug. Nicht wahr, Heini?

Heini steht immer noch an der Stange mit dem weißen Tuch. Er ist zu weit weg und kann nichts hören. Er schaut noch mal zu dem winkenden Bruno Lipke und zu Onkel Peters und geht dann langsam zu Hummel rüber. Ja, Heini, sagt Hummel und legt die Hand auf den Kopf des Jungen. Dann zieht er sie schnell zurück, als ob er verlegen wäre, und geht zu den Genossen aus der Antifa, die kalten Pfefferminztee trinken. Hinter ihm steht die Stange mit dem weißen, sehr weißen Tuch. Dieser Tag, Ende April. General B. schaute ihn mit Neugierde an, aber auch mit etwas Ungeduld. Er hörte sich alles an und nickte dabei. *Nu ładna**, sagte er, die Zivilisten werden wir verschonen, die Stadt nehmen wir ohne einen Schuss ein. Sollten aber eure Leute auf uns schießen, dann ... er hielt inne. Der Übersetzer, rund und rosig, wartete einen Moment ab und übersetzte dann den Satz, wobei er ihn genauso abbrach wie der General. Wir deutschen Antifaschisten garantieren, dass ... antwortete Hummel und bemerkte, dass sich seine Zunge wie ein Stück Holz anfühlte. So sehen sie also aus, die Sieger, dachte er. *Nu, ładna*, winkte General B. (der den Hauptbefehl bei Kolbitzow hatte) ab, oder war es vielleicht General S., der Befehlshaber des einhundertdreiundneunzigsten Infanterieregiments, irgendwo zwischen Scheune und Schwarzow? Denn die Geschichte hat in dieser Hinsicht verschiedene Geschichten zu erzählen. Doch hinsichtlich der Zeit hat das überhaupt keine Bedeutung. Der Vorsitzende Hummel hielt auch keine weiße Fahne in der Hand. Er hatte sie gleich beim Reinkommen einem jungen, etwas hart lächelndem Major übergeben. Vor vier Jahren. Und jetzt nähert er sich langsam, aber mit gleichmäßigem, sicherem Schritt denen, die in der Schule Pfefferminztee trinken.

Es gab mal so ein Bild, überlegt er, während er über eine schmale Aushebung steigt, die die Grenzlinie des Platzes markiert, es gab so eins, ich muss es in Dresden gesehen haben. Ein Lanzenwald, riesige Silhouetten der siegreichen Reiterpferde, Stadtschlüssel, die vom besiegten Stadtkommandanten übergeben werden, die wohlwollende Halbverbeugung des spanischen

* russ.: nun gut

Eroberers, es gab so ein Bild. *Übergabe von Breda*, Velasquez. Hummel erinnert sich. Ruhm, Ehre, Glorie. Braun, Purpur, Blau, der Glanz der Kleider.

Du dummer, alter Narr. Denkt Hummel.

Du dummer, alter Narr, denkt Gärtner, der ihm mit dem Blick folgt, wenn du wenigstens einmal im Leben Brennnesseln fressen müsstest. Wenigstens einmal im Leben. Hummel hat tatsächlich noch nie Brennnesseln gegessen. Er hat Spinat aus jungen Löwenzahnblättern gegessen, weil das viele taten gegen Ende des Krieges. Und dann hat er noch den Kassiber gegessen, den er auf dem Flur bei der Gestapo von Walter bekommen hatte. Er hatte es nicht geschafft, ihn vorher zu lesen.

Die *Übergabe von Breda* hängt im Prado, in Madrid. Und Hummel war noch nie dort.

Alle sind schon ungeduldig. August Kugel soll sogar etwas zu den Jungs sagen. Aber er tut es nicht. Wozu denn auch? Jetzt ist es nicht mehr nötig. Es war nie nötig. Es soll jetzt beginnen. Es soll endlich beginnen. Sie sind doch schon lange fertig. Aufgestellt für das Foto. Vor so einem Spiel. Einem Spiel, das es nur selten gibt.

Kugel also, der Erste von links, im gestreiften Jackett, Gruppenleiter, aber eigentlich eher Vorstand.

Daneben Johann Lipke, klein, mit Schirmmütze und einer Porzellanpfeife, die aus der Brusttasche seines Jacketts hervorschaut. Lipke ist Hausmeister und Vater von Bruno, dem Torwart. Er ist Lager- und Materialverwalter der Mannschaft. Kurz vor dem Spiel wird er die Schirmmütze seinem Sohn leihen, weil die Sonne so stark sein wird, dass sie einem die Augen ausbrennt, wenn man nicht aufpasst. Und Bruno hat immer so weit geöffnete Augen.

Der alte Lipke verdeckt Pankuwait. Man sieht nur seine Hand, die die Holzstange mit dem Spruchband hält. Pankuwait ist kein schlechter Torschütze, Innenstürmer, nicht mehr jung und ein bisschen zu klein. Auf dem Spruchband über der Mannschaft (die Stange auf der anderen Seite hält jemand von den Zuschauern, wahrscheinlich Hans Wiese, Lenis Vater, Drucker von Beruf) ein Spruch in drei Versen: «Im Kampf für die Freundschaft zwischen den Völkern schmieden wir die Zukunft unserer Kinder». Natürlich auf Deutsch. Hipp, hipp, hurra, sagt Erik Gärtner mit gesenkter Stimme. Er steht daneben. Hipp, hipp. Aber nur Heini hört ihn. Erik hat die Hand auf seine Schulter gelegt.

Genosse Neumann ist auch drauf und das ganze Aktiv der Antifa. Dann der Schuldirektor Schuster, Frau Vetter und Frau Stein, Alfred Bonkowsky und dieser junge Pole, der Klavierstimmer. Władek irgendwas. Und der Direktor des Kulturhauses selbst, Herr Zygmunt, und Hedwig Masur, um allen alles zu erklären. Und die ganze Bande aus der Schule. Mit Noske an der Spitze. Er ist ziemlich gewachsen und macht auf Gehilfe bei den Pädagogen. Komisch, warum gerade er und nicht Albin zum Beispiel. Willy Peters, der doch noch Zeit gefunden hat, ist auch drauf.

So was, der Vorsitzende Hummel scheint zu fehlen und auch all die anderen. Sie wären bestimmt auf einem anderen Foto dabei. Zum Beispiel auf dem von der Eröffnung des Sportplatzes. Der feierlichen Eröffnung mit Ansprachen, Gästen und einer künstlerischen Darbietung. Vor vier Jahren. Aber damals hat niemand Fotos gemacht. Und selbst von diesem gibt es nur eins, bestimmt wegen der momentan üblichen Schwierigkeiten mit den Sechs-mal-neun-Filmen. In den Zeitungen wurde darüber geschrieben: In Großhandlungen konnte man die Filme bekommen, in den Geschäften nicht. Deshalb ist das Foto auch so klein: Kugel, Lipke, die Mannschaft, Wiese, Neumann. Peters und Heini passten wohl nicht mehr aufs Bild.

Stopp. Stillhalten. Stopp – Stillhalten. Klick. Und schon trippeln sie auf der Stelle. Befreit. Hüpfen herum wie Sprungfedern. Vorbeugen, Kniebeuge, noch mal Vorbeugen. Werft euch auf sie wie die Löwen, schreit August Kugel, wie Löwen, die aus einem Käfig rausgelassen wurden. Die Löwen von Zabelsdorf! So wurden sie genannt. Das war eine Mannschaft! Ihr seid auch eine

Mannschaft, klar? Zeigt es ihnen. Gleich, von Anfang an. Kugel schreit, aber sie kennen das schon auswendig.

Sie nehmen die Abkürzung durch die Büsche und schlagen mit den Handflächen gegen die Trauben des Holunders, der neben dem Lager mit dem riesigen Vorhängeschloss und den gebrochenen Wellen in der Mauerverzierung blüht. Bruno schlägt nicht. Man sollte das Schicksal nicht herausfordern. Ich nicht, denkt er, und weicht einem Holunderzweig aus: Ich nicht, denk dran!

Kugel bleibt zurück. Er hört die sich entfernenden Stimmen. Ein dünner Urinstrahl hüpft auf den Klettenblättern. Gleich fällt die Entscheidung. Was für eine Erleichterung. Befreiung.

Unentschieden reicht, oder? Gärtner steht direkt hinter ihm. Kugel muss sich nicht umdrehen, um das zu wissen. Er spürt seinen warmen Atem im Nacken. Ja, sagt er, ja, doch. Das geht doch aus der Tabelle hervor.

Wenn es so ist, dann spielt, um zu gewinnen, haucht ihm Gärtner mit runden, feuchten Worten in den Nacken. Um zu gewinnen, wiederholt er. Dann fügt er hinzu: Du hast dir die Schuhe voll gepisst, August.

Pastor Voss wollte es sogar versuchen. An dem Tag, als ihn Kugel mit seinem *Heil!* überraschte, war er gerade auf dem Weg ins Büro der Bekennenden Kirche. Er wusste, dass er dort Rendtorff antreffen würde. Pastor Rendtorff von der Gemeinde Wartenburg in Braunsfelde war normalerweise immer donnerstags im Büro. Er oder Burwitz. Voss wollte einfach nach oben gehen, sich an den kleinen Tisch mit der gestickten Tischdecke in die Zimmerecke setzen und einen Tee aus Apfelschalen trinken, den ihm Frau Edith, deren Bluse mit Spitzenkragen immer so weiß war, bringen würde. Er wollte reinkommen und ein bisschen warten, er hatte ja etwas zu besprechen. Der junge Pastor Olberg aus dem Seminar in Finkenwalde, das vor dem Krieg von Bonhoeffer geführt wurde, war vor einer Woche einberufen worden. Voss wollte sich bereit erklären, den Religionsunterricht in dessen Gemeinde zu übernehmen. Er hatte zwar nicht vor, Religion mit

Politik zu vermischen, doch er spürte das Verlangen nach einem geistigen Austausch mit möglichst vielen Gläubigen.

Deshalb wollte er auch, nach einem ersten Gespräch über Olbergs Hinterlassenschaft, seine Teilnahme bei dem evangelischen Kirchentag anmelden. Er wusste, dass dieses Projekt in der letzten Zeit gebremst wurde und eigentlich nur noch halboffiziellen Charakter hatte. Voss stand abseits, er beteiligte sich nicht an dem Krieg zwischen Bekennender Kirche und Deutschen Christen um die Seelen der Gläubigen, und er hatte auch nicht vor, das zu ändern. Doch immer öfter überkam ihn diese Angst, die Kugel in seinen Augen gelesen hatte. Die Angst vor dem Schweigen. Es ist Zeit, die Schäfchen auf einer Wiese zu weiden, auf der keine giftigen Kräuter wachsen: Sie sind süß und duftend, aber dadurch gefährlicher als Wermut.

Wer sagte das, überlegte Voss, als er an einem herbstlichen Donnerstag neunzehnhundertzweiundvierzig die Pölitzer Straße entlangging, wer sagte das über die giftigen Kräuter? Nein, es ging eher um das Vergiften mit billiger Gunst, die uns wie hohes Gras umgibt. War das nicht Dietrich Bonhoeffer? Er hatte ihn zwei-, nein, dreimal im Leben gesehen. Das erste Mal vor Jahren, in Berlin. Er ging damals, nachdem der Ruf des jungen Theologen seine Neugierde geweckt hatte, zu einer von Bonhoeffers Universitätsvorlesungen. Der Saal war bis auf den letzten Platz gefüllt. Die Studenten saßen auf dem Boden und standen an den Wänden. Doch Bonhoeffer, blond, schon damals mit leichter Glatze und einer Brille, die genauso rund war wie sein ganzer Kopf, enttäuschte Voss. Er war zu hitzig, wenngleich seine Stimme etwas Fesselndes besaß. Doch er war mit seinem kompromisslosen Anspruch, Christus nachzuahmen, zu aufdringlich. Auch sein Pazifismus schien Voss vordergründig und oberflächlich. Einige Studenten waren nicht weniger skeptisch. Das Verkünden von Frieden fand damals, selbst in der theologischen Fakultät, keinen großen Zuspruch.

Dann war Finkenwalde. In S. fasste man Bonhoeffers Versetzung dorthin als eine Strafe seitens der Kirche auf, als eine Vertreibung in die Provinz. Doch diese Provinz wurde schnell zum Zentrum. Denn in das Seminar, das Bonhoeffer führte, kamen ganze Scharen, die sich nicht nur von der Hoffnung der geistigen und intellektuellen Offenbarung angezogen fühlten, sondern auch eine Chance sahen, bald eine seelsorgerische Arbeit aufnehmen zu können. Voss fuhr einmal im Winter sechsunddreißig mit dem Zug dorthin. Das war nach den scharfen Reaktionen, die Bonhoeffers Artikel «Zur Frage nach Kirchengemeinschaft» hervorgerufen hatte.

Er war mit Bonhoeffer verabredet, der nach der Vermittlung von Voss versprochen hatte, Pastor N. irgendwelche Notizen oder auch einen Artikel für ein theologisches Bulletin, das N. herausgab, zukommen zu lassen. Voss wollte auch ein Weihnachtspäckchen für den Neffen von N. überbringen, der an seinen Onkel Briefe schrieb, die voller Liebe und Enthusiasmus sowohl für Bonhoeffer wie für die ganze *vita communis* des Seminars waren.

Pastor N. stand noch immer unter dem Eindruck von Bonhoeffers früherer Arbeit «Akt und Sein», aber er traute diesen neumodischen Seminarpraktiken nicht, zu denen angeblich nicht nur die tägliche Meditation als Pflicht zählte, sondern auch die persönliche Beichte. N. genierte sich, selbst hinzufahren und die Sache zu prüfen, weil es den Charakter einer Inspektion hätte haben können. Er schickte also Voss mit der offiziellen, aber auch geheimen Mission, sich die ganze Situation aus der Nähe zu betrachten. Und so ging Voss durch eine Kiesallee, entlang dem Gebäude an der stillen Waldstraße, einem Gebäude, in dem früher das private Pädagogische Institut gewesen war und dessen Wände jetzt Efeu bedeckte. Er wunderte sich, weil der Efeu schon vertrocknet war, aber immer noch violett wie Opal schimmerte, obwohl es Anfang Dezember und sehr kalt war. Voss ging entlang der vom Efeu überwucherten Mauer und hörte ein Klavier, dessen reiner Klang durch die Fensterscheibe drang.

Bonhoeffer war nicht allein, er hatte Gäste. Einer von ihnen, irgendein von, dessen Name, wie mit Absicht, zu schnell vorbeihuschte, um ihn verstehen zu können, gab vor, mit dem Betrachten von Büchern beschäftigt zu sein, die in einem kleinen Schrank am Fenster zusammengepfercht waren. Er trug ein Monokel, was Voss an diesem Ort grotesk und irgendwie unwirklich erschien. Der andere stellte sich als Ingenieur Himmel (was vielleicht gerade an diesem Ort hätte *apropos* sein können) oder auch Hummel vor. Voss versuchte zu verbergen, dass er überrascht war: Der Hausherr und dieser Ingenieur waren offensichtlich in eine Schachpartie vertieft. Und auf den Blick, den Voss auf die schon stark gelichteten Reihen der Schachfiguren warf, antwortete Bonhoeffer mit einem uneindeutigen Scherz. Doch er wurde gleich ernst, und während er im Schreibtisch nach dem Artikel suchte, sagte er, dass Schach nur eine Entspannung des Geistes sei, denn die Seele, die sich der reinen Kontemplation hingäbe, würde sich jener Sünde schuldig machen, die wir dem nutzlosen Diener aus dem Evangelium zuschrieben. Voss wagte nicht anders zu reagieren, als nur die Augenbrauen zu heben.

Sie gingen raus auf den Flur, wo man immer noch das Klavier hörte. Mein Bechstein, sagte B. Die Familie Bechstein ist, soweit ich weiß, in Deutschland durch ihre Nähe zum Führer sehr angesehen, nicht wahr? Er schaute zu Voss, der wegsah. Was man hat, sollte man mit seinen Nächsten teilen, besonders wenn es für die Nächsten so wertvoll ist. Deshalb habe ich das Klavier in der Aula aufstellen lassen. Voss beruhigte seinen Blick und hielt dem grellen Widerschein von Bonhoeffers runden Gläsern stand. Na ja, lachte leise B., nur dass das, was wir gerade hören, wahrscheinlich nicht Brahms ist. Tatsächlich eher Foxtrott, sagte Voss, dabei hatte man mir erzählt, dass Sie aus dem Seminar ein Kloster gemacht hätten.

Er betrachtete Bonhoeffer mit vorsichtigem Interesse. Es kreisten widersprüchliche Gerüchte über ihn. Die einen behaupteten, er hätte der Kirche einen genauso rücksichtslosen Kampf erklärt wie Luther dem Papsttum, und dass er Gott ohne Kirche oder vielleicht sogar ohne Religion wolle. Andere waren bereit, an die

Ehrlichkeit seiner Absichten und die Reinheit des Wortes, die die Zweifelnden bei ihm wiederfanden, zu glauben. Was es auch immer bedeuten sollte, B., als Schwager eines Juden und ein fast öffentlicher Gegner des Staatseinflusses auf die Kirche, wurde aufmerksam und ohne Wohlwollen beobachtet. Voss musste jedoch zugeben, dass sich B. seit der Berliner Zeit an der Universität ernsthaft verändert hatte. Man sah und spürte es. Groß und kräftig gebaut, mit einem hellen Haarbüschel, das die kahlen Stellen lustig durchzog, machte er nicht mehr den Eindruck eines hitzigen Theologen, der die Telefonnummer des Herrn herausbekommen hatte. Sicher, man sah ihm eine gewisse innere Anspannung an, aber auch eine Kraft, wie sie gesunde, schlafende Tiere ausstrahlen. Die natürliche Lebenskraft.

B. fing den interessierten Blick von Voss auf und hatte ihn wahrscheinlich verstanden, denn er wurde verlegen. Aber vielleicht war er nur müde, die Rolle zu spielen, die ihm aufgezwungen worden war. Ja, sagte er, mit plötzlichem Ernst, das ist ein Kloster. Ein brüderliches Kloster. Wir versuchen, das zu hören, was täglich unter den Teppich gekehrt wird, was übertönt wird von so genannten Gesprächen, so genannten Gebeten, vom so genannten Alltag.

Die evangelische Kirche gibt uns genug Stille, um ... begann Voss, doch Bonhoeffer unterbrach ihn mit unerwarteter Ungeduld: Ja, Stille. Viel zu viel Stille.

Sie blieben an der Tür der Aula stehen. Das Klavier verstummte. Das graue Licht des schnell endenden Tages fiel sanft durch die Scheibe. Pastor Voss sammelte sich, um etwas zu entgegnen, aber er wusste nicht so recht, worauf er sich beziehen sollte. Er räusperte sich, sprach den versprochenen Artikel an und fragte nach dem jungen N., dem er das Päckchen übergeben wollte. B. hatte sich wieder beruhigt. Er lächelte, verschob das Thema des Artikels auf später und sagte über N. etwas unverbindlich Nettes, um endlich mit einem, nur dem Anschein nach leichten Ton – wobei er Pathos parodierte – zu fragen: Und, wie sieht es aus in S., legt ihr Zeugnis ab? Voss schielte voller Hoffnung zur Türklinke der Aula: Die Kirche ist allein durch ihre Existenz ein Zeugnis der Wahrheit.

B. winkte ab. Er sah jetzt wie ein zu früh gealtertes Kind aus. Nein, sagte er, nicht allein durch ihre Existenz. Öffne deinen Mund für den Stummen, für das Recht aller Schwachen. Öffne deinen Mund, richte gerecht, verschaff dem Bedürftigen und Armen Recht! Ja, nickte Voss, endlich zufrieden und als ob er von Bonhoeffers Absichten überzeugt wäre. Er kannte ganze Fragmente aus der Bibel auswendig und war in Zitaten geübt. Das steht im *Das Buch der Sprichwörter*. Amen, sagte B. leise und legte seine große, weiße Hand auf die Klinke. Als ob hinter dieser Tür ihre endgültige, ewige Erlösung gewartet hätte.

Der Pastor wollte damals nicht zugeben, nicht einmal vor sich selbst, dass er, während er nickte, ein anderes Zitat aus dem gleichen Buch im Kopf hatte: Wer seine Lippen hütet, bewahrt sein Leben. Die Hand drückte auf die Klinke. Wer seinen Mund aufreißt, den trifft Verderben.

Das dritte Mal hatte Voss Bonhoeffer auf der Straße in Köslin gesehen, wohin er mit ein paar anderen Pastoren aus der Gemeinde in S. zu einem Treffen mit dem Superintendenten gekommen war. Das war ungefähr vier Jahre nach dem Besuch im Seminar. B. ging schnell, gebückt, aber sein Mantel stand trotz des kalten Windes offen. Er machte nicht den Eindruck eines Gejagten, obwohl ihn angeblich schon damals die Gestapo im Auge hatte, ihm Redeverbot erteilt wurde und er verpflichtet war, sich ständig bei der Polizei zu melden. Aber dann fuhr B. nach Berlin, nach Hause, und Voss hörte nur noch schlimmen Klatsch über ihn. Um ehrlich zu sein, er war auf das Schlimmste gefasst. Und obwohl es nicht eintrat, erinnerte sich Voss an B. mit einem Spruch, den Pastor N., der geistige Meister von Voss, oft wiederholte: Hüten wir uns vor einem Märtyrertum, das sich vor die Göttliche Ordnung stellt. Pastor Voss dachte an Olberg. Angeblich hatte B. in ihm einen seiner begabtesten Schüler gesehen. Wahrscheinlich zu früh. Der Junge war nervös und hatte keinen klaren Urteilssinn. Es wäre schwer, bei so einem Pastor Halt zu finden.

Voss ging an dem Spital der Borromäusschwestern vorbei, wo vor dem Haupttor ein kleines Mädchen stand und Sträußchen mit späten Herbstblumen aus dem Garten verkaufte. Für einen Moment hielt er an, zog aus der Hosentasche ein paar Pfennige und roch an den nassen Blütenblättern. Sie dufteten nach Rauch und Regen. Erst da wurde ihm bewusst, dass es regnete. Er legte einen Schritt zu, obwohl der Regen fein war und er es zum Büro nicht mehr weit hatte. Ein Strauß für Frau Edith. Und das ist wirklich von Herzen, Herr Pastor? Immer noch so jung? Und immer noch allein?

Voss lächelte insgeheim. Was für ein Segen ist es doch, allein zu sein. Ohne Familie, vor allem ohne Kinder. Ohne Söhne. Der Sohn von Pastor Lutz, schon vor zwei Jahren zur Wehrmacht einberufen, hatte die auf dünnem Seidenpapier gedruckte *Bibel* und *Christuslegenden* von Selma Lagerlöf in seinen Koffer gepackt, und dann kam eine öffentliche Benachrichtigung, dass ihn in Jugoslawien die Kommunisten ermordet hätten. Die Söhne der Pastoren Rendtorff und Reichmuth landeten in einem Oranienburger Lager, weil sie als Schüler eines Gymnasiums des Marienstifts in Aufsätzen die Euthanasie verurteilt hatten. Die naive Offenheit gesegneter junger Burschen. Und wer bleibt uns dann für später, wenn es Zeit wird, von all dem Bösen Zeugnis abzulegen?

Dabei fängt das Schrecklichste erst an, erst jetzt wird Belial seine furchtbare Macht offenbaren.

Es ist gut, keine Söhne zu haben, Frau Edith, dachte Voss, während er an dem Büro der Bekennenden Kirche vorbeiging, das sowieso bald von der Gestapo offiziell versiegelt werden sollte. Oder war er schon daran vorbeigegangen? Er hatte es nicht einmal bemerkt. Er stellte den Kragen hoch und dachte nicht mehr an B., den er im Herbst vor zwei Jahren getroffen hatte. Die Blumen hielt er anfangs in der Hand, die aber kalt wurde. Also schob er den Strauß in die Tasche, vorsichtig und nur bis zur Hälfte, um die Blüten nicht zu knicken.

Dann ging er auf die andere Straßenseite, Richtung Bibelbuchhandlung. Der an ihm vorbeifahrende schwarze Opel bespritzte ihn, weil er mit dem Reifen eine Pfütze streifte, doch auch das bemerkte Voss nicht. Im Wagen saß eine Frau mit zwei Kindern. Das kleine blonde Mädchen schlummerte an ihrer Schulter, das Gesicht des Jungen klebte an der Fensterscheibe. Er sah den Mann, wie er die Blumen in die Tasche steckte. Kalt und blau, wie der Strauß des Amor, der zwischen den Rosen steht, dachte der Junge, und die Gestalt des Pastors wurde hinter der Rückscheibe so klein, dass man sie mit der Hand verdecken konnte.

Willy Peters lehnt am glatten, hellgrauen Stamm eines Ahorns und ruht sich aus. Vier Jahre nach dem Krieg, fast genau vier Jahre. Na, und ein Monat. Und was ist ein Monat? Ein Monat, das sind plötzlich dreißig Tage, denkt Peters und führt den schartigen Becher mit Pfefferminztee an die Lippen. Genauso viele Tage war er nicht in S. Nur dreißig Tage. Er schüttelt den Kopf, als ob er es selbst nicht glauben würde. Er wischt sich die Lippen ab. Sie sind angenehm kühl von der Minze. Er könnte pfeifen. Wenn er denn wollte.

Aber er will nicht. Er schaut zu Bruno Lipke, der auf dem Boden sitzt und den Kopf an den Rand der Schubkarre gelehnt hat. Der kann erst pfeifen, wenn er Lust hat. Wie ein Star. Gelbschnabel*, Panikmacher der Kirschbäume. Und dabei ist es noch gar nicht so lange her, dass Jungs in seinem Alter Kompanieführer und Majore waren. Waren. Jetzt werden sie solche wie Bruno anpfeifen. Wenn sie wollen.

Zwischen Willy und Bruno – Heini. Mit einem kleinen Stock verscheucht er die Ameisen, die auf einem im Gras liegenden Schmetterling herumkrabbeln. Die weißen, zusammengefalteten Flügel erzittern von Zeit zu Zeit. Heini hat den Kopf auf den Unterarm gelegt und die Augen halb geschlossen. Durch die Wimpern sieht er den dunklen Hügel seiner Hand und die hart-

* Im Polnischen hat das Wort «Gelbschnabel» die gleiche Bedeutung wie «Grünschnabel» im Deutschen.

näckige Arbeit der Ameisen, die über den Flügelrand am Stock hochsteigen.

Segel auf dem Dammscher oder dem Glambecksee? Glambeck ist ein kleiner See. Dort schwammen gewöhnlich zwei, drei kleine Bötchen. Auf dem Dammscher See hingegen wimmelte es manchmal von kleinen und auch fregattengroßen Booten, dass es einem vor den Augen flimmerte. Also wo? Unwichtig. Jedenfalls wurden auch die weißesten schwarz, wenn du sie gegen die Sonne betrachtet hast.

Peters war ein paarmal auf Bleichholm, mit einem Schulfreund, Olaf. Olafs Vater, ein demissionierter Offizier aus einer guten Junkerfamilie, hatte eine Schwäche fürs Segeln. Und obwohl Willy dem Freund oftmals das Frühstück brachte (wobei Olaf stets den Gesichtsausdruck eines gnädigen Herrn hatte, der einem guten Diener eine Gefälligkeit erweist), stand das kleine, sehr herrschaftliche Segelboot viele Jahre lang an der Inselanlegestelle. Olafs Mutter, Kristin, verkaufte es erst nach dem Tod ihres Mannes. Der Herr Major war von einem seiner fernen Verwandten zur Jagd eingeladen worden und schoss sich mit einem Stutzen in den Mund. Das Segelboot hatte an der Bordwand den Namen «Kristin» aufgemalt. Es war alt, die Farbe blätterte ab, aber Willy betrachtete es so, als ob es eine wunderschöne Galeone wäre. Olaf erlaubte ihm manchmal, an Deck des am Ufer festgemachten Bootes zu kommen. Es roch dort nach feuchtem Leinen, Fischschuppen und Meeresluft.

Peters schüttelt den Kopf. Er kann es selbst nicht glauben, und gleichzeitig scheint er nicht sicher zu sein, ob er Grund hat, stolz zu sein, oder sich schämen sollte. So viele Jahre auf der Werft von S. zu arbeiten und kein einziges Mal richtig zu verreisen? Nie eine echte Schiffsreise zu machen, so eine, die es einem erlaubt, die Stadt hinter sich zu lassen und mal andere Luft zu atmen? Seit dem fünfzehnten Lebensjahr Postkarten, Bilder und alle möglichen Illustrationen mit Segelbooten zu sammeln und nie ein schaukelndes Deck unter den Füßen zu spüren? Unglaublich, denkt Peters. Und während er versucht, eine Spur von Treue sich selbst gegenüber darin zu finden, schaut er zu dem dösenden Bruno, dessen Kopf an der Schubkarre lehnt. Dieser kleine Wanderer hat angeblich noch nie das Meer gesehen. Dabei schwimmt er wie ein Delphin. Sie waren zusammen am See. Vor drei Jahren, gleich am Anfang. Bruno fragte, ob das vielleicht schon das Meer sei, weil es solche Wellen gab. Und der Sand war so golden. Er scherzte natürlich. Doch Willy blieb unbeeindruckt und antwortete, dass der Sand an dieser Stelle sogar sauberer sei als im Meer. Und dass etwas weiter der «Lindenhof» gewesen sei, eine Wirtschaft unter Lindenbäumen, Mädchen in gestreiften Schürzen, Holztische, die nach Harz rochen, Bier mit Sonne, die von dem weißen Schaum eingefangen wurde, und Trudi, die prüfte, ob im Proviantkorb das Salz noch im Streuer war. Bruno erstarrte immer bei solchen Erinnerungen. Er kaute dann an einem Grashalm und sagte: Lass uns die Ärsche hochkriegen, denn durch die Falkenwalder Straße, aleja Wojska, verbesserte er sich, müssen wir zwei, drei Kilometer zu Fuß latschen; Strom gibt es nicht, und die Straßenbahnen stehen wieder. Und Peters, der so oft von den Polen gehört hatte, dass das Elektrizitätswerk das Herz des deutschen Widerstands sei, eine typisch deutsche Bosheit, die sich die Deutschen zusammen mit den Russen ausgedacht hätten, zuckte auf Brunos Drängen nur mit den Schultern. Beleidigt, weil Trudi gerade den Inhalt des Proviantkorbs prüfte und der Glambecksee sich wie früher von dem ins einsame Segel blasenden Wind kräuselte, er aber, Angestellter bei der Werft, die – wie die Polen behaupteten – ein anderer Eckpfeiler des deutschen Widerstands war, dem Grünschnabel Recht geben musste, weil man wirklich schon gehen sollte, um vor dem Abend nicht auf eine Soldatenpatrouille oder Banditen zu treffen. Was hier, im Wald am See, ziemlich leicht war. Also hätte man umso mehr so einen wie Bruno, der in S. immer ein Gast war und bleiben würde, gar nicht erst hierher bringen sollen.

Er, Willy Peters, wohnte immer hier. Und er arbeitete immer im Hafen. Fast immer. Doch er war nie aufs Meer gefahren. Also, um die Wahrheit zu sagen, einmal hatte ihn einer der Schipper von den Eisbrechern an Deck genommen. Das Schiffchen war stark, bauchig und hieß «Swinemünde». Und dieser Schipper, mit einem riesigen, grauen Backenbart, über den manche sagten, es seien Schläfenlocken, was dem Alten jedes Mal die Laune verdarb, wollte wegen einer bestimmten Sache über Willy an Ingenieur Menzel, der im zollfreien Hafen die Leitung aller Kräne hatte, herankommen. Und da Willy nach Meinung des Schippers guten Kontakt zu der sommersprossigen Suse, der Tochter von Menzel, besaß und sogar einmal bei dem Ingenieur zu Hause gewesen war, eignete er sich als Vermittler. Um welche Sache es da ging, hatte Willy nie erfahren. Und es ist wohl auch besser so. Denn die Bekanntschaft zwischen Willy und Suse hatte zwar einmal einen ziemlich intimen Charakter gehabt, doch sie gehörte der Vergangenheit an. Ungefähr fünf Jahre zuvor gingen Willy, Olaf, na und Suse, die Olafs Nachbarin war und sich auch für Segelboote, aber eigentlich für jedes Boot, interessierte, oft nach Gotzlow, unter den Aussichtsturm. Der war eine treue Kopie des Grabmals von Theoderich dem Großen, wie ihnen Olaf erklärte, der alle gotischen Geschichten kannte. Sie gingen dorthin, um sich die Ruder- und Segelbootrennen anzusehen und einmal sogar wegen der großen Flussparade, als über tausend Schiffe, Boote und Bötchen, die mit Papierschlangen und bunten Fähnchen geschmückt waren, über den grauen, in der Sonne schimmernden Flussstreifen glitten.

Suse hielt damals Willys Hand. Er kann sich an ihre vor Aufregung feuchte Handfläche erinnern. Aber sie sprachen fast überhaupt nicht miteinander. Dann trat Suse in den Frauenruderverein ein und nahm sogar an Regatten, die zwischen den Schulen ausgetragen wurden, teil. Doch sie hatte wohl Probleme mit einem Knie (was Willy dann von Olaf erfahren hatte), denn sie musste das geliebte Ruderboot aufgeben. Schließlich wurde sie eine wichtige Führerin beim Bund Deutscher Mädel. Willys Mutter, die eine gewisse Zeit im Hauptsitz des BDM in der Karkutschstraße putzte, hatte sie dort ein paarmal getroffen und berichtet, dass Suse endlich Oberweite bekommen hätte und sehr schön aussehen würde. Doch damals kannte Willy schon Trudi. Also wollte er nichts darüber hören, zumal er sich von Suses Aufblühen persönlich überzeugen konnte, als er, gerade im Hafen eingestellt, von Ingenieur Menzel wegen einer Aktentasche zu dessen Haus geschickt wurde, was der Ausdruck großen Vertrauens war. Oder vielleicht wollte Menzel Willys Loyalität prüfen, auch im erotischen Sinn, denn die Tür öffnete nicht das Dienstmädchen, sondern Suse. Sie lächelte blass, sagte wie früher «ahoj» und verschwand in der Wohnung, ohne noch ein Wort mit ihm zu reden. Es stellte sich heraus, dass diese Aktentasche bei Menzel im Büro lag und Willy ihm gar nichts bringen konnte. Sonst kam nichts dabei heraus. Wie man sieht, spielten Botendienste schon früher eine Rolle in seinem Leben (wie sie auch eine Rolle in Heinis Leben spielen werden). Doch Menzel empfand ohnehin viel Sympathie für ihn. Weil er seinen Vater kannte, mit dem er früher nicht nur zusammengearbeitet, sondern auch gestreikt hatte. Und was noch wichtiger war: Er wollte sich daran erinnern.

Trotzdem war Willys Bekanntschaft mit dem Haus Menzel für die Angelegenheit des Schippers nicht nah genug. Der Alte wollte das nicht glauben. Er machte anzügliche Bemerkungen bezüglich Willy und Suse und meinte, wenn Menzel so einen Hosenscheißer auf einen Kran gesetzt hätte, und dann noch im zollfreien Hafen – wo, wie bekannt, sich die Kommunisten am wohlsten fühlten, schließlich konnte man gerade dort am leichtesten mit der Internationale der Hafenmarine, die unter anderer Flagge unterwegs war, Kontakte knüpfen –, dann müsste Berechnung dahinter stecken. Dass im zollfreien Hafen über hundert Kräne standen und Trudi bei Willys Einstellung bei Menzel schon Peters hieß, überzeugte den Schipper nicht. Anstatt also aufs offene Meer hinauszufahren, wie er es versprochen hatte, kreiste er die ganze Zeit im Haff und hielt Willy an Deck. Und da es sehr kalt war, wobei der weiße Bär – in einem runden Kreis auf die Bordwand gemalt – der passendste Kommentar dazu schien, hatte sich Willy schrecklich erkältet, bekam eine schwere Bronchitis und hätte deswegen beinah seinen Arbeitsplatz verloren. Vielleicht hätte ihn Menzel irgendwie retten können, aber er hatte damals selbst Probleme, weil das Gerücht kursierte – ein falsches, wie sich herausstellte –, dass es in der Familie seiner Mutter getaufte tschechische Juden gegeben hätte.

Später, nach dem Krieg, hörte Peters von einem der alten Arbeiter, dass, als die Russen schon in den Vorstädten waren, Ingenieur Menzel seiner Frau, Suse und ihren Kindern eine Überdosis Veronal gegeben hätte. Er selbst sei dann aus dem Fenster gesprungen. Das Letztere schien Willy unwahrscheinlich oder zumindest verdächtig: Menzel konnte rechnen. Wenn es also nötig gewesen wäre, hätte er das Veronal auch für sich besorgen können. Ein Sprung aus dem Fenster war das Äußerste und sah jemandem wie dem Ingenieur Menzel nicht ähnlich. Davon war Willy Peters immer überzeugt.

Was später mit dem Schipper von der «Swinemünde» passierte, wusste niemand, nachdem schon alles vorbei war. Aber es interessierten sich wohl nur wenige dafür.

Damals, ein paar Monate, vielleicht ein halbes Jahr danach, im frühen Herbst, Willy erinnert sich, dass das Wasser im Glambecksee noch warm war und nach dem aufgeheizten Augustsand roch, kehrten sie von diesem Ausflug am See – wie von einer Trapperexpedition in die unbekannte Prärie – zurück. Er und dieser Grünschnabel Bruno, der über die ganze Falkenwalder Straße pfiff, mit einem Gesichtsausdruck, als ob nichts passiert wäre, nichts und niemals, während Willy mit immer größerer Angst nach rechts und links schielte; denn schließlich, dass sie ganz allein die Straße entlanggingen und über ihnen die Vogelbeeren der noch zarten Bäume schimmerten, gab doch keine Garantie. Ganz im Gegenteil, es war ein Signal, dass in jeder Sekunde der Damm, der sie jetzt noch vom Vergangenen trennte, brechen könnte und dann Menzel und seine Tochter, der graue Backenbart des Schippers sowie der Proviantkorb von Trudi ins Nichts stürzen und von Leere, Stille und Schweigen überflutet werden könnten. Zusammen mit ihm, Willy Peters, der bei einem Fluchtversuch von einer Soldatenpatrouille auf der Straße erschossen werden könnte, oder vielleicht erstochen, von einem unbekannten Täter für irgendeine Beute. Zum Beispiel für eine Uhr, weil man erwähnen sollte, dass Willy Peters, was wundert, noch immer die alte Cyma seines Vaters besaß.

Lass uns schneller laufen, das war eine blöde Idee, sagte Peters. Und Bruno Lipke, der damals noch nicht der beste Torwart in der Mannschaft von August Kugel war, fragte: Warum blöd?

Dir mag es ja egal sein, regte sich Willy auf, aber ich habe meine Dinge zu erledigen. Er sagte: zu erledigen, dachte aber: zu erinnern. Na, und Heini war noch da, natürlich. Seit neulich. Heini, der Nachbarssohn. Der kleine Heini, der nicht sprechen wollte.

Und jetzt schläft er mit dem Kopf auf dem Unterarm. Über den Stock, den er in der geschlossenen Hand hält, krabbeln Ameisen. Aber vielleicht schläft er gar nicht und hat nur die Augenlider so fest zusammengepresst.

Der schwarze Opel biegt plötzlich ab, Heini rückt von der Scheibe weg. Er sieht den Pastor nicht mehr.

Bonhoeffer wird verhaftet, ein Jahr nachdem Voss mit den kalten, blaugrauen Astern in seiner Tasche an dem Büro der Bekennenden Kirche vorbeigeht. Doch sie töten ihn, den Theologen in Diensten der Abwehr, das Alibi der deutschen Kirche, erst zwei Jahre nach der Verhaftung, nicht ganz einen Monat vor Ende des Krieges. Ungefähr dann, wenn Bonhoeffer in Flossenbürg am Galgen hängen wird, wird Voss, einer der letzten Pastoren, die das in eine Festung umgewandelte S. nicht verlassen haben werden, in Richtung Glambecksee und der Endstation der Linie eins an der Falkenwerder Straße laufen.

Ordnen wir die Zeiten: Auch das war. Es war damals. Eine Vergangenheit, die sich Ende April neunzehnhundertfünfundvierzig abspielte.

Die Frühlingsluft stank nach Verbranntem, obwohl die Stadt schon weit hinten geblieben war, während der Wald näher kam. Voss ging an gelben Straßenbahnkarawanen vorbei, die mit uniformierten und in Zivil gekleideten Menschen gefüllt waren und anschwollen von den Flüchen und dem Geschrei derjenigen, die an den Trittbrettern hingen und im Gedränge, zwischen Koffern, Rucksäcken und aus Leinendecken genähten Säcken von den höher Sitzenden runtergestoßen wurden. Die Straßenbahnen klingelten sich gegenseitig an, während sie auf der Stelle standen oder ein paar Meter vorankamen. Man hörte einzelne Salven von Maschinengewehren und das monotone, nahe Dröhnen von Kanonendonner, das an die Arbeit eines Rammklotzes am Hafenbagger erinnerte.

Der Weg nach Falkenwalde war der letzte freie Fluchtweg aus der Stadt. Pastor Voss hatte eine Aktentasche mit Dokumenten aus der Gemeinde unter dem Arm und auf dem Rücken einen Sack mit ein paar Gegenständen des täglichen Gebrauchs. Einer der Straßenbahnwaggons fuhr an ihm vorbei, laut knirschten die Schienen. An dem schaukelnden Wagen hing eine Menschentraube. Die Arche, dachte Voss, aber er beschleunigte nicht den Schritt. Und dann flüsternd, wobei er sich versprach, begann er den fünfundfünfzigsten Psalm aufzusagen: Vernimm, o Gott, mein Beten; verbirg dich nicht vor meinem Flehen! Als er zu dem Vers kam: Mir bebt das Herz in der Brust; mich überfielen die Schrecken des Todes, sah er Waggons, die lange vor der Endstation zusammenstießen und zu einer einzigen Eisenmasse verschmolzen, und Menschen, die schreiend hinaussprangen, dabei ihr Gepäck verloren und übereinander fielen. Entzweie sie, Herr, verwirr ihre Sprache! Denn in der Stadt sehe ich Gewalttat und Hader, sprach er weiter. Aber er ging nicht mehr weiter. Auf ihren Mauern umschleicht man sie bei Tag und bei Nacht; sie ist voll Unheil und Mühsal. Ein Offizier mit Pistole in der Hand versuchte mit Geschrei Ordnung zu erzwingen. Voss wusste nicht, ob Flucht- oder Weltordnung. Wahrscheinlich Weltordnung. Denn wer hätte über die Flucht Herr werden können? Von oben kam ein Rattern. Jemand schrie: Maschinen, Nähmaschinen*, und die Menge zerstreute sich auf die Seiten, zwischen die Bäume. Ein

* damals umgangssprachliche Bezeichnung für russische Flugzeuge

älterer Mann in einem Mantel mit Fischgrätenmuster schlug mit der Kante seines Koffers gegen Voss. Der Pastor stürzte, der Koffer sprang auf, und klirrend fiel silbernes Besteck heraus. Voss kniete noch, hielt eine graue, gravierte Gabel in der Hand und sah auf den Mann, der in Eile die verstreuten Schätze vom Bürgersteig aufsammelte, als am Himmel ein Doppeldecker auftauchte. Die Menschen warfen sich zu Boden, pressten sich ins Gras und in die Büsche am Straßenrand, rollten sich unter der Straßenbahn zusammen. Doch das Flugzeug, das über sie hinwegflog, schoss nicht. Und es verschwand irgendwo auf der Höhe des Waldes am See.

Lass das los, krähte plötzlich der Mann. Loslassen, und er stieß den vor ihm knienden Voss zurück. Der Pastor fiel auf den Rücken. Er hielt immer noch die silberne Gabel in der Hand. Der Mann riss sie ihm mit einer schnellen Bewegung weg, schmiss sie in den durchwühlten Schlund des Koffers und rannte dann hinkend und keuchend den anderen nach zum Glambecksee.

Ein Schuss fiel, dann noch zwei. Quer über die Straße lief ein Soldat ohne Gewehr und Helm, mit offenem Mantel. Er verschwand zwischen den Bäumen. Voss hatte nicht gesehen, wer schoss. Doch als er sich erhob, erkannte er, dass der Soldat nicht weit gekommen war. Er lag hinter einer Hecke, die er noch überspringen konnte. Blut war nicht zu sehen.

Voss atmete schwer, an den dünnen Stamm einer Eberesche gelehnt. Er kam zu dem Psalm zurück: In ihr herrscht Verderben; Betrug und Unterdrückung weichen nicht von ihren Märkten. Jetzt beobachtete er, wie der Offizier mit der Pistole zu dem Liegenden ging, sich über ihn beugte und etwas in dessen Taschen suchte. Denn nicht der Feind beschimpft mich, das würde ich ertragen; nicht ein Mann, der mich hasst, tritt frech gegen mich auf, vor ihm könnte ich mich verbergen. Nein, du bist es, ein Mensch aus meiner Umgebung, mein Freund, mein Vertrauter, sprach Voss weiter, während er sich an der Eberesche festhielt, mit dem ich, in Freundschaft verbunden, zum Haus Gottes gepilgert bin inmitten der Menge. Die Reihe der kleinen Ebereschen hing schon voller Blätter, doch der Baum, an dem Voss stand, war nackt. Der Offizier ging an Voss vorbei, ohne ihn eines Blickes zu würdigen.

Auf einem blattlosen Zweig, auf dem noch dunkle Beerenklümpchen vom Vorjahr klebten, schrie plötzlich eine Meise. Pastor Voss rückte seinen Rucksack zurecht und marschierte los in Richtung Stadt. Und er sagte: Wirf deine Sorge auf den Herrn. Und er zog an denen vorbei, die an ihm vorbeizogen. Bis zum letzten Vers: Ich aber setze mein Vertrauen auf dich. Und er ging weiter, schweigend.

Es ist unglaublich, denkt Peters, und doch waren diese dreißig Tage auf den Kreidekliffs von Rügen, wohin er aus der Stadt erst Ende März evakuiert wurde, sein einziger, längerer Aufenthalt außerhalb von S. Als er noch ein Junge war, verbrachte er gewöhnlich die Ferien bei einer Tante in Klütz, aber das lag so nah, als ob er die Stadt gar nicht verlassen hätte. Und dieser äußere Schein von Landleben – der Hund an der Kette, ein paar Hühner und Enten, das Plumpsklo, in dem es nie Toilettenpapier gab, weil der Onkel immer in Stücke geschnittene, furchtbar alte und schon vergilbte Jahrgänge des «Volksboten» an einen Haken hing – quälte ihn mehr als das Leben in der Schwarzower Straße, die man bei ihm zu Hause übrigens Münchenbrückstraße nannte, weil sie früher so hieß. Obwohl sich Willy an keine Brücke erinnert, die von dieser mit Kopfsteinpflaster angelegten Peripheriestraße bis nach München geführt hätte.

Im Hause Peters herrschte nie satter Wohlstand, aber man war irgendwie zurechtgekommen. Der Vater zum Beispiel hatte viel Glück. Als es im Frühling neunzehnhundertdreißig – Willy wohnte damals, trotz eines schon sprießenden, weichen, blonden Schnurrbarts, noch bei den Eltern – bei Stoewer Massenentlassungen gab, weil der Fabrikbesitzer keine Kraft mehr hatte, die sich seit Jahren dahinschleppende Krise mitzutragen, bekam Willys Vater, der zu den Entlassenen gehörte, in der Fabrik von Gollnow bald wieder Arbeit.

Gollnow baute vorwiegend riesige Stahlkonstruktionen. Und

auch dort gab es Schwierigkeiten. Aber damals, im Sommer, als es in anderen Betrieben mehr als schlecht aussah, bekam Gollnow völlig unerwartet einen Auftrag für den Bau einer Lastwagenfabrik bei Nischni-Nowgorod. Der größte Teil der Kredite kam von der Regierung. Und überdies holten die Russen ihre Hallen in S. ab und montierten sie dann selbst in Russland. Deshalb war das wie ein großer, fruchtbarer Regen in Tagen der Dürre. Gollnow stellte sofort etwa tausend Arbeiter ein, unter denen sich eben auch Willys Vater befand.

Willy konnte sich gut erinnern, wie Vater, nach dem sonntäglichen Mittagessen, eingehüllt in die dicken Rauchschwaden seiner Lieblingszigarre mit dem Hirschgeweih auf der Banderole, immer wieder prophezeite: Denkt dran, Russland ist die Großmacht unseres Jahrhunderts! Russen und Deutsche werden ein völlig neues Europa bauen. Eins, in dem der Arbeiter noch zählen wird.

Sicher hatte sich in dieser Zeit das positive Bild der Russen und insbesondere der Sowjetunion in Willy geformt. Sein Vater starb an Bauchspeicheldrüsenkrebs, ein paar Tage vor Ostern neunzehnhunderteinundvierzig. Er hatte sehr gelitten, aber Jahre später betrachtete Willy das als eine Gnade, denn schon ein paar Monate danach hätten die Qualen wegen des Krieges zwischen Hitler und Stalin noch größer werden können.

Willy beklagte sich nicht über das Haus, in dem er wohnte. In der Nähe, aber weit genug von der Stadtmitte entfernt, befand sich ein großer Park, in dem nur ein paar Alleen bepflanzt waren, so dass man gut mit Steinen und Fußball spielen oder als Indianer Jagd auf Bleichgesichter machen konnte. Dort hatte er zum ersten Mal Trudi geküsst und ihren runden, festen Körper gegen den riesigen Stamm der Rosskastanie gedrückt, die mit ihren üppigen und duftenden Blütenkronen über ihnen aufragte. Und dann nahm er sie mit zur Hausnummer fünf, einfach so, weil es Glück bringen und Trudi den Ort seines ersten großen Triumphs sehen sollte. Und damit dieser Triumph die beiden immer begleitete.

In der Hausnummer fünf befand sich die Getreidehandlung von Lippert: Grütze, Getreideflocken und auch das ungemahlene Korn. Mitten im Schaufenster stand eine große weiße Windmühle. An der Seite hing ein Käfig mit einem unechten Papagei, denn Lippert verkaufte auch Vogelfutter.

Willys Triumph hatte jedoch weder mit der Schönheit der weißen Mühle noch mit den opalisierenden Farben des Papageis zu tun, sondern damit, dass die Lager des Geschäfts, das übrigens sehr eng war, sich in der Holzstraße, also auf der Silberwiese, befanden. Mit dem Auto und selbst mit dem Pferdewagen war das nicht weit, doch zu Fuß ein ganz schönes Stück. Die Straßenbahnstrecken kreuzten sich dort nur, und so konnte man dieses Verkehrsmittel für den Weg nicht nutzen. Der Zufall wollte es, dass eines Tages im Geschäft zwei Männer auftauchten. In großen, weichen Hüten, solchen, die gerade die Melonen verdrängten. Sie sahen wie reiche Kaufleute aus, doch ihre Gesichter waren angespannt, ohne ein Lächeln. Sie stiegen aus einem Taxi und wollten mit dem Besitzer sprechen, doch der war gerade in der Holzstraße. Der Gehilfe griff zum Telefon, aber niemand antwortete dort. Doch wer weiß, vielleicht besaß das Lager damals noch kein Telefon? Außerdem war Willy gar nicht dabei, er sah die Gäste von Herrn Lippert und seinem Gehilfen mit dem gestutzten Schnurrbart erst in dem Moment, als sie dabei waren zu gehen. Gereizt und düster. Willy war zum Geschäft gerannt, als er ein Taxi kommen sah, denn Taxis fuhren nicht ohne speziellen Grund in die Münchenbrückstraße. Und es stieg nicht irgendjemand aus ihnen aus.

Der Gehilfe bemerkte den Jungen, der die Männer angaffte, und nachdem er die beiden um einen Augenblick Geduld gebeten hatte, flüsterte er Willy ein paar Worte ins Ohr. Widerwillig gingen die Männer in den Laden zurück. Die Klingel über der Tür läutete, auch die Klingel an Willys Fahrrad, das eigentlich seinem Vater gehörte, der es gerade an diesem Tag zu Hause gelassen hatte, weil Willy die rostende Kette ölen sollte. Diese Klingel des schwarzen Stoewer mit Gummigriffen am Lenkrad, bohrte sich mit ihrem metallischen Dingdiliding-ding ins Gehirn, so dass Willy sie später immer hörte. Der Klang prägte sich schärfer in seine Erinnerung ein als der der Glocken, die auf der Seite über den Bahngleisen hingen, von der die Russen kommen sollten – zwanzig Jahre später, wie in diesem Roman von Dumas, den Willy nie fertig gelesen hatte; denn damals las er lieber May, und später hatte er keinen Sinn für Bücher. Aber der Titel blieb ihm im Gedächtnis, weil in ihm so was wie das Lüften eines Geheimnisses lag, eine Ahnung der Fortsetzung, die gar nicht die Erfüllung sein musste. Diese Klingel also an Willys Fahrrad verscheuchte auf der Friedrichstraße Passanten, die in Gedanken versunken waren, wie etwa Hausfrauen, die Körbe mit Gemüse schleppten. Und sie klingelte, als das Fahrrad die Linsingenstraße nach unten raste, wo man einmal Willys Vater fast erschossen hätte, und dann in der Mühlenbergstraße und weiter, bis man vom Fahrrad steigen musste. Und sie klingelte immer noch, geschüttelt von den Treppen am Bahnhof, und sie klingelte, als Willy, immer schwerer atmend, am Ufer entlangfuhr bis zum Einbiegen auf die Brücke, wo man wieder vom Sattel heruntermusste, weil Wagen mit Farbfässern und Holz die Durchfahrt behinderten. Also schob Willy das Rad, so dass die Klingel nur noch bei Schlaglöchern auflebte, um mit ihrem Dingdiliding-ding wieder auf den Silberwiesen zu ertönen und auf dem Hof vor der Lagerbaracke, wo Willy mit letztem Atem, wie der Bote aus Marathon, eintraf. Herr Lippert stieg gleich in seinen alten Ford mit dem aufgeklappten Kofferraum, und nach ein paar Minuten war er im Geschäft in der Münchenbrückstraße Nummer fünf. Willy kam auf dem Fahrrad erst eine halbe Stunde später dorthin, völlig erschöpft, denn die Fahrt auf die Silberwiese hatte ihn viel Kraft gekostet. Im Geschäft traf er niemanden mehr an, vor der Tür war das Gitter runtergelassen.

Dennoch schien die Sache, für die er sich so eingesetzt hatte, sehr wichtig gewesen zu sein. Vielleicht war Herr Lippert aber auch nur der Ansicht, dass Willy für seine große Mühe entsprechend belohnt werden müsste, weil er ihm eine Hand voll Markscheine gab, deren Wert allerdings schwer auszumachen war. Willy erinnert sich nicht mehr, ob das die weißgrauen Milliarden der Ersatzbanknoten waren oder etwas wertvollere Scheine, falls es im ersten Frühling nach der Reform war. Auf jeden Fall reichte es Mutter, um eine Tüte Mehl und Haferflocken im Geschäft mit der Hausnummer fünf zu kaufen, so dass das Geld zu Herrn Lippert zurückfand, der Willy vor seiner Mutter sehr lobte. Doch seine Miene war dabei nicht fröhlicher, als es die Mienen der geheimnisvollen Gäste gewesen waren. Willy hatte keine Ahnung, worum es gegangen war. Er hatte nicht einmal versucht eine zu haben. Aber das war auch nicht wichtig.

Wichtig war auch nicht das Geld, sondern das gewonnene Rennen mit der Zeit. Ein Angriff mit dem Fahrrad ist nicht schlechter als der bei Leuthen. Erhaben und unbeirrbar wie der Marsch durch die Wiesen von Langemarck.

Willy wurde nie im preußischen Waffenkult erzogen. Zwar trug sein Vater von einem französischen Bajonett, das den Kragen seines Soldatenmantels gestreift hatte, eine dicke Narbe davon, doch über die Armee als Institution sprach er mit großer Zurückhaltung. Was sicherlich die Folge seiner Hingabe an die Arbeitersache war, nachdem er den Soldatenmantel abgelegt hatte. Aber Willy hegte genauso viel Bewunderung für das Flattern der roten Fahnen wie für den jungen Tod auf flämischer Erde, den Tausende von Freiwilligen bei Langemarck erlitten hatten. Olafs Vater, dieser Major mit dem Segelboot «Kristin», war bei Langemarck verwundet worden. Olaf behauptete, wer damals diesen Marsch auf die speienden Maschinengewehrläufe überlebt hätte, der lasse sich selbst von dem schwersten Schicksal nicht mehr in die Knie zwingen. Und er wiederholte – wie sein Vater – die paar Verse von Goethe, die einzigen, die er auswendig konnte: *Doch er stehet männlich an dem Steuer; Mit dem Schiffe spielen Wind und Wellen, Wind und Wellen nicht mit seinem Herz.* Nachdem sich der Vater für den Schuss aus dem Stutzen entschieden hatte und das Segelboot verkauft werden musste, sagte Olaf das Gedicht nicht mehr auf.

Trudi, der Willy von seinem Fahrradtriumph erzählt hatte, schien von der ganzen Geschichte eher erheitert als beeindruckt zu sein. Was ihr Willy übrigens nicht übel nahm. Und auch nicht, dass sie keine Kinder bekommen konnte. Sie bemühte sich, eine Ehefrau zu sein, wie sie ein deutscher Mann haben sollte: stark, gesund, aktiv. Als Willy noch keine Arbeit im Hafen hatte, wusste sie genau, wie man es anstellen musste, etwas auf den Tisch zu bekommen. Und niemand hätte auf den Möbeln auch nur ein Körnchen Staub gefunden. Sie machte einen Kurs im Schneidern und Nähen und nahm dann von den Nachbarinnen kleine Arbeiten mit nach Hause, ging zu Vorlesungen im Deutschen Frauenwerk und half beim Päckchenpacken fürs Winterhilfswerk. Man konnte sie sogar, was Willy schon ein bisschen störte, zum Muttertag im Mai mit einem am Kleid angesteckten Herz und einer klimpernden Büchse in der Hand auf der Straße antreffen. Sie war es auch, die ihnen fast ohne Hilfe ein Ehestandsdarlehen besorgte, überzeugt, dass sie früher oder später ein Kind haben würden. Dann vielleicht ein zweites und auch ein drittes. Also würde man ihnen einen großen Teil der Rückzahlung erlassen. Doch sie mussten alles bis zum Schluss abzahlen. Vielleicht bemühte sich Trudi deshalb so und widmete all ihre Kraft dem Kochen, Putzen, Nähen und den gemeinnützigen Arbeiten im Verein. Sie ging auch zu der Stelle, wo gebrauchte Kleidung aus dem Osten verkauft wurde, am Grünhofer Markt. Dank ihrer Bekanntschaft mit der pausbäckigen Helga, die sie in den Nähkursen kennen gelernt hatte (und das waren wirklich gute Kurse, die von Herrn Wolfke geleitet wurden, der bei dem berühmten Cichocki aus der Luisenstraße Zuschneider gewesen war), und die dort arbeitete, bekam sie immer die schönsten Sachen. Manchmal etwas für sich selbst, weil sie sich gern neue Sachen kaufte, manchmal etwas für Willy und oft Kinderkleider. Die Sachen waren sauber, aber sie wusch sie trotzdem noch mal. Einmal musste sie das ein paarmal tun; sie hatte eine neue, hellgraue Wolljacke gefunden, die aber an den breiten Klappen und an der Schulter bräunliche Flecken aufwies, die nicht rausgehen wollten. Trudi versuchte es mit einer Ammoniaklösung und rieb sie mit Kreide und Küchensalz ein, wonach sie zwar etwas blasser wurden, aber immer noch sichtbar blieben. Also ging sie mit der Jacke zurück auf den Markt. Dort gab sie sie fast umsonst her, weil eine Frau mit einer krätzigen Nase natürlich einen niedrigeren Preis aushandeln wollte und die ganze Zeit herumlamentierte, dass sich mit Blut verschmierte Fetzen nur zum Bodenwischen eignen würden. Die Jacke war noch ganz und überhaupt nicht beschädigt, also meinte Trudi, dass das Blödsinn sei. Doch sie nahm die Gelegenheit wahr, als ein sehr interessierter, älterer Mann auftauchte, und verkaufte sie ihm für lächerliche zehn Mark. Danach verschwand sie, den Tränen nahe. Sie brachte dann keine Sachen mehr auf den Markt.

Seit jenem Vorfall kaufte sie von Helga fast ausschließlich Kinderkleider und überließ diese dann nur noch Familien, die sie kannte. Immer zum gleichen oder sogar niedrigeren Preis, was sie vor Willy nie zugab, er aber genau wusste. Der kleine Heini und sein goldgelocktes Schwesterchen Loremarie, die Kinder der Witwe von gegenüber, bekamen auf diese Weise manch schönes Kleidungsstück. Zum Beispiel die rotschwarze Weste, die Trudis Augen lang erfreute, weil sie Heini oft trug und Trudi diese Farben liebte. Deshalb gefielen ihr Staatsfeiern so gut, bei denen Fahnen wehten, schwarzrot und geräuschvoll. Willy war nie sicher, ob Trudi mit ihrem Klatschen und dem geröteten Gesicht den Auftritt von Gauleiter Schwede und den Besuch von Heß feierte oder nur das schwarzrote Flattern an den Masten und Balkonen, den Ruhm der Farben, die langen Fahnen, die von den Dächern herunterflossen und an den Hauswänden befestigt waren. Das sind die Farben von Blut und Boden, sagte er einmal zu ihr. Sie zuckte mit den Schultern: Das weiß ich doch, jeder weiß das. Ihre Lippen waren fest zusammengepresst. Er verstand: Blut und Boden, die Saat des Lebens. Doch als Antwort auf sein verlegenes Lächeln, das voller Verständnis war, schüttelte sie den Kopf. Du verstehst nicht, sagte sie, das ist die Saat des Todes. Die Saat des Todes für das Leben. Aber um zu sterben, muss man erst geboren werden. Und anderen Leben geben. Zum Beispiel einen Held zum Mann haben, der …

Was war passiert? Willy war beunruhigt. Sie war so anders als sonst. Sie sprach anders. Was war passiert? Nichts, sie lächelte so säuerlich, dass auch er ihr Brennen spürte. Frau Qualm hatte heute eine Bitte an uns. Sie flüsterte mir zu: Ich habe eine Bitte, Frau Peters. Bitte, seien Sie mit Ihrem Mann etwas ruhiger, denn Sie paaren sich wie Tiere, so dass man es auf dem ganzen Flur hört. Und dann sagte sie noch: Es ist wirklich eine Schande, dass Sie sich die Lippen schminken, und dann auch noch mit so einem Karmin. Sie sind doch im Frauenwerk, sagt man euch dort nicht, dass das einer Deutschen unwürdig ist?

Das kann sie dir nicht gesagt haben. Er zog die Augenbrauen zusammen, nicht sie. Ach ja, rief Trudi, nicht sie? Na, dann nimm sie dir, diese Hündin, zusammen mit ihren Bälgern. Sie weinte den ganzen Abend.

Wenn das nicht gewesen wäre, hätte Willy sagen können, dass er im Leben Glück hatte, genauso wie sein Vater.

Denn selbst die Tatsache, dass es mit den Reisen nicht so klappte, hatte auch seine gute Seite. Gleich am Anfang, als er nach ein paar Jahren mit Gelegenheitsarbeiten eine Anstellung im Hafen bekommen hatte, ergab sich eine außergewöhnliche Gelegenheit. Die HJ-Gruppe aus Willys ehemaliger Schule fuhr in ein Lager ins Harzgebirge. Willy hatte von seinem Alter her die Entstehung oder eher die Reifezeit der HJ längst überschritten. Also hätte er auf diesen Ausflug kein Anrecht gehabt, wenn nicht irgendwelche Fahrradeskapaden geplant gewesen wären. Außerdem mochte der Vertreter des Schuldirektors, der Mathematiker Stolpe, Willy sehr, und er kannte auch seinen Vater. Aus den Zeiten, als die zwei – der fast dreißigjährige Arbeiter nach dem Militärdienst und der Student, zusammen mit dem jungen Herrn Menzel, der damals auch noch nicht Ingenieur gewesen war – ihre Stimmen und Fäuste erhoben, um die Demokratie und die Errungenschaften der Novemberrevolution vor den Backsteingebäuden der Garnison in der Linsingenstraße zu verteidigen und dann eine chaotische Schießerei losbrach und ein paar Leute blutend niederfielen. Trotz der Tatsache also, dass sich seit dem Kapp-Putsch nicht viel verändert hatte und der Ingenieur Menzel zu allem, was nur nach roter Farbe roch, seine Abneigung äußerte (der Zufall wollte es, dass Willy Arbeit im Hafen bekommen hatte, kurz nachdem dort zehn Leute aus irgendeiner «Roten Einheitsliste» verhaftet wurden), Stolpe hingegen seine revolutionäre Einstellung mit dem Glauben an den Nationalsozialismus zu versöhnen wusste, und einzig Willys Vater, sicherlich wegen seiner Klassenzugehörigkeit, den Ersten Mai als sein Fest empfand – obwohl er es lieber in Kreckow feierte als bei den lauten Umzügen durch die Stadt –, hatte Stolpe dies und jenes noch in Erinnerung (auch Willys Fahrradkunststücke vor dem Denkmal des Alten Fritz auf dem Platz hinter der Hakenterrasse, die er zum Anlass irgendeines proletarischen Picknickfests vorführte). Und als er den alten Peters in der Stadt traf, fragte er ihn, ob Willy Lust hätte, als Fahrradlehrer mit in die Berge zu kommen.

Kann sein, dass er mit seinen Möglichkeiten in der neuen Wirklichkeit nur imponieren wollte, kann sein, dass die Begeisterung über die Eroberung der Berge auf einem Fahrradsattel nur das Gefasel eines vom Rechnen verblödeten Paukers war, aber Willy unternahm ernsthafte Anstrengungen, um mitfahren zu können, und es sah so aus, als ob es klappen würde. Mit der Arbeit im Hafen sollte er im August beginnen, und das Lager war für die zweite Julihälfte geplant. Doch ein paar Tage vor dem entscheidenden Gespräch mit dem Schuldirektor und dem dortigen HJ-Führer jagte er mit dem Fahrrad einer Straßenbahn nach und stellte sich dabei vor, er würde auf der «Kristin» gegen den Wind segeln und vor dem Gewitter im Hafen sein müssen. Willy fiel so unglücklich, dass er sich den Arm brach.

Er fürchtete deswegen, bei der neuen Arbeit Schwierigkeiten zu bekommen. Also nahm er den Gips vorzeitig ab. Als Folge oder vielleicht nur wegen der Nachlässigkeit des Arztes, der ihm den Gips angelegt hatte, wuchs der Arm nicht richtig zusammen. Anstatt auf dem Kran bekam er Arbeit bei den Sojasilos, und erst ein paar Jahre später, angeblich auf einen Antrag von Menzel, wurde er auf einen Kran im zollfreien Hafen versetzt. Deshalb hatte der Schipper des Eisbrechers vielleicht doch Recht, wenn er in Willy jemanden sah, der Beziehungen zur Direktion besaß. Die Rückkehr auf den Kran war vor allem deshalb möglich, weil Willys Arm noch mal gerichtet worden war. Und da das gerade im Frühling neununddreißig passierte, blieb Willy von der Frühjahrsmusterung verschont. Man kann also sagen, dass Willys touristisches Pech ihm an anderer Front Vorteile brachte: an der Front, an die er nicht geschickt wurde. Vor den nächsten Einberufungen zur Wehrmacht schützten ihn dann die strategische und militärische Bedeutung des Hafens, Beförderungen. Und es lässt sich nicht ausschließen, dass es vor allem irgendwelche Röntgenbilder von dem sehr schlecht zusammengewachsenen rechten Unterarmknochen waren, die zu lange in den Schubladen des normalerweise unfehlbaren und unbarmherzigen Wehrbezirkskommandos lagen.

Ja, Willy hatte Glück, so wie sein Vater. Als man Ende Februar fünfundvierzig der Hafendirektion den Befehl zukommen ließ, sofort alle kampffähigen Männer zu den Reihen des Volkssturms zu beordern, schloss die Direktion mit Bitten, Drohungen und Argumenten Willy und noch ein paar andere Männer zwischen dreißig und vierzig Jahren, die für die notwendigsten Arbeiten in dem unter Bomben begrabenen Hafen dringend gebraucht wurden, von dieser Rekrutierung aus.

Ja, Willy Peters hatte viel Glück gehabt, weil er selbst nicht unter diesen Tonnen von Eisen und Betonmassen begraben und von den Phosphorbomben nicht verbrannt wurde, obwohl er mehrmals nah dran war. Zum Beispiel im August vierundvierzig, als sich der Unterschied zwischen Hölle und Hafen stark verwischt hatte und darin keine infernalische Metaphorik lag, sondern das Knirschen des Eisens, leuchtende Flammen und die tiefe Dunkelheit der im Wasser versinkenden Stahlkolosse.

Trudi wartete mit ihm fast bis zum Schluss auf die Evakuierung. Als man S. zur Festung erklärt und den Befehl an die nicht

Arbeitenden zum sofortigen Verlassen der Stadt gegeben hatte, zögerte sie immer noch. Willy schimpfte furchtbar mit ihr, als sie beschloss, noch eine letzte Nacht nach der offiziellen Verordnung zu bleiben. Aber er erlaubte es. Er hatte Angst, sie allein gehen zu lassen, und der Hafen, der ihm bis dahin eine Art Schutz gewesen war, wurde zu einem Klotz am Bein; denn Willy konnte nicht mit seiner Frau fahren. Doch Patrouillen der Gendarmerie und der SA suchten die Häuser nach Nachzüglern ab, und man durfte es nicht länger riskieren.

Am Morgen ging er zur Arbeit, die fast nur noch darin bestand, den Hafen auf die endgültige Liquidierung vorzubereiten. Er war fest entschlossen, bei seiner Rückkehr Trudi zusammen mit der alten Frau Schwabich aus dem Erdgeschoss, die sich wegen ihrer Arthritis in den geschwollenen Beinen nicht von der Stelle rühren wollte, aus der Stadt wegzuschicken. Bei Menzel arbeitete zusammen mit Willy der magere, fast schon siebzigjährige Jankowsky, der irgendwelche Kontakte zu einem Schlepper besaß, der sich früher, in schwierigen Zeiten, bei ihnen im Hafen Kohle besorgt hatte. Und jetzt, wie durch ein Wunder oder weil er pfiffig war, befand sich dieser Schlepper noch in S., hatte einen Wagen und gleich zwei Pferde und sammelte alle ein, die wegwollten. Willy hatte vor, Jankowsy zu bitten, für Trudi und Frau Schwabich zwei Plätze auf dem Wagen zu reservieren. Doch Jankowsky winkte ab, weil der Schlepper einfach verschwunden war, ohne jemandem etwas zu sagen. Er hatte angeblich eine ganze Ladung Schmuck der Familien, die mit ihm gerechnet hatten, mitgenommen. Und so kehrte Willy mit schwerem Herzen, aber dem festen Entschluss heim, Trudi auf den Weg zu schicken. Die Straße war leer, es stank nach Gas, und vom Stadtzentrum her wehte ein leichter Wind, der Asche mitführte.

Die alte Schwabich stand am Fenster, rief ihn und erzählte, dass, gleich nachdem er zur Arbeit gegangen war, irgendwelche Leute mit Armbinden, aber in Zivilkleidung gekommen seien und gesagt hätten, dass ein paar Querstraßen weiter eine tote Frau mit Papieren auf den Namen Peters liegen würde. Angeblich hätte sie ein Splitter getroffen, denn diese Straßen wären unter Beschuss von Steilfeuergeschützen gewesen. Doch die Leute seien wieder gegangen und hätten weder Trudis Papiere dagelassen noch gesagt, wo sie liegen würde. Willy lief gleich dorthin, wo der Artilleriebeschuss seit einiger Zeit am stärksten war, doch er fand nichts. Irgendwelche Zivilisten, die er dort antraf, berichteten völlig teilnahmslos, dass die Leichen der zwei oder drei Personen, die am Morgen getötet wurden, irgendjemand gegen Mittag mit einem Handwagen weggekarrt hätte, um sie irgendwo zu vergraben; die Getöteten hätten keine Papiere dabeigehabt. Das alles war recht merkwürdig, denn genau von diesem Tag an verstummte die Artillerie fast ganz. Und so blieb es dann noch ein paar Tage. Man hörte nur das dumpfe Dröhnen der fernen Front oder das Pfeifen des Windes. Oder die Stille, die im Winter den Atem kühlt und vom Warten erfüllt ist.

Den ganzen Tag und den nächsten suchte Willy nach einer Spur von Trudi, wobei er den Passierschein, den man ihm im Hafen ausgestellt hatte, gut nutzen konnte. Er hegte die Hoffnung, er würde sie, wenn nicht lebendig, so wenigstens unter einer dünnen Trümmerschicht, die den Grabstein ersetzen würde, finden. Doch er fand nichts.

Als er Erik Gärtner davon erzählte, viel später und fast heimlich, denn niemand sonst wollte seine Geschichte hören, lächelte Gärtner schief und sagte: Du hast Glück, Kollege. Wenn deine Frau in der Stadt geblieben wäre, hätten sie zehn Iwans durchgevögelt und ihr dann mit einem Schuss in die Möse den Rest gegeben.

Willy hörte ihm überrascht zu. Bis jetzt war er sich nicht bewusst, dass das Glück in seinem Leben auch diese Gestalt annehmen könnte.

Kugel wusste genau, warum Erik Gärtner so an ihm klebte. Alle wussten es. Denn Erik Gärtner lief herum und verkündete, alles sei ein abgekartetes Spiel, und diese Polacken dürften nicht so einfach davonkommen. Er wiederholte das so oft in Augusts

Gegenwart, dass dieser – als Trainer einer Mannschaft, die offiziell den polnischen, schwer auszusprechenden Namen Spójnia* hatte – darin eine eindeutige Anspielung darauf sah, dass er, Kugel, an so einer Manipulation auch ein Interesse haben könnte, also dazu beitragen wolle, dass die Mannschaft, die die ganze Saison hindurch in der C-Klasse bei den Ligaspielen der polnischen Meisterschaft geführt hatte, sich mit der letzten, verlorenen Partie aus der Verantwortung ziehen wolle und den Aufstieg in die B-Klasse vergeben würde. Dies wäre eine zu große Hürde für die deutschen Beine. Aber es war doch gar nichts abgekartet! Nichts, wovon Kugel nicht wüsste. Und alles hing immer noch von diesen deutschen Beinen ab, die er mit Eifer trainierte. Gewissermaßen zusammen mit Erik Gärtner.

Was das Ergebnis anging, wäre Kugel übrigens ganz ruhig gewesen. Ogniwo** war doch ein leichter Gegner, und bei diesem Spiel hatte seine Mannschaft eigentlich nichts zu verlieren. Die anderen steckten in der Mitte der Tabelle fest und hatten keine Chance aufzusteigen. Doch Gärtner konnte damit Recht haben, dass die Polen das Treffen mit Spójnia als etwas Besonderes ansehen und alles tun würden, um den Aufstieg der Deutschen zu verhindern. Trotzdem hatte Kugel weniger Angst vor Ogniwo und den polnischen Schiedsrichtern als vor Bruno Lipke, seinem besten Torwart.

Bruno schläft nicht. Bruno döst. Er hat immer noch nicht gelernt, wie ein Mensch zu schlafen. Er weiß noch nicht, dass er der beste Torwart bei Spójnia sein wird. Er weiß noch nicht, dass er von den Russen eines von den zwölf Paaren der Fußballschuhe bekommen wird. Für einen guten Anfang. Zwölf Paare für die zwölf Fußballapostel. Pankuwait, Dietter, Tomasik, Belke, Gottsched, Peschke, Raabe, Schwarz, Müller, Herlich, Zwiebel, na und er. Die heilige Zwölf.

* poln.: Bande
** poln.: Kettenglied oder auch Bande

Bruno lehnt den Kopf an den Schubkarren und döst. Es ist ein heißer Sommertag des Jahres neunundvierzig, und sie machen gerade Pause auf dem Baugelände des Sportplatzes, für den sie die Erlaubnis der sowjetischen Administration bekommen haben. Wer hätte schon die Polen danach gefragt, außerdem war das Krankenhaus jetzt auch ein Sowjet- und Militärkrankenhaus. Die Antifa, das heißt den Antifaschistischen Demokratischen Block, haben sie auch nur der sowjetischen Gnade zu verdanken, und es war die Antifa, die bei den entsprechenden Herren dieser Stadt und dieses Teils der Erde die Erlaubnis für den Sportplatz erwirkt hat.

Bruno arbeitet auf einem Bauernhof vor der Stadt. Zusammen mit August Kugel, der dort, an Ort und Stelle, für die russischen Soldaten und ihr deutsches Dienstpersonal Brot backt. Bruno arbeitet in den Vieh- und Pferdeställen; wenn es nötig ist, geht er in den Wald und macht Hetzjagd auf Menschen. Und manchmal bringt er den Offizieren eines der Mädchen. Die Mädchen beklagen sich nicht. Diejenige, der sich der Offizier bedient – hinterm Haus oder im Heu – werden die Soldaten nicht wie eine Stute durchbumsen.

Bruno ist glücklich, dass er einen vollen Schubkarren mit Steinen und Geröll, Erde und Unkraut schieben kann. Bruno schläft schlecht, aber nicht, weil er sich an zu vieles erinnert. Bruno kann sich an gar nichts erinnern, weil er sich nicht erinnern will. Nicht deshalb, weil er gelitten hat, sondern weil er nicht mehr an das alles denken will. Er ist glücklich, dass er einen Schubkarren schiebt und dass ein Sportplatz entsteht, auf dem er Fußball spielen wird. Bruno hofft, dass er an einem der Flügel spielen wird, weil er schnell ist und gern rennt. Aber er wird Torwart sein. Der beste.

Bruno schläft schlecht, weil er nichts träumt. Er hat ein bisschen Angst vor der Leere unter den Augenlidern. Er döst am liebsten. So kommt es ihm zumindest vor. Wach auf, sagte sein älterer Bruder Konrad zu ihm. Und Bruno darauf: Ich schlafe gar nicht. Konrad lachte: Du schläfst, du hattest die Augen geschlossen, und du hast durch die Nase geschnauft. Bruno beharrte auf: Nein, ich habe nur gedöst. Ich schlafe nie wirklich. Und ich sehe immer alles ... Vielleicht ist Bruno Lipke deshalb Torwart geworden.

Drei Jahre später wird August Kugel einen heftigen Schmerz in der Nierengegend spüren, wenn Bruno vor dem letzten, wichtigsten Saisonspiel, diesem gegen Ogniwo, in die Sonne schauen und seinem Vater Johann zurufen wird: Es blendet wie verrückt, Papa. Ich werde noch deswegen 'ne Pille durchlassen. Man muss sich nicht wundern, dass Kugel wegen Bruno Angst hatte.

Nein! Beide Männer schlafen. Willy Peters pfeift sogar in seinen Bart. Er lehnt am Baum, ganz in seinem Schatten, der der weißen, nur am Hals geröteten Haut gut tut. Bruno Lipke liegt an den Schubkarren gelehnt, und seine Augen bewegen sich unter den Lidern hin und her wie rollende Bälle unter einer Decke. Beide Männer schlafen, Heini schläft überhaupt nicht.

Gestern ist er das erste Mal geflogen.

Und gestern hat er Leni in dem Garten hinter der Schule gesehen. Sie lag im Gras, und ihre Brüste sahen aus wie zwei Kugeln Vanilleeis.

Heini kann sich nicht entscheiden, an welches der beiden Dinge, die gestern passiert sind, er denken soll.

Der weiße Schmetterling gleitet zum Ameisenhaufen, die schwarzen Arbeiterinnen tragen ihn vorsichtig und feierlich, um ihn nicht in ein Wegfliegen fallen zu lassen, weil Schmetterlinge das manchmal tun. Willy Peters ist fast vierzig Jahre alt und kann sich gut an sein Album mit den Segelbooten erinnern. Da war der mächtige spanische Schoner «Juan Sebastian de Elcano» mit vier Masten; und die Fregatte «Danmark», weiß wie eine Möwenfeder, deren Postkartenabbildung er in Voits Buchladen kaufte, als er eigentlich schon beschlossen hatte, mit dem Sammeln aufzuhören. Er war dreiundzwanzig Jahre alt und wartete auf die Hochzeit mit Trudi, aber er konnte sich nicht zurückhalten und machte sich noch dieses eine Geschenk. Na, und später kamen die nächsten: «Amerigo Vespucci», der elegante Italiener mit vergoldetem Bug und Heck, einer schmalen Takelage und drei hohen Decks, die ihm das Aussehen einer schwimmenden Stadt verliehen; die stählerne «Gorch Fock» aus der Hamburger Werft und die dort gebaute dreimastige Bark «Horst Wessel»; die rüstige rumänische «Mircea», auch aus der Werft «Blohm», die wahrscheinlich als Letzte – denn es war im ersten Kriegsjahr – auslief. Willy hatte nur ein unscharfes Zeitungsfoto von ihr.

Aber dafür weckten frühere Trophäen nicht nur Olafs und Suse Menzels, sondern auch Trudis Begeisterung, deren Augen beim Anblick der aufgespannten Segel leuchteten. Aber vielleicht war es auch wegen Willy, nur dass er es nicht zu unterscheiden wusste. Da gab es also die nur auf einem Bild – und nicht auf einem Foto – verewigte Brigg «Lucifer», das Werk der Werft «Nüscke» in S.; und, als ob er direkt von Stevenson gekommen wäre, den klassischen schwedischen Rahsegler «Lind» aus Holz; und «Belem», der irgendwann Kakao aus Brasilien transportiert hatte; und die Ketsch «Sarpen», die im letzten Jahrhundert in der dänischen Werft Nyköping gebaut wurde; und den legendären Windschlucker «Cutty Stark», der während des berühmten Rennens von Thermopylae achtzehnhundertfünfundachtzig mit fotografischer Genauigkeit gemalt wurde; und «Susane Vinnen» aus der Germaniawerft, der bizarre Schoner mit den drei Rahsegeln anstatt der Toppsegel auf dem ersten und mittleren Mast; und ihre riesige Schwester «Magdalene Vinnen», die viermastige Bark für eine über zweihundert Köpfe zählende Mannschaft, fast einhundertzwanzig Meter lang, so dass sogar die «Padua» aus Wasenmünde nicht ganz an sie heranreichte.

Aber natürlich hätte man weder die eine noch die andere mit der französischen «France II», dem amerikanischen «Thomas Lawson» oder auch den deutschen «R. C. Rickmers» und «Preussen» vergleichen können. Das waren Segeltürme, Segelstädte, Takelagenlabyrinthe. Obwohl Willy den hässlichen Siebenmaster der Vereinigten Staaten nur als Zeichnung besaß und sie die Größe dieses Klippers bestimmt nur unzureichend wiedergab.

Dafür hatte Willy keine Zweifel, dass die Krönung seiner Sammlung die «Prinzess Eitel Friedrich» war, eine wendige Fregatte mit einer märchenhaften Segelanordnung. Damals, als Willy ihr großes, nachkoloriertes Foto in sein Album klebte, hieß sie wohl schon «Colbert» und lief für die Franzosen aus, oder vielleicht für die Polen, die sie schließlich gekauft hatten? Willy nannte sie kurz «Prinzessin», und sein Herz schlug schneller, wenn er sie Trudi zeigte.

Doch von dem wichtigsten Boot hatte er kein Bild. Weil ihm Olaf von «Kristin» nie ein Foto gegeben hatte. Olaf selbst besaß nur eins davon, mit seinem Vater drauf, der an der Segelstange steht und wie ein Korsar ein Seil zwischen den Zähnen hält. Willy konnte sich genau an das Foto erinnern, und der Major erschien ihm immer älter als er. So dass Willy sogar nach dem Krieg, als er im Alter von Olafs Vater gewesen war und ihn bald überholt hatte, sich den Major immer als jemanden vorstellte, der mehr Jahre auf dem Buckel hatte als er.

Als Willy nach einem einmonatigen Aufenthalt in einem Fischerdorf im Süden Rügens – den er damit verbrachte, gedankenlos auf den sich verändernden, mit dahinjagenden Wolken bestückten Himmel zu schauen, geräucherte Flundern zu essen und den Fragen der Dorfbewohner zuzuhören, die allein schon das Fragenstellen zu befriedigen schien – wieder nach S. kam, war es Anfang Mai.

Er ging durch die menschenleeren, in ihrer Leblosigkeit erstarrten Straßen und hatte den Eindruck, dass das alles, wie eine Fata Morgana, gleich vorbei sei. Es würde genügen, bei seinem Haus anzukommen, das noch gestanden hatte, als Willy zusammen mit der wohl letzten Gruppe von evakuierten Hafenarbeitern die Stadt verließ. Doch als er ankam, war das Haus nicht mehr da. Eine ausgebrannte, schwärzliche Ruine stand da, innen leer. Aber Willy schien das nur so. Denn als er durch die Eingangstür trat, erblickte er die Treppe. Und er konnte auch ins Stockwerk gehen, obwohl es weder ein Treppengeländer noch ein Stockwerk gab. Gerade sein Stockwerk mit seinem Album und Fahrrad.

Nicht das Fahrrad von dem Wettrennen auf der Silberwiese, sondern das neue (obwohl es auch schwarz war), dieses, auf dem er sich ein paar Tage vor der Lagerfahrt ins Harzgebirge den Arm gebrochen hatte. Und alles wurde irgendwie unwirklich. Alles. So als ob nicht er an diesem Ort stehen würde. Als ob es ein fremder Ort wäre. Kein Schmerz, kein Hass. Nichts. Gleichgültigkeit. Endlich Gleichgültigkeit. Einen Moment lang stand er noch bewegungslos da und schaute. Dann ging er langsam die Treppe hinunter. In der Eingangstür lag ein Türschild von der Wohnung des Hausmeisters. Ohne zu überlegen, trat er nach ihm, wie nach einem Ball, der ihm zufällig vor die Füße rollte. Er ging pfeifend die Straße entlang und dachte an die geräucherten Flundern und die salzige Brise Skandinaviens. Und an die Netze, die vor den niedrigen weißen Häusern zum Trocknen aufgehängt waren.

Er erinnerte sich an die Netze auf Rügen, als Bruno Lipke zum ersten Mal im Tor stand. Denn das Tornetz hatten sie wirklich aus Fischernetzen gefertigt. Willy hatte keine Ahnung, wie die Netze in den Klub der Antifa gekommen waren.

Und damals, im Mai, als Willy noch nicht wusste, dass der Krieg zu Ende war, aber schon ahnte, dass noch nichts angefangen hatte, vergaß er Rügen schnell. So schnell, dass er manchmal den jungen Lipke beneidete, weil der so pfeifen konnte. Denn Willy wurde wieder vorsichtig. Das hatte wohl angefangen, als er die ersten Menschen auf der Straße sah. Und dann fand er in der «Deutschen Zeitung» eine Anzeige, dass die Russen Leute für den Hafen suchen würden, vor allem Spezialisten. Er ging gleich hin und bekam auch Arbeit und eine Wohnung in der Bethanienstraße, deren Namen er seitdem nicht mehr aussprach, genauso wie die Namen anderer Straßen. Und als er Heini traf, dort, am Bahnhof Zabelsdorf, bei der Volksküche, wo man eine dünne Erbsensuppe erhielt – nicht damals, als den Jungen dieser Ordnungshüter geschnappt hatte, sondern als Heini mit dem ganzen Waisenhaus aus Kückenmühle oder vielleicht auch aus der Zabelsdorfer Straße gekommen war –, gesellte sich zu der Vorsicht noch die Angst. Denn wieder hatte Willy alles zu verlieren.

Bruno Lipke wurde im Januar neunzehnhundertfünfundvierzig fünfzehn Jahre alt. Er hatte schon viel gesehen: die Leichen polnischer Soldaten, im Heu auf einem Pferdewagen, an diesem Tag, als die Bewohner von L. fünf Jahre und ein paar Monate zuvor für dieses eine, einzige Mal den Atem des Krieges zu spüren bekamen. Und Josy Braun, die von Ukrainern, deren Kasernen sich in einem Gymnasium aus der Vorkriegszeit befanden, vergewaltigt wurde. Er fand ihren weißen Leichnam im Wald, als er Heidelbeeren pflückte, die er später auf dem Markt – wie immer für dreißig Pfennig die Tüte – verkaufte. Und einen sowjetischen Fallschirmjäger, der unter den Fenstern ihres Hauses abgeführt wurde, mit Gewehrläufen, die auf ihn gerichtet waren und mit einem Gesicht, das von den Kolbenschlägen und Steinen, mit denen ihn die Kinder begrüßt hatten, blutüberströmt war. Das war im Herbst des Vorjahres. Bruno erinnert sich an die Einmachgläser mit dem gezuckerten Obst, das auf der Fensterbank heranreifte, und daran, dass die Schallplatte mit dem Lied *Ich brauche keine Millionen, mir fehlt kein Pfennig zum Glück* gerade beim Refrain einen Sprung hatte: Glück, Glück, Glück. Die Front kam näher, man spürte in der Luft und in den Menschen die Anspannung. Ein, zwei Jahre zuvor hätten sie höchstens über den unglücklichen Fallschirmspringer gelacht. Damals hatte es noch Ordnung gegeben. Zwei Ukrainer, denen man eine Vergewaltigung nachgewiesen hatte, wurden hinter der Stadt aufgehängt, um aus der Ordnung keine Vorstellung zu machen. Else Lipke war zwar hingegangen, um zu sehen, wie sie hingen, aber ihrem Sohn erlaubte sie es nicht. Das ist die Strafe für das Leiden der Frauen. Also nur für Frauenaugen, erklärte sie nach ihrer Rückkehr, sollen sie also baumeln. Ukrainer oder Russe, die gleiche teuflische Brut, soll sie doch der *piorun** treffen. Wenn sie aufgeregt war, konnte sie die polnischen Worte nicht zurückhalten.

* poln.: Blitzschlag

Johann Lipke, ihr Mann, sprach besser Polnisch, gebrochen, aber immerhin. Vor dem Krieg war er es, der alles bei den Behörden erledigen musste. Außerdem war er findig und geschickt. Doch der Tod seines ältesten Sohns und vor allem die letzten, ungewissen Monate hatten ihm viel Energie geraubt. Deshalb war es Bruno, obwohl er nie direkt erfahren hatte, was Krieg und Erwachsensein bedeuteten, der sich in diesen Monaten um seine gealterten, wenn auch noch nicht besonders alten Eltern kümmerte. Er hatte es nicht mehr geschafft, die Uniform der Flakhelfer anzuziehen; er sollte gerade in diesem Frühling drankommen, und die meisten seines Jahrgangs warteten schon ungeduldig auf die Einberufung, doch die Front war schneller. Aber Bruno war deswegen nicht traurig. Ihn freute sogar der Gedanke an die Flucht aus dem verschlafenen Städtchen mit den drei Platanen vor dem Rathaus, den Marmortischen in der Konditorei und den Blicken der Polen, die immer misstrauischer wurden. Die Wagen fahren westwärts, am Himmel steigen Rauchzeichen auf, und hinter jedem Felsen pirschen sich listige Rothäute an.

Er fühlte sich gar nicht wie ein reifer, verantwortungsvoller Mann. Und trotzdem oder vielleicht gerade deswegen: Als ihr überfüllter Zug, der mit Angst, Gepäck und Hoffnung voll geladen war, langsam im Bahnhof von S. einfuhr, gehörte er, Bruno, zu den Wenigen, die wussten, was man in so einer Situation tun musste. Er spürte ein angenehmes Kribbeln auf dem Rücken, als er auf den mit Reif bedeckten Bahnsteig sprang und entlang dem Kordon der Gendarmen, die er wie Slalomstangen umlief, Richtung Stadt rannte. Bruno war der beste Sportler in seiner Klasse gewesen, vielleicht in der ganzen Schule. L. war zwar ein kleines Provinzstädtchen, gleich hinter der früheren Grenze, und in der Schule legte man größeren Wert auf die Muskelkraft bei der Ernte als auf olympische Rekorde. Doch Herr Krause, der Sportlehrer, ein Volksdeutscher, der vollkommen kahl war und furchtbar lispelte, hatte eine Gruppe von Jungs zusammengestellt, aus denen er den letzten Tropfen Schweiß rausholte; zum Ruhme der olympischen Heroen, wie er, ohne tieferen Sinn, dahersagte. Bruno gehörte zu Krauses Lieblingen, was ihm sehr zu schaffen machte. Denn er spürte in diesem ständig erregten und von den eigenen Worten berauschten Lehrer einen unnatürlichen Eifer und Angst, die nach Schweiß roch. Bruno war ihm übrigens einmal unangenehm aufgefallen; er sollte als der Diensthabende die Losung der Woche ausrufen. Beim Sportunterricht waren Losungen keine Pflicht, doch Krause legte großen Wert auf sie. Besonders das Wort *Sieg* hatte es ihm angetan, und er empfahl, die meisten Losungen darauf aufzubauen. An diesem Tag sollte Bruno *Unser Glaube ist der Sieg!* ausrufen. Er rief *Unsere Glatze*, und der Rest der Jungs brüllte *ist der Sieg!* Niemand mochte Krause, doch es ist schwer zu sagen, warum eigentlich. Manche nannten ihn Polacke, obwohl er selbst behauptete, er sei nur mit einer Polin verheiratet gewesen und noch vor dem Krieg Witwer geworden. Er gab sich als Nachkomme der Kreuzritter aus, die einmal die Gegend kolonisierten. Aber jeder wusste, dass er im nahe gelegenen Rawicz als Sohn eines Gefängniswärters zur Welt gekommen war. Doch sein Stammbaum war den Jungen egal, er selbst gefiel ihnen nicht. Deshalb nahmen sie den riskanten Scherz von Bruno, den sofort alle verstanden hatten – selbst im Wörterbuch stehen *Glatze* und *Glaube* hintereinander – mit Gelächter auf und leugneten dann alles. Sie behaupteten, dass Bruno, wie es sich gehörte, *Unser Glaube* gerufen hätte, aber Herr Professor noch nicht so gut Deutsch sprechen würde, und bestimmt, da er sich viel über seine Glatze anhören müsste, etwas anderes verstanden hätte. Das Schlimmste jedoch war, dass Krause den Schwanz einzog und sehr ungeschickt vorgab, ihnen zu glauben. Er entschuldigte sich sogar bei Bruno, während er die ganze Zeit auf die Raute mit dem Hakenkreuz, die an Brunos Sporthemd angenäht war, schaute, furchtbar lispelte und so schwitzte, dass es alle sehen konnten. Der Vater eines Schülers arbeitete in L. bei der Gestapo. Er war nur Rottenführer bei der SS, doch selbst der Schuldirektor versuchte, Konflikte mit ihm zu vermeiden. Sein Sohn war übrigens ein sehr ruhiger Junge, ein guter Schüler, und Bruno konnte sich nicht erinnern, dass er sich irgendwie hervorgetan hätte. Dafür erinnerte er sich an das verkrampfte Gesicht des Lehrers und das laute Gekicher der Jungen, als, kurz nach Brunos Scherz, Krause Probleme mit der Pfeife hatte, die keinen Laut von sich gab, als er mit ihr das Signal für den Beginn des Aufwärmtrainings geben wollte. Bruno genoss diesen Augenblick seiner Demütigung, aber gleichzeitig fühlte er eine Art Ekel: vor der verschwitzten Glatze, vor dem eigenen, leeren Stolz und vor dem Triumph der Kameraden.

Krause wurde im Herbst vierundvierzig unter ziemlich mysteriösen Umständen umgebracht, was die Polizei offiziell als Raubmord bekannt gab. Bis zum Schluss hatte er mit Bruno angegeben, der die hundert Meter nur etwas über zwölf Sekunden lief, sechs Meter dreizehn in die Weite sprang und den Schlagball über den Sportplatz hinweg werfen konnte. Im Januar fünfundvierzig, auf dem Bahnhof von S., waren Brunos Beine zwar von der dreitägigen Reise steif geworden, und der starke Frost raubte ihm den Atem, doch die Energie, die sich während der Fahrt in ihm angestaut hatte – in Verbindung mit der Abneigung der Gendarmen gegen alles, außer dem heiseren Kommandogeschrei –, verschaffte ihm ein paar Vorteile. Also huschte er über den Bahnsteig, ohne dass ihn jemand aufgehalten hätte. Er rannte auf die Straße, blieb einen Moment an dem vom Eis erstarrten Fluss stehen und marschierte dann eiligst, ohne die Stadt zu kennen, zu der Adresse, die ihm sein Vater auf einen Zettel geschrieben hatte. Dort wollte man ihn nicht so schnell wieder gehen lassen und gab ihm erst mal zu essen. Er hatte nur vor einer Sache Angst: dass der Zug abfahren könnte. Aber er fuhr den ganzen Tag und auch in der Nacht nicht ab. Und Herr Maske, ein Korporal aus dem Ersten Weltkrieg und Vorgesetzter von Johann Lipke (der zu seinen liebsten Erinnerungen von der Front diejenige zählte, dass niemand im Schützengraben vor dem Angriff so furzte wie Korporal Maske), erschien frühmorgens mit dem Eisernen Kreuz am Hals und einem kleinen Hakenkreuz im Revers auf dem Bahnhof, um mit für den Jungen unbekannten Argumenten und kräftiger Stimme, wobei er das Durcheinander auf den Bahnsteigen – das er sich erlaubte, ungeschminkt als Bordell zu bezeichnen – voll ausnutzte, Johann Lipke und seine Frau aus dem Gedränge herauszufischen. Obwohl ein paar SS-Männer mit düsteren Fratzen herumliefen und der Flüchtlingstransport nur noch auf das Signal zum Weiterfahren wartete, so dass die Leute nicht einmal mehr aus den Waggons auf den Bahnsteig hinausstiegen, weil sie Angst hatten, dass es jeden Augenblick losgehen könnte. Dafür versuchten die Städter, die dringend eine Mitfahrgelegenheit suchten, in die Waggons hineinzugelangen, denn aus S. gingen keine Züge mehr. Der ganze Zugverkehr war eingestellt worden. Doch in dem Flüchtlingstransport gab es keine Plätze mehr. Außerdem wurde jeder genau kontrolliert, ob er eine Erlaubnis zur Evakuierung hatte oder ob er ein Deserteur der Front war, die übrigens immer näher rückte. Das Ganze machte einen beklemmenden Eindruck: Die einen wurden nicht rein-, die anderen nicht rausgelassen. Die SS-Männer stießen sogar Frauen zurück, die den Flüchtlingen ein paar heiße Kartoffeln in Dosen – in Zeitungspapier gewickelt, damit sie nicht kalt wurden – brachten.

Trotzdem lachte Maske derb, als sie den Bahnhof schon verlassen hatten, und Bruno wartete nur noch auf einen feurigen Furz. Doch der kam nicht, dafür erfuhr der Junge, dass der Gefreite Johann Lipke den verwundeten Korporal Maske auf dem vereisten Schwemmland bei Mitau unter Beschuss vom Feld getragen hatte. Also revanchierte sich jetzt Maske, der übrigens damals in den Hintern getroffen wurde, was angeblich sehr schmerzhaft gewesen war, und was dem Jungen zu Maskes Gestalt sehr passend erschien. Damals griffen uns die Russen an, und jetzt tun sie es auch wieder, dröhnte Maske, während ihm wie einem gezäumten Pferd dichte Dampfwolken aus dem Mund quollen. Aber an der Oder wird die Hauptverteidigungslinie sein, und selbst eine sowjetische Laus wird sich hier nicht durchzwängen können, versicherte er umso nachdrücklicher, je mehr Lipke den Sinn des Aufenthalts in S. zu bezweifeln schien. Da er aber in L. sein ganzes Hab und Gut gelassen hatte, teilweise in Kisten vergraben, teilweise in der Obhut jener, die nicht fliehen wollten oder konnten, wollte er in der Nähe bleiben, falls die Gegenoffensive noch in diesem Frühling stattfinden sollte. In seiner Jugendzeit war er Kutscher bei Baron Stanislas von R. gewesen und bekam von ihm eine anständige Abfindung. Er hatte auch ein kleines Einkommen von der Mühle, die er zusammen mit Elses Familie vom Schwiegervater gepachtet hatte, und besaß ein wenig eigenes Land vor der Stadt. Es reichte für ein einigermaßen ruhiges Leben und für die Schallplatten seines ältesten Sohnes Konrad, der es liebte, das Grammophon im Fenster seines Zimmers aufzustellen und die vom Markt kommenden Pferdewagen mit Slowfox- und Tangomelodien zu beglücken. Bruno verschlang diese Musik wie Nektar und spielte sie genauso oft wie sein Bruder, wenn dieser nicht da war. Deshalb hatte er alle Schallplatten in einer gesonderten Kiste vergraben.

Maske schätzte diese Art von Musik nicht; er hatte nur ein Radio zu Hause, aus dem sie gleich ein paar Verlautbarungen hörten: dass das Telefonieren im Moment nicht erlaubt sei, dass man die Stromzufuhr auf vier Stunden täglich beschränken würde und deshalb ein absolutes Verbot bestünde, elektrische Heizanlagen zu benutzen; dass man über verdächtig aussehende, herumstreifende Soldaten bei den entsprechenden Stellen Meldung machen sollte und die Sammelaktion von Gegenständen, die die reguläre Armee und die Abteilungen des Volkssturms notwendig brauchen würden, weiterhin andauerte. Also, zähle jede Decke, jedes Paar Schuhe und jeder Mantel, die man bis zum Endsieg tragen könnte. Dann ertönten heisere Marschklänge. Herrn Maskes Radio befand sich in schlechtem Zustand, übrigens genauso wie der Hausherr, der plötzlich am Tisch in sich zusammenfiel und grün wurde. Ein paar Personen, die mit ihm die Wohnung teilten und die Bruno nicht voneinander unterscheiden konnte und wollte, öffneten ihm den Kragen. Man nahm ihm das Eiserne Kreuz zweiter Klasse ab und kühlte seine Stirn mit Wasser, das mit einer Andacht gebracht wurde, als handle es sich um Weihwasser. Erst später erfuhr Bruno, dass einer Familie täglich zwei

Eimer Wasser zustanden, wenn es überhaupt gelang, welches aufzutreiben. Nach einer Weile gewann Maske wieder etwas von seiner Lebenskraft zurück. Man trank den aus Eicheln gebrannten Kaffee aus (Bruno hoffte die ganze Zeit, dass wenigstens das braune Getränk den Mitauer Ruhm des Korporals in Erinnerung rufen würde, aber auch diesmal wurde er enttäuscht), um sich anschließend zu verabschieden.

Maske wohnte unter Bedingungen, die es nicht zuließen, sie bei sich übernachten zu lassen. Als guter Katholik wäre er bereit gewesen, sie aufzunehmen, aber er hatte schon Verwandte aus Ostpreußen am Hals und ein Ehepaar vom Haus gegenüber, das nur noch ein Trümmerhaufen war. Die ganze Grabower Straße, in der Maske wohnte, sah wie ein amerikanischer Canyon aus, den Bruno in irgendeinem Western gesehen hatte: einzelne Wände und eine riesige graue Steinwüste, von einer dünnen, schmutzigen Schneeschicht bedeckt. Nur das Wohnhaus von Maske war in der Gegend als einziges unversehrt geblieben.

Johann Lipke erschreckte der Gedanke, in einer fremden, kalten Stadt obdachlos zu sein. Nur mit Bitten erreichte er, dass seine Frau Else, die während der Reise an einem rätselhaften Fieber erkrankt war, so lange bleiben konnte, bis er einen Platz für die Familie gefunden hatte. Er ging mit seinem Sohn in die Kälte hinaus. Dieser Nachbar von Maske begleitete sie, ein alter Mann mit eingefallenen Wangen und einem Hut auf dem Kopf, den ihm seine Frau mit einem Schal unter dem Kinn festgebunden hatte. Er sollte sie zum Büro der Nationalsozialistischen Volkswohlfahrt auf der Grünen Schanze bringen. Aber kaum erreichten sie den Park, der sich hinter der gegenüberliegenden Straßenseite ausdehnte und in dem die schwarzen Baumstümpfe noch bedrückender erschienen als die einzelnen, namenlosen Grabsteine am Rand der Anlage, redete er sich mit Durchfall heraus, zeigte ihnen die Richtung, in der sie gehen mussten, und kehrte nach Hause um. Ein Glück, dass ihnen eine Patrouille half, die sie auf dem Weg trafen. Die Gendarmen hatten vor Kälte blaue Gesichter und das eindeutige Bedürfnis, etwas zu tun, das ihnen den Glauben an irgendetwas – was immer es auch sei – wiedergeben würde: an ihre eigene Herzensgüte, an ein Ziel, das am Ende jedes Weges wartet, an den glücklichen Zufall. Sie führten sie durch den Park, neben dem weißen, wie eine Leiche daliegenden Block des von einer Bombe getroffenen Theaters und entlang der Altstadt, die nur noch ein zu Asche verbrannter, vereister Trümmerhaufen war, unter dem einzelne Wandpfeiler und verbogene Eisenstangen von irgendwelchen Konstruktionen herausragten. Vom grauen Himmel hob sich auf dem Hügel die schwarze Schlossruine ab, und unten musste wohl der Fluss sein, denn es kam ein kühlfeuchter Wind von dort herüber. Hier und da verboten Schilder das Betreten der Altstadt. Bruno kratzte von einer der Tafeln den rauen, angefrorenen Schnee ab. Die Gendarmen wärmten sich mit Reden auf. Sie sprachen über das flüssige Feuer, das hier letzten Sommer vom Himmel gefallen war, dieser Erfindung der Angelsachsen: von den Phosphorplatten, die man mit nichts löschen konnte und die wie Feuerwerksraketen Funken versprühten; von dem grauenvollen, Übelkeit erregenden Gestank, der noch Tage nach den Bombenangriffen im August über den Trümmern lag, weil vom Bergen aller Leichen nicht die Rede sein konnte.

Dann gingen sie an der Kathedrale vorbei, die an einen ausgebrannten Sarkophag erinnerte. Liefen über Wagenspuren und zwischen Trümmern hinunter zu dem völlig unzerstörten roten Rathaus gegenüber dem vereisten Springbrunnen, den angeblich einmal eine Frauenfigur vor einem aufgespannten Segel geziert hatte. Die Gendarmen wussten nicht, ob man die Figur heruntergenommen hatte, weil sie an der Front benötigt wurde oder weil man sie vor Luftangriffen schützen wollte. Dafür wussten sie ganz genau, dass sich das Büro für Flüchtlingsversorgung und Obdachlose im Rathaus befand. Dort herrschte großes Gedränge und eine Atmosphäre der Hoffnungslosigkeit. Doch in Johann Lipke erwachte wieder etwas von seiner alten Energie. Und da er sich ein bisschen unterwürfiger gab als in seiner Kutscherzeit, erhielten sie relativ rasch die Zuteilung für eine Wohnung in der

Gustav-Adolf-Straße, die – wie sie mit Freude feststellten – in der Nähe der Grabower Straße, also nicht weit von Maskes Wohnung, lag.

Else Lipke, sonst eine fröhliche und geduldige Frau, war seit dem Tod ihres Sohnes in Russland für Nervenzusammenbrüche aller Art sehr empfänglich. Von der Flucht erschöpft, reagierte sie deshalb auf das, was sie in der Gustav-Adolf-Straße antrafen, mit Schluchzen. Es war eine Zweizimmerwohnung, zwar groß, doch die Küche befand sich hinter einer Bretterwand. Es gab kein Badezimmer, und die Toilette befand sich im Zwischengeschoss. Außerdem drängte sich bereits eine fünfköpfige Familie in der Wohnung. Zwei Alte, ein Ehepaar um die vierzig und ihre erwachsene Tochter. Der Hausherr hieß Ehrlich und trug eine gemusterte Kappe sowie eine Brille, die mit einem Band um den Kopf befestigt war. Er schaute düster und wortlos auf die Meldepapiere, die Johann Lipke ihm zeigte. Einen Moment lang hatten sie den Eindruck, dass er nie von der Schwelle weichen würde, doch schließlich trat er zurück und taxierte nur schweigend ihr Gepäck: den Koffer, Brunos Rucksack und die Leinentasche der Mutter.

Es war nicht viel wärmer als draußen. Familie Ehrlich saß bei Kerzenlicht an einem Tisch, auf einem Spirituskocher blubberte Wasser in einem Blechtopf. Alle schwiegen. Schließlich sagte der Mann mit der Kappe, er wundere sich, dass man sie gerade hier einquartiert hätte, wo doch die Stadt fast völlig leer sei. Mit nur ein bisschen Verstand im Kopf (wahrscheinlich hätten die bei der Behörde ihn irgendwo liegen lassen, kicherte einer der Alten, der im Mantel am Tisch saß) hätte man doch eine momentan freie Wohnung finden können (dieses momentan hatte er gedehnt ausgesprochen, wie eine Warnung, doch Bruno wusste nicht, an wen). Er sagte noch, er würde in der Werft arbeiten, dass die zwei Alten die Eltern seiner Frau seien und seine Tochter – Gruppenführerin im Wehrmachtshelferinnenkorps – heute wie jeden Tag im Buchheide Forst gewesen sei, wo sie Panzergräben ausgehoben hätte. Und jetzt sei sie völlig durchgefroren. Das Mädchen, eine blasse Blondine mit hellen Wimpern, reagierte nicht einmal mit einem Blick auf seine Worte.

Wir werden versuchen zu helfen, sagte Johann Lipke. Seine Familie stand immer noch in der Mitte des Zimmers.

Habt ihr den Iwan gesehen? Ehrlichs kühler Ton schien für einen Moment milder, von der Neugierde erwärmt. Nein, platzte Bruno heraus, wir haben den Wasyli gesehen. Der Junge, dessen Vater bei der Gestapo gearbeitet hatte, hätte ihnen gesagt, dass der Fallschirmjäger Wasyli hieß. Aber Ehrlich wusste nichts über einen Fallschirmjäger, der auf dem Feld bei L. gefangen genommen wurde. Plötzlich stand er auf und führte sie ins andere Zimmer. Alle drei setzten sich auf das Ehebett und schauten auf das Hochzeitsfoto an der Wand, das auf dem Hintergrund einer Tapete mit gelben Blättern hing. Das Foto befand sich genau gegenüber dem Bett und hinter ihrem Rücken. Direkt über dem Kopfende des Bettes, über das eine Tagesdecke gebreitet war, hing ein Bild mit einer Landschaft und zwei Schwänen im Teich und eine kleine kolorierte Fotografie von Hitler. Die Leute sagen, flüsterte Else, dass die Wand an der sein Portrait hängt, immer verschont bleiben würde. Sie hatte sich mittlerweile beruhigt und putzte sich die Nase nur noch aus Gewohnheit. Ja, nickte Johann und nahm seine Pfeife mit dem Porzellanrohr aus der Tasche. Wir haben solche Wände gesehen, die standen, als ob nichts passiert wäre, das ganze Haus stürzte ein, und die rührten sich nicht mal. Else schaute unsicher zu ihrem Mann, doch der war ernst und wühlte mit dem Daumen im leeren Pfeifenkopf. *Ni ma co*, seufzte sie, gehn wir schlafen. Du könntest uns was singen, Bruno, damit sich die Nerven beruhigen. Sie streichelte ihm über den Kopf. Und Bruno sang *Im Quartier, wenn die Müdigkeit kommt, ist auch der Stein ein weiches Bett.* Plötzlich ging die Tür auf, und der Hausherr stand auf der Schwelle. Bei uns wird nicht gesungen, sagte er. Das heißt, wo, hier in Deutschland oder in diesem Haus?, fragte Bruno. Wenn ich noch mal irgendwelchen Gesang hören sollte, Ehrlich sprach mit einer leisen, monotonen Stimme, werde ich denjenigen töten, im Schlaf. Niemand zählt jetzt die Leichen. Er ging raus, und hinter der Tür hörte man das gedämpfte Lachen des Alten, der wahrscheinlich immer noch im Mantel dasaß. Eine Weile schwiegen sie im Dunkeln, dann schlüpften sie in ihren Kleidern unter die Decke. Im Haus war es vollkommen still.

Sie schliefen, als die Tür knarrte. Bruno erhob sich auf dem Ellbogen und spürte, wie ihm das Herz bis zum Hals schlug. Jemand näherte sich, doch man konnte nicht erkennen, wer, denn durch das mit Papier zugeklebte Fenster drang nicht einmal ein Schimmer ins Zimmer. Plötzlich roch er deutlich den säuerlichen Geruch von Schwarzbrot, so nah, dass es fast schmerzte. Er streckte die Hände aus. Sie stießen auf eine raue Brotscheibe und griffen gierig nach ihr. Die unsichtbare Gestalt verschwand rasch wieder aus dem Zimmer, und die Tür schloss sich hinter ihr.

Und kennst du das, Heini?, fragt Bruno und öffnet die Augen. Die Schubkarre hat wie ein eisernes Kopfkissen einen brennenden Striemen auf seinen Nacken gedrückt. Seine Lippen sind trocken, also streckt er die Hand aus nach dem von Peters abgestellten Becher, doch er steht zu weit weg. Der Junge schaut Bruno so an, als ob er ihn nicht mehr aus den Augen lassen wollte. Damals war ich so alt wie er, denkt Bruno, aber jetzt bin ich es nicht mehr. Das ist ein großes Glück. Und das ist das Spielfeld, auf dem ich am Außenflügel spielen werde. Ich war schon immer schnell, der Schnellste.

Kennst du das? *Im Quartier, wenn die Müdigkeit kommt, ist auch der Stein ein weiches Bett. Die Laus knabbert an den Soldatenträumen, voll gesaugt mit Blut, also ist sie glücklich …*

Ja, aber das ging ganz anders, brummt Peters. Seine Augenlider sind halb geschlossen. Der Schatten des Ahorns kühlt zart seine Haut. Plötzlich, von einem Gedanken durchzuckt, richtet er sich auf, als ob er aufstehen wollte, und ist ganz wach. Was singst du da, gibt es denn schon keine anderen Lieder mehr?, fragt er flüsternd.

Doch, sagt Bruno, es gibt andere. Es gibt nur andere Lieder.
Und kennst du so eins, Heini? *Wir lagen vor Madagaskar …*

Auf dem Flügel spielte er nur einmal, ganz am Anfang. Kugel hatte gesehen, dass er schneller als die anderen war. Gut, sagte er, du wirst den Ball ins Mittelfeld spielen. Raabe ist groß, er wird ihn wie eine Weihnachtskugel vom Baum pflücken. Dieser Vergleich stammte nicht von ihm. Er hatte ihn einmal beim Training der Titania 06, der Löwen von Zabelsdorf, gehört. Früher, noch als Junge, ging er manchmal zu ihrem Training, weil er die Meistermannschaft und ihren Kapitän bewunderte. So ein sehniger Typ mit Kürassierschnurrbart. Wie hieß er doch? Kugel wusste es nicht mehr, doch an die Weihnachtskugeln erinnerte er sich noch, weil dieser Kürassier auch hervorragend köpfen konnte. Dafür hatte Raabe, hoch gewachsen wie eine Birke, aber nicht sehr wendig und etwas gekrümmt, keine Ahnung von Kopfbällen. Und Brunos Flanken wurden einfach vergeudet. Doch Kugel ging damit auf seine Art um. Gut, sagte er, du weißt nicht, wie man das macht, aber flanken muss man können, und das nächste Mal wird es dir Pankuwait zeigen. Sie saßen im Gras neben dem Spielfeld, völlig verschwitzt, vom leichten Wind umweht, und sie atmeten schwer in die Sonne, die genau über ihren Köpfen stand. Das war ihr erstes Spiel gewesen und ihr erstes Unentschieden, drei zu drei, gegen die polnische Feuerwehrmannschaft. Raabe hatte den Ball kein einziges Mal mit dem Kopf getroffen, zwei Tore schoss Pankuwait – früher Spieler bei der Fußballmannschaft des Kaufmännischen Turnvereins, der sogar ein paar Spiele gegen die Berliner Hertha mitgemacht hatte – und das dritte, einen Elfmeter, Belke. Kugel hatte Pankuwait noch auf der Hugo-Rühl-Kampfbahn gesehen, er war Innenstürmer gewesen, wendig, mit guter Technik und schnell wie Horn, der Weltmeister aus S., der die Straße mit der Rennstrecke verwechselt hatte und ungefähr zehn Jahre vor dem Krieg auf seinem Motorrad umgekommen war. Pankuwait blieb nicht lange in Berlin, und nach seiner Rückkehr nach S. entwickelte er sich als Sportler nicht mehr weiter, doch an dem Spiel S. gegen Hamburg nahm er noch teil. Es war ein Freundschaftsspiel, doch aus verschiedenen Gründen ging es auch um die Ehre. Hamburg siegte, worüber man sich nicht wundern musste. Es hatte doch den LSV, den Klub der nationalen Spitzengruppe, und außerdem wirkte Pankuwait an diesem Tag irgendwie verschlafen, vielleicht hatte er sich die Nacht zuvor, wie das so seine Gewohnheit war, ein paar Wacholderschnäpse genehmigt? Er war damals auch nicht mehr so gut wie einst. Doch bei dem ersten Spiel nach dem Krieg fand er wieder zu seiner alten Stärke, obwohl er die dreißig schon längst überschritten hatte. Nur dass es mit der Schnelligkeit nicht mehr so klappte. Deshalb verstand Bruno nicht, warum (und wozu) gerade Pankuwait ihn am Flügel ersetzen sollte. Vor allem, wenn Raabe sowieso keine gescheiten Kopfbälle zustande brachte.

Aber Kugel beharrte darauf. Und das umso mehr, je hartnäckiger Bruno auf seinen Flankenangriffen bestand. Zunächst spielte also Pankuwait am Flügel, und als klar wurde, dass er mit den schnellen Gegenangriffen nicht Schritt halten konnte und die anderen nicht in das Spiel einbezog beziehungsweise es nur dann tat, wenn er kein Risiko eingehen wollte, wurde er von Tomasik abgelöst, einem Jungen, der zwar schnellfüßig war, aber eine noch unausgereifte Technik hatte, so dass er manchmal den Ball ins Aus spielte, bevor er es schaffte, ihn ins Mittelfeld zu passen. Unterdessen fand sich Bruno im Tor wieder. Und das auch nur durch einen Zufall, denn Janke, der dort stehen sollte – ein vielseitiger Athlet, der im SSC-Sportpark im Eckerberger Wald immer zu der Spitzengruppe der Mittelstreckenläufer gezählt hatte und auch noch nach dem Krieg bei nationalen Wettkämpfen immer einen Platz in der ersten Reihe reservierte –, hatte sich bei einem der ersten Trainings ganz abscheulich das Schlüsselbein gebrochen, und es gab niemanden, der bereit war, für ihn einzuspringen. Zwischen den Pfosten stand nun Bruno, der beweisen wollte, dass er viel konnte und es ihn zu den Flankenstürmen gar nicht drängte. Und da er gute Reflexe besaß und schnell und mutig war, wurde er auf dieser Position unersetzlich.

Das bestätigte ihm Kugel immer wieder: Du bist unersetzlich. Und Bruno begann es zu mögen: diese Luftparaden, dieses sich Hinschmeißen vor die Füße der angreifenden Stürmer, dieses Auffangen des Balls und das Klatschen der Mädchen, die jede seiner gelungenen Paraden und sogar den weiten Abschlag des Balls – über das ganze Spielfeld – feierten.

Bis zu dem Spiel, bei dem Bruno, der seit dem frühen Morgen leichtes Fieber hatte, aber niemandem etwas davon sagte, wie immer aufs Feld hinausrannte. Es war nicht einmal übertriebener Ehrgeiz. Schon eher mangelnde Voraussicht. Außerdem war er an Siege gewöhnt. Er fühlte sich ungezwungen und sicher wie das Bollwerk von Spójnia, der weißorangenen Mannschaft, die einen Verein repräsentierte, die sich aber vor allem der dreifarbigen Fahne verpflichtet fühlte, die ihre Fans bei jedem Spiel mit Ehren hinter ihr hertrugen. Er dachte, das Fieber ginge weg, wenn das Spiel beginnen würde, oder zumindest dass es sich in Spielfieber umwandeln würde. Doch nachdem er den Ball die ersten paar Male gefangen hatte und dabei aufs Feld hinausgelaufen war, merkte er schon, dass sich seine Arme wie Teig anfühlten und die Knie so steif wie Holzpflöcke waren.

Kugel war überzeugt, dass Bruno den Ball bewusst nicht fangen würde. Er stand an der Reservebank, mit gekreuzten Beinen, weil ihn ein starker Schmerz überkommen hatte, und schrie durch die wie ein Trichter an den Mund gelegten Hände: Mach keinen Mist, das kannst du mir nicht antun, du Hosenscheißer! Er schrie auf Deutsch, was den Fans der Milizmannschaft, gegen die sie spielten, gar nicht gefiel. Es ertönten scharfe Pfiffe und giftige Kommentare. Kugel verstand sie kaum, was umso größeren Argwohn in ihm weckte.

Denn Lipke und Kugel führten einen leisen, unausgesprochenen Krieg gegeneinander, obwohl keiner von ihnen so recht wusste, was der Grund war. Beide meinten, es sei der frühere Streit um das Spielen am Flügel, doch mit jedem Spiel wurde es für Bruno unwichtiger, dass ihn Kugel der Freude am Flankenschießen beraubt hatte. Also vermutete er, dass es um etwas anderes gehen musste. Und obwohl er diesen Gedanken nie klar formuliert hatte, spürte er unbewusst, dass ihn Kugel ganz einfach nervte mit seinem: Zeigen wir's ihnen, seien wir wie die Löwen von Zabelsdorf, los, auf sie! Kugel, der in diesem neuen Leben alte Sehnsüchte wiederfand, die sich erfüllten. Kugel, der nach Siegen lechzte, dem allein bei dem Gedanken, das Spiel könnte auch mit einer Niederlage seiner Mannschaft enden, schlecht wurde. Kugel, der nicht wusste, was er mit seinen Händen machen sollte, wenn beim Training oder einem Spiel Herr Zygmunt, jemand vom Verein oder sogar der Vorsitzende Hummel auftauchte. Er wurde dann zu einem hilflosen Bündel. Demütig und ohne Initiative bemühte er sich, dem Gast bloß nicht einen halben Schritt vorauszugehen, und stolperte über jedes zweite Grasbüschel. Umso heftiger reagierte er dann auf Nachlässigkeit beim Training und wenn jemand ein Spiel so sah, als ob es nur ein Spiel wäre.

Bruno hätte Kugel noch ertragen können, wenn nicht Gärtner hinter ihm gestanden hätte. Offiziell hatte er nichts zu sagen, doch es war so üblich geworden, dass er die Mannschaft begleitete und August Ratschläge erteilte. Besonders was die körperliche Vorbereitung anging. Denn Kugel machte sich die Schuhe mit dem Ball nicht schmutzig und war nicht ein einziges Mal auch nur zehn Meter über das Feld gelaufen. Gärtner dagegen hatte Anfang des Krieges Sportstunden in der Schule gegeben und unterrichtete bei der Gelegenheit auch etwas Physik, bis er, der für die eingezogenen Lehrer eingesprungen war, selbst die Uniform anziehen musste. Und da er auch jetzt, trotz des teilweise gelähmten linken Arms, körperlich gut beisammen war, machte er mit der Mannschaft gerne Gymnastikübungen, die er für sich persönlich als wichtiges Vorbereitungselement für die Aufführungen seiner Tanzgruppe sah.

Mit Fußball kannte er sich nicht aus. Dafür aber mit Tanz, dem Volkstanz, dem nationalen Glaubensbekenntnis, diesem Gebet des Körpers, dem er sich selbstvergessen hingab und in das er seine ganze Kraft, die er verbergen musste, hineinsteckte. Er, der zum weiteren Dienst an der Front als Unteroffizier nicht mehr fähig und mit dem Warschauer Schild ausgezeichnet worden war: einem Schild, auf dem ein Adler einen Schlangendrachen in seinen Krallen erwürgt und das an seinen linken Ärmel genäht war, denselben, in den er den halb gelähmten Arm schob, als er vom Lazarett ins heimatliche S. fuhr, im September vierundvierzig.

Ein Splitter, der ihn ins Schulterblatt getroffen hatte, als die kalmückischen Rindviecher aus dem Zug der Granatwerfer in der Gruppierung von Oberst Schmidt versehentlich einen Eisenregen direkt auf seine Leute rüberschickten, auf den Zug des Feldwebels Gärtner, der gerade einen Angriff gegen eine polnische Bande startete, die sich zwischen den Trümmern der grauen, wie ein Grab kalten Stadt versteckte. Ja, genau dieser Splitter trug dazu bei, dass sich Erik als Zivilist den pommerschen Tänzen, die er in einem Heft sammelte, widmen und endlich seine chaotische, in keinem Fach zu Ende geführte Ausbildung auf die Bewahrung der deutschen Kultur lenken konnte. Doch seine Idee, trotz der immer näher rückenden Front im Rahmen der Gymnastik, die in den Betrieben Pflicht war, Tanzunterricht zu geben, stieß auf Misstrauen, um nicht zu sagen Feindseligkeit. Und nur der Respekt vor einem Frontsoldaten schützte ihn vor größeren Unannehmlichkeiten. Da es überhaupt keine Kinder mehr in S. gab – die Bombenangriffe nahmen zu, und man hatte sie aus der Stadt gebracht –, musste die Tanzlust, die ihn erfüllte, noch ein bisschen warten. Er meldete sich also zur Arbeit. Er suchte etwas, wo er sich als Soldat beweisen konnte. Da viele Betriebe in S. für die Bedürfnisse der Front arbeiteten, war das nicht schwer. Selbst für einen Elektriker mit einer nicht funktionierenden Hand. Denn männliche Hände gab es in der Industrie viel zu wenig. Bei Stoewer schätzte man außerdem weniger seine Hände als seine Energie und Hartnäckigkeit. Er reiste viel im Land herum und quetschte aus den Kooperationspartnern fehlende und für die Produktion – jetzt ja eine Rüstungsproduktion – unentbehrliche Zylinderkolben und Kurbelwellen oder ganz einfach Kohle heraus, da die Fabrik immer größere Probleme mit der Energiezufuhr hatte. Wenn es vorkam, dass er auf Widerstand stieß, legte er auf das Kiefernholz des Schreibpults und das Eichenholz der Arbeitstische die gesunde Hand und klopfte leise, aber entschieden mit den Fingerknöcheln drauf. Hörst du?, sagte er zu den Vorständen und Direktoren, das ist dein Grab. Für gewöhnlich zeigte das Wirkung.

Als alles vorbei war, kam er auf den Tanz zurück. Der Tanz war der Teil der Kultur, der dem Boden, den Wurzeln und dem Volk am nächsten kam. Nicht irgendwelche Scheißtangos oder jüdische Boleros, nach denen sich der Hinkefuß Bonkowsky sehnte, der immer ganz erregt erzählte, es hätte nicht viel gefehlt, da wäre er neunzehnhundertfünfunddreißig mit einer Musikergruppe zu den Tanz-Europameisterschaften nach Italien gefahren. Nicht diese schwulen Umarmungen, sondern echter, uralter, zünftiger Tanz. Und Fußball ist eine Art Tanz im Laufen, bei dem es darum geht, sich laufend bei den anderen Tanzenden um den Ball zu bemühen. Gärtner wusste, wie man das macht. Und er half der Mannschaft mit ganzer Kraft.

Als nun also dieses Spiel stattfand, bei dem Bruno Lipke mit vom Fieber glühenden Kopf ins Tor rannte und ein paar einfache Bälle nicht halten konnte, hatte Kugel das persönlich genommen, und Gärtner sah es als allgemeinen Verrat. Beide dachten daran, was Bruno immer sagte: Es ist nicht wichtig, ob man gewinnt, wichtig ist, dass man spielt, nicht wahr? Es gab zwölf Fußballapostel und einen Judas unter ihnen.

Bruno hielt es im Tor bis zum Schluss aus, und wahrscheinlich verlor Spójnia deshalb zwei zu fünf. Doch als Kugel beschloss, ihn bei den nächsten Spielen durch den bartlosen Reservespieler Schreiber zu ersetzen, kam es im Torraum zu solchen Spannungen, dass sie es im ersten Spiel, obwohl sie gegen ein paar Flaschen angetreten waren, gerade so schafften zu gewinnen und im zweiten nur ein Unentschieden rausholten. Also kam Bruno zurück ins Tor, und jedes Mal blieb er dort bis zum Spielende. Und obwohl er mit hervorragenden Paraden häufig die Mannschaft rettete, zitterte Kugel vor jeder nächsten Begegnung, ob Bruno ihn nicht reinreiten und einen Ball durchlassen würde, einfach so, aus Trotz oder Bosheit. Doch Bruno wusste nicht einmal, dass man so was machen konnte.

Heini wusste auch nicht, dass das möglich war. Er kannte zwar Märchen von fliegenden Menschen und Tieren. Er hatte viele Bilder mit Engeln, dem Pegasus und chinesischen Drachen gesehen. Er kannte auch das Bild vom geflügelten Greif. Aber auch nur anzunehmen, dass er, Heini Qualm, sich eines Tages in die Luft erheben würde, um über den Dächern und Baumwipfeln zu schweben – nein, das wäre ihm früher nicht in den Sinn gekommen.

Aber zuerst hatte er Leni gesehen.

Sie lag im Gras hinter der Schule. Der Nachmittag war schwer und klebrig, und sie war gekommen, um sich zu sonnen. Sie fühlte sich sicher, denn von der Straße und dem Platz verdeckte sie das um diese Zeit leere Schulgebäude, und vom Weg, der zum Klub der Antifa führte, konnte man sie durch die Rosensträucher auch nicht sehen. Und auch nicht von den Fenstern, wegen der dichten Lindenbaumkrone. Sie lag also in dem sicheren Gefühl einer Zuflucht und dem erregenden Bewusstsein, dass es doch keine vollkommene Zuflucht war, auf dieser grauen Krankenhausdecke, nackt bis zur Taille und weiß, mit hinter dem Kopf verschränkten Armen. Sie hatte keine Ahnung, dass in der letzten Zeit an dieser sonnigen Stelle auch Heini Gefallen fand. Denn hier konnte er die Augen schließen, ohne nach etwas gefragt zu werden. Die Sonne bedeckte sein Gesicht mit einer goldenen Maske, und er streichelte die Haut der Äpfel im Wohnzimmer, schaute auf die Fliederherzen durch das im vermauerten Fenster rausgeschlagene Loch, sah ins Feuer, in dem seine verlausten Kleider verbrannten, oder auf die Hauswand, hinter der nichts mehr war, als er dort nach der Wanderung durch die leere und plötzlich fremde Stadt stehen blieb. Er schloss die Augen und sah die Dunkelheit, rotes Blitzen am schwarzen Himmel, die weit aufgerissenen Augen der Mutter, damals, auf der Straße, bevor sie die Menge mit sich gerissen hatte, und den russischen Soldaten, der am Krankenhausfenster stand und mit zu einem Gewehr geformten Fingern auf ihn zielte. Oder eine der Illustrationen von Buffon. Denn er musste das Buch gar nicht bei sich haben, um die Hasenfelle oder die weichen Nüstern der Hirsche zu berühren und den muffigen und gleichzeitig süßen Geruch des Papiers zu spüren.

All das fügte sich zu einem einzigen Bild, das aufdringlich pulsierte. Und er sang dann eins der Lieder, die ihm Bruno oder Bonkowsky beigebracht hatten oder die er im Chor bei Frau Stein gehört hatte, aber nur leise, mit halber Stimme, so dass er es selbst kaum merkte. Doch die verflochtenen Bilder verloren dann an Schärfe und Farbe, und er fühlte wieder die Sonne, die sich an sein Gesicht schmiegte. Spürte den Geruch des erwärmten Grases, der abgeblätterten Mauern und des sich zersetzenden Mülls, der auf der anderen Straßenseite des Platzes lag, und in dem einmal zwei Unbekannte Onkel Willy vergraben wollten, bevor sie ihm die Cyma-Uhr weggenommen hatten. Heini hatte nur von ihnen gehört, also stellte er sie sich als Banditen vor, mit schmutzigen Bärten, die auf ihre runden Bäuche hingen.

Und jetzt sah er die auf der Decke liegende Leni. Er hatte sie bemerkt, als er um die Ecke an der Schule bog, aber nicht gleich. Er ging den Pfad mit dem – obwohl es erst Juli war – schon gelblichen Gras entlang und schaute nach unten, um die Ameisen nicht zu zertreten. Er war also schon nah bei der Liegenden, als er sie bemerkte. Er erstarrte und blieb einen langen Moment so stehen, wobei er den schweren Duft der Rosenblüten einatmete. Ein Amor ohne Geschlecht und Alter am Rand des Spiegels. Und dann machte er ein paar Schritte und – fast gegen den eigenen Willen – noch ein paar. So dass sie eigentlich hätte wach werden müssen. Er stand fast über ihr und spürte die scharfen, kleinen Dornen der Rosen auf den Fingerkuppen, die den Busch immer weiter zur Seite schoben, und seinen Herzschlag, den auch sie, dessen war er sich sicher, hören musste. Aber sie wachte nicht auf, sie schlief fest und schnaufte lustig wie ein Tierchen. Ihr Mund war halb geöffnet, die obere, rissige Lippe hatte sich leicht gehoben, und er sah ihre Zähne, auf denen Speicheltropfen klebten. Er sah vanilleweiße Brüste mit Warzen wie Walderdbeeren. Und einen Schweißtropfen in der Vertiefung zwischen Hals und Schlüsselbein.

Das war die erste nackte Frau, die er sah. Die erste lebendige. Denn Heini hatte schon Alben mit Gemälden betrachtet, in denen sich Frauenkörper in warmem Gold und schaumigem Rosa üppig zur Schau stellten. Er hatte auch Illustrationen in medizinischen Büchern gesehen, geheimnisvolle Labyrinthe, bedeckt mit Papierhaut. Und angeschwollene, blaugraue Leichen, die vom schwarzen Staub zugeschüttet waren, im Keller, in dem er sich in diesem April aufgehalten hatte.

Die Frau war bis zur Taille entblößt, der Rand des Kleids bis übers Gesicht hoch gezogen, und Heini wagte nicht, es aufzudecken. Er sah also nur die zur Seite gedrehten Beine, silbergrau wie Pfähle, in zerrissenen Strümpfen, einen straffen, gewölbten Bauch und die bleiernen Kugeln der Brüste. Sie lag im Kokon des Wintermantels, das ein Innenfutter aus grauem Fuchspelz hatte; das aschgraue Kleid war über die Hüften gerutscht. An der Taille zeigte die offene Strumpfklammer ihre Metallzähnchen.

Heini erschien die Frau furchtbar groß, wie eine Riesin. Er hockte sich neben sie. Eine steinerne Riesin. Weil er kein Blut sah. Es stank nur etwas. In dem ausgeschlagenen Kellerfenster schimmerte weiß das Licht. Genau dort war Heini reingekrochen, in der Hoffnung, vielleicht etwas zu essen zu finden. Aber er fand sie.

Er wollte sie nicht länger ansehen. Er schaute sich um. Die Wand links von ihm hatte man ab der Tür mit Regalen zugebaut. Er näherte sich ihnen, doch dort standen nur leere Einweckgläser. Das oberste Regal war jedoch von einem kleinen Stoffvorhang verdeckt. Er stellte sich auf die Zehenspitzen, doch es reichte nicht bis zum Vorhang. Er schob eine Kiste mit irgendwelchen Stofffetzen heran und drehte sie um. Dabei rammte er sich einen

Holzsplitter in den Daumen und bemerkte es nicht einmal. Jetzt, da er auf der Kiste stand, konnte er an dem gestreiften Vorhang ziehen, doch die morsche Schnur riss. Der Stoff rutschte nach unten und hing zu Boden. Auf dem Regal reihten sich Gläser mit Kompott. Er rang einen Augenblick mit dem Gummi des ersten, bis es nachgab und er das Glas an den Mund legen konnte. Die vom Sirup aufgequollenen Erdbeeren waren weich und glitschig. Heini hörte nicht auf, trank, schluckte gierig, bis er die letzte verschlungen hatte. Dann öffnete er das zweite Glas und das dritte. Aber er schaffte es nicht, es zu leeren. Von Krämpfen geschüttelt, würgte er alles wieder heraus, kniend, mit dem Kopf an der Wand. Er drehte sich nicht um, denn er hatte das Gefühl, die hinter ihm Liegende schaute ihn an und streichelte mit der Hand den blaugrauen Fuchskragen.

Und Leni öffnete nicht die Augen. Nur ein Augenlid zuckte plötzlich. Erschreckt flüchtete Heini, ohne sich umzusehen und darum zu kümmern, ob er sie mit seiner lauten Flucht geweckt hatte.

Sie wartete, bis der Junge hinter der Kohle verschwunden war, stützte sich dann auf einen Ellbogen und blickte in seine Richtung. Lächelte. Weich und träge. Streifte mit der Hand über die Stirn. Es umwehte sie ein irritierender, süßlicher Geruch aus Rosenduft und eigenem Schweiß. Die goldenen Härchen in der Achselhöhle bedeckte ein zarter Tau. Wieder lächelte sie. Sein Name war Władysław, Władek. Sie spürte die Knöpfe seines Jacketts, die sich beim Tanz in ihren Körper bohrten. Roch seinen scharfen Schweiß und den Wodkaatem, der ihr entgegenschlug. Bonkowskys Musikensemble tat, was es konnte. Sie hatten gerade ein neues Akkordeon bekommen. Bruno Lipke stand auf der kleinen Bühne und sang den *Tango Nocturno* auf Polnisch.

Bruno weiß, wie viel von dem Spiel gegen Ogniwo abhängt. Er weiß auch, dass Kugel kein Vertrauen zu ihm hat. Und er macht bereits seine Faxen, als sie auf das Spielfeld rennen.

Die Fahne ist schon da, klar doch. Hans Wiese, der Drucker, schwenkt sie mit ganzer Kraft, bis er keine mehr hat und sie diesem Riesenkerl Noske übergibt. Werden irgendwann einmal diese Jahrgänge von Nutzen sein? Es stimmt, sie laufen gern dem Ball nach, aber mit dem gleichen Ergebnis könnten Hunde hinter ihm herlaufen, wie die, die Leutnant Siedych im Wald auf das Wild gehetzt hat. Die Russen sind abgefahren, doch die Hunde blieben. Und die? Die haben doch kein Gefühl in den Beinen. Schießen den Ball ziellos in die Höhe, und schon brüllen sie vor Begeisterung. Dieser rothaarige Albin hat zwar Talent zum Dribbeln, doch er bekommt gleich Angst, wenn nur ein etwas kräftigerer Verteidiger angreift.

Jetzt schwenkt Noske die Fahne. Man könnte einen rassigen Verteidiger aus ihm machen. Doch der interessiert sich mehr für Mädels. Die Fahne hat sich um seinen Kopf gewickelt. Lachen. Jemand ruft Heini, hej, Qualm, wie war das damals in der Schule, heute da hört uns Deutschland und morgen. Neumann springt von der Bank auf, das Lachen verstummt. Herman Noske hat seinen blonden Kopf aus dem dreifarbigen Stoff befreit.

Der Vorsitzende Hummel hatte Probleme mit dieser Fahne, und Herr Zygmunt auch. Was ist das denn?, fragte man zunächst den Zweiten, und dann fragte der Zweite den Ersten das Gleiche. Was ist das denn? Drei Farben, und wo ist das Symbol? Was für ein Symbol?, wollte Herr Zygmunt als Direktor des Kulturhauses, der für alles verantwortlich war, also auch für die Fußballsektion, wissen. Was für ein Symbol?, erkundigte sich Hummel, als Ratsvorsitzender, der gegenüber Herrn Zygmunt umso mehr, weil ideologisch, für alles verantwortlich war. Aber beide wussten, von welchem Symbol die Rede war. Was heißt hier: Was für ein Symbol? Ein Zirkel, ein Hammer und ein Kranz aus Ähren. Wer könnte schon so was Schwieriges auf eine Fahne malen, beruhigte Herr Zygmunt den Vorsitzenden und dann der Vorsitzende Herrn Zygmunt: Egal, was man auf die Fahne pinseln würde, es würde noch schlimmer aussehen. Dann wird diese ganze Fahne eben zusammengerollt, verdammter Scheißdreck, brüllte Genosse Sekretär G., der bei den Gewerkschaften für die ideologisch-politische Wachsamkeit verantwortlich war, weil mich sonst das UB* an den Eiern packt. Und was soll ich denen dann erzählen? Dass das Revisionismus ist, dass die nationalsozialistische Ideologie bei uns, direkt an der Grenze, wieder zum Leben erwacht? Sie versprachen ihm, dass die Fahne bei den Spielen nicht mehr dabei sein würde. Und jetzt? – Bitte schön! Es wird sich schon jemand finden, der das notieren und an die richtige Stelle weiterleiten wird. Es sei denn, Hummel hat eine spezielle Erlaubnis für dieses eine Mal bekommen.

Bruno beugt sich vor, mal zum linken, mal zum rechten Bein. Er keucht und starrt direkt in die Sonne. Er legt die Hand wie ein kleines Dach an die Stirn: Sie blendet, ruft er zum Vater, ich werde deswegen noch 'ne Kugel durchlassen! Der alte Lipke klopft sich an die Stirn. Ah, Bruno sollte jetzt die Mütze aufsetzen. Zum richtigen Zeitpunkt wird er sie schon aufsetzen. Im Moment ist es noch zu heiß. Außerdem, was wird ihm schon die Mütze helfen? Sie hilft, sie schadet, was soll's, Aberglaube. Aber Bruno war dem Holunder hinter dem Kulturhaus ausgewichen, als sie zum Spielfeld gingen. Um ihn nicht einmal zufällig zu berühren, weil er einen in null Komma nix fertig machen oder einen Krampf auslösen könnte. Johann Lipke sagte lachend zu seiner Frau: Denk dran, du wirst den Sarg für mich ausmessen. Den Holunder hast du hinterm Haus, schneide für mich einen Zollstock daraus.

Heini hörte gern zu, wenn über Holunder geredet wurde. Doch als Bruno versuchte, ihm das Fußballspielen beizubringen, kam nichts dabei heraus. Er wollte nicht einmal nach dem Ball treten. Jetzt sitzt er hinter dem Tor, zusammen mit Peters, der ihn zu sich genommen hat, und wühlt mit dem Stock in der Erde, als ob er fünf Jahre alt wäre. Und dabei ist er so alt, dass er, wie andere sagen, mit seinem eigenen Stock die Mädels hochheben müsste. Und an Mädchen fehlt es nicht bei diesem Spiel. Frieda,

* Abk. für die polnische Geheimpolizei nach dem Krieg

die wirklich genug hat, um sich darauf zu setzen, und Hedwig mit dem kastanienbraunen Haar, die Jadzia genannt wird. Und die große, vollbusige Lalla, die Bruno schon ein paarmal hatte, weil sie sehr willig und still ist. Und Leni Wiese, unser Blümchen, von der alle wissen, dass sie mit diesem Władek, dem Klavierstimmer, immer näher zusammen ist. Und diese Schicksen des jüngeren Jahrgangs. Jedes Mal, wenn Bruno sie in den schwarzen Trikots in Gärtners Tanzgruppe sieht, muss er nach der Probe noch dableiben und mindestens hundert Liegestütz machen, damit ihm die Hände nicht zittern und er seine Reflexe nicht verliert. Erik bleibt dann in der Tür stehen und blinzelt: gesunde Rasse, kleine Mäuschen, duftende Möschen, stimmt's?

Steh nicht so da, ruft Kugel von der Bank, beweg dich!

*Pocałuj mnie w dupę**, denkt Bruno, und die Lippen wiederholen diesen Gedanken wie von allein, halb flüsternd. Und erst dann hört Bruno, dem sie um ein Haar in der Schule die weißgrüne Schnur des Gruppenführers im Sport gegeben hätten, ganz überrascht, dass er das auf Polnisch gesagt hat. Aber diese Schnur sollte er für seine sportlichen Leistungen bekommen, rechtfertigt sich Bruno insgeheim. Denn er möchte alles vergessen, nur nicht, dass er sechs Meter dreizehn im Weitsprung geschafft hat. Das war ein Ergebnis!, denkt er und wehrt mit den Fingerspitzen einen mächtigen Schuss von Raabe ab.

Mein Gott, denkt Genosse August Kugel und schließt die Augen, um nicht zu sehen, was weiter passieren wird.

Die Uniform zog er erst Anfang Februar an. Schon vor der Anprobe wusste er, dass sie ihm zu eng sein würde. Und tatsächlich: Sie drückte unter den Achseln, aber am schlimmsten war das geflickte Loch, einen Fingerbreit seitlich von der linken, oberen Brusttasche entfernt. Er wusste, dass die Uniformen, besonders für die letzte Gruppe des Volkssturms, zum größten Teil von der Front kamen. Um es einfacher zu sagen: Sie waren schon getra-

* poln.: leck mich am Arsch

gen. Doch davon zu wissen ist etwas anderes, als dann so eine Uniform zu tragen. Trotzdem machte es Eindruck. August begutachtete den Einschuss der Kugel mit dem Auge eines Soldaten. Der Flicken befand sich auf der Höhe des an die Seite gedrückten Ellbogens, also musste der Typ in dem Moment, als er getroffen wurde, die Hände etwas angehoben haben; vielleicht deswegen, weil er gerade mit dem Gewehr gezielt hatte? Der andere wiederum, der ihn getroffen hatte, schoss wahrscheinlich ganz überraschend, eben von der Seite.

Abel Jeschke, mit einer Fresse voller grauer Borstenhaare und einem wie ein Aufzug beweglichen Adamsapfel, gut zehn Jahre älter als Kugel und Buchhalter bei Oelwerke, der zusammen mit August die Uniform in Empfang nahm, tröstete ihn mit der Wahrscheinlichkeitstheorie: Was einmal getroffen wurde, muss keine Wiederholung fürchten. Doch Kugel kannte von den Bombenangriffen viele Beispiele, die genau das Gegenteil dieser Theorie bewiesen. Die Bomben des zweiten Angriffs fielen genau auf die Stellen der ersten Ziele.

Vielleicht hätte ihn Gretl in dieser Sache irgendwie trösten können. Aber Gretl konnte ihn nicht trösten. Ende des Jahres, gleich nach den Feiertagen, hatte er sie zusammen mit der älteren Tochter Traudl zu ihrer Familie in die Gegend von Augsburg geschickt. Die jüngere, Eva, hockte schon seit März dort. Sie schrieb einmal im Monat auf Postkarten mit Fotografien von den wichtigsten Staatsoberhäuptern. Es waren Karten, die sie noch in S. gesammelt hatte und dann zu ihrer Tante mitnahm. Auf der Karte mit Goebbels schrieb sie, dass es dort mit dem Essen viel besser sei, dass sie viel Milch trinken und sogar Butter essen würde, doch sie ginge trotzdem auf die Wiese, um Löwenzahn zu pflücken, weil das schließlich alle tun würden, um nicht den Anschein zu erwecken, sie seien mit der Situation zufrieden. Auf Göring schrieb sie, dass die Alpen nicht ganz so schön wären wie auf dem Schokoladenpapier und dass sie die nächste Karte etwas später schicken würde, weil sie nur noch eine mit *diesem Herrn* hätte, über den man in Augsburg viel sprechen würde. Kugel erstarrte, als er das las, denn die Anspielung auf Heß war zu offensichtlich. Vor zwei, drei Jahren hätte man über Augsburg als einer deutschen Stadt im Aufwind laut reden können, doch heute, verdammt noch mal, könnte so ein Scherz, egal, ob es die Flucht des verrückten Rudolfs oder sonst etwas betraf, was nur den Anschein von Hohn über das Tausendjährige Reich erweckte, den Strick bedeuten. Die Briefe wurden aufmerksam gelesen, und man musste schon sehr aufpassen, um nicht einen Tintenfleck draufzulassen, der nicht mehr wegzuwischen wäre.

Das bestätigte später Abel Jeschke, der von irgendwelchen Bekannten erzählte, die ihrem Sohn brieflich geraten hätten, eine Nierenkrankheit vorzutäuschen, um sich vor dem Militär zu drücken. Doch die Zensur hätte den Brief gelesen und alles hätte für die überbesorgten Eltern mit dem Lager geendet. Kugel nahm die Geschichte mit einem schmerzhaften Blasenkrampf auf. Die letzte Karte von Eva war im November eingetroffen. Sie sah etwas verblichen aus, aber man konnte Rosita Serrano auf ihr erkennen, eine schwarzhaarige, chilenische Sängerin, deren Berliner Auftritte – so um neunzehnhundertneununddreißig – den Blutdruck der Salonbesucher in der Hauptstadt in die Höhe getrieben hatten. Auch das erzählte ihm Jeschke, dem er die Karte zeigte, als Zeichen, dass in seiner Korrespondenz alles in gebührender Ordnung verlief. Denn Eva schrieb diesmal nur, dass die Tante krank geworden sei und sie selbst großes Heimweh hätte. Also nahm sie aus Tantchens Schublade dieses letzte Foto von der schönen, traurigen Dame, das Gott weiß wie dahin gekommen war, um über ihr Schicksal zu klagen. Damals entschied er, dass Gretl und Traudl gleich nach den Feiertagen fahren sollten. Ihn hatte nicht so sehr das – vorgetäuschte, wie er meinte – Heimweh der Tochter gerührt, er fürchtete vielmehr, dass die gesundheitlichen Probleme der Schwägerin Gretls Besuch bei ihr erschweren und vielleicht sogar unmöglich machen könnten. Es stellte sich heraus, dass die Eile berechtigt war. Kaum war Gretl dort eingetroffen, schon schickte sie ein Telegramm, dass die

Schwester gestorben sei. Es war die letzte Nachricht, die Kugel von seiner Frau erhalten hatte.

Die kurze Umschulung in den Reihen des Volkssturms kosteten ihn viel Kraft, doch er war selbst überrascht, dass sein Organismus trotz allem so gut fertig wurde mit dem Frost und dem Exerzieren (bei dem er am meisten abbekam, weil er immer zu spät auf Jeschkes Kommandos reagierte), wie auch mit den Ausflügen auf den Schießübungsplatz, wo sie oft im Schnee liegen mussten und aus dieser Position gerade er, der Gefreite Kugel, die wertvolle Munition der Kompanie am wirksamsten vergeudete, indem er sie in den Kopf und Bauch der auf eine Pappe gemalten Silhouette beförderte, während die anderen nicht einmal die Scheibe trafen. Und bei all dem ließ der Blasenschmerz fast völlig nach. Kugel spürte also eine Art Freude darüber, dass – nach Jahren der Angst um die labile Gesundheit – sich sein stämmiger Körper für die früheren Befürchtungen jetzt mit der Leistungsfähigkeit eines echten Soldaten und überraschender Ausdauer revanchierte. Mit umso größerem Eifer führte er Befehle aus und hatte auch Freude daran, sie anderen zu erteilen.

Doch als in den ersten Apriltagen seine zusammenschrumpfende Kompanie auf die andere Seite der Stadt, nach Pölitz, verlegt wurde, wo sie die Geschützgruppe Heimatflak unterstützen sollte, war es mit der Freude vorbei. Und als Gefreiter Kugel die wachsende Panik und die so merkwürdig nach hinten gerichteten Augen der Offiziere sah und in der Leiche mit dem Schild um den Hals «Ich bin ein Deserteurschwein», die an einem Ast am Paradeplatz hing, den überraschend einen Tag zuvor verschwundenen Abel Jeschke erkannte, traf er die, wie er glaubte, in diesem Moment einzig vernünftige Entscheidung. Er nutzte das Durcheinander aus, das beim Aufsteigen der Leute auf die Lastwagen entstanden war, und machte sich aus dem Staub. Zwei Tage saß er in einer verlassenen Wohnung eines ausgebrannten Hauses. In den Nächten, die noch, wie das nach einem strengen Winter so ist, sehr kalt waren, legte er sich auf ein Gott weiß von wem ausgenommenes Liegesofa, deckte sich bis über den Kopf mit Bergen von Lumpen zu, die er in der Wohnung gefunden hatte, und verfiel in Lethargie. Die ganze Zeit hatte er die Uniform an. Wenn ihn jemand unter den Lumpen ausgegraben hätte, wäre es kein großer Unterschied gewesen, ob er in Uniform oder in Zivil gewesen wäre. Außerdem war es ihm nicht gelungen, entsprechende Klamotten zu finden. Er lag also auf der nach Verbranntem stinkenden Matratze in Mantel und Feldmütze, mit einem achtundneunziger Karabiner an der Seite, wie ein Invalide, der nicht fähig war, sich von seiner Krücke zu trennen. Erdrückt von einer vermoderten Tagesdecke, Sommerkleidern, Kinderanzügen und einem riesigen Wandkelim, auf dem eine Wildschweinjagd dargestellt war, und den er in der von Möbeln fast leer gefegten Arztpraxis aufgestöbert hatte. Dass es eine Praxis war, erkannte er an dem zerschlagenen Glasschrank. Er fand nichts in ihm, was ihm hätte nützlich sein können, außer einem halb leeren Fläschchen mit Salicylspiritus. Er versuchte ihn zu trinken, konnte aber nicht; das, was noch drin war, floss ihm das Kinn herunter. Er rieb es sich ins Gesicht. Es brannte und gab die kurze Illusion von Wärme. Er lag da, zugedeckt mit dieser Wärme und der Lumpenpyramide und atmete den Geruch vom Ende der Welt ein.

Damals, ganz unerwartet, begann er sich zum ersten Mal vorzustellen, wie es wäre, wenn er nach dem Krieg seine eigene Fußballmannschaft trainieren würde.

Er hatte Hunger. Aber nicht deswegen verließ er sein Versteck, sondern aus Angst. Nicht davor, dass ihn jemand entdecken würde, es war eher die Stille, die ihm in einem bestimmten Moment geradezu unheimlich erschien. Von nirgendwo war ein Laut zu hören. Weder Artilleriefeuer noch einzelne Schüsse. Er hatte den Eindruck, dass die Gegenstände in dieser Stille erstarren würden und sich ihre Konturen so verschärft hätten, als ob sie von innen von einem übergroßen Druck angeschwollen wären. Er hatte Angst, dass diese Stille plötzlich zerbersten und die Reste des ausgebrannten Hauses in Stücke reißen und er unter dem Schutt begraben werden würde.

Vorsichtig ging er runter ins Zwischengeschoss, schaute einige Minuten durch den Ausriss in der Mauer, der wahrscheinlich mal ein Fenster gewesen war. Nichts. Nichts bewegte sich, kein Geräusch war zu hören. Der Stumpf eines jungen Baums, von einem Bombensplitter präzise – wie ein gespitzter Bleistift – angeschnitten, ein Ziegelhaufen, ein wie ein schwarzer, toter Wurm ineinander gedrehter Eisenhaufen: wahrscheinlich die Reste eines Lieferwagens. Er erkannte ein Kreuz auf einem Blechteil, das von der Seitenkarosserie stammen musste. Er beugte sich vor, um es besser zu sehen. Das war kein Kreuz, sondern der letzte Buchstabe eines Worts, von dem nur noch das Fragment *midt* übrig geblieben war. Er erinnerte sich: dieses gleichseitige schwarze Kreuz des Buchstabens t, das den runden, etwas flachen Schriftzug auf den Außenseiten der Last- und Lieferwagen abschloss: *Georg Schmidt.* Das war eine Möbeltransport- und Speditionsfirma. Das Büro befand sich irgendwo in der Innenstadt. War das nicht die Grünstraße? Kugel spürte eine Art Erleichterung. Er konnte sich aber nicht erklären, woher sie kam. Er hatte den Eindruck, dass das alles schon einmal passiert sei, also konnte nichts mehr passieren, und wenn nichts passieren konnte, dann hatte diese Stille überhaupt keine Bedeutung.

Als er zwei Monate zuvor das letzte Mal aus dem Haus gegangen war, hatte er sorgfältig die Tür abgeschlossen. Doch von einem plötzlichen Impuls getrieben, öffnete er sie wieder und ging noch mal hinein. In der Wohnung sah alles so wie früher aus. Wie immer. Nur mehr Staub auf den Möbeln, denn seit Gretl abgereist war, hatte er nicht den Kopf zum Saubermachen. Otti, das Mädchen, das kam, um aufzuräumen und manchmal die Wäsche mitzunehmen, hatte sich schon seit Herbst nicht mehr blicken lassen. Angeblich lebte ihre Familie auf dem Lande. Bestimmt war sie zu ihr gefahren. August zog die Schuhe aus, aber er behielt den Mantel an. Er ging in Socken durch die kalten Zimmer, berührte nichts, blieb nur hier und da stehen und schaute. Es war keine besonders große Wohnung: vier Räume und ein Dienstbotenzimmer, das in der letzten Zeit als Rumpelkammer benutzt wurde. Und die Räume, das waren das Wohnzimmer, das Schlafzimmer, das Zimmer der Mädchen, na, und das kleine, das Gretl sein Arbeitszimmer nannte; wegen des nicht gerade großen Schreibtischs mit dem grünen, gummierten Blatt. In der linken unteren Schublade lag bestimmt immer noch Traudls erstes Schulheft. Auf dem grauen Umschlag und den ersten drei Seiten, bevor die linierten anfingen, war auf ein paar Bildern die Geschichte des Brots dargestellt. Von der Saat über die Ernte bis zur Bäckerei. Traudl war stolz gewesen, dass diese in Weiß Gekleideten, die den Teig rührten und aus dem Ofen Brote herausnahmen, alles «ihre Papas» waren. Kleine ms und große Ms, Zickzacks über fünf Linien mit dem Bleistift gezogen, ließen in mehreren Reihen das Wort «Mama» erkennen. Hinter dem Schreibtisch stand ein Schränkchen, in dem er einige Dokumente und Rechnungen von der Innung aufbewahrte. An der Wand hingen Diplome, hauptsächlich vom Kaufmännischen Turnverein. Auf einem, dem vom Basketballwettkampf, der im Gymnastiksaal des Bismarck-Gymnasiums stattgefunden hatte, war die Unterschrift von Robert Schulz persönlich – einst der Stellvertreter des Gauleiters und Befehlshabers des hiesigen SS-Stabs –, der Kugels Altersgenosse und, wie er, Konditor von Beruf war. Kugel konnte sich aber nicht erinnern, dass sie dieselbe Schule besucht hätten; bestimmt deswegen, weil Schulz, stattlich und energisch, aus Pyritz nach S. gekommen war und solche Provinzbeförderungen am Anfang etwas Alltägliches waren. August schloss die Tür des Arbeitszimmers, das Taudl früher meist für ihre Hausaufgaben nutzte, und blieb noch einen Moment im Wohnzimmer. Anfang Frühling vierundvierzig hatten sie hier neue Möbel aufgestellt. Es war Gretl, die ihn nach den Bombenangriffen dazu überredet hatte, ihnen einen Bezugsschein für Möbel zu organisieren. In der Heiligkreuzkirche an der Werderstraße befand sich eins der Lager, in denen Möbel und andere Hausgeräte gesammelt wurden, die aus den zerstörten und ausgebrannten Häusern erhalten geblieben waren. Pastor Voss hatte Gretl gesagt, dort würden schon seit mehreren Wochen wunderschöne Biedermeierrestbestände aus einem wohlhabenden Haus stehen, und es wäre schade, wenn sie so nutzlos verkommen würden. Offensichtlich wussten die Besitzer keinen Ort mehr, wohin sie sie hätten bringen können, aber vielleicht lebten sie auch nicht mehr. Gretl ging hin, um sich die Möbel anzusehen, und kam mit der festen Überzeugung zurück, dass sie hervorragend in ihre Wohnung passen würden. Und so mobilisierte Kugel seine letzten Energien – obwohl, um die Wahrheit zu sagen, er keinen großen Sinn darin sah, gerade jetzt die Möbel auszuwechseln, umso mehr, weil ihm die alten noch ganz in Ordnung schienen – und brachte von der Heiligkreuzkirche eine Möbelausstattung aus Eschenholz für das Wohnzimmer: einen riesigen runden Tisch, groß wie ein Mühlstein, auf einem schlangenartig gedrehten Bein, ein paar geschwungene Stühle, die mit einem gestreiften Stoff bespannt waren, und ein Schränkchen mit Kristallglasscheiben, in dessen Rückwandspiegel sich von nun an alle so emsig von Gretl und den Mädchen gesammelten Kätzchen und Hündchen aus Keramik, Ballerinas und Schornsteinfeger aus Glas, Gipspilze und bunten Holzzwerge spiegeln konnten. Daneben, rechts vom Glasschränkchen, hing ein zur Möbelgarnitur beigefügtes Bild, das das Abendgebet einer Familie im goldenen Lampenlicht zeigte. Pastor Voss meinte, dass das eine Kopie des Originals von Peter Fendi sei. Kugel sagte dieser Name nichts, wie jeder andere Name, der zu einem Maler gehörte, doch er war ein wenig von dem Gebet auf der Leinwand beunruhigt. Erst Gretl machte ihm klar, dass er, wenn er, August, der Bäcker, so eine ins Gebet versunkene Familie unter seinem Dach aufnehme, er damit das Erbe der nationalen Kultur bewahren würde. Doch als sie dann zu ihrer Schwester fuhr, schien ihr das Schicksal der Wohnung völlig gleichgültig zu sein. Kugel versuchte sie zu überreden, ein paar wertvollere Gegenstände mitzunehmen. Zwar war schon damals das Gepäck der Abreisenden beschränkt worden, doch dies und jenes hätte man noch einpacken können. Gretl zuckte nur mit den Schultern und sagte: Wozu? Wir kommen doch zurück. Aber in den letzten Monaten hörte er in ihrer Stimme nicht, dass sie daran glauben würde.

Er zog die Schuhe wieder an und schloss die Tür hinter sich. Anfangs wollte er den Schlüssel beim Hausmeister lassen, der noch immer im Hinterhaus wohnte, doch nach kurzem Schwanken steckte er ihn in die Tasche seines Jacketts. Auch jetzt hatte er ihn bei sich, in der Brusttasche der Uniform. Und es kam ihm der Gedanke, dass er doch nach Hause gehen und schauen könnte, was von dem Gebäude übrig geblieben war. Das graubraune, viereckig angelegte Zabelsdorf – so ordentlich wie zusammengefaltete Gefängniskleidung – war kein besonders zerstörter Stadtteil, aber die Diebstähle nahmen auch hier zu, trotz der Todesurteile, die die Standgerichte verhängten. Obwohl in der letzten Zeit diejenigen, die die Wohnungen ausraubten, nicht mehr so aktiv waren. Denn wer würde schon in einer Stadt stehlen, aus der man außer Handgepäck nichts ausführen durfte? Als aber eine gewisse Zeit später, ein paar Wochen nachdem Kugel das letzte Mal seine Wohnungstür hinter sich geschlossen hatte, er mit Abel Jeschke durch die Stadt zog und in ein paar Straßen, die ihrem Zug zugeteilt waren, patrouillierte, beobachteten die beiden etwas anderes: Menschen, die ihre eigenen Wohnungen zerstörten, damit nichts in die Hände der Russen fiel. Das war gegen das Gesetz und unterlag sogar strenger Strafe. Sie bekamen so einen in die Hände: Er war schon alt, aber offensichtlich noch ziemlich rüstig, denn er hatte es geschafft, mit einer schweren Axt fast alle Möbel und Fensterrahmen zu zerschlagen und mit dem Axtrücken sogar den Ofen. Kugel hatte Lust, ihn auf der Stelle zu erschießen. Du Idiot, schrie er so laut, dass er nicht einmal den stärker werdenden Blasenschmerz spürte, du alter Idiot, was machst du da nur? Doch der Mann, blau vor Anstrengung oder vielleicht nur vor Angst, weil sein Bart zitterte, als ob er weinen wollte, antwortete nicht, was Kugel nur zum weiteren Schreien reizte, worin sich seine ganze bisherige Angst und Unsicherheit entlud. Erst Abel zog ihn zur Seite, rüttelte ihn und sagte: Komm zur Besinnung, August, er wird doch nie wieder hierher kommen. Weder er noch du, noch ich ... Kugel hörte auf zu kreischen, fiel in sich zusammen. Ohne sich umzudrehen, ging er die Treppen runter auf die Straße. Und als Jeschke, der mit Mühe sein Gewehr hinter sich herzog, ihm nacheilte, schüttelte Kugel den Kopf und sagte: Abel, ich weiß nicht, was das für ein Unsinn ist, dass niemand mehr zurückkommen wird. Und selbst wenn, dann ist das doch ein Haus, und das eigene Haus darf man nicht zerstören. Jeschke räusperte sich, und sein Adamsapfel hüpfte ihm bis ans Kinn. Er schaute immer noch zu den Fenstern der Wohnung, die der alte Mann mit der Axt zerschlagen hatte. Du sagst, das eigene Haus darf man nicht zerstören? Er lächelte merkwürdig. Das eigene nicht, nur ein fremdes? Kugel antwortete nicht, er verstand weder die Worte noch das Lächeln. Sie gingen langsam los und zerdrückten mit ihren Soldatenstiefeln die schmutzigen Schneehaufen, die vom Tauwetter vergessen worden waren.

Kugel zuckte zusammen, irgendwo in der Nähe ratterte ein Maschinengewehr los, und dann, als ob alle Klänge darauf gewartet hätten, trommelten von überall Schüsse und Detonationen, weit entfernt, aus unbekannter Richtung und plötzlich ganz nah. Vielleicht waren sie nie verstummt? Und die Stille, die ihn aus dem Versteck herausgetrieben hatte, war nur eine Illusion gewesen? Er tastete durch den Mantel die Seitentasche der Uniform ab, die rechte neben dem geflickten Loch unter der Achsel, und fühlte die Konturen des Schlüssels. Ohne noch länger zu überlegen, ging er die Treppe hinunter. Die Straße war leer. Er wusste nicht, wie viel Uhr es war. Es musste schon ungefähr vier sein, aber vielleicht war der Tag nur grau und ohne Sonne, weil es schnell dunkel geworden war. Vom Fluss wehte ein leichter Wind, und über der Stadt hing ein rotblauer Schimmer. Er drehte der Straße den Rücken zu, öffnete die Hose und bespritzte die Mauer mit einem Urinstrahl, wobei er sich vor Schmerz auf die Lippen biss. Genau in diesem Moment vernahm er den Klang eines Motorrads, das sich zu schnell näherte, um auch nur davon zu träumen, sich noch in dem Haustor verstecken zu können.

Er schaffte es gerade, sich umzudrehen, und das Motorrad, das einen Beiwagen hatte und direkt vor ihm hielt, mit wacker ausgestrecktem Arm zu grüßen. Der Fahrer trug einen Helm und eine Motorradbrille, die ihm, obwohl er sie auf die Stirn geschoben hatte, das Aussehen einer Libelle verlieh. Im Beiwagen saß ein Major, sein Gesicht war grau und ohne Ausdruck. Er sah den Gefreiten Kugel schweigend an, aber Kugel wusste nicht, ob das ein über ihn verhängtes Urteil oder Gleichgültigkeit bedeutete. Dafür wusste er, dass seit Mitte März jeder allein herumziehende Soldat als Deserteur betrachtet wurde und dem Urteil eines Standgerichts unterlag. Gab es in S. noch irgendwelche Gerichte? Irgendeine Armee?

Das alles dauerte nicht länger als einen kurzen Augenblick, doch Kugel, der das von sich selbst nicht erwartet hätte, wünschte sich, plötzlich und ganz verzweifelt, weiterzuleben. Er senkte den gestreckten Arm, auf dessen Gruß der Offizier nicht einmal mit dem Anlegen der Finger an den Schirm der Mütze geantwortet hatte, und nannte nacheinander seinen Dienstgrad, Namen und die Nummer seiner Einheit sowie den Auftrag: Nach Kontaktverlust mit der Kompanie sucht Gefreiter Kugel die nächstliegende Abteilung auf Kampfposition. Die bis dahin leblosen Augen des Majors blitzten auf; war es Neugierde, Spott? Er machte eine schnelle Bewegung. Kugel war sich sicher: um nach der Pistole zu greifen. Aber die Hand im Handschuh wies auf den Platz hinter dem Fahrer. Setz dich, sagte der Major, als sich Kugel nicht von der Stelle rührte. Erst dann schlug er ungeschickt die Hacken zusammen, und während er den am Gurt baumelnden Karabiner festhielt, führte er den Befehl aus. Das Motorrad machte eine Kehrtwendung und fuhr knatternd über Ruinenspuren, um an der Ecke einer Straße anzuhalten, deren Namen Kugel den Trümmerresten nicht zuordnen konnte. Dort standen fünf Jungen, nicht älter als sechzehn. Drei von ihnen trugen Flakhelfer-Uniformen. Die anderen zwei gehörten zum Volkssturm. Gefreiter, sagte der Major mit schläfriger Stimme, die nur wenig von einem Befehlston hatte, Sie übernehmen das Kommando über diese da … über diese Abteilung. Auftrag: Hohenzollernstraße, dort liegen Einheiten, die im direkten Kampfkontakt mit dem Feind stehen. Sie werden sich ihnen anschließen. Diesmal salutierte er. Das Motorrad röchelte, als ob ihm der Treibstoff ausgegangen wäre, doch der Fahrer – offensichtlich davon beeindruckt – ließ die Kupplung kommen, und sie fuhren davon.

Na ja, dachte Kugel, da hat er mir was Schönes eingebrockt, aber eigentlich fühlte er gar nichts. Er schaute auf die Jungen in Uniform und sie auf ihn. Der jüngste, oder vielleicht nur der kleinste von ihnen, hatte dunkle Streifen auf den Wangen und immer noch feuchte Augen. Die Übrigen starrten erwartungsvoll auf den neuen Befehlshaber. Na, Soldaten, rief er mit hoher, wackerer Stimme, die er noch aus dem Training in der Bismarck-Schule in Erinnerung hatte, ich möchte gleich Meldung haben! Die Jungen sahen sich an, doch auch bei ihnen musste dieser Ton irgendwelche Erinnerungen wachgerufen haben, denn mit plötzlichem Eifer stellten sie sich in einer Reihe auf, und der längste von ihnen, ein Blondschopf mit leichten Stieraugen, gab Kugel in der vorgeschriebenen Haltung ein paar unwichtige Informationen darüber, was sich gestern ereignet hatte oder vielleicht auch vor einem Monat. Die zwei vom Volkssturm, der Blonde und sein Freund, gehörten zu einer Einheit vom Hafenschutz, und eben am Hafen hatten sie die anderen drei Jungs von der Ratsschule getroffen; eine unvollständige Gruppe aus der zerschlagenen Artillerieeinheit auf der Silberwiese. Auf der Silberwiese?, fragte Kugel neugierig. Auf dieser Insel ist so ein Geschäft, Sigmund Weil: Packpapier und Pappe, in der Marienstraße, einer kleinen Straße mit Kopfsteinpflaster, einer Querstraße vom Bahnhof. Sie schauten, ohne ein Wort zu verstehen. Und? Gibt es so ein Geschäft?, fragte er plötzlich verärgert. Große Schrift an der Hauswand: Weil. Ist sie da? Kann sein, sagte der Blonde zögernd. Na also! Kugel schlug sich auf den Schenkel. Da hat nämlich Storm gearbeitet. Ich sag euch, das war vielleicht ein Prachtkerl! Im vollen Lauf ging der mit dem Ball an vier oder fünf Gegenspielern vorbei. Die Jungen schwiegen überrascht. Die Soldaten verstehen nicht? Kugel stützte die Hände in die Hüften. Der beste Soldat ist ein Sportler, und der beste Sportler ist ein Fußballspieler, weil er schnell rennt, schnell reagiert und Mut hat, erklärte er ihnen gnädig. Sie schwiegen. Habt ihr etwas gegessen?, fragte er. Wann habt ihr denn das letzte Mal gegessen? Gestern, Herr Gefreiter, antwortete in dienstlichem Ton der Blonde, und der, der feuchte Wangen hatte, fügte plötzlich lebhaft hinzu: Aber wir haben noch zwei Dosen Blutwurst. In Ordnung, donnerte Kugel, du da, lauf zur Ecke, und beobachte aufmerksam, und wir werden hier in Ruhe etwas essen. Dann düsen wir zur Hohenzollernstraße, habt ihr gehört? Dort befinden sich jetzt Kampfstellungen. Der Himmel verdunkelte sich. Er war vom lauten Summen der Flugzeuge, die nach Westen flogen, erfüllt.

Als Bruno Lipke mit den Fingerkuppen den Ball berührt, stürzt er so unglücklich, dass er – schon als er mit der Erde zusammenstieß – weiß: Jetzt ist es passiert. Er hat sich zwar beim Fallen etwas gedreht, doch er schafft es nicht, die Schutzhaltung einzunehmen und die Knie hochzuziehen, und er hat auch nicht den Arm zurückgezogen. Er fällt also der Länge nach hin, und durch seine linke Schulter schießt wie ein schneller Pfeil der Schmerz. Vorsichtshalber bewegt er sich nicht mehr und gibt diesem Schmerz nach, der im ersten Moment nicht so intensiv scheint. Kugel wird sterben, und Erik wird mich umbringen, denkt er.

Vorsichtig erhebt er sich vom Rasen, setzt sich auf und tastet mit der rechten Hand die schmerzende Stelle ab. Raabe, ein Mann mit großem Kopf und fettigen Haaren, die hinter die Ohren gekämmt sind, hockt sich neben ihn und legt seine breite Stirn in besorgte Falten. Du, sagt er, das wollte ich nicht, hej! Was wolltest du nicht?, schnauft Bruno verärgert. Ein Tor machen? Auch Kugel steht schon neben ihm. Die Hände in den Hosentaschen. Wahrscheinlich hält er wieder seine Genitalien fest. Und?, schnaubt er schließlich, wie sieht's aus, alles in Ordnung? Lipke will mit den Schultern zucken, aber der Schmerz bremst ihn auf halbem Weg. Also nickt er nur. Das fällt nicht gerade ehrlich aus.

Kugel flucht leise, er ist noch nicht sicher, ob Bruno nicht versucht, die Verletzung nur vorzutäuschen. Um nachher leicht abzuwehrende Bälle durchzulassen. Kugel schielt zur Reservebank: Schreiber ist schon aufgestanden, schwenkt die Arme wie eine Windmühle und streckt ihm seinen verängstigten kleinen Vogelkopf entgegen. Der wird nur Mist bauen, das sieht man doch gleich, denkt Kugel. Er versucht zu lächeln, weil der Schiedsrichter gerade in seine Richtung schaut. Der darf nicht merken, was los ist.

Erik Gärtner kommt angerannt, blass und angespannt. Und schon stehen alle um Bruno herum. Orangefarbene Trikots, weiße Shorts, und hinter ihren Rücken, auf Zehenspitzen, strecken die anderen ihre Köpfe in die Mitte: Neumann, Wiese, die hübsche Leni und dieser Władek, der mit ihr fast nur noch Polnisch schwätzt, sogar Peters und Noske, der Gott weiß warum breit grinst, das halbe, nein, das ganze Haus der Polnisch-Deutschen Freundschaft, so dass es Bruno heiß wird und der Himmel über ihm verschwindet von diesen über ihn gebeugten, schnaufenden Fragenden: Und, wie sieht's aus? Erst als sich sein Vater durchzwängt, weichen sie etwas zurück. Der alte Lipke hebt die Schirmmütze auf, die während dieser Parade ins Gras gefallen ist, und setzt sie Bruno auf. Hilflos starrt er seinen Sohn an, wie damals, als der Zug in den Bahnhof von S. einfuhr und er fast lautlos die Lippen bewegte und flüsterte: Ich lasse Mutter hier nicht allein, ich lasse sie nicht allein, lauf du. Dann heben sie Bruno an den Beinen und Schultern halb hoch und tragen ihn zur Außenlinie. Dort wartet schon Pankuwait, der Innenstürmer, aber auch der Knochendoktor ihres Klubs, beim Einrenken von Verstauchungen und im Massieren von Verletzungen unübertroffen. Jahre von Erfahrung, sagt Kugel immer, einmal hat er sogar Ingardt die Pranke eingerenkt. Aber niemand weiß, wer dieser gewisse Ingardt war. Genauso wenig, dass Pankuwait – früher Soldat – eine russische Maschinenpistole besaß, auf deren Kolben Kerben zu sehen waren, die jemand nach jedem Getroffenen eingeritzt hatte. Genau sechs. Und ob es gerade Pankuwait war, mit seinem schmalen, ausdruckslosen Gesicht und dem schütteren Haar. Pankuwait, der auch die Angewohnheit hatte, nach jedem Training eine Zigarette zu rauchen, der Innenstürmer, der schnell war, obwohl er beim Laufen wie eine Ente hin und her schaukelte. Ob also er diese Kerben in den Kolben ritzte, oder ob er diese Pistole von irgendeinem Iwan, der treffsicher auf Deutsche geschossen hatte, erbte – das weiß erst recht keiner.

Mit sicherer Hand greift Pankuwait nach Brunos Schulter, bewegt sie nach vorn und hinten, und dann, unerwartet, reißt er kurz an ihr. Lipke schreit vor Schmerz auf, und dieser Schrei fliegt in Richtung der Bank von Ogniwo, wo man aufmerksam verfolgt, was mit dem gegnerischen Torwart passiert.

Bist du verrückt?, zischt Gärtner. Es ist nicht klar, ob zu Bruno oder zu Pankuwait, doch der zweite scheint ihn gar nicht zu hören. Er wird heute nicht mehr spielen, Herr Kugel, brummt Pankuwait in den Knopf seines gestreiften Mannschaftsjacketts. Aber das ist nur eine Verstauchung, höchstens ein Gelenksprung. Man sollte es vorerst mit einem Tuch festbinden. Nachher wird sich das der Arzt ansehen.

Einen Scheiß wirst du mir festbinden und keinen Arm, Bruno setzt sich düster auf die Bank; so hat ihn wohl niemand bis jetzt gesehen. Er spürt immer noch einen stumpfen Schmerz in der Schulter, doch Pankuwaits kurzes Reißen an ihr hat das scharfe Stechen genommen, das Bruno gezwungen hat, die Zähne zusammenzubeißen. Er tastet die Schulter durch die Wolle des schwarzen Pullovers ab: Die Schwellung ist so groß wie ein Puffärmel am Kleid.

In der Mitte des Spielfelds steht der Schiedsrichter und pfeift. Es ist Zeit, das Spiel zu beginnen. Ogniwo stellt sich in einer Reihe auf, dribbelt und lacht, denn was ist schon ein Spiel für sie, bei dem es um nichts geht. Ungeduldig winkt der Schiedsrichter und meint damit: Los, kommt endlich raus, sonst habt ihr verloren. Deutsches Gesindel, fügt Gärtner in Gedanken hinzu und lächelt säuerlich. Und laut: Lass den von der Reservebank raus, und sag ihm, dass wenn er …

Verpiss dich, schnaubt August Kugel, mit einer Entschiedenheit, die er von sich selbst nicht vermutet hätte. Verpiss dich endlich.

Kollege Kugel, sagt Wiese warnend, und hält einen Moment inne. Er ist der Chef des Mannschaftsrats. Er will auch, dass Spójnia die Wettkämpfe gewinnt.

Und was geht mich das an!? Die Streifen auf dem Jackett spannen, als ob sie gleich reißen würden. Was geht mich das an? Ich bin für die Mannschaft verantwortlich, oder? Dann funken Sie mir nicht dazwischen, Kollege Wiese, passen Sie lieber auf Ihre Tochter auf, und Zivilisten sitzen sowieso auf der Tribüne. Dann dreht er sich zu Schreiber: Los, du wirst Bruno ersetzen, schnell, marsch aufs Spielfeld! Auf sie, wie die Löwen!

Sie aßen die Blutwurst mit Appetit auf. Einer der Jungen besaß ein scharfes Bajonett, und die Dose hatte nachgegeben, als ob sie aus Pappe wäre. Kugel fürchtete, dass sein offensichtlicher Hunger ihm den gebührenden Ernst eines Befehlshabers nehmen könnte. Aber der Hunger erwies sich als nicht so groß, eher verborgen, und in dieser Hinsicht musste er um seine Autorität bei den fünf jungen Soldaten nicht bangen.

Sie setzten sich auf eine kleine Mauer, die in einem erheblich besseren Zustand war als das hinter ihr liegende Wohnhaus, schoben die braunen, leicht stinkenden Blutwurststücke in die Münder und erzählten von den Erlebnissen der letzten Tage. Erregt, aber lachend. So wie man ein Buch oder einen Film erzählt. In der Wurst ist Blut, dachte Kugel, Schweineblut. Er hatte sich früher nie darüber Gedanken gemacht.

In der Nähe ratterte ein Maschinengewehr los. Er sah ihre Gesichter fast nicht mehr, nur graue Flecken, ohne Züge. Bewaffnung? Das war eine ziemlich dumme Frage. Gut, streckte sich zwischen Habachtstellung und normalem Aufstehen der Blonde, der von ihnen der Mutigste zu sein schien. Nur Rudi, er zeigte auf den Jungen, der die Tränenspuren auf den Wangen hatte, hat irgendwo seine Kugelspritze verloren. Dafür wird man vor Gericht gestellt, stimmt's? Sie lachten los, wie Schüler, die wussten, dass mit dem größten Klassentölpel gleich etwas passieren wird. Kugel sagte nichts dazu. Es schien ihm besser so. Rudi zuckte nur mit den Achseln. Wir werden schon etwas für ihn finden. Kugel warf sein Gewehr über die Schulter, denn ein Soldat ohne Gewehr, das ist ja wirklich ... Wenn uns irgendein Offizier ... Es war schon dunkel. Doch die Mauern der Häuser, ihre Bruchstücke schienen ihm merkwürdig hell. Fast weiß. Und auch die fünf seiner Mannschaft sah er jetzt besser als noch vor einem Augenblick: Die vom Volkssturm trugen Helme, die drei von den Geschützen auf der Silberwiese weiche Schirmmützen. Kugel blickte nach oben. Über der Stadt war ein riesiger, steinerner Mond hinter den Wolken hervorgekrochen.

Für Ogniwo lief es wie am Schnürchen. Schon nach einer Viertelstunde hatten sie zwei Tore geschossen. Beim ersten hatte Gottsched, der in der Mitte des Strafraums als Verteidiger spielte, alles vermasselt. Er ließ sich vom Mittelstürmer niedermachen, als ob er eine Hopfenstange und nicht das letzte Hindernis vor dem Tor wäre. Kugel wusste, was los war: Die Jungs hatten steife Knie bekommen, sie fürchteten, dass Schreiber jeden Ball durchlassen würde. Womit sie Recht hatten. Der Reservetorwart hüpfte auf der Linie hin und her, als ob Ameisen über ihn hergefallen wären. Er rannte nach vorn, wenn er besser abgewartet hätte, und haftete wie angebunden am Torpfosten, wenn er herauslaufen sollte. Das zweite eingebüßte Tor resultierte daraus, dass er, bei einem eigentlich leichten Ball, der von der Ecke aus in die Mitte des Tors geschossen wurde, einfach vorbeigegriffen hatte.

Gärtner saß zwischen den Reservespielern, aber weit weg von Kugel. Er biss sich heftig auf die Lippen. Dafür saß Bruno Lipke gleich neben ihm. Der erste Schock war überwunden, die Schwellung betäubte offensichtlich den Schmerz. Wir sind am gleichen Arm verletzt, sagte Bruno. Es ging ihm jetzt fast wieder gut. In Eriks Blick spiegelte sich Überraschung, die noch keine Zeit hatte, sich in Wut zu verwandeln. Halt die Schnauze, du roter Lakai, rief er schließlich in Lipkes Richtung, aber irgendwie ohne Überzeugung. Ich werde alles dem Genossen Vorsitzenden erzählen. Bruno nickte bei dieser Drohung. Gärtner wartete einen Moment, dann schaute er nachdenklich und aufmerksam auf den Torwart. Dass der Kollege an den Mädchen aus der Tanzgruppe rumfummelt, sagte Bruno matt lächelnd und etwas zu gezwungen. Gärtner verzog verächtlich das Gesicht. Er schaute wieder aufs Spielfeld. Der rechte Verteidiger von Ogniwo kickte den Ball auf die andere Seite zum linken Flankenstürmer. Der ging mit einer Körpertäuschung an Belke vorbei, zog ein bisschen an, und ohne zu warten, bis ihn der schwerfällige Peschke angriff, schickte er den kraushaarigen, wie Quecksilber beweglichen Mittelstürmer zum Angriff. Kugel sprang von der Bank auf. Abseits, brüllte er, dass es bis zum Krankenhaus schallte. Und Gottsched – ob er ihn nun hörte oder wieder zu spät reagierte – erstarrte für einen Moment an der Linie zum Strafraum. Zwar rannte er dann gleich dem Angreifer von Ogniwo hinterher, doch dieser hatte schon gut einen Meter Vorsprung. Schreiber stand mit gebeugten Knien an der Torlinie, seinen Vogelkopf zwischen den Schultern. Geh raus, flüsterte Gärtner. Aber Schreiber ging nicht raus. Der Kraushaarige im grünen Trikot zwang ihn mit einer weichen Bewegung der Hüften zu Boden und beförderte den Ball mit einem lockeren Schuss in die Torecke.

Ich werde dich umbringen, wenn der Arzt sagt, dass du nichts hast. Gärtner hob seine linke, zitternde Hand und legte sie langsam auf sein Knie – so als ob sie etwas Besonderes wäre: etwas Wertvolles und gleichzeitig Ekelhaftes. Gut, sagte Bruno. Und suchte Heini mit dem Blick. Er saß dort, hinter dem Tor von Ogniwo, neben Willy Peters. Er schaute wahrscheinlich zur Bank von Spójnia, doch auf diese Entfernung war das schwer zu beurteilen. Bruno winkte ihm mit dem rechten Arm zu. Und er pfiff ein paar Takte *Kann denn Liebe eine Sünde sein.* Er spürte eine unerklärliche Ruhe, fast Freude. Vielleicht hätte ich doch gegen die Holunderzweige schlagen sollen, dachte er träge. Dann hätte ich mir von Kopf bis Fuß alle Knochen gebrochen. Und fertig.

Kugel wischte sich mit dem Handrücken über die verschwitzte Stirn. Die Sonne schien direkt auf ihn. Auf das schmerzende, unförmige Stück Fleisch im gestreiften Jackett. Er stand vorsichtig auf, um die Kontrolle über seinen Körper nicht zu verlieren, und ging zu den nächsten Bäumen. Soll'n sie schauen. Das ist jetzt ohne Bedeutung. Jetzt brannte die Sonne auf seinen Rücken. Er dachte an Gretl. Er hatte schon so lange nicht mehr an sie gedacht, dass er – von diesem plötzlichen Bild beeindruckt – stehen blieb. Das ist ein Geschenk Gottes, sagte Gretl immer und lächelte, aber nur mit den Augen. Auf dem Oberschenkel fühlte er einen heißen, brennenden Strahl, und er wehrte sich nicht mehr dagegen.

Er entschied, dass sie die Nacht in den Ruinen verbringen. Und zur Hohenzollernstraße würden sie gleich in der Morgendämmerung aufbrechen. Sie verstanden es als einen Befehl. Einen guten Befehl, weil er sie von ihnen selbst befreite. Es ist schon Nacht, sagte er, da ist man nicht sicher in dieser Einöde, und man kann leicht in eine Falle laufen. Sie nahmen es ganz selbstverständlich hin, denn sie kannten die Bücher von May und Steuben gut. Zunächst wollte er sie zu der Arztpraxis führen, in der er zwei Tage und Nächte verbracht hatte, doch er machte sich schnell bewusst, dass er sie nicht mehr finden würde. Jedes Loch ist gut, wenn man nur hineinkriechen kann. Die Jungen kicherten. Kugel schickte den Blonden los, er hieß Kurt, und mit ihm einen Pickligen mit einem zu großen Helm, damit sie sich in der Gegend umsahen, solange noch der Mond schien. Kurt bewährte sich hervorragend, denn schon nach ein paar Minuten meldete er einen nahe gelegenen Eingang zu einem Heizraum, der von der Straße von Trümmerhaufen verdeckt war. Auf dem Weg dorthin stolperten, fluchten und scherzten sie. Der Heizraum hatte eine massive Eisentür, die wie ein Panzerschrank mit einem Riegel, das wie ein Steuerrad aussah, verschlossen wurde. Jetzt war die Tür halb offen, und alle konnten reingehen. Doch Kugel, der sich an militärische Grundregeln hielt, ließ einen der Jungen draußen, einen wortkargen Artilleristen, und befahl ihm, bei Gefahr dreimal zu klopfen. Nach einer Stunde sollte ihn jemand ablösen. Doch in dem Heizraum angekommen, überlegte Kugel, ob er nicht einen Fehler gemacht hatte, denn alle sollten drin sein. Es gab nur ein Fenster, das so schmal war wie ein Schlitz für Briefe. Wenn die Russen den Wachposten entdeckten, dann – selbst wenn er sie warnen sollte – könnten sie nicht mehr fliehen. Und so ein Wachposten würde noch die Aufmerksamkeit auf ihr Versteck ziehen. Doch Kugel konnte den Befehl nicht mehr rückgängig machen, er wollte die Jungen nicht enttäuschen oder erschrecken. Denn wie sollten sie jemandem vertrauen, der sich nicht sicher war, ob er richtig gehandelt hatte?

In dem Heizraum war es völlig dunkel. Unter den Füßen scharrte Kohlengrus, von den Mauern strahlte Kälte. Sie setzten sich Rücken an Rücken. Immer wieder schaute Kurt auf seine Uhr, die ein phosphoreszierendes Ziffernblatt besaß. Kugel spürte seinen angespannten Rücken. Wer erinnert sich an die Weltmeisterschaften von neunzehnhundertvierunddreißig?, fragte er, und beantwortete die Frage selbst. Klar, niemand, ihr wart damals nicht größer als Gartenzwerge. Na, aber die Aufstellung der Bronze-Elf, die könnt ihr mir doch nennen, oder? Jakob, brummte jemand aus der Ecke, und nach einer Weile sagte Kurt: Vorne, das war wohl Fritz Szepan. Ich habe ihn einmal gesehen, als Schalke nach Berlin gekommen war, mein Opa hat mich zu dem Spiel mitgenommen. Klar!, freute sich Kugel, aber wann war das? Ich glaube achtunddreißig, sagte Kurt. Dann erinnerst du dich vielleicht an so einen Kleinen, er hatte etwas krumme Beine, war aber schnell wie der Teufel. Er hieß Pankuwait und war von hier, aus S. Er spielte damals bei Hertha, dann kam er zurück, und ich habe ihn oft im Training bei dem Kaufmännischen Turnverein beobachtet. Ich erinnere mich nicht, ich war noch ein Rotzlöffel, flüsterte Kurt mit plötzlicher Angst, was in seiner Stimme deutlich zu hören war. Klar, ein Rotzlöffel, Kugel gab sich schnell einverstanden. Aber Szepan, das war wirklich jemand, ein Taktiker, man könnte sagen: Rommel. Nur dass er achtunddreißig schon in die Jahre gekommen war. Aber könnt ihr euch an Janes erinnern? Der war jünger und rechter Verteidiger bei Fortuna. Als Außenläufer spielte er auch, der konnte alles. Janes war auch damals in der Bronze-Elf in Italien. Ein Verein, da kann man nur mit den Ohren schlackern: im Tor – Jakob, ruhig wie ein Tauber bei Kanonenfeuer, in der Verteidigung – Janes und Busch, als Läufer – Zielinski, und Münzenberg der Innenstürmer von Alemania, unmöglich an dem vorbeizukommen, wie eine Säule, die einem Betrunkenen immer im Weg steht, und Bender, um ehrlich zu sein, war der nur Durchschnitt in so einer Mannschaft, dafür im Angriff – gütiger Gott – Lehner, Otto Schiffling aus Mannheim, der schoss aus jeder Position, Conen, Fath, na und Szepan, Fritz Szepan, der große Spielführer.

Kugel seufzte und öffnete die Augen. Er wunderte sich, dass es dunkel war. Hinter seinem Rücken hatte sich Kurt bewegt. Ich werde jetzt gehen, sagte der. Ich schlafe sowieso nicht. Er räusperte sich und verbesserte sich gleich: Ich werde ja doch nicht einschlafen.

Im Spiel um den dritten Platz haben wir Österreich besiegt, flüsterte Kugel. Es war kalt und still. Kurt stand auf und scharrte mit den schweren Schuhen. Die Riegel der Eisentür knirschten, zwei Schatten gingen aneinander vorbei, und jetzt lehnte sich der wortkarge Artillerist an den Rücken seines Befehlshabers. Kugel spürte, dass der Junge zitterte. Er hörte mit seinem ganzen Körper auf dieses Zittern, bis er schließlich die Augen schloss.

Es weckte ihn Kurt, der bis zum Morgengrauen Wache gestanden hatte. In Ordnung, sagte Kugel, der versuchte, seiner heiseren Stimme einen forschen Klang zu verleihen, und so tat, als ob alles seine Richtigkeit hätte. Jetzt leg du dich ein bisschen aufs

Ohr, und ich werde mich in der Gegend umsehen. Wenn die Luft rein ist, dann preschen wir zur Hohenzollernstraße. Wir sollten unsere Rohre durchblasen. Sie lachten nicht. Vielleicht dösten sie noch.

Er ging nach draußen. Die Luft schien frisch zu sein, es wehte ein leichter Wind. Man hörte weder Maschinengewehre noch Kanonenfeuer hinter dem Fluss. Während er mühsam die Knie streckte und sich am Geländer festhielt, stieg er die Treppen hoch und sah hinter einer noch stehenden Hauswand auf die Straße. Er ging auf die andere Seite und erinnerte sich dabei an die belgischen Wiesen, die Schützengräben des Ersten Weltkriegs und die Belehrungen der Gefreiten: Fünfzig Meter von den eigenen Stellungen entfernt beginnt die Antischeißzone! Der Morgen war ohne Sonne, aber er schimmerte weiß. Kugel kannte solche Morgen: nach Brot duftend, nach Mohn und Kümmel auf der knusprigen Rinde. Das Kriegsbrot, das man gegen Lebensmittelkarten bekam, hatte einen ganz anderen Geruch. Säuerlich und Übelkeit erregend. Er selbst musste ein paarmal Kastanien zu dem Mehl mischen. Er schaute umher, ein Stück verkohlte Mauer hatte genau die richtige Höhe, um sich dahinter hinzuhocken. Und gegebenenfalls, um hervorzuschauen, ohne die Hosen hochziehen zu müssen. Es ist dumm, dachte er, der Darm ist fast leer, doch der Mensch muss das Seine erledigen.

Er hörte sie anfangs nicht einmal, weil sie sehr vorsichtig und leise ankamen, wie Katzen. Erst als sie anfingen, mit den Gewehrkolben gegen die Eisentür des Heizraums zu schlagen, sprang er auf, ging aber sofort wieder in die Hocke, in Panik mit seiner Gürtelschnalle ringend. *Zdajsia, Fryc!**, schrien sie, doch es war keine besondere Wut in ihren Stimmen. Er hatte sogar den Eindruck, dass es ein ungezwungener, etwas spöttischer Ton war. Er griff nach seinem Gewehr, das neben ihm lag, und zog die Hand sofort zurück, als ob er sich verbrannt hätte. Trotzdem schaute er über den Mauerrand. Der Russe stand auf der anderen Stra-

* russ.: Ergib dich, Fritz!

ßenseite, nicht weiter als zehn Meter entfernt. Andere waren nicht zu sehen. Doch nicht er schrie, dass sie sich ergeben sollten. Dort unten, auf der Treppe zum Heizraum, musste der Rest von ihnen sein. Mindestens drei, vier. Sonst würden sie sich nicht so sicher fühlen, dachte Kugel. Der auf der anderen Straßenseite, klein, mit dunklem, mongolischem Gesicht, blickte mehr aus Langeweile als aus Vorsicht umher. Hoffentlich werden sie jetzt nicht auf dumme Ideen kommen, dachte Kugel erschrocken. Die sollen da rauskriechen, schnell, es ist ja doch alles vorbei. Einen Moment lang wollte er sogar selbst mit erhobenen Händen rauskommen und rufen, dass sie keine Angst haben müssten und das Gleiche wie er tun sollten. Doch er gelangte zu der Einsicht, dass der Soldat – von einer plötzlichen Bewegung erschreckt – mit der MP, die über seiner Brust hing, losballern könnte. Glücklicherweise ließen die Jungen nicht lange auf sich warten. Sie kamen der Reihe nach raus, obwohl Kugel es mehr hörte als sah. Er duckte sich hinter der Mauer; jetzt hatte niemand mehr das Recht, ihn zu entdecken. Aber er hielt es doch nicht aus und schaute hinter der Mauer hervor, weil er russische Flüche und unverständliches Geschrei hörte. Sie zerrten aneinander. Das sind Uniformen von Flakhelfern der Wehrmacht, erklärte Kurt und zeigte mit dem Finger auf Rudi und seine zwei Kameraden. Nicht Hitlerjugend, Faschisten, nein! Doch der Russe schlug mit dem Kolben gegen seine gestikulierende Hand und schob ihn mit einer entschiedenen Geste von den drei Jungen mit den Schirmmützen weg. *Swolocz praklataja, gitlierowskaja baldz**. Er drängte alle drei an die Wand, Rudi griff nach dem Geländer, doch er ließ – vom eigenen Widerstand erschreckt – gleich wieder los.

Erst jetzt verstand Kugel, der sich wieder hinter der Mauer duckte, dass es zwei Russen waren, nur zwei. Der erste, den er zuerst bemerkt hatte, bewachte jetzt Kurt und seinen Kameraden. Der zweite hielt vor seinem Gewehrlauf die Artilleristen in Schach. Unmöglich, dachte Kugel, es müssen noch andere in der

* russ.: verdammte Hitlerschweine

Nähe sein. Und genau in diesem Moment entlud sich eine kurze, trockene Serie. Er duckte sich in seinem Versteck, mit den Händen auf der Erde und dem Gesicht an den Knien. Und dann vernahm er Geschrei und Fluchtgestampfe. Und einzelne, kurze Schüsse. Er rührte sich nicht, blieb in derselben Stellung, bis er sicher war, dass die anderen weg waren. Er stand auf und schaute: Dort lagen sie, alle drei, und bewegten sich nicht. Und etwas näher, in der Mitte der Straße, bemerkte er Kurt. Sein Helm, den er wahrscheinlich nicht festgemacht hatte, war etwas zur Seite gerollt. Der fünfte war nicht da. Die Russen mussten ihn mitgenommen haben.

Kugel strich sich mit der Hand über die kalte Stirn. Und zog sie plötzlich zurück. Sie war feucht und dreckig vom Kot. Langsam und mit großer Sorgfalt, als ob nichts anderes mehr wichtig wäre, begann er sie an dem rauen Mauerrand abzuwischen.

Pankuwait hatte fast den ganzen Krieg hindurch Fußball gespielt. Neunzehnhundertachtunddreißig fand er sich sogar im schmalen Kader von Hertha Berlin wieder. Irgendein Talentsucher hatte ihn aus S. abgeworben, und Hans Pankuwait, den man dort, und zwar nur ein paar Monate lang – obwohl niemand eigentlich wusste, warum – «Schelm» nannte, spielte in einigen Vorbereitungsspielen und in zwei Partien während der Hauptspielzeit in dem riesigen Olympiastadion, das so groß war wie eine Stadt. Und obwohl Hertha zu dieser Zeit nicht mehr der stärkste Verein war – damals erstrahlten die Sterne von Schalke und Hannover, Dresden begann zu gewinnen, und österreichische Klubs waren immer öfter zu sehen –, schien es, dass der Junge aus S. die Welt erobern würde. Nur dass Pankuwait in einer Großstadt nicht zurechtkam. Er verbrachte ganze Nächte beim Billard und Kartenspielen, trieb sich in Kneipen auf dem Kurfürstendamm herum, und selbst die Zahnpasta «Kolynos», die er benutzte und die einen frischen Atem garantierte, schützte ihn nicht vor der schnellen Rückkehr nach S. Er hatte sowieso Glück, denn im Klub gab es welche, die ihm in den Reihen der Wehrmacht sportliche Moral beibringen wollten. So wurde der Kaufmännische Turnverein während der nächsten paar Jahre zum sicheren Zuhause für Pankuwait. Er versuchte sich dem Klub gegenüber dankbar zu zeigen, indem er weniger als in seinen Jugendjahren trank und rauchte. Erst dreiundvierzig zog er die Uniform an. Er schoss nicht schlecht, um ehrlich zu sein, er schoss und traf gern. Lange besaß er eine alte, gute Mauserpistole, denn diese MP erhielt er erst später, im Februar fünfundvierzig. Aber es kam die Zeit, um sie dann in die Schweinejauche zu stecken. Und um in Zivilklamotten, das heißt in einem Wintermantel mit etwas zu langen Ärmeln, in dessen Seitentasche er die Kennkarte eines französischen Kriegsgefangenen – der gerade in dem Dorf gearbeitet hatte, wo sich Pankuwaits Einheit zerstreute – fand, das Schlimmste abzuwarten. Das Leben auf die Seite zu schmuggeln, die dem Leben zugeschrieben ist. Auf dem Foto der Kennkarte lächelte ein sympathischer, schwarzhaariger Mann, aber die Russen schauten nicht einmal auf das Bild. Sie durchkämmten die Menge, durchsiebten sie wie das Meer. Hans Pankuwait, klein, krummbeinig, schien nicht der Typ eines gefährlichen *Germaniec** zu sein, geschweige denn eines Offiziers oder eines Mannes von der Gestapo. Um sicherzugehen, nahm er sich einer jungen Frau mit einem kranken Kind an, das vielleicht nur deswegen andauernd schrie, weil es hungrig war. Er besorgte sogar irgendwo etwas Mighetti-Brei für den Kleinen. Als Mama und Papa fielen sie noch weniger auf.

Er kam mit der ersten Frühlingswelle der Rückkehrer über die praktisch nicht vorhandene Grenze nach S. Er hatte dort nichts und niemanden. Er wechselte die Wohnungen. Gewöhnte sich nicht an Dinge und Menschen. Deswegen hatte er's jetzt leichter. In den ersten Wochen verdiente er sein Geld mit Schmuggel zwischen S. und der sowjetischen Besatzungszone. Trieb ein wenig Handel. Auch damit, was er unter den Trümmern hervorholte. Es gab immer mehr Deutsche in S., und jeder brauchte

* russ.: Deutscher

etwas zu essen. Den größten Schatz, ein Fass mit Pökelfleisch, verkaufte er für Spiritus. Eine Hand voll Gold und Geld verschmähte er auch nicht. Kugel traf er zufällig. Ganz am Anfang, noch im Mai. Kugel hatte irgendwo eine Offerte der polnischen Behörden gefunden, die Freiwillige suchten, um die deutschen Schilder abzureißen und die Aufschriften zu übermalen. Er trug einen Hammer oder eine Zange bei sich, denn man musste mit eigenem Werkzeug kommen. Er hatte es eilig und erkannte Pankuwait nicht. Eine sackähnliche Jacke hing an ihm runter wie an einem Kohlenschlepper. Er war dünn geworden und sah elend aus. Doch auf der Straße angehalten, rang er sich sogar ein Lächeln ab. Pankuwait kannte er nicht besonders gut, sie hatten in Zeiten, als Kugel zum Training der jüngsten Jahrgänge des Kaufmännischen Klubs ging, gerade ein paar Sätze gewechselt. Doch Pankuwait, der Bekannte wie Feuer mied, fand gerade in diesem Treffen etwas, was er ganz besonders brauchte: sich selbst auf dem grünen Fußballrasen. Mensch, komm mit mir, überredete ihn Kugel und schloss seine Hand noch fester um den Hammer. Angeblich geben sie jetzt am Tag ein halbes Kilo Brot dafür, ungefähr dreihundert Gramm Mehl und noch Marmelade dazu. Doch damals ging noch jeder seiner eigenen Wege. Als Kugel dann aber begann, sich in Niemiecka Dzielnica* Zabelsdorf einen Namen zu machen, besonders später, in der Stadtverwaltung, wo er sich als Bevollmächtigter – oder eine andere wichtige, wenn auch halboffizielle Person in Angelegenheiten Körperkultur oder eher Kinder und Jugend – eingeschlichen hatte, suchte ihn Pankuwait auf und erinnerte ihn an ihre Begegnung. Was er übrigens nicht hätte tun müssen. Kugel lebte schon damals nur für die Idee, in S. eine Fußballmannschaft aufzustellen. Pankuwait kam ihm wie gerufen.

Als Kugel zur Reservebank zurückkehrte, war die Pause schon vorbei, und es stand nur noch drei zu zwei für Ogniwo. Auf dem

* poln.: deutscher Stadtteil

Spielfeld tobte der Innenstürmer: Pankuwait. Er war überall, er lief sogar bis zum eigenen Strafraum zurück, wenn es sein musste, obwohl es nicht zu seinen Pflichten gehörte. Das erste Tor hatte er selbst geschossen, nachdem er an zwei Verteidigern vorbeiging und auch den Tormann, der verzweifelt versuchte, sich ihm vor die Füße zu schmeißen, hinter sich ließ. Für das zweite Tor musste er schuften: Nach einem Schuss von Belke, der über das Mittelfeld regierte, zwang er zwei Gegenspieler zu Boden, zog den Ball an die Seitenlinie und spielte ihn ab. Raabe musste sich nicht mal besonders anstrengen: Er streckte die Stirn vor, und schon sah er, wie der Ball im Netz zappelte. Pankuwait sprang mit nach oben gestreckten Armen in die Höhe. Sie wunderten sich etwas, weil er das schon lange nicht mehr getan hatte. Eigentlich konnten sie sich nicht erinnern, dass er das überhaupt jemals gemacht hätte.

Ich werde ihm ein Denkmal bauen und es auf den Sockel, wo der Alte Fritz gestanden hat, setzen, sagte Genosse Kugel. Er hielt es nicht einmal für nötig, sich dabei vorsichtig umzuschauen.

Angeekelt sah Gärtner zu Kugel herüber. Ab der Hälfte des Oberschenkels bis zur Wade war auf der Hose ein dunkler Fleck zu sehen, den Kugel mit den Klettenblättern nicht trocken bekommen hatte. Doch er dachte nicht mehr daran. Immer wieder sprang er von der Bank auf und schrie durch die wie ein Trichter an den Mund gelegten Hände zu den Außenspielern, sie sollten näher an die Verteidiger von Ogniwo herangehen. Jetzt war es Spójnia, die den Ton angab, selbst Schreiber hatte sich so warm gespielt, dass er bei einigen Bällen Beifall erhielt.

Hoch lebe Genosse Kugel, brüllte Noske, der die Fahne hin und her schwenkte. Und ein paar aus seiner Gruppe lachten zustimmend.

Genau in diesem Moment führte Gottsched einen Freistoß aus, den der Schiedsrichter nach einem Foul an Pankuwait angeordnet hatte. Zum Tor waren es gut dreißig Meter, doch der kräftig gebaute Back, der eher sehnig als breitschultrig war, schoss mit solcher Kraft, dass der Ball nur noch zwischen den Händen des hilflosen Torwarts hindurchzischte. Und auf einmal stand es unentschieden.

Kugel setzte sich wieder auf die Bank. Er fühlte sich so schwach wie ein Kind. Bis zum Ende des Spiels waren es nicht mehr als zehn Minuten. Ein Unentschieden garantierte Spójnia den Aufstieg in die B-Klasse. Bei einer Niederlage hätten sie damit rechnen müssen, dass sie auf den dritten Platz der Tabelle zurückfallen würden und den Aufstieg vergessen könnten. Ich wusste es, stöhnte Kugel, als Peschke und der Flügelstürmer von Ogniwo zusammen zu Boden fielen, und der Schiedsrichter auf den weißen Punkt vor dem Tor zeigte. Ich wusste, dass sie es uns nicht gönnen werden. Diese polnischen Schweine. Gärtner verzerrte das Gesicht, als ob Kugels Worte die Klage eines Kindes wären. Er leckte sich die Lippen. Bruno erschien das irgendwie unanständig.

Kann denn Liebe Sünde sein, wie der Geschmack von Küssen und Tränen. Bruno summte und schaukelte leicht vor und zurück. Die angeschwollene Schulter schmerzte jetzt stärker, doch eigentlich hatte er sie vergessen. Oder eher: Er dankte dem Schmerz dafür, dass er da war. Dass er durch einen Zufall aufgetaucht war. Zufälle sind Belohnungen. Manchmal. Er, Bruno Lipke, hatte eine Belohnung verdient. Ihr werdet sehen, dass er ihn halten wird, meinte er. Aber das war nur so dahingesagt, vielleicht glaubte er sogar daran. Doch niemand beachtete ihn. Nur Johann Lipke, sein Vater. Er saß auf der gegenüberliegenden Seite des Spielfelds, bewegungslos mit einer erloschenen Porzellanpfeife im Mund. Ein alter Indianerhäuptling, dachte Bruno und lächelte.

Gegenüber von Schreiber, der seinen schmalen Kopf wie die kleine Schildkröte – die einmal auf dem Glasschrank in Kugels Wohnung stand – bewegte, legte sich der kraushaarige Stürmer von Ogniwo den Ball zurecht. Wenn es die Geschichte von der Belohnung für den Reservetorwart wäre, müsste Schreiber diesen Schuss halten. Aber er hielt ihn nicht. Er rührte sich nicht einmal von der Stelle. Weil der Schütze einen Fehler machte. Ob er nun den jungen Torwart unterschätzt hatte oder dem Druck nicht standhielt, auf jeden Fall täuschte er den Schuss an, doch nicht besonders gut, so dass der Ball nur den rechten Pfosten streifte und hinter die Außenlinie flog, genau zwischen die Zuschauer, deren kleine Gruppe dort stand. Unter ihnen befanden sich Peters und Heini.

Das Spiel ging unentschieden aus, und danach trugen sie Pankuwait bis zum Kulturhaus. Als er auf den Schultern der Jungs aus der Mannschaft und der sich dazwischendrängenden Zuschauer schaukelte, spürte er etwas aus einem lange vergessenen Traum: die Gewissheit, dass er unsterblich sei.

Heini warf den Ball zurück aufs Spielfeld. Er hatte überhaupt keine Lust dazu, aber alle riefen: Fang ihn, fang, und schmeiß ihn dann zurück. Und sie lachten dabei, als ob es ein Spiel wäre. Und dabei war es eben noch so still, dass er ganz deutlich einen Specht gehört hatte, der irgendwo in der Nähe seinen kurzen, schnellen Rhythmus klopfte: tock-tock, tock-tock-tock. Er schaute sich um, zu den Kiefern, die am Weg zum Krankenhaus standen. Er suchte den kleinen Vogel, der mit dem Kopf nach unten am Kiefernstamm hing. Tock-tock, tock-tock-tock. Er fand ihn nicht und hörte ihn nicht mehr, weil die Leute von den Sitzen sprangen, schrien und Beifall klatschten. Und der Ball flog am Tor vorbei und stoppte an der Schuhsohle von Willy Peters. Fang ihn, Heini, sagte er. Und er kickte ihn leicht in Richtung des Jungen. Gehorsam beugte sich Heini vor und fing den Ball mit beiden Händen.

Er war braungelb und etwas feucht. Die Fingerkuppen erkannten etwas, was Heini zunächst weder benennen noch verstehen konnte. Die elastische Weichheit, die Stille der Berührung, den Geruch, schaukelnd und lebendig wie das Innere eines Traums. Wirf, na, wirf schon! schrien sie. Er warf. Ungeschickt, von unten, wie ein Mädchen.

Heini Qualm, he, da drüben, deutsche Jugend!, brüllte Noske, für einen Moment befreit von der Fahne, die ihm Wiese aus der

Hand genommen hatte, sing etwas für uns, so wie damals! Der Augenblick ist günstig!

Aber Heini hört ihn nicht. Er riecht an seinen Händen.

Er liegt auf dem Rücken mit zur Seite geworfener Decke. Das Zimmer ist vom weißen Licht erfüllt, die Nacht leuchtet durchs offene Fenster.

Bethanienstraße? Ist es vielleicht dieses Haus? Und wird er gleich Loremaries Husten hören? Schritte, ein Schatten, der sich über das Bettchen daneben beugt, das weinerliche Stimmchen der Schwester, das Klirren des Löffels, der auf die Untertasse gelegt wird, Schritte neben ihm, ein Schatten über ihm, ganz nah, voller Duft. Dieser Duft. Dieses feuchte Fell, echte Haut. Er streckt die Hand aus. Brauchst du etwas? Ich bin müde. Er streckt die Hand aus und spürt: eine zarte, weiche, aber etwas kühle Oberfläche. Als ob er ein kleines Tier streicheln würde. Ihre Stimme wird auch weicher. Gefällt dir die Bluse? Papa gefällt sie auch. Das ist Wildleder. Angenehm, nicht wahr?

Leder, Leder, ein Tierchen. Die Nüstern des Elchs, samtige Berührung, das Zittern des Hasen, die Zutraulichkeit des Rehs. Der Buchrücken mit der goldenen Rose, der Buchrücken, der sich von Händen streicheln lässt. Die «Naturgeschichte», natürlich wie das Atmen. Das Zimmer ist silbern vom Mondschein. Heinis Hand gleitet vom Sofa und sucht einen Moment lang am Boden, bis sie den dritten Band des Grafen Buffon findet. Bilder, in gotischer Schrift geschriebene Worte. Unbeständige Formen, verschwommene Formen, die durch die Zeit gleiten, wie Finger durchs Wasser; die wie ein Fisch im Wasser zappelnde Hand; Wellen, Wellen der Epoche; Gletscher, die in die Tiefen des Ozeans gleiten; der Schatten des Trilobits im Sand; das Zischen, das Kreischen und Flattern in den Blättern, im hohen Gras; das Krachen von Knochen, die zermalmt werden; der Galopp der Arten und das heisere Gebrüll von Herden, die im Sumpf versinken; das Knirschen von zerdrückten Schuppen; das Rauschen der verlassenen Kokons, das Pulsieren der Luft, der kalte Glanz auf der Fensterscheibe.

Heini, der die Augen immer noch nicht geöffnet hat und auf dem Rücken liegt, streichelt mit nach unten hängender Hand – so dass sie das neben dem Sofa liegende Buch berührt – den rauen Karton des Umschlags. Und die fünf eingekerbten Streifen auf dem Buchrücken des Lederumschlags. Der schon abgenutzt ist und dünn wie Haut, aufgesprungen, in roten Falten, glänzend, und an manchen Stellen bis zur Papierunterlage aufgerissen. Der aber immer noch diesen Geruch in sich trägt. Heini zieht die Hand zurück und riecht vorsichtig an ihr.

Das Gesicht ins Schaukeln, ins sanfte Rütteln versunken, als der schwarze Opel in die gepflasterte Straße einfährt. Loremarie schläft, an die Mutter gekuschelt, und er, das Kinn auf der ledernen Sitzlehne aufgestützt, schaut durch das Rückfenster auf die verschwindende Stadt, die in die Tiefe gleitet und vom Regen überwuchert wird. Man kann schon durch die Scheibe nichts mehr erkennen. Sie ist grau, und Heini drückt die Nase an das Seitenfenster. Der Wagen fährt durch eine Pfütze, Wasser bespritzt einen Mann, der Blumen in der Hand versteckt, oder ein kleines Tier? Es ist der Pastor, Heini erkennt ihn. Es ist der Pastor aus der Kirche, in die sie manchmal nach den Sonntagsspaziergängen gegangen sind. In der Manteltasche hat er bestimmt eine Maus oder eine Fledermaus, und er wird sie zu Hause mit Milch auf einem Unterteller oder mit Blut füttern. Woher kommt das Blut für die Fledermäuse? Nein, denkt Heini, als die Gestalt des Pastors hinter einer silbernen Dampfwolke verschwindet, nein, das waren nur Vergissmeinnicht, die gleichen, die der kleine, nackte Junge inmitten der Rosen in der Hand hält.

Der schwarze Opel fährt immer schneller. Sie sind schon hinter der Stadt. Die Bäume huschen vorbei. Das Leder der Sitze ist weich und hat einen beunruhigenden, sauren Geruch. Heini schaut zur Mutter. Aber ihr Blick ist glasig und irgendwohin über die Schulter des uniformierten Mannes vor ihr gerichtet. Auf der Schulter des Mannes kann man eine silberne Verbrämung erkennen. Der Mann dreht sich um, er sieht Mutter ähnlich. Er sagt nichts, aber sein Gesicht ist ernst, voller Sorge. Er lächelt zu Heini, wahrscheinlich ganz automatisch, denn gleich erlischt das Lächeln. Er ist verlegen. Hier ist es. Ein rotes Haus, eine Mauer, Zaunlatten in Lanzenform mit lila Spitzen. Sie steigen aus dem Wagen. Der Offizier steht neben der Tür und hält sie offen für die Frau mit dem Kind auf dem Arm. Die Gartentür quietscht, die Hecke hinter der Mauer ist feucht und sticht. Heini weiß es, weil er sie mit der Hand berührt hat.

Das, was nass ist, riecht stärker nach Haut. Was für einen Geruch hat eine Schlange, die mitten durch einen See schwimmt?

Treppen, ein Soldat an der Tür, in Habachtstellung. Der Salon in Mahagonifarben. Heini, umgeben von Sesselleder, dem knirschenden Geruch des Windes und dem Galopp der Tiere. An der Wand über der Tür ein Hirschgeweih. Der borstige Kopf eines Keilers. Riesige Hauer und Glaskugeln, die aus den Augenhöhlen blicken. Und jetzt werden wir erst mal alle Tee trinken, sagt der Offizier. Heini erinnert sich an ihn. Aber nicht in Uniform. Nicht in diesem Geruch: Handschuhe, Juchtenstiefel, Wildlederaufsätze an der Reiterhose. Ein echter, heißer Tee wird uns allen gut tun. Loremarie ist aufgewacht. Sie macht einen Schmollmund und reibt sich schläfrig die Augen. Wenn du willst, kannst du hier länger bleiben, sagt der Offizier zu der Frau, die seine Schwester ist. Wenigstens heute Nacht, ich werde erst morgen abreisen, so können wir wenigstens ein bisschen reden. Ja, wir werden den heißen … Du wolltest mir seine Sachen geben, sagt sie. Tee mit Rum trinken, sagt er. Und sie trinken Tee, das Leder knirscht. Heini und Loremarie trinken heiße Schokolade. So eine haben sie schon lange nicht mehr getrunken. Sie wollen sie nicht trinken. Der Keiler an der Wand bewegt von Zeit zu Zeit sein borstiges Maul. Ein Soldat kommt rein und bringt ein Päckchen. Der Offizier durchschneidet die Schnur, wie unter dem Weihnachtsbaum. Heini steht hinter Mutters Sessel. Bücher. Denn was könnte es anderes sein. Rilke: *Die Weise von Liebe und Tod des Cornets Christoph Rilke*, Dumas: *Der Graf von Monte Christo*, stark zerlesen und völlig zerknittert, *Ave Eva* von Johst, die – an einen schwarzen Ziegel erinnernde – bekannte Ausgabe der *Bibel*,

Evangelische Geschichten und die Anfänge des Christentums von Bertram in der Leipziger Edition von achtzehnhundertdreiundachtzig. Ihre Briefe, mit einem Band zusammengebunden, und ein nicht abgeschickter von ihm. Ein Notizbuch. Ganz aufgequollen von der Feuchtigkeit. Und nicht mehr lesbar. Eine Uhr, ein Siegelring. Ein schwarzer Füllfederhalter: Pelikan. Ein gemeinsames Foto mit den Kindern. Loremarie noch im Kinderwagen, neben einem Tisch im Café, unter einem Sonnenschirm, direkt am Wasser, am Ufer des Westendsees. Und ein zweites, diesmal nur mit der Gattin, am Arndt-Denkmal. Und ein drittes. Vor dem ihre Augen fliehen. Wie kommt das hierher? Der Offizier zieht die Augenbrauen zusammen. Er steckt das Foto in ein Buch und schielt zu Heini. Doch Heini hat es gesehen. Ein Balken, eine Schnur neben der anderen, eine Reihe von Köpfen, die nach unten hängen. Das Knarren des Parketts an der Garderobennische. Menschen wie leere Mäntel. Wie ein Gehängter, sagte Vater immer. Er hat alles Mögliche von den Kameraden gesammelt, sagt der Offizier schnell zu seiner Schwester.

Es ist noch ein Holzkästchen da mit Rasierzeug: ein Rasierer mit einem Emaillegriff, ein Päckchen unbenutzter Rasierklingen der Firma Rotbart und ein Pinsel aus Dachshaar.

Feuchter, dunkler Wald. Von überall hört man die Gespräche der Tiere. Mutters Augen sind trocken, die von Loremarie geschlossen.

Ich wollte dir das nicht nach Hause bringen, sagt der Offizier. Besser, wenn du selbst entscheidest, ob … Vielleicht möchtest du nicht, dass … Und so bleibt es hier, wenn du …

Die Ledersessel knirschen und knirschen.

Heini liegt auf dem Rücken, aufgedeckt, im Zimmer im ersten Stock in der Bethanienstraße. Durch das Fenster, das auf die Reste des jüdischen Friedhofs hinausgeht, fällt das helle Licht des Mondes. Auf dem Feldbett in der Küche schnarcht Onkel Willy. Nicht der andere Onkel. Gar kein Onkel. Und schon schnarcht er nicht mehr. Etwas hat ihn geweckt, er weiß nicht, was, und schaut zur Decke.

Mondnacht. Schumann zu Eichendorffs Text. Die ans Klavier gelehnte, aber geschlossene Partitur. F. Mörike Nachf./Inh. Hans Gützow, Bismarckstraße 18. Und eine Zeichnung: schwarze Kiefernstämme auf dem Hintergrund einer Sternennacht. Irgendein Bütow hat es gezeichnet.

Das Klavier ist respektabel – letztes Jahrhundert, aus Wilkes Werkstatt –, aber nicht besonders schön. Ein strenger, hellbrauner Kasten. Zerkratzt an den Ecken. Es steht mitten im Wohnzimmer, in dieser Wohnung, wo Heini immer noch nicht schläft. Mutter hat sie gerade abgeschlossen. Mit nur einer kurzen Bewegung. Sie hat trockene Augen, ihre Wildlederbluse duftet.

In dieser Wohnung ist Heini endlich eingeschlafen. Aber Peters hört nicht nur seinen gleichmäßigen Atem. Denn wenn Heini nicht singt, wer dann? Willy setzt sich im Bett auf. Vorsichtig geht er zum Fenster. In einem anderen offenen Fenster hört man einen anderen Mann. *Na smalenskoj darogie dażdi.** Ein ruhiger Gesang, nicht der eines Betrunkenen. Willy kehrt zum Bett zurück. Eine schöne Stimme, denkt er, so slawisch, traurig.

Der Reservetorwart Schreiber fängt den Ball, den Heini geworfen hat, und hält ihn triumphierend vor sich wie ein erlegtes Tier.

August Kugel kam zum Vorsitzenden Hummel nur, um ihm zu sagen, was er darüber dachte. Aber schon auf dem Weg zu ihm verlor er sich in diesem Denken, und von den großen Fragen und Gesten blieb nur ein dummes Wort: Warum?

Der Sportplatz wurde geschlossen. Sie haben ihn mit einem Drahtnetz umgeben. Die Tore abtransportiert. Nicht mehr da. Es ist nichts mehr da. Alle Siege umsonst.

Hummel rückt die Brille zurecht. Wer gab das Recht, nahm sich das Recht? Ich soll Ihnen das erklären? Sie sind eher derjenige, Kollege Hummel, der das irgendwie den Jungs erklären sollte. Außerdem wird man weiterhin spielen können, irgend-

* russ.: Regen auf dem Weg nach Smolensk (Lied)

wohin wird man schon fahren, auf die Heide. Allerdings die Mannschaftsspiele, das stimmt, die sind wohl Geschichte. Die waren.

Kugel schüttelt den Kopf. Denken Sie, das ist wegen der Fahne?

Hummel reibt sich die Schläfen mit den Fingern. Eine runde, sanfte Bewegung. Nein, antwortet er nach einer Weile, das hatte keine Bedeutung.

Sie schweigen, und dann fragt der Vorsitzende noch: Und wie steht's in der letzten Zeit mit Ihrer Gesundheit? Besser, nickt Kugel. Besser, wiederholt er mit plötzlicher Überzeugung.

Noch auf dem Flur wiederholt er unwillkürlich: Besser, besser. So sollte es sein, denkt er und geht mit raschem, sicherem Schritt. So ist es nun einmal. Er läuft die Treppen runter, besser, besser. Jemand packt ihn am Jackettärmel. Erik. Und, was ist? Wie, was ist?, lacht Kugel krächzend, eine große, fabelhafte Scheiße!

Gärtner folgt ihm mit dem Blick und fühlt so was wie Neid.

An diesem Tag, als Heini die halbnackte Leni gesehen hatte – und das war noch zu dem Zeitpunkt, als sie alle den Sportplatz bauten, drei Jahre bevor August Kugel die Treppen des Kulturhauses der Polnisch-Deutschen Freundschaft mit dem Gefühl der wiedergewonnenen Freiheit herunterlief oder vielleicht auch mit dem Gefühl des Hasses, was übrigens manchmal aufs Gleiche hinausläuft –, genau an diesem Tag und eigentlich in dieser Nacht, war Heini zum ersten Mal geflogen.

Zunächst dachte er, er würde nur davon träumen. Aber es war genauso wenig ein Traum wie alles andere: die Äpfel auf der Anrichte, der Spiegel in Wolken von Rosen, die Ledersessel in der Villa hinter der Stadt, Mutters Hand, die in der Menge und im Geschrei aus der seinen rutschte, der nackte Bauch der Frau im Keller, die erste, mit Zucker bestreute Brotscheibe inmitten der anderen Kinder, die in dem Haus bei Kückenmühle warteten, bis sie an die Reihe kamen, das Krankenhaus Bethanien, der russische Soldat im Fenster, Brunos Lieder.

Es war bestimmt wegen des Liedes passiert. Und später war es immer so: nie ohne Singen.

Also öffnete Heini das Fenster und sang, was ihm Bruno beigebracht hatte. *Wir lagen vor Madagaskar und hatten die Pest an Bord.* Heini sang nicht laut, aber um diese Zeit wurde seine Stimme weit getragen. Gleich wird Onkel Willy aufwachen, dachte Heini, aber er hörte nicht auf. *In den Kübeln, da faulte das Wasser, und mancher ging über Bord.* Niemand wurde wach, also sang Heini weiter. *Und sein kleines Mädel, das sehnt er sich her, das so heiß ihn geküsst!* Vom jüdischen Friedhof wehte es nadelig und grün. *Und dann schaut er hinaus auf das weite Meer, wo fern seine Heimat ist. Ahoi! Kameraden …*

Das war damals. Plötzlich, aber sanft spürte Heini, dass er sich in die Luft erhob. Als ob er auf dem Bauch liegen, ganz einfach nur liegen würde. Weich und weit oben. Er erschrak nicht. Er kannte diese Märchen. Von verzauberten Schwänen. Von fliegenden Teppichen. Unten waren Bäume und Grabsteine. Er schwebte über ihnen, ohne dabei die Arme zu bewegen. Denn wenn er sie bewegte, hatte das keine Wirkung, kein nach links, kein nach rechts. Außerdem konnte Heini nicht besonders gut lenken. Wenn er Schlitten fuhr, brachte er auch alles durcheinander und streckte immer das falsche Bein nach vorn. Also bewegte er sich jetzt nicht. Er schwebte über den Hausdächern; über der Straße, die sich weit bis zum See zog; neben dem Haus mit dem steinernen Hund, wo Albin Schwerdtfeger bei einer Wette vier Tafeln Schokolade von der UNRRA* auf einmal reingeschoben hatte und dann kotzen musste; über dem Straßenbahndepot, wo sie glänzende Kugellager klauten, die sie zu nichts gebrauchen konnten. Dann trug ihn der Wind oder eine Fluglaune über die Gebäude des Krankenhauses und das aufgerissene Spielfeldgelände. Und dann wurde er wieder gedreht und flog in Richtung Innenstadt, entlang des Parks, über einer kleinen Villenstraße, wo im

* Abk.: United Nations Relief and Rehabilitation Administration (Hilfs- und Wiederaufbauausschuss der UN)

Herbst, gleich nach dem Krieg, eine lustige Feldeisenbahn, die den Schutt aus der Stadt zu den Sümpfen am Wald transportierte, fuhr. Und Heini wollte so sehr, wenigstens einmal, ohne bestraft zu werden, auf einen ihrer Waggons springen. Aber das war nur ein Wunschtraum, denn Herman Noske hatte es versucht und bekam dann mit dem Stock eins auf die Beine. Er weinte gar nicht, er sprang nur runter und rannte weg, bis er in sicherer Entfernung war, und von dort rief er: Es wird Krieg geben, ihr werdet sehen, räumt auf, weil wir zurückkommen werden; was Heini etwas wunderte, weil der Krieg doch schon gewesen war und Noske nirgendwohin fahren sollte, obwohl andere schon losgefahren waren. Aber jetzt war es schöner als in den früheren Träumen von der kostenlosen Fahrt mit der wie ein Spielzeug kleinen Eisenbahn voller Schutt, und man musste nicht bei voller Fahrt aufspringen. Nur dass es immer heller wurde. Heini erschrak ein bisschen und fragte sich, was Onkel Willy machen würde, wenn er ihn morgens nicht zu Hause vorfände, und er befürchtete, dass ihn jemand sehen könnte, wie er so flog, als ob nichts gewesen wäre. Er flog aber am Westendsee vorbei, jetzt Rusałka, wie es in Märchen so ist, und sah immer noch keine Menschen unten. Nur diese Helligkeit, die von der Stadt rüberkam. Rosig, immer greller, fast rot, bis er begriff, dass das keine Helligkeit war, sondern Feuer, das pulsierte, nicht nur mit seinem Glanz, sondern mit etwas, das man berühren konnte, wie den glatten Glanz eines nicht bezogenen Kissens, wie das Flattern des roten Banners in der Hand des Genossen Neumann. Er wollte umkehren, aber er wusste nicht, wie. Das Feuer schlug Wellen unter ihm, die Häuser schrumpften zusammen wie eine zusammengerollte Zeitung, die man durch das Türchen am Ofen steckt. Sie wurden schwarz, zerfielen ins Nichts, wie sein Pullover in Kückenmühle, wie die abgeschnittenen Haare. Aber nirgendwo unten sah er Menschen. Vielleicht flog er zu hoch.

Er konnte sich nicht erinnern, wie er es nach Hause geschafft hatte. Er war einfach dort. Der Tag begann regnerisch, und Heini freute sich, dass die Feuer gelöscht wurden. Peters kam am späten Nachmittag nach Hause. Von den Feuern sprach er nicht. Er holte Brot, Leberwurst und einen Ring Wurst, die stark nach Knoblauch roch, aus seiner Tasche. Er aß mit Appetit. Als sich Heini wehrte und die Hände unter dem Tisch hielt, befahl er: Zeig! Und Heini musste seine Hände zeigen. Sie waren schwarz vom Ruß. Peters zog ihn zu sich und glitt mit der Hand durch Heinis Haare über der Stirn. Sie waren etwas angesengt, genauso wie die Augenbrauen und Wimpern. Onkel Willy wurde sehr böse und sagte, dass wenn er die Jungs, die das gemacht hätten, zu fassen bekäme, dann würde er ihnen aber was erzählen.

Die Stadt brannte noch viele Male, und Heini flog über ihr. Bis er sich daran gewöhnte. Und die Stadt ganz ausbrannte.

Doch in der nächsten Nacht kamen die Häuser aus der nassen Erde wieder hervor, schoben sie auseinander und türmten sich auf. Sie waren glitschig wie junge Butterpilze, und die Sonne musste sie trocknen.

Largo

DER TURM in Fritz Hummels Hand bleibt einen Moment über dem Schachbrett hängen und sinkt dann langsam auf das Feld, auf dem ein schwarzer Bauer steht. Der Zug ist präzise, man könnte sagen: gezielt. Nicht: einmal so, dann wieder so, ich mach mal und zieh es dann gleich wieder zurück. Eine dicke Fliege krabbelt an der Gardine hoch, monoton brummt eine Glühbirne an der Decke. Hummels Blick wandert von der Gardine nach oben: ein leichtes, warnendes Flackern des Lichts. Gleich wird das glühende Drähtchen durchbrennen. Sieben quadratische Tische; glänzende, nackte Tischplatten. Auf jedem ein Schachbrett aus Pappe, flach, zum Zusammenklappen. Sie haben auch welche aus Holz, innen mit weichem Filz ausgelegt, der das Klappern der Figuren im Kasten dämpft. Sch-schsch. Etwas Gutes liegt in diesem Geräusch. Eine Art von Ordnung. Sch-schsch. Eine Einheit: Materie und Gedanke, Losung und Antwort. Doch bei einem Turnier hat man einen gerechten Zugang zu gleichen Chancen: Jeder stellt die Figuren auf dem Karton auf. Ein Schachturnier ist Askese. Und Regeln. Deutliche Regeln der Welt. Der Welt von zwei Farben. Die ist. War? Über alles?

Majewski runzelt die Stirn, berührt mit den Fingern die Königin und zieht sie gleich wieder zurück. Er saugt an seiner gläsernen Zigarettenspitze, als ob er eine Lösung für diese Konstellation der Figuren aus ihr heraussaugen wollte. Er muss sie finden. Halten Sie sich ran, Herr Majewski, denn diese Welt, die man einfach so, mit einem Triumph bei einem Turnier, erobern kann, wird es nicht mehr lange geben. Hummel horcht: eine träge Fliege, das Summen der Glühbirne, gedämpftes Klopfen der Figuren auf dem Karton. Turniersiege, Annäherungsversuche.

Turnerstraße. Ulica* Gimnastyczna. Nicht Turnierstraße, obwohl er gerade so – mit einem Buchstaben mehr – manchmal an sie dachte. Tante Charlotte wohnte dort. Sie hatte einen Hund, den Pudel Elfi, der immer krank war. Sie fütterte ihn mit einem kleinen Porzellanlöffel. Im Wohnzimmer stand auf dem Tisch eine Obstschale mit in Gold- und Silberpapier eingewickelten Bonbons. Die Turnerstraße kreuzte dort die Alleestraße. Ein ganzes Menschenleben und eine Ewigkeit später gingen sie dort entlang: von ihrem Klub, vom Kulturhaus, nach dem letzten Treffen, dem Abschied, nach dem Singen oder Schweigen zum Bahnhof Torney. Nur manchmal sagte jemand: Turzyn. Damals sagte man nur noch, wieder nur noch: Turnerstraße, Alleestraße, Torney. Als er das letzte Mal dort war, sollte er ein paar Sachen mitnehmen. Deten hatte um das grüne Service und die Spitzendeckchen gebeten. Er selbst wollte ein paar Schallplatten mitnehmen. Aus der Schublade der Anrichte, aus welcher der intensive Duft vom liegen gebliebenen Parfüm emporstieg, nahm er Lehár, Johann Strauß, die Lieder von Schumann und Wolf heraus, irgendwelche Märsche, Potpourris von Paul Lincke, Opernarien, gesungen von Trude Hesterberg. Einen Moment lang hielt er das *Konzertstück f-moll* von Weber in der Hand, legte es aber wieder zurück. Zu Hause erklärte er dann, dass jemand die Wohnung ausgeplündert und nichts Wertvolles zurückgelassen hätte. Die Leute haben Recht, dass so einer an die Mauer gestellt werden sollte, sagte Deten und presste irritiert die Lippen zusammen. Später nach dem Krieg ging Hummel dort viele Male vorbei, immer dort. Nur einmal schaute er zu den Fenstern im zweiten Stock: Die Scheiben waren mit vergilbter Zeitung zugeklebt.

Der Vorsitzende F. Hummel und Genosse Majewski befinden sich direkt im Zentrum dieser Welt, die noch zwei, vielleicht drei Stunden dauern wird. Und dann noch zwei, drei Jahre. Sie sitzen direkt unter dem Emblem der Schachsektion des Deutschen Kulturhauses. Die Jungs haben in der Kellerwerkstatt ein Quad-

* poln.: Straße

rat aus Spanholz geschnitten, auf das Leni Felder gezeichnet hat. Von A bis H. Beim freiwilligen Arbeitseinsatz ist sie extra deswegen nach der Probe der Tanzgruppe dageblieben. Zusammen mit Frieda Gruber. Zum Glück mit Frieda, denn Władek, der die Gruppe am Klavier begleitet, hat auch seine Hilfe angeboten. Der alte Wiese schaut ihn immer schiefer an. Władek der Klavierspieler hat ein Schild mit einem Schachbrett zwischen den Fenstern aufgehängt, darunter eine rote Schärpe mit einem Ährenkranz. Drei Bänder fließen von ihm herunter: schwarz, rot, gelb.

Die Fliege ist träge zum anderen Fenster geflogen. Es ist stickig. Wieder Lichtflackern, plötzliche Grellheit und genauso plötzlich die Berührung eines Schattens. Oh, eine der Glühbirnen ist ausgegangen. Bei Zittermann, der mit Albin an dem Tisch neben der Tür spielt. Eine, hat er gesagt, und es klingt ein bisschen so, als ob er sagen wollte, dass nichts passiert ist, sich nichts verändert hat. Hummel lächelt, wobei er kaum die Mundwinkel hebt. Aus diesem Zittermann könnte ein richtiger Schachspieler werden. Aber der Rest? All die anderen? Sieben Paare, bei jedem ein Schiedsrichter. Nicht bei jedem, an ihrem Tisch sitzen nur sie. Mit dem Blick findet Hummel die Fliege am Rand der Gardine wieder. Sie ist alt. Vom eigenen Tod gelangweilt. Warum ist dieser Majewski so vorsichtig? Sieben mal drei, und selbst wenn man diejenigen hinzuzählt, die nicht erschienen sind, kommen kaum dreißig Leute zusammen. Also, was heißt das schon: all die anderen?

Aber Heini ist noch da. Die Brille des Vorsitzenden Hummel fängt einen Tropfen des dichter werdenden Lichts auf, als er über die Schulter schaut. Heini steht an der Tafel, halb an die Wand gelehnt. Mit einem kleinen Stück Kreide malt er etwas in eine der Tafelecken. Ein Kreuz? Er zeichnet seine Kontur mit einer dicken Linie nach. Mit was für einer? Einer weißen, weil die Kreide weiß ist; auf der schwarzen Tafel umso weißer. Oder vielleicht doch schwarzen, weil es auf der schwarzen Tafel kein Schwarz gibt und das Weiß die Rolle von Schwarz übernimmt? Schwarze Kreuze auf weißem Hintergrund, auf weißem Mantel, die Symbole der

Panzer, des Blechs auf den Rädern und Panzerketten, die Zeichen des Krieges auf den Flügeln der Flugzeuge. Schwarz oder Weiß, *tertium non datur**. Steinplatten über Steingräbern der Markgrafen von Brandenburg im Kloster Lehnin. Die Nachfolger der Zisterzienser, aber ja doch! Das Schwarz und Weiß des Markwappens. Die Wahl der Askese. Die Askese der Wahl. Hummel nimmt für einen Moment die Brille ab und putzt sie mit einem Stück Flanell, das er aus der oberen Tasche des Jacketts gezogen hat.

Und was würden die Deutschen mit einer Schultafel machen, auf der Weiß Schwarz ist? Sie haben es schon gemacht. Sie haben alles weggewischt. Bis es grau wurde.

Hummel setzt die Brille auf. Auf der Tafel werden die Ergebnisse des Turniers festgehalten. In Anwesenheit der geladenen Gäste. Zum Beispiel der des Genossen Sekretärs M. Und Heini malt kein Panzerkreuz, sondern ein Schachbrett drauf. Er füllt die schwarzen Felder mit dem Weiß der Kreide aus. Die leeren Felder. Denn im Moment ist die Tafel leer. Doch Hummel erkennt unter dem Wasserfleck, den der Schwamm hinterlassen hat, das immer noch sichtbare Weggewischte: *d-am, d-asz, d-a. D-amy, d-acie, d-adzą***. Auf Polnisch. Wer kann das aussprechen? Vielleicht Hedwig. Das Wort *się**** aussprechen. Dieses ewige, polnische *się. Kochać się*****. *Odwalić się******. *Zabić się*******. Dieses Pronomen des Reflexivverbs. *D-adzą. Się?* Vor dem Turnier wurde hier Polnisch unterrichtet. Hummel richtet den Blick wieder auf das Schachbrett. Es war Majewski, der sich geräuspert hat, um ihn dazu zu bringen. Unruhig kaut er an der vom Teer gelben Zigarettenspitze. Sein Läufer versucht, die Dame anzugreifen. Na, na, schüttelt Hummel den Kopf und schiebt den Turm davor.

* lat.: einen dritten Ausweg gibt es nicht
** Deklination des Verbs «geben»
*** poln.: sich
**** poln.: sich lieben
***** poln.: abhauen
****** poln.: umkommen

Ach so, sagt Majewski und klopft mit der Zigarettenspitze gegen das Tischblatt, dass die anderen neugierig in ihre Richtung schielen. Das mag ich. Er lächelt misstrauisch und noch immer vorsichtig. Aber schon bereit anzugreifen.

Hummel rückt die Brille zurecht. Das, was Sie mögen, sehe ich im Moment noch nicht. Majewski lehnt sich auf dem Stuhl zurück. Schach, das ist richtige Perspektive und Voraussicht, und so ein Meister wie Sie, sollte sofort erkennen, was hier gespielt wird, Genosse Ingenieur.

Man spielt bis zum Ende, sagt Hummel leise. Das heißt: Ich spiele so.

Salziger, würziger Heringsgeruch. Sie gehen am Kai entlang. Das Bollwerk ist überfüllt. Frühmorgens ist Schnee gefallen. Jetzt ist er schon geschmolzen, doch das Straßenpflaster ist glatt, man muss sehr aufpassen. Aber Martin hält es nicht aus, er platzt vor Gefühlen. Er rennt ein paar Schritte nach vorn und springt wie ein kleiner Junge. Er merkt es wohl selbst nicht. Fritz Hummel, achtundzwanzig, ein Mann, der schon in die Jahre gekommen ist, kurzer Schnurrbart, Schirmmütze, Gabardinemantel bis zu den Waden, beobachtet amüsiert und mit etwas Sorge seinen Freund. Vielleicht fühlt er sich sogar verantwortlich für ihn? Sie sind schon an der Baumbrücke vorbei; auf der Brücke, an der unteren Balustrade, steht eine Gruppe von schreienden Männern, die eine rote Fahne in Richtung eines überfüllten, über den dunklen Fluss gleitenden Boots schwenken, von dem ihnen viele mit sichtlichem Eifer zurückwinken. Was schreien sie?, fragt Martin. Er hat eine hohe, fast mädchenhafte Stimme. Fritz zuckt mit den Achseln: Heute schreit jeder irgendetwas. Hättest du Lust auf einen Hering? Martin rutscht aus, fasst den Freund am Ärmel, um nicht hinzufallen. Weißt du denn nichts? Er freut sich fast, dass er ihm die Neuigkeit als Erster mitteilen kann. Gestern im Hafen, beim Einladen, hat die Menge die Dockarbeiter fast zusammengeschlagen: Sie schlugen mit Brecheisen und Stangen auf die Fässer, bis die Holzsplitter und die Heringe auf das Pflaster flogen und jeder nahm, was er kriegen konnte, und lief dann weg. Man hat die Polizei gerufen, freut sich Martin, obwohl sein Gesichtsausdruck düster ist, entsprechend der Geschichte, die er erzählt. Was denn für eine Menge? Fritz rückt seine Mütze zurecht, ein Lumpenpack und keine Menge. Wie kann man die Genossen Dockarbeiter schlagen? Lumpenpack. In Martins Blick spiegelt sich zugleich Unsicherheit und Respekt: Aber sie schlugen auf die Fässer, Fritz, nicht auf die Dockarbeiter. In der Stadt herrscht Hunger, Fritz. Einen Augenblick lang gehen sie schweigend nebeneinander, werden von Passanten angerempelt. Fritz schielt zu den Schaufenstern der Geschäfte. Viele von ihnen sind geschlossen, die Rollläden runtergelassen. Hier ist irgendwo die English Bar. Schauen wir auf einen Schoppen hinein? Die ist in der Junkerstraße, da sind wir schon dran vorbei, zuckt Martin mit den Schultern. Hunger, Fritz kommt auf das Thema zurück, dabei riecht es nach Heringen wie immer, oder? Jetzt lächelt er, also antwortet ihm Martin mit einem Lächeln. Er sieht wie ein Junge aus, denkt Fritz Hummel, diese Pumphosen, diese kurze Jacke, der Schal um den Hals, als ob ihn die Mutter zum Schlittenfahren rausgeschickt und gesagt hätte, er solle sich nicht erkälten. Das soll ein Revolutionär sein! Am Gebäude des früheren Hotels Sankt Petersburg, am Eckbalkon, flattert eine schwarz-weiß-rote Fahne. Ein Stück weiter, über dem Schild der Schenke mit einem ungeschickt aufgemalten Fischer, eine schwarz-rot-goldene Fahne. Es ist überall so, sagt Martin, in der ganzen Stadt, Monarchisten und Republikaner, Republikaner und Monarchisten, und auf jedem Balkon eine andere Weltanschauung. Gott sieht es und lacht. Fritz bleibt einen Moment stehen, schaut ihn ernst an. Es gibt keinen Gott, sagt er. Begreif das, Mensch, und lerne damit zu leben. Ich mein ja nur, sagt Martin unsicher und blickt zur Seite. Glaub mir, Fritz hebt die Hand, um sich beim Freund einzuhaken, doch er zieht sie zurück, ich bin dort gewesen, ich hab es gesehen. Die Menschen sind wie Dreck verfault, einer auf dem anderen, Fleisch auf Fleisch, Tausende, Hunderttausende. Es gibt keinen Gott.

Die Menschen verstehen das, sagt Martin lebhaft, und unter göttlichem Zwang wird es nie wieder Krieg geben. Und vor kurzem haben die Genossen gesagt, dass sie fast … Gut, unterbricht ihn Fritz, wann soll der Zug kommen? Niemand weiß es. Martins Wangen sind rosa vor Kälte. Unter der Mütze lugt ein dunkles Haarbüschel hervor. Die Transporte fahren jetzt die ganze Zeit. Und die Leute begrüßen ihre Soldaten, als ob … Na, dann lass uns schneller laufen, sagt Fritz, und binde dir den Schal fester um den Hals, es zieht vom Fluss her. Doch sie schafften es nicht bis zum Bahnhof. Kaum waren sie an der Hansebrücke vorbei, da sahen sie eine Kolonne von Soldatenmänteln, die von einer Menschenmenge umringt war. Die Trompeten glänzten golden und dröhnten zum Marsch. Jemand schrie: Lang leben die Arbeiter- und Soldatenräte! Doch gleich ertönten Pfiffe. Es flog ein Stein, das Glas einer Laterne zersprang, die Menge drängte Fritz und Martin zurück und vermischte sich mit ihnen. Sie fassten sich an den Händen, um sich nicht zu verlieren. Über den Kai rollte ein runder Hut von jemandem. Der Wind fing ihn auf, trug ihn über den Fluss und wehte ihn, inmitten von Geschrei und Lachen, ins Wasser.

Die Krone der polnischen Königin. Zunächst hatte er es gar nicht gemerkt: *korona*, Krone. Später schon: Ähnlichkeit der Wörter und die Reihenfolge der Ereignisse. Hochgeworfene Mützen, hochgehaltene Hüte, *chapeau bas!* Vor wem, vor was? Vor der Zukunft natürlich. So wie es die Polen singen: Die Spuren der Vergangenheit werden weggefegt von unserer Hand. Unserer, also wessen? Wessen an diesem Ort? Ein gekrönter Greif, ein Adler ohne Krone, eine Krone ohne Kopf. Später sagte er sich immer: In diesem Straßennamen steckt eine Herausforderung für den Schachspieler. Schach der Königin?

Der Ingenieur F. Hummel, den seit Jahren niemand mehr mit seinem Vornamen anspricht, Vorsitzender des Sozialrats im Deutschen Kulturhaus in der polnischen Stadt S., mag seine Wohnung in der Werderstraße – jetzt ulica Królowej Korony

Polskiej* – nicht. Zwei hohe, große Zimmer mit dem Blick auf die Kreuzkirche. Umbenannt zu Kościół Świętej Rodziny**. Wenn er religiös wäre, würde er vielleicht das Konzept der Heiligen Familie vom Kreuz riskieren. Aber er ist nicht religiös. Sogar Bonhoeffer musste sich damit abfinden. Außerdem – Hummel nimmt die Brille ab und putzt sie mit einem Taschentuch – war Bonhoeffer auch nicht religiös. Diese These von ihm: die Welt, die erwachsen wurde. War nicht in ihr vielleicht – außer einer ganzen Menge von theologischen Sophismen – der Gedanke verborgen, dass wir das wirklich reife Leben erst nach dem Tod des Gottvaters beginnen?

Aber auch ohne Theologie ist Hummel sehr reserviert, was die Heiligkeit der Familie als solche angeht. Obwohl die neue Wohnung gerade deswegen gar nicht so schlecht ist, weil sich Militär in der Nähe aufhält; in der Straße gibt es eine Kommandantur und Offiziere, die aber eher mit Adjutanten als mit Familie angereist sind. Hauptmann Pilatow wohnt in der Nachbarschaft. Es stimmt, mit einer Frau. Aber einer jungen und ohne Kinder. Nur Deten stört sich daran: Sie hat sogar bemerkt, dass diese Frau zwei verschiedene Damen sind. Eine von ihnen ist Russin, irgendeine Ärztin, und die zweite eine Deutsche, im Grunde eine Bedienstete. Doch im Allgemeinen klagt auch Deten nicht über den Hauptmann: Er ist sauber, macht keinen Krach, grüßt sogar, wenn ihm danach ist. Denn normalerweise gibt er sich eher düster. Einmal war er etwas fröhlicher und roch ein wenig nach Wodka. Er klopfte, gab Deten eine Dose Sardinen, Kaffee und zwei Zitronen, dann knallte er mit den Absätzen und ging. Deten nahm es an, obwohl sie sich im Haus des Ingenieurs Hummel – selbst damals, als er noch Vorsitzender war – über Hunger nicht beklagen konnte. Der Ingenieur war sehr verärgert. Was sich üblicherweise bei ihm dadurch bemerkbar machte, dass er schweigend durch die Wohnung lief. Früher

* poln.: Straße der Königin der Polnischen Krone
** poln.: Kirche der Heiligen Familie

einmal wurde gescherzt, Hummel würde sich bei Märschen und Umzügen ausleben. Doch Hummel mochte noch nie das Herumlaufen mit Bannern und Spruchbändern oder die Beweihräucherung von Fahnen und Tribünen. Er war weder ein guter Redner noch ein geduldiger Zuhörer. Angeblich hatten ihn auf irgendeiner Kundgebung ein paar junge Typen vom Roten Frontkampfverbund zusammengeschlagen, weil sie – wie sie sich ausdrückten – ihn für einen braunen Anwalt hielten. Und als er protestierte und etwas zu erklären versuchte, sagten sie, dass er es als Sozialfaschist sowieso verdient hätte. Doch es war nicht diese Erfahrung, auf die Hummels Abneigung gegen Kundgebungen und Demonstrationen zurückzuführen war. Er hatte allerdings nichts dagegen, dass die anderen sie so sahen, weil es – seiner Meinung nach – den wahren Grund verbarg: Er mochte keine Menschenmassen. Kein Gedränge. Und jemand wie er, mit linken Ansichten, sollte sich mit so einer Abneigung nicht gerade in den Vordergrund schieben. Damit hätte er keine politische Karriere machen können. Wobei er das gar nicht vorhatte. Nach der Wahlniederlage neunzehnhundertzweiunddreißig hatte er sich sogar von jeglicher Parteitätigkeit distanziert. Seine Vorgesetzten nahmen diese Tatsache mit großer Zufriedenheit auf. Ach, Herr Hummel, Ingenieur Vogelbaum glitt mit den Daumen an der Innenseite des Revers seines karierten Jacketts auf und ab, es würde mir Leid tun, so einen Fachmann an die Politik zu verlieren. Er war klein, fett und hatte immer ein verschwitztes Gesicht, das er sich mit einem Taschentuch, das so groß war wie eine Tischdecke, abwischte; oder mit einer Papierserviette, wenn sie keine Lust hatten, mittags nach Hause zu gehen, und zusammen in der Betriebskantine aßen. Was auch eine Art Politik war. Aber das bemerkte Vogelbaum nicht. Vogelbaum war Direktor des zweiten Gaswerkbezirks und hatte ein großes Büro in der Jasenitzer Straße. Im Gaswerk arbeitete er seit neunzehnhundertacht. Immer wieder – so dass es schon langweilig wurde – erzählte er, dass er keinen größeren Künstler als Direktor Ingenieur Knaut gekannt hätte, und zwar nicht nur in der Branche selbst, sondern überhaupt.

Was waren schon irgendwelche Dichter oder Maler! Einer, der dazu fähig war, Gasbehältern und Öfen, sogar Verwaltungsgebäuden die Form von romanischen und gotischen Kirchen zu verleihen, sollte nicht nur auf einem Direktorsessel in Oberwiek sitzen, von dem aus er den Betrieb so hervorragend führte, sondern einen Platz im Museum an der Hakenterrasse für seine Projekte erhalten, ereiferte sich Vogelbaum angesichts seiner Erinnerungen. Der übrigens selbst ein sehr aktiver Mensch war und auch Phantasie besaß. Als die Stadt neunzehnhundertfünfundzwanzig mit der großen Modernisierung des Betriebs anfing, gehörte er zu denjenigen, die einen wesentlichen Beitrag dazu leisteten. Außerdem war er Jude, woran er sich nicht zu erinnern schien. Das ging so weit, dass er nicht nur die Orthodoxie verachtete, sondern auch Nationalisten wie den Rabbi Silberstein, der trotz des Sturms, der über dem deutschen Haus Davids aufzog, den Zionismus bekämpfte. Er wusste aber immer, und dafür hatte er ein Gespür, wie die aktuellen politischen Machtverhältnisse waren. Und er mischte seine Untergebenen so, dass immer die Karten, die bei dem Spiel gerade zählten, oben lagen. Neunzehnhundertzweiunddreißig machte er Alois Kutscher zu seinem Stellvertreter. Angeblich ein persönlicher Bekannter von Baldermann, dem Direktor der Zementfabrik in Züllchow und graue Eminenz in den faschistischen Wirtschaftskreisen. Kutscher nahm sich die Rassenherkunft seines Chefs nicht besonders zu Herzen. Zumindest eine Zeit lang. Das heißt bis zu dem Moment, als er seine Stelle einnahm. Das letzte Mal traf Hummel Vogelbaum im November neununddreißig. Er hätte ihn nicht treffen dürfen, denn auch Vogelbaum hätte nicht dort sein sollen. Der frühere Vorgesetzte stand auf der anderen Straßenseite, gegenüber dem Gasbehälter, an der Station Bredower Gaswerke. Mit einem tief in die Stirn gezogenen Hut; doch die Stirn war trocken und auf eine unbegreifliche Art heiter. Er zuckte zusammen, als er Hummel, der gerade aus dem Büro kam, bemerkte, und machte sogar eine Bewegung, als ob er sich umdrehen und in den Laden gegenüber reingehen wollte. Doch er hielt sich zurück, wartete, bis

Hummel die Pforte öffnete, lächelte und zückte seinen Hut. Sie wechselten ein paar Worte über das Wetter. Der Himmel war voller tiefer Wolken und aschgrau. Immer wieder kam ein starker Wind auf und zerrte an den dünnen Birkenzweigen bei der Umzäunung. Sehen Sie, sagte Hummel – wobei er mit einem unangenehmen Gefühl von Verlegenheit überlegte, ob Doktor Liedermann, der Arzt seiner Eltern, auch noch in der Stadt war –, damals hätte man diesen Kutscher nicht so nach oben schieben sollen. Der hätte sowieso die richtige Tür zu denen gefunden, und Sie müssten sich jetzt wenigstens keine Vorwürfe machen. Vogelbaum nickte ohne Überzeugung: Was für Vorwürfe sollte ich mir denn machen? Mir tut es um nichts mehr Leid. Nur um diesen Geruch. Und er machte eine Bewegung mit den Fingern, direkt vor der Nase, wobei er den Daumen gegen den Zeigefinger – wie ein Koch über einem guten Gericht – rieb. Von vielen in der Erinnerung gespeicherten Bildern beunruhigte Hummel gerade dieses Bild am meisten. Obwohl er sich seiner vollen Bedeutung erst Jahre später bewusst wurde. Möglicherweise erst damals, im Dezember vierundvierzig; in Berlin, wohin man ihn geschickt hatte, damit er wenigstens ein paar qualifizierte Mitarbeiter ausfindig machen konnte, weil das Gaswerk nach den letzten Bombenangriffen und den Einberufungen der Leute zum Militär mit jedem Tag mehr zu einer industriellen Fiktion wurde. Es ging nur noch darum, das unentbehrliche Minimum zu retten, die noch funktionierenden Öfen zu beaufsichtigen und die gefährlichsten Schäden zu beseitigen. In Berlin wurde er als unverantwortlicher Idiot beschimpft. Durch die Straßen, wo man alle paar Schritte auf Ruinen stieß, die vom Regen glänzten, glitten Busse wie Tiefseefische, die mit einem unheimlichen, blaugrünen Licht im Dunkeln schimmerten. Fast überall roch es nach Gas, noch intensiver sogar als in S. Er fand also niemanden. Dafür fand er in der Hoteltoilette ein Exemplar von «Journal de Genevève», mit einem Bericht von zwei Tschechen, Lagerflüchtlingen aus dem Osten des Generalgouvernements. Sie erzählten in Einzelheiten, wie man Juden mit Gas umbrachte. Im ersten Moment dachte er: Das ist also das Ende. Nur dass er dabei an sich selbst dachte. An sich und an diejenigen, für die er zu einer Bedrohung werden konnte. Er nahm an, dass man ihm die Zeitung untergeschoben hatte. Und diese banale Provokation wäre ein Vorwand für eine Verhaftung. Er verbrannte die Zeitung im Waschbecken, den Rest spülte er in die Toilette, doch die schwarzen Blätter schienen unzerstörbar. Als sie durch das ganze Zimmer flogen, griff er voller Angst nach ihnen. Es gab keine Möglichkeit in der verdunkelten Stadt voller wachsamer Patrouillen, das Hotel zu wechseln. Er verbrachte die ganze Nacht im Sessel. Und wartete auf sie. Aber sie kamen nicht. Es war an der Zeit, darüber nachzudenken, was passiert war: Wenn sie ihn wirklich mitnehmen wollten, hätten sie keinen Vorwand gebraucht. Es war auch an der Zeit, darüber nachzudenken, was er in der schweizerischen Zeitung gelesen hatte. Die vielleicht zufällig zurückgelassen wurde, vielleicht aber auch gezielt, obwohl nur die erste Möglichkeit in Frage kam: Niemand würde sich mit so einer naiven Verbreitung in Gefahr bringen. Bei der in Hotels üblichen Pedanterie wäre es für die Gestapo kinderleicht, den Betreffenden zu finden. Vorsichtshalber fragte er am nächsten Tag nicht, wer vor ihm das Zimmer mit dem Blick auf die grauen Ruinen des Stettiner Bahnhofs bewohnt hatte. Und der Artikel selbst? Wenn er ihn nicht verbrannt hätte, hätte vielleicht das Bild von Vogelbaum seine Erinnerung weniger gereizt? Vogelbaum, der auf der Straße hinter der Umzäunung der Bredower Gaswerke gestanden hatte und mit der Nase den an dieser Stelle doch gar nicht wahrnehmbaren Geruch auffing … von was? Kalkwasser, erhitzten Öfen, Teer, abkühlendem Koks? Schon früher, in den Schützengräben des Ersten Weltkriegs, musste er sich von der Gewissheit verabschieden, dass die technische Zivilisation der Menschheit dienen würde und Gas eben nur Gas ist. Mehr als zwanzig Jahre später drangen zu ihm düstere Informationen über das Schicksal von Juden, doch nichts Näheres, nichts Konkretes. Und es kam ihm nicht einmal in den Sinn, dass die Sehnsucht des kleinen Vogelbaum nach Gasgeruch zu einem grausamen Scherz des Schicksals werden könnte.

Im Juni fünfundvierzig tauchte in der deutschen Stadtverwaltung ein gewisser Frank Haden auf. Er bot bei der Instandsetzung des alten Gaswerks in Oberwiek seine Hilfe an. Er war ein Fachmann, aber zunächst benötigte man dort körperliche Arbeit, wozu er auch gern bereit war. Ein paar Wochen später, als die Polen das Gaswerk und die Stadt übernommen hatten, stellte man ihn für die Instandsetzung der Generatoren, die verhältnismäßig wenig beschädigt waren, ein. Die Polen schätzten ihn. Er kannte sich aus und schien von der Idee, den Betrieb wieder aufzubauen, begeistert zu sein. Hummel traute ihm nie. Frank Haden war ein kleiner Führer gewesen. Er hatte im Stahlhelm gewütet und nicht nur einmal den hiesigen Sozialdemokraten zugesetzt. Und dann, plötzlich, war er ein Absolvent der Ingenieurschule in der Friedrichstraße. Eingestellt hatte ihn wohl schon Kutscher. Doch er blieb nicht lange in der Jasenitzer Straße. Er wechselte zu dem neuen Gaswerk über dem Kanal an der Fürstenstraße. Er behauptete, er hätte diesen Arbeitsplatz gewählt, weil er sich am Wasser wohler fühlte und dort einer der Leiter bei der Entgasung der Kohle im Ofenblock war. Nur dass Hummel, der ein paarmal das Gaswerk am Hafen besucht hatte, Haden nie bei den Öfen oder am Kai, wo die Boote mit der Kohle anlegten, gesehen hatte. Das war schon während des Krieges, als Hummel wegen der Lagerkisten für Koks dort reinschaute oder für seinen Betrieb ein paar Polen aus dem Lager an der Pommerensdorfer Straße holte. Dafür traf er Haden immer im Verwaltungsgebäude an. Aus ein paar Gesprächen, die er zufällig mitgehört hatte, entnahm er, dass Haden ein Politischer war, der über die Moral der Belegschaft wachte. Hummel hatte es nie nachgeprüft. Wozu auch? Dafür erinnerte er sich an Haden in einer anderen Situation: auf dem Flur bei der Gestapo in der Augustastraße. Wie er hinter einer halb geöffneten Tür eines der Zimmer stand. Er hatte den Ellbogen auf dem Wandvorsprung aufgestützt und schäkerte mit irgendeiner platinblonden Sekretärin. Vielleicht war Haden dumm, vielleicht spielte er einfach immer nur *va banque*. Denn im Sommer fünfundvierzig ging er auf Hummel zu, drückte seine große Freude darüber aus, dass sie sich wiedersahen, und erzählte von dem Schicksal gemeinsamer Kollegen aus dem Betrieb. Hummel war sich nur einer Sache sicher, nämlich dass damals, als er zum Verhör geführt wurde, Haden ihn auf dem Flur nicht bemerkt hatte. Den Rest konnte er nur erahnen. Zu dieser Zeit wohnte er noch nicht in der Werderstraße. Dicht zusammengedrängt mit dem alten Kommunisten Oscar Schutt, hauste er in einem Zimmer, an dessen Wänden eine Tapete mit Palmenzweigen klebte. In der Friedebornstraße, hinter der sowjetischen Kommandantur, neben dem Sitz der deutschen Stadtverwaltung oder auch nur dem deutschen Bezirk, wie ihn die Polen beharrlich nannten. Er wollte mit Oscar über seine Zweifel sprechen, aber dann überlegte er, dass gerade der sie nicht haben würde. Er konnte lange nicht einschlafen. Am nächsten Morgen meinte er, er würde jetzt wissen, was er zu tun hätte. Doch als er im Magistrat angekommen war und den Genossen Stephan, inoffiziell für das Weiterleiten solcher Informationen an die Miliz verantwortlich, suchte, traf er ihn nicht an. Dafür herrschte große Aufregung, weil man in irgendwelchen verlassenen Lagern unter Haufen von verfaulten, leeren Säcken andere Säcke voller Korn gefunden hatte. Und jetzt schrien alle durcheinander und rechneten, wie viel Liter dicker, sättigender Mehlsuppe man daraus kochen könnte. Hummel stand in der Tür und konnte den Enthusiasmus, der sich auf ihren Gesichtern spiegelte, nicht nachempfinden. Als er darüber nachdachte, weswegen er eigentlich gekommen war, wurden ihm diese Menschen noch fremder. Wenn es ein Päckchen Medikamente, ein Fass Öl, eine Fuhre Rüben oder Kartoffeln wäre. Aber ein Mensch? Sie können ihn doch nicht essen. Obwohl sie es vielleicht sollten. Später hörte er irgendwo, dass Haden seinen Weg fand, wenngleich es damals keine schwierigen Wege waren, um nach Berlin oder Rostock zu gelangen. Jemand anders posaunte herum, dass ihn die Russen erschossen hätten. Doch Haden tauchte unerwartet wieder auf. Als ob nichts passiert wäre. Als ob er in Hummels Augen bis jetzt nichts bemerkt hätte, als ob er nichts merken wollte. Es war Mitte Juli.

Hummel hatte gerade nach einer Krankheit, von der alle dachten, es sei Typhus, das Bett verlassen. Er fühlte sich schwach und reagierte auf die Umgebung, als ob er alles durch eine dicke Scheibe sehen würde. Haden brachte ihm amerikanische Zigaretten (oh, ich habe vergessen, dass Sie nicht rauchen) und ein wenig Pferdewurst. Hummel überlegte träge, warum Haden eigentlich zurückgekehrt war und warum er das alles erzählte; als ob er nicht genug davon bekommen könnte, immer wieder von der Vergangenheit zu sprechen, und geradezu eine physische Freude daran hätte, selbst die dunkelsten Kapitel dieser Jahre wieder ins Gedächtnis zu rufen. Wobei er völlig ungeniert war und eine Offenheit an den Tag legte, die zum Beispiel die Genossen aus der deutschen Verwaltung des Bezirks Zabelsdorf nicht besaßen. Es war, als ob er erst beim Erzählen diesen berauschenden Geschmack des Zerfalls spüren würde, den Appetit auf wuchernden Schimmel, den man nicht hat, wenn man seinen Preis nicht kennt. Einen ähnlichen Appetit bezüglich der schlimmsten Zeiten aus der Vergangenheit verriet angeblich später Genosse Otto Neumann, der in der Antifa viel zu sagen hatte. Doch Hummel schien, er sei jemand, der – mit der Erfahrung von früheren Banketten – sich jetzt erst wirklich an den Tisch setzen und an seiner Fülle teilhaben möchte. Haden dagegen machte den Eindruck eines Proleten, der mit dem Zahnstocher in den Zähnen wühlte und sich vor Begeisterung nicht halten konnte, wenn er in den Zahnlücken immer noch Reste von schon längst Durchgekautem fand. Trotzdem war er vorsichtig. Die Augustastraße erwähnte er mit keinem Wort. Dafür wurde er ganz lebhaft, als er sich an Vogelbaum erinnerte. Und Hummel dachte, dass wenn er ihn damals im Juni an Stephan verraten und Stephan alles an das NKWD* weitergeleitet hätte, dann würde er, Hummel, das weitere Schicksal des Ingenieurs Vogelbaum nie erfahren haben. Denn aus Hadens Worten konnte man schließen, dass es eine Fortsetzung gab, allerdings eine kurze: Hum-

* russische Geheimpolizei (wurde später in KGB umbenannt)

mel traf Vogelbaum im ersten Kriegsherbst bei den Bredower Gaswerken, als Vogelbaum irgendwo in der Nähe bei einem seiner früheren Untergebenen wohnte. Er ging immer wieder auf die Straße, als ob er die Gefahr nicht wahrhaben wollte. Obwohl so viele hiesige Juden schon im Vorjahr aus S. verschwunden und diesen Sommer auch sehr viele weggezogen waren. Im Herbst hatte es eine Verhaftungswelle gegeben, bei der man die Dagebliebenen aus ihren Verstecken holte. Und im Winter packte man sie in einen Zug. Erst dann vergrub sich Vogelbaum mit Frau, Schwiegermutter und Sohn in der Innenstadt und blieb in diesem Versteck bis Juni einundvierzig, was – wie Haden mit bemerkenswerter Offenheit bemerkte – ein echter jüdischer Rekord für S. war. Er hatte Pech: Er wohnte bei irgendeinem Plessner, einem linken Gymnasiallehrer, der nicht mehr unterrichten durfte. Der Krieg mit der Sowjetunion aktivierte die Gestapo, die jetzt bei solchen wie Plessner besonders sensibel reagierte und eine plötzliche Durchsuchung bei ihm anordnete. Angeblich saßen Vogelbaum und Plessner gerade über einer Schachpartie. Kann sein, dass Haden, der wusste, wofür sich Hummel interessierte, mit dieser allzu literarischen Pointe das Vertrauen des Ingenieurs gewinnen wollte. Es ist aber auch möglich, dass Vogelbaum tatsächlich über dem Schachbrett hockte, als die Gestapo an die Tür hämmerte. Die Ingenieure Hummel und Vogelbaum hatten sich so manche Dienststunde mit einer kleinen Partie verkürzt. Schach, das ist eine Welt für sich, sagte einmal Vogelbaum, während er die Figuren im grünen Licht, das die kleine Lampe mit dem länglichen, durchscheinenden Schirm auf den Schreibtisch warf, aufstellte. Das ist ein kodierter Mechanismus der Welt. Seine Elemente sind Symbole aus der Geometrie. Sie verstehen mich, Herr Ingenieur. Hier geht es um den Schachzug, der den Figuren zugeschrieben und in ihrem Raum vorgezeichnet ist. Die Königin ist das Feuer, ein Dreieck, sagte Vogelbaum und stellte die Königin auf ihren Platz. Der Läufer ist die Luft, ein sechseckiger Stern. Das Pferd und der Springer sind das Wasser, ein Kreisabschnitt. Und der Turm, mit dem Sie sich so gerne verteidigen, ist die

Erde, ein Quadrat. Über all dem herrscht jedoch der König, das übergeordnete Symbol des Äthers, ein voller Kreis. Mystik und Geometrie. Und nicht einfach Kabale?, fragte Hummel und rückte die Reihe der Bauern zurecht. Und die Stille, die darauf folgte, machte ihm klar, dass er das nicht hätte sagen sollen. Sie saßen noch einen Augenblick schweigend da, bis Vogelbaum ein Taschentuch herauszog, sich das Gesicht abwischte und wie immer vor dem ersten Zug bemerkte: Wir jubeln und singen, wir tanzen und springen. Es war der Refrain eines Tanzlieds, wohl aus Schleswig-Holstein, was Vogelbaum irgendwann einmal erwähnt hatte, wobei er bei dem «springen» mit einer schnellen Bewegung immer seinen Springer in den Kampf schickte; denn er bevorzugte diese Taktik, obwohl sie allen seinen Gegnern gut bekannt war. Und das Spiel begann. Hummel gewann immer. Später, als er Hadens Geschichte hörte, begann er zu ahnen, warum auch Haden mit ihm ein Spiel trieb, das leicht zu durchschauen war. Warum er gerade ihm gegenüber so offen war. Haden musste ihn damals in der Augustastraße gesehen haben, und wie es schien, zog er falsche Schlussfolgerungen aus der Tatsache, dass er Hummel auch noch später traf. Hummel gab ihm die Wurst mit der Begründung zurück, er hätte nach seiner Krankheit Probleme mit dem Magen. Haden wickelte sie ohne ein Wort in ein antifaschistisches Flugblatt ein, das er aus einem Stapel nahm, den Oscar vor ein paar Wochen von einer Versammlung des antifaschistischen Jugendkreises mitgebracht hatte. Er blieb noch einen Augenblick sitzen und erzählte ohne große Überzeugung etwas von polnischer Ordnung in Oberwiek. Dann sprang er mit vorgetäuschter Eile vom Stuhl und ging, wobei er über die Schwelle stolperte. Er wurde Ende August verhaftet; zusammen mit einem Übersetzer aus der aufgelösten Verwaltung, einem Letten oder Esten, der sich als deutscher Kommunist ausgab, in Wirklichkeit aber der Unteroffizier irgendeiner faschistischen Formation war. Auch den kannte Hummel. Doch beide wurden ohne seine Beteiligung vom NKWD festgenommen. Angeblich hatte Haden Waffen auf dem Schwarzmarkt gekauft und sie dann zu dem

Wäldchen bei Pölitz gebracht, wo sich laut den Polen die Abteilung Werwolf versteckte. Hummel traf ihn nie wieder, und später sah er es als einen kleinen Sieg an, dass er diese stark nach Knoblauch riechende Pferdewurst nicht genommen hatte, obwohl er einen großen Appetit auf sie verspürte. In seine Welt begannen wieder langsam Gerüche einzudringen.

Der Umzug in die Werderstraße war auch eine Art Sieg. In der Friedebornstraße am Rand von Zabelsdorf, in der nicht nur physischen, sondern auch psychischen Enge, konnte man nicht einschlafen, ohne irgendwelche Klagen zu vernehmen, keine Suppe essen, ohne Verwünschungen und Flüche gegen die Polen und Russen zu hören; Flüche gegen Gauleiter Schwede-Coburg, der – während er mit dem Gespenst der bolschewistischen Horden Angst und Schrecken verbreitete – vergessen hatte, dass es auch Barbarei sein könnte, aus der Stadt eine Festung zu machen; Flüche gegen Jalta und die Engländer, gegen die Flohplage, die aus den Kellern kroch; Flüche gegen Typhus und Ruhr, mit denen man umso weniger fertig wurde, je enger es um einen herum wurde. Hummel war zwar nur ein paar Wochen krank gewesen, aber es kam ihm vor wie Monate. Und dabei hatte es für ihn viel beschwerlichere Tage des Umherschweifens zwischen den Trümmern gegeben, als er auf die siegreiche Rote Armee wartete. Selbst nachdem die polnische Verwaltung Mitte Juni abgereist und der Magistrat in die Innenstadt, Ecke Preußische Straße und Kaiser-Wilhelm-Straße, umgezogen war und so mancher eine Bleibe außerhalb des bisherigen deutschen Ghettos suchte, beeilte er sich nicht, die Junggesellenwohnung unter den Palmen – wie Oscar ihr vorübergehendes Quartier nannte – zu verlassen. Der ständige Wechsel der politischen Entscheidungen, die Flut und Ebbe des Enthusiasmus von Bürgermeister Wiesner, die Menschenscharen, die im Frühling, gleich nach Ende der Kriegshandlungen oder noch währenddessen, in ihre Wohnungen zurückkehrten, und dann noch die Karawanen von Flüchtlingen aus Ostpreußen, für die S. nur ein kurzer Halt auf ihrem Weg war, das alles hielt ihn davon ab, irgendwelche verfrühte Entscheidungen bezüglich seines Quartiers zu treffen. Die Wirklichkeit war zu sehr im Fluss, als dass man auch nur eine einzige kluge Bewegung hätte machen können. Sicher, Hummel hatte vor, in die Lortzingstraße umzuziehen, wo er vor dem Krieg eine Wohnung besaß. Er meinte aber, dass der Zeitpunkt dafür noch nicht gekommen sei. Außerdem war er dort Mitte Mai gewesen, als die Polen S. zum ersten Mal verlassen hatten. Er wählte einen Umweg, entlang dem Quistorppark; er wollte den Frühling berühren. Auf der Roonstraße, wo sich normalerweise viele Russen herumtrieben, die dort ihre Lager und Kasernen hatten, war es fast leer. Nur vor der früheren Entbindungsklinik, aus der die Polen das städtische Krankenhaus machen wollten, stand ein Jeep mit einem Fahrer in Feldmütze und ein Offizier, der einen Soldaten beschimpfte. Der Soldat hielt einen Karton mit Dosen. Offensichtlich hatte er Zweifel, ob er den Karton wegstellen und eine Habachthaltung annehmen oder die Dosen wie gehabt weiterschleppen sollte. Weder der eine noch der andere bemerkte Hummel, der sich ihnen näherte. Die Roonstraße, mit vielen Villen und vollkommen unzerstört, stieg hier an und machte einen Bogen in Richtung des nahe gelegenen Parks; wenn man also von Zabelsdorf kam, war man einige Zeit durch ihre Steigung verdeckt. Doch Hummel wollte nichts riskieren. Er spürte, dass er ihre Aufmerksamkeit auf sich ziehen könnte, wenn er umkehren würde. Unterdessen schrie der Offizier – der wohl betrunken war – immer lauter, nahm plötzlich seine Pistole aus dem Halfter und schlug damit den Soldaten, der die Kiste fallen ließ, sich auf den Gehsteig setzte und an die blutende Stirn fasste. Eine der Dosen rollte entlang der Straße in Hummels Richtung. Er stand regungslos da. Doch jetzt, als die Augen der Soldaten der Dose folgten, bemerkten sie ihn endlich. Der Offizier hob die Pistole. Ungefähr fünfzehn Schritte trennten sie voneinander, und Hummel schien es plötzlich wichtig, ob die Pistole eine Walther war. Oscar hatte mit einer Walther, die er unter dem Schlafstrohsack versteckte, geprahlt. Gerade gestern hatte ihm Hummel gesagt, dass in «Freies Deutschland» eine Verordnung zu lesen war, nach der alle Waffen beim Bürgermeister abzugeben seien. Und außerdem, für wen brauchst du sie jetzt?, fragte er. Die anderen sind weg, und deine Leute befinden sich hier. Oscar kicherte und kniff die ohnehin kleinen Augen zusammen: Aber du bist geblieben. Der Offizier bewegte leicht den Pistolenlauf und senkte ihn, als ob er auf Hummels Beine zielen würde. Ich glaube, es ist eine Walther, wenigstens werde ich von einer deutschen Waffe erschossen, dachte Hummel. Die Jungs in den schwarzen Uniformen in der Augustastraße haben es nicht geschafft; der Genosse Leutnant wird die Arbeit für sie erledigen. *Ej ty, ty, Fryc!**, lachte plötzlich der russische Offizier und zeigte mit der Pistole auf die Dose, die gerade vor Hummels Füße gerollt war. Dieser erriet, worum es dem anderen ging, und hob sie vorsichtig auf. *Da, da***, freute sich der Russe. Und er zeigte, dass Hummel sie nehmen und schnell gehen sollte. *Weg, weg.* Sonst ...! Vielsagend drohte er mit der Pistole. Der Fahrer zog die Feldmütze in die Stirn. Sie lachten. Hummel zögerte nicht. Er kehrte um und bog nach links; bei dem kleinen Denkmal der nackten Frau mit abgeschlagenem Kopf und lädierten Armen, die irgendwie so grotesk am Rande der Haydnstraße stand; dieser engen Gasse, die sich entlang des Uferabhangs zog. So konnte er auch zur Lortzingstraße gelangen. So auch. Er konnte jeden Weg nehmen. Schließlich war er bei sich zu Hause. Das alles war sowieso ein lächerlicher Preis, dachte er. Diese beschissene Dose, dieser gaffende Soldat, der sich vom Gehsteig erhoben, seinen Schmerz und die Erniedrigung vergessen hatte, und ihm mit offenem Mund hinterherstarrte, ihm, einem Ansässigen, einem Aussätzigen. Zum Teufel, woher wissen sie immer, dass wir wir sind? Einem Polen würden sie nicht *Fryc* hinterherschreien. Nun, das wird wahrscheinlich gar nicht so schwer sein, dachte er und erinnerte sich an ein Bild im Biologiebuch der zehnten Klasse, das ihm Deten gezeigt hatte, als ihre Nichte – übrigens mit seiner, des Herrn Ingenieurs Erlaubnis – in

* russ.: Hej du, du, Fritz!
** russ.: ja

die Lortzingstraße zu Besuch gekommen war. Zum Mittagessen, das Deten dem Mädchen in der Küche servierte, um Herrn Ingenieur nicht zu verärgern (gerade hatte man Lebensmittelkarten eingeführt, aber italienische Nudeln konnte man wohl auch so kaufen; auf jeden Fall hatte Deten irgendwo größere Mengen davon ergattert und kochte sie jetzt jeden Tag), brachte Deten ein paar Bücher, die sie aus dem Schulranzen des Mädchens rausgenommen hatte. Er schaute sie mehr aus Höflichkeit als aus Interesse an. Die bekommen jetzt guten Unterricht, sagte Deten und beugte sich über die Bücher, in deutscher Sprache. Sie kicherte plötzlich, wobei sie mit dem Finger eine Seite festhielt, auf die sein Blick fiel: Ich werde die immer erkennen, diese nach der Nase und den Augen, und diese nach der Stirn, hier, genau so einer. Dieser Tschischka oder Schischka, der da zu Ihnen kam, da hab ich gleich gewusst, dass der ... Das ist kein Pole, sondern ein Tscheche, ein sehr guter Ingenieur aus Pölitz, empörte sich Hummel und war verwundert, dass er nur so wenig darüber sagte. Na eben, seufzte Deten, eine slawische Stirn. Ja, Hummel zog schwer die feuchte Luft ein, damals erkannten wir sie, und jetzt erkennen sie uns.

Er hielt an. Nein, das alles hatte doch keine so große Bedeutung, dachte er. Ich werde zurückgehen und um noch ein paar Dosen bitten. Schließlich haben sie jetzt die Aufgabe, sich um die Versorgung der deutschen Bevölkerung zu kümmern. Er stand da und schaute nach unten, auf das vom warmen Wind zur Seite geneigte Grün des mit Bäumen dicht bewachsenen Abhangs. Er erkannte zwischen den Stämmen die Häuser in der Friedebornstraße, wo sich – weiter reichte sein Blick nicht – der Magistrat befand. Die Blätter waren groß, das Grün saftig, fast wie im Sommer. Er schloss für einen Augenblick die Augen und sog den Duft des Grases und der Ziegel ein. Was ist nur mit mir los?, dachte er. Er steckte die Dose in die Leinentasche, die über seiner Schulter hing, stieg über ein Mauerstück, das vor einer kleinen Seitenstraße, der Mozartstraße, lag und nahm so eine Abkürzung. In der Straße stand ein Maulbeerbaum. Hummel freute sich, dass er immer noch da war, als ob er einen alten Bekannten getroffen hätte. Ein junger Baum, aber er blühte; unter den matt glänzenden Blättern hingen kleine, rosa Ähren. Siehst du, Genosse Mozart, eigentlich haben sie dich nicht gerade gut behandelt, indem sie die kleinste der Straßen mit deinem großen Namen beehrten, doch was soll Genosse Haydn sagen, dort, hinter der Biegung: *Die Schöpfung* und so eine Winkelgasse! Du hast wenigstens den Seidenglanz des Baums. Einer, wenn ich mich so ausdrücken darf, potenziellen Seide. Er brach eine blassrosa Ähre ab. *Eine kleine,* dachte er, der Geruch war genauso zart wie die Farbe. *Eine kleine Stadtmusik.* Er ging die Straße hinauf. Die Lortzingstraße schien unberührt. Die zweistöckigen Häuser standen in einer Reihe. In den Fenstern bauschten sich die Gardinen, als ob die Hausfrauen nach dem Putzen am Samstag lüften wollten. Es war still. Ein breiter Hof, eine Linde am Fenster, die Tür zum Treppenhaus. Er besaß einen Schlüssel, doch die Tür hatte kein Schloss. In der Sonne, die das Innere der Wohnung erhellte, schwebte weißer Flaum im leichten Wind, der durch das zerbrochene Fenster hereinwehte. Er dachte, es wäre der Flaum der Pappel, die die Lortzingstraße von der Grasfläche des Quistorpparks abgrenzte. Doch gleich schämte er sich für seine Naivität, denn es waren Daunenfedern aus zerrissenen Federbetten und Kissen. Mit der Grazie und Gleichgültigkeit von Engeln bewegte sich in hellen Streifen das Licht. Einen Moment stand er da, starrte, und dann, während er über zerschlagenes Glas lief, betrat er sein Zimmer. Hatte ich wirklich so viele Federbetten und Kissen? Er schüttelte den Kopf und griff in die untere Schreibtischschublade. Das ist alles wegen Deten. Sie war diejenige, die immer sagte, dass es nichts Schlimmeres als den Winter gebe. Doch Deten litt an Rheuma, und ich … Er zuckte, als seine Hand nicht das fand, wonach er suchte. Er zog eine andere Schublade heraus, gleich unter dem Schreibtischblatt. Dort war er, eben dort: ein Kasten mit Schachfiguren, mit grünem Filz ausgelegt. Sch-schsch. Die Figuren rollten auf die andere Seite des Kastens, als er ihn in die Tasche steckte. Während er durch die Wohnung lief, knirschte das zerschlagene

Glas unter seinen Schuhen. Als er auf der Schwelle stand, schaute er sich noch einmal um. Aber ein bisschen Flaum von den Pappelkätzchen ist auch dabei, dachte er. *Eine kleine Stadtmusik.* Er hatte die Dose, die jetzt zusammen mit dem Schachfigurenkästchen die Tasche ausbeulte, völlig vergessen. Erst zu Hause erinnerte er sich wieder an sie und gab sie Oscar. Hier, sagte er, du machst doch da bei diesem Kinderheim mit, gib es den Kleinen. Nachmittags war ein Treffen beim Wiesner, weil sich die Nachricht verbreitet hatte, dass die Polen in den nächsten Tagen die Stadt verlassen würden. Der Vertreter des Bürgermeisters, Herr Bruch, führte die Beratungen. Es wurde über viele Dinge gleichzeitig gesprochen: darüber, dass es besser sei, in Sachen Sicherheit, besonders der von Frauen, mit der sowjetischen Kommandantur zusammenzuarbeiten, und dass die Willkür mancher sowjetischen Soldaten, die die deutschen Arbeiter bei der Enttrümmerung und Wiederinstandsetzung der kommunalen Einrichtungen störten, aufhören müsse. Darüber, dass man die Drückeberger an die Arbeit scheuchen sollte, indem man sie zunächst einmal registrierte. Darüber, dass es in den Brandschutzbecken kein Wasser gebe, zum Beispiel in dem auf der anderen Straßenseite; die Feuergefahr sei zwar geringer geworden, doch man müsse sie weiterhin ernst nehmen. Schließlich darüber, dass eine Gruppe von älteren Frauen und Männern, die keinen Arbeitsbefehl hatten, freiwillig aus Kellern und unter Trümmern ganz gute Möbel hervorgeholt hätten, darunter auch ein paar Betten. Am meisten sprach man übrigens über Wohnungen. Dass man ihrer willkürlichen Besetzung zuvorkommen müsse. Dass das Recht auf früheren Besitz abgeschafft wurde, also nur die Magistratsbeamten darüber entscheiden könnten, was für eine Wohnung wem zugewiesen würde. Dass ein Raum für zwei Personen die Norm sein sollte und in jeder Wohnung Vertrauensmänner darüber wachen sollten. Eva, die Frau von Bruch, notierte alles. Sie war adrett und freundlich, aber irgendwie zugeknöpft: von den Schuhen über das Kleid mit den großen, schwarzen Punkten bis zu den Lippen, die zusammengekniffen und schmal wie die Nadeln in ihren dunklen Haaren waren, die langsam begannen, grau zu werden.

Hummel saß etwas auf der Seite. Er schaute auf die Gardine. Sie war ein wenig gelblich, aber frisch gewaschen, fast steif von der Stärke, die die im Magistrat beschäftigten Frauen – mit einer nur ihnen bekannten Methode – aus irgendwelchen Kartoffelschalen zusammengebraut hatten. Hier soll Ordnung und Sauberkeit herrschen, als ob nichts passiert wäre; sie sollen sehen, dass das die deutsche Art ist, sagte einmal der alte Matz zu ihm, der in der Verwaltung die Aufgaben des Hausmeisters übernommen hatte, der aber irgendwie nicht merkte, dass weder die in der nahe gelegenen Kommandantur beschäftigten Russen und erst recht nicht die Polen den Magistrat besuchten. Sollen sie doch sehen, dass das die deutsche Art ist. Er hatte es nur Hummel ins Ohr gesagt. Denn wissen Sie, diese roten ... Wir alle hier sind jetzt rot, unterbrach ihn Hummel. Matz verstummte verschreckt. In seinen Augen war die Art von Blick, die Hummel immer unangenehm berührte: Demut und gleichzeitig Aggression. Es ist schade um die Kartoffelschalen, fügte er hinzu und schaute dem Alten in die Augen. Uns reicht ja kaum das, was wir von den sowjetischen Freunden bekommen. Nach diesem Gespräch grüßte ihn Matz noch eifriger und verbeugte sich noch tiefer als früher. Hummel schaute auf die Gardine. Auf ihrem Rand spazierte eine schimmernde grüne Fliege. Mit der Lebensmittelversorgung sieht es doch gar nicht so schlecht aus, sagte er laut. Herr Bruch unterbrach seine Zusammenfassung, die er gerade vortrug. Alle waren neugierig, was Hummel damit meinte. Er zeigte auf die Fliege. Herr Hummel, räusperte sich Bürgermeister Wiesner, denken Sie, dass diese Art von Scherz ... Das ist kein Scherz, widersprach Hummel, Fliegen gibt es dort, wo es auch was zu essen gibt. Ja, sagte Wiesner bedächtig, in seinem Gesicht war nicht mal der Hauch eines Lächelns zu sehen, und zum Schluss möchte ich Sie alle auf die Büchersammlung für unsere Bibliothek aufmerksam machen. Es handelt sich vor allem um Kinderbücher. Stühlerücken. Sie verließen den Raum und sprachen flüsternd miteinander. Hinter dem Fenster ging rötlich die Maisonne unter. Kollege Hummel, Wiesner hakte sich bei ihm unter und hielt ihn an der Tür an. Was ist denn heute mit Ihnen los? Nichts, antwortete Hummel, gar nichts. Ich war heute in meinem Haus. Ah ja, nickte Wiesner, ja, natürlich. Wir werden jetzt so viel zu tun haben, fügte er mit plumpem Eifer hinzu. Hummel schwieg. Sie waren, sind, soviel ich weiß, Chemiker, fuhr Wiesner fort. Hier in der Verwaltung beschäftige ich mich mit Kulturangelegenheiten, warf Hummel schnell ein. Ich weiß, Wiesner zog die Augenbrauen zusammen, das ist jetzt, aber Sie haben im Gaswerk gearbeitet, und was das Wasser und Gas angeht … Ja, Hummels Stimme war ohne Ausdruck. Ja, natürlich, die Sache mit dem Gas. Und sie gingen zusammen raus. Auf der Straße erhellte sich Wiesners Gesicht. Die Kastanienbäume in der Grünanlage, die mit Trümmern und Müll bedeckt war, ertranken fast in ihren eigenen Blüten. Ihr schwerer, süßlicher Duft vermischte sich mit dem Brandgeruch und Staub. Hummel und Wiesner standen wie auf einer Insel. Zabelsdorf war von der zerstörten Innenstadt mit den vielen Ruinen, die sich über zwei Kilometer hinzogen, abgegrenzt. Aber wissen Sie, lachte Wiesner, ich muss Ihnen gestehen, dass, als Sie uns diese Fliege gezeigt haben und sagten, dass Fliegen dort seien, wo … da dachte ich, Sie wollten sagen: wo Leichen sind. Hummel lächelte matt. In dem Zimmer, das er mit Oscar Schutt teilte, dem Kommunisten, der angeblich Karl und Rosa gekannt hatte, hing der Geruch einer Fleischkonserve. Die Dose stand auf dem Tisch, geöffnet und mit einer Brotrinde, deren Rest auf dem Dosenboden lag, blank geputzt. Du gemeines Schwein!, brüllte Hummel, du hast das, was du den Kindern geben solltest, aufgefressen. Für die Kinder wäre das zu fett gewesen, schmatzte Oscar, der auf der Matratze an der Wand lag. Ingenieur Fritz Hummel, der niemanden mehr kannte, der sich daran erinnern würde, dass er auch einen Vornamen hatte, legte sich aufs Bett. Heute war er an der Reihe. Er schloss die Augen. In einem Monat sollte er fünfundfünfzig Jahre alt werden. Er konnte sich nicht erinnern, wann er das letzte Mal solche Dinge gesagt hatte wie bei diesem Verwaltungstreffen. Er konnte sich nicht erinnern, wann er zuletzt so geschrien und jemanden ein Schwein genannt hatte. Er fühlte sich schmutzig und versuchte sich zu erinnern, ob es in dem Eimer wenigstens noch etwas Wasser gab. Und da erinnerte er sich an die rosa Ähren des Maulbeerbaums in der Mozartstraße. Und an den weißen Flaum in der Sonne. In seinem Inneren beruhigte sich alles, es floss davon. Doch er konnte das Gefühl des Verlusts nicht loswerden. Er konnte es auch nicht näher beschreiben. Vor allem weil es nicht zu der augenblicklichen Situation passte. In der letzten Zeit sprach man immer öfter darüber, dass S. – wie früher – deutsch sein würde. Dass es nur noch eine Frage von Tagen sei, höchstens Wochen. Dass man gestern auf der Hakenterrasse Polen gesehen hätte, wie sie in Eile ihre offizielle Fahne einrollten. Hummel lag in der zunehmenden Dunkelheit schweigend da. Er hatte sogar den Eindruck, er würde schlafen.

Er wachte erst auf, als ihn sein Mitbewohner am Arm stieß. Ich habe gesehen, dass Sie das Schachspiel gefunden haben, sagte Schutt. Im Halbdunkel, vor dem helleren Hintergrund des Fensters, an dem noch ein paar Papierbänder klebten, war sein kahler Kopf völlig schwarz. Ich würde gern eine kleine Partie riskieren, fügte er hinzu, als sich das Schweigen in die Länge zog. Hummel blieb noch einen Moment bewegungslos liegen, setzte sich dann auf und brummte: Du hast in meinen Sachen gewühlt. Er griff nach der Stuhllehne, an der die Leinentasche hing. Der Kasten mit den Schachfiguren war noch drin. Er nahm ihn raus, sch-schsch, antwortete es. Und sie riskierten noch eine Partie vor dem Schlafengehen. Bei nur einer, aber langen Kerze aus echtem Wachs. Hummel verlor. Gegen Oscar war es das erste und letzte Mal.

Er zog erst in die Werderstraße, als er wieder im Gaswerk angestellt wurde. Ende August fünfundvierzig. Die Polen hatten mit dem Betrieb und dem ganzen städtischen Netz Probleme. Was nicht verwunderlich war: Das ganze, so genannte neue Gaswerk, seine Kräne und der Fünferblock der Öfen, die Bahnstation Bredow, die Gasbehälter und Generatoren, alle Öfen, der Druckmesser und die Werkstätten des alten Gaswerks in Oberwiek – nichts funktionierte. Und der größte Teil der Installationspläne war verbrannt. Auch Hummel, der im Frühling vierundvierzig vom zweiten Bezirk zu dem Betrieb in Oberwiek gewechselt hatte, wo er die langsame Agonie der Schalt- und Verflüssigungsanlage kontrollierte, bekam ein paar Tage vor dem Ende die Anweisung, die technische Dokumentation so schnell wie möglich zu vernichten. Und er wollte es auch tun, aber in der Ammoniakfabrik, für deren Sicherheit die Arbeiter bis zum letzten Moment sorgten, gab es ein Leck. Hummel stand in der Lagertür und schaute auf den Hof: Sie trugen eine Frau. Jemand schrie. Einen anderen, der schwankte und immer wieder zu Boden sank, packten sie unter den Armen und halfen ihm zu laufen. Es stank nach Übelkeit erregenden und gleichzeitig streng riechenden Ausdünstungen. Der Himmel war blauviolett, so als ob er auch ersticken würde, und Hummel, der in den Augenwinkeln ein immer stärkeres Brennen spürte, schloss die Tür hinter sich und rannte mit der Brille in der Hand – wobei er über irgendwelche Keramikscherben, Ziegelhaufen und verbogene Eisenstäbe, die aus dem Gehsteig ragten, stolperte – zum Verwaltungsgebäude, wo sich im ersten Stock sein Zimmer mit einem kleinen Balkongeländer befand und wo ein toter Gummibaum in einem Blumentopf, der einen Sprung hatte, und ein Eimer Wasser hinter dem Schrank mit den Ordnern standen. Er lief zu diesem Wasser, wie zu der Quelle des ewigen Lebens. Und ein paar Monate später, als er sich mit einem frisch abgezogenen Rasiermesser mit Horngriff und einem Stück Lavendelseife rasierte – genauer gesagt mit einem der neun Stücke, die die Frau von Matz zusammen mit einem Sack Mehl und zwei Weißbroten erstanden hatte, als sie auf dem Markt bei der Barnimstraße eine Kleinbildkamera von Leica (die angeblich ein kaputtes Objektiv besaß) dagegen eintauschte –, als er sich also rasierte und von Zeit zu Zeit in den kleinen Spiegel mit Marika Rökk auf der Rückseite schaute (einen Spiegel, den er völlig unbeschädigt zwischen Trümmern gefunden und als Glücksbringer mitgenommen hatte), dachte er über etwas nach, worüber er sich bis dahin keine Gedanken gemacht hatte: Was bedeutete ihm das Gaswerk, in dem er zwanzig Jahre gearbeitet hatte, das heißt fast sein ganzes aktives Arbeitsleben, und wohin er jetzt zurückkehren sollte? Könnte er es so vermissen wie Vogelbaum? Wenn er sich zum Beispiel den Geruch der feuchten Kohle und der erhitzten Schamotteziegel in Erinnerung rief? Den sich verflüssigenden Dampf, den süßen Duft von Methan und Kohlenstoffmonoxid, der die Nasenschleimhäute reizte, oder den graublauen Geruch von abgekühltem Koks. Die Seife trocknete schnell auf der Wange, aber er beeilte sich nicht, als er mit dem Rasiermesser über die Haut glitt. Häufig schnitt er sich beim Rasieren. Wilde, der Besitzer einer kleinen, eleganten Drogerie unter dem Schild von Alfred Bürgener, gleich am Anfang der Moltkestraße, bei dem er gewöhnlich auf dem Weg aus der Stadt Alaun kaufte, hatte es sich zur Angewohnheit gemacht, Hummel zuzuzwinkern und zu fragen: Und, wie sieht's aus mit den Wunden des verehrten Herrn Ingenieurs? Wunden, die unter dem Doppelsulfat schnell heilten. Über die anderen wollte er nichts wissen. Gemachter Zug, vergessener Zug. Er zog es nie in Betracht, dass man – wenn man zu der gegenüberliegenden Seite des Schachbretts gelangte – eine verlorene Figur wiederbekommen konnte. Im Winter neunzehnhundertachtzehn wurde er aus dem Krankenhaus, in dem er ein paar Wochen gelegen hatte, entlassen. Er war dort nicht nur wegen der Lungenentzündung und der körperlichen Erschöpfung, sondern auch wegen des schmerzlichen Gefühls der Absurdität, das er von der Front mitgebracht hatte und zu dem auch seine Vorgesetzten beitrugen. Danach nahm er ein halbes Jahr lang keine Arbeit auf. Er ging auf Kundgebungen, Demonstrationen, hörte sich das Geschrei von links und von rechts an. Wer uns denn verraten hätte. Wer hat uns verraten? Die So-zial-de-mo-kra-ten! Und dann plötzlich, in diesem Gewirr von Kopflosigkeit, Arbeitslosigkeit und Sinnlosigkeit, erschien Onkel Albert, der Mann von Tante Charlotte, die von dem Augenblick an, als Fritz Hummel seinem Vater den Krieg erklärte (oder war es vielleicht der Vater, der ihn dem Sohn erklärte? Man konnte es immer weniger beurteilen, weil er sich immer mehr in die Länge zog, immer eintöniger und trotziger wurde, bis Fritz selbst es als Vernichtungskrieg bezeichnete), zwischen ihm und seiner Familie vermittelte, indem sie ihm in der ersten Zeit, als er noch ohne Arbeit war, regelmäßig zwar keine großen, aber zum Leben ausreichende Geldbeträge zukommen ließ, die angeblich von seiner Mutter stammten, aber in Wahrheit die Rente des Vaters waren. Dieser Onkel Albert erschien also in seiner gemieteten, ungeheizten Bude ohne Wasser und Licht und erklärte: Sieh mal, Junge, wenn du schon für deinen Vater nicht arbeiten willst, dann arbeite für dein Vaterland, das du, wenn ich so sagen darf, mit der eigenen Brust verteidigt hast. Arbeite für diese Stadt, damit sie das hat, was Städte haben sollten: Wasser, Licht und Gas. Du hast in Berlin nicht dafür studiert, dass du jetzt … also du gehst nach Oberwiek, dort an der Kreuzung Schwarzer Damm und Pommerensdorfer Straße ist das Gebäude der Direktion, du weißt schon, das neue, aus rotem Backstein, und du wirst sagen, dass du mit Herrn Bergbau sprechen möchtest. Die haben zwar jetzt Probleme mit dem Geld, aber ihnen fehlen vor allem Leute zum Arbeiten. Fritz Hummel zögerte, er fragte in der Partei, und sie sagten ihm: Geh hin, wir müssen auch unsere Leute im Gaswerk haben, dort werden wichtige Dinge passieren. Er erschien zur genau richtigen Zeit. Im September sollte ein großer Streik stattfinden. Der «Volksbote» appellierte, die Leute sollten sich mäßigen, weil die Radikalen bereit wären, die Öfen abzuschalten. Und in der Stadt ging die Angst um, dass nach dem Gaswerk das Wasser- und das Elektrizitätswerk auch dran wären. Er erschien zur genau richtigen Zeit: Er war unter denen, die die hitzigsten Schreier abkühlten, und die Öfen arbeiteten die ganze Zeit. Und als schon alles zu Ende war, spuckte ihm ein hagerer, bärtiger Kesselheizer ins Gesicht. Das war das erste Opfer, das Fritz Hummel für die städtischen Gasbetriebe in S. gebracht hatte. Dann gab es weniger Opfer. Es gab die Politik, und er kletterte nicht allzu schnell auf der Karriereleiter nach oben. Die verlorenen Wahlen von zweiunddreißig und der Triumph der Faschisten nahmen ihm zwar, so wie es einmal der Dreck und Gestank des Krieges getan hatte, die Lust weiterzumachen, und er wurde zum vorbildlichen Herrn Ingenieur, doch das beständige Misstrauen der neuen Macht, die sich an seine Jugendsünden erinnerte, bremste für lange Zeit seine Beförderungen, so dass paradoxerweise erst der nächste Krieg und die fast vollkommene Zerstörung des Betriebs dazu beitrugen, dass er in den roten Palast zurückkehrte, in dem ihn einst mit gehobener Augenbraue über dem Monokel Herr Bergbau begrüßt hatte. Er war einer der Direktoren, die sich mit den Finanzen des Gaswerks befassten, und ein Bekannter seines Vaters aus den Zeiten, als die beiden bei den Brüdern Gustav und Benno Feldberg am Paradeplatz gearbeitet und mit ihnen zusammen die Branche der Damenkonfektion in S. zu einer Industriegroßmacht gemacht hatten. Fritz Hummel erlebte also eine Art *déjà vu*, als er rasiert, in einem schneeweißen und von Frau Matz so sehr gestärkten Hemd, dass ihn der Kragen drückte, denselben Weg wie vor sechsundzwanzig Jahren, entlang der hohen Mauer mit den Planken ging und an der Ecke vor dem Turm, der sie mit einem achteckigen Dach krönte, stehen blieb. Ein richtiges *déjà vu*, als er den Arkadenfries und den dekorativen Sims betrachtete, die Balustraden der Pseudobalkone und die bogenförmigen blinden Fenster, diese *Summe* von Germania, spitz und schwer, Bastion und Schiff, Schwert und Geldbeutel, diese Autokreation, diese Reinkarnation von Siegfried und Hanse, dieses strenge protestantische Gebet, dem aber ein klein wenig bürgerliche Liebe für Glasschränke innewohnte. Doch dann ging er in den ersten Stock. Er lief an seinem Zimmer vorbei: Durch die angelehnte Tür sah er, dass der Gummibaum immer noch dastand und sogar etwas grün geworden war. Bei dem Direktor hatte sich schon der Übersetzer eingefunden. Es waren auch zwei frühere Mitarbeiter aus den vierziger Jahren da, an die sich Hummel erinnern konnte. Er kam gerade richtig. Golden glänzte die Fensterscheibe in der Sonne. Es roch nach aufgeheiztem Backstein. Ihm war, als hätte er etwas wiedergefunden, von dem er längst nicht mehr wusste, dass er es verloren hatte. Wir müssen uns beeilen, meine Herren, sagte der polnische Direktor. Er sah wie ein übereifriger und fieberhaft nach Erfüllung strebender Mensch aus. Wir müssen schnell, schnell, schnell machen, sagte der Übersetzer und schaute nach unten auf das in den Teppich gebrannte Loch. Noch Ende dieses Jahres wurde der größte Teil der qualifizierten Mitarbeiter, nahezu hundertachtzig Personen, von alten Arbeitern und Technikern des Gaswerks gestellt. Alle hatten den Status von unabkömmlichen Angestellten. Das heißt, sie konnten erst mal in S. bleiben.

Von der Werderstraße bis nach Oberwiek war es weit. Solange die Straßenbahnen nicht fuhren, schien das Gaswerk nicht viel näher als Berlin zu sein. Es gab jedoch einen Autotransport für Leute, die in Zabelsdorf und Bredow eingesammelt wurden, und Hummel erhielt auch ein kleines Zimmer im hinteren Bereich der Werkstätten, damit er länger bleiben konnte. Dann wurden die Werkstätten renoviert, und das kleine Zimmer gab es nicht mehr. Doch er musste nicht mehr über Nacht bleiben. Außerdem kam der Herbst. Die Abende wurden kühl, und die Wohnung in der Werderstraße empfand er so weit als seine eigene, dass er dort bleiben konnte. So richtig. Doch er war in die Werderstraße vor allem deshalb umgezogen, weil es von dort aus zum Krankenhaus Bethanien nicht weit war. Und sie hatten von den Russen die Erlaubnis bekommen, neben dem Krankenhaus den Antifa-Klub zu gründen. Auf ihrem eigenen Boden und auf ihre eigene Rechnung. Von der deutschen Verwaltung war nichts mehr übrig geblieben. Doch sie selbst gab es noch. Und sie klammerten sich an diesen Ersatz eines Zusammenseins. Ineinander gekrallt, festgebissen, voller Misstrauen und Neid auf die Gehälter und Ehren bei den neuen Herren und die Aufenthaltsbewilligungen, witterte jeder bei jedem die SS-Tätowierungen unter den Achseln, entnahm dem Schweigen der anderen ihre frühere Parteizugehörigkeit und ihrer prosowjetischen Geschwätzigkeit den früheren nationalsozialistischen Eifer. Sie waren sich sehr nah. Vielleicht zu nah. Und dazu kam noch die Sache mit dem Kurzwellensender. Der Leutnant, der ihnen zugeteilt wurde – Jascha, mit einem breiten, etwas düsteren Gesicht eines Fronbauers; ein Liebhaber von eingelegten Gurken, der bei ihren Marinaden, die sie ihm aus den geretteten Kellern anschleppten, das Gesicht verzog und immer etwas schlampig war, Jascha, der den Frauen schweigend und gierig hinterherschaute –, war bereit, daran zu glauben, dass sich Gundel nach seiner slawisch-barbarischen Liebe sehnte. (Sie war das Mädchen mit den weißen Wimpern und der blassen Haut, die in ihrem Blumenkleid, das für Oktoberwetter nicht gerade geeignet war, vor Kälte zitterte und nach dem Parfüm «MaGriffe» roch, das sie Gott weiß woher hatte, und sich eine Dauerwelle beim polnischen Frisör in der Barnimstraße machen ließ.) Oder er glaubte es gar nicht und wollte nur Fügsamkeit, die man nicht mit einer TT-Pistole erzwingen musste; einen Körper, dessen Abwesenheit man nicht im Wodka ertränken musste, und Sicherheit, die zwischen Gundels Brüsten verborgen und süß wie ihr Schweiß war. Während Gundel seinen Hunger, sein Warten und seine Bitterkeit in sich aufnahm, fühlte vielleicht auch sie – gepudert wie ein Modell aus «Die Dame» und ihm vorgesetzt wie ein Köder – ihre eigene verzweifelte, heftige Sehnsucht nach Erfüllung und dem männlichen Samen, nach seinem Duft und nach der rauen Zärtlichkeit dessen, was in ihr selbst immer war und was sie vergessen hatte. Später erzählte jemand, dass Jascha der Leiter einer Molkerei in irgendeinem Dorf bei Wolkolamsk gewesen war. Doch im Herbst einundvierzig hatte sein Regiment nicht bei Moskau gekämpft. Er fuhr also erst nach der Moskauer Gegenoffensive für ein paar Tage Urlaub nach Hause. Nach zwei Tagen kehrte er zur Kompanie zurück. Er sagte nichts, und niemand fragte ihn nach irgendetwas. Diese Geschichte über den Leutnant hatte ihnen wohl Gundel erzählt. Interessant, dass sie über sie weniger wussten. Angeblich hatte sie vor dem Krieg in S. gewohnt, doch sie besaß weder Mann noch Kinder. Angeblich hatte aber jemand einen Ehering oder nur einen einfachen, dünnen Ring gesehen, den sie in einer kleinen, mit Flitter verzierten Ballhandtasche versteckte, die angeblich von Jascha stammte. Aber sie behauptete, dass es ein Geschenk von früher sei. Es gab auch solche, die sagten – wobei sie sich auf Bonkowsky beriefen –, dass Gundel eine gewöhnliche Hure mit Berufserfahrung aus der Zeit noch vor dem Krieg sei. Übrigens dauerte das alles zu kurz – weniger als zwei Wochen –, als dass man die Sache hätte nachprüfen können. Wenn sich überhaupt jemand dafür interessiert hätte. Aber es interessierte niemanden. Und auch die Russen erledigten die ganze Angelegenheit mit überraschender Zurückhaltung. Leutnant Jascha Kozun verschwand noch in der Nacht, als sie kamen, um den Kurzwellensender zu holen. Er hielt sich gerade, wie immer zusammen mit Gundel, im ersten Stock auf und wusste von nichts oder wollte nichts wissen. Und unten saß mit Kopfhörern Ottke, ein patriotisch exaltierter Junge, der Gedichte schrieb, aber von der Art, die Blut mit Mut reimen. Sepp Ligen, der im Sommer aus Berlin nach S. gelangt war – man sagte später, mit konkreten Instruktionen und einer Beschreibung dieses, in irgendeinem Keller versteckten Kurzwellensenders –, ein früherer SS-Mann, und man könnte meinen ein erfahrener Konspirant, war gerade zur Toilette gegangen. Um genau zu sein, er wusch sich die Hände. Aus dem Hahn lief etwas rostiges Wasser, und Ligen bespritzte sogar sein Gesicht damit. Er versuchte nicht mal zu fliehen, denn wohin auch? Danach hatte ihn niemand mehr gesehen. Nur Ottke erschien einmal unerwartet im Klub. Steif lächelnd suchte er jemanden, oder jemand suchte auch nach ihm. Später vergaß man ihn. Aber es war eher so, dass man ihn sorgfältig aus dem Gedächtnis strich. Zwei Jahre später hörte Hummel, dass Ottke sich immer noch in S. befand und die Russen ihn als Übersetzer festhielten. Was keinen Sinn machte, weil Ottke überhaupt nicht Russisch sprach. Gundel verließ S. ungefähr einen Monat danach, gegen Ende November, mit dem ersten Sammeltransport vom Bahnhof Zabelsdorf nach Greifswald. Damals war Hummel am Bahnsteig, weil zusammen mit Gundel eine Gruppe von Angestellten der Gaswerke und ein paar Personen aus dem Klub abreisten. Er wollte ihr sogar beim Koffertragen helfen, aber es kam zum Gedränge. Die Ausweise wurden kontrolliert. Jemand rief ihn auf die Seite, damit er die Echtheit der

Papiere von jemandem bestätigte, und als er versuchte, Gundel mit dem Blick wiederzufinden, konnte er sie nirgendwo entdecken. Manche wunderten sich später, dass die Russen die ganze Angelegenheit so still beendet hatten. Hummel wunderte sich nicht: An der Verbreitung und dem Breittreten dieser Sache hatten sie überhaupt kein Interesse. Wenn man seine Deutschen haben will, dann muss man aufpassen, dass alle wie die eigenen Leute wirken, und immer wieder unterstreichen, dass diese Antifa-Mitglieder *nastajaschtschije komunisty** seien.

Ziemlich schnell überzeugte er aber auch diejenigen, die überzeugt werden sollten, dass er selbst kein Kommunist war. Trotzdem bekam er die Wohnung in der Werderstraße. Doch vom ersten Augenblick an mochte er sie nicht. Aus Gründen, die ihm selbst nicht klar waren. Was ihm die zwei hohen, irgendwie immer kalten Zimmer noch fremder machte. Zugegeben, die Silhouette der Kirche mit dem steinernen, leeren Hof, die rote Mauer mit den schmalen, nach oben strebenden Fenstern und dem flachen Überbau, die hohen Bogen über den Toren, die an umgestülpte Reagenzgläser erinnerten, hoben nicht gerade seine Stimmung. So wie er noch bei den alten Kirchen, der des Jakob oder Johannes, manchmal die Verbundenheit mit einer gewissen Transzendenz spürte, so fühlte er sich in den neuen, steinernen Gebäuden, bei denen man versuchte, gleichzeitig der Macht Gottes, der teutonischen Tradition und der Modernität zu genügen, fremd. Er konnte sich an seinen Besuch in der Kirche am Westendsee erinnern. Im Winter dreiundvierzig, nach der Verhaftungswelle der Pfarrer und der Personen, die mit ihnen in Kontakt standen. In diesen Kreisen besaß er Bekannte noch von vor dem Krieg. Nachdem sich seine Beziehungen zur Partei gelockert hatten, schloss er sich – was für ihn selbst ziemlich unerwartet war – den halblegalen Oppositionskreisen von Finkenwalde an. Und obwohl ihn die aristokratischen Mienen, die Monokel und preußischen Gesten, die er im Kreis von Pastor Bonhoeffer akzeptie-

* russ.: echte Kommunisten

ren musste, quälten (glücklicherweise spielte der Pastor gut und mutig Schach), überlebten diese Bekanntschaften die schwierigen Zeiten. Und in ein paar Fällen dienten sie dazu, einen dünnen Kontaktfaden mit den früheren, linken Kreisen zu knüpfen. Als nun die Zeit der Verhaftungen anbrach und diese Bekannten, einer nach dem anderen, plötzlich – wie im Neuschnee – in der Stille und im Nichts versanken, lief Hummel oft unter dem Vorwand, er müsse das unterbrochene Gasnetz kontrollieren, durch die Stadt und wusste selbst nicht so genau, ob er auf der Flucht war oder den Spuren derjenigen folgte, die verschwunden waren. Als er einmal lange an einer Tür warten musste, obwohl ihm bekannt war, dass sich derjenige, den er besuchen wollte, zu Hause befand, ernüchterte ihn das, und er bekam vor sich selbst etwas Angst. Dass sie dir deine Figuren auseinander getrieben haben, sagte er zu sich selbst, heißt nicht, dass du aufhören solltest zu denken. Nimm, was du noch einsammeln kannst. Und sonst mach deine Sachen weiter. Er stand gerade in der Mühlenstraße und stampfte vor Kälte auf den Boden. Es fiel feuchter Schnee. Über das Geländer der japanischen Bogenbrücke am Westendsee beugte sich ein in einen Schal gehülltes Mädchen. Einen Moment lang dachte er, dass sie sich vielleicht nicht wohl fühlte. Er ging sogar ein paar Schritte über die Straße in ihre Richtung. Da zuckte sie und ließ einen Schneeball aus der Hand fallen, der weich und lautlos auf den vereisten Teich klatschte. Abwartend schaute sie ihn an und zog ihren Kopf zwischen die Schultern. Auf ihrem Mantel prangte eine Plakette mit der Aufschrift Ost. Sie darf hier nicht stehen, hier auf der Parkbrücke. Geh runter! Er machte ihr ein Zeichen mit der Hand, geh weg von hier. Und von all dem unangenehm überrascht, sah er ihr nach, als sie die Brücke verließ und, ohne sich umzudrehen, die Schnellstraße entlangrannte. Ich habe sie nur gewarnt, zuckte er innerlich zusammen. Die Kälte war feucht und klebte. Er hatte es nicht weit nach Hause, zehn Minuten im ruhigen Spazierschritt, über die Roonstraße oder Quistorpaue und den Abhang bei der Entbindungsklinik oder seitlich über die Mozartstraße, neben dem kleinen Maulbeerbaum, den dort jemand vor kurzem gepflanzt hatte. Es wurde ihm etwas wärmer, als er anfing, an zu Hause zu denken und an Deten, wie sie ihm die Knie mit einer Decke wärmte und einen Becher mit Lindenblütentee und künstlichem Honig reichte. Die Lindenblüten hatte sie selbst in den städtischen Parks und auf verschiedenen Plätzen gesammelt. Der Honig kam vom Schwarzmarkt, den die alte Deten wie kein anderer in S. kannte. Und da es gerade stärker und in größeren Schneeflocken schneite und Hummel es näher zur Kirche als nach Hause hatte, beschloss er, für einen Augenblick hineinzugehen. Schon allein deswegen, weil er die völlig nasse Brille putzen wollte. Doch auf den hohen, vereisten Stufen fiel er hin und schlug sich schmerzhaft das Knie auf. Als er dann nach der Klinke griff, stellte sich heraus, dass die Kirche geschlossen war. Ist Ihnen nichts passiert?, fragte plötzlich jemand direkt hinter seinem Rücken. Er drehte sich um. Der Fragende war klein und hatte ein frisches, rosiges Gesicht. Sein grauhaariger Kopf war bedeckt. Er erkannte ihn, obwohl seit damals schon einige Jahre vergangen waren. Er konnte sich an den Namen nicht erinnern, aber er wusste, dass es dieser Pastor war, der damals in Finkenwalde bei Bonhoeffer auftauchte und auf den ihn Dr. Burwitz aufmerksam machen wollte. Doch es gab wohl nicht genügend Gründe dafür. Ich habe mir das Knie ein wenig angeschlagen, erwiderte Hummel. Bitte, kommen Sie zu mir, hier entlang, gleich über den Hof. Der Pastor griff nach seinem Unterarm. Es war nicht weit. Sie setzten sich für einen Moment ins Pfarrgemeindebüro. In der Luft hing der Qualmgeruch der Öllampe. Auf dem Fensterbrett stand auch eine; eine einfache von den Eisenbahnern. Auf dem Schreibtisch lagen Bücher, Papiere. Hummel stellte sich vor. Worauf auch der Pastor sich bemüßigt fühlte, seinen Namen zu nennen. Er schien erschrocken zu sein. Was für Hummel der Beweis dafür war, dass der Pastor ihn auch erkannt hatte. Ich werde Wasser mit Holundersaft warm machen. Möchten Sie auch etwas trinken?, fragte Voss. Hummel zuckte mit den Schultern. Es gab doch kein Licht. Aber Voss machte keine Anstalten, um die Öllampe zu holen. Sie saßen einen Moment im Halbdunkel, bis Hummel es nicht mehr aushielt und nach Bonhoeffer fragte. Was denn mit ihm jetzt sei. Ja, ja, ein Reformator, räusperte sich Voss, ich bedaure, dass ich ihn nicht kennen gelernt habe. Hummel fragte nach gar nichts mehr. Und er fühlte keinen Groll. Voss führte ihn durch die Kirche hinaus. Sie durchquerten das leere, hohe Schiff. Die nassen Schuhe klatschten auf dem Boden. Und so behielt Hummel die Kirche in Erinnerung: als einen dunklen, kalten Klumpen. Es gibt keinen Gott, Martin, lerne damit zu leben. Nur dass Martin damals nicht mehr da war. Seit langem. Vielleicht schon immer?

Von Anfang an hatte er dieser Straße etwas vorzuwerfen. Straße der Königin der Polnischen Krone. Der polnischen Prahlerei, der Krone der Megalomanie, der Königin des dörflichen Aberglaubens. Werderstraße. Er war nicht mehr sicher: nach General August von Werder oder nach dem Wort *Werder*. Die zweite Bedeutung hatte wohl früher wirklich eine Bedeutung: Dort, wo später Bethanien, das Krankenhaus und das Pflegheim der Diakonissenschwestern gebaut wurden, gab es im vorigen Jahrhundert eine Meierei, das Gut Friedenshof, eine fruchtbare Insel hinter der Stadtgrenze. Eine von vielen, der damals die Werderstraße ähnelte, denn S., eine preußische Festung, hatte lange in einem eisernen Korsett der Forts gesteckt. Doch Hummel überzeugte weder die militärische noch die symbolisch-geographische Auslegung des Straßennamens. Beide schienen ihm prätentiös. Und er fühlte sich nicht gut dabei, weil ihm bewusst war, dass er an dem Pathos, das in dem Namen seiner neuen Straße steckte, mit beteiligt war. Obwohl er ohne Zweifel über die Beziehung zwischen Form und Inhalt auf diese Weise nicht nachgedacht hätte, wenn nicht der hartnäckige Gedanke, der mit jedem Jahr immer öfter zurückkehrte, dass diese Insel im Nichtsein versank, dass diese Krone immer schneller schrumpfte, und die Stirn mit einem kalten Reifen zusammendrückte, während er – zwischen dem Schachturnier im Deutschen Kulturhaus und dem Mittagessen, das von der treuen, unerwartet und glücklich wiedergefundenen Deten gekocht wurde, zwischen Arbeitsbesuchen bei den Gewerkschaften und einem zwanglosen Verhör (Anhörung?) bei der Sicherheitspolizei, zwischen der sowjetischen Sichel und dem polnischen Hammer, der sowjetischen Leine und der polnischen Peitsche, während er zwischen sich und sich, dem eigenen und dem fremden – nur noch die Brille zurechtrückt, sie mit einem Flanelltuch putzt und die Figuren über das Schachbrett schiebt. Passierschein und Verbot. Waggon und Zöllner. Bahnsteig und Liste. Turm und Matt.

Wer weiß, vielleicht ist es die Schuld des verlorenen Turms? Schon am ersten Tag, als er in die Werderstraße umgezogen war, nahm er aus dem Koffer eine Schachtel mit Schachfiguren. Den Koffer hatte ihm Schutt geliehen; er war voll von Zwiebackkrümeln, Kartoffelschalenstückchen und Zuckerkristallen und stank nach ranziger Butter. Hummel hatte nicht besonders viel Gepäck, aber in ihrem Einzimmer-Palmenappartement hatte er sich einen Robinson-Haushalt zugelegt: einige Bücher, ein paar Wäschestücke, sogar drei Hemden, irgendwelche Teller, zwei Becher, auf denen etwas Englisches stand, den Spiegel mit Marika Rökk, das Rasiermesser mit dem Horngriff, ein kleines Kissen mit gestickten Eichenblättern und Eicheln. Und das Schachspiel, sein eigenes Schachspiel. Bei dem Umzug begleitete ihn Otto Neumann, ein Kommunist, den er flüchtig noch von der Zeit vor dem Krieg kannte, der aber eher unerwartet bei der Antifa auftauchte; denn von den paar Wochen während der deutschen Verwaltung konnte sich Hummel an ihn nicht erinnern. Neumann schien ziemlich erregt zu sein. Sehr gern kam er auf die Vergangenheit zurück, die ganz frühe, von der Novemberrevolution, und die spätere, als er sich mit Wiesner in irgendwelchen Trümmern versteckt hatte und die Russen dann mit einem Spruchband in kyrillischer Schrift begrüßte. Während dieser Erinnerungen gab er viele Phrasen von sich, doch Hummel hatte keine Kraft, ihn wenigstens vorsichtig darauf aufmerksam zu machen. Wunderschöne Schachfiguren, sagte Neumann, als es in dem Kasten auf dem Tisch klapperte. Na ja, dachte Hummel ohne Enthusiasmus, Schutt spielte kleine Partien, und der wird das auch wollen. Anscheinend schätzen die Genossen dieses Spiel. Doch Neumann konnte nicht Schach spielen. Außerdem waren Hummels Schachfiguren gar nicht so schön. Das einfache Holzkästchen verbarg im Inneren ziemlich gewöhnliche Figuren, die, ähnlich wie der Boden des Kastens, mit Filz unterlegt waren. Aber Neumann betrachtete sie, hielt sie lange in den Händen und nickte. Wissen Sie, sagte er, als Hummel seine unverständliche Faszination für die Schachfiguren schon vergessen hatte und sie durch die neue Wohnung liefen, in der es alles gab – von der Bettwäsche bis zur Tischdecke, die auf dem Tisch lag, von der Wandkaffeemühle (genau die Gleiche wie bei Mutter, dachte Hummel) bis zum Kaffeeservice mit dem Feldblumenmuster –, wissen Sie, dass Genosse Lenin gern gespielt hat? Und es war immer ernst, nicht nur so zum Vergnügen. Karl Marx hat auch viel gespielt, zum Beispiel mit Helene Demuth. Oh, sagte Hummel, ich hatte keine Ahnung. Er setzte sich aufs Bett. Fügsam gab es nach. Ich wusste immer, dass der Alte Fritz Schach spielte, auch brieflich, zum Beispiel mit Voltaire, und Leibniz spielte auch, aber was sag ich da, Leibniz schätzte dieses Spiel so sehr, als ob es ein eigener Zweig der Philosophie wäre. Ah ja, ja, brummte Neumann, ihr Sozialdemokraten bleibt stur bei dem euren, mal ist es Voltaire, mal Leibniz, und wie man sieht, hat euch die Geschichte nichts beigebracht. Weil die Geschichte niemandem auch nur irgendetwas beibringen kann, wollte Hummel sagen. Er wollte. Er schloss die Augen und machte es sich auf dem Bett bequem, über das eine goldfarbene Tagesdecke mit Fransen gebreitet war. Er legte sich mit den Schuhen drauf. Deten würde mir was erzählen, dachte er. Über die Fensterscheibe hüpften die Sonnenreflexe. Er gähnte herzhaft. Ich freue mich, Genosse Hummel, dass wir uns wieder getroffen haben, sagte Neumann, der, wenn er sich in Zukunft an den Vorsitzenden F. Hummel wendet, immer damit Schwierigkeiten haben wird, die richtige Höflichkeitsform zu finden. Als sich hinter Neumann die Tür geschlossen hatte, ging der Genosse Hummel zum Tisch, der, wie das Zentrum des Weltalls, in der Mitte des sonnigen Wohnzimmers stand, und begann die Schachfiguren in das Kästchen zu legen. Ein Turm fehlte. Er bückte sich, krabbelte unter den Tisch und durchsuchte auf den Knien das ganze Zimmer. Nirgendwo fand er ihn. Ich muss ihn irgendwo auf der ulica Kołłątaja verloren haben. Er sagte schon: Kołłątaja, oder noch: auf der Friedebornstraße? Es ist doch nicht möglich. Hummel zögerte, dass er ... Das wäre aber dumm. Warum sollte er so was tun? Nur durch ein Versehen. Bei der nächsten Gelegenheit werde ich ihn fragen. Er hat nie gefragt.

Er hatte seinen Vater eigentlich nie direkt gefragt, was dazu führte, dass sie sich so weit voneinander entfernten. Und dabei hätte er ein paarmal die Gelegenheit dazu gehabt. Die letzte: damals, im Winter neunzehnhundertsiebenunddreißig. Abends machte er sich fürs Theater fertig. Es lief gerade das Opernprogramm, genau gesagt: *Das Herz* von Pfitzner. Über Pfitzner wurde damals viel geredet, er war das Beispiel eines Künstlers, der, ohne Parteimitglied zu sein, viel Respekt und Bewunderung genoss. Respekt, den ihm nicht nur die Allgemeinheit, sondern auch die Machthaber entgegenbrachten. Hummel hatte einmal im Radio irgendeine seiner Kantaten gehört, und sie erschien ihm klebrig und fade wie ein alter Pfannkuchen. Er hatte also keine großen Erwartungen. Seit ein paar Tagen schon litt er an Kopfschmerzen. Er lief düster durch die Stadt und kaute auf Koffeintabletten herum, nach denen er den Geschmack von unterdrückten Tränen im Hals hatte (er konnte sich an diesen Geschmack aus seiner Kindheit gut erinnern, weil er sich immer Mühe gab, nicht zu weinen), und suchte für seine bittere Unruhe irgendeinen Zuckerguss, auch wenn es nur irgendein neoromantischer, pathetischer Kitsch sein würde. Bei Opern schätzte er übrigens hauptsächlich die Form: Tod, Liebe, Kampf, Leidenschaft waren in ihnen nur dann von Bedeutung, wenn sie in die von der Musik aufgestellte Ordnung passten. Da ist jemand für den Herrn Ingenieur am Telefon, von zu Hause. Die fischäugige Steffi schob ihr onduliertes Köpfchen ins Zimmer. Er sprach gerade mit Vogelbaum darüber, wie es wohl ab dem ersten Januar sein würde, wenn die im Frühling dieses

Jahres gegründete Stadtwerke GmbH, die den öffentlichen Verkehr, die Elektrizität, das Wasser und das Gas miteinander verbinden soll, schließlich einer gemeinsamen Administration unterstellt werden wird. Vogelbaum – obwohl er schon damals nur noch auf einem erbärmlichen Posten irgendeines Stellvertreters saß – war voller Optimismus; er meinte, dass wenn sie sich in einer Sektion mit dem Wasserwerk wiederfinden würden, hätten sie mehr Argumente bei den Verhandlungen mit der Stadt. So drückte er sich aus: Verhandlungen. Als ob ihn allein der Gedanke fasziniert hätte, dass Koksöfen und Retorten der Gegenstand von Analysen und Strategien werden könnten, die in den Arbeitszimmern des Magistrats und der Partei besprochen würden. Steffi Polte, die sich bemühte, die Tugenden der deutschen Frau, der gewissenhaften Angestellten und der modernen Dame in einer Person zu vereinen – mit einer bis zum Hals zugeknöpften weißen Bluse und einem dunkelblauen, bis zu den Waden reichenden Rock, mit dem Arm voller Schnellhefter und einer Lockenpracht, die vom Meister der Dauerwelle, Herrn Kropa, im Laden in der Friedrich-Karl-Straße unter der Hausnummer siebzehn kunstvoll angefertigt wurde –, starrte Hummel an, als ob er ein Fabrikbesitzer wäre; dieser aus dem Film «Der Herrscher», den sie, dank geduldigem in der Schlange stehen, letzten Sonntag im Urania gesehen hatte. Dieser Fabrikbesitzer hatte sich in seine Sekretärin verliebt, und zwar so heftig, dass er, als ihn schon alle wegen dieser Liebe verurteilt hatten, den Betrieb in staatliche, also die richtigen Hände übergab, was jedoch für ihn ein schmerzliches Opfer darstellte. Und Hummel wunderte sich, nicht wegen Steffis Blicken, weil er an sie gewöhnt war, sondern dass ihn jemand von zu Hause anrief. Deten machte das nie, und die Wohnung seiner Eltern Am Logengarten (damals wohl schon Am Vogelstangenberg) bezeichnete er schon lange nicht mehr als Zuhause. Er ging, von Steffi begleitet, ins Vorzimmer und nahm den noch warmen und nach der Farbe ihrer Haare riechenden Hörer auf. Mutter rief an, Vater sei sehr krank, und aus ihrer Stimme hörte er genau das heraus, was er heraushören sollte: Sigismund F.

Hummel lag im Sterben. Aber es war nicht so ein Sterben, dem man hinterherjagt. Außerdem fiel es ihm irgendwie schwer, sich Vater nach einem plötzlichen Schlaganfall vorzustellen. Der wird wie ein König sterben, mindestens eine Woche lang, hatte er vor kurzem zu Tante Charlotte gesagt, bei der er sich – obwohl der Krieg mit seinem Vater schon seit Jahren nicht mehr so verbissen geführt wurde wie früher – öfter als Am Logengarten aufhielt. (Er machte es sich zur Gewohnheit, diesen Ort als die Gärten der Loge zu bezeichnen.) Zwar machte er kurze Besuche in der alten Wohnung mit der goldgestreiften Tapete und brachte Mutter irgendwelche Blumen und eine Flasche Zeltinger-Wein oder den Likör von Rückforth mit, aber es war doch Tante Charlotte, die ihm wie früher, also wie immer, die neuesten Informationen von zu Hause übermittelte. Sigismund ist wieder krank, und Paula hat schon mit Doktor Liedermann gesprochen, damit er ihr unbedingt verspricht … Er wird lange und würdevoll sterben, unterbrach sie Hummel ohne Aggressivität. Du wirst sehen, Tante, er wird die ganze Familie noch zu sich rufen, nur mich nicht. Was seid ihr bloß für eine Familie, entschlüpfte es der Tante. Vom Rand ihrer Teetasse aus schielte sie mit einem kurzen Anflug von Panik zu ihm rüber. Auf dem Glasschränkchen hinter ihrem Rücken, wo der Rest des Tettan-Service mit dem Greifmuster grün leuchtete, standen zwei Fotografien: vom Pudel Elfi mit einer Schleife um den Hals und von Onkel Albert im Frack. Er tat so, als ob er es nicht gehört hätte. Eilig, aber geschickt bog sie das Thema etwas ab. Warum schafft ihr beide es nicht – einen Augenblick lang suchte sie nach den richtigen Worten, aber vielleicht pulte sie nur diskret ein Stück klebendes Biskuit von ihrem Zahn ab –, euch so zu treffen? Er ist, wie er ist, aber du? Du bist kein Jüngling mehr, Fritz. Du bist, wieder ging sie mit der Zunge über die Zähne, diesmal eindeutig, um länger überlegen zu können, fünfundvierzig Jahre alt. Er trank einen Schluck von dem Tee. Siebenundvierzig, Tantchen. Sie antwortete mit unerwartetem, lautem Lachen. O Gott! Ist es wirklich schon so viel!? Wahrscheinlich hast du Recht. Damals war ich mit Paula zusammen.

Wie lustig sie doch aussah mit ihrem Strohhut und in dem blauen Kleid, das du, ja du, von innen so aufgebläht hattest! Und ich sage zu ihr: Du siehst aus wie ein aufgeschwollenes Wölkchen, worauf sie antwortete, dass das nicht stimme, weil Wölkchen doch weiß seien. Und tatsächlich glitten sie an diesem Tag über uns, denn es war sonnig. Aber es gab auch richtige Wolken, ganz schnelle, die nach Osten zogen, als ob sie uns zur Eile antrieben bei diesem feierlichen Abschied unserer Füsiliere, die nach Bromberg gingen, um an der Grenze zu Asien Wache zu halten. Es spielte dieses wunderbare Orchester ihres Regiments. Der Truppenübungsplatz auf Kreckower Felde war so überfüllt, dass ich Angst um Paula hatte. Uniformen, Zylinder, Wagen, riesige Hüte mit Blumen. Irgendwie kann ich mich nicht erinnern, wo dein Vater damals war, aber natürlich musste er dort sein. Wie geht es ihm nun?, fragte Hummel. Ach, sie winkte mit der trockenen, bläulichen Hand ab. Er hat nichts, er hustet nur wieder.

Draußen fiel nasser, zu großen Schneeflocken zusammengeklumpter Schnee. Hummel sah einen Moment lang zum Fenster und überlegte, ob er ein Taxi nehmen sollte. Und dann, nach kurzem Zögern, wählte er die Nummer drei, null, sechs, acht, null, die er sich oft als einen Schachzug mit dem Pferd vorgestellt hatte, und dann von der Acht zur Null, als Antwort des Turms, über das ganze Schachbrett hinweg. Er vernahm das schläfrige Hallooo von Frau Fenske, die immer reservierte Karten für ihn hatte, und entschuldigte sich, weil er heute Abend nicht ins Theater kommen könnte. Vielleicht morgen. Ach, morgen gibt es den *Verliebten Reisenden*, freute sich ohne ersichtlichen Grund Frau Fenske. Ah ja, sagte er aus Höflichkeit, von diesem Kollo mit den *Unter'n Linden*. Ich weiß, Sie mögen keine Operetten, gähnte resignierend Frau Fenske. Er entschuldigte sich noch einmal und legte auf. Dann wandte er sich wieder zu Vogelbaum, bat diesen, er möge ihn bei Kutscher entschuldigen, zog den Mantel an, und während er – als Antwort auf den Schirm, den ihm Steffi entgegenstreckte – den Kopf schüttelte, ging er auf die Straße hinaus. Er entschloss sich, kein Taxi zu nehmen. Er wollte sich ein wenig

Zeit lassen. Außerdem schneite es nicht mehr, die Straßen waren nur glatt und schmierig. Auf dem matschigen Schnee rutschend erreichte Hummel die Haltestelle. Er hatte vor, noch am Paradeplatz auszusteigen, um bei Witzel seine Brille abzuholen, die er dort letzte Woche abgegeben hatte. Aber eigentlich war das nur ein Vorwand, denn er hatte das Bedürfnis, gerade jetzt, wenigstens einen Moment lang, die Atmosphäre des Königsplatzes einzuatmen: Bis zu den Feiertagen waren es noch drei Wochen, aber auf dem Weihnachtsmarkt wurden jetzt schon die Stände aufgestellt. Hummel stand im hinteren Teil der Straßenbahn und schaute durch die Scheibe, an der nasse, dicke Schneeflocken klebten. In manchen Fenstern brannten schon die Lichter. Die Schaufenster glänzten, die Menschen blieben vor ihnen stehen, unbewusst, wie Motten, die vom Licht angelockt werden. Er stieg am Paradeplatz aus. Der steinerne Wilhelm verharrte auf seinem steinernen Pferd, höher und kälter als sonst. Hummel sah sich um. Als er über die Straße ging, war rechts von ihm der Säulengang vor der Firmenfront der Brüder Feldberg, zu deren Ruhm sein Vater, Sigismund F. Hummel, und Herr Bergbau zu ihrer Zeit so beigetragen hatten. Es war schon fast dunkel. Der Weihnachtsmarkt auf dem Königsplatz funkelte mit seinen Kerzen. Er folgte ihrem aromatischen Geruch, vorbei an dem Duft von Lebkuchen und Stollen, von Tannen und Wunderkerzen. Kinderlachen streifte ihn wie der Klang von Silberglocken. Dicke Frauen in riesigen Pelzmänteln stießen ihn mit ungewöhnlicher Direktheit zurück. Die Menge drückte ihn an die Stände, die mit silbernen Ketten, Zuckeräpfeln und Fichtenkränzen behängt waren; bis er plötzlich das Bedürfnis verspürte, sich von dieser Menge und diesem weihnachtlichen Weihrauch sowie von seinem eigenen Gebet unter dem grünen Baum zu befreien. Von der stillen, vergessenen Nacht, die aber immer wieder zurückkehrte wie der Esel, der den Herrn zu den Stadtmauern gebracht hatte und von dem er in seiner Kindheit so oft träumte. Er rannte fast bis zur Straßenmündung und atmete schwer, wie beim Auftauchen aus tiefem Wasser. *Und Friede auf Erden*, drang es von irgendwo hinter ihm aus dem Megaphon. Er stand direkt gegenüber der Uhr über der Theaterfront, aber es war zu weit, um in ihrem weißen Fleck in der Mitte den Stand der Zeiger zu erkennen. *Allen Menschen guten Willens.* Er griff unter den Mantel, um aus der Innentasche des Jacketts seine altmodische Uhr mit der Kette herauszuzerren. Und ich wollte bei Witzel vorbeigehen. Er klopfte gegen die Scheibe des Zifferblatts. Die Uhr besaß keinen Sekundenzeiger, also war er sich nie sicher, ob sie noch ging. Halb vier vorbei. Und er stirbt dort, dachte er mit kalter Angst, die er so deutlich spürte wie die Schneeflocke, die in diesem Augenblick auf seine Wange fiel. Er ging los und bemühte sich, schnell zu gehen, doch der glatte Boden zwang ihn, kleine, unnatürliche Schritte zu machen. Trotzdem war er schon nach zehn Minuten zu Hause. Vater saß in seinem Lieblingsjackett aus englischer Wolle im Arbeitszimmer und rauchte eine aromatische, ägyptische Zigarre.

Der Rauchstreifen, der von Majewski rüberzieht, verbreitet einen beißenden Geruch, wie er normalerweise von Strohsäcken ausgeht. Doch der Vorsitzende Ingenieur Hummel – vor allem Vorsitzender, Ingenieur nur vom Titel her, weil er bei der Antifa fest angestellt ist und man ihn im Gaswerk, wo er nur gelegentlich einen Blick hineinwirft, misstrauisch beäugt – empfindet diesen Geruch nicht als unangenehm oder abstoßend. Zum Teil deshalb, weil er ihn an die Blätter erinnert, die er als Junge auf den Plätzen um den Logengarten gesammelt hatte. Blätter von Ulmen, Ahorn- und Kastanienbäumen, die er später trocknete und dann heimlich in einer billigen Meerschaumpfeife rauchte, einer Pfeife, die er auch heimlich vom Aufseher des Werkzeuglagers am Abhang der Hakenterrasse, die immer im Bau war, gekauft hatte; Blätter, deren Rauch er bis zur schmerzenden, an den Lungen zerrenden Übelkeit einatmete. Und zum Teil auch deshalb, weil Majewski – zusammen mit dem Rauch, der aus seiner jämmerlichen, in einer Spitze steckenden Zigarette rüberzieht –, über den Sinn des ganzen Plans entscheidet, den Hummel gerade in die Tat umsetzt, ohne dabei vor sich selbst zuzugeben, dass es ein

Plan ist, von dem mehr abhängt als nur ein Augenblick der Illusion, dass alles getan wurde, was getan werden konnte.

Majewski ist jünger als Hummel, nämlich dreiundvierzig Jahre alt (er hat es dem Ingenieur vor kurzem selbst gesagt und machte dabei eine vage Anspielung auf ein polnisches Buch oder Gedicht, was Hummel beruhigte, weil er am Anfang dachte, dass der andere von Hitlers Alter sprach, als dieser an die Macht gekommen war), doch die hohe, zerfurchte Stirn, die graue Haut und die leicht gebeugte, obgleich zierliche Gestalt, lassen ihn wie Hummels Altersgenossen erscheinen. Der Ingenieur hat sich übrigens nie darüber Gedanken gemacht, wer dieser Mensch ist und woher er plötzlich auftauchte. Er weiß, dass er es tun sollte, schon allein um diese Partie besser zu Ende spielen zu können. Aber er bringt nicht genügend Kraft auf, diese Kraft, die ihm ein reines, durch nichts getrübtes Bild von einem dieser fremden Eindringlinge geben würde. So ein Bild scheint ihm übrigens ehrlicher als die Illusion, dass es irgendwie anders sein könnte. Denn hinter dieser Illusion könnten die schlimmsten Gedanken lauern. Deshalb zieht es Hummel vor, Majewski als jemanden zu sehen, der das werden könnte, was er aus ihm machen will: ein Verteidigungsturm auf dem Schachbrett.

Das mag ich, hustet Majewski und legt vorsichtig die Zigarettenspitze auf den Tischrand. Dabei zittert leicht seine Hand, die irgendwie klein ist und nicht wie eine Arbeiterhand aussieht. Er greift in die Tasche des abgetragenen Jacketts, zieht ein Taschentuch heraus, das so groß ist wie eine Fahne, und wischt sich die Hände ab. Wissen Sie, mir schwitzen die Hände, sagt Majewski. Er sagt es auf Polnisch, denn so reden sie miteinander. Hummel spricht Deutsch mit ihm, und er antwortet in seiner Sprache, und sie verstehen sich. Der Krieg eint die Feinde, der Frieden bringt sie auseinander, wiederholte immer Tadek, der Monteur von der Messstation, ein Spaßvogel, dessen goldene Zahnkrone blitzte. Doch gerade bei diesen Worten schaute er Hummel mit einer Intensität an, die dem scherzhaften Bonmot widersprach. Einmal wollte ihm Hummel ein anderes, eins aus Berlin, zitieren (klar, der schwarze Humor stand der Hauptstand am besten): Freuen wir uns über den Krieg, Kinder, denn der Frieden wird furchtbar sein. Er selbst war nicht begeistert von diesem Spruch, der wohl von der Straße kam, wahrscheinlich aber aus den Kreisen des Gauleiters stammte. War das nicht Direktor Alois Kutscher, der ihn verbreitet hatte? Das allein zeugte davon, dass eine prahlerische Heuchelei in diesem Spruch lag, egal, was man über die politischen Visionen, die sich in ihm verbargen, sagen würde. Doch jetzt, das heißt damals, als Hummel den aufmerksamen, zittrigen Blick von Tadek auf sich spürte, hatte er Lust, so zu antworten: Freuen wir uns über den Krieg, Kinder, denn der Frieden … Aber er hielt dem Blick stand. Er lächelte matt und gab vor, ein trotteliger Deutscher zu sein: Nuuun ja, Frieden, Freundschaft. Nee, nee, mein Herr. Tadek zuckte mit den Schultern. Nicht mit mir, ich bin aus Warschau. Ich weiß Bescheid. Sie müssen mir hier nichts vormachen. Sein Blick war jetzt versöhnlich, aber auch unwillig. Als ob er aus Hummels schneller Zustimmung etwas für sich Eindeutiges, aber auch Unangenehmes herauslesen würde. Danach gab er Acht, dass er in Hummels Anwesenheit keine anderen als berufliche Themen ansprach. Und er bedachte den Ingenieur mit flüchtigen, kalten Blicken.

Majewski hat seine Fahne zusammengerollt und nimmt vom Tischblatt die Zigarettenspitze wieder auf. Der Segler* ist erloschen, also muss Majewski ein paar Mal kräftig ziehen, um ihm eine Rauchwolke zu entlocken. Feucht, verdammte Hundekacke, und meine Hände schwitzen nicht aus Nervosität, sondern einfach so, von selbst. Hummel schließt ein wenig die Augen, weil der Rauch unter die Brille dringt. Mit einem plötzlichen Angriff der Königin, lenkt er Majewskis Aufmerksamkeit auf das Schachbrett. Vor dem Krieg hatte ich im Betrieb einen Bekannten, sagt Hummel, der spielte auch Schach, und der hatte immer ein verschwitztes Gesicht. Lassen Sie mich in Ruhe mit dem Krieg oder irgendeinem Gesicht. Majewski beugt sich über das Schachbrett.

* Zigarettenmarke

Einen Augenblick lang analysiert er die neue Situation, und dann, beruhigt, schlägt er mit seinem Läufer den weißen Turm. Und wenn die Atombomben von drüben uns alles zerhauen, wir werden unsere Häuser bumm-bumm-bumm.*

Herr Vorsitzender, Genosse Vorsitzender, verbessert sich Zittermann. Er hebt die Augenbraue und verzieht das Gesicht. Erst jetzt bemerkt Hummel, dass sie drumherum stehen und gaffen, fasziniert von der für sie unerwarteten Situation. Was steht ihr hier herum und glotzt, wenn ihr eure Partien beendet und alles Nötige notiert habt? Dann wartet in der Bibliothek bei Thimm, sagt Hummel. Aber er macht einen Fehler, einen, der leicht vorauszusehen war; denn Majewski schnaubt unruhig: Wie? Ein Turnier ist ein Turnier, jemand muss hier sein, damit alles gerecht zugeht. Hummel weiß jetzt, dass Majewski einen Zeugen braucht. Aber der Vorsitzende Hummel kann doch nichts riskieren. Natürlich ist ein Turnier ein Turnier, aber es geht doch hier um die Ehre und nicht um Punkte. Wir werden schon allein zurechtkommen, Schach ist doch ein Spiel für zwei, besänftigt er und zeigt Zittermann mit einer Kopfbewegung die Tür. Bei Thimm sind jetzt die Mädchen. Sie bereiten eine Ausstellung vor, wissen Sie, wendet er sich an Majewski, Bierut und Pieck, ihre Bücher, ihre berühmtesten Gedanken. Und dann wieder an die Herumstehenden: Ihr könntet ihnen dort helfen. Der rothaarige Schwerdtfeger verzieht sein sommersprossiges Gesicht, doch Zittermann ist schon Richtung Tür unterwegs: Hat denn Genosse Pieck Schach gespielt?, fragt er und hat das deutliche Gefühl, dass es so sein sollte. Und Hummel weiß, dass es so sein muss, denn Schwerdtfeger ist kein Problem, aber mit Zittermann kann er – was den Plan angeht – nicht rechnen. Majewski sträubt sich misstrauisch. Er will es nicht direkt sagen, weil er es nicht sagen kann, aber Hummel hört es trotzdem: Jetzt hab ich ihn und

* Anspielung auf ein kommunistisches Nachkriegslied in Polen («Und wenn die Atombomben von drüben uns alles zerhauen, wir werden unsere Häuser hier weiterbauen.»)

werde ihm nichts mehr durchgehen lassen. Und dieser verdammte Scheißnazi erzählt hier irgendwelche Geschichten, damit die anderen nur nichts merken. Gut, sagt Hummel, und spürt, dass er es sagen muss, bleibt. Nur setzt euch etwas weiter weg, damit wir hier ein wenig Luft haben. Schwerdtfeger, der schon an der Tür steht, lacht kurz auf. Majewski macht eine heftige Kopfbewegung und schaut über die Schulter; ein glühendes Kohlestückchen fällt aus der Zigarette auf seine Hose. Der Teufel soll es ... Er springt hoch, klopft mit der Hand drauf. Bei uns sagt man auch: Teufel, bemerkt Hummel. Und zu Zittermann: Geh und sag dem Doktor, er soll eine extra Tafel hinzufügen, mit diesem Fragment aus dem Aufruf des Zentralkomitees. Er weiß schon, welche. Nie wieder Hetze und Feindseligkeit gegen die Sowjetunion – dort, wo diese Hetze geführt wird, erheben die imperialistischen, reaktionären Kräfte ihre Häupter. Majewski schielt gräulich zu ihm rüber: Was erzählen Sie da? Hummel rückt die Brille zurecht: Juni, neunzehnhundertfünfundvierzig, die Erklärung der deutschen Kommunisten. Steh nicht so da, Zittermann, ich hab dir gesagt, was du zu tun hast. Und du, Heini, leg die Kreide hin, und komm zu uns. Du wirst unser Schiedsrichter sein. Hummel blickt nicht in Richtung der rückenden Stühle, die für einen Moment innehalten. Jetzt fehlt nur noch, dass Schwerdtfeger mit irgendetwas rausplatzt. Doch Schwerdtfeger schweigt, und man hört deutlich, wie sich hinter Zittermann die Tür schließt. Kennt er sich denn mit Schach aus? In Majewskis Frage und in seinem Blick, den er auf Heini richtet, blitzt Gerissenheit auf. Besser, als Sie es sich vorstellen können, sagt Hummel. Ich habe es ihm selbst beigebracht. Na, dann weiter, hüstelt Majewski. Ihr wisst gar nicht, wie lange ich darauf gewartet habe. Er rüttelt an den Streichhölzern und steckt den nächsten Segler in die gläserne Zigarettenspitze.

Du bist dir selbst treu, sagte damals Vater und stellte das Zigarrenkästchen auf den Schreibtisch zurück. Fritz Hummel kann sich genau daran erinnern. Auf dem silbernen Deckel gerade, senkrechte Linien, innen eine eingravierte Aufschrift mit phantasievollen, ineinander verschlungenen Buchstaben: Für Sigismund von Paula. Das große S war direkt und sehr originell mit dem großen P – das allerdings kleiner war als das S – verbunden. Etwas weiter unten ein Datum, weil es ein Geburtstagsgeschenk war. Das Jahr von Hugo Wolf, das Jahr von Sigismund F. Hummel: achtzehnhundertsechzig. Das ist keine Frage von Prinzipien, schüttelte Fritz Hummel den Kopf, ich hatte einfach nie das Bedürfnis. Nur irgendwann mal in der Kindheit. Und du, fühlst du dich besser? Der Vater blies in einen dünnen, weißen Rauchstreifen und presste unmerklich die Lippen zusammen: Ja, besser für mein Alter. Er schaute angriffslustig drein, aber auch verständnisvoll, als ob er zum alten Spiel einladen würde: Wie hieß noch mal der, über den du immer sagtest, dass es mein Jahrgang sei? Wolf, antwortete Fritz. Der beschissene Herr Kapellmeister?, versicherte sich der Vater. Komponist, der Meister des deutschen Liedes, ergänzte Fritz. Du solltest auch Komponist werden, meinte der Vater. Wolf ist vor über dreißig Jahren gestorben, sagte Fritz. Er überlegte, warum er in diesem Zimmer saß. Durch die angelehnte Tür schaute Mutter rein, weiß und zierlich wie ein Weihnachtsengel aus Wachs: Ich habe Zimttee gemacht, den, den du so magst. Müssen sie immer den Kopf durch eine angelehnte Tür strecken?, dachte Fritz. Und nickte leicht, als Zeichen, dass er einen trinken würde.

Dann sprach er noch eine halbe Stunde mit Vater über die neue Stadtwerke GmbH, im Kontext der Nürnberger Ansprache des Kanzlers über die vor kurzem abgeschlossenen Arbeiten an der Autobahn (das ewige Reich, lächelte Sigismund F. Hummel bitter, in seinem zweitausendsten Jahr werden die Leute keine Betonstraßen, sondern viele bestellte Felder brauchen, der Mensch pflanzt sich fort wie … Der Vater hustete trocken und ließ den Satz unbeendet). Dann sprachen sie über den Paktbeitritt Italiens und über Oberbürgermeister Schmidt. Nach Czirniok, diesem Bauern, wird jeder ein Fürst sein, sagte der Vater. Ich habe vom alten Liedermann, der sich mit Politik besser als mit seinen Pillen auskennt, gehört, dass sogar in der Idiotenanstalt, wo man Czirniok nach diesen Silvesterkrawallen eingeschlossen hatte, irgendwelche verblödeten alten Haudegen sich zumindest als so vernünftig erwiesen, dass sie ihn mit einem Gummischlauch verdroschen haben. Der Vater wurde lebhafter, seine kreidebleichen Wangen nahmen ein wenig Farbe an. Aber sein Blick war in die Ferne gerichtet und erloschen. Er saß in einem hohen Stuhl am Schreibtisch, griff von Zeit zu Zeit zum Zigarrenkasten und zog die Hand gleich wieder zurück; er zündete sich keine Zigarre mehr an. Man spricht darüber, dass die Gestapo vor ein paar Tagen das Seminar in Finkenwalde schließen ließ, sagte der Vater. Dieser Bonhoeffer hat es wohl anscheinend zu bunt getrieben. Fritz zuckte. Das ist übertrieben, entgegnete er, gewöhnliche theologische Diskussionen, ein bisschen Sophistik. Außerdem, fügte er hinzu, aber es klang eher wie eine Frage, gab es keine Verhaftungen. Dann wird es sie geben, hüstelte der Vater. Und nach einem kurzen Schweigen sagte er mit deutlicher Mühe, weil auf seine Stirn Schweißtropfen traten: Wegen diesen ewigen Krawallen kann man hier nicht mehr wohnen. Was für Krawalle?, fragte Fritz. Schließlich haben wir hier das Gleiche wie im ganzen Land. Der Vater winkte ab, nicht ungeduldig, eher resignierend. Nicht in der Stadt, aber hier in den Logengärten. Wenn es kein Zapfenstreich auf der Hakenterrasse ist, dann eben eine Demonstration vor der steinernen Pickelhaube Friedrichs. Geschrei, Fackeln, Megaphone. Und Märsche, Märsche. Sie werden den Rasen in den Boden treten, den Abhang mit ihrem Gestampfe niedertrampeln. Ein Soldatenvolk, brummte Fritz ohne Überzeugung. Die hier, das sind keine Soldaten, flüsterte der Vater. Abfall, Scheißkerle, Gesindel. Worüber reden wir hier?, überlegte Hummel und schaute in das schmale Gesicht des alten Mannes, das von den dunkler werdenden Schatten wie gemeißelt wirkte. Sozialisten, fügte der Vater giftig hinzu. Nationale, ergänzte Fritz. Und Sigismund Friedrich Hummel schnaufte nur, als ob ihm das Wort Nation auf den Lippen brennen würde. Geh jetzt zur Mutter, du warst drei Monate nicht da, sagte er und drückte mit den

Fingern auf den silbernen Zigarrenkasten. Fritz bemerkte, wie seine Handknöchel blau wurden. Ich hole die Arznei, sagte er und stand von dem unbequemen Sessel auf, der nur bis zur Hälfte des Rückens reichte und immer bei dem runden Tisch stand, der jetzt mit Zeitungen überhäuft war. Er schielte zu dem «General Anzeiger», der oben lag. Der große Titel schrie: «Die Vorbereitungen zum Parteitag der Pommerschen NSDAP». Der alte, vernünftige «Anzeiger», dachte er. Die sind also auch vor die Hunde gegangen. Unter dem Stapel der Zeitungen – die vermutlich nicht gelesen wurden und ordentlich, eine auf der anderen, dalagen, als ob man sie gerade erst ausgepackt hätte – blitzte eine kirschrote, mit Kupfereinlagen verzierte Tischplatte hervor. Auf ihr hatte ihm Vater Schach beigebracht.

Ein ähnlicher Tisch stand im Zimmer bei Christian, im Berlin der früheren Tage. In einem riesigen Zimmer, das durch die Vorhänge in den hohen, immer zugehängten Fenstern, durch die vielen großen und kleinen Kissen, die auf den Sesseln verteilt waren, durch die Sofas und Chaiselongues und durch den Staub, der aus allen Ecken quoll, erdrückend wirkte. Von dem Rauch der billigen Zigarren und Pfeifen, die Christian und die ganze krakeelende Bande bei ihm geraucht hatten, ganz zu schweigen. Der Tisch war ziemlich groß gewesen, ein paar Flaschen Rheinwein und die dazugehörenden Gläser passten drauf. Und Hummel – damals Universitätsstudent – kann sich gut an seinen dunkelroten Glanz erinnern, der unter den Rändern der Gläser, an denen der Wein herunterrann, hervorschien. Dieser Tisch war jedoch mit Einlegearbeiten aus silberblauem Lack oder einem ähnlichen Material verziert. Was für Christian, der dieses Zimmer von der Witwe eines Militärveterinärs gemietet hatte, wohl eine besondere Herausforderung war, weil er die Angewohnheit hatte, den Wein auf diesem Tisch mit Absicht zu verschütten. Und jeder versuchte, den anderen zu übertönen, wobei alle die Großmachtpläne der Flotte von Tirpitz, die allen Kriegen vorbeugen würde, lobten und gleichzeitig Tirpitz verurteilten, weil er die Industrie auf den Pfad des Krieges führte, den weder die Fabriken noch die

Arbeiter jemals wieder verlassen könnten; und sie beschimpften die Spießbürger auf der ganzen Welt, doch die preußischen ganz besonders. Dann verfluchten sie die Sozialisten, die den Reichstag beherrscht hatten, sich aber nicht wie die Söhne ihrer Heimat fühlten; sie verfluchten Minister Haldane, der angeblich gekommen war, um eine Versöhnung herbeizuführen, aber seine Lordmiene herumtragen würde wie eine Kokotte ihre Federn. Und zusammen mit ihm verfluchten sie die ganze englische, hochmütige Rasse, über die selbst Wagner sagte, dass es dumme Schafe seien, die überall Gras finden würden, aber nicht fähig seien, in den blauen Himmel zu schauen oder an den Wiesenblumen zu riechen (also scheren, scheren sollte man diese Albionwolle). Dann überschlugen sie sich wieder vor Begeisterung, als sie sich an die Brüste von Margot erinnerten, die außer dem dummen Fritz schon alle besaßen (wahrscheinlich weil er zu viel über Tripper gehört hatte). Und sie lobten die neueste Ausstellung der Münchner, die zu Recht in die Hauptstadt gezogen waren, um den Spießbürgern echte Kunst beizubringen. Dann verfluchten sie wieder den Niedergang der Malerei, die den Kontakt zu den Massen verlieren würde, was man schon allein bei Kirchner sehen könnte, der ohne Augenmaß seinen Pinsel in den Dreck und in die Gosse eintauchen und aus der einfachsten Linie irgendwelche kranken Verdrehungen machen würde. Dann sangen alle einstimmig patriotische Lieder und solche, die überhaupt nicht dafür geeignet waren, in Gesellschaft von Damen gesungen zu werden, worauf manchmal Oma Franziska – wie sie die Vermieterin nannten – ins Zimmer schaute, wobei sie ihren Kopf, auf dem eine Haube saß, durch den Spalt der hohen Tür schob. Doch Oma Franziska war im Grunde taub, und sie sah nur herein, um mit einem veilchensüßen Lächeln zu fragen, ob sie nicht eine Schokolade trinken wollten, wofür sie sich sehr höflich bedankten, obwohl sie wussten, dass es sowieso keine Schokolade gab. Und als sie die Tür wieder schloss, kehrten sie zu ihren Gesprächen und ihrem Geschrei zurück. Doch Oma Franziska, in einem langen lila Kleid oder einem noch mehr violetten Schlafrock, den sie über das Nachthemd geworfen hatte, mit der Hand am Ohr, immer mit einer Haube, verfiel in einen merkwürdigen Zustand der Raserei und des Entsetzens, wenn in die vollkommene Stille ein plötzlicher Laut drang. Wenn zum Beispiel Christian nach einem nächtlichen Trinkgelage wach wurde und nach einem Glas Wasser, das ihm Fritz reichte, griff und es dann auf den Boden fallen ließ, stand sie schon mit einem Blitzen in den kleinen Vogelaugen in der Tür und schrie mit ihrer dünnen Stimme: Ich sage es den Herren immer wieder; benehmen Sie sich nicht wie in einem Regimentsstall! Merkwürdig, aber sie hatten für diese Wutausbrüche von Oma Franziska vollstes Verständnis. Hummel, der gewöhnlich etwas seitlich saß, nicht rauchte, wenig trank und sich selten an den heftigen Diskussionen beteiligte, hatte jedoch den Eindruck, dass sowohl dieser ganze Rummel als auch die darauf folgenden Stunden der wehmütigen, andächtigen Stille eine Art Amateurspektakel waren, die von beiden Seiten aufgeführt wurde. Wie das Spektakel, das sich in der damaligen Welt abspielte. Damals besuchte er die Chemievorlesungen und lernte die Grundregeln der Gase, aber sehr aufmerksam und fast mit der Wachsamkeit eines Forschers beobachtete er das nervöse und etwas hysterische Treiben der Hauptstadt, in ihrer Freude und ihrem Leid; die Theater und die Politik, die Musik- und Weinlokale, die Museen und Kabaretts, die Tanzsäle und Galerien. Er betrachtete die Damen im Pelz, als ob sie ein immer noch lebendiges Tier tragen würden, schaute zu den hübschen, in der Taille schmalen Jünglingen, die ihm mit einem Blick unter ihren langen Wimpern hervor antworteten; er beobachtete die Kämpfe der Athleten im Zirkus, die Paraden der Karossen voller Orden, Rapiere, Bänder und riesiger Hutkrempen. Es drängte sich ihm das Gefühl des Überflusses und der Übersättigung auf, als ob all dem die Form fehlte, und es gleich über die Ränder treten, überlaufen, wie eine aufgeblasene Papiertüte platzen würde. Er versuchte, diesem Treiben eine andere Form zu geben, schloss sich Christian und seinen Kumpanen an, las viel, von Rilke bis zu Ricarda Huchs *Die Geschichten von Garibaldi*. Er besuchte Vorlesungen über Kunstgeschichte. Wenn er konnte, ging er zur Kunstakademie, doch die Vorlesungen rochen nach Naphthalin, und die neue Kunst machte keinen großen Eindruck auf ihn. Von der für ihren Mut gefeierten Gruppe «Die Brücke» gefielen ihm eigentlich nur die Holzstiche von Schmidt-Rotluff. In ihren schwarzweißen Kontrasten und dem scharfen Zusammenprall der Ebenen entdeckte er eine verborgene Kraft und unbekannte Ordnung. Es irritierte ihn allerdings (wenn auch nur oberflächlich, wie ein lästiges Haar auf der Haut), dass sein früherer Musiklehrer, bei dem er in dessen Haus hinter dem Grauen Schloss Unterricht nahm, auch Rotluff hieß. Eugen Rotluff. Dieser meinte, dass sie Am Logengarten über kein ausreichend gutes Klavier für den Unterricht verfügten. Das kränkte Vater, aber Mutter, die aus irgendwelchen Gründen eine sehr hohe Meinung von Herrn Rotluff besaß, hatte keine Einwände und brachte Fritz entweder selbst in die Wohnung des Lehrers, oder sie bat Frau Selpin darum. Herr Rotluff hatte ein Klavier, das angeblich aus der Wiener Werkstatt von Johann Frütze kam. Doch der Junge war nie auf ein Firmenzeichen gestoßen, das dies hätte bestätigen können. Und obwohl ihm der Name Frütze nichts sagte, spürte er eine Abneigung gegen seinen Lehrer, weil er ihn für einen Schwindler hielt. Herr Rotluff besaß große Ohren voller dichter, grauer Haare und roch stark nach Kampfer. Auf seinem Klavier stand immer ein Metronom. Siehst du, wiederholte er jedes Mal mit unverständlicher Bissigkeit, das ist eben Rhythmus. Manchmal fügte er noch hinzu, was man schon ganz und gar nicht verstehen konnte: Kein Larifari und verschüttete Milch. Eins, zwei, eins, zwei, wie bei einem Defilee. Das verstand Fritz schon besser, und Herr Rotluff schlug diesen Takt mit einem Stöckchen, das sehr oft die stotternden Finger über der Klaviatur traf. Und dann kamen Paula Hummel oder Frau Selpin und führten Fritz auf die Straße, wobei sie beide demonstrativ die prachtvollen Schmuck- und Konfektionsgeschäfte, die im Erdgeschoss des Grauen Schlosses mit ihren Schaufenstern die Passanten zu verführen versuchten, übersahen. Ungefähr zehn Jahre später sah Hummel Herrn Rotluff wieder, eben in Berlin, wo, wie er sich dunkel erinnerte, eine Schwester oder ein Bruder des Musiklehrers lebten. Rotluff stand in der Menge am Bordstein und klopfte mit einem Spazierstock, der einen Knauf hatte, den Schrittrhythmus der Soldatenkolonne, die die Stadt verließ. In dieser Kolonne marschierte auch Christian und noch jemand aus ihrer Gruppe, dessen Namen Hummel vergessen hatte. Christian wird kurz darauf an Yperit ersticken, weil der Wind in den Schützengräben bei Ypres die Richtung wechselt. Ein Jahr später wird auch Hummel die Uniform anziehen. Steh nicht so da, wird Vater sagen. Geh schon. Und er wird sich schütteln, etwas verwundert, dass er keinen Soldatenmantel trägt, sondern Jackett und Krawatte, und in Vaters Arbeitszimmer steht und auf den «General Anzeiger» starrt, der auf dem Tisch mit den Kupferverzierungen liegt.

Worüber habt ihr gesprochen?, fragte Mutter, während sie aus einem braunen Fläschchen eine weiße Tablette auf die Hand schüttelte. Über Politik, antwortete er. Sie ging aus der Küche und trug die Tablette und eine Wasserkaraffe wie die Krankenschwester auf der Libby-Dose ihre Kondensmilch. Als sie zurückkam, lächelte sie gequält. Falten durchzogen ihr zartes Gesicht und suchten eine Stelle, an der sie sich verstecken konnten. Jetzt solltest du aber gehen, er ist sehr erschöpft. Er ist extra wegen dir aufgestanden, sagte sie. Hummel konnte ein Achselzucken nicht unterdrücken. Ich hätte gern an seinem Bett gesessen, wozu dieses Theater? Sie schüttelte den Kopf. Darum geht es nicht. Und während sie zum Boden schaute, fügte sie noch hinzu: Ich dachte, ihr würdet euch aussprechen. Er antwortete nicht, sah in die Ecken. Cremefarbener Geschirrschrank mit blauen Tellern, eine Kaffeemühle, die über dem Tisch hing, Fayencegläser für Gewürze. Es ist dreckig hier, sagte Pauline Hummel, geborene Bertow. Ich habe Mela eine Woche freigegeben, ihre Jungen haben die Röteln. Nein, murmelte er, was erzählst du, Mama? Es ist sauber wie an Weihnachten. Tante Charlotte hatte ihm berichtet, dass die Eltern schon vor ein paar Monaten auf das Dienstmädchen verzichtet hätten. Sie konnten es sich nicht mehr leisten.

Liedermann verlangte immer mehr, und diese Wohnungen hinter der Hakenterrasse waren nach wie vor teuer. Ich habe ihr immer wieder gesagt, dass sie dort wegziehen sollten, seufzte die Tante. Jetzt sind andere Zeiten. Er lächelte schief: Irgendeine Zeit ist immer. Ja, gab Charlotte mit überraschend ernster Miene zu. Jetzt sind auch welche und sogar bessere, nur dass es Zeiten für junge Menschen sind. Er trank den Tee in der Turnerstraße aus. Er trank den Tee Am Logengarten aus. Als sich Mutter zum Fenster drehte, auf das wieder riesige, nasse Schneeflocken fielen, legte er hundert Mark hinter die zurückgeschobene Scheibe des Geschirrschranks.

Drei Tage später lebte Vater nicht mehr. Er erlaubte nicht, dass man ihn ins Krankenhaus brachte. Wobei das auch nichts geändert hätte. Angeblich hob Doktor Liedermann (sein Vater war Verkäufer bei Neumann und Rosenbaum, hatte einmal mit künstlicher Diskretion Charlotte geflüstert) nur die Hände zum Himmel: Ich wollte, ich würde so alt werden. Fritz hielt sich jetzt ziemlich oft bei der Mutter auf. Entsprechend seiner freien Zeit half er ihr, die Erbangelegenheiten zu regeln. Sigismund Hummel hatte auch irgendwelche Schulden, die man schnell bezahlen musste. Paula ist alt geworden, und man sollte ihr ein bisschen Aufmerksamkeit widmen, sagte Tante Charlotte, die fünf Jahre älter war als ihre Cousine. Deshalb besuchte Hummel oft seine Mutter, obwohl ihn das verlegen machte, was aus einem Gedanken resultierte, den er nur ungern zugab: Nach Vaters Tod verschwanden paradoxerweise die letzten starken Bande mit zu Hause. Seine Mutter, sparsam und still, war die Tochter eines Apothekers aus Labes (die Schwester dieses Apothekers, Dorchen, war Charlottes Mutter und hatte sehr jung einen Unteroffizier der Reiterei aus der Garnison in S. geheiratet) und hatte in ihrem Heimatstädtchen nicht nur ihre geliebten Holzschuhe, sondern wohl auch ihr Selbstwertgefühl gelassen; denn in ihrer Ehe mit Sigismund Friedrich Hummel war sie nur sein Schatten, das Echo seiner Schritte, wie Charlotte immer sagte, die wiederum resolut und viel unternehmungslustiger als Paula war. Ihr

Mann, Albert, Buchhalter in der Essigfabrik von Tappendorf in der Nemitzer Straße und später auch bei Trzebiatowski – der, laut Tantes Worten, irgendwelche Maschinen produzierte –, unterwarf sich ganz und gar der Meinung seiner Frau. Ein ruhiger und den anderen wohl gesinnter Mann, der überraschend neunzehnhundertsechsunddreißig am Herzschlag starb. Paula wirkte bei seinem Begräbnis völlig verzweifelt, was Charlotte wunderte, weil es in diesem Fall keine nahe Verwandtschaft gab. Paula hatte sich Albert gegenüber auch nie besonders herzlich gezeigt, doch Charlotte begriff schnell, dass ihre Cousine einfach Angst vor dem eignen Witwendasein hatte; es war die Angst des Efeus, man könnte den Baum, um den er sich schlingt, fällen. Obwohl sie keine Kinder besaßen (offiziell wurde Charlotte dafür verantwortlich gemacht, doch Albert war ein so vernünftiger Mann, dass er das Gefühl der Nichterfüllung auf sich nahm, und auch die Fotografie ihres Pudels Elfi befreite ihn nicht davon), kam Charlotte mit ihrem Witwenschicksal gut zurecht. Paula hingegen war nicht fähig, ihre Angst um die Familie als ein Band für diese Familie zu nutzen. Die Beziehung zu ihrem Sohn war normal, doch es fehlte ihr an Wärme. Später, als Fritz von zu Hause auszog, hielt sie den Kontakt zu ihm aufrecht; sowohl aus eigenem Bedürfnis wie auch aus Rücksicht auf ihren – mit dem Sohn entzweiten – Mann, den das Zerwürfnis mit Fritz stark mitgenommen hatte. Deshalb ertrug Fritz nach dem Tod des Vaters nur mit Mühe seine verspätete Rückkehr nach Hause. Um sie sich zu erleichtern, versuchte er die Schatzkiste der Erinnerung zu nutzen, wie Charlotte zu sagen pflegte, die auch einen Schlüssel zu dieser Schatzkiste besaß, weil sie in der ersten Zeit von Paulas und Sigismunds Ehe mit dem Haus Hummel – in dem sie viele gemeinsame Tage und Abende verbracht hatten – sehr verbunden gewesen war. Charlotte wurde in S. geboren, und obwohl sie das der jüngeren Verwandten nie gesagt hatte, gab ihr diese Tatsache das Gefühl eines gewissen Komforts. Als Anfang des Jahrhunderts aus den pommerschen Dörfern Scharen von Bauern und Kleinstadtgesindel nach S. strömten, der Arbeitsmarkt aber nicht in der Lage war, diese Massen zu integrieren, und die Straße sehr schnell das Lumpenproletariat aus ihnen machte, saß Charlotte mit wehendem Band am Hut und der weißen Elfi auf den Knien in einer Droschke. Oder auf einem Klappstuhl im Garten, unter den mit weißen Blüten bedeckten Bäumen der Lübschen Mühle, wo die Musiker ihre Instrumente vor einem Strausswalzer oder einer Opernouvertüre von Weber stimmten und die Kellner in langen Schürzen große Tabletts mit Limonade, Mandelmilch und Weißwein herumtrugen. Oder im Café Paradeplatz bei Adolf Flatow, den sie aus unerklärlichen Gründen Adi nennt, worauf Fritz im dunkelblauen Anzug unartig das Gesicht verzieht, die Augen wegen der Sonne – die durch die riesigen, sich über die ganze Wand ziehenden Fenster fällt – zusammenkneift und zu erkennen versucht, ob in dem Cafépavillon, der lang wie ein Bahnsteig ist, vielleicht Vater auftaucht, mit einem Bündel Zeitungen unterm Arm und einem Strauß Narzissen; nicht für seine Frau, sondern für die liebe, kleine Schwägerin, die vermutlich schon dreißig Jahre alt ist, aber ein reizendes Grübchen in der rechten Wange hat. Die zwar nicht dabei war, als Paula die Hochzeitsbrötchen auf dem Markt in Labes den Kindern zuwarf, aber Sigismund mit der verschmitzten Vertrautheit einer Brautjungfer anlächelt. Also schiebt der kleine Fritz einen Eclair in den Mund und spürt seine bittere Süße, die an den Geschmack von Tränen erinnert. Und Charlotte nimmt die Hand von ihrem Hut, an dem der Wind zerrt, und legt sie Paula, die ihr in der Droschke gegenübersitzt, aufs Knie; oder sie streichelt Elfi, damit sie die Herren, die die Geigen stimmen, nicht anknurrt; oder sie gleitet sanft mit der Handfläche über den Marmortisch und sagt: Ach, meine Paula, wenn du wüsstest, wie viel Pöbel aus der Provinz man jetzt in S. antreffen kann, selbst in der Innenstadt. Und die vom Puder – aber auch ohne Puder schon – weißen Wangen von Paula Hummel, geborene Bertow, laufen karminrot an, obwohl sie schon seit zehn Jahren in S. wohnt und auch schon früher mehrmals hier war, weil ihr Vater, ein Apotheker, sie manchmal mitnahm, wenn er in den hiesigen Großhandlungen etwas zu erledigen hatte. Außerdem ist Am Logengarten eine ganz neue Straße im Stadtzentrum, die immer noch nach frischem Putz riecht und nach den eleganten Spaziergängen über die nur ein paar Schritte entfernten Terrassen des Oberbürgermeisters Haken, wo man Damen und von Spitze umsäumte Sonnenschirme antreffen kann, Melonen, Spazierstöcke und Kinderwagen auf riesigen Rädern, wie sie die Dampfschiffe auf dem silbern schimmernden Fluss haben. Also weiß Paula nicht, ob sie sich rechtfertigen oder die Cousine kühl und überheblich behandeln soll. Sie entscheidet sich, nicht ohne Mühe, für die Kälte. In der sich Fritz sicher fühlt, denn mit Zärtlichkeiten geht Mutter sparsam um. Und Frau Selpin, hochmütig wie Sedina auf dem Springbrunnen vor dem neuen Rathaus (selbst die Namen sind ähnlich), haut schon mal, wenn es niemand sieht, mit einem Lederriemen auf die Hände, einem Riemen, der ihr zu verschiedenen Dingen dient: um beim Wäschewaschen das Kleid hochzubinden, um einen Pferdeschwanz zu machen oder um, nach einem Gang auf den Markt, Hühnerbeine zusammenzubinden. Fritz mochte aber lieber diesen Drachen als Sedina; den, dem aus der Gurgel Wasser sprudelte und der die Frauenfigur bespritzte. Er hatte so glatte, in der Sonne glänzende Steinschuppen, die er, Fritz – der das alles in impressionistischen Farbreflexen sah –, gar nicht oft genug berühren konnte. Doch Frau Selpin sagte, er solle wie die anderen Kindern auf dem Hof mit dem Reifen spielen, weil die Frau Mutter mit dem Herrn Vater weggegangen sei, um ein paar Besorgungen zu machen, und Frau Selpin würde unartige Kinder, die petzten, nicht ausstehen können. Deshalb hoffe sie, dass er sie verstehen würde, wenn sie vorsichtig die Flakons auf dem Toilettentisch im Schlafzimmer aufdreht und – während sie die Augen schließt – ihren süßen Duft in die großen Nasenlöcher einzieht. Und dann stößt ihr das plötzliche Knallen des Fensterladens das kantig gravierte Fläschchen aus der Hand und über das ganze Haus verteilt sich Jasminduft, den Fritz Hummel nach Jahren mit Unruhe wiedererkennen und später, auf dem Hof seiner Wohnung in der Lortzingstraße, wie eine Linderung empfinden wird. Damals, Am Logengarten, war dieser Duft so intensiv wie der Schmerz. Du wärst nicht bestraft worden, sagte der Vater, als sein gedemütigter Sohn die Hose hochzog, wenn du nicht gelogen hättest. Denn dass du das Parfüm verschüttet hast, ist gar nicht so schlimm, wirklich schlimm ist, dass du es nicht zugeben wolltest. Und du hast dich für die Lüge entschieden, denn jedes Schweigen in einer schlimmen Sache kommt einer Lüge gleich. So was macht höchstens ein Frauenzimmer, das du wahrscheinlich bist, wenn du an Parfüms riechst. Mutter war nicht dabei, und als Fritz aus dem Arbeitszimmer kam und sie im Wohnzimmer antraf, waren ihre Lippen zu einem unsicheren Halblächeln verzogen, und ihre Augen sagten, dass sie mit ihm wie mit einem Tierchen, das zwar sein eigenes Handeln nicht beurteilen konnte, aber etwas Schlimmes getan hatte und deshalb die Schläge verdiente, Mitleid empfand.

Aber Fritz Hummel, der dem nicht allzu großen Trauerzug – der sich vor allem aus alten und sehr alten Menschen zusammensetzt – folgt und sich an diese Strafe von vor fast vierzig Jahren erinnert, fühlt doch deutlich und mit schmerzlicher Intensität, dass der Vater etwas mehr als sein eigenes Leben mitgenommen hat. Dieser hatte ihn nie ganz als seinen Sohn akzeptiert; und dabei ging es gar nicht um Politik, wie es offiziell in der Familie hieß, und auch nicht um die Ablehnung Gottes, den Fritz während des Ersten Weltkriegs im Lehm und Blut der Schützengräben vergeblich suchte, sondern um die Ablehnung eines Menschen, was weder der Vater vor dem Sohn noch der Sohn vor dem Vater jemals direkt zugegeben hatte. Und was der Sohn jetzt sehr bereut, denn vor ein paar Tagen hatte er die Gelegenheit dazu. Er bereut und kann es sich selbst nicht verzeihen, aber auch nicht dem Vater. Fritz fühlt also ganz deutlich, dass dieser Mann, den sie jetzt auf seinem letzten Weg begleiten – zwar im bescheidenen Kreis, aber würdevoller, als man angesichts seines bescheidenen Kontos vermuten könnte, denn in Schwarz und Gold und mit Musik, im Spalier der mit Schnee bedeckten Platanenzweige –, dass dieser Mann, der weder besser noch schlechter als so viele andere war, der seine Epoche repräsentierte, ein Soldat des Triumphs nach Sedan, der aus dem hoch getragenen deutschen Gewehr (das ja hauptsächlich zum Erfolg im französischen Krieg beigetragen hatte) nie einen Schuss abgegeben hatte, Kaufmann, Miturheber und Nutznießer der wachsenden Konjunktur des jungen deutschen Kapitalismus, Kettenraucher und strenger Ehemann, dass dieser Mann, als er ging, etwas mehr als sein eigenes Leben mitnahm. Oder fühlt Fritz vielleicht eher – wenn man sich an den Maßstab hält, der dem Lebensweg eines Bürgers von S. entspricht, sogar eines, der Am Logengarten, gleich am Sitz der Drei Zirkel, dem massiven Gebäude der ältesten Freimaurerloge der Stadt, lebte –, dass sein Tod symbolisch nur jenes andere bestätigte: die Träume und Wunschträume einer auseinander getriebenen Stadt; der nach Meersalz riechende Reichtum und die aus den Kellern und Holzbuden herauskriechende Armut; Wandteppiche und Korsetts; Raketengirlanden über dem nächtlichen Fluss; Buchhaltung und Ehre; Elektrizität und Gas; Burgeff-Grün-Champagner aus dem Damenschuh und Elysium-Bier aus dem Sonntagsglas; das Aroma von Pferdeäpfeln, die nach einer Parade des Militärs in Federbuschhelmen das Pflaster bedeckten; der Duft von Heringsfässern; dreifarbige Fahnen, die sich um die drei Farben untereinander stritten; und rote Fahnen, heilig wie das Blut. Fritz Hummel fühlt, dass all jenes schon Gewesenes ist, dass das Irgendwann schon begonnen hat. Und er wird das mit jedem Jahr und jedem Begräbnis mehr wissen. Obwohl er es schon früher ahnte. Als ein Panzer des Ersten Weltkriegs über ihn rollte. Und auch damals, als er sich im April, ein Jahr nach dem ersten Krieg, in der Menge der Demonstranten, die vom Schlosshof flohen, drängte, in die Kapelle des heiligen Otto – wo gerade die Messe gelesen wurde – einfiel und auf dem Altar von Perini den Gekreuzigten erblickte, der sich seinem eigenen, schon beendeten Leiden zuwandte, aber nicht zu den vielen Kreuzen schauen wollte, die in Kürze Jerusalem umkreisen würden, und auch nicht zu den schweren Eichenbänken, durch die sich fluchend und schreiend die gerade blutig auseinander getriebenen Demonstranten zwängten und wo alte Frauen mit den Liederbüchern Gottes auf sie einschlugen. Aber vielleicht ahnte er es am ehesten, als vier Jahre später das passierte, worüber er in der Morgenzeitung las. So als ob die Zeitungen – die für ihn bis jetzt die kreischenden Sprachrohre des Pöbels waren, mit ihren schreienden Schlagzeilen für den Krieg, gegen den Krieg, für die Frauenrechte, gegen die Dirnen und Kapitalisten, für die Weltrevolution, für die gesamtdeutsche Verblödung, für die Verblödung des gesamten Bürgertums – sich plötzlich für ihn, Fritz H., interessieren und an seiner Tür, wie eine indiskrete, lästige Nachbarin, ekelhafte Verleumdungen und gemeinen Klatsch flüstern würden.

Er hielt das «Tagesblatt» in den Händen, das er von einem dreckigen, verrotzten Zeitungsjungen gekauft hatte, und dachte in diesem Moment nicht daran, dass dieses Kind ein Opfer der Ausbeutung der arbeitenden Massen war, eine verkümmerte Rose der unerfüllten Revolution, sondern er stolperte über die Wörter und las eilig, dass auf Lastadie in dem und dem Hotel, um so und so viel Uhr die Leiche eines jungen Mannes mit der und der Personenbeschreibung gefunden wurde, entstellt durch einen schrecklichen Tod: Auf dem ganzen nackten Körper seien Spuren von schweren Schlägen, und der Hals wurde wahrscheinlich mit einem Rasiermesser durchschnitten, so tief, dass der Kopf fast abgetrennt sei vom restlichen Körper, den man auf dem – von dem geronnenen Blut schwarzen – Laken gefunden hatte. Eigentlich weiß Hummel nicht, woher er diese Beschreibung hatte und ob die damals doch ernsthafte, eher bürgerliche Zeitung es so drastisch darstellte. Diese Pressenotiz las er kein zweites Mal. Es fehlte ihm der Mut. Er wusste also nicht, ob es ihm nur so schien, dass der Kommentar der Redaktion suggerieren wollte, der Mord könnte einen sexuellen Hintergrund haben. Dass es möglicherweise um die Rache einer Prostituierten ging, die ihren Zuhälter getötet hatte. Vor dem Hauptbahnhof standen Taxis, aber er entschied sich für die Droschke und ließ sich zu einem billigen, obskuren Hotel fahren, wo sie sich diesen Abend treffen wollten. In heller Panik, aber auch in der Hoffnung, dass alles ein Irrtum war – nicht er. Nicht er, dort, ganz in der Nähe. Der Kutscher, in einem Mantel mit hochgestelltem Kragen, pfiff *Warum weinst du, meine Liebe* und drehte sich von Zeit zu Zeit breit lächelnd um. Und Hummel schaute auf die vorüberziehenden Brückenjoche, auf die mit Holzklötzen beladenen Barken und die auf den Wellen schaukelnden, am Ufer dicht nebeneinander liegenden Boote. Er sah, wie sie damals zu zweit zum Bahnhof gingen, um die Soldaten des Krieges zu begrüßen, die als die Soldaten der Revolution erwartet wurden; einer Revolution, an die sie sich ein paar Jahre später nur noch erinnern konnten; im Franziskaner-Café, am weiß gedeckten Tisch, neben einem Fenster, das mit schwerem, braunem Stoff verhangen war, wo er ihm mit einem verlegenen Lächeln, als ob er ihm ein Geheimnis anvertrauen würde, sagte: Ich bin als Kind hierher gekommen. Damals sah es hier ganz anders aus, und es hieß ganz einfach «Kaffee Paradeplatz». Und der Kuchen war abscheulich. Und einen Moment, ein paar Monate später, als die Droschkenräder auf der Großen Lastadie über das Kopfsteinpflaster holperten, sah er dieses Zimmer im Hotel Bellevue von vor vier Jahren. Und sich selbst, nackt auf dem Bett, mit auf den Boden geworfener Decke. Das Fenster steht offen. Über ihm bauscht sich eine wie Verbandmull dichte Gardine. Durch sie dringt das gedämpfte Pfeifen einer Lokomotive vom nahe gelegenen Bahnhof, und man hört Spatzen, die vermutlich eine Fensterbank höher sitzen. Die Sonne ist nicht zu sehen, die Morgenluft hat die Farbe von grauem Glas. Es riecht nach Wind und Rauch. Fritz ist allein. Vielleicht hat er deshalb so viel Ruhe und Kraft in sich, um mit all dem einverstanden zu sein und jede Sekunde der gerade gewonnenen Sicherheit, dass es nicht anders sein kann, in sich aufzusaugen. Er streckt den Arm aus, schiebt ihn ohne hinzuschauen auf das Kissen und findet die Vertiefung, die noch immer vom Geruch der Haare ausgefüllt ist. Unterdessen schnaubt ein Pferd vor dem zweistöckigen Hotel Timm, wo im Parterre, hinter einem Holzzaun, direkt auf der Straße, die Hotelwirtschaft – man weiß nicht, warum – einen anderen Namen führt: «Zwei goldene Amber». Das Straßengärtchen ist noch leer. Ein müde wirkender Kellner wischt mit einem Lappen die von der Nacht feuchten Tische ab. Als ob nichts passiert wäre. Nur diese zwei Wagen am Bordstein: ein Stoewer und ein Studebaker, die sich wie schwere, schwarz glänzende Insekten breit machen. Hummel macht eine Handbewegung, dass sie weiterfahren sollen. Sie biegen in die Parnitzstraße: mehrstöckige Häuser, gaffende Kinder in farblosen Kleidern. In einem Hof mit einem großen Teerhaufen, von dem ein strenger Geruch ausgeht, schleppen Träger Säcke. Ein Briefträger auf klapprigem Fahrrad rückt mit der linken Hand seine Mütze zurecht. Wir fahren zurück, sagt Hummel. Und wieder die Brücke, der Kai, Verkehr, Eile, Markisen über den Schaufenstern. Sie halten vor einer Apotheke. Die Droschke fährt ab. Bezahlung nach Zähler, keine Fragen. Der Morgenspaziergang eines jungen Herren. Am Ladentisch das Telefon. Es ist eine ganz wichtige Sache, und ich möchte … Er hebt den Hörer ab. Hat Herr, Herr, er dreht sich mit dem Rücken zur Theke, Herr Martin Herleine schon sein Zimmer verlassen? Wer möchte das denn wissen, fragt eine nasale Stimme. Ein Bekannter, antwortet Hummel. Aha, eher ein Unbekannter, sagt der Mann an der Rezeption. Hummel legt den Hörer auf. Er dreht sich um und geht auf steifen Beinen zum Tisch in der Ecke; der dunkelbraune Geruch von Baldrian, von Bohnerwachs und Pfefferminze. Er gießt sich aus der Karaffe, die auf dem Tisch steht, ein Glas Wasser ein und trinkt gierig. Das Wasser ist kalt.

Am selben Tag, am Abend, trifft er sich in einer Bierstube in der Unteren Stadt mit einer Gruppe von jungen Männern, die er von Demonstrationen und Kundgebungen kennt. Sie sind ein bisschen verängstigt, doch in ihrer Erregung suchen sie nach etwas, was sie nicht nur von der Angst befreien könnte. Sie wollen uns drankriegen, diese Schweine. Angeblich hat jemand gesehen, wie da zwei rausgingen: breite Nacken, die Hüte ins Gesicht gezogen. Die wollen uns drankriegen, ein paar Jahre später, wenn wir … Ingenieur Fritz Hummel hört ihnen traurig zu. Sie sagen: Dieses Opfer ist nicht umsonst. Hummel wird noch mehrmals

– aus Radiolautsprechern und Megaphonen auf der Straße – den gleichen Ausruf aus ganz anderen Mündern hören. Und jetzt hört er, wie sie sagen: Martin war einzigartig, der Beste. Blut für Blut. Er hört diese Erregung, diese Verzweiflung und Hoffnung, wie man sie bei einer geplanten Rache verspürt. Und er weiß, dass er in der Jackentasche einen Zettel hat, den er, als er von der Apotheke in sein in der Innenstadt gemietetes Zimmer zurückkam, auf dem Boden fand, weil er unter der Tür durchgeschoben wurde. Gerade in dieser Nacht hat er nicht bei sich, sondern bei Tante Charlotte geschlafen. Den Zettel hat Martin geschrieben: «Komm nicht ins Hotel. Auch nicht später. Ich werde nicht allein sein. Verzeih mir. M.» Hört auf, sagt Hummel zu den anderen. Die warten doch nur darauf, dass wir etwas Dummes machen. Die?! Plötzlich schauen sie unter ihren Bierkrügen neugierig hervor. Dann weißt du, wer es ist? Hummel kippt den Bierkrug und trinkt das bittere Bergschloss so lange, bis sie glauben, dass der Kampf noch zu gewinnen wäre. Was für ein abscheuliches, banales Ende, denkt er. Wie in einer Zeitungsgeschichte. Er versteckt die Hand in der Tasche und knüllt den Zettel zu einer kleinen, immer kleineren Kugel zusammen. Ja, es war vermutlich damals, dass er wirklich anfing zu ahnen, dass all jenes schon Gewesenes war. Und dass das Irgendwann schon begonnen hatte.

Was gar nicht heißt, dass Ingenieur F. Hummel, der Erde auf den Sarg der Mutter schmeißt, den Sarg von Paula Hummel, geborene Bertow (von der es kein eignes, gutes Foto gibt; also wird man sie aus dem Hochzeitsfoto rausschneiden müssen, was bedeutet, dass sie auf dem gemeinsamen Grabstein viel jünger als ihr Mann aussehen wird), ihr Sohn, den nur noch Tante Charlotte beim Vornamen nennt – und gerade tut sie das und streichelt dabei seinen Arm –, dass er nichts außer einer, in solchen Fällen üblichen Leere spürt, die wir auch Verzweiflung nennen. Die Mutter starb ein halbes Jahr nach dem Vater, mitten in einem stickigen, von der Sonne erdrückten Sommer. Nachts, ganz still, ohne irgendwelche vorherige Anzeichen. Liedermann jammerte: Wie hätte ich gern so ein langes Leben und so einen leichten Tod. Hummel traf ihn später noch zweimal. Das erste Mal ein paar Monate danach, als er in der Menge auf der Grünen Schanze stand und auf die noch rauchende Ruine der Synagoge starrte. Seien Sie vernünftig, Herr Doktor, flüsterte er ihm ins Ohr, das unter einem Tirolerhut rosig schimmerte. Schließen Sie Ihre Praxis, und fahren Sie weg, wenigstens für eine gewisse Zeit, bis sich das alles beruhigt hat. Sind Sie verrückt geworden? Warum sollten Deutsche jetzt ihre Häuser verlassen?, erwiderte Liedermann mit zur Schau getragener Entrüstung. Er war blond, hatte einen akkurat gestutzten kleinen Schnurrbart und im Gegensatz zu Vogelbaum, der nur nicht zu wissen schien, dass er Jude war, wirkte dieser von seiner Zugehörigkeit zur nordischen Rasse geradezu überzeugt. Vor den vielen Patienten in seiner privaten Praxis brüstete er sich also mit seinem reinen Deutschtum und war nahe daran, es ihnen als Rezept zu verschreiben, als ob es Pervitin wäre, das er gern bei jeder Gelegenheit empfahl. Angeblich stammte er aus einer umgetauften Familie. Seine Frau sang sogar im Chor der Bugenhagenkirche, doch die antisemitischen Witze, die er – man weiß nicht, warum – mit einer besonderen Befriedigung in Frau Hummels Anwesenheit erzählte, machten auf den Ingenieur einen umso unangenehmeren Eindruck. Da haben wir ein Stück vom maurischen Schund, sagte Liedermann und schaute zu denen, die in der Nähe standen. Das passte sowieso nicht zu dem teutonischen, gotischen, hanseatischen Geist dieser Stadt. Die Leute wandten unsicher den Blick ab und schwiegen, was ihn enttäuschte. Sie verstehen das Wort *maurisch* nicht, flüsterte Hummel. Das zweite Mal trafen sie sich im Sommer, kurz vor dem Krieg. Liedermann stand im Bogengang des Berliner Tors und verglich die Zeit seiner Uhr mit jener der Uhr auf dem Gebäude, das jetzt hauptsächlich als Abstellplatz für Trecker genutzt wurde. Es wehte ein starker, aber warmer Wind. Die Pappeln, die das Häuschen des Verkehrsvereins umgaben, neigten sich tief und flirrten mit ihren Blättern. Man hatte den Eindruck, der hinter ihnen aufragende Turm der Bugenhagenkirche würde auch gleich hin und her schaukeln. Hummel spürte darin eine gewisse Unruhe der Materie, die sich auf die Menschen übertrug. Er machte keine Anstalten, auf den Arzt zuzugehen, da er nicht sicher war, wie dieser reagieren würde und ob er selbst überhaupt Lust auf ein Wiedersehen hatte. Doch diesmal war es Liedermann, der ihn ansprach. Er trug ein helles Jackett und schien von irgendetwas sehr erregt zu sein. Er sagte, er hätte sich dort mit seiner Frau verabredet, die gleich mit der Probe fertig sein sollte, und erzählte dann etwas von Kohle, die er irgendwohin fahren müsste. Schließlich griff er in die Jackentasche und fuchtelte mit einem Briefumschlag mit amtlichem Aufdruck herum. Abgelehnt. Er breitete die Arme aus. Abgelehnt, ohne ein Wort der Erklärung. Hummel wollte wissen, was für eine Art Antrag Liedermann gestellt hatte. Der Doktor sagte, er hätte seine – wie er es selbst nannte – Bereitschaft zum Militärdienst als Mediziner deklariert. Aber Sie haben doch längst das wehrpflichtige Alter überschritten, versuchte Hummel zu erklären; er schaffte es nicht, dem Doktor in einem entschiedeneren Ton zu begegnen. Sehen Sie, schnaubte Liedermann irritiert, als ob er eine zusätzliche Bestätigung für seinen Kummer gefunden hätte, selbst das haben sie mir nicht geschrieben. Später sah ihn nur noch Steffi Polte, die den Doktor kannte, weil in dem Karl-Boromeus-Krankenhaus, wo er seit Jahren arbeitete, auch ihre Mutter in der Administration tätig war. Angeblich hatte man ihn schon im Frühling entlassen. Doch von Zeit zu Zeit erschien Liedermann demonstrativ an seiner früheren Arbeitsstelle. Der Wachmann am Tor drückte ein Auge zu, und die anderen Ärzte taten so, als ob sie ihn überhaupt nicht bemerken würden. Für gewöhnlich saß er also mit den Frauen herum, trank Kaffee, aß ein Stück Sandkuchen oder ein bisschen Obst, das man immer in den Spinden der Schwestern fand, hielt Reden und warf die Arme in die Höhe. Und deshalb wusste Steffis Mutter, dass er bis zum letzten Moment versuchte, einen Ausweg aus der Situation zu finden. Zum einen, indem er verschiedene Anträge an die Behörden schrieb, was er laut herumerzählte, aber auch, was nur wenige wussten, indem er sich fieberhaft um eine Ausreise bemühte. Für Letzteres hatte er sich aber wohl zu spät entschieden, denn er war nicht unter den Hunderten von Emigranten, die S. in der ersten Hälfte des Jahres neununddreißig verließen. Und später sah ihn nur noch Steffi. Angeblich saß er bis zum Schluss in seiner Wohnung in der Arndtstraße, und als sie ihn von dort, im Winter vierzig, samt seiner ganzen Familie – der Frau und den zwei Töchtern – abholten, verlor er vollkommen den Verstand. Laut deklamierte er Arndt und fragte die von der Geheimpolizei, ob sie auch diesen echten, deutschen Dichter kennen würden. Und dann versuchte er, das Auto der Gestapo mit Schneebällen zu bombardieren. Doch es war ein sehr strenger Winter, so dass sich der Schnee gar nicht zu kleinen Bällen formen ließ, und der Doktor schmiss nur mit weißem Schneepulver um sich, während die anderen furchtbar lachten. Steffi erzählte Hummel das alles mit ernstem Gesicht, aber er glaubte ihr trotzdem nicht. Sie sagte, dass sie gerade mit ein paar Freunden zum Schlittschuhlaufen auf dem Westendsee ging und sie später einen Tee mit Rum in dem Café über dem vereisten Teich trinken wollten. Dann hätte einer der Jungen aus ihrer Clique, der gerade eingezogen werden sollte, sich vor das Denkmal von Arndt gestellt, dort, am Abhang, und auch ein Gedicht von ihm rezitiert, über irgend so einen Menschen, der von Gott Eisen nahm und sich daraus ein Schwert anstatt Ketten geschmiedet hätte. Doch niemand lachte darüber. Vielleicht deshalb, weil es furchtbar kalt war, aber vielleicht auch deswegen, weil man nicht so recht wusste, was der Junge eigentlich meinte. Doch Hummel glaubte Steffi nicht so ganz, denn er konnte sich schwer vorstellen, dass sie zufällig etwas gesehen hatte, sonst aber niemand, da die Gestapo ihre Arbeit heimlich erledigte, im Allgemeinen nachts oder ganz früh. Aber es fiel ihm auch schwer zu glauben, Steffi hätte die ganze Geschichte – die so wenig Ähnlichkeit mit den Filmen besaß, die sie sich voller Begeisterung ansah – erfunden. Und bei dem Begräbnis von Paula streichelte Tante Charlotte Fritz am Ärmel seines Jacketts, das ihn in der grellen Sonne über dem Hauptfriedhof unbarmherzig wärmte, und sagte: Ja, Fritzi, wenn man Kinder hat, dann ist jemand da, der auf dem Begräbnis weint. Doch er spürte nur diesen bitteren Druck im Hals, den man nach ungeweinten Tränen bekommt. Charlotte zitterte altersbedingt der Kopf. Sie trug lange, durchsichtige Handschuhe und bat ihn, er solle sie unbedingt einäschern lassen; denn obwohl sie das im Testament so verfügt hätte, könne doch niemand außer ihm dafür sorgen, dass der letzte Wille einer alten, vergessenen Frau erfüllt werde; insbesondere, weil das Krematorium in der letzten Zeit nicht in Betrieb sei. Dafür wüsste er – als ob er das sein ganzes Leben getan hätte –, wie man sich um eine Beerdigung kümmern müsste. Dieser Geiger, der in der Friedhofskapelle das *Ave Verum Corpus* von Mozart gespielt hat, hatte zwar das Gesicht eines Kutschers von der Lastadie, aber er spielte so gefühlvoll, dass es Paula bestimmt gefallen hätte, obwohl ihr Musikgeschmack … Kannst du dich erinnern, wie sie im Konzertgarten der Lübschen Mühle applaudiert hat, als die so furchtbar die Ouvertüre zum *Freischütz* geschmettert haben? Wer ist nur auf die Idee gekommen, eine uniformierte Kapelle so was spielen zu lassen?! Da wollte ich sie so gern drücken für diesen spontanen und naiven Ausdruck ihrer Liebe zur Musik. Gut, dass sie wenigstens dich in Sachen Kunst etwas besser erzogen hat. Gott, ist das möglich, dass du im selben Jahr wie Hugo Wolf geboren wurdest? Früher, da konnte ich Eichendorff, Mörike und Goethe auswendig, *Anakreons Grab.* Moment, wie ging es doch gleich? Nein, Charlotte, achtzehnhundertsechzig wurde mein Vater geboren. Eben, lächelte Charlotte. Weißt du, dass er einmal einen Strauß Narzissen gekauft und ihn mir in Anwesenheit deiner Mutter überreicht hat, was sie mir bis zum Ende ihres Lebens nicht verziehen hat?

Hummel überredete Deten, dass sie – so wie sie früher zum Logengarten gegangen war, um nach der nach dem Tod ihres Mannes hilflosen Paula zu sehen – jetzt manchmal die Tante besuchte. Deten schimpfte ein wenig, weil sie und die Tante sich nie besonders mochten, doch einmal die Woche erschien sie in der Turnerstraße, räumte dort auf, nahm Sachen zur Wäsche mit und besorgte die nötigsten Einkäufe. Charlotte besaß kein Telefon, was Hummel wegen des immer häufigeren Fliegeralarms, der sich auf ihre Gesundheit schlecht auswirken konnte, sehr störte. Damals gab es im Gaswerk viel Arbeit, und er fand keine Zeit, um dieses Problem zu lösen (als er das Kutscher gegenüber erwähnte, winkte der nur ab: Heute? Eine alte, einsame Frau? Kommen Sie zur Besinnung, Herr Hummel.). Er telefonierte also nur von Zeit zu Zeit mit den Nachbarn. Und eben von diesen Nachbarn rief ihn Deten an (das erste und einzige Telefonat ihres Lebens mit ihm). Es war Spätherbst im zweiten Kriegsjahr. Sie machte ihm Vorwürfe, es sei herzlos seitens des Herrn Ingenieurs (so drückte sie sich aus: herzlos), sie zu einer Leiche zu schicken (genauso drückte sie sich aus), wo sie sich doch um ihre eigene, ach so große Familie kümmern müsste (was nur zum Teil stimmte, da Deten keinen Mann hatte und als ihre Familie die vielen familiären Verzweigungen ihrer Schwestern betrachtete). Später entschuldigte sie sich mehrmals bei ihm. Aber sie erklärte, sie sei im Schock gewesen, und Hummel sah keinen Grund, ihr nicht zu glauben. Ziel der Angriffe waren vor allem die Hydrierwerke, doch auch in der Innenstadt fielen Bomben. In der Turnerstraße fielen keine, weil sie näher am Stadtzentrum abgeworfen wurden, in der Mühlenberg-, Elisabethen- und Stoltingstraße, doch die nachts heulenden Alarmsirenen, der Artilleriebeschuss am Himmel, die mit Blaulicht dahinjagenden Wagen von Feuerwehr und Polizei und die Anspannung auf den Gesichtern der Passanten – all das, zusammen mit dem nebligen, grauen und kühlen Tag, machte einen bedrückenden Eindruck.

Nach dem Anruf von Deten stieg der Ingenieur in den Dienstwagen, der gerade losfahren wollte, um eventuelle Schäden am Gasnetz zu überprüfen. Doch der Fahrer und der Techniker Schultze mussten an der Kreuzung Stolting- und Falkenwalderstraße, wo ein Haus schwer getroffen wurde, Halt machen, und Hummel gelangte erst mit der Straßenbahn und teilweise auch zu Fuß nach Torney. Deten trank bei Tantes Nachbarn Malzkaffee. Die Nachbarn schauten sich mit verlegenen Mienen die Lebensmittelkarten an, die sie auf der Straße gefunden hatte und ihnen jetzt zeigte (niemand von den Anwesenden wusste, dass es Fälschungen waren, die die Alliierten nachts abgeworfen hatten), während Tante Charlotte genau in der Mitte des Salons ihrer Dreizimmerwohnung im zweiten Stock lag. Sie trug ein Hauskleid aus Kunstseide und sah aus, als hätte sie sich auf den Boden gelegt, um die Nachbarn einen Stock tiefer zu belauschen. Einen Moment lang stand Hummel ratlos da und überlegte, ob er den Körper aufs Sofa legen sollte. Aber er wusste, dass die Polizei, obwohl sehr beschäftigt, doch kommen würde. Und er wollte es vermeiden, gefragt zu werden, warum er das getan hätte. Er ging zum Fenster; vor der Drogerie gegenüber spielten Kinder. Ein älterer Mann stand steif im Haustor, als ob er Angst hätte, diesen einen, einzigen Schritt auf den Bürgersteig zu machen. Warum ist sie eigentlich nicht in den Luftschutzraum gegangen?, dachte Hummel. Man hat bestimmt bei ihr geklopft, damit sie runtergeht. Er drehte sich um und ging zum Sofa, wobei er sich bemühte, die Liegende nicht anzusehen. Auf dem Grammophon, das auf einer gestickten Decke des Buffets stand, schimmerte schwarz eine Schallplatte; die Arien der Operette *Wiener Blut*. Er streifte mit dem Finger über sie und hinterließ eine dunkle Spur in der dicken Staubschicht. Dann setzte er sich auf das ausgeblichene, einst grüne Sofa. Am Kopfende lag ein bauschiges Kissen mit aufgenähten Mohnblumen. Hummel zog unter ihm ein Buch mit einem Lesezeichen des Nationalen Verbands der Deutschtumhilfe im Ausland hervor und lächelte unwillkürlich: *Aus dem Leben eines Taugenichts* von Joseph von Eichendorff, Erscheinungsjahr neunzehnhundertelf. Er stand auf, entschlossen anzurufen, damit sie wenigstens den Leichnam abholten. Als er am Tisch vorbeiging, bemerkte er eine Kristallschale, in der in Silberpapier eingewickelte Bonbons lagen. Er griff automatisch hinein und wollte eins öffnen. Aber das Silberpapier war mit dem Bonbon verschmolzen und klebte; sie mussten schon sehr lange dort gelegen haben. Die Beerdigung ging schnell vonstatten, war sehr offiziell, doch sie hatte dem Ingenieur keine Unannehmlichkeiten beschert. Der Kiefernsarg schien ihm nicht größer als die

Buffetschublade in Tantes Salon. Wenn man in vier Jahren Steffi Polte beerdigen wird, werden Särge auf dem Markt eine Rarität sein, für die man jeden Preis zu zahlen bereit ist. Doch die schweren Luftangriffe im August vierundvierzig werden auch zur Folge haben, dass gerade Steffi in dem aus diesem Anlass wieder in Gang gesetzten Friedhofskrematorium eingeäschert wird. Charlotte jedoch – obwohl sie es sich in ihrem Testament so wünschte, eingeäschert zu werden – wird ihren libellenzarten Körper der Erde übergeben. Man hätte ihn sonst bis nach Rostock bringen müssen, und Hummel konnte nicht die Zeit dafür erübrigen. Er ging entlang der Friedhofsallee zum Tor, blieb einen Moment an einem Eibenzweig stehen, pflückte von ihm einen verwelkten, scharlachroten Tropfen und zerrieb ihn zwischen den Fingern, wobei er den schwarzen, herausgedrückten Samen wegwarf. Er schnupperte an den rötlichen Fingerkuppen. Sie rochen herb und süß. Eine Gruppe von Offizieren in stählern glänzenden Regenmänteln lief an ihm vorüber. Sie hatten es eilig, in die Kapelle zu gelangen. All jenes, dachte er, all jenes, wiederholte er laut, ohne sich dessen bewusst zu sein. Der Letzte aus der Gruppe drehte sich um und starrte ihn einen Moment lang mit kaltem, taxierendem Blick an.

Rauchen Sie?, fragte er. Seine Stimme hatte einen angenehmen, matten Klang, doch das Gesicht konnte man kaum erkennen. Der Lichtschein der Tischlampe fiel auf die schmalen weißen Hände, die aus dem zivilen Jackett hervorschauten, und auf ein leeres Blatt Papier, das wohl nur der Ordnung halber vor ihm lag; denn an der Wand, mit dem Profil zu ihnen, saß steif vor der Schreibmaschine ein bis hoch in den Nacken rasierter Uniformierter, der auf das gedämpfte, monotone Klopfen der Schreibmaschine im anderen Zimmer horchte. Diese da, das scheint eine Ideal zu sein, weil sie höher ist als die Stoewer; eine elegante, goldene Aufschrift, das große I am Anfang mit einem langen Schnörkel und schwarze Tasten mit weißen Buchstaben; ich muss das alles irgendwie ordnen, alles; Stoewer hat weiße mit schwarzen;

es irgendwie ordnen, und mich selbst auch. Das letzte Mal habe ich in einer Werkzeugbude, in der ich mich versteckte, auf der Hakenterrasse geraucht. Der Hausmeister hat mich reingelassen für eine Hand voll Pfennige, die ich der Tante abgebettelt hatte. Das ist so ungefähr dreiundvierzig, vierundvierzig Jahre her, sagte Hummel. Oh, fragte der andere höflich interessiert, was haben Sie denn damals geraucht? Getrocknete Blätter von Kastanien-, Ulmen- und Lindenbäumen, antwortete Hummel. Na ja, lächelte die andere Stimme im Halbdunkel, das ist ja fast wie heute; wir haben auch Schwierigkeiten mit gutem Tabak. Die Hände auf dem Schreibtisch ruhten untätig, fast schlaff in dem weißen Licht der Lampe. Und worüber werden wir uns unterhalten?, fragte die Stimme nach einem kurzen Moment des Schweigens. Denn sehen Sie, wenn Sie nicht rauchen, dann muss ich gleich zur Sache kommen (das gedämpfte Klopfen hinter der Tür wurde heftiger, als ob wellenartig Hagel an die Scheibe schlagen würde). Dabei sind das nicht die Dinge, über die man lange reden möchte. Natürlich, sagte Hummel. Eigentlich war er schon ruhig, schon ab dem Augenblick, als sie gekommen waren, um ihn zu holen. Sehr früh, sehr leise, so dass er sich eher wunderte und nicht erschrak, als er die kreidebleiche Deten in der Tür erblickte und auf dem Nachttisch nach der Brille suchte. Nicht um zu sehen, wer gekommen war – denn die Uniformen der hinter Deten Stehenden, die unter den geöffneten Mänteln hervorschauten, sprachen für sich selbst –, sondern um sich wie ein Mensch zu fühlen und nicht wie ein aus dem Wasser gezogener, keuchender und verblödeter Fisch. Von diesem Augenblick an wurde er eigentlich immer ruhiger, denn es konnte nichts mehr passieren, wie er meinte. Außerdem waren schon einige Tage seit seiner Rückkehr aus Berlin und dieser Nacht in dem Hotel am Stettiner Bahnhof vergangen. Also war er die ganze Zeit innerlich irgendwie darauf vorbereitet. Und in diesem Besuch spürte er sogar eine Art Erfüllung, obwohl der Gedanke, die Lektüre des «Journal de Genève» hätte etwas damit zu tun, ihm jetzt kindisch und absurd erschien. Ingenieur Fritz Hummel?, fragte einer im Ledermantel mit gelangweiltem, die

Silben in die Länge ziehendem Ton. Natürlich, sagte Hummel und setzte sich im Bett auf. Aber zuerst würde ich mich gerne anziehen. Vielleicht trinken die Herren einen Tee in der Zwischenzeit? Deten wird einen aus Lindenblüten machen, es wird sich auch noch ein bisschen Honig dazu finden, künstlicher natürlich. Nuuun, wenn es natürlich ist, sagte die matte, angenehme Stimme, und die Hände auf dem Blatt verflochten sich ineinander wie zu einem Gebet. In diesem Fall wird unser Gespräch kurz sein. Kennen Sie einen Walter Empacher oder vielleicht Werner Krause? Hummel schaute zu dem, der an der Schreibmaschine saß, genau in dem Moment, als dieser sein Verharren in der Bewegungslosigkeit unterbrach und vorsichtig den kleinen Finger in die Nase schob. Ob er mit diesem kleinen Finger auch auf die Tasten schlägt? Löhrke am Kohlmarkt, Schreibmaschinen, Möbel, Bürozubehör, dort, an der Ecke, gleich hinter dem Dom. Nein, das war Müller, die Zentrale für Schreibmaschinen Am Königstor. Hummel hatte in der Vorhalle auf Vogelbaum gewartet und beobachtete einen jungen Mann, der den kleinen Finger seiner rechten Hand krümmte und ihn vorsichtig in das merkwürdig spitze Ohr unter der ausrasierten Schläfe schob. Deutsche Präzision. Wann war das? Warum war er dort? Es unbedingt ordnen, jetzt! Da war so ein Kommunist Kraus oder auch Krause, sagte Hummel. Ich weiß es, weil ich mich damals noch etwas für Politik interessiert und Zeitungen gelesen habe. Er hat irgendeine Kundgebung unter dem Friedrich-Denkmal organisiert, schrie herum, dass die Sozialisten Verräter seien, dass nur die KPD … aber ich weiß nicht, ob das der war. Und Sie?, unterbrach ihn die Stimme. Ich habe nur darüber gelesen, erwiderte Hummel. Was heißt das: nur? Deshalb nur, weil ich früher auch mal zu Kundgebungen gegangen bin. Wann? Gleich nach dem Krieg, dem anderen Krieg, na, so ein paar Jahre lang danach. Bis Sie aufgehört haben? Bis ich aufgehört habe. Weil? Ich war beruflich sehr beschäftigt, die Politik hat mich müde gemacht. Müde? Irgendwann ist die Jugend zu Ende. Für Sie war sie also neunzehnhundertzweiunddreißig zu Ende? Kann sein, Jahreszahlen sind in diesem Fall nicht von Bedeutung. Und in welchem Fall sind sie es? Ich weiß nicht, das ist verschieden. Ich habe es nur so dahingesagt. Nuuun, sehen Sie, Genosse, Verzeihung, mein Herr, das ist doch richtig: Herr? Denn Sie sind kein Kommunist, oder? Das war ich nie, zwischen uns bestand immer ein klarer Unterschied der Weltanschauungen. Sehen Sie, wir wollten hier nur kurz reden, und das Gespräch beginnt sich in die Länge zu ziehen. Sie fragen, ich antworte (die Tür zum anderen Zimmer öffnete sich halb, ein kräftiger, goldener Lichtkegel glitt über den roten Teppich und hielt an der gegenüberliegenden Wand an, zusammen mit dem Schatten desjenigen, der fragte: dreiunddreißig oder vierunddreißig? Die weiße Hand, die auf dem Schreibtisch ruhte, machte eine beruhigende Geste, und die Tür schloss sich wieder). Doch als ich nach Empacher fragte, da haben Sie nicht geantwortet. Jetzt werde ich antworten: Ich kenne ihn. Ach, wirklich? Das ist ja schön, denn er sagte, er würde Sie nicht kennen. Ich kenne ihn vom Schachturnier. Ich habe mit ihm ein-, vielleicht zweimal gespielt. Es kann sein, dass er sich nicht daran erinnert. Ist er ein guter Schachspieler? Ich meine schon. Wie kann er sich dann nicht erinnern, Schachspieler haben ein gutes Gedächtnis. Was möchten Sie mich wirklich fragen?, sagte schließlich Hummel. Wonach ich wirklich fragen will? Zum Beispiel nach Dietrich Bonhoeffer. Auch ihn kannte ich, sagte Hummel. Auch als Schachspieler? Auch, obwohl ich nicht bestreite, dass ich mich damals für seine Ansichten zur Rolle der Kirche interessiert habe. Zum Beispiel nach Martin Herleine?, fuhr der andere fort. Nun, warum antworten Sie nicht? Ich hatte mit seinem Tod nichts zu tun, sagte Hummel langsam und sehr leise. Oh, das wissen wir, nickte der andere. Aus seiner Stimme sprangen freudige Funken. Nichts mit seinem Tod, dafür aber mit seinem Leben. Sie sagen ja schon wieder nichts, haben Sie vielleicht eine Abneigung gegen den Paragraphen hundertfünfundsiebzig? Was wollt ihr?, flüsterte Hummel, ich habe euch nichts … Das kommt dir nur so vor, sagte die Stimme. Die weißen Hände über dem Schreibtisch schnippten mit den Fingern, und der Uniformierte an der Wand begann in die Tasten zu schlagen. Schreib, Jürgen, schreib, schreib alles auf, von Anfang an. Und der Ingenieur erinnerte sich: Auf dem Weg zu irgendwelchen wichtigeren Dingen hatten sie bei der Zentrale Am Königstor reingeschaut, um Steffi Polte eine Freude zu machen. Es gab Genehmigungen für neue Schreibmaschinen, und Steffi wollte so eine haben wie die Sekretärin, in die sich Jannings in dem Film *Der Herrscher* verliebt hatte. Hummel kann sich nicht erinnern, was das für eine Schreibmaschine war. Er erinnert sich nur an diesen Finger, der sich vorsichtig und mit Bedacht in die Ohrmuschel schob. Das ist also alles, was bleibt, dachte er, nur das bleibt von all dem.

Hummel war von Anfang an davon überzeugt, dass sie ihn aus dem Gebäude in der Augustastraße nicht mehr rauslassen würden. Höchstens in ein Lager. Auf der Rechnung, die ihm die Gestapo hätte vorlegen können, waren zwar auch kleine Summen im Plus, aber im Winter vierundvierzig (erst später wurde ihm bewusst, dass man ihn fast genau am siebten Todestag seines Vaters verhaftet hatte) zählte das nicht mehr. Wichtig war nur, dass überhaupt eine Rechnung ausgestellt wurde. Bis dahin hielt Hummel nichts von der These, die Polizei- und Geheimdienste seien allwissend. Solche Ansichten nervten ihn schon in Zeiten seiner aktiven Tätigkeit bei der SPD, und für gewöhnlich reagierte er auf sie mit einem distanzierten Schweigen; auch als es nach der Machtübernahme der Nazis Mode wurde – zunächst scherzhaft und dann voller Angst – bei jedem Schritt: Vorsicht, sie lauschen, zu flüstern. Seine Reserviertheit gegenüber der Dämonisierung der Geheimpolizei kam von seinen ziemlich pessimistischen Ansichten bezüglich der Welt. Er war überzeugt, dass das Böse auf eine ordinäre Art hart sei; brutal und siegreich wie das Militär, dass es aber keine intelligente Hinterlist kannte, keine Gerissenheit, und dass es unfähig war, seine Bosheiten zu verheimlichen. Es irritierten ihn solche Meinungen wie: Die wüssten ja sogar, was du zum Frühstück isst, und sie würden mit inquisitorisch-detektivischem Scharfsinn alle Uhren der Welt regulieren. Hummel fühlte sich in seinen Ansichten bestätigt, solange sich die geheimen Polizeidienste nicht in sein Leben einmischten und er nicht viel mit ihnen zu tun hatte. Noch in den zwanziger Jahren war es manchmal vorgekommen, dass man ihn wegen Kundgebungen, Demonstrationen und irgendwelchen Krawallen, die daraus resultierten, einbestellte, doch für gewöhnlich endete das mit einer Unterschrift unter irgendeiner Erklärung, ein paar Mal auch mit einem Bußgeld. Später kam es zwischen ihm und der Geheimpolizei zu keinem bedeutenden Treffen mehr. Nur einmal, als sie bei ihm in der Arbeit eine ziemlich nachlässige Durchsuchung gemacht hatten. Das war nach dem Brand des Reichstags gewesen, als man gern an linke Karteien ging. Und dann gab es noch einen bedeutenden Vorfall, der aber den Charakter einer Anekdote besaß und im Grunde die oben erwähnten Ansichten des Ingenieurs bestätigte. Im Sommer neunzehnhundertdreißig hatte der Polizeichef in S., Maier, eine Verordnung herausgegeben, nach der es verboten war, braune Hemden zu tragen. Und seitdem trugen die Faschisten als Zeichen ihres Protests weiße Hemden, in denen sie dann mit noch größerer Überheblichkeit herumspazierten, wobei sie in ihren Adern den Ruf einer neuen, verfolgten Religion zu spüren glaubten. Als Hummel eines Abends im Freundeskreis, nach einem Besuch in der Bierstube von Semmler, wieder nach Hause ging, traf er auf eine Gruppe Halbstarker in weißen Hemden, die vor einem Lokal hinter der demontierten Werft Vulcan herumgrölten. In dieser Kneipe, vor der im Sommer bei den krummen Fliederbüschen Tische standen, trafen sich manchmal Kommunisten, und manchmal spielte nur einfach Musik; billiges Bier und Wodka flossen in Strömen. Hummels Leute befanden sich in der Minderheit, aber sie waren älter als die Weißhemden, gut gewachsen und vom Bier angeheitert; außerdem fühlten sie sich an einem Ort, wo die Stadtteile Zabelsdorf, Bredow und Züllchow aneinander grenzten, relativ sicher. Oh, was für saubere Jungs, riefen sie, schnappten ein paar und wälzten sie durch den Lehm und die Brennnesseln, die dicht um den Platz zwischen der stillstehenden Ziegelfabrik und dem Weg entlang der alten Hellings wuchsen. Hummel stand etwas abseits und beobachtete das Ganze hinter den Tischen mit den karierten Decken; übrigens nicht allein, denn amüsiert gafften auch sehnige Männer, die mit Schirmmützen auf den Köpfen über ihren Bierkrügen saßen. Zehn Jahre später wollte Hummel in die Schallehnstraße einbiegen und versuchte, sich vor dem Gebäude der Provinzverwaltung durch die Menschenmassen zu kämpfen. Die Menge war so groß, dass sie bis hinter den Landeshausplatz ausuferte. Sie feierte mit Gesang, Hochrufen, aber auch bissigen Bemerkungen den Eintritt Italiens in den Krieg gegen Frankreich (denn Marianne lag schon damals am Boden, und Paris sollte in ein paar Tagen eingenommen werden). Da sprang ein hagerer Mann im Jägerjackett mit Ledereinsätzen von der kleinen Mauer, die den Springbrunnen umgab, holte Hummel ein und griff nach seinem Ellbogen: Ich kenne dich, du rotes Schwein. Hummel war überrascht, er konnte aus seinem Gedächtnis dieses blasse, vage Gesicht nicht herauskramen. Der andere lächelte jetzt, was die Erinnerung des Ingenieurs noch mehr verwirrte. Doch schließlich zwinkerte der Mann, und als ob es ein köstlicher Scherz gewesen wäre, sagte er leichthin: Du warst damals mit denen, die die Uniform eines Faschisten vor diesem Bordell in Bredow entehrten. Dann drehte er sich um, in Richtung der Parolen, die durch die Megaphone gebrüllt wurden, und verschwand seelenruhig in der Menge. Ein paar Wochen später, als Hummel zusammen mit Frank Haden – der noch etwas in den Bredower Gaswerken zu erledigen hatte und sich auf dem Vordersitz des Dienstwagens breit machte – von der Direktion auf dem Heimweg war, bemerkte er das Jägerjackett vor dem Eingang zum rechten Flügel der Provinzverwaltung. Automatisch drehte Hummel den Kopf weg. Doch Haden, der sich neugierig umschaute, klopfte mit dem Finger an die Scheibe, als der Wagen langsamer wurde und in den Schatten des Tors einbog. Haben Sie ihn gesehen? Das ist ein ganz schön scharfer Hund bei der Gestapo. Angeblich haben sogar die Vorgesetzten Angst vor ihm, schmatzte er mit Anerkennung und nannte schnell einen Namen, den Hummel nicht verstand, aber auch nicht verstehen wollte. Er nahm die Brille ab und putzte sie mit einem Flanelltuch. Sie bogen in die Quistorpaue ein, ein Platanenspalier flimmerte mit Sonnenlichtreflexen, die auf Frauenkleidern, Kinderwagen und dem Kies der Allee wie auf einem Bild von Renoir klebten. Die Geheimpolizei, sagte Hummel langsam und setzte die Brille wieder auf, das ist die Konkretisierung unserer verborgenen Existenzängste. Wenn es sie nicht gäbe, müsste man sie erfinden. Haden lachte, laut und unaufrichtig, und der Ingenieur überlegte, woher er nur wusste, wer dieser Mann war. Und später, als dann nichts passierte, niemand an die Tür schlug und der Alltag und die regelmäßigen Fliegeralarme es erlaubten, den blassen Musterbeamten der Gestapo – der sich an Hummel nach so vielen Jahren noch erinnert hatte – zu vergessen, war das für den Ingenieur noch ein Argument mehr, das seine These über die Dämonisierung des geheimen Bösen bestätigte. Nur manchmal, wenn sich Hummel rasierte, dachte er, dass ihn wohl der Mann für einen zu kleinen Fisch gehalten hatte, der es nicht wert war, verschluckt zu werden. Daran dachte er auch während des Verhörs in der Augustastraße, aber schon ganz anders. Weil dieses Verhör für ihn eine düstere Erfahrung war, die ihn überrumpelt hatte. Nicht einmal deshalb, weil sie so viel wussten, sondern weil sie es einfach so, ohne große Anstrengung wussten, mit einer dämonischen Leichtigkeit, als ob sie schon immer an allen möglichen Drähten gezogen hätten. Hummel glaubte noch weniger an den Teufel als an Gott. Deshalb wurde er immer missmutig, wenn er im Radio Luthers düsteres Lied *Und selbst wenn die Welt voller Teufel wäre* hörte. Denn nach Hummels Meinung war die Welt voll von sich selbst. Indessen musste er auf die weißen Hände auf dem weißen Papier schauen und die dunkle, weiche Stimme des Satans hören, die hinter dem Lichtkegel hervordrang. Aber er hatte keine Angst. Er fühlte sich jetzt sogar besser. Er hatte nichts anzubieten. Keine Namen, keine Adressen, keine Enthüllungen. Seine Kontakte waren wirklich bedeutungslos, zufällig, und beschränkten sich eigentlich nur auf Gespräche. Von Krause hatte er tatsächlich nie gehört, Bonhoeffer hatte er schon lange nicht mehr gesehen und war sich fast sicher, dass der Theologe entweder nach Deutschland gereist war oder in einem Lager saß. Nur mit Empacher war er ein paarmal in Berührung gekommen, übrigens auch beim Schachturnier, denn das war eine gute Kontaktmöglichkeit. Und dass Walter Empacher sich auch in der Augustastraße befand, das wusste er schon, als er zum Verhör geführt wurde. Er wusste es schon beim ersten Spaziergang durch die hohen gewölbten Korridore, die – wie in einem billig-protzigen Hotel – mit einem gewöhnlichen roten Teppich ausgelegt waren. Er war überrascht, dass es so leicht sein würde, gerade dort; den Zettel steckte ihm ein Mann im zivilen Sportjackett zu. Im Vorbeigehen flüsterte er: Walter. Der Gestapomann, der Hummel begleitete, wühlte gerade in seinem Hosenlatz und hielt sein scharfes Fuchsmaul zum Fenster gedreht, durch das man die ausgebrannten Häuser Am Königsplatz und quer dahinter das Dach der St.-Peter-Paul-Kirche sehen konnte. Doch als sie an der halb geöffneten Tür vorbeigingen, in der Haden – sein Bekannter aus dem Gaswerk – stand, und dann die Treppe hinaufliefen, wurde das Fuchsmaul von einem ekelhaften Lächeln verzerrt, worauf Hummel, der eine Provokation fürchtete, sofort reagierte: Er schob den Zettel in den Mund, und ohne richtig zu kauen schluckte er ihn hinunter. Später bereute er es ein wenig, denn niemand fragte ihn nach einem Kassiber, und wenn Walter wirklich etwas an ihn geschrieben hatte, dann wurde ihm mit dieser Eile die letzte Chance auf einen Kontakt mit der Außenwelt genommen. Wenn die Welt voller Teufel ist ... überlegte Hummel in der völlig dunklen Einzelzelle auf der Pritsche mit unter dem Kopf gekreuzten Armen. Warum sollte sie voll von ihnen sein, reicht nicht ein einziger, allmächtiger Satan? Er erinnerte sich an die Frage des Mannes, der während des Verhörs aus dem Nebenzimmer reingekommen war: dreiunddreißig oder vierunddreißig? Er ahnte, dass der verborgene Sinn dieser Frage an ihn gerichtet war. Es ging sicherlich um die Zahl der Fälle, die – er glitt über diesen Gedanken – schnell erledigt werden sollten. Und er sollte dieser Vierunddreißigste sein. Wer waren die Übrigen, gab es noch Ü b r i g e, dort, hinter der Mauer, in der Stadt, die auf den Feind wie auf die Erlösung warteten? Neben Empacher gab es zwar noch viele, über die er beim Verhör etwas hätte sagen können, doch sie waren längst an die Front geflüchtet, oder sie lagen auf dem Hauptfriedhof oder in all den anderen Parks, die zu Friedhöfen geworden waren. Oder sie brachten irgendwo ihrem Leiden Geduld bei. Geflüchtet, unter der Erde, Geduld und Leiden. Hummel dachte über all das nicht besonders viel nach, doch er wusste, dass er mit dem Teufel, den er nach Jahren wieder getroffen hatte, fertig werden würde, wenn nicht der Gedanke wäre, dass dieser auch Martin für seine Pläne benutzte.

Diese Pläne gingen aber vermutlich über die menschliche Vorstellungskraft hinaus. Denn nach dem ersten Verhör kamen Tage der völligen Stille, die nur von dem Klirren der leeren Schüssel durchbrochen wurde. Selbst die Bombenangriffe hörten auf, was wohl ein Anzeichen dafür war, dass sich die Russen schon der Stadt näherten. Hummel lag auf der Pritsche, und während er auf die nackte, aber immer schwächer flackernde Glühbirne schaute, versuchte er Schachpartien, die er sich ausgedacht hatte, zu Ende zu bringen. Aus seiner Jugendlektüre wusste er, dass die Häftlinge in den Zellen mit aus Brot gekneteten Figuren Schach gespielt hatten. Doch er aß seine Portionen gleich auf, obwohl das Brot klebrig war und nach Pappe schmeckte. Er bemühte sich, es Curt von Bardeleben und Wilhelm Cohn gleichzutun; den zwei Berlinern, die neunzehnhundertneun blind, ohne auf das Schachbrett zu schauen, gegen einundzwanzig Gegner gespielt hatten, wobei sie nicht aufhörten, zusätzlich ihre eigene Partie – auch im Kopf – gegeneinander zu spielen. Er hatte darüber wohl in «Kagans Neueste Schachnachrichten» gelesen, denn für eine gewisse Zeit und noch bis in die zwanziger Jahre hinein, hatte er die Zeitschrift abonniert. Vielleicht war es aber auch bei Mieses in seiner Leipziger Monographie. Nur dass er jetzt mit sich selbst spielte und sich nicht nur das Schachbrett vorstellen musste, sondern auch den Gegner. Doch er konnte sich nicht konzentrieren. Immer wieder brachte er die Figuren durcheinander. Obwohl er sich die Aufgabe einfacher machte, indem er in den kalten Mauerputz Hilfsstriche und Kreuze einkratzte, und obwohl der Wächter mit dem Fuchsmaul, der von Zeit zu Zeit durchs Guckloch sah, es akzeptierte, dass Hummel den ganzen Tag auf der Pritsche lag, konnte er keine Partie zu Ende bringen. Nachts träumte er von dem steinernen Gefängnisturm in Ströbeck, wo alle Männer und Frauen aus dem Dorf auf den Bergen um den Turm herum saßen. Und sie schauten auf die gigantischen, schwarz-weißen Felder, auf denen – gemäß einer jahrhundertealten Tradition – eine Schachpartie mit lebendigen Schachfiguren ausgetragen wurde. Eine der Figuren, eben der Turm, war er selbst. Er lief von Feld zu Feld und blickte sich nach den anderen Figuren um, aber er konnte keine erkennen. Er sah also immer schneller und unruhiger umher, bis er verstand, dass er sich ganz allein auf dem Schachbrett befand. Er begann zu schreien, und in diesem Moment platzten die auf den Gipfeln sitzenden Bauern mit einem schallenden, verächtlichen Lachen heraus. Plötzlich öffnete er die Augen. Über ihm stand das Fuchsmaul und zerrte an seinem Ärmel. Komm, du kannst dich später ausschlafen. Automatisch griff Hummel hinter sich und suchte die Brille, doch er hatte sie auf der Nase. Also ohne einen Prozess, dachte er, oder wenigstens eine kurze Verhandlung. Nun, dann soll es eben so sein. Soll es so sein. Endlich sein.

Er erfuhr nie, warum die Sache gerade auf diese unglaubliche Weise einfach abgeschlossen wurde. Sie stellten ihn vor dem Seitentor – dem an der Behr-Negendank-Straße – wie ein überflüssiges Möbelstück ab. Er nahm aus der Jackentasche seine Uhr, die sie ihm auch zurückgegeben hatten, doch die Zeiger standen, weil niemand die Uhr aufgezogen hatte. Er ging zum Königsplatz rüber, bog nach rechts, und während er über den vereisten Bürgersteig schlitterte, machte er einen Bogen um den Wachposten am Haupttor, über dem germanische, in steinerne Rüstungen gezwängte Heroen einfroren. Dann ging er am Konzerthaus, das schwarz vom Rauch war, vorbei. In den leeren Fenstern, zwischen den Säulenreliefs, sammelte sich schmutziger Schnee wie Schimmel. Früher war er oft hier gewesen, öfter als im Theater. Das letzte große Konzert hatte er wohl – auch im Dezember – vor drei Jahren gehört. Die Berliner Symphoniker waren gekommen, und Mozart leuchtete wie eine allumfassende, großartige Sonne. An die weiße, ovale Decke brandete eine Musik, die so stark wie der Herzschlag war. Hummel sprang mit den anderen auf, mit der ganzen Menge, und wunderte sich, dass es so eine Menge noch gab, gerade so eine, gerade hier, im Konzerthaus, wo man doch an Silvester die Schüsse der Korken, die gegen Moskau schlugen, gehört hatte; diese Toasts mit den nach vorn gestreckten Armen und das Schweigen der SS-Männer, die angespannt darauf warteten, in der Nacht der langen Messer an die Kehlen der SA-Männer zu springen. Mozart, Mozart. Und dabei ist in S. nur eine kleine Straße nach ihm benannt, dachte er damals und war plötzlich davon überrascht, klein und unbedeutend. Nicht wie die von Wagner, Händel und Beethoven, die mit Platanen die Gefilde der Quistorpaue direkt an der Provinzverwaltung umgeben. Denen, die ihn fragten, warum gerade er, ein Ingenieur und Wissenschaftler, so einen Gefallen an der Musik finden würde, antwortete er: Weil sie dem Schachspiel so ähnlich ist. Die Unvorhersehbarkeit ihres Verlaufs bei gleichzeitiger Beachtung von Regeln gibt uns so viele faszinierende, mit ihrer Vielfalt beeindruckende Möglichkeiten. Na und das Wichtigste: Schach und Musik sind etwas, das andauert, eine Entwicklung in der Zeit. Wenn er gute Laune hatte oder seine Zuhörer ihm etwas sensibler schienen, fügte er hinzu: Man sagt, dass nicht die Figuren, sondern die Bauern die Seele des Spiels sind. Doch ich sage euch, es sind nicht die Bauern. Die lassen sich leicht umschmeißen. Die Bauern, das sind bloß Noten, nichts Bedeutendes. Nicht sie, sondern die Zeit, die Spielzeit ist die Seele des Spiels; die Zeit der Musik ist ihr Raum. Zeit, Raum. Man muss die Zeit hören, in die Wellen ihrer Klänge eintauchen. Doch man darf nicht davon taub werden und in ihr ertrinken. Die ganze Kunst liegt darin, die Kontrolle zu behalten und sich nicht zu verlieren, kam er schnell zum Schluss, weil ihn die eigene Offenheit verlegen machte. Übrigens hatte er einmal seine Zuhörer falsch eingeschätzt und bekam von einem Spaßvogel mit grau meliertem Haar, der auf einer langen, österreichischen Virginia-Zigarre herumbiss, als Antwort: Aber das muss ja genauso schwierig sein wie beim Geschlechtsverkehr. An der Kreuzung Grabower Straße stand ein Wagen vom Gaswerk. Drinnen saß frierend Alois Kutscher, der Hummel mit dunkel umrandeten Augen anstarrte und ihn mit einer energischen Geste in den Wagen einlud. Ich stecke hier wie das Loch im Arsch und du, Hummel, schaust dich in den Trümmern um, flüsterte er mit vermutlich künstlicher Aufregung, denn sein Gesicht war starr, fast leblos. Auf dem Weg in die Lortzingstraße erzählte er ihm – wobei er versuchte, seiner Stimme einen streitsüchtigen und bestimmten Ton zu verleihen –, was er alles anstellen und vor wie vielen mit Leder beschlagenen Türen er buckeln musste, um seinen, Fritz Hummels, Kopf aus der Schlinge zu ziehen. Kutscher wurde kürzlich befördert und nach Oberwiek verlegt. Der Ingenieur hörte ihm teilnahmslos zu, während die Kälte über seinen Körper kroch. Na ja, brummte Kutscher und öffnete Hummel die Tür, nachdem der Wagen in der Lortzingstraße angekommen war. Jetzt geh dich ausschlafen, und morgen früh bist du wieder in der Arbeit, sonst schicke ich dich in die Augustastraße zurück. In der Wohnung fiel ihm die weinende Deten um den Hals. Mit steifen Händen drückte er sie an sich. Sie konnte ihm nichts Warmes zum Essen machen, da es weder Gas noch Licht gab. Nur mit Mühe bewegte er die Kiefer, als er ein paar kalte Kartoffeln aß. Dann legte er sich in seinem Zimmer unter eine Decke aufs Sofa, heftete seinen Blick an die schwarzen Rollläden, die heruntergezogen waren, und nahm die Kälte, die ihn immer mehr zu durchdringen schien, in sich auf. Und dann verspürte er einen plötzlichen, den Magen verkrampfenden Schmerz. Eine kalte, harte Leere. Es war nichts passiert. Überhaupt nichts. Er war frei.

Die gesicherte Information, dass S. den Status einer Freien Stadt haben würde, hörte Hummel zum ersten Mal im Mai fünfundvierzig. Damals erinnerte er sich an eine Neuigkeit, die sich die Menschen in großer Erregung und nur flüsternd im Sommer dreiundvierzig weitererzählt hatten: Ab Mai des darauf folgenden Jahres sollte Deutschland eine Monarchie werden. Man übertraf sich in Vermutungen, wer für den König vorgesehen sei. Hummel sagte damals zu Steffi, die ihm diese Information ganz heimlich mitgeteilt hatte, dass – egal, wie man die Angelegenheit betrachtete – ein König nicht viel ändern würde, weil Könige, hmm, keinen Sinn für solche Probleme wie die gerechte Verteilung von Toilettenpapier hätten. Sie, Fräulein Polte, hätte die schreckliche Unannehmlichkeit, die die Beschaffungsprobleme dieser Ware mit sich brachte, doch bemerkt; schon allein deswegen, weil sie den Mitarbeitern des zweiten Bezirks die Papierstreifen nach ihren, hm, hmm, individuellen Bedürfnissen dosieren müsste. Einen Augenblick lang starrte ihn Steffi mit ihren etwas trüben, hervorstehenden Augen an, und er begann sich unwohl zu fühlen; wie ein Schuljunge, der seine hässliche Schulkameradin am Zopf gezogen hatte. Also sagte er – ohne abzuwarten, ob sie seinen ziemlich groben Scherz verstand –, er wüsste, wovon er redete, denn er hätte mit Königen auf dem Schachbrett zu tun, und er könne bezeugen, dass das wichtige, aber nicht sehr wendige Figuren sind. Im Grunde hätte man mehr Arbeit damit, auf sie aufzupassen, als Freude daran, dass sie da sind.

Doch das Gerücht über die Pläne der Alliierten, die aus S. eine Freie Stadt machen würden, kursierte beharrlich den ganzen Mai hindurch und wurde im Juni mit noch größerer Intensität verbreitet. Wobei es jedes Mal an Stärke und Bestimmtheit zunahm, wenn die polnische Verwaltung – wohl auf die Anweisung der Russen hin und vermutlich im Einvernehmen mit den restlichen Alliierten – die Stadt verließ. Dann begannen sofort die Spekulationen: Wann wird sie zur Freien Stadt erklärt? Unter welchen Bedingungen und unter wessen Protektorat? Man sprach von den Schweden (die waren schon mal da, sagte Hummel immer, sogar ziemlich lange), Franzosen (die waren auch hier, erzählte Hummel, leider nur kurz) und sogar von den Tschechen (ich kannte einen, sagte Hummel, den Ingenieur Trziszka aus Pölitz, der wurde von einer Bombe getötet). Im Magistrat, der jetzt an die Ecke Preußische und Kaiser-Wilhelm-Straße umgezogen war, erwog man so eine Möglichkeit sehr ernsthaft. Nach diesem Umzug kümmerte sich Hummel nicht mehr um die Kulturangelegenheiten, das heißt um das Organisieren von Büchern für das Waisenhaus und das Suchen nach Leuten für das kleine Musikensemble, das bei wichtigeren Veranstaltungen des Magistrats spielen sollte. Entsprechend Wieseners Anweisung wandte er sich dem Gaswerk zu. Er versuchte es zumindest, denn den Betrieb in der Fürstenstraße, wo er den Bestand der Kriegsverluste aufnehmen sollte, bewachten russische Wachposten, die bei jedem Versuch, ihnen zu erklären, dass es doch um das Wohl der Stadt gehen würde, mit Geschrei reagierten. Hummel war mit einem Übersetzer dort; angeblich einem Kommunisten aus der Vorkriegszeit, der in Moskau irgendwelche Sprachkurse absolviert hatte. Doch der Ingenieur bezweifelte das, denn der große, blonde und leicht kahle Mann, der sich als Hans Dorsch vorgestellt hatte, gut Russisch sprach und auch, obwohl mit einem merkwürdigen Akzent, fließend Deutsch, hatte immer – und für seine Umgebung auf eine unangenehme und offensichtliche Art – Angst, wenn es zu näheren Kontakten mit der Roten Armee kam. Die Wachposten schrien (was Dorsch übersetzte, wobei er sich bemühte, Kraftausdrücke zu vermeiden, obwohl es der russischen Version wenig entsprach), dass es das Beste für die Stadt wäre, wenn man sie in Ackerland umwandeln und das, was von ihr übrig bliebe, in die *Sojuz** bringen würde. Auf Hummels Bemerkung, dass doch S. jetzt eine Stadt des deutschen Arbeiters sei, die gerecht und demokratisch regiert werde, nahmen die Wachposten ihre MPs von den Schultern und brachten so zum Ausdruck, was sie von allen deutschen Müttern hielten (was Hummel auch ohne Übersetzung verstand). Nach einer Intervention Wiesners und der Verwaltung bei der sowjetischen Kommandantur wurde Hummel von einem Offizier der Roten Armee begleitet. Die Wachposten begrüßten ihn in

* russ.: Sowjetunion

Habachtstellung. Er erklärte ihnen etwas, und Dorsch tat so, als ob er nichts hörte. Dann kam der Offizier zu den an der Seite stehenden Deutschen zurück, entschuldigte sich und erklärte höflich, dass im Moment aus Sicherheitsgründen – um das Gebäude vor Diebstählen zu schützen – niemand den Betrieb betreten dürfe, er aber persönlich versprechen würde, dass schon bald und so weiter. Während Dorsch das übersetzte schaute er die ganze Zeit auf die Stiefel des Offiziers. In der Verwaltung beschloss man, Hummel nach Oberwiek zu verlegen, wo sich schon Frank Haden befand. Außerdem gab es dort erst mal eine Menge einfacher Aufräumungsarbeiten mit der Enttrümmerung und Demontage von Alteisen, das auf dem ganzen Gelände herumlag. Also übertrug man ihm zunächst, so wie in den letzten Kriegsjahren, die Aufgabe der Netzkontrolle im Stadtgebiet. Was ihm sehr gefiel. Er konnte sich jetzt, ausgerüstet mit einem Passierschein und in Gesellschaft des Milizionärs Geffke – der außer eines Dienstausweises und einer roten Armbinde auf der ganz solide wirkenden Polizeiuniform keine andere Waffe besaß – ganz frei in S. bewegen. Der grauhaarige Geffke, ein spröder Typ, nicht viel jünger als Hummel, hörte gern die Anweisungen des Ingenieurs. Er fand darin eine Form von Ordnung wieder, die Fritz Hummel selbst nicht finden konnte. Jetzt gehen wir da und da hin, sagte Hummel, und Geffke spannte sich an wie die Saite eines Instruments, bis seine Handgelenke aus den zu kurzen Ärmeln der Uniform herausschauten. Und dann gingen sie durch die Straßenschluchten, wo nur selten der Schutt zur Seite geräumt war; sie gingen in der Sonne, die golden auf die sich im Wind gegenseitig stützenden Mauern und die blattlosen Baumstümpfe schien; sie gingen dorthin, wo sich die räumlichen Grenzen verwischten und man über Böden von nicht mehr existierenden Wohnungen laufen musste, als ob es Bürgersteige wären; und sie überwanden Schluchten von zusammengestürzten Treppenhäusern. Geffke, der manchmal anhalten musste, weil er Asthmaanfälle bekam, spuckte den gelben Speichel aus und röchelte: Wenn es einen Gott gibt, dann wird die Rache kommen. Und Hummel, der ihm ein

Taschentuch reichte, das im Grunde ein Stück von einem Hemd war, schaute sich um und sagte: Aber die war doch schon, mein Freund, die war schon. Geffke verstand ihn nicht, oder vielleicht hörte er in solchen Momenten nicht zu, also gingen sie einfach dorthin, wo sie wirklich etwas zu tun hatten, zumindest theoretisch. Denn die Magistratsvertretungen waren auf mehrere Punkte in fast ganz S. verteilt, und alle kümmerten sich dort um eine Menge eiliger, plötzlich wichtiger Sachen: Sie kommentierten die nächste und vielleicht schon letzte Abreise der Polen aus der Stadt, die – es ließ sich nicht ausschließen – jetzt eine Freie Stadt unter dem Protektorat der schwedischen Krone werden könnte. Also sollte man schnell, aber pssst, eine Liste mit deutschen Kandidaten für diese internationale Verwaltung vorbereiten. Und Hummel dankte höflich für die neuesten Informationen und ging zusammen mit Geffke in die Barnimstraße, wo man auf dem Schwarzmarkt, der seine schwarzen Flügel entlang der ganzen Straße ausgebreitet hatte, weniger die polnische Sprache hören konnte, dafür aber die ganze Zeit *uri, uri**. Doch der Ingenieur musste seine Taschenuhr – die für eine silberne gehalten wurde, obwohl sie aus gewöhnlichem Metall bestand – schon Anfang Mai einem Soldaten aushändigen, der großen Anstoß daran genommen hatte, dass Hummel am Bauch diese *burschujskoje tschsy*** tragen würde, wo er doch angeblich so ein Fritz-Kommunist sei. Also hatte der Ingenieur seit dieser Zeit nichts mehr, was er gegen ein Stück Speck oder Butter hätte tauschen können. Übrigens musste er zugeben, dass auf dem Markt, der jetzt vor allem voller Deutscher war, keine nationalistischen Stimmungen und Vorurteile zu spüren waren, sondern die aus der Kriegslethargie wieder erwachte reine Kaufmannsseele. Schmuck, Schreib- und Nähmaschinen, Mehl, Federbetten, Schuhe, Petroleum, austreibende Kartoffeln und die ersten, noch grünen Äpfel, Spiritus, Dosen mit Schweinefleisch, Eier in Pulverform, Seife, Karbid,

* russ. Aussprache des deutschen Wortes «Uhren»
** russ.: Uhr eines Bourgeois

Orangenmarmelade aus den Päckchen der UNRRA, Salz, Streichhölzer und Benzin gingen von Hand zu Hand, von Hunger zu Hunger. Doch Hummel spürte noch immer keinen. Diesen, der mehr ist als das Verlangen nach einem Stück Brot, obwohl jetzt jedem täglich hundert Gramm zustanden. In manchen Momenten beneidete er sogar den Milizionär Geffke, dass sich dieser – wobei er es nicht direkt, sondern nur mit den Augen sagte – zum Beispiel so sehr den Tod dieses russischen Soldaten wünschte, der mit einem breiten, zufriedenen Lächeln neben den aufgetürmten Koffern stand. Oder dass es ihn nach dem Körper der jungen, korpulenten Polin verlangte, die in einem weißen Kinderwagen in Leinentücher eingewickelten Quark hatte und außerdem noch englische Schokolade, ein Säckchen Bohnen und ein paar Stück graue Seife. Hummel wollte wenigstens die Angst spüren, die man – zusammen mit den Päckchen Chesterfields – aus diesem verschlagen dreinblickenden großen Deutschen hätte schütteln können, der übrigens eine Feldmütze trug, die ein Loch aufwies, weil der Adler mit den langen Flügeln aus ihr herausgerissen war. Später begleitete Geffke Hummel nicht mehr. Man entschied, dass er woanders mehr gebraucht würde. Die Kommandantur stellte gemischte Milizpatrouillen zusammen: zwei Polen aus irgendeinem ihrer Komitees, das in S. geblieben war und beharrlich an den Gebäuden an der Hakenterrasse festhielt, und zwei Deutsche. Jede dieser Gruppen wurde von einem russischen Unteroffizier angeführt. Hummel beobachtete einmal, wie auf der Berliner Straße eine polnische Milizpatrouille einen Wagen mit Möbeln und Teppichen und vermutlich auch noch anderen Sachen beim Verlassen der Stadt anhielt, denn die jungen und sehr resoluten Polen schrien, dass man aus der Stadt nichts wegbringen dürfe. Der Mann, der die Zügel hielt, ein Deutscher, sah sie mit einem rätselhaften Blick an. Und der zweite, ein kahler, kräftig gebauter Typ, der daneben auf dem Kutschersitz saß, sprach ruhig, mit einer sanften Verlegenheit, als ob er es nur zu sich selbst sagen und sich entschuldigen würde. Doch Hummel, der in der Nähe stand, hörte ihn ganz deutlich: Du wirst mir noch die Schuhe lecken, du wirst noch den Dreck meiner Schweine fressen. Nur dass einer der Polen wohl Deutsch verstand, denn er wurde plötzlich rot und griff den Glatzkopf am Ärmel. Sie begannen aneinander zu zerren. Auf der Straße befanden sich viele Leute, nur Deutsche, doch keiner rührte sich. Sklaven, russische Lakaien, feige Hunde, schnaubte der Glatzkopf und versuchte sich loszureißen, wobei man nicht wusste, ob er auf die Polen oder die eigenen Leute so fluchte. Bis zwei Russen mit Gewehren und noch größerem Geschrei angerannt kamen. Der Pole ließ den Glatzkopf los, und es entspann sich eine polnisch-deutsch-russische Diskussion, bei der Arme zur Seite geworfen, Fäuste gereckt und Papiere gezeigt wurden, was die russischen Soldaten schließlich so ermüdete, dass sie den verwirrten Deutschen befahlen, sich hinten auf den Wagen zu setzen, selbst aber auf den Kutschbock stiegen und geübt mit der Zunge schnalzten, um in Richtung Innenstadt zu fahren. Die Polen blieben auf der Straße, schauten einige Zeit umher, als ob sie jemanden suchten, der ihr Handeln anzweifelte und dem man es näher erklären könnte. Doch die Menschen, die auf der mit Schutt übersäten Straße ratternde Handwagen vor sich her schoben, gingen an ihnen vorüber, als ob sie dort gar nicht gestanden hätten. Nie dort gewesen wären. Nachmittags am gleichen Tag wurde es plötzlich sehr dunkel, und ein gewaltiges Sommergewitter brach los.

Als Hummel die ersten schweren Regentropfen spürte, stellte er sich in ein Haustor und blieb dort, an die Tür gelehnt, einen Augenblick stehen. Dann kehrte er völlig erschöpft und nass vor Schweiß, der sich mit dem Regen vermischt hatte, in sein Zimmer unter den Palmen zurück. Er legte sich aufs Bett, obwohl es Oscars Betttag war, zog die Decke übers Gesicht und nahm das, was um ihn herum passierte, nicht mehr wahr. Oscar Schutt schleppte irgendwelche Frauen an. Jemand rief, dass es so heiß sei wie in einem Ofen. Jemand sagte, dass es Typhus geben würde und man jetzt nur noch warten und beten könnte. Und jemand fragte, was mit dem Brot aus Hummels Zuteilung sei, das der Ingenieur am nächsten Morgen holen sollte. Die Palmenzweige schaukelten, Hosanna, zusammen mit den Zimmerwänden. Der Esel trippelte schnell, immer schneller. Seine Hufe klapperten auf den Steinen, und auf ihm schaukelte der, der durch die Stadttore kommen sollte; er wollte zur Seite, auf die zusammengedrängte Menge zwischen den Bänken der Kapelle des heiligen Otto schauen, die Menge, auf die die Soldaten mit Gewehrkolben einprügelten. Aber er konnte nicht, weil der Esel noch schneller trippelte; und Oscar legte sich einen riesigen nassen Lumpen aufs Gesicht und lachte, dass das keine weiße Flagge für General B. sei, weil dieses Tuch ihm zustehe, da aus den Hähnen kaum noch Wasser tropfen würde und die alte Pumpstation in der Emilstraße aus dem letzten Loch pfeife, seitdem sich die Russen an ihr festgesaugt hätten. Und er sagte, dass man sich an die Station Polchow anschließen sollte, denn diese Dampfpumpe in Pommerensdorf, die den Rest der Stadt versorgte, leite ein wenig rostiges, stinkendes Wasser nur bis zu den Kellern. Doch damit müssten die Russen einverstanden sein; unterdessen verflüssigt sich der Dampf in Pommerensdorf, und Vogelbaum hat ein völlig verschwitztes Gesicht. Also reißt er Oscar das Tuch weg und schreit, dass auch er sich die Stirn abwischen muss. Schließlich ist es Juli, aber niemand soll sich wundern, dass er einen Mantel mit einem Pelzkragen und einen Hut anhat, denn dort, wohin er fahren würde, müsste man sich warm anziehen, immer wärmer. Und dann kommen Rotarmisten, um das Tuch von Vogelbaums Gesicht runterzureißen, und sagen, dass diese Anordnung nicht mehr gültig sei; sie hätten deshalb den Befehl, sie von allen Mauern runterzureißen, so dass, obwohl es Lebensmittelkarten für die ganze deutsche Bevölkerung der Stadt S. geben sollte, es keine geben würde. Und Oscar sagt, wir werden die Reichsmarkscheine fressen, solange noch welche in der Kasse sind; wirst du einen Eclair essen, Fritzi?, fragt Tante Charlotte. Das Band an ihrem Hut flattert im Wind; und der Esel rast, rast, und jetzt sieht man deutlich, dass auf seinem Rücken Martin sitzt und sein Schal am Ufer, in der salzigen Luft gleitet. Und Martin lächelt und schweigt, aber dieses Schweigen dröhnt in den Ohren, sprengt den Kopf.

Die Hufe klopfen, die Palmzweige schaukeln, wiegen sich, wie Wasser, das mit dichtem, dunklem Entengrün bedeckt ist. Wasser, das bis zum Mund steigt, die Kehle ausfüllt, die verschlungenen, dunkelgrünen Eingeweide, die von den Erschütterungen der Weltgedärme hin und her gezerrt werden.

Du hast gekotzt wie ein Reiher, sagte Oscar Schutt. Die ganze Zeit hast du gekotzt, und ich musste dir wie eine Amme kalte Umschläge machen. Aber wenn wir schon von Tieren sprechen: Hast du schon mal eine Katze gegessen? Ich schon. Bei uns sagte man: Dachhase. Schau mich nicht so an, wenn der Mensch Hunger hat, dann ... Und? Hast du Hunger? Du hast das Recht, hungrig zu sein. Über eine Woche hast du hier wie eine Flunder, die in den Sand geworfen wurde, gelegen. Würde gern eine Flunder essen, die hat so ein weißes Fleisch. Einmal hab ich so einen Fischer aus Damm getroffen, der hat uns versprochen, ein bisschen Fisch mitzubringen, und der sagte, dass Flundern ganz tief am Boden schwimmen und nach Leichen, die dort liegen, Ausschau halten würden. Und jetzt ist doch das Wasser voll davon. Und dann wundern sich die Leute über Krankheiten, Dünnschiss, Tod. Aber bei dir war das kein Typhus. Niemand weiß, was es war. Die Medikamente musste man sogar in der Kommandantur besorgen, obwohl die Weiber schon zu den Engländern wollten, die jetzt am Torney sitzen. Ah, dieser Haden war da. Er sagte, dass er noch mal kommen würde. Und noch eins: Die Polen haben die Stadt bekommen. Und die ganze Verwaltung, fast die ganze, mit Wiesner und Kompanie, die hat zusammengepackt und ist abgereist. So war die Anweisung. Aber die Leute spuckten ihnen hinterher und schrien, dass sie zuerst die Faschisten im Stich gelassen hätten und jetzt die Kommunisten. Ich habe niemanden im Stich gelassen. Also, wirst du was essen? Ich werde dir etwas Haferbrei warm machen. Weißt du, was ich statt Spiritus jetzt in unseren Kocher reingieße? Irgendwelches ungarisches Parfüm. Kannst du dir vorstellen, wie das stinkt?!

Hummel stand noch am gleichen Tag auf. Er fühlte sich sehr schwach. Aber nachdem er barfuß über den nackten, angenehm kühlen Boden glitt, wobei er sich ab und zu mit der Hand an den Palmenzweigen an der Wand festhielt, erreichte er das Fenster. Die Scheibe bedeckte eine dicke Schmutzschicht, an der noch hier und da gelbe Zeitungsstreifen klebten. Er kratzte mit dem Fingernagel an einem und zerrte leicht daran; der Streifen riss in der Hälfte. Unbewusst las er die Zeile der verblichenen Buchstaben: «…lmächtiger, der unser Volk leitet, und wenn man seine Verdienste in Betracht zieht, belohnte er es oder bestrafte, sollte er dies …» Er legte die Stirn an die Scheibe und schaute hinaus; auf dem Platz standen grüne Bäume, über den blauen Himmel glitten schnelle, kleine Wolken. Ein kleiner Junge warf eine Kastanienkugel mit weichen Stacheln in die Luft. Hummel kehrte zum Bett zurück und griff in seine Tasche. Er legte das Kästchen mit den Schachfiguren auf die Knie und neigte es von links nach rechts: sch-schsch.

Denn siehst du, Heini, sagte Ingenieur F. Hummel, der am runden, mit einer Tischdecke bedeckten Tisch in seiner Wohnung in der Werderstraße – eigentlich schon ulica Królowej Korony Polskiej – saß, Schach, das ist ein einfaches Spiel, das aber viel verlangt. Man kann es leicht lernen, aber man darf es nicht auf die leichte Schulter nehmen. Heini hörte aufmerksam zu. Aber vielleicht hörte er überhaupt nicht zu. Sein Kopf war etwas zur Seite gedreht, zum Fenster, hinter dem man das rote Klötzchen des Kirchturms erkennen konnte, das in das Blau des Himmels hineinragte, und die mit dichten Blättern ausgestatteten Ahornzweige, die ihn verdeckten. Stare kreischten. Deten kam herein und stellte eine Kristallschüssel mit aufgedunsenen Sauerkirschen auf den Tisch. Kleine Wassertropfen glänzten auf ihnen. Wenn du zu den Schachfiguren ehrlich sein wirst, sagte Hummel, dann werden sie dich auch nicht enttäuschen. Im Mittelalter musste jeder Ritter, der etwas auf sich hielt, Schach spielen können.

Er nahm Heini in die Werderstraße mit und setzte ihn sich gegenüber vor das Schachbrett. Er glaubte nicht, dass der Junge die Geheimnisse des Spiels begreifen würde. Doch er spürte etwas in ihm, das es wert war, diese Momente über den simulierten Angriffen und Rückzügen gemeinsam mit ihm zu verbringen. Er hatte keine Übung in Gesprächen mit Kindern, also redete er über Schach so, wie sein Vater mit ihm darüber geredet hatte. Doch es lag eine gewisse Gezwungenheit darin, gegen die er nicht ankam. Hummel lauschte auf seine eigene Stimme und blickte auf die Sauerkirschen und Renekloden in der Schüssel, auf das Schachbrett, auf dem einst Euwe Alechin an die Wand spielte oder Dr. Dyckhoff die deutsche Kunst des erfolgreichen Gegenangriffs demonstrierte. Er schaute zu Heini, der mit den Fingerkuppen über die Rundungen der Früchte fuhr, als ob ihre Haut zu zart wäre, um gleich mit den Fingern nach ihnen zu greifen. Und er spürte, dass seine Worte wie trockene, unnütze Sägespäne herunterfielen. Deten war begeistert, denn sie konnte sich jetzt um beide kümmern. Ich weiß nicht, ob sich dieser Peters dazu eignet, die Fürsorge für so einen Jungen wie Heini zu übernehmen, seufzte sie, während sie von den gelblichen Scheiben der Anrichte den Staub wischte. Onkel hin, Onkel her, ganze Tage sitzt der im Hafen und hat keine Zeit für den Jungen. Und andere schleppen ihn auf diese Sportplätze, wo man sich nur ein Bein brechen oder ein Halunke werden kann, und er ist nicht so einer. Haben Herr Ingenieur gesehen, wie zart und begabt er ist? Weil er so eine schöne Stimme hat, dass, ich sage Ihnen, Herr Ingenieur … Sie haben es sicherlich selbst gehört, bei den Proben bei Frau Stein oder bei diesem Bonkowsky, wo er nur zum Spaß, doch wenn eine Primaballerina (Primadonna, verbesserte Hummel) … ach, ist er nicht ein sensibler Junge? Manchmal, wenn ich hier mit ihm auf Sie warte, dann bitte ich ihn, mir etwas vorzusingen, so Verschiedenes, *Mein Hut hat drei Ecken* oder das: *Und wenn ich sterbe, denke an mich jede Nacht vor dem Schlaf.* Er singt nur, und dann muss er nichts mehr sagen, damit ich weiß, was er braucht. Als meine Nichte noch ganz klein war, habe ich … Das Tuch in Detens Händen erstarrt für einen Moment, und dann findet es wieder zu seinen schnellen, runden Bewegungen zurück, als ob es das wegwischen wollte, was Deten in den gelben Scheiben entdeckte. Deshalb sollten Sie ihn hierher zu uns bringen, wenigstens von Zeit zu Zeit, bis sich jemand von der Familie meldet.

Sie suchten über das Rote Kreuz, über Bekannte, über diejenigen, die wegfuhren und von denen manchmal Briefe kamen: ohne Erfolg. Erst viel später erreichte sie die Information, dass Frau Qualm im Frühling fünfundvierzig umgekommen sei, sicherlich beim Verlassen der Stadt.

Hummel hörte schließlich auf, darauf zu achten, ob ihm Heini zuhörte und ob die Wörter, mit denen er versuchte, dem Jungen die Welt des Schachs zu erklären, ihn erreichten. Es war nicht mehr wichtig, ob die Ausführungen über die Musik, die sich im Raum auch ohne einen einzigen Ton entfaltet (so dass sie auch ein tauber Komponist hört, besonders ein tauber, dessen Ohren für die Kakophonie der überflüssigen und falschen Töne verschlossen sind), und die Wörter, die etwas beschrieben, dessen Beschreibung nur es selbst sein konnte, zu Heini durchdrangen. Hummel reichte es, dass Heini, über den man manchmal lachte, den man aber für eine Art Maskottchen der ganzen Antifa und später des Deutschen Kulturhauses hielt, neben ihm saß. Dass der schweigende, singende, merkwürdige und in seinen Ideen gefährliche Heini (es kam vor, dass man ihn vom Fensterbrett herunterziehen musste, wobei er einen Gesichtsausdruck hatte, als ob man ihn beim Versuch zu fliegen überrascht hätte) neben dem Ingenieur Hummel, einem Aktivisten der Antifa und ihrem Vorsitzenden und später auch dem Vorsitzenden des Sozialrats des Deutschen Kulturhauses, im Wohnzimmer saß. Einem Zimmer, das früher der Teil einer Wohnung gewesen war, die irgendeinem Zwischenhändler für Kolonialwaren gehörte oder einem Staatsbeamten oder einem Pappeproduzenten (Hummel konnte nicht herausfinden, wem diese Zimmer wirklich gehört hatten; sie ähnelten den Zimmern vieler Häuser, die er kannte, aber keinem ganz bestimmten), der mit seiner Frau, seinem Sohn und seiner Tochter oder vielleicht mit zwei Söhnen in den Sonntagvormittag hinausspazierte. Das Volk braucht Söhne, vor dem Haus, vor der

Kirche, vor seiner ganzen Existenz, um für diese Existenz zu beten, um mit ihr bis zur Arndtstraße zu gehen, um auf dem Weg Doktor Liedermann zu treffen, der seinen Tirolerhut lüftet, und dann weiter bis auf die Quistorpaue, um auf die Karrees der Mädel und die Trupps der Jungen mit dem hellen Blick zu schauen, die *Unser Leben gehört der Freiheit* singen, und um dann nach Hause zurückzukehren, zum Mittagessen. Nicht einem für Lebensmittelkarten, sondern einem satten, zu dem man ein Glas Bier trinkt oder ein Gläschen Brombeerlikör hinterher, und um dann mit dem Gefühl der gut erfüllten Pflicht und der «Pommerschen Zeitung» vom Vortag auf dem Gesicht ruhig einzudösen, in dem gleichen Wohnzimmer, wo sie jetzt sitzen, über dem Schachbrett, über ihrer Harmonie, Zeremonie. Im Übrigen hatte Hummel manchmal den Eindruck, dass Heini trotz allem die Grundidee des Spiels in sich aufnahm; auf seine Weise, so wie ein Blatt die Sonnenenergie aufsaugt; und das heißt: auf die natürlichste Weise, mit seinem ganzen Wesen. Heini berührte dabei die Figuren nicht, weil er sie ja nie berührte, aber er stützte das Kinn auf die gekreuzten Unterarme und beobachtete, wie sie auf dem Schachbrett hin und her geschoben wurden. Er schaute mit der Aufmerksamkeit einer Katze zu, die sich plötzlich für die an der Decke tanzenden Lichtreflexe interessiert. Und Deten lugte im schwarzweißen Turban durch die ein wenig angelehnte Tür ins Wohnzimmer und lächelte zufrieden, als ob ihr ein besonders köstlicher Quarkstollen gelungen wäre. Oder als ob sie sich an den Tag erinnern würde, an dem sie Weißkohl gehackt und sich in den Finger geschnitten hatte und Ingenieur Hummel ihr einen Verband und Jod brachte und sagte: Deten, Deten, bring dich nicht um! Was würde ich denn ohne dich machen? Oder an einen anderen Tag, als der Ingenieur sie gefunden hatte, dort, am Abhang der Hakenterrasse, unter der Treppe, im Halbdunkel, im Dickicht der Körper, die sich drängten, die nach Ungewissheit und Elend stanken und nach all dem, wonach lagernde Menschenmassen stinken, und als er sagte: Deten, o Gott (obwohl er nie *o Gott* sagte), und ihr dann irgendein Zimmer im deutschen Viertel besorgte, wo sie wohnen konnte, weil sie dort einen alten Mann und dessen Tochter pflegte, bevor er sie dann – wie früher – zu sich nahm, in die Werderstraße.

Genosse Majewski, der den Ingenieur eines Tages im sowjetischen Offizierskasino am Schachbrett sah, lächelte auch. Denn die Kunde über gute Schachspieler verbreitet sich schnell unter den Schachspielern. Gute Schachspieler wiederum suchen nach Schachspielern, die nicht schlechter sind als sie, weil sie beweisen wollen, dass sie noch besser sind. Und Genosse Neumann, so wie er Mitglied derselben polnischen, wenngleich internationalen Partei, wusste zwar, dass man heutzutage eher Karten spielte, Poker oder Einundzwanzig, doch er konnte denjenigen, die es brauchten, die Suche erleichtern und führte Majewski ins Kasino ein, so dass dieser jetzt auch in Gedanken lächelte, aber anders als Deten. Hummel spielte mit Hauptmann Pilatow, der den aufmerksamen, düsteren Blick eines Menschen besaß, der zu viel gesehen hatte, um Majewskis Lächeln auch nur mit einem Halblächeln zu erwidern. Doch Majewski war viel mehr an Hummel interessiert. So ein Deutscher, der mit den Genossen Offizieren auf vertrautem Fuß stand, irgendwie berühmt, weil er die Stadt General B. persönlich übergeben hatte, so ein Deutscher, solide, mit runder Brille und zurückhaltend, besiegt, aber irgendwie auch nicht, als ob es genau umgekehrt wäre, so einen wollte er. Genau so einen. Nicht einen, den man einfach so fertig machen konnte; den man mit dem Gesicht in den Dreck stoßen, dem man den Stock über den Rücken ziehen, den Schuh in die Nieren bohren oder mit dem harten Absatz in die Eier oder aufs Maul schlagen konnte. Nicht einen, aus dem die Zähne und die vor Schreck ausgekotzte Galle rausschießen; nicht einen nur im Hemd, über die Treppe, den Schnee gejagt und mit Blut verschmiert, sondern einen mit Krawatte und Jackett und mit diesem kühlen, fernen Blick. Genau so einen. Doch er musste noch lange warten, um an ihn heranzukommen, denn es wäre unpassend, einfach so direkt … Und zwei Jahre vergingen, obwohl es vielleicht nur etwas mehr als ein Jahr war, bis sich eine Gelegenheit bot. Und da schien auch Hummel, dass es Zeit war für ein Treffen.

Und als sie zu diesem Spiel gegeneinander antraten und sich alles zwischen ihnen entscheiden sollte, steckte Majewski einen Segler in seine gläserne Zigarettenspitze und sagte: Wisst ihr, ich habe so eine kleine Theorie, weil ich mich schon seit langem für Schach interessiere. Also früher, da waren die Deutschen die Weltmeister; Anderssen, übrigens hieß er Adolf mit Vornamen, und dieser Steinitz Wilhelm und Lasker Emanuel gehörten wohl auch zu euch. Und jetzt, schaut nur, was den Ruhm angeht, hat sie Aleksiej Alechin geschlagen und heute haben wir Michail Botwinnik als Meister, und nach ihm kommen noch andere, zum Beispiel Smyslow. Da ist schon was dran, denke ich. Und ich werde euch noch was sagen. Euer Dorf da, na, wie hieß es doch gleich, Ströbeck. Ihr wisst es ja selbst, da hat ein slawischer Fürst den Leuten Schach beigebracht. So einer, an den Namen kann ich mich nicht erinnern, dessen Güter sich hier befanden.

Ich habe den Eindruck, erwiderte Hummel, dass Sie zu sehr davon ausgehen, Schach sei ein Spiel, welches das Leben widerspiegelt. Was macht es?, fragte Majewski nach, denn sie sprachen in beiden Sprachen miteinander. Hummel streckte die geballten Fäuste nach vorn: Weiß oder schwarz?

Wie geplant wichen die Weißen zurück. Anfangs sah das ungefährlich aus, eigentlich sah es die ganze Zeit ungefährlich aus. Obwohl Hummel sich mit der Zeit eingestehen musste, dass dieses Spiel eine besondere Anstrengung erforderte. Denn wäre Majewski ein Salonschachspieler, ähnlich denen, die bei einer Zigarre und Cognac in Sigismund F. Hummels Arbeitszimmer mit den Figuren nur herumspielten, um ein Alibi für ein Gespräch über den Einfluss der Politik auf den Handel und umgekehrt zu haben, wäre die Sache einfacher. Doch Majewski, was Hummel mit jeder Minute deutlicher merkte – trotz seines groben Benehmens und dem Hang, im Kominternstil zu philosophieren –, war ein scharfsinniger Gegner, der was von der Sache verstand. Er ließ sich von Hummels allzu schnellen Rückzugsmanövern nicht täuschen; denn als der dies ein paarmal versuchte, schmatzte er misstrauisch mit seiner Zigarettenspitze und schaute drein, als ob er zwischen Unwilligkeit und Enttäuschung schwanken würde. Hummel musste dann von der Müdigkeit sprechen, von der stickigen Luft draußen, um gleich wieder zu der schweigenden Partie zurückzukehren, weil Majewski Deutsch verstand, wobei er sich in dieser Sprache unsicher fühlte und eine Art Abneigung dagegen hatte. Wie jemand, der den Weg durch den Wald kennt, aber jedes Mal, wenn er ihn zurückgeht, eine Falle wittert, auf die er schon einmal gestoßen ist. Je länger sie übrigens spielten, umso rätselhafter erschien Majewski. Hinter einem wie von einer Parteistanze gedruckten, nichts sagenden Gesicht, entdeckte Hummel harte und angespannte Züge; als ob nicht er es wäre, der diese Partie mit Majewski spielte, sondern Majewski mit ihm. Als ob dieser Mann aus den Schwätzchen, dem Händeabwischen, aus dem leichten Durcheinander, das durch ein unverständliches Wort ausgelöst wurde, einem Zug auf dem Schachbrett ein Netz weben würde, um Hummel darin einzufangen.

Nein, nein, beruhigte sich Hummel, der die Partie jetzt mit einer Besonnenheit anging, die den Respekt des Gegners wecken sollte, es geht ihm genau darum: mich zu erwischen, an der Gurgel zu packen und so lange zuzudrücken, bis ich herauskeuche, dass ich genug habe. Er darf nichts ahnen.

Albin, mit dem zusammen noch fünf, sechs Personen geblieben waren, um den Spielverlauf zu beobachten, knarrte von Zeit zu Zeit mit dem Stuhl. Hummel drehte sich nicht zu ihnen. Dafür schielte Majewski manchmal rüber, als ob er in ihren Augen die Bestätigung oder Verneinung seiner Befürchtungen suchen würde. Heini stützte die Arme auf den Tischrand und legte den Kopf darauf. Schiedsrichter schlaf nicht, lächelte Hummel. Doch Heini antwortete mit keinem Lächeln. Er sah auf die Schachfelder und die zurückweichenden, wenn auch noch nicht ganz geschlagenen weißen und die von allen Seiten angreifenden schwarzen Figuren. Weiße und schwarze. *Tertium non datur.* Er, Ingenieur F. Hummel, der durch die zerstörte, menschenleere Stadt mit einem weißen Stück Stoff gegangen war (in wessen Namen, zu wessen Nutzen?), spielte jetzt mit den Weißen. Er hatte bis jetzt nie über die Symbolik der Farben bei der Wahl der Schachfiguren nachgedacht. Doch er kannte die Theorie, die vermutlich schon von dem im achtzehnten Jahrhundert lebenden Philidor stammte, dann von Lasker weitergeführt wurde und besagte, dass wenn die Gegner ungefähr gleich stark sind und keine Fehler machen, die Ausgangspositionen nicht gleich sind und somit derjenige gewinnen wird, der anfängt. Und wenn die Weißen anfangen? Wir jubeln und singen, wir tanzen und springen. Vogelbaum hatte oft die Weißen gezogen. Und immer verloren. Mit der Ausnahme von zwei, drei unentschiedenen Spielen, womit Hummel einverstanden war, weil sie die Partie schnell beenden mussten. Hatte Vogelbaum auch damals mit den Weißen gespielt? Und hatte er, F. Hummel, der Vorsitzende des Klubs der Antifaschisten – in dem am Anfang so manche, sehr merkwürdige Gestalten mit Angst in den Augen, aber auch mit einem zynischen, schiefen Lächeln auf den Lippen, ein Versteck suchten –, hatte er, der doch davon wusste, jetzt das Recht, mit den Weißen zu spielen? Und dann noch dieser Neumann. Er brachte Majewski zu ihm und stellte ihn vor: Das ist ein Genosse, der das gleiche Steckenpferd hat wie Sie. Und er würde sehr gern prüfen, ob man dieses internationale Spiel auch auf unserem Boden des Klassenkampfs, auch hier in unserem ... (einen Moment lang schwankte Neumann, und dieses Schwanken machte ihm deutlich Angst), in unserem Land verbreiten kann. Und zwar in einer Zeit des klerikal-militaristischen Gebarens der Herren in Bonn, in einer Zeit der Arbeitermassaker in Hessen und Hamburg und auch als Antwort auf diese zynische, amerikanische Brücke, das heißt auf dieses Kartenspiel Bridge (der tut nur so, dachte Hummel, und das auch noch schlecht). Denn wie man weiß, ist Schach ein sehr populäres Spiel in der Sowjetunion, wo auf den Plätzen der Städte, in Fabriken während der Frühstückspausen mit den kleinen Figuren gespielt wird. Hummel griff in die Tasche nach dem Flanelltuch, aber er holte es nicht heraus; er hatte den Eindruck, dass auf seinen Brillengläsern ein schmieriger Fleck war. Schach, das ist Strategie, ein Kriegsspiel, sagte er und drehte sich zum Fenster. Es war von Licht erhellt. Der Fleck verschwand. Neumann nickte schnell, als ob diese Riposte in dem Moment ohne Bedeutung wäre: Natürlich, als Antwort auf den westlichen Militarismus ist unsere Bereitschaft die einzige Strategie. Majewski hörte mit einer Anspannung zu, die er nur schlecht verbergen konnte, und blickte mal zum einen, mal zum anderen. Ich werde bei einem Meister in die Lehre gehen, warf er unerwartet auf Deutsch ein. Hummel verstand nicht, schielte zu Neumann, als ob dieser der Übersetzer wäre. Majewski hüstelte und setzte noch mal an: Na, bei dem roten Meister persönlich. Oh, lachte Neumann künstlich auf. Hummel steckte die Hände in die Taschen. Sie waren wahrscheinlich so freundlich, mich mit einem Meister des Schachs, der eine linke Weltanschauung hat, zu vergleichen, aber auf Deutsch kann roter Meister auch Henker bedeuten. Henkel?, fragte Majewski. Hummel sah Majewski an, aber in dessen Augen konnte man nur Verlegenheit erkennen. Sprechen Sie doch polnisch, schlug Hummel vor und überlegte, ob die irritierende Ungeduld, die er jetzt verspürte, Hoffnung oder Angst war. Wir lernen hier viel Polnisch. Im Unterricht. Junge und Ältere gehen hin. Eine interessante Sprache, so anders.

Neumann fasste ihn am Ellbogen – sehr entschieden, zu offensichtlich, wie es Hummel schien –, und während er Majewski irgendeine kurze Erklärung hinwarf, dass sie noch dienstliche, den Klub betreffende Dinge zu besprechen hätten, führte er den Ingenieur zum Fenster. Weißt du irgendetwas von diesem Haden?, flüsterte er theatralisch. Die Sache war alt, längst war Gras darüber gewachsen, wen könnte sie noch so viele Jahre danach interessieren? Doch Hummel wandte den Blick ab, schaute zu den im Wind weiß schimmernden Lindenblättern und zuckte mit den Schultern. Es gab so einen, im Gaswerk. Noch vor dem Krieg. Und danach. Genau. Neumann freute sich fast. Er nervte mit seiner künstlich-kommissarischen Art der Konspiration. Hummel schwieg und schielte immer wieder zu Majewski hinüber. Der wischte sich die Hände an einem großen, karierten Taschentuch ab. Genau. Neumann wurde ungeduldig. Wisst ihr, dass er sich mit irgendwelchen Aussagen Luft gemacht hat und Dinge ans Licht gekommen sind, die wie Schlangen zischen, auf die man getreten ist (von dieser Metapher überrascht, hob Hummel die Augenbrauen); in dieser Sache mit Walter und den anderen. Eigentlich ist niemand außer mir aus dem Gestapogebäude rausgekommen, sagte Hummel. Ich weiß, ich weiß, räusperte sich Neumann, ich erinnere mich doch. Ich sag doch nur, was mir neuerdings die Genossen vom Amt erzählt haben, weil er wieder über Altes geredet hat, dieser ... Haden, beendete Hummel den Satz. Eben, eben, bestätigte Neumann, so verschiedene Dinge. Majewski schüttelte die Streichholzschachtel und schob eine Zigarette in die Zigarettenspitze. Spielen Sie mit ihm, Kollege Vorsitzender, lächelte überraschend breit Otto Neumann und warf einen Blick über die Schulter zu dem Polen. Das ist ein guter, in der Stadt geschätzter Genosse. Sehr geschätzter, fügte er leise hinzu und sah den Ingenieur vielsagend an.

Es können die Weißen sein, warum nicht? Hummel wich mit Bedacht zurück. Er sah schon die letzten paar Züge, die ihm erlauben würden, von diesem Tisch aufzustehen, auf die Straße zu gehen und die paar hundert Meter zurückzulegen, die ihn von zu Hause trennten. Mit einem Gefühl der gut erfüllten ... (in Gedanken ging er noch mal an den Anfang des Satzes zurück), mit einem Gefühl der Erleichterung. Dass es vorbei war. So wie damals, als er den General wieder verließ und der Stabsoffizier, an dem er vorbeiging, ein unergründliches, kaltes Lächeln aufsetzte. Nein. Damals war es eine Kapitulation gewesen. Jetzt ist es ein Spiel. Er spielt noch immer. Es können auch die Weißen sein. Was für ein Unterschied? Weiß wie die Blusen der BDM-Mädchen, wie die Hemden dieser Jungen, die vor der Kneipe in Drzetow im Dreck gewälzt wurden. In Gedanken sagte er schon: in Drzetow, nicht: in Bredow. Und er dachte: Es ist stickig. Raus hier. Ich will es hinter mich bringen.

Majewskis Schwarze, die Königin, der Läufer und Turm, umzingelten den weißen König und trieben ihn in die Ecke, wo der einsame, weiße Turm steckte, der sich vor lauter Verteidigungsmanövern nicht mehr richtig bewegen konnte. Majewski schaute von Zeit zu Zeit zu ihm rüber, wie jemand, der zwar den Hund des Hausherrn, bei dem er schon öfter gewesen war, kannte und wusste, dass ihn der Hund nicht beißen würde, der aber dem Tier für alle Fälle nicht zu nahe kommen wollte. Wisst ihr, wie man in der Sowjetunion, das heißt auf Russisch, den Turm nennt?, fragte er, um dem eigenen Blick den Anschein von Furcht zu nehmen. Hummel verneinte. Er wusste es nicht, er wollte es nicht wissen. Zuerst die Treppe runter, durch den Duft der verblühten Linden, dann die Abkürzung über den Platz, neben dem Brandschutzbecken und Straßenbahndepot, nach Hause. Peters sollte Heini abholen. Wenn er nicht auftaucht, wird man Albin bitten müssen, ihn nach Hause zu bringen. Hier hat man ja nirgends weit. Nirgends. Majewski blies dichten Rauch in die Luft. Sie nennen den Turm *ladija*, das bedeutet: Boot.

Hinter Hummels Rücken, auf den Stühlen: Schweigen. Aber ein schweres, gelangweiltes. Als ob sie schon wüssten, als ob sie es besser als er wüssten. Das Schicksalsboot, sagte Hummel, etwas überrascht, dass er es laut aussprach. Majewski schnippte die Asche in den Glasuntersetzer und nickte: ein lateinischer Spruch, kenn ich. *In eadem nave**. Der überraschte Ingenieur hatte nicht einmal Zeit, fragend zu schauen, denn der andere war schon sehr nah. Schach, Schach – die Dame fällt in den Bach. Gut, dachte Hummel, wer immer Sie auch sind, Genosse M., wer immer Sie auch waren, jetzt werden Sie mein Boot sein, auf dem wir sicher fortsegeln werden, weit weg. Bis dahin fragte er sich nicht, worauf er die Überzeugung stützte, dass sich Majewski genau so verhalten würde, wie er, der Vorsitzende Hummel, es sich vorgestellt und wie er es geplant hatte. Für ihn war das so selbstverständlich wie ein festes Element des Spiels. Doch plötzlich spürte er für eine Sekunde einen Druck auf dem Herzen. Und es kam

* lat.: In einem Boot sein (das gleiche Schicksal haben)

ihm der Gedanke, dass das nicht das Spiel war, das Majewski normalerweise spielen würde. Dass Neumanns Anspielungen und diese ganze Überlegung – die voraussetzte, dass der naive und nach einem Triumph lechzende M. dem Deutschen Haus nützlich sein könnte, dass er für sie etwas, was schon längst abgeschrieben war, retten könnte –, dass dieser ganze Plan völlig kindisch war. Schnell schob er diesen Gedanken weg. Was immer Majewski kann, was immer er tun will, das hat jetzt keine Bedeutung mehr. Man muss ihm das geben, was er in diesem Moment will. Denn das Spiel ist zu weit fortgeschritten, als dass man sich aus ihm zurückziehen könnte.

Doch es war gerade Majewski, der einen Fehler machte, den man nicht hätte machen dürfen. Er war zu selbstsicher oder eher: dessen zu sicher, worüber er meinte, die volle Kontrolle zu haben. Als Antwort auf die Flucht des weißen Königs zog er mit der Königin zu ihm rüber. Schach. Er wiederholte: Schach. Die Königin stand auf der Linie des Turms, der sie jetzt schlagen konnte. Hummel bemerkte das sofort, und als erste unbewusste Reaktion wollte er Majewski ein Zeichen geben, dass das doch so ein lächerlicher Fehler sei, eher ein Stolpern, das man angesichts dieser Partie nicht ernst nehmen sollte, doch gleich kam ihm der Gedanke, dass der andere ein so offensichtliches Almosen nicht annehmen würde. Was ihm blieb, war die Eile und Ablenkung. Er griff nach dem König, um ihn auf eins der noch nicht bedrohten Felder zu schieben, als ihm Heini zuvorkam, den Arm über dem Tisch ausstreckte und mit dem weißen Turm die schwarze Dame vom Schachbrett stieß. Hinter Hummels Rücken, auf den Stühlen der Zuschauer, machte sich Murren und leises Gekicher breit. Was? Majewski hustete. Was ist? Doch in seiner Stimme war keine Aggression und kein Unwille, womit Hummel noch gerechnet hatte. Er versuchte es selbst: Heini, lass das, das ist kein Spielzeug. Er stellte die Dame zurück und ging mit dem Turm auf das Feld, auf dem er vorher gestanden hatte. Das fiel nicht überzeugend aus. Sie schwiegen zu lange. Aber keiner konnte Worte finden, die etwas geändert hätten. Dieser Zug zählt natürlich nicht, sagte schließlich Hummel. Majewski schwieg beharrlich und machte es dem Ingenieur nicht leichter. Heini stützte den Kopf wieder auf die gekreuzten Arme. Seine Augen waren halb geschlossen. Er schien ruhig, sogar etwas abwesend zu sein. Ich hatte vor, einen Zug mit dem König zu machen, sagte Hummel. Das fiel kläglich aus. Majewski empörte sich: Was erzählen Sie mir hier für einen Mist? Er schob den weißen Turm wieder auf das Feld der Dame, die er auf den Tisch legte. Sie können mich doch vor dem Jungen nicht so verspotten. Er griff nach den Zigaretten, nahm aber keine aus der Schachtel und kaute nur auf der leeren Zigarettenspitze. Na dann, Hummel räusperte sich, wie Sie meinen.

Sie spielten noch eine Weile. Majewski hatte zu wenig Figuren, um das Spiel für sich zu entscheiden. Außerdem war es offensichtlich, dass er an etwas anderes dachte. Hummel versuchte zum Angriff überzugehen, aber nur, um Zeit zu gewinnen. Zeit. Zeit und Raum, dachte er zerstreut. Zeit. Nach mehreren Minuten, von den leisen Gesprächen in ihrem Rücken angetrieben, spürten sie, dass es genug war. Ich schlage ein Unentschieden vor, sagte Hummel schnell. Damit es so aussah, dass er es war, der es angeboten hatte. Majewski blies in das Glasröhrchen, und ein dünnes, falsches Pfeifen ließ Heini aufhorchen. Er begann leise, kaum hörbar etwas zu summen.

Also gut, sagte Hummel. Majewski zuckte mit den Schultern. Flüchtig, fast zufällig schauten sie sich an. Hummel war überrascht, denn in den Augen des anderen erkannte er Erleichterung, so eine, wie er sie bei sich selbst erwartet hatte. Obwohl es vielleicht eher Müdigkeit war. Seine, Hummels Müdigkeit, die von sich selbst müde war. Gespiegelt in der Müdigkeit des anderen; eine unerforschte und abgekühlte, vervielfachte und wiederkehrende Müdigkeit.

Peters holte Heini nicht ab. Schwerdtfeger und Zittermann waren irgendwo verschwunden. In der Bibliothek, vor deren Tür gekräuseltes rotes Löschpapier lag, war niemand mehr. Er hob es auf und legte es aufs Fensterbrett. Sie konnten in die Królowej Korony gehen. Es war dunkel geworden. Die Laternen hinter dem Brandschutzbecken in der aleja Wojska Polskiego* schimmerten mit einem schwachen, schummrigen Licht. Das Wasser hinter der Umzäunung lag schwarz und reglos da. Erst jetzt spürte Hummel Feuchtigkeit auf seinem Gesicht; die kleinen Tropfen klebten an der Haut, als ob sie aus ihr hervorgedrungen wären. Aber die Brillengläser waren auch feucht; er wischte mit dem Finger über eins und verschmierte darauf den Lichtstreifen der sich nähernden Straßenbahn. Es regnet, sagte er, ohne den Jungen anzuschauen. Er wollte ja etwas sagen. Jetzt hatte er einen Grund. Heini stand einen Augenblick mit offenem Mund und nach hinten geneigtem Kopf da. Dann breitete er die Arme aus und drehte sich einmal, zweimal und ein drittes Mal. Du wirst hinfallen, sagte Hummel. Weil er etwas sagen wollte. Heini schüttelte den Kopf und rannte ein Stück, drehte sich um und blieb an dem Brandschutzbecken stehen. Er atmete schnell und sah in Richtung des nicht mehr sichtbaren Kulturhauses. Der Regen fiel immer dichter, ganz fein und nur im Lichtkegel der Laternen zu erkennen. Komm, sagte Hummel. Für einen kurzen Moment hatte er Lust, den Jungen an der Hand zu nehmen, doch das ging gleich vorbei. Es war nicht nötig. Es reichte, dass sie so gingen. Die Luft war von Gerüchen durchdrungen: abgefallene Lindenblüten, nasser Asphalt, frisch ausgehobene Erde auf dem Seitenstreifen der fast leeren Straße. Das Klingeln der Straßenbahn verhallte in der Allee. Als sie sich dem Haus näherten, ging Heini beim Rasen vor dem Eingangstor in die Hocke. Hummel blieb daneben stehen und zögerte. Und plötzlich tat er das Gleiche und berührte genauso wie Heini das Gras. Im Licht, das aus den Fenstern fiel, sahen die Halme wie ein dunkles, glänzendes Fell aus. Teilnahmslos reckten sie sich unter der Hand.

Jetzt werden wir hochgehen, dachte Hummel, und Deten wird sagen, wissen Sie, Herr Ingenieur, ich habe den Turm von

* poln.: Allee der Polnischen Armee

dem Schachspiel gefunden, den sie einmal gesucht haben. Er lag dort, unter dem Schrank. Dort, unter dem Bett. Das wird Deten sagen; denn etwas, das abgeschlossen wird, muss eine Form haben. Und wenn etwas über uns bestimmen will, dann muss es uns wenigstens manchmal ein Zeichen geben; dass es da ist, dass es eine gewisse Ordnung einhält und sich um die Form kümmert.

Heini lief die Treppe hinauf und nahm zwei Stufen auf einmal. Hinter ihm ging Hummel, ohne im Zwischenstock anzuhalten, fast mühelos, wie es ihm schon lange nicht mehr passiert war. Sie blieben vor der Tür stehen und klopften laut. Dann hörten sie das Schlurfen von Pantoffeln. Deten öffnete die Tür, so weit die Kette reichte. Sie blickte etwas geistesabwesend, als ob sie sie gar nicht erwartet hätte. Sie sind es, Herr Ingenieur? Wer denn sonst, Deten? Du wirst alt. Ich habe geschlafen, antwortete sie, wie mit einer leisen Rechtfertigung in der Stimme, mit einem Vorwurf, man wusste nicht, wem gegenüber. Ich habe geschlafen.

Trotzdem wartete Hummel, bis sie es ihm endlich sagte. Wissen Sie, Herr Ingenieur, ich habe diese Schachfigur gefunden, die Sie einmal gesucht haben. Aber Deten ging in die Küche, um Wasser für Tee aufzustellen. Und der Turm tauchte nie wieder auf.

Andante cantabile

In einem gleichmäßigen Schritt liegt etwas Beruhigendes. In einem gleichmäßigen, das heißt in einem, der dem Herzrhythmus und nicht dem Marschrhythmus untergeordnet ist. Gerade aus meinem Mund klingt das nicht überzeugend, aber die Tatsache, dass ich hinke, hat hier überhaupt keine Bedeutung. Plötzlich ist da ein halber, ein viertel Takt Unterschied, aber auch darin liegt eine innere Harmonie; Adolf, Adolf Filbinger, Sie haben ihn vielleicht gehört, wir spielten im Imperator und ein halbes Jahr im Café Ponath zusammen. Er sagte, er würde mich sogar in seinem Grab an diesem gleichmäßigen Nachziehen des Hinkebeins erkennen. Das heißt, wenn ich mit Blumen zu seinem Grab kommen würde und er … Der hatte wirklich ein fantastisches Gehör. Sie müssen ihn gehört haben, er war nicht nur bei den Kabaretts und Tanzveranstaltungen dabei; in der Saison dreiunddreißig, vierunddreißig spielte er die zweite Geige bei Nenring. Oder dirigierte damals schon Mannebeck? Können Sie sich erinnern? Nun, ich würde sogar sagen, dass in einer leichten Störung der Harmonie, in einer zarten Durchbrechung des Rhythmus ein zusätzlicher Reiz liegt, etwas Wertvolles, das die Harmonie noch mehr zum Vorschein bringt. Wie Meerrettich, der den Atem stocken lässt, wenn man ihn über duftenden, geräucherten Schinken streicht. Ich weiß, das ist für Sie kein Vergleich. Aber erinnern Sie sich an den Schinken von Paul Gliewe? Ich muss zugeben, als ein paar Tage vor dem Krieg Lebensmittelkarten aufgetaucht sind, da dachte ich: Oho, adieu, du rosige Liebesscheibe von Meister Gliewe, seid willkommen Eure Hoheit Kartoffel, und du, Fräulein Steckrübe, und auch du, Kohlkopf, der du so voller Ernst bist. Und hatte ich nicht Recht? War es nicht die größte Demütigung? Größer als, pardon, sich während der Luftangriffe die Hosen voll zu machen? Diese Kartoffelklöße mit der angeblichen Fleischsoße, dieser Rotkohl mit Klößen, Weißkohl mit Kartoffeln? Und ich sage Ihnen, Herr Doktor, es fiel mir leichter, ein Verbot unseres Gauleiters Schwede zu schlucken, als diese gefüllten Pastetchen *stonefish* (erinnern Sie sich an die Pastetchen?), deren Namen ich für eine der größten Niederlagen der deutschen Propaganda halte. Natürlich, der Name muss keine Bedeutung haben. Aber er ist nützlich. Erinnern Sie sich an das frühere Restaurant Gotzlow? Nein, nicht Julo am Hang, sondern das direkt am Wasser. Das im Pavillonstil, das man später in einen Anlegeplatz für Segelboote umgewandelt hat. Ich selbst kann mich nur dunkel daran erinnern, ein- oder zweimal war ich mit meinem Großvater dort. Er liebte Eisbein und bestellte es überall. Aber ob es im Gotzlow Eisbein gab? Ich weiß nicht. Ich erinnere mich an eine Silberweide direkt am Wasser, denn als wir beim Mittagessen saßen, musste ich unbedingt Pipi machen. Ich hatte Angst, es zu sagen, und wünschte mir furchtbar, ich könnte in den schwarzen Schlitz dieses schiefen, mit Weidenruten aufgeplusterten Baums pinkeln. Aber ich hätte diese Kneipe vergessen, wenn man nicht diesem neuen Café, wo jeden Sonntag eine Militärkapelle spielte, den gleichen Namen gegeben hätte. Und so gab es ein neues Gotzlow. Es gab ein neues, weil sich die Leute an das alte erinnerten. Und Eisbein. So eins, auf das auch Sie Appetit haben würden, aß ich in der Kneipe an der Ecke Pasewalker Chaussee. Dieses Eisbein hatte immer eine zarte Fettschicht, und die Haut glänzte so, dass man mit ihr Schuhe aus Ferragamo hätte putzen können. Aber um auf den Rhythmus zurückzukommen. Erinnern Sie sich an *Rhythmus und Farbe* mit den Höpfner-Schwestern im Jahr zweiundvierzig: Mich beeindruckte nicht so sehr, wie sie tanzten, sondern – obwohl sie sich so ähnelten, wie zwei gleiche Löffel, die ineinander passen – dass sie sich um diesen halben, viertel Takt voneinander unterschieden; so wie Beine, von denen eins steppt und das zweite ein wenig wartet und sich erst nach einem kaum wahrnehmbaren Moment anschließt. Aber Sie empfinden mein Hinken nicht als eine Verzögerung, die Ihren Rhythmus stört? Zumindest haben Sie es bis jetzt nicht erwähnt. Sagt Bonkowsky und rückt seinen Hut zurecht, als ob er jemanden zurückgrüßen würde.

Rhythmus und Farbe haben sie dreiundvierzig gedreht, antwortet Dr. Thimm. Und wenn Sie denken, dass Harmonie etwas anderes ist als Ordnung, dann sind Sie genauso ein Kohlkopf wie der aus der Kantinenversorgung. Meine Ordnung wird nicht davon gestört, dass Sie hinken, sondern dass alles um uns herum hinkt.

Es wird überall gebaut, sagt Bonkowsky. Das heißt: wieder aufgebaut.

Natürlich. Auf Thimms Gesicht erscheint die übliche Grimasse – es ist schwer zu sagen, ob es sich um Überheblichkeit oder Unwillen handelt –, die aus der Verkrampfung um die Lippen resultiert. Natürlich, wiederholt Dr. Thimm.

Sie nähern sich gerade der früheren Taubstummenanstalt. Bonkowsky, klein, dunkel, zieht deutlich das rechte Bein hinter sich her und schaut in Richtung des roten, mit spitzen Dächern versehenen Gebäudekomplexes. In diesem schnellen, dem Anschein nach nur flüchtigen Blick ist eine Spur von Erwartung, dass über die Treppe des Haupteingangs gleich jemand zu ihm heruntereilen würde. Die leicht gehobenen Augenbrauen und der dünne, altmodische Schnurrbart über der Oberlippe lassen ihn wie einen Revuegockel aus einem heruntergekommenen Theater aussehen. Er trägt ein knappes Mäntelchen, das nur bis zu den Knien reicht, und einen weichen Filzhut, der an der Stelle, wo früher das Band war, heller ist. Daneben schreitet gebückt Dr. Jakob Thimm; unter der Mütze mit dem abgebrochenen Schirm schaut unordentlich – aber ohne Charme – eine graue Haarsträhne hervor. Aus dem Ärmel des graubraunen Herbstmantels, der von einem Ledergürtel zusammengehalten wird, ragt eine ausgefranste Hemdmanschette. Man sieht sie, wenn der Doktor die Hand mit dem Haselholzstock nach vorn streckt, mit dem er – wobei sich gleich um seine Nase Widerwillen abzeichnet – vergilbte, nasse Fetzen von Fragebogen oder Flugblättern anstupst, die der Wind reichlich in die Pfützen am Bordstein geweht hat, sie dort rauszerrt und vor die Füße der beiden Männer wirft. Um die Wahrheit zu sagen, sehen beide aus, als ob sie verkleidet wären. Also fällt es nicht schwer, mir vorzustellen, dass sich mein Blick von hier in einen dortigen Blick von damals verwandelt. Und ich, die Personifizierung des Erzählers, stehe ruhig da. Es steht mir zu, hier zu stehen. Ich bin zu Hause, und sie sind diejenigen, die gehen; ich stehe und schaue ihnen hinterher – wie sie sich entfernen oder mir nähern –, mit keiner großen, aber doch spürbaren Anspannung. Und ich fühle Genugtuung, die gleiche wie diejenigen, die auch dort stehen und zu ihnen schauen.

Bonkowsky dreht den Kopf von der gegenüberliegenden Straßenseite und der Taubstummenanstalt weg, weil in der Tür die hellgoldenen Haare von Jette nicht mehr zu sehen sind und die Männer, die sich an die bröckelnde Umzäunung lehnen, ihn anstarren; ihn und Thimm, mit offensichtlicher Überheblichkeit, obwohl sie nicht besser gekleidet sind und genauso ausgemergelte Gesichter haben. Es sind Polen. Man kann es daran erkennen, wie sie schauen. Sie haben bestimmt die deutsche Sprache gehört, denn das ist hier letztendlich, am Anfang vom Ende, nicht schwer. Thimm und Bonkowsky gehen an den Arkaden der früheren Sparkasse vorbei. An der ulica Mickiewicza, früher Kreckower Straße, der Sammelstelle der deutschen Umsiedler. Es ist März neunzehnhundertsiebenundvierzig. Es weht ein feuchter, aber schon mit Wärme gesättigter Wind, der von den Gärten – die man unten, am Abhang des Viadukts erkennen kann – den Geruch von aufgetauter Erde, die zum Leben erwacht, und von toten, brennenden Zweigen heranweht.

Und Bonkowsky hat keine Ahnung, dass es literarischer Missbrauch ist, vor die Erinnerung eines vierzigjährigen Mannes den Schatten einer Frau mit hellgoldenen Haaren von vor zehn Jahren zu stellen; vor allem weil danach der große Krieg kam und es andere Schatten der Erinnerung in der Stadt S. gibt und die Stadt selbst einer davon ist. Aber er weiß das nicht, also dreht er den Kopf schnell von der Treppe der früheren Taubstummenanstalt weg. Es ist still. Weder Bonkowsky noch Thimm sagen etwas, auch die Männer auf der anderen Straßenseite schweigen und machen weder eine Bewegung noch eine Geste in ihre Richtung. Vielleicht stehen sie dort nur so, um zu schauen, aber vielleicht sind es die leeren Hände der beiden (abgesehen von dem Stock), die ihren Unmut provozieren. Denn auch die Sammelstelle ist schon nicht mehr die mit Bündeln überhäufte von vor einem Jahr. Sie ist nicht mehr der Ort, wo man im Getümmel und Gedränge der vom Osten An- und nach Westen Abreisenden – inmitten derer, die um eine Ausreise beteten, und anderer, die sie verfluchten – einen Stempel, der zum Verlassen der Stadt berechtigte, bekommen konnte, samt einem Schuldgefühl, das wie die Narbe nach einer Operation ständig schmerzte. Der Ort, wo man im Hass und in der Ungewissheit Hoffnung und ein Gemeinschaftsgefühl fand. Sie ist kein Lager mehr direkt auf der Straße; kein illegales Gedränge von Menschen, die Wohnungen und Treppenhäuser zurückließen; keine legale Menschenmenge, die in der Schlange zu der Zollabfertigung stand, in der man aufhören konnte, aufhören musste, an etwas anderes zu denken als an die Suppe, die man umsonst bekam. Und an den Getreidekaffee, morgens und vor dem Schlafengehen, wenn man einschlafen konnte, ohne dabei an das Ausfüllen der Vordrucke und Erklärungen, dass man nicht zurückkehren würde, zu denken; an das Leeren der Koffer, die bestimmt doppelte Böden hatten, und der Körbe mit Garn, in dessen Haspeln zweifellos Geld und Wertsachen versteckt waren. Wenn man schlafen konnte und nicht aufwachte beim Pfeifen der Lokomotive, die zur Reise mahnte. Einer Reise durch Scheune, wo man S. einen letzten Blick zuwarf und denen, die dort blieben, einen Fluch. Wenn man es schaffte, nicht zu schlafen, um die Erinnerung nicht zu verschlafen, was diese Gleise sind, was sie in der Erinnerung sein werden, dieses Klopfen der Räder, dieser Weg zu sich selbst. Von sich selbst.

Aber Bonkowsky hat keine Ahnung, dass seine Vorliebe, zu Fuß zu gehen, wohl oder übel ein literarisches Gegengewicht zu dem Klopfen der Räder ist.

Der Rhythmus von Schritten, vielen Schritten, wenige Gespräche. Hummel führt Thimm von der Alleestraße durch die Mackenstraße, die, wie ein Bach in einen breiten Fluss, in die Alleestraße mündet. Sie nehmen immer diesen Weg vom Kulturhaus; nach dem letzten Treffen, dem letzten Abschied, dem letzten Singen oder Schweigen. Bis zum Bahnhof Torney. Nur manchmal sagt jemand: Turzyn, Wawrzyniaka. Jetzt sagt man nur noch, wieder nur noch: Turnerstraße, Alleestraße, Mackensenstraße, Torney.

Die Sonne flimmert, obwohl sie noch kühl ist. In den Pfützen wiegt sich der Himmel hin und her. Die von der Stadt kommende Straßenbahn, die Sieben, klingelt so wie früher. Sie gehen von der Straße, auf die sie runtersteigen mussten, weil sie auf dem Bürgersteig nicht genügend Platz hatten. Die Sieben, aber die Wagen sind jetzt rot. Ingenieur F. Hummel, der Vorsitzende des Rates des Deutschen Kulturhauses, denkt an sein Gespräch mit Alfred Bonkowsky, dem Leiter des Musikensembles: ein Gespräch, das sie wohl Ende der vierziger Jahre geführt hatten, denn damals schien Hummel, dass alles zu Ende sei, aber irgendwie auch, dass es einen Neuanfang gäbe. Sie spielen nur Tangos und Polkas. Und wenn es Ihnen gelingen würde, etwas für uns zu komponieren? Für uns, fragte Bonkowsky neugierig, das heißt? Nun, Sie sprechen so viel über S., sagte Hummel irgendwie unklar, als ob er selbst nicht sicher wäre, worum es ihm ging. Ich spreche, worüber ich spreche, und ich spiele, was ich spiele, zuckte Bonkowsky die Schultern. Nicht deswegen, weil er nicht verstand, sondern weil er erschrak. Nicht vor dem Notenschreiben, denn er kannte die Noten, sondern vor einem klaren Standpunkt. Und ich habe nie Schlager geschrieben, fügte er schnell hinzu, damit es überzeugend klang. Und Sonaten zum Beispiel oder Serenaden? Hummel lächelte genauso schnell, kaum wahrnehmbar. Dann wechselten sie das Thema. Der Vorsitzende kam einmal pro Jahr, einmal alle paar Züge, die aus S. in Richtung Westen fuhren, auf dieses Thema zurück. Und?, fragte er dann immer, als ob es eine Art gemeinsames Geheimnis sei, über das sie scherzten, wie sieht es aus mit unserer *Eine kleine …*?

Frau Stein trug verblichene Pullover und dicke Röcke, die nach Desinfektionsmitteln von der UNRRA rochen; ihre kurzen dunkelgrauen Haare kämmte sie in Wellen. Sie steckte sie eng am Kopf fest; die wie Perlmasse glänzenden schwarzen Klammern fesselten Heinis Aufmerksamkeit nicht weniger als Frau Steins Hände. Klein, kurzfingerig und irgendwie ratlos, erinnerten sie – wenn Frau Stein sie auf die Knie legte – an das Paar blinder Kätzchen, das Heini in einem Heizraum gefunden hatte. An der Heizung war etwas kaputt, also trug er sie nach draußen, in die Sonne, weil sie zitterten. Schwankend versuchten sie aufzustehen, doch sie konnten nicht. Dann tauchte der alte Lipke auf. Er sagte, er würde sie zu ihrer Mutter bringen. Heini sah sie nie mehr wieder. Und Frau Steins Hände lagen auch so auf ihren Knien, als ob sie aufstehen wollten, aber nicht konnten. Die kurzen Finger krümmten sich, zogen den ganzen Rest nach oben, und dann legten sie sich steif auf den Filzrock und blieben so, um sich von der Anstrengung zu erholen. Frau Stein tat natürlich so, als ob sie sich überhaupt nicht darum kümmern würde. Aufmerksam und leicht verlegen schaute sie Heini an, als ob sie wüsste, dass sie sich beide viel zu geben hatten, aber aus irgendwelchen Gründen sich davor in Acht nehmen mussten. Einmal hatte sie Heinis Blick bemerkt und floh mit den Händen hinter die Stuhllehne, wie jemand, bei dem man den Dreck unter den Fingernägeln entdeckt hatte. Aber gleich darauf lachte sie mit ihrem hellen, wohlklingenden Lachen. Du hast Recht, mein Junge, eben wegen der Hände bin ich kein Virtuose geworden. Man muss damit zufrieden sein, was einem Gott gegeben hat. Sie sprach in einem merkwürdigen Ton und wählte die Worte sorgfältig aus, was den Eindruck vermittelte, als ob jede Aussage eine feierliche Erklärung sei. Heini verstand nicht immer, was sie von ihm erwartete. Dabei wollte sie den Schatz, den er in sich trug, aus ihm herausholen. Das hatte sie einmal bei einer Chorprobe gesagt, und Frieda, der normalerweise die Solopartien übertragen wurden, fiel fast von der Bank, auf der die erste Chorreihe stand. Sie lachte dann lange darüber, während sie die Hand vor den Mund hielt, obwohl sie

Frau Stein mit einem traurigen, anhaltenden Blick musterte. Sie wird zweihundert Prozent der Norm aus dir rausholen, selbst wenn du dabei auf dem Rücken liegen musst, sagte Noske, der manchmal die Basspartien sang, zu Heini. Nein, sie wird aus ihm Thors Hammer rausholen, prustete lachend Eugen Holtz, der Tenor mit den geleckten, fettigen Haaren, und zeigte den Unterarm mit der geballten Faust. Sie wird ihn rausholen und sich dann zwischen die Beine stecken. Aber Heini wusste, dass Frau Stein ihm beibringen wollte, schön zu singen. Schon damals, als er das erste Mal bei ihr vorsang, weil man ihr gesagt hatte, dass Heini Talent besäße, bekamen ihre aufmerksamen, etwas ängstlichen Augen einen warmen Glanz. Sie hörte sich die *Mexikanische Serenade* und das Schlaflied *Es kommt die Nacht in Rosenblüten, im Duft der Nelken ...* an und sagte: Du hast wirklich eine wunderbar klingende Stimme; in dir schlummern ungeahnte Möglichkeiten. Wir werden das aber noch säubern müssen. Heini sah sich um; der Saal war von der alten Else Lipke frisch gekehrt worden, doch Frau Stein schüttelte lächelnd den Kopf. Die Technik glätten, verbessern, vervollkommnen, sagte sie. Und Heini verbesserte nach den Proben die Technik, einzig in Frau Steins Anwesenheit. Er begann, den Kehlkopf und die Stimmbänder in Instrumente umzuwandeln, und mit immer größerer Übung sang er die Tonleiter rauf und runter. Dann blieb nach den Proben auch einer der Akkordeonspieler oder Herr Władek, und Heini glättete seine Stimme in Begleitung der Ziehharmonika oder des Klaviers. Meist waren es einfache Lieder, doch Frau Stein meinte, dass sie später, wenn sie ihn auf schwierigere Aufgaben vorbereitet hätte, eins der romantischen Lieder für ihn finden, vielleicht sogar etwas von Mendelssohn und wohl auch den Kaleb aus Händels *Josua* mit ihm durcharbeiten würde; denn Heinis Stimme sei zwar keine Koloratur, doch als Sopran könne sie sich sehr wohl beweisen. Und nur einmal fügten sich die kleinen, auf den Knien liegenden Hände ineinander, als ob sie gegenseitig Beistand suchten, als Frau Stein vermutlich mehr zu sich selbst als zu Heini sagte: Es ist erstaunlich, mein Junge, du hast so einen verspäteten, in der Zeit verzögerten ... Sie hielt inne und schielte verlegen zu ihm rüber. Aber wir sollten uns besser nicht darum kümmern. Und sie lenkten ihre Aufmerksamkeit auf Heinis Stimmübungen, wobei die Klänge, die aus Heini herauskamen, fest und zusammenhängend sein sollten, und nicht, wie es früher mal war: als die mit Mühe aus der weit geöffneten Kehle herausgeholte Stimme gleich wieder in Heini hineinfiel, hilflos und schwach. Doch Frau Stein brachte Händels Partitur nie mit. Vermutlich deshalb, weil es diese Partitur nicht gab, was Heini persönlich nachprüfte; weder in Thimms Bibliothek noch im Notenkoffer, der Bonkowskys Privatsammlung enthielt. Aber nicht nur deswegen. Doch so oder so, Heini musste nicht mehr das befürchten, wovor er von Anfang an Angst gehabt hatte: dass er, getragen von seiner Stimme und ohne Einfluss auf etwas – hilflos wie Frau Steins Hände – bis unter die Decke emporschweben und durchs Fenster, über die Linde, über das Dach in den dunklen, abendlichen Himmel von S. fliegen könnte.

Der Rhythmus von Schritten, schon ohne Eile, noch ohne Eile; Dr. Thimm mit einem Stock, den er ein paar Jahre später durch einen Schirm ersetzen wird. Bonkowsky mit leeren Händen, die sich – als ob sie diese Freiheit verlegen machen würde – auf dem Rücken verschränken; denn erst ein Jahr später wird Bonkowsky einen schwarzen Geigenkasten mal in der einen, mal in der anderen Hand halten können. Die Alleestraße entlang, dann hinter der Biegung nach oben, in die ulica Mickiewicza, weiter nach Braunsfelde, das heißt nach Pogodno, zwischen Villenhäusern und Gartensträßchen, zwischen eingeschlagenen Fenstern und herausgebrochenen Türen, während eines exzentrischen, peripatetischen Spaziergangs. Ohne voll gepackte Koffer und Handwagen, in die man im entscheidenden Moment – den die einen Befreiung und die anderen Besatzung nennen – ganze Jahre seines Lebens und sein ganzes oder fremdes Vermögen hineinpackt und es an einen sicheren Ort bringt. Ohne das alles, also gewissermaßen gegen den Strom der eigenen und der fremden Geschichte. Der eine plappert, der andere widerspricht trocken, der eine mit einem Bein, das sich um einen viertel Takt verspätet, der andere mit einem Stock, der Putz und Hundekot zur Seite schiebt (haben Sie bemerkt, wie viele Hunde hinter den Polen gekrochen kamen? Ich denke, das sind unsere Hunde, Herr Doktor, irgendwie haben sie überlebt, ganz allein, und deshalb sieht man sie jetzt mehr). Beide auf dem Weg zum Lönsweg. Das ist eine ganz schöne Strecke. Lang zieht sie sich durch eine Stadt, die niemandem gehört. Weil sie weder polnisch noch deutsch, noch russisch ist. Auf dem Weg zu einer Straße, die die äußerste Grenze dieser Einöde markiert, zu dem Haus, das auf der Grenze dieser Grenze liegt. Doch Thimm hatte dieses Haus nur für ein paar Monate um die Jahreswende fünfundvierzig, sechsundvierzig verlassen. Im Februar sechsundvierzig, damals, als man in der ulica Mickiewicza eine «Übergabe- und Empfangssammelstelle» eingerichtet hatte. Damals, als der Winter – schwarz, frostig und ohne Schnee – gar nicht daran dachte, von den zerschlagenen, zerstreuten Dekorationen, die von der Stadt S. übrig geblieben waren, herunterzusteigen, damals packte Jakob Thimm – früher Lehrer an einer Realschule, die den Namen Bismarcks trug – wieder ein paar lebensnotwendige Dinge ein, die er im Herbst in die feuchte Wohnung im Stadtteil Zabelsdorf mitgenommen hatte. Eine Wohnung, die er mit einem älteren, ständig kranken Ehepaar aus Belgrad oder vielleicht auch Neustettin teilte. Er zog den ledernen Militärgürtel über dem zivilen Herbstmantel fest, denn damals kleidete er sich absichtlich etwas schlampig. Was sowohl ein Zeichen seines Protests gegen den schnaufenden, keuchenden, gierigen Hunger auf alles Materielle war – ein Hunger, der Sieger und Besiegte gleichermaßen antrieb –, wie auch ganz einfach bewies, dass es ihm an besserer Kleidung mangelte, da sie schon vor langem, zum Teil aber auch erst vor kurzem auf den Markt gebracht oder für den Bedarf des Volkssturms im Januar letzten Jahres weggegeben wurde. Er zog also den Gürtel fest, ein paar Tage bevor die Juden – Heimkehrer aus der Sowjetunion – in Massen nach Zabelsdorf zogen, und kehrte mit seinem Haselholzstock und seiner Frau Helene gegen alle Vorschriften und ungeachtet aller Verbote in den Lönsweg zurück. Er heizte dort mit Möbeln, Büchern und Reisig, das er in den umliegenden Gärten gesammelt hatte. Eigentlich wusste man nicht, warum die Diebe sein Haus mieden, denn es war zwar nicht groß, aber es hatte ein Stockwerk, eine echte Gartenpforte, einen echten Garten mit echten, wenn auch nackten Birnbäumen, und einen Schornstein, aus dem eine Rauchfahne stieg. Er sah sie oft am Fenster, durch die Ritze der Jalousien. Normalerweise liefen sie entlang der Straßenmitte; dann ratterte irgendein Kinderwagen mit einer schaukelnden Pyramide aus Päckchen und Säcken, die mit einer Schnur festgebunden war. Oder ein typischer Hausmeisterwagen, der früher mit einem Besen ausgestattet, jetzt aber bepackt war wie ein Ford, den man bei Schmidt oder Wieler für den Umzug gemietet hatte. Es klopften die Absätze der gut ausgesuchten Schuhe. Man hörte Lachen und Gesprächsfetzen in einer nicht zu erkennenden Sprache, die Thimm in Gedanken «slawisch» nannte. Eines Tages sah und hörte er, dass der Letzte der Vorbeiziehenden auf der Mundharmonika spielte. Sie fühlten sich ungezwungen. Doch man spürte nicht mehr diese Raublust und Habgier in ihnen, die Thimm das Jahr zuvor beobachtet hatte. Als das polnische und das deutsche S. sich gegenseitig Möbel und Teppiche aus den Händen riss – Fahrräder, Töpfe, Fässer mit Pökelfleisch, Bretter, Kartoffeln, Wintermäntel und Sommerkleider, Kissen und Laken. Geteilt wurden nur – gemeinschaftlich und gerecht – die Krankheiten und der Hunger. Jetzt schien das Stehlen geplanter und ruhiger. Die Jagd des satten Katers, dachte Thimm, als er an dem Fenster mit den zugezogenen Jalousien stand. Aber er irrte sich, denn nach keinem Krieg gibt ein Diebstahl den Stehlenden das Gefühl der Sattheit. Diese Besonnenheit bei der Anhäufung der Beute entsprang also eher der Kalkulation. Ein Gepäckstück, das man als Sendung aufgeben konnte, durfte keine fünfzig Kilo überschreiten. Und die ganze Sendung keine zweihundert Kilo. Doch wenn die oben erwähnte Besonnenheit mit diesen Gewichtseinheiten Hand in Hand ginge, wäre die Geschichte der Kriege und Eroberungen voll von blühenden Städten, die eine Niederlage erlitten hatten, und voll von Landschaften, in denen, nach dem Durchmarsch der Feinde, Milch und Honig fließen würden. Thimm unterrichtete an der Schule in der Deutschen Straße humanistische Fächer, also auch Geschichte. Doch jedes Mal, wenn er versuchte, die Ereignisse der letzten Jahre in das Weltgeschehen einzufügen, kam er mit den Zahlen und Proportionen durcheinander und ärgerte sich deswegen über sich selbst. Er stand am Fenster, schaute auf den Birnbaum – so als wäre es Ironie des Schicksals, trug er in diesem Hungerjahr keine Früchte – und wiederholte ein Wort: Distanz. Doch es klang leer. Indessen spielte die Mundharmonika, und der Wagen ratterte. Als er einmal so dastand, schoss jemand in seine Richtung. Die Kugel schlug in die Wand über der Mauereinbuchtung. Niemand mag es, wenn man ihn aus dem Verborgenen beobachtet. Denn wer so etwas tut, hat bestimmt etwas zu verbergen, dachte Thimm. Und seitdem vermied er es nicht mehr, vor das Haus zu gehen, und er versteckte sich auch nicht, wenn er bemerkte, dass sich jemand näherte. Es war merkwürdig, aber seine sichtbare Gestalt auf der Veranda ermutigte die anderen nicht etwa dazu nachzusehen, ob es in dem Haus auch noch ein Klavier oder eine Nähmaschine zu holen gab (es gab sie nicht; die Sachen verschwanden während des Winters, den Thimm in Zabelsdorf verbrachte). Sie flößte ihnen eher Respekt ein. Zurückhaltung und Wachsamkeit. Und obwohl einmal irgendein Junge im englischen *battle-dress* und hohen Offiziersstiefeln ihn mit energisch nach vorn ausgestrecktem Arm begrüßte und seine Kumpel in Thimms Richtung eine Hand voll bedrohlich surrende, raschelnde Wörter schleuderten, gingen sie vorbei, ohne auch nur anzuhalten. Nur einmal hörte er vom Brinkmannweg Schüsse in der Nacht. Dort wohnte Norbert Gies mit seiner Frau und Schwiegertochter. Er war früher Magistratsbeamter und konnte sich noch an das alte Preußen erinnern. Man hatte von der deutschen Ersatzverwaltung nach ihm und Thimm geschickt und versuchte beide zu überzeugen, dass ihr Starrsinn ein Fehler sei; denn wenn sie ausscheren würden, dann spielten sie den

Polen Argumente für deren Propaganda in die Hand. Und wenn überhaupt jemand, dann sollte gerade Gies, der alte Krieger mit einer Löschwiege im Familienwappen, die Vorschriften befolgen. Außerdem könnte er noch, zu gegebener Zeit, bei der Organisation der neuen Verwaltung nützlich sein. Und übrigens hätte Thimm ja auch einen Doktortitel, zwar in einer humanistischen Wissenschaft, aber in diesen Zeiten seien alle Wissenschaften von Bedeutung. Also würde man auch auf ihn und seine Ordnungsliebe zählen. Doch mit diesem Argument schreckten sie Thimm nur ab, da er sie für Trottel und nicht für die Repräsentanten der Ordnung hielt. Besonders wenn sie von «der Zeit, die kommen würde» sprachen, denn es war gerade die Zeit der Massenausreisen und der Verschärfung der polnischen Vorschriften bezüglich des Aufenthalts und der Bewegungsfreiheit in S. Trotzdem oder gerade deswegen drohten sie Thimm mit «ernsten Konsequenzen». Doch er winkte ab, und sie kamen nicht mehr. Die polnische Miliz tauchte auch nicht auf. Sie hatte genug Arbeit an den Sammelpunkten und mit den Ankömmlingen, die durch die Stadt streiften und auf den Weitertransport warteten. Und Thimm – von der Innenstadt durch den zusammengestürzten Viadukt abgeschnitten – rührte sich nicht vom Fleck. Weder er noch Gies. Damals fielen nur wenige Schüsse in der Nacht. Niemand schrie. Und niemand kam am nächsten Tag, um von den nächtlichen Ereignissen zu berichten. Thimm ging auch nicht hin, um nachzusehen, was passiert war.

Fast zur gleichen Zeit, als in S. die geplante, von internationalen Verträgen bestimmte Aussiedlung in vollem Gang war, begann man auch die Ziegel von den Straßen wegzuschaffen. Hummel kann sich an den Tag erinnern, als ihm das im vollen Umfang bewusst wurde. Die ganzen Monate hindurch sah er fast täglich Deutsche und Polen, und später nur noch Polen, die die Straßen enttrümmerten, auf den Ruinen herumliefen und in die Schubkarren Steine des einstigen S. einsammelten. Gerade darin lag der Rhythmus des Alltags. Der Rhythmus der Schubkarren, die über das kaputte Straßenpflaster ratterten, der Rhythmus der Hacken, die in den Schutt einschlugen, der Schaufeln, die das steinerne Hauwerk auf Wagen und später auf Laster schmissen, der Rhythmus der Schritte derer, die Eimer mit Mauerputz, dem Staub der toten Stadt, schleppten, um die Ausbeute einer schmalspurigen Eisenbahn zu übergeben, die sie bis zu den Torfgruben des Waldes brachte, den – welch eine Ironie, dachte Hummel – die Polen deswegen den Arkonawald nannten, weil sie jetzt, wie einst das Christentum das heidnische Arkona, diesen Wald unter Massen von Kriegsschutt begruben. Die Sümpfe des Waldes, der früher Eckerberger Wald hieß, hatten aber ein großes Fassungsvermögen und nahmen die Stadt so bereitwillig in sich auf, wie die Parks und Grünanlagen der Innenstadt die Toten, die wegen fehlender Friedhöfe dort begraben werden mussten. Doch dieser Rhythmus des Alltags, um den Hummel die Polen beneidete und den er in dem zum Leben erweckten Gaswerk langsam auch einzuführen versuchte, wurde gestört und wandelte sich zu einem atonalen Getöse angesichts der mit Ziegeln (die übrigens in den Kurven oft verloren gingen) beladenen Lastwagen, die in Richtung des Bahnhofs Torney brausten. An diesem Tag, als er sie zum ersten Mal sah, oder eher, als ihm bewusst wurde, wozu sie dienten, war er nach einem langen Marsch durch die Stadt schon müde. Nach der Abreise der deutschen Verwaltung bemühte er sich als einer der Aktivsten dem Chaos und der Ratlosigkeit, von der die Dagebliebenen ergriffen wurden, entgegenzutreten. Er behielt seine Wanderungen auch dann bei, als der erste Schock vorüber war und es den Deutschen gelang, mit den neuen Stadtherren in Kontakt zu kommen; als eine Verbundenheit unter denen zu spüren war, die in den Straßen umher- und sich gegenseitig unsicher anschauten: fahren oder nicht fahren? Er lief sich also die sowieso schon löchrigen Schuhe ganz kaputt und suchte nach denen, die es sich lohnte zu finden. Aber auch nach Wohnungen, Kleidung und Mehl. An diesem Tag ging er also gerade über die Kreuzung Königsplatz, Paradeplatz und spürte im Mund den Steinstaub, der von einem schon etwas aufgeräumten Schutthaufen aufstieg. Hummel dachte gerade daran, wie er vor kurzem noch mit dem Milizionär Geffke, der ihm von der deutschen Verwaltung zugeteilt wurde, durch die Stadt gelaufen war. Denn als sie einmal an demselben, vom Feuer beschädigten Block des Hauses Ponath vorbeigingen, erzählte ihm Geffke eine Geschichte aus dem Jahr neunzehnhundertdreiunddreißig; von einem Tanzabend, den er mit seiner Frau besucht hatte, was unerwartet mit der Entstehung ihres jüngsten Sohnes endete. Der kleine Geffke überlebte den Krieg. Nach Kriegsende lief der Junge in einer Gruppe von Kindern über die Trümmerhaufen der Altstadt. Die Rotznasen schlüpften in verschüttete Keller und zwängten sich durch Fenster früherer Häuser, die unter die Erde gesunken waren. Ein bisschen aus Übermut, ein bisschen aus Neugier, aber vor allem (worüber Geffke nicht sprach) auf der Suche nach Sachen, die man hätte verkaufen oder auf einem der illegalen Märkte gegen etwas Essbares eintauschen können. Eben damals steckte der Junge den Fuß – wie in eine Falle – in einen Ziegelvorsprung, der plötzlich ins Nichts abrutschte. Und der kleine Geffke zerschmetterte sich seinen Kopf, in dem natürlich nie der Gedanke gedämmert hatte, dass er die Frucht eines leidenschaftlichen Tangos auf dem Parkett des Hauses Ponath war. Hummel erinnerte sich an diese Geschichte; der frivole Glanz der silbernen Schuhe von Pinet-Paris und des Abendkleids der Firma Kittel (wie war das? «Sind noch so klein die Mittel, zur Kleidung reicht's bei Kittel»), die sich darauf spezialisierte, Rubensfiguren geschickt zu verhüllen (ob das für Frau Geffke vorteilhaft war? Der Ingenieur wusste es nicht), vermischten sich mit dem grauen, vom steinernen Staub zugeschütteten Gesicht des sterbenden Kindes. Er erinnerte sich an die Geschichte, als er in einem Bogen die namenlosen Gräber der Rotarmisten umging, die gerade hier begraben wurden. Als ob sie gewollt hätten, dass der federbüschige, reitende Kaiser, der noch vor ein paar Monaten auf diesem Platz gestanden hatte – bevor er vom polnischen Panzer mit Seilen runtergezerrt wurde und gegen das Straßenpflaster krachte –, dass dieser Kaiser wenigstens für einen Moment auf seinen Sockel zurückkehren und wie der Kriegsgott Mars seinen Blick auf sie richten würde. In Anerkennung ihrer Tapferkeit oder mit Verachtung für ihren anonymen Tod. Sie aber würden ihm dann aus den flachen Gräbern ihre blauen Hintern entgegenstrecken: So oder so, der *durak** bist du, denn du bist nicht mehr hier, dafür aber wir. Obwohl auch von ihnen bald keine Spur mehr übrig sein sollte. Aber damals waren sie noch da, und auf die Erde neben ihnen, fast vor Hummels Füße, fielen Ziegel. Aus einem vorbeifahrenden, schwer keuchenden Lastwagen, der ziemlich nachlässig mit einer Plane bedeckt war, so dass man auf ihm die aufgetürmten Ziegel erkennen konnte. Und Hummel erinnerte sich daran, was man sich in der Stadt erzählte: Uns siedelt man nach Westen, die Ziegeln nach Osten aus, gut, dass sie bis jetzt die Richtungen nicht verwechselt haben. Denn wenn sie anfangen würden, die Ziegel nach Deutschland zu transportieren und uns nach Polen oder Russland … Gott bewahre! Und irgendwie schoben sich für Hummel diese Geschichten übereinander, und er dachte, dass wenn das alles irgendeinen Sinn hatte – dieser Tanzabend, die Entstehung des Kindes und sein Tod in der Straßenkluft, die Gräber der jungen russischen Soldaten, die auf fremdem Boden lagen, und dieses preußische, hochmütige Symbol, das von einem elf Meter hohen Sockel, von dem aus es soldatisch über der Stadt wachte, niedergerissen wurde –, dann lag der Sinn darin, dass sich S. aus den Trümmern emporhob. Und in diesem Moment verschwand der mit Ziegeln beladene Lastwagen – es waren Ziegel, die wahrscheinlich in der Wüstenlandschaft der Pölitzer, Moltke- und Bugenhagenstraße aufgesammelt worden waren – hinter den Resten der Häuser und schaukelte seine Ladung in Richtung Laderampe in Torney, um sie dort den Waggons zu übergeben. Hummel blickte ihm hinterher, und es kümmerte ihn wenig, dass es Ziegel für den Wiederaufbau polnischer Städte waren, Städte, die von deutscher Hand zerstört wurden. Und um die Wahrheit zu sagen, kümmerte es ihn auch wenig, dass es deut-

* russ.: der Dumme

sche Ziegel waren. Er dachte an den Tanzabend im Haus Ponath, an den kleinen Geffke, an die getöteten Russen ohne Namen und an das aufs Straßenpflaster heruntergerissene Denkmal des Kaisers. Also dachte er vermutlich an S. Doch wenn man ihn direkt danach gefragt hätte, wäre es absolut möglich gewesen, dass er widersprochen hätte.

Helen Thimm, die in Anwesenheit ihres Mannes selten etwas sagte und, wenn sie nicht gefragt wurde, ganz schwieg, eine kleine Frau mit dem vertrockneten Gesicht eines Pinschers, war um einige Jahre jünger als ihr Mann. Doch er war derjenige, der im ganzen Haus herumlief und Brennmaterial sammelte, aus dem Keller die Reste der mit Wurzeln überwucherten Kartoffeln hochtrug und Wasser auf dem Spirituskocher kochte, den Richard benutzt hatte, als er mit Freunden im Sommer ein Zelt unter dem Birnbaum aufstellte. Er war derjenige, der nach Dieben und sowjetischen Plünderern Ausschau hielt, der vors Haus ging, um zu zeigen, dass er in ihm wohnte. Unterdessen saß sie in einen Schal gehüllt oben und blätterte in Alben mit Familienfotos, auf denen ihre vier Kinder und drei Enkelkinder zu sehen waren. Wenn man die arithmetische Wahrscheinlichkeit ins Spiel bringen würde, an die Thimm – wie jeder Humanist, der in der Religion der Zahlen einen Halt sucht – unerschütterlich glaubte, dann konnten die sieben Personen viel eher umkommen als das eine oder andere Kind oder Enkelkind von irgendwelchen Müllers. Doch Thimms Nachbarn (unter anderem waren auch die Müllers dabei) verloren während des Krieges ihre einzigen Kinder, während von seinem reich bestückten Baum noch keine einzige Frucht gefallen war. Und zu den sieben musste man auch noch die Verzweigungen rechnen: Der ältere Sohn hatte eine Frau, und die beiden Töchter waren auch verheiratet. Das machte zusammen zehn. Alle hatten überlebt. Und niemand von ihnen befand sich in S. Der ältere Sohn, Thomas, Linienoffizier an der Westfront, war noch in Italien in amerikanische Gefangenschaft geraten. Sie erfuhren davon durch einen Brief aus dem Gefangenenlager. Also machte sich seine Frau Lytta mit den zwei Kindern, Richard und der kleinen Helene, auf den Weg, um ihn zu suchen; schon im Juli fünfundvierzig, über die Grenze, die es damals eigentlich gar nicht gab. Über dieselbe Grenze, die dann langsam erstarrte, schickte sie nach S. die Nachricht, dass sie Thomas gefunden hätten. Der jüngere Sohn, Klaus, wurde am Tag des Kriegsendes achtzehn Jahre alt, aber er verbrachte den Geburtstag in Hamburg, wohin ihn (angeblich auf dem Seeweg) die militärische Maschinerie getrieben hatte, nachdem sie von der Kapitulation auseinander geschraubt wurde. Die ältere Tochter, Nora, wohnte mit Mann und Sohn seit Jahren in Halle. Der Ehemann, früher ein unbeholfener Textilkaufmann, der in Halle irgendein Ortsgruppenleiter war, aber vielleicht auch nur Blockwart – denn aus Noras Briefen ging das nie so genau hervor –, hatte an einem Sonntag im Sommer mit seiner Familie einen Ausflug außerhalb der Stadt gemacht. Als sie zurückkamen, fanden sie ihr Haus nicht mehr, eine Bombe hatte es getroffen. Der Mann von Inge, der jüngeren Tochter, war so kurzsichtig, dass er keinen Schritt ohne Brille machen konnte (was sieht sie nur in ihm?, hatte Helene geseufzt, als ihre Heirat Wirklichkeit wurde. Frag eher, was er in ihr gesehen hat, prustete darauf Thimm). Außerdem war er ein leidenschaftlicher Anhänger des Führers, der seine Liebe zu ihm bei Kundgebungen, Umzügen, Zapfenstreichen und Weihen durch die Blutfahne aus der Feldherrnhalle bekundete, aber besonders beim Radiohören mit der ganzen Familie. Inge und er zählten mit ihrer Familie zu denjenigen, die S. mit der winterlichen Flüchtlingswelle verlassen hatten. Dann hörte man nichts mehr von ihnen, und später fanden sich Zeugen, die berichteten, dass sie zu Tode gekommen seien, als Jagdflugzeuge hinter der Stadt eine Zivilistenkolonne angegriffen hätten (es gab sogar ein dramatisches Detail: die zerdrückte Brille, die von irgendeiner mitleidigen Seele dem Kurzsichtigen abgenommen und auf seine Brust gelegt wurde). Inge tauchte in Berlin wieder auf, gesund und munter, und der Brille war auch nichts passiert. Sie schickte sogar dem «Papachen» durch «wohlwollende Menschen» ein ziemlich großes Stück Speck, der so hart war wie der Soldatengürtel, der Thimm mit der Wirklichkeit verband. Die wohlwollenden Menschen erwiesen sich als zwei Gauner, die beim Warenschieben in beide Richtungen Geschäfte machten; besonders als sie die in Deutschland noch wichtige Mark aus S. ausführten. Da aber Thimm keine Markscheine besaß (er hatte sie, aber er zog es vor, mit ihnen den Ofen zu heizen), ließen sie etwas unwillig den Speck da und verschwanden.

Mitte Mai sechsundvierzig blieb vor der Gartenpforte ein klappriger Willys-Jeep stehen, und ein polnischer Offizier mit einem pockennarbigen Soldaten stieg aus. Der Soldat trug den Koffer des Offiziers, der energisch an die Tür auf der Veranda klopfte, sich nicht wunderte, als ihm geöffnet wurde, und sagte, dass er sich hier einquartieren würde. Er hieß Gołuch, war Tierarzt und sprach nicht schlecht Deutsch (sein Soldat übrigens auch). Er hatte sehr helle Augen und ein schönes, leises Lächeln. Thimm beneidete fast diejenigen, die man mit einem Koffer (oder auch ohne) vor die Tür setzte, nachdem man ihnen ein polnisches Schreiben auf deutschen Vordrucken vor die Nase gehalten hatte. Er beneidete fast diejenigen, die sagen konnten: Sie benahmen sich, als ob alles ihnen gehören würde, schrien herum, dass wir raus sollen, und drohten mit der Waffe. Hauptmann Gołuch zog unten im Wohnzimmer ein. Daneben, im früheren Dienstbotenzimmer und wo später (während des Krieges, als Lytta mit den Kindern bei ihnen wohnte) Thimm auf einem Liegesessel geschlafen hatte, machte es sich der pockennarbige Soldat mit seinen Sachen bequem. (Wozu gibt es in der polnischen Armee einen Tierarzt?, fragte ihn Thimm einmal. Habt ihr noch Ulane? Der Soldat reckte sich im Sessel und sagte, dass leider alle Pferde in diesem Krieg von den Deutschen zu Wurst verarbeitet worden seien.) Jakob und Helene zogen nach oben. Dort befanden sich das Schlafzimmer und das Zimmer der Kinder, deren einzelne Entwicklungsphasen früher einmal anhand der Spielzeuge und der im Regal stehenden Bücher verfolgt werden konnten. Aber Inge hatte das während eines Winters in die Karkutschstraße gebracht und den Mädchen vom BDM übergeben, die Weihnachtspäckchen für den «Durchschnittsbürger» und für die Waisenhäuser vorbereiteten. Gołuch stand mit einem sanften Lächeln an der Treppe, während sein Bursche dabei half, die schwereren Sachen nach oben zu tragen. Sie sind jetzt gleichberechtigte Mieter, sagte Gołuch. Ich wäre jedoch für etwas häusliche Fürsorge dankbar; eine kleine Wäsche, ein kleiner Hausputz und manchmal etwas Warmes zu essen. Es wird auch etwas geben, womit man kochen kann; denn ich werde einiges aus der Kantine mitbringen. Helen verzog ihr kleines Gesicht zu einem Lächeln, das ihre Antwort sein sollte, und Jakob versuchte, sich aus der Distanz zu betrachten, was ihm aber sehr schwer fiel, weil es auf der Treppe eng wurde. Bestimmt deshalb ließ Helen das Album fallen. Gołuch bückte sich, hob es auf, öffnete es aus Höflichkeit oder vielleicht aus wirklichem Interesse, sah das Foto von Thomas im Kinderhelm eines Kürassiers, den kleinen Klaus auf einer Schaukel, die zwischen den Birnbäumen hing und von der schmollenden Lytta angeschubst wurde, den Kurzsichtigen mit Inge, wie sie sich über den bauchigen Kinderwagen ihrer Uschi beugen, und dann, während er zu Helen sah – die ein Gesicht machte, als ob sie einen goldenen Schlüssel in einen Gully fallen gelassen hätte –, fragte er mit einer weichen, verständnisvollen Stimme: Sie leben nicht mehr? Natürlich, sagte Thimm und nahm ihm das Familienalbum aus der Hand, natürlich.

Eines Tages, in irgendeinem Herbst, nahm Frau Stein Heini zu einem Spaziergang mit. Unter dem Vorwand, den für einen Sänger unentbehrlichen, tiefen Atem zu vervollkommnen. Sie gingen durch den Park Kasprowicza, den Frau Stein nur so nannte, weil S. nicht ihre Heimatstadt war; um ehrlich zu sein, kam sie erst neunzehnhundertfünfundvierzig hierher. Sie gingen durch den Park, und Frau Stein zeigte Heini, wie er Luft holen und gleichmäßig, im Rhythmus der Schritte, ausatmen sollte. Unter den Füßen raschelten die Blätter, und Heini konnte sich auf das Atmen nicht konzentrieren, weil er sich mit einer lästigen Intensität an Loremarie erinnerte, wie sie die braunen, glatten und glänzenden Kastanien in ein Leinensäckchen, das Mama zu diesem Zweck genäht hatte, einsammelte. Es schien ihm, dass es schon furchtbar lange her war, aber gerade deswegen störte ihn wohl dieses Bild, als er Frau Stein zuhören wollte. Und Frau Stein erzählte von Wien, wie jung sie damals war und wie sie mit ihren Freundinnen vom Ballett auf der Ringstraße spazieren ging, obwohl sie selbst Chorsängerin war. Doch in der Oper hielten alle Mädchen zusammen. Nun, natürlich nicht die Berühmtheiten, nur die, für die das Abenteuer auf der Bühne gerade begonnen hatte. Also liefen sie zusammen durch die Straßen, und die Männer drehten sich nach ihnen um und lüfteten die Hüte. Aber sie lachten nur, obwohl sie sich manchmal in eine Weinschenke einladen ließen. Von dem Bruder eines der Mädchen, der in dieser Oper den Vorhang hoch- und runterzog; einen herrlichen, prunkvollen Vorhang. Und sie schwärmte davon, wie sie das erste Mal im Theater Musik hörte; bei der Vorpremiere zum *Dreimäderlhaus* zu Schuberts Melodien. Ihre Mutter hatte sie zusammen mit ihrer Cousine zu dieser Operette mitgenommen (die Mutter lachte: Jetzt sind wir die «drei Mädel»). Und dann gingen sie ins Hotel Bristol Schokoladeeis essen, und später stellte sich heraus, dass auch Paula Wessely Schokoladeeis liebte. Diese berühmte, schöne Paula (du musst sie gesehen haben, wenigstens im Kino, obwohl nein, du kannst dich bestimmt nicht erinnern; ich weiß übrigens immer noch nicht, mein Junge, wie alt du wirklich bist). Nun, diese Paula war damals ein junges Fräulein, das niemand kannte, und nur irgendein Cousin von ihr war mit diesem Jungen befreundet, der den Vorhang rauf- und runterließ. Also Frau Stein hatte diese kleine Paula einmal getroffen, wie sie in Gesellschaft der Ballett- und Chormädchen von der Oper auf der Ringstraße spazieren ging und voller Bewunderung die Mädchen anschaute. Und im Bristol bestellte sie Schokoladeeis, so wie Frau Stein, die damals bestimmt irgendeinen Vornamen und vielleicht auch einen anderen Nachnamen hatte und die sich an dieses Treffen und das Schokoladeeis wieder erinnerte, als Paula Wessely berühmt war, in wunderschönen

Kostümfilmen sang und alle sie bewunderten. Oh, schau mal, mein Junge, der Vogel mit dem orangefarbenen Schnabel, der so mit den Füßen im Laub scharrt, das ist doch eine Amsel, oder? Und Frau Stein, deren dunkelgraue Haare mit Klammern aus Perlemaille zusammengehalten wurden, legte ihre kleine Hand auf Heinis Schulter. Aber er tat, als ob er es nicht bemerken würde, und nur so, ganz zufällig, hatte er Lust, etwas vorauszulaufen. Renne nicht, Heini, denk daran, was ich dir über den Atem gesagt habe, rief ihm Frau Stein nach. Du kannst kein keuchender Sänger sein. Doch Heini, um ihr zu beweisen, dass er es konnte, und sich zu beweisen, dass er Loremarie – die sich über die glatte, feuchte und wie lebendige Kastanie beugte – nicht mehr sah, Heini, der keine Ahnung hatte, warum er das tat, hielt plötzlich unter einem hohen Baum am Ende der Allee an und begann *Wie schön singen die Vöglein im Wald, im Heimatland, Heimatland …* zu singen. Und noch später machte man Frau Stein Vorwürfe, das Repertoire des Chors des Deutschen Kulturhauses der Polnisch-Deutschen Freundschaft sei nicht zeitgemäß, da es eine Neigung zu religiöser Überspanntheit zeige (angeblich wären schon Pläne zu irgendwelchen Oratorien oder Passionen aufgetaucht), dagegen besäße es nur wenige revolutionäre und proletarische Lieder, auch nicht besonders viele Volkslieder und fast keine polnischen. Was der ideellen Linie widersprechen würde, die das Deutsche Kulturhaus repräsentiere. Dabei könnte sie sich ein Beispiel an der Tanzgruppe nehmen, in der Kollege Erik Gärtner bewiesen hätte, dass die Folklore aus Mecklenburg, Tirol und Brandenburg sich sehr schön mit der kujawischen und Krakauer Folklore ergänzen würden. Und so leitete Frau Stein den Chor nicht mehr, und Heini kam nicht mehr zu den Proben. Aber einmal ging er allein in den Park und stellte sich unter denselben Baum, unter dem er damals gestanden hatte, als er über die Vöglein und den Wald sang. Und so wie damals, als er Angst hatte, dass er sich durch das Singen vom Boden erheben könnte, berührte er den Baum. Und er musste den Baumstamm umarmen, damit es nicht vor Frau Steins Augen passierte. Denn

Heini wusste nicht, was geschehen wäre, wenn ihn jemand fliegen gesehen und erkannt hätte. Er wusste nur, dass dann etwas Schreckliches passiert wäre, und er wollte nicht, dass es vor Frau Stein passierte. Also umarmte er den Baum, und Frau Stein sah ihn an, seufzte und fragte: Du liebst Bäume, nicht wahr? Aber Heini schwieg, denn bis dahin wusste er nicht, dass man Bäume lieben konnte. Und als er wieder unter dem Baum stand, ganz allein, umarmte er ihn auch diesmal und begann zu singen. Weil niemand da war und er sich sicher fühlte. Doch dann wollte er, dass plötzlich jemand auftauchte. Und dass dieser Jemand sieht, wie er, Heini, emporsteigt und schwebt. Aber zum Glück tauchte niemand auf. Und zum Glück schwebte Heini nicht über die Zweige der Parkbäume empor, obwohl er ganze acht Minuten sang. Aber vielleicht auch länger, wobei er alle Register seiner von Frau Stein geschliffenen Tonkunst zog.

Ihr seid wie These und Antithese, sagt der Vorsitzende F. Hummel. Bonkowsky und Thimm sitzen am Tisch, auf dem vor kurzem eine Schachpartie stattgefunden hat, und warten auf das, was Hummel ihnen noch zu sagen hat. Doch Hummel hält seine Neuigkeit wie eine Überraschung immer noch geheim; er will sich an ihr laben. Deshalb schaut er die zwei letzten Sektionsleiter, die letzten, die von Anfang an in der Antifa waren und bis jetzt geblieben sind, nur an; ein peripatetisches Paar. Bonkowsky hatte in seinem Ensemble Musiker, die gleichaltrig waren, zum Beispiel diesen Kricke, einen Geiger, der bis heute spielt. Aber nein, er ist an Thimm hängen geblieben. Wie eine Klette. Angeblich bemühte sich Thimm anfangs, ihn zu übersehen, zu missachten. Er schwieg lange und beharrlich, schwieg kühl und überheblich; doch Bonkowsky entmutigte das nicht, ganz im Gegenteil; er fand in Thimm ein ideales Echo für seine nicht enden wollenden Monologe. Und später begann Thimm, sich in diese Monologe einzuschalten. Er verdrehte den Sinn ihrer Aussagen. Verbissen zerstörte er die Hoffnungen und Illusionen seines Gesprächspartners, und hartnäckig versuchte er, ihm die Illusion zu rauben, dass die Vergangenheit irgendeinen anderen Wert hätte außer dem, dass sie vergangen war. Das erschien umso merkwürdiger, da Thimm, als Gymnasiallehrer für Deutsch und Geschichte, völlig entgegengesetzte Ansichten hätte verkünden müssen. Als er in die Alleestraße kam, wurde er gleich der Schule zugewiesen, da es an Lehrern mangelte; und mit einer Erfahrung, wie Thimm sie besaß, gab es eigentlich überhaupt keine. Doch man musste Dr. Thimm schnell aus seinen pädagogischen Pflichten entlassen. Wutentbrannt kam Schuldirektor Schuster zu Hummel gerannt und schimpfte, dass Dr. Thimm der Jugend faschistische Ordnung beibringen würde. Hummel hatte in schulischen Angelegenheiten nicht viel zu melden, doch in diesem Fall appellierte man an seine Autorität. Es ging auch um Otto Neumann, der ihnen sagte, wenn die Russen von Thimms Unterricht erführen, würde man die Schule schließen müssen. Und es sah so aus, als ob er selbst, Genosse Neumann, der Erste wäre, der den Russen davon erzählen würde. Also bestellte Hummel Thimm zu sich und führte ein Gespräch mit ihm, bei dem dieser zu erklären versuchte, dass er keine faschistische Ordnung, sondern Ordnung allgemein lehren würde, aber für den Slawen bedeute das Wort «Ordnung» so viel wie das Wort «Deutscher» und das Wort «Deutscher» so viel wie das Wort «Faschist». Daher die Vorwürfe. Hummel wollte über dieses Thema nicht diskutieren. Also sagte er, dass die Vorwürfe nicht von den Polen oder Russen kämen (denn sie wüssten noch nichts davon), sondern vom Genossen Schuster. Vielleicht wäre es also besser, wenn Dr. Thimm von der Schule zur Bibliothek wechseln würde, die etwas Ordnung nötig hätte. Thimm war überraschenderweise sehr schnell mit diesem Rollenwechsel einverstanden. Als dann das Kulturhaus entstanden war, übernahm er auch die Pflichten des Leiters der Theatersektion. Und erfüllte diese Aufgabe wie auch die des Bibliothekars mustergültig, wenn auch ohne Enthusiasmus. Auf jeden Fall – und das war für Hummel von Bedeutung – behelligte er mit seinen zynischen Kommentaren, was die Welt anging, nicht die Jugend, sondern einzig Bonkowsky. Übrigens begann er ziemlich schnell die ersten Anzeichen von Anpassung zu zeigen. Launisch und überheblich seinesgleichen gegenüber, schroff zu Hummel und rücksichtslos zu Bonkowsky, gab er sich in den Kontakten mit den Polen sehr einvernehmlich und schlau. Er war es, der die meisten Losungen für die Transparente aussuchte, der die Revolutionsjahrestage und die Rezitationen zum Tod von Rosa Luxemburg und zur Geburt der DDR vorbereitete. Politisch engagierte er sich aber nicht direkt und meinte, er müsse Distanz wahren, um diese gerechte Politik zu unterstützen. Denn derjenige, der den Wagen schiebt, kann nicht darauf sitzen. Als er diese Maxime in einem vertraulichen, aber eindeutig zurechtgelegten Gespräch mit Hummel verkündete, wurde ihm gleich bewusst, dass «das Sitzen auf dem Wagen» nicht zum aktiven Klassenkampf gezählt werden konnte, eher zu den Privilegien der Macht. Was im Kontext des «Juniputsches der Faschisten» – vor gar nicht so langer Zeit –, die den jungen deutschen sozialistischen Staat umstürzen wollten, sehr ungeschickt ausfiel. Und man merkte, wie Thimm versuchte, sich herauszuwinden; was ihn übrigens mehr quälte, als dass es Befürchtungen in ihm weckte. Trotzdem kam ihm Hummel zu Hilfe. In meiner Jugend war ich politisch auch sehr aktiv, sagte er. In der Partei lachten sie über mich, dass ich nicht stillsitzen könnte. Und auch Sie, Herr Doktor, sind immer in Bewegung. Ich bin noch nicht in Ihrem Alter, aber ich gestehe, dass meine Beine solch intensive Diskussionen nicht durchstehen würden. Das sollte ein scherzhaftes Kompliment sein. Doch Thimm kniff die Augen zusammen, fuhr sich mit der Hand durch die leicht kahle, von Haarsträhnen durchzogene Stirn und fauchte, dass auf Hummels Schreibtisch Speicheltropfen spritzten: Ihr könnt mir sowieso nichts anhaben. Erst später erfuhr Hummel, dass die Briefe von seinen Kindern aus dem Westen, die Thimm seit einiger Zeit erreichten (komischerweise wurden sie ihm nicht an die Hausadresse zugestellt, sondern an die mit Piecks und Bieruts Zitaten geschmückte Bibliothek), die Antriebskraft einer Hetze waren, die Neumann gegen Thimm veranstaltete. Der Weg ist frei!, rief dieser auf einer öffentlichen Versammlung, der Weg ist frei, Herr Doktor Thimm. Ihr habt es nicht weit ins Adenauerreich, es reicht, einen Antrag zu stellen. Klar, nicht alle können die Erlaubnis für so eine Ausreise bekommen, aber Jakob Thimm kriegt sie ganz sicher; denn hier brauchen wir keine, die an der deutsch-polnischen Freundschaft nicht mitarbeiten wollen; an einer echten Freundschaft, die sich auf demokratische Grundsätze stützt und über die Köpfe der Arbeiter und Bauern nicht hinwegsieht. Da ging Thimm zum Kulturhausdirektor und dann zusammen mit Herrn Zygmunt zu den Genossen Polen, und es stellte sich heraus, dass das Kulturhaus und mit ihm alle sich noch in S. aufhaltenden Deutschen – auch diejenigen, die bei den Russen beschäftigt waren – an dem Umzug am Ersten Mai teilnehmen könnten. Und zwar nicht, indem sie sich unter die anderen mischen und zerstreuen würden, sondern auf eigene Rechnung und in einer eigenen Gruppe, unter eigenen Bannern und Transparenten. Zwei Monate nach dem Tod des Vaters der Völker* wäre doch so ein eigener Marsch eine zusätzliche Gelegenheit, die Treue zu den internationalistischen Ideen zu manifestieren. Und sie nahmen teil, obwohl sie die Gelegenheit nicht wie geplant nutzen konnten. Denn als sie schon dastanden, bereit um loszumarschieren, in der deutschen Kolonne und mit roten Krawatten, stellte sich heraus, dass sie jemand für die fünfte Kolonne halten könnte. Deshalb näherten sich den Versammelten diskret ein paar Bürger in Popelinmänteln und legten ihnen nahe, ruhig nach Hause zu gehen oder sich zu den Bannern und Transparenten der Arbeitsunternehmen und Betriebe, bei denen sie beschäftigt waren, zu gesellen. Manche zogen gleich demonstrativ ihre Krawatten aus, ein paar schmissen sie sogar auf die Erde. Doch die in den Popelinmänteln bildeten einen Kreis um sie, damit man es nicht sehen konnte. Neumann zog die Krawatte nicht aus, aber nur er wusste, dass es wegen der schwarzen Palme am Rand des leuchtenden Materials war. Thimm behielt die Ruhe. Er machte sogar

* eine der Bezeichnungen von Stalin

den Eindruck, dass er über die ganze Situation froh war. Er beobachtete die Leute aufmerksam und schwieg. Und da kam Hummel der Gedanke, dass sich hinter diesem Schweigen, diesem skeptischen Schweigen, eine Herausforderung der Welt gegenüber verbarg. Wie: Überzeuge mich, Welt, dass du besser bist als das, was ich über dich weiß. Ich will, dass du mich überzeugst. Ich will, also werde ich dir weitere Aufgaben stellen; ich werde dich mit meinem Unglauben prüfen. Hummel bemühte sich sehr zu glauben, dass es ihm gelungen war, Thimm zu durchschauen. So sehr, dass er vergaß, wie sehr er darum bemüht war, und es schließlich selbst glaubte.

Eben habe ich es von Herrn Zygmunt erfahren, sagte Hummel. Wir haben die Erlaubnis zu dem Ball. Dem Silvesterball, der das neue Jahr begrüßt. Das vierte Jahr des Sechsjahresplans und das fünfte des neuen, demokratischen, deutschen Staates. Er rückte die Brille zurecht und wusste, was jetzt kommen würde. Vielleicht hatte er es ihnen deshalb zuerst gesagt. Um aus seiner Gewissheit eine Art Alibi für die Langeweile, die sich in ihm träge aufblähte und mit jedem Jahr fetter wurde, zu machen. Bonkowsky wird begeistert sein, Thimm darüber spotten. Konstanz. Gleichgewicht. Alfred Bonkowsky hat immer noch denselben Schnurrbart wie vor sechs Jahren. Er räuspert sich, als ob ihn Hummels Blick aufgescheucht hätte. Als ob er vor einem Traum stünde, der so schön ist, dass er die Vorstellungskraft übersteigt. Bonkowsky überlegt also schnell. Frau Stein ist Mitte Juli abgereist, aber wer möchte während des Balls einen Chor hören? Gärtner ist im Oktober abgefahren, doch sein Ensemble wird dank der flinken und klugen Leni auch ohne ihn zurechtkommen. Zwar wird Kugel – als Cowboy verkleidet, mit einem breitkrempigen Hut und angenähten Fransen an der Hose, die seine dicken Beine umspannt – von der Bühne aus keine dummen, aber wohl bekannten Witze mehr erzählen, denn er bekam, zur großen Verwunderung aller, die Erlaubnis, mit seiner Frau zusammenzukommen; weit weg, in dem unrechten deutschen Staat. Aber Noske weiß auch einen Witz vorzutragen. Bruno Lipke singt ja nicht mehr für sie, seitdem sie ihn zum Torney-Bahnhof gebracht haben; alle, auch der alte Lipke und dessen Frau. Bruno ging mit offenem Mantel, obwohl Frost war, und sang auf Polnisch: *Równać krok, przyjaciele! Komsomolcy na czele, robotników i chłopów synowie**, was nicht bei einem Umzug, aber einfach so auf der Straße vorgetragen, sie alle hätte in Schwierigkeiten bringen können, doch irgendwie tat es das nicht. Aber jetzt kann Heini, dem Bruno viele Lieder beigebracht hat, für sie singen. Na und ich, denkt Bonkowsky. Ich bin da, ich und mein Ensemble, das sowohl zum Tanz spielen wird wie auch etwas fürs Herz, und die Polka *Friederick, Friederick, nu kumm*, und *Heimat, deine Sterne* oder auch nur *Abendsonne, ich sehne mich nach deinem Glanz* … und Bonkowsky lächelt plötzlich ratlos den Vorsitzenden Hummel an: Nun, aber werden wir das jetzt schaffen? Hummel zieht die Augenbrauen zusammen und wendet sich an Thimm: Ich weiß, dass Sie mit dem Theater viel Arbeit haben, aber vielleicht würden Sie mit der Jugend für uns eine kleine Rezitation und ein paar Sketche vorbereiten? Denn Tanz, schön und gut, aber ein gewisses Niveau sollte das alles schon haben. Natürlich, sagt Thimm und nickt, so dass eine lange, graue Haarsträhne, die zur Seite gekämmt war, in die Stirn rutscht. Hummel bemerkt verlegen, dass ihm diese Haarsträhne plötzlich, nein, immer in einer irritierenden Weise an Thimm wie angeklebt vorkam. Weshalb der ganze Thimm den Eindruck machte, als ob er aus vielen Stücken zusammengeklebt wäre. Im Sommer wird er einundsiebzig Jahre auf dem Buckel haben, denkt Hummel und versucht so, diese Beobachtung zu rationalisieren. Und das ist Ihre Antithese?, fragt er im gutmütigen Ton eines gutmütigen Vorsitzenden. Natürlich, nickt Thimm. Natürlich, alles muss ein gewisses Niveau haben.

Noch am gleichen Tag, spät abends, fand eine der Proben zu *Wilhelm Tell* statt, der Dr. Thimm als Regisseur viel mehr Auf-

* poln.: Im Gleichschritt, Freunde! Komsomolzen an der Spitze, die Arbeiter- und Bauernsöhne

merksamkeit als Regisseur schenkte, als er das in der letzten Zeit gewöhnlich getan hatte; er schrie sogar herum, als Alfred Schwerdtfeger den Eid von Rütli wie einen Zugfahrplan herunterleierte. Hummel schaute für einen Moment rein, um zu sehen, wie die Vorbereitungen zum Festival CRZZ*, zu dem man die Vorstellung angemeldet hatte, vorankamen. Er setzte sich in die letzte Reihe und überlegte, dass dieses Stück von Schiller, bevor man es neunzehnhunderteinundvierzig aus den Schulbüchern entfernte, das Lied des Herzens der HJ-Scharen gewesen war; und wenn jemand sich daran erinnern musste, dann Thimm. Nach dieser Probe und der täglichen Portion musikalischen Trainings des «besten deutschen Quintetts in S.», wie Bruno Lipke sagte, stehen Thimm mit Regenschirm und Bonkowsky mit Geigenkasten auf dem Platz vor dem Kulturhaus, ihrem Haus, ihrer Kultur, mit eng am Hals gebundenen Krawatten, und schauen den Letzten nach, die nach dem Unterricht einer der vielen Sektionen die Treppe heruntereilen; nach der täglichen Portion Sozialismus und dem Aufzählen seiner Errungenschaften, die eine Folge der Abschaffung des Bezugscheinsystems in dem zu Ende gehenden Jahr sind; nach dem Polnischunterricht; nach den zu gewagten Umarmungen beim Runtergehen in den Heizraum, wo einem schon an der Tür die Wärme entgegenschlägt und die Novemberkälte vergessen lässt; nach der Jugend, von der sie nicht wissen, dass sie gerade zu Ende geht oder vielleicht schon beendet ist. Sie stehen da und können sich nicht zu dem entschließen, was sie seit Jahren tun: gemeinsam in Richtung Thimms Haus zu gehen. Bonkowsky begleitete ihn für gewöhnlich wenigstens bis zur Höhe von ulica Traugutta, deren deutschen Namen, Delbrückallee, er schon seit langem nicht mehr benutzte. Er bog dann in die ulica Traugutta ein und lief runter zur ulica Wojska Polskiego, dann nach rechts und entlang der breiten, leeren Straße neben den Tennisplätzen bis zum jüdischen Friedhof bei der ulica Gorkiego, wo er wohnte. Auf diese Weise machte er einen

* poln. Abk. für: Zentralrat der Gewerkschaft

Kreis oder – von der parallelen Anordnung der Straßen aus gesehen – ein Viereck und kehrte fast zum Ausgangspunkt zurück. Jakob Thimm und Alfred Bonkowsky stehen da und sagen kein Wort. Die letzten Worte richteten sie an Peters, der gekommen war, um Heini abzuholen, den Jungen aber nicht mehr antraf. Bonkowsky sagte ihm, dass Heini mit dem Vorsitzenden Hummel weggegangen sei. Obwohl er das nur deshalb sagte, um Thimm zu zwingen, ihm zu widersprechen, denn es stimmte ja nicht, und der Doktor wusste genau, dass der Ingenieur allein weggegangen war. Doch Thimm brummte nur etwas, und Peters ging, wohl beruhigt. Es beginnt kühl zu werden, die Sterne funkeln wie brennende Zigaretten. Die in der Dunkelheit Stehenden und schweigend Wartenden rauchen. Gehen wir, zuckt Bonkowsky zusammen. Aber Thimm rührt sich nicht von der Stelle. Gehen wir endlich, wiederholt Bonkowsky und hebt noch mal den Kopf, um auf die Sterne zu zeigen, die eine kühle Nacht ohne Regen ankündigen. Und dann bemerkt er es. Über der Linie der Linden gleitet, so schwarz, dass er dunkler als der Himmel ist, ein Junge. Bonkowsky denkt: Er gleitet. Er fliegt nicht, sondern er gleitet, weil dieses Gleiten in der Eigenbewegung der Luft liegt, die von keinen Körperbewegungen begleitet wird, von keinem Schwingen mit den Armen, ein langsames, fast passives Emporsteigen. So wie die Wasserströmung einen Stock oder ein Blatt emporsteigen lässt, wobei sie es nur leichten Drehungen unterwirft. Und die schwere Langsamkeit des am Himmel gleitenden Jungen beeindruckt noch zusätzlich. Schauen Sie mal, flüstert Bonkowsky. Thimm steht da und starrt auf die Spitze des Regenschirms, die die vor die Treppe angewehten Blätter aufspießt. Schauen Sie doch, zerrt Bonkowsky an seinem Ellbogen. Der Junge gleitet gerade über das Dach, und Bonkowsky, obwohl man auf diese Entfernung und in dieser Dunkelheit nicht viel erkennen kann, könnte schwören, dass er Heini gesehen hat. Thimm geht unerwartet los, mit langem, raumgreifendem Schritt. Bonkowsky holt ihn ein, will ihn aufhalten, trippelt ungeschickt, wobei er mit dem hinkenden Bein wie mit einem Zirkel kleine

Kreise zieht, und erstickt fast an seinem Flüstern, aus dem er nicht die übliche Stimme herausbekommt: Warum, warum haben Sie nicht geschaut. Jetzt sieht man nichts mehr. Und er war dort, am Himmel. Wer?, fragt Thimm trocken, ohne stehen zu bleiben. Der Junge, unser Heini, sagt Bonkowsky und schaut nach oben. Sieht aber nur Sterne. Natürlich, schmatzt Dr. Thimm, natürlich.

Heini weiß überhaupt nicht, was er mit all den Sachen machen soll. Zunächst stopft er sie unters Bett, und manchmal bringt er sie auf den Friedhof, wo die Juden liegen. Juden. Und es kommt vor, dass er dort manche Sachen findet, die Onkel Willy weggeschmissen hat. Zuerst schmiss der das Eiserne Kreuz mit dem Band weg. Das ist so lange her, dass sich Heini fast nicht mehr daran erinnern kann. Aber er erinnert sich, dass er das Kreuz in einer aufgetrennten Matratze in Bethanien gefunden hat. Irgendein Krankenpfleger rief ihn einmal zu sich und sagte, er solle ein paar Eimer Wasser aus dem Becken holen, weil der Druck, der Teufel soll ihn holen, zu niedrig sei. Na, und die Polacken haben das Eis auf dem Fluss gesprengt; die sollen Scheiße aufsammeln und die Finger von den Sprengungen lassen; sie haben den Schlamm aufgerührt, und jetzt läuft aus den Hähnen eine trübe, braune Brühe. Heini schleppte ein paar Eimer aus dem Brandschutzbecken hinter dem Krankenhaus an, wobei er auf der Eisoberfläche, in die man schon vorher ein Loch geschlagen hatte, herumrutschte. Und dann ging er mit dem Pfleger ins Lager, wo Stühle standen, Kartonschachteln und Gipssäcke und an der Wand, eine auf der anderen, nach Urin stinkende Matratzen lagen. Der Krankenpfleger, mit großem Kopf und nicht mehr jung, wühlte eine Weile in den Kartons, während sich Heini an diese Matratzen lehnte und die Hände zwischen sie schob, weil es kalt war. Bis eine Hand etwas fand, was sich wie das kleine Messer anfühlte, das Heini aus dem Fleischwolf herausnahm, wenn er manchmal Mutter in der Küche half. Übrigens zerkleinerte dieser Fleischwolf selten Fleisch, meistens Kartoffeln. Heini schloss fest die Hand um den scharfen, gezähnten Gegenstand und versteckte sie auf dem Rücken, weil sich der Pfleger mit einem Paar

Schuhe in der Hand zu ihm drehte. Nimm, sagte er, gute Schuhe, krank und kaputt. Und er drehte die Augen nach oben, um zu zeigen, wie der Kranke gestorben war. Und Heini versteckte das deutsche Kreuz im Schuh eines russischen Soldaten. Später sagte ihm Onkel Willy, dass während des Krieges in Bethanien diejenigen gelegen hätten, die man von der Ostfront gebracht hätte, und dass deshalb an diesem Orden unschuldiges Blut kleben würde und man ihn wegwerfen müsste. Heini wusste nicht, wessen Blut unschuldig war und warum; als er also ein paar Jahre später das weggeworfene Kreuz in den Brennnesseln zwischen den Gräbern fand, schaute er es sich genau an, ob man noch Blutspuren erkennen konnte. Aber man sah keine, es glänzte wie neu. Und da Heini gleich daneben ein Stück gelben Knochen fand, dachte er, dass es am besten wäre, den Knochen und das schwarze Kreuz auf eine der Steinplatten zu legen, auf der ein siebenarmiger Leuchter und merkwürdige Buchstaben eingraviert waren; sie ähnelten gewundenen Korridoren, die die Würmer in den Stein gefressen hatten. Aber andere Gegenstände konnte Heini auf die Grabsteine nicht legen. Zum Beispiel einen hölzernen Barometer mit dem Schildchen: «Optiker, Gustav Borchert»; mit herausgeschlagenem Glas, ohne Zeiger, dafür von seiner Form her wie eine Eule, die Heini einmal im Schaufenster des Uhrmachers gesehen hatte. Auch nicht den grünbraunen und wie einen Kessel großen Messingbehälter für Senf, dessen Bestimmung Heini nie erraten hätte, wenn nicht die Aufschrift über dem langen Hahn gewesen wäre, die besagte, dass irgendwelche Müllers und Bolle die Wurst mit der brennenden, bitter-süßen Schmiere gern essen und so eine Wurst dank ihrer Maschine auch anderen schmecken würde. Auch nicht die Kaffeemühle, in deren kleiner Schublade Heini keinen Kaffee, sondern gemahlene Eierschalen fand; so als ob sie Mama gemahlen hätte und zu ihm und Loremarie sagen würde, dass das Kalk sei, den sie ihnen in die Suppe tun würde, weil er für Kinder gesund sei. Aber selbst mit den Eierschalen blieb die Kaffeemühle eine Kaffeemühle. Genauso eine riesige hatte Heini gesehen, als Tante Maria gekommen war und sie alle zusammen zu Simon gingen, um Noten zu kaufen, und dann in ein Café, über dem eine Kaffeemühle hing. Auf ihr war *Muth* geschrieben, woran sich Heini erinnert, weil er gerade alle Plakate auf der Straße lesen lernte, und Mama sagte, dass das nicht das Wort «Mutter» sei, das nicht zu Ende geschrieben wurde (schau, der letzte Buchstabe ähnelt nur dem t), sondern der Nachname von jemandem, der gestorben sei, dessen Tradition aber weitergeführt werde. Noch lange danach dachte Heini, dass das Trinken von frisch gemahlenem Kaffee eine Tradition der Toten sei.

Der Koffer unter dem Bett ist voll. Aber nicht nur deswegen bringt Heini immer weniger Sachen aus der Stadt. Um ehrlich zu sein: Er bringt gar nichts mehr. Denn überall wohnen Leute. Und es scheint immer öfter Tag zu sein. Und ganz sicher ärgert sich Onkel Willy manchmal darüber, dass Heini abends nicht zu Hause ist, sondern beim Vorsitzenden Hummel oder zusammen mit den Musikern von Bonkowsky. Und der Onkel sagt noch, dass man in die Nähe des Hafens umziehen müsste, in die ulica Gdańska, dorthin, wo einige ... sagt der Onkel. Er will sagen: wo einige Deutsche wohnen, doch im letzten Moment sagt er: Leute. Wo einige Leute wohnen. Doch Heini hört auch das andere, obwohl Peters es nicht sagt. Die, die im Hafen Arbeit haben, fügt Peters hinzu, denn seine Zukunft ist ja der Hafen. Jetzt hat er es weit dorthin, und Heini ist hier immer allein. Also stellt sich Heini vor, dass, wenn sie in die ulica Gdańska umziehen würden, er über den Fluss in die Stadt fliegen müsste. Den schwarzen, tiefen Fluss, der nachts wie Teer glänzt. Und vielleicht fliegt jetzt Heini immer seltener. Er denkt an diesen Fluss. Und er sieht zu viele Leute auf der Straße. Heini geht jetzt zu Fuß in die Stadt. Am Tag. Er kauft Wasser mit Saft an der Ecke aleja Piastów und ulica Jagiellońska oder Kefir in der Milchbar oder rote Lutscher am Stiel, die die Form eines Hahns haben. Und in den kleinen Geschäften, die unter den Trümmern auf der ulica Wojska Polskiego hervorgeschossen sind, Bonbons aus Stärkemehl. Und manchmal zieht er spöttische Blicke auf sich, aus denen er sich aber nichts macht. Und nachts steht er am Fenster. Am geschlossenen Fenster. Doch manchmal öffnet er es, singt und gleitet.

Anfang neunzehnhundertfünfundvierzig. Schwere, stickige Luft und eine schwere, mit Menschen beladene Barke. Alfred Bonkowsky sitzt am Heck (hat eine Barke ein Heck?, überlegt er, weil er sich mit der Schifffahrt nicht auskennt) inmitten von Frauen und Männern, inmitten von Kindern und Gepäck, im Gestank von durchgeschwitzten Kleidern und im rostigen, öligen Geruch von Gusseisen, der in jeden Winkel dieses schwimmenden Raums dringt. In Gedanken kehrt er zurück. Aber jetzt will er nicht daran denken. So denken. Dass er zurückkehrt. Eigentlich will er an gar nichts denken. Wichtig ist, dass er sein Gestern hat. So als ob er die ganze Zeit in ihm wäre. Und nicht aufhören würde, es zu sein. Der neben ihm sitzende Mann im weiten Militärumhang – der darin wie eine sich auf einem Stein breit machende Eidechse aussieht – hat ein hartes, verbissenes Gesicht und antwortet auf jeden Versuch, ein Gespräch anzufangen, mit dem Verzerren des Mundes. Nur einmal wird er lebhafter. Bei der Frage, wann sie ankommen würden. Ich weiß nicht, antwortet er, aber wenn wir da sind, wird es in S. keine Polen mehr geben; das erzählen alle, die werden bestimmt nicht mehr da sein, deshalb fahren wir ja hin, um dort zu sein. Sie sind auch aus S., sagt Bonkowsky. Er fragt nicht, er weiß, dass es so ist, aber er will jemandem über S. erzählen, jemandem, der genau weiß, worüber man spricht. Der Mann zuckt gereizt mit den Schultern. Der Umhang hebt sich wie die Halskrause einer Eidechse, die sich in der Sonne quält. Obwohl, vielleicht quälen sich Eidechsen nicht in der Sonne?, überlegt Bonkowsky faul. Ich bin doch aus Stralsund, Mensch, sagt der Mann. Und dann, als ob er Bonkowsky die Schuld dafür geben würde, dass dieser es nicht weiß: Auf dieser Barke ist kaum jemand aus S. Das ist ein deutsches Wettrennen, Mensch. Entweder sie oder wir; denn entweder wird es mehr von uns geben oder von denen. Die Amerikaner müssen sehen, Mensch, dass es mehr von uns gibt. Und Bonkowsky denkt, dass es ihn stört, wenn der andere «Mensch» zu ihm sagt. Also schließt er die Augen. Er sitzt neben Jette. Ihre hellgoldenen Haare duften nach Sonne. Das ist ein banaler Vergleich, aber Bonkowsky hat in seinem Leben so viele populäre Schlager und Revuestücke gehört, dass er gewöhnlich etwas daraus zitierte, wenn er Jette etwas Nettes sagen wollte. Jette ist sehr jung, hübsch, und er, bekannt dafür, dass er den Mund nicht zukriegt, kann gerade mit ihr nicht richtig reden. So als ob er und nicht sie sich während eines Praktikums in der Taubstummenanstalt an die schweigende Wirklichkeit gewöhnen würde. Er sitzt neben Jette am Heck des kleinen, weißen Bootes «Schwedt» (denn die Ausflugsdampfer haben doch ein Heck?); er kann sich nicht überwinden, seinen Oberschenkel an ihren, vom weißen Sommerkleid bedeckten Oberschenkel zu schieben. Nicht deswegen, weil es sein rechtes Bein ist. Dieses Bein. Ich bin dreißig Jahre alt, denkt Alfred Bonkowsky. Noch hat er sich nicht den Schnurrbart eines Revuegockels stehen lassen. Er rasiert sich peinlich genau und benutzt nur ein zu starkes Eau de Cologne. Ich bin dreißig Jahre alt, und sie ist erst neunzehn. Sie ziehen am Getreidespeicher vorbei, denn es ist ein Ausflug im Haff, im Sitzen. Hinter dem Heck segeln Möwen, die Kinder werfen ihnen Kuchenkrümel zu. Er könnte mit dem Stück über die kleine Möwe anfangen. Er könnte, nur dass es hier nicht ums Singen geht. Liebesgeschichten sind selten echt, beginnt er mit dem Profil zu ihr gedreht und kneift die Augen in der Sonne zusammen, aber so, dass er das Mädchen sehen kann, doch die echten machen uns glücklich. Und da sieht er, dass sie ihn anschaut. So als ob sie überrascht wäre und auf die Fortsetzung warten würde. Kennen Sie dieses Lied nicht? Er dreht sich mit einem ungezwungenen, einstudierten Lächeln zu ihr und summt noch einmal den Anfang: *Liebesgeschichten …* Kennen Sie das wirklich nicht? Jetzt kann man das überall hören. Und sie bringt ihre Haare in Ordnung, die der Wind durcheinander gebracht hat, und sagt: Aber natürlich kenne ich es. Aber Sie haben das so schön gesagt, dass … An dieser Stelle sollte Bonkowsky die Augen öffnen, um – wegen des dramatischen

Kontrasts – die Barken zu sehen, die gleich neben der Bordwand vom Wasser in die Höhe getragen werden, und die angeschwollenen, vom Tod aufgeblähten, schwarzen, verbrannten … Doch er öffnet nicht die Augen. Nicht dass er es so entschieden hätte. Er schläft.

Leni Wiese und Władek gehen nebeneinander die ulica Mickiewicza entlang, um gleich hinter der Krankenhausmauer einzubiegen und über den Zaun des alten Sportplatzes und das Gestrüpp der früheren Schrebergärten zu steigen. Um zum kleinen Lager auf der hohen Untermauerung, zu dem sie einen Schlüssel haben, zu kommen. Er geht als Erster, ein paar Schritte vor ihr – teils, damit niemand etwas merkt, teils, um sie zu ärgern. Sie hat einen leicht abwesenden Gesichtsausdruck und summt leise etwas, wobei sie, eher unbewusst, mit unnatürlicher Grazie einen Fuß vor den anderen setzt, als ob sie einen neuen Tanzschritt einüben würde. Leni bedauert sehr, dass Erik Gärtner, den sie, als Einzige von all den Mädchen im Tanzensemble, duzen konnte, dass also Erik vor zwei Wochen abgereist ist, da er ihnen gerade den Webertanz beibrachte; aus dem Folkloreschatz von Nordschleswig, wie er bei den Proben erklärte. Er warf den Mädchen fröhliche Blicke zu: Ihr wisst ja, wie sich die Spindel bewegt. Nach vorne, nach hinten, nach vorne, nach hinten. Władek saß dann düster am Klavier, und Leni meint sogar, dass Erik ihn absichtlich etwas gereizt hätte. Aber vielleicht auch nicht, denn Erik war einfach ein lustiger Mensch, und Władek ist in der letzten Zeit sehr empfindlich. Deshalb wollen sie sich jetzt ernsthaft aussprechen. Und Leni wäre es lieber, wenn die ganze Sache damit beendet wäre. Denn der Oktober, selbst wenn er warm ist, bleibt immer noch der Oktober, und in dem kleinen Lager hinter dem Kulturhaus gibt es doch keine Heizung, und auf dem nackten Boden liegt – so aufgeschlitzt, dass schon fast die ganze Füllung rausgekommen ist – nur eine nach Gummi stinkende Gymnastikmatratze. Es ist noch gar nicht so lange her, da reichte Leni diese Matratze. Aber da war es wärmer, denkt sie. Und sie fühlt eine Art Wehmut, so eine, die man bei einer zarten Porzellantasse spürt, wenn man sie in der Hand hält, oder beim Zurückkehren an einen Ort, den man als Kind gesehen hat. Nur dass sich Leni nicht darauf konzentrieren kann, woher diese Wehmut kommt. Außerdem bringt sie den Tanzschritt durcheinander, und Władek dreht sich mit unterdrückter Wut zu ihr. Mit der er sie früher bestimmt nicht angesehen hätte. Erst schauten sie sich an, dann berührten sie sich, und dann kam er ein paar Monate nicht mehr ins Kulturhaus. Und Frieda Gruber erzählte Leni, dass man ihn in der Stadt gesehen hätte; Arm in Arm mit so einer Pausbäckigen, angeblich Verheirateten. Und dann tauchte er wieder auf und sagte, dass er wahnsinnig würde und sie ihm versprechen müsste, dass … Und noch später gab ihnen der alte Johann Lipke, der manchmal zu Władek «du sehen aus wie Konrad» sagte, diesen Schlüssel. Und dann war es so, als ob ein Herz das andere verzehren wollte. Sie kamen um vor Sehnsucht, zitterten, wenn sie sich einen Tag nicht sahen. Die anderen beobachteten sie nur; teils lachten sie darüber, teils nahmen sie es etwas zu ernst. Aber dann heiratete Emil Behm, der in Bonkowskys Ensemble Klarinette spielte, die Zosia, eine Polin, und das Gleiche machte noch jemand und noch jemand. Also dachten sie, warum nicht. Und Herr Nibbe, ihr geistlicher Beichtvater aus der Kirchengemeinde, der den in S. fehlenden Pastor vertrat, sagte, dass sie doch nicht vor dem Antlitz Gottes heiraten müssten, wenn es für sie ein Problem sei, dass sie verschiedenen Glaubens sind, schließlich gäbe es staatliche Institutionen. Aber in Wahrheit erzählte er über Władek – weil Lenis Vater wegen des Polen sehr böse war – die schlimmsten Sachen. Schlimmere, als man über die Polen sonst so erzählte, und was wäre erst, wenn er etwas darüber gewusst hätte, worüber er nichts wusste, oder zumindest so tun würde, als ob er nichts wüsste. Doch Leni, die Tochter von Hans Wiese, einem Drucker bei der Firma Fischer und Schmidt (eine Firma, die ihre Kunden für den langweiligen Firmennamen mit einem klaren Grafikbild entschädigte; ihr Symbol war nämlich ein korsischer Säbel, der nach oben hin immer breiter wurde und um den sich ein schwarzer Fisch wand), Leni konnte sich irgendwie zu diesem letzten Schritt nicht durchringen. Vielleicht deshalb, weil im Kino, das immer im Aufführungsraum des Kulturhauses eingerichtet wird, vor allem russische oder von der DEFA produzierte Filme gezeigt werden und manchmal auch polnische. Dafür wird kein einziger Vorkriegsfilm, von denen ihnen manchmal Bonkowsky erzählt, vorgeführt. Leni wundert sich ein wenig, da (was Bonkowsky bestätigt) es in ihnen keine Hakenkreuze gibt und niemand den Arm zum Gruß hebt. Dafür kann man schöne, elegante Frauen sehen, viel Tanz, Gesang und charmante Männer, die ihren Damen die Hände küssen. Leni wundert sich still und verlegen, denn sie weiß doch, was diese verlogene bürgerliche Wirklichkeit war, die von den Filmemachern im Dienste des Kapitalismus mit ungewollter Ehrlichkeit auf der Leinwand gezeigt wurde. Leni, die sich damit ausgezeichnet hat, ideologisch korrekte Referate zu schreiben, würde zum Beispiel gern *Frauen sind doch die besseren Diplomaten* mit Marika Rökk und Georg Jacoby sehen. Als dieser Film im Ufa-Palast gezeigt wurde, war sie zwölf Jahre alt und konnte nur die Fotos in der Eingangshalle bewundern, da ihr Vater sie zu der Sonntagvormittagsvorstellung für Kinder mitnahm. Das tat er immer, was sie übrigens hasste, weil sie meinte, sie sei für so was schon zu alt. Und jetzt könnte sie das Wissen darüber, wie es die echten Frauen machen, hervorragende Diplomaten zu sein, sehr gut gebrauchen. In der Liebe, das versteht sich von selbst. Der Vater hätte ihr vielleicht die Entscheidung leichter gemacht, wenn er schärfer eingegriffen hätte (denn sie sollte schon den Haushalt einem Mann und nicht mehr dem eigenen Vater führen), doch er vermutete, dass Władek ein Schützling von Majewski sei. Und als Majewski verschwand (man sagte, er sei verhaftet worden), begann Hans Wiese zu vermuten, dass Władek gute Beziehungen zu Herrn Zygmunt hätte, und mischte sich deswegen vorsorglich nicht zu offensichtlich in die Angelegenheiten seiner Tochter ein. Er schielte nur immer wieder auf den Kalender; denn er war der Meinung, dass das eine Frage von Wochen, höchstens Monaten sei, und dann würde sich alles von selbst, ganz schmerzlos klären. Doch Leni meint, dass das gar nicht so sein müsste; zum Beispiel sind Zosia und Emil weggefahren. Nur dass Leni sich weder über ihre Gewissheit noch ihre Ungewissheit im Klaren ist. Und sie möchte wohl am liebsten, dass sich nichts ändert. Dass alles bleibt, wie es ist. Selbst dieser Weg, entlang der hohen Krankenhausmauer, hinter der man die russischen Soldaten hört (die, man weiß nicht, warum, über das eiternde Bein sprechen und nicht über die Mädchen, die sie lieben). Leni will, dass dieser Weg sich in die Länge zieht, dass sie auf Władeks Hände schauen kann, die er in den Hosentaschen versteckt hat, und auf seinen breiten Rücken; sie möchte wissen, dass er ein wenig böse ist, sie aber nebeneinander herlaufen, wenn auch ein bisschen auseinander. Und sie möchte die Gewissheit haben – welche auch immer –, dass man einfach so zusammen laufen kann, nicht gleich zum Bahnhof Turzyn*, dass man sich lieben oder trennen kann, ohne sofort in einen Zug zu steigen. Plötzlich bleibt Władek stehen, wartet, bis sie sich nähert, und nimmt sie an der Hand. Und so gehen sie, Hand in Hand, entlang der Mauer des russischen Krankenhauses.

Inzwischen ist es März siebenundvierzig. Es weht ein Tauwetterwind. Es ist nass und grau, dieselbe Straße, aber eine Straßenbahnhaltestelle weiter. Dr. Thimm und Alfred Bonkowsky gehen gerade an dem früheren Gebäude der Sparkasse vorbei, wo sich noch vor einem halben Jahr Tausende für die Ausreise sammelten; übrigens nicht unbedingt nur Einwohner von S., weil es auch viele Zugereiste aus Pommern gab, aus Ostpreußen und sogar aus Schlesien. Auch Bonkowsky kam damals hierher, um Bekannte zu suchen. Er wollte nicht wegfahren. Nicht einmal darüber nachdenken. Das hatte nicht viel mit gefällten Entscheidungen zu tun. Dazu fühlte er sich nicht fähig. Er fühlte sich wie jemand, der unwichtig war. Hinausgeworfen in einen Strudel, der nicht zum Stillstand kam, in dem er sich aber besser und

* der frühere Bahnhof Torney

sicherer fühlte. Er suchte nach Bekannten, meist ohne Erfolg. Doch ein paarmal hatte er Glück und traf jemanden. Als Erste Klara Ziekel, die Frau des Pianisten, mit dem er vor dem Krieg von Zeit zu Zeit in die Kurorte am Meer fuhr. Das war ein guter Musiker, zu gut für die Tanzabende in den Kurhäusern von KdF* oder für die Promenade in Misdroy. So einer im Stil von Charlie Kunz; er rühmte sich übrigens selbst, dass er einmal im Berliner Ciro oder Jockey Club gespielt hatte. Bonkowsky konnte sich das nie merken, aber schon allein daraus zog er Schlüsse. Denn obwohl er Jazz nicht schätzte, war er in der Lage, guten Jazz vom affigen Getue zu unterscheiden. Damals konnte man übrigens für solche Musik in Schwierigkeiten geraten. Also lud Ziekel Alfred manchmal ein, um amerikanische Schallplatten mit Swing zu hören, die jemand heimlich aus der Schweiz mitgebracht hatte. Aber öffentlich spielte er das, was sich gehörte und wie es sich gehörte. Klara reiste mit ihnen in die Kurorte, weil sie sehr eifersüchtig war. Jetzt machte sie sich auch auf die Reise. Angeblich besaß sie schon alle wichtigen Papiere, doch sie stand vor – obwohl eigentlich hinter – der Tür der Sammelstelle; eingewickelt in Kleidern wie ein Paket, mit merkwürdig aufgedunsenem, fleckigem Gesicht. Doch umsonst bemühte sich Alfred, etwas Vernünftiges aus ihr herauszubekommen. Erst als er sich durch die dichte, drängelnde Menge mit ihrem Gepäck, ihren genervten Gesichtern und der Anspannung in den Augen schob, nahm er Klara etwas zur Seite, und sie setzten sich direkt ins Gras (damals war auch Frühling und das Gras voll von kleinen, rosigen Gänseblümchen). Und erst da sagte sie, dass sie nirgendwo hinfahren würde, nicht jetzt. Obwohl sie schon die Gepäckkontrolle und den Währungsumtausch hinter sich hätte und auch schon vorstellig geworden wäre bei der Kommission, die sich aus einem schroffen Vertreter des Państwowy Urząd Repatriacji**, einem kahlen Genossen, einem jungen UB-Beamten, einem schläf-

* Abk.: Kraft durch Freude
** poln.: Staatsamt für Heimatrückführung

rigen Milizionär und einer Frau im Kostüm mit breiten Klappen vom Okręgowy Inspektorat Ochrony Skarbowej* zusammensetzte. Und obwohl keiner von dieser Kommission ihr etwas vorzuwerfen und dann später, schon im Flur, ihr jemand einen goldenen Ring gestohlen hätte, den sie doch überhaupt nicht bräuchte, so würde sie nicht fahren, nicht jetzt.

Also pflückte Bonkowsky in einer naiven, männlichen Geste ein Gänseblümchen. Doch Klara wurde daraufhin furchtbar ärgerlich und brach in Tränen aus, wobei sie seine Hand mit dem rosa Blümchen zurückstieß. Sie rief: Schweine, gemeine Schweine; und er spürte, wie ihm der kalte Schweiß die Wirbelsäule entlang herunterlief, weil gerade zwei Milizionäre an ihnen vorbeigingen. Glücklicherweise gaben sie vor, nichts zu hören. Aber vielleicht hörten sie wirklich nichts, weil vor der Sammelstelle ein ziemliches Durcheinander herrschte und großer Lärm. Vielleicht waren ihnen auch die schwatzenden Scheißdeutschen völlig egal, so sehr, dass sie nicht einmal in ihre Richtung schauten. Bonkowsky war sich sowieso nicht sicher, ob Klara Ziekels Beschimpfungen den Polen oder Männern ganz allgemein galten. Denn schließlich stellte sich heraus, dass sie schwanger war, was irgendein Arzt bemerkt hatte, der jetzt wohl auch in dieser Kommission saß, und der sich wunderte, warum im Frühling, im warmen Frühling, eine junge Frau so viele Kleider mitnahm. Selbst wenn man annehmen konnte, dass sie auf diese Weise das Gewicht, das für das Handgepäck vorgesehen war, erhöhen wollte. Er hatte sie also in irgendein Zimmer mitgenommen oder vielleicht auch hinter einen Paravent, weil Klara das sehr chaotisch erzählte, und untersuchte sie dort. Aber vielleicht, so hoffte Alfred, hatte er ihr nur die Mäntel und drei Pullover ausgezogen und dann den großen Bauch bemerkt. Angeblich sagte er ihr, sie solle aufhören, hysterisch zu sein, und dass er Mengele heißen würde und ihr und ihrem Kind die Überraschungen einer Reise ersparen wolle. Er erinnerte sich an einen Paragraphen, dass Frauen

* poln.: Bezirksinspektorat für Finanzschutz

vor der Entbindung und so weiter und dass sie jetzt warten müsste, aber doch sowieso in ihre geliebte Heimat fahren würde, nur in sechs Wochen und nicht jetzt. Klara beendete ihre Erzählung und beruhigte sich wohl dadurch. Doch als Bonkowsky ihr half aufzustehen, was ungeschickt ausfiel, weil er selbst dabei das Gleichgewicht verlor und irgendwelche Leute – die neben ihnen auf einer Decke saßen und Kartoffeln schälten, die sie dann reichlich mit Salz bestreuten – freundlich lachten, dass der Papa zwar etwas beschädigt sei, das Kind jedoch mit dem anderen Bein gemacht hätte, spiegelte sich auf Klaras aufgedunsenem Gesicht so viel Wut, dass er das Gefühl hatte, er würde eine reichliche Portion davon abkriegen. Obwohl er es vor sich selbst nicht zugeben wollte, war er doch froh, als Klara in der Menge eine Bekannte fand und mit ihr Richtung Stadt verschwand. Erst da fiel ihm ein, dass er Klara nicht nach ihrem Mann gefragt hatte, diesen Pianisten, und er hätte doch … weil sie ja schwanger war. Aber dann überlegte er wieder und war froh, dass er es nicht getan hatte. Er saß im Gras, im Mai sechsundvierzig, schaute auf die Tür der Taubstummenanstalt, kaute auf dem Gänseblümchenstiel herum und konnte sich nicht vorstellen, wie er vor die Umsiedlungskommission hinkt. Schon einmal war er von hier weggefahren; das war genug. Und Jakob Thimm, dem er ein Jahr später, als sie an der Sammelstelle vorbeigehen, das alles erzählt, schnaubt nur verächtlich. Und man weiß nicht, ob es die Reaktion auf den letzten Satz der Erzählung ist oder auf den wassertriefenden Papierfetzen, den er mit der Spitze des Stocks hochhebt und auf dem die deutschen Buchstaben schon fast völlig verwischt sind; man kann nur ein Fragment der polnischen Überschrift lesen: *Nakaz opusz …**

Das Vorhängeschloss des kleinen Lagers hinter dem Kulturhaus ist kalt, und Władeks Hände zittern deutlich, als er sich mit dem Schlüssel abmüht. Es ist gerade erst zwei Uhr nachmittags vor-

* poln.: Befehl zum Verlas…

bei, und schon verlieren einige Farben an Schärfe. Die Wellen des glasierten Ornaments, welches das kleine Gebäude umkränzt, sind erstarrt, als ob sie plötzlicher Frost überzogen hätte. Leni sollte jetzt beim Mittagessen sein. Sie hat ein Abonnement für die Schulkantine, weil es so bequemer ist. Für Vater lässt sie das Essen im Topf in der Speisekammer. Hans Wiese hält sich oft außer Haus auf. Zuerst hat er bei der Schifffahrtskompanie Deutra, auf dem Gelände des sowjetischen Hafens, gearbeitet. Es ist nicht ganz klar, wie er dabei seine Erfahrungen als Drucker nutzte; er schien für diese Arbeit genauso qualifiziert zu sein wie Gärtner, der dort auch beschäftigt war. Doch später, als man die Deutsch-Russische Transport-Gesellschaft aufgelöst hatte, fand er eine Tätigkeit, die, wie er sagte, seinen Fähigkeiten mehr entsprach. Was es für eine Arbeit war, hat Leni nie erfahren. Er sagte immer, dass ihn das Dienstgeheimnis zum Schweigen verpflichten würde. Leni mochte Geheimnisse, aber irgendwie konnte sie nicht lernen, die Russen zu mögen. Vielleicht deshalb, weil sie einmal, als sie Heini besuchte, der ihr seine Schätze zeigen wollte, im Treppenhaus von zweien behelligt wurde; verschwitzt und nach Wodka stinkend, wie aus Frau Steins Erzählungen. Na, und die Stein, als sie im Februar fünfundvierzig vor der Offensive floh, war ja über das Eis der Mierzeja Wiślana* gegangen. Zwar sprach sie nie laut darüber, doch einmal, ganz am Anfang, erzählte sie es Jadzia – das heißt Hedwig Masur – die, nachdem sie sich vor der Roten Armee gerettet hatte, auch nach S. kam. Und Hedwig, die aus der Gegend von Goldap stammte, wo ihr Vater ein Dorflehrer gewesen war, sprach nicht nur Polnisch, sondern konnte auch hervorragend in beiden Sprachen zuhören. Ihre etwas nach außen stehenden, feuchten Augen schmolzen während der Erzählungen, ihre Lippen öffneten sich, und den festen Busen hob ein verständnisvolles Atmen. Wenn also jemand im Kulturhaus alle Kriegsgeschichten kannte, von glücklichen und unglücklichen Zufällen, von Schicksalen der mit diesem Ort ver-

* poln.: die Weichselnehrung

bundenen Menschen, dann sie. Doch wie Frau Stein, eine geborene Wienerin auf der Flucht aus Elbing, hierher kam, das wusste sogar Jadzia nicht. Denn die Erzählung über Frau Steins Vergangenheit endete mal bei ihrer Jugend, als sie im Chor der Wiener Oper sang, und mal beim Marsch über das Eis, das unter den Wagen und Flüchtlingen einbrach und vom Wasser des schon heranziehenden Tauwetters überflutet wurde. Ein Teil dieser Biographie blieb für alle ein Geheimnis, so dass man nicht mal wusste, ob die Stein verheiratet, ledig oder verwitwet war. Ihre Manieren und ein deutlicher Realitätsverlust, was dieses Geheimnis betraf, machten sie oft zum Objekt des Spotts. Doch ihre Erzählung, die anderen als lebendiger Bericht voller dramatischer Bilder von Hedwig weitergegeben wurde, beeindruckte sogar diejenigen, die über den vergangenen Krieg so sprachen oder schwiegen, als ob es der Peloponnesische gewesen wäre. Am meisten war Leni von der Beschreibung des Wagens beeindruckt: wie er in einem plötzlich entstandenen Eisriss, aus dem alte Frauen und Kinder herauszukommen versuchen, mit all ihrer Habe in der schwarzen Wasserflut versinkt. Dass Leni davon so beeindruckt war, ließ sich ein wenig damit erklären, dass sie Angst vor Kälte hatte. Doch Frau Stein, das heißt eigentlich Hedwig, meinte, dass Kälte, die auf diesem Weg übers Eis schlimmer war als Geschosse, gar nichts gewesen wäre. Denn als Frau Stein die Mierzeja schon überschritten und Unterschlupf in irgendeinem Dorf gefunden hatte, musste sie dort bleiben, weil sie krank wurde; sie hatte furchtbaren Durchfall, und niemand wollte sie auf seinem Wagen mitnehmen. Sie lag also in irgendeiner riesigen Scheune, im Heu eingegraben und davon überzeugt, dass sie sterben müsste. Am nächsten Morgen fühlte sie sich besser. Vielleicht deshalb, weil sie das Holzkohlenpulver kaute, das ihr vor der Abreise die Besitzer des Anwesens dagelassen hatten. Und am folgenden Tag erschienen die Sowjets im Dorf. Furchtbar betrunken, weil sich in einem anderen Dorf, wo sie die Nacht zuvor verbrachten, eine Spiritusbrennerei befand. Es gab dort Frauen, die nicht schnell genug flüchten konnten. Manche von ihnen kamen bis zu dem Dorf, wo Frau

Stein lag. Denn die Soldaten hatten sie mitgenommen, um etwas für später zu haben. Und an dieser Stelle begann Frau Stein, die alles aus ihrem Versteck beobachtet hatte, in ihrer eleganten Sprache solche Szenen zu schildern, dass Leni, die es aus Hedwigs feucht glänzendem Mund hörte, bis über die Ohren rot wurde. Trotzdem hatte sie vor dem Bild des im Eis versinkenden Wagens mehr Angst. Denn das über die Frauen war erschreckend, aber ein bisschen unwirklich. Wie eine Geschichte vom Drachen, der Jungfrauen frisst. Frau Stein hatte er übrigens nicht gefressen. Was sie angeblich damit erklärte, dass die Soldaten sehr betrunken waren und müde von der Orgie, die schon den zweiten Tag andauerte. (Noske scherzte einmal, dass sie die Stein nicht angerührt hätten, weil «unsere Dame ganz einfach gestunken hat». Doch alle meinten, dass der Scherz sehr grob sei.) Wie immer es auch gewesen sein mag, als Leni die Körper der Russen, die sie an die Wand drängten, und eine rege Hand unter dem Rock spürte, erinnerte sie sich an diese Erzählungen und machte so einen Lärm, dass Peters im Treppenhaus erschien. Sogar ein Russe in Unterhemd und Offiziersmütze kam aus seiner Tür und herrschte die beiden anderen an. Es waren aber wohl doch keine Russen, denn auf sein Schreien zuckten sie nur mit den Schultern und antworteten ziemlich trotzig. Dann trollten sie sich aber. Doch Leni mag Russen auch deshalb nicht, weil sie Władek mag. Er zeigte ihr auf der Landkarte die ukrainische Stadt Lwów* und sagte, dass er dort geboren wurde, man ihn aber verjagt hätte. Leni erzählte das ihrem Vater. Doch der alte Wiese lachte nur unangenehm und meinte, dass das schon richtig war. Dass man die Polen aus allen Städten vertreiben sollte und es schade sei, dass es die Russen nicht getan hätten. Und als Leni zornig wurde und ihm erwiderte, dass er furchtbare Dinge sagen würde und es eine Schande sei, auf das Brot zu spucken, das ihm andere geben würden, da begann er zu schreien und stieß sie gegen den Schrank. Doch er kam gleich wieder zur Besinnung und erklärte, dass die Russen ihm sein

* poln.: Lemberg

Brot geben würden und er von den Polen nichts wolle, weil das Lakaien und Fußabtreter seien. Haben den Krieg nicht allein gewonnen, greifen nach dem, was andere erobert haben, und obwohl sie heimlich auf die Russen schimpfen, dass es stinkende Ziegenböcke seien, haben sie nicht den Mut, die Hand, die ihnen alles auf einem Tablett serviert hat, zu beißen. Was nicht ganz falsch war, dachte Leni, als sie sich an Władeks Worte erinnerte. Aber auch nicht ganz richtig, weil Hans Wiese zu denen gehörte, die gegenüber den Polen besonders diensteifrig waren. Er verbeugte sich immer zuerst, wenn er Herrn Zygmunt grüßte, und zwar besonders tief. Und als ihn jener an dem Ausflug teilnehmen ließ, der das wieder aufgebaute Warschau zum Ziel hatte – einem Belohnungsausflug für diejenigen, die sich bei sozialen Aktivitäten hervorgetan hatten, obwohl sich Wiese nur beim Fußball herumtrieb –, hatte gerade er, «Hans W.» mit den größten Buchstaben und einem persönlichen Postskriptum, auf einer Postkarte mit «unserem Kulturpalast», die herzlichsten Grüße an «unseren Direktor» geschickt. Und jetzt sitzen Władek und Leni nebeneinander im Lager hinter dem Haus der Freundschaft. Fast im Dunkeln, denn es gibt kein Licht in dem kleinen Raum (der früher vermutlich die Kapelle der Diakonissinnen gewesen war oder vielleicht der Bestattungsraum ihres Krankenhauses, denn auf die Erhöhung, auf der die Matratze liegt, würde auch ein Sarg passen). Sie sitzen und schauen in die Kerzenflamme, die sich im Windhauch, der von der Tür kommt, hin und her bewegt. Weißt du, beginnt Leni, die Stein sagte, dass … Ja, ich habe es gehört, unterbricht sie der junge Mann, über den wir nicht viel wissen. Man sieht nur sein scharfes Profil, die schmale Nase, die zusammengezogenen, schön geformten Augenbrauen. Nein, du hast gar nichts gehört, sagt Leni schnell, als ob das, was sie jetzt sagen will, für sie beide äußerst wichtig wäre. Sie erzählte von dem Vorhang der Wiener Oper; Gold, Bronze, Blumengirlanden, kleine Engel, die sie *putto* nannte, hohe Wellen, und auf diesen Wellen ein wunderschönes, riesiges Boot. Weißt du denn nicht, was dieses Boot bedeuten könnte? Nein, sagt Władek. Er legt die Hand auf ihr

Knie und schiebt vorsichtig, aber entschieden ihre Beine auseinander. Und dann lauscht sie auf seinen Atem über sich, einen gleichmäßigen Atem, als ob Władek ohne Eile entlang eines leicht ansteigenden Wegs durch einen sonnigen Wald gehen würde. Es ist so schön wie früher, und sie antwortet auf diesen Atem mit ihrem eigenen. Und jetzt gehen sie zusammen und halten sich an den Händen. Leni möchte diesen Weg in Erinnerung behalten, denn plötzlich weiß sie ganz genau, dass man ihn in Erinnerung behalten muss. Und dieser Gedanke schmerzt sie. Du hast geweint?, fragt Władek und berührt im Dunkeln ihre Wange; der Kerzenstummel zischt und erlischt. Weil es so schön war, sagt Leni. Und dann er, leise, nah an ihrem Ohr: Weißt du, Leni, wie schön der Vorhang im Theater von Lwów war? Nein, antwortet sie. Ich auch nicht, sagt er, ich hab ihn nie gesehen. Leni lauscht auf die gerade gesagten Worte und überlegt einen Moment, ob Władek nicht scherzt. Aber diese Worte waren so weich wie der Atem, der die ganze Zeit ihr Ohr wärmt. Sie schweigen, und er knöpft sich die Hose zu. Es ist dunkel, und Leni muss nicht die Augen schließen oder sich wegdrehen, was sie in solchen Momenten sonst tut. Es ist dunkel, aber sie unterhalten sich noch ein bisschen auf Polnisch. Ein bisschen auf Deutsch. Vermutlich auf Polnisch. Vermutlich unterhalten sie sich.

Alfred Bonkowsky verließ S., als die Stadt zum wiederholten Mal in ihrer Geschichte, die er übrigens nicht besonders gut kannte, eine Festung werden sollte. Er schloss sich einer Theatergruppe an. Es waren vorwiegend Bühnentechniker, die unter anderem auch den Transport der Dekorationen in die St. Jakobikirche beaufsichtigt hatten. Das zusammengeschrumpfte künstlerische Ensemble hatte sich schon früher zerstreut – viele wurden zur Armee eingezogen, manche gingen fort. Als das Theater im August von einer Bombe getroffen wurde, stellte es seine Tätigkeit endgültig ein; bis dahin hatte es sich noch den Anschein gegeben, den Betrieb aufrechtzuerhalten. Manch einen konnte man dort aber immer noch antreffen. Jetzt machten sich ein paar Nachzügler von den Bühnentechnikern und aus dem Orchester auf den Weg. Unter ihnen war auch ein Bekannter Bonkowskys aus dem Konservatorium in der Elisabethstraße. Er traf ihn im Luftschutzraum. In die Luftschutzräume ging Bonkowsky nur ungern. Die Ratschläge der Hausmeister und die Regeln zur Luftabwehr überzeugten ihn nicht so sehr wie die Meinung derer, die behaupteten, dass es sicherer sei, im Bett zu bleiben, als sich der Gefahr eines Massengrabs in einem zugeschütteten Keller oder Luftschutzraum auszusetzen. Er ging also ungern hinunter, aber er ging jedes Mal. Außerdem ahnte er, dass er die guten Ratschläge derer, die glaubten, die Bomben auf der Straße erwarten zu müssen im Sinne von: Geh einfach in die Knie vor dem Einschlag, genauso gebrauchen konnte wie zusätzliche Lebensmittelkarten. Die, die ihm schon seit langem zustanden, konnte er nämlich nicht mehr alle einlösen. Wahrscheinlich deshalb, weil der Laden, dem er zugeteilt war, von einem apathischen Weib geführt wurde, mit einem schlampig gebundenen, uralten Kittel, den man als Metzgerkittel hätte bezeichnen können, wenn jemand in der Umgebung außer Menschen irgendwelches Schlachtvieh gesichtet hätte. Man munkelte, dass sie mit den Lebensmittelkarten manipulierte, da ihr Laden selbst fürs fünfte Kriegsjahr sehr schlecht ausgestattet war. Aber als Bonkowsky seine Ration Rote-Rüben-Marmelade einlöste, vermutete er eher, dass diese Verkäuferin, die mit der Abrechnung für die Lebensmittelkarten die steilen Treppen von der Grünen Schanze zur Magazinstraße, wo sich die Kontrollbehörde der Industrie- und Handelskammer befand, so schnell hinaufstieg, obwohl sie hinter dem Tresen immer so träge wirkte, dass diese Verkäuferin an einer Krankheit litt, die sich in der letzten Zeit ausgebreitet hatte und über die man nicht laut reden durfte. Sie hieß Defätismus, und sie lähmte jeglichen Willen, außer dem Willen zur Flucht. Doch Alfred dachte nicht an Flucht, er konzentrierte sich nicht so sehr auf die Hoffnungen, die die Front betrafen, sondern darauf, was seinen Beruf so beschwerlich machte. Das Geigespielen brauchte er nicht nur, um seinen Lebensunterhalt zu verdienen, sondern auch, um diesem

Leben Würze zu geben. Denn ohne Würze konnte es höchstens mit Leberwurst aus Sägespänen und Marmelade aus roten Rüben rivalisieren. Und mittlerweile waren die zunehmenden Verbote, die die Beweglichkeit der Menschen einschränkten, wie ein Bleistift, der den Rinderbraten mit Pfifferlingen vom Menü gestrichen und stattdessen ein Karottengulasch als Angebot notiert hatte. Bonkowsky gab sich Mühe, diese Diät wenigstens abwechslungsreich zu gestalten. Er spielte auf Hochzeiten und Begräbnissen. Doch die Hochzeiten wurden immer seltener, weil die jungen Menschen aus S. verschwanden, und die Begräbnisse konnte man auch vergessen. Er spielte auf Festen und Gelegenheitskonzerten, mal für Ausgebombte, die alles verloren hatten, mal, um die Moral zu heben. In Restaurants trat er immer seltener auf. Gauleiter Schwede hatte schon neunzehnhundertneununddreißig ein Verbot erlassen, welches das Spielen anderer Musik als deutscher in öffentlichen Räumen untersagte. Das war noch gar nichts im Vergleich mit dem Schließen der Restaurants nach Stalingrad. Aber auch damit kam Bonkowsky zurecht: Die besseren, eleganteren Lokale waren weiterhin in Betrieb. Schlimmer empfand er es, dass Tanzmusik verboten wurde. In den teuersten Restaurants versuchte man das zu umgehen. Es wurde Tanzmusik gespielt, aber niemand tanzte. Doch Bonkowsky spürte keinen Widerstandsgeist, und der Gedanke an ein Lavieren zwischen den Verboten reizte ihn nicht. Im Grunde war er dem gegenüber, was um ihn herum passierte – nachdem die Faschisten die Macht übernommen hatten – wohlwollend eingestellt. Er schwärmte zwar nicht für Trommelwirbel und Marschmusik, und die Reden der Parteiführer lösten bei ihm einen tief sitzenden, nicht ganz bewussten Angstschauer aus (obwohl Dr. G. – Jupp, wie ihn der Oberkellner des Cafés Ponath nannte – aufgrund des gleichen Gebrechens Bonkowsky hätte sympathisch sein müssen), aber ihn freuten die Ruhe und der allgemeine Wohlstand. Die Lokale waren gefüllt mit satten, zufriedenen Menschen, die Arbeit hatten und sich vergnügen wollten. Das Einzige, was er den Machthabern vor dem Krieg vorwarf, war das Bild der Frau, das sie propagierten. Bonkowsky konnte die stattlichen Frauen, mit den in Brezelform hochgesteckten Zöpfen, die ihn von Plakaten, Bildern und Sockeln ansahen, nicht ausstehen. Und als man in den Fenstern der Cafés und Restaurants eine Bekanntmachung ausgehängt hatte, die Frauen an öffentlichen Plätzen das Zigarettenrauchen untersagte, fühlte er sich persönlich angegriffen, da er eine Vorliebe für das Bild der schönen Dame mit einer aromatischen Zigarette in einer langen Spitze besaß. Ein Bild, das er aus Filmen kannte und das sich jetzt mit jedem Kriegsmonat wie der Rauch einer Zigarette verflüchtigte. Und Bonkowsky, glatt rasiert, wohlriechend, zu den Damen höflich, wurde immer blasser und schwand wie dieses Bild. Tagelang suchte er nach irgendeiner Arbeit, nach einer Gelegenheit, etwas Besseres zu essen zu bekommen. Sein Gebrechen schützte ihn nicht mehr vor verschiedenen gemeinnützigen Arbeiten, von denen er die Aufsicht bei Feldarbeiten am angenehmsten in Erinnerung hatte. Es kam vor, dass er den Menschen den Rückweg vom Kartoffelfeld mit etwas Musik versüßte. Sie schauten ihn mit schweigender Ungläubigkeit an, die er als Dankbarkeit deutete. Mit jedem Jahr fiel es ihm jedoch schwerer. Nicht einmal deshalb, weil er diese Blicke immer besser verstand – sie waren ironisch, fast feindselig –, sondern wegen des Graus, das durch alle Öffnungen in ihn strömte. Eines Graus, das er sah, hörte, schmeckte, das sich auf ihn niedersetzte wie der allgegenwärtige Staub nach den Luftangriffen. Eines Graus, aus dem einzig die goldblonde Jette mit ihrer Pfirsichhaut hervorstach: weit entfernt und unberührbar, wie ein Lichtreflex zwischen den Blättern. Hätte Bonkowsky diesen Gedanken in seine Sprache der Metaphern übertragen müssen, er hätte das Lied über die Sonne angestimmt: *Ich sehne mich nach ihrem Schein, golden, glitzernd, ob ich wach bin oder träum.* Während er sich innerlich immer mehr zurückzog, wobei er sich zusammenkrümmte, wie aus Angst, dass sich dieses Grau wie ein Film um ihn legen und dadurch immer mehr Wege finden könnte, in ihn einzudringen, wiederholte er einen Satz, den er wohl in irgendeinem Buch gelesen oder vielleicht auch im Dunst einer Tanzbar gehört hatte: Solange es ein Morgen gibt, ist das Heute nur eine Geschichte, die wir einmal Freunden beim Bier erzählen werden. Solange es ein Morgen gibt, wiederholte er, während er in den Luftschutzraum hinabstieg, angetrieben von denen, die für Ordnung in der Schlange sorgten, und drückte in einer etwas dramatischen Geste seinen Geigenkasten an die Brust. Doch diese Geste besaß auch praktischen Charakter; denn obwohl sich Bonkowsky nicht als Künstler sah, war er um den Stimmstock seines Instruments sehr besorgt. Das quer stehende Stöckchen, das die obere Wand der Geige mit der unteren verbindet, war immer der Gefahr einer Erschütterung ausgesetzt und konnte herausfallen oder sich an eine andere Stelle verschieben, was alle Musiker mit einem sensibleren Gehör zum Wahnsinn trieb. Schon einmal, als er den abgebrochenen Saitenhalter befestigen wollte, war es passiert, dass sich der Stimmstock verschoben hatte. Es dauerte ein paar Monate, bis es ihm gelang, das Stöckchen wieder richtig aufzustellen, und die Geige wie früher klang. Damals half ihm ein Kollege, der mit ihm im Café Ponath gespielt hatte, Adolf Filbinger. Derselbe, dem man in der Saison des Vorkriegsjahres die zweite Geige im Orchester des Stadttheaters angeboten hatte. Und den er jetzt unter den im Luftschutzraum Zusammengepferchten entdeckte. Die Menschen drückten die feuchten Handtücher und Schwämme an die Gesichter, als ob das irgendwie gegen die phosphorbrennende Luft etwas hätte ausrichten können. Alfred und Adolf begrüßten sich nur mit den Blicken und versuchten, eine Ecke zu finden, in der das Gespräch nicht vom Weinen oder den nervösen, zur Ruhe ermahnenden «Pst»-Zischern, unterbrochen werden konnte. Und es war ihnen wohl gelungen, denn schon im nächsten Augenblick wusste Bonkowsky, dass Adolf, der auf seinen Namen, den ihm seine Mutter schon neunzehnhundertzehn, also völlig ohne Hintergedanken, gegeben hatte, immer so stolz gewesen war, jetzt aber seinen berühmten Namensvetter «Dracula» nannte, dass also Adolf zum zweiten Mal in seinem Leben Mitglied des Theaterorchesters war. Zwar nur als Ersatzmusiker (denn zur Orchesterbesetzung gehörten

Musiker, denen Nenring nicht einmal erlaubt hätte, Notenpulte aufzustellen) und nur für ein oder zwei öffentliche Konzerte. Aber es war richtige Orchestermusik und kein Gefiedel als Begleitung im Biergarten. Jetzt sammelte sich der Rest der Musiker zum gemeinsamen Transport, und er, Filbinger, konnte – der alten Bekanntschaft wegen – Alfred einen Platz besorgen. Bonkowsky betrachtete Adolf, während er sich an die alten Zeiten erinnerte, und antwortete nur wortkarg, weil ihm in dem Gedränge, der Hysterie und der stickigen Luft, die um ihn waren, der Gedanke kam, dass es vielleicht für ihn, für S. und für die Welt wichtiger sei, dass es ein Gestern gab, als dass es ein Morgen geben werde. Und als er am selben Tag die Geige einpackte und in einen kleinen Koffer Rasierzeug, zwei Pyjamas (er hatte sich vergriffen, eigentlich wollte er zwei Hemden mitnehmen) und einen Anzug der Firma Lehman und Söhne legte und sich so schwer bepackt fühlte, als ob er das ganze Haus mitnehmen würde – das er übrigens nicht besaß, weil er immer zur Miete gewohnt hatte –, spürte er einen gewissen seelischen Komfort: Er hinterließ nichts, worum er hätte zittern müssen. Und gleichzeitig war auch dieses neue, unerwartet erquickende Gefühl der wiedergewonnenen Selbstsicherheit da. Der Sicherheit seines Seins. Unabhängig vom Heute, unabhängig vom Morgen. Das Bewusstsein des wiedergewonnenen Gestern. Wenn es irgendein Gestern gibt, dachte er, kann man immer ein Heute daraus machen. Deshalb zögerte er keinen Moment, als er schon einen Monat nach dem Ende des Krieges erfuhr, dass nach S. Boote fahren würden.

Als sie auf Höhe der Hakenterrasse anlegten und über schaukelnde Bretter, die das Reep ersetzten, auf das mit Menschen überfüllte Ufer hinabstiegen, war es später Nachmittag. Mit dumpfem Grollen kündigte sich ein herannahendes Gewitter an. Es war schwül, und dieses Aneinandervorbeigehen und Suchen der mürrischen oder vielleicht nur müden Menschen in ihrer chaotischen, scheinbar ziellosen Betriebsamkeit, die an das Herumirren von Insekten erinnerte, war bedrückend. Bonkowsky interessierte sich nur für das Übergangslager am Abhang. Ein unglaubliches Gedränge und Durcheinander; Kinder wie kleine Zigeuner auf einem Haufen mit Erwachsenen, ganze Gruppen von Landstreichern, die nur darauf warteten, etwas stehlen zu können, Menschen wie Hunde in Hütten, die aus Pappe gemacht und aus Resten von Büromöbeln gezimmert waren, zusammengedrängt in einer Art von Zelten aus Militärplanen und Decken. Und alles gehüllt in einen demütigenden Dreck, in Angst und Hoffnungslosigkeit, die überall zu spüren waren. Die Dämmerung brach früh herein. Also stieg Alfred Bonkowsky mit dem kleinen Koffer und dem Geigenkasten – immer wieder von alten Frauen angehalten, die mit dumpfer Hartnäckigkeit fragten, woher die Boote gekommen seien – nicht ohne Mühe die steilen Treppen hinauf, die für ihn ein schwer zu überwindendes Hindernis waren. Er hinkte bis zu der Vorderseite des fast völlig erhalten gebliebenen Amtsgebäudes der Provinzverwaltung. Aber auch hier herrschte Gedränge, und drinnen, zwischen dem Gepäck und den Menschen, die die Gänge füllten, die sich auf ihre Bündel stützten, auf ihnen dösten, die sich Raum verschafften, indem sie andere Bündel zur Seite schoben, spürte man eine Spannung, die nicht nur von dem herannahenden Regen herrührte. In langen, hohen Räumen flackerte das Licht der Kerzenstummel an den Wänden, und Bonkowsky spürte, dass er gehen sollte, schnell, bevor ihn das Gewitter erwischen würde. Von einem Ordnungsbediensteten, der neben dem Eingang stand, mit an den Seiten herunterhängenden Armen, als ob er gerade eine allzu große Last losgelassen hätte, erfuhr er, dass vor kurzem in dem Gebäude Polen aufgetaucht seien. Welche von der Regierung. Und? Was stehst du so da? Der vom Ordnungsdienst spürte plötzlich seine Energie wieder und schaute Bonkowsky provozierend an. Ich sagte: Die Polen sind zurückgekehrt. Und Bonkowsky, dem dieser Gedanke im schmerzenden Hinterkopf herumirrte, machte sich bewusst, dass der andere gesagt hatte: Sie sind zurückgekehrt. Die Polen waren zurückgekehrt. Er war nicht zurückgekehrt, sondern mit dem Boot gekommen. Die Augen des Mannes vom

Ordnungsdienst blitzten auf. Etwas hatte er doch, nämlich seine Pflichten. Wenn du nicht aus S. bist, sagte er, dann versteck dich in der Gegend. Übermorgen gibt es einen Transport nach Stolzenhagen, Scholwin und Pölitz ... Unter dem Schutz unserer Polizei, fügte er hinzu, während er in den Gang schielte, der im Kerzenlicht flackerte, als ob von dort neue Anweisungen kämen. Bonkowsky nickte, in seinem Kopf schaukelten der Schmerz und die Erinnerung an die vielen im Boot verbrachten Stunden. Und dann ging er hinaus, in den vom Wasser heranziehenden Gewittersturm, der den Müll aufwirbelte und die Stoffüberzüge der provisorischen Zelte laut flattern ließ.

Doch der Regen, der so stark war wie Knüppelschläge, erwischte ihn erst in der Stadt. Das heißt dort, wo die Stadt sein sollte. Obwohl Bonkowsky damals, als er S. verließ, nicht viel weniger zerstörte Straßen gesehen hatte. Doch als er sich inmitten der Ereignisse befand, achtete er nicht darauf. Und jetzt, betäubt von der Situation und zwischen die Ruinen geworfen, erkannte er nicht den Ort, in dem er sich aufhielt. Bläuliche Dunkelheit floss mitsamt dem Regen zwischen den Hausstümpfen hinunter. Sicherlich hätte er auf der Hakenterrasse bleiben können, aber etwas hatte ihn von dort vertrieben. Er ging in eine Richtung, die – so schien es ihm – in eine Gegend führte, die er besser kannte. Das rechte Bein, das bei jedem Schritt einen Bogen beschrieb, stieß gegen den Schutt und die aus ihm emporragenden Eisenstangen und herausgerissenen Gleise. Er überlegte, ob er doch noch zu dem Lager zurückkehren sollte, aber wahrscheinlich hätte er den Weg dorthin nicht mehr gefunden. Er ging, um nicht anzuhalten, denn wenn er anhielte, sagte ihm sein Gefühl, dann würde ihn der Regen in die Knie zwingen, in die Erde nageln, in sie reindrücken, reinschmelzen. Durch das Rauschen des Wassers hörte er plötzlich das Geräusch von Hufen. Er hob den Kopf. Ein kleiner zweirädriger Wagen, der von einem Pferd gezogen wurde, fuhr an ihm vorbei. Daneben ging ein Mann ohne Kopf. Bonkowsky erstarrte. Erst als dieser sich zu ihm drehte, erkannte er die Spitze einer brennenden Zigarette und ein vom kurzen

Aufblitzen der Glut erleuchtetes Gesicht, das unter einer kleinen, über den Kopf geworfenen Decke steckte. Nimm mich mit!, rief Bonkowsky. Aber vielleicht sagte er das nur zu sich selbst, denn der andere entfernte sich schweigend, als ob er es nicht gehört hätte. Nimm mich mit! Diesmal blieb der Wagen stehen. Bonkowsky hinkte äußerst unbeholfen auf ihn zu und wiederholte seine Worte direkt ins Gesicht des Mannes: Nimm mich mit, egal, wohin. Der andere schwieg immer noch und schaute ihn an, als ob er nicht hören oder verstehen würde. Einen Augenblick lang hatte Bonkowsky den Eindruck, dass es ein Taubstummer war. Doch er erinnerte sich an Patienten, die von Jette über das Gelände der Anstalt an der Kreckower Straße geführt wurden: Sie waren immer so lebendig, ihre Augen suchten Kontakt mit der Pflegerin, und ihre Hände gestikulierten. Dann kam Bonkowsky auf den Gedanken, dass es wohl ein Pole sein müsse. Doch er konnte sich nicht dazu durchringen, ihn zu fragen. Sie standen einen Moment da; man konnte hören, dass die erste Regenwelle schwächer wurde und sich entfernte. Der Mann spuckte den erloschenen Rest der Zigarette auf die Erde, streifte die Decke vom Kopf, schüttelte sie und wies ohne ein Wort auf den Wagen. Er hat wohl verstanden, also doch kein Pole, dachte Bonkowsky, während er mühsam hinaufkletterte. Der Wagen war mit etwas Langem, Schwerem und Nassem beladen und holperte über die Schlaglöcher. Bonkowsky ließ Koffer und Geigenkasten nicht aus den Händen. Und wenn es ein Pole ist? dachte er, wohin bringt er mich? Er versuchte, sich ein wenig Platz zu schaffen und drückte mit dem Ellbogen gegen eine Last, die auf ihn rutschte. Es war schon fast ganz dunkel, doch als er hinsah, wusste er Bescheid. Er fuhr auf einem Wagen mit Leichen. Ein paar Körper, aufeinander geworfen, mit einer Pferdedecke bedeckt, und daneben er, Alfred Bonkowsky, der Geiger aus dem Imperator und Café Ponath. Es reicht, sagte er zu dem anderen, der mit dem Rücken zu ihm saß, hier ist es gut. Ganz wie zu einem Droschkenkutscher, ging ihm durch den Kopf. Er wird gleich das Pferd anhalten, dann werde ich ihn sprechen hören. Doch der Mann schielte nur über die Schulter und zog schweigend die Zügel an. Dann fuhr er weiter, ohne sich nach Bonkowsky umzudrehen, der vor einem mehrstöckigen schwarzen Haus gegenüber einem Ruinenplatz stand. Bonkowsky erkannte diesen Ort, dieses Haus. Er hatte in der Nähe gewohnt, neunzehnhundertneununddreißig (ein gutes Jahr, er bekam gerade Arbeit im Haus Ponath), in der Wilhelmstraße. Aber die Wilhelmstraße gab es schon lange nicht mehr. Nur an der Ecke stand unbeschädigt der massive Block eines Militärkasinos. Und das hier, das war das Hotel Bellevue in der Lindenstraße; die Tür geschlossen oder mit irgendetwas von innen abgesperrt. Er zwängte sich durch ein Kellerfenster. Im Gegensatz zu dem Gebäude der Provinzverwaltung fiel ihm die Leere auf. Er hörte sie eher, als dass er sie sah, während er seinen Schritten lauschte; das klappernde Echo der vom Wasser aufgequollenen Schuhe, das in den Tunneln der Flure und den Nischen der Zimmer widerhallte. Die Fenster waren teilweise eingeschlagen, teilweise mit Brettern und Pappe zugenagelt. Er kam bis zum dritten Stock, fand jedoch kein einziges Bett, nicht mal nackte Sprungfedern. Erst da, mit müder Verwunderung, wurde ihm bewusst, dass er mehr von dem Hotel träumte, als dass er es hier wirklich finden konnte. Man hatte doch das Bellevue noch vor dem Krieg in Büros umgewandelt. Bonkowsky war ja hier gewesen, um irgendwelche Versicherungssachen zu klären, und dann noch einmal, als er mit seiner Geige die feierlichen Formalitäten im Standesamt begleitete. Doch das erschien ihm weiter entfernt als die Erinnerung an die weiß gedeckten Tische des Hotelrestaurants und die klirrende Glocke in der Vorhalle, mit der ihn einmal zum Spaß der etwas kahle, rosige Portier aufscheuchen wollte, als Alfred mit dieser kleinen, schläfrigen Nutte nach oben hinkte; die, die Alfi zu ihm sagte. Alfi, ganz wie … Der Widerhall von Schritten, von nassen Schuhen. Sie hatte Lust auf einen nächtlichen Spaziergang, doch es fing an zu regnen, und sie konnten kein Taxi bekommen. Damals und jetzt. Jetzt die Kälte des Hemds, die Schwere des voll gesogenen Jacketts. Jetzt erinnerte er sich. Dieser platschende Rhythmus, dieses Echo von damals. Er hat ihn schon aus der Erinnerung hervorgeholt, wie aus dem Wasser. Wasser, das Schmatzen der Gummisohlen. Er verabredete sich mit Jette – so wie sie es wollte – in der Nähe ihres Hauses, im Schwimmbad. Er hatte sich lange dagegen gewehrt. Als er sich endlich durchgerungen hatte, wollte er es dann doch verschieben; ein bisschen, um ein paar Treffen. Es hätte im Café oder auf der Hakenterrasse oder in den Grabower Anlagen sein können; im Grün der Alleen, nur nicht dort. Doch sie bestand darauf, ahnte nichts. Als ob sie unbewusst das beschleunigte, was sowieso passieren sollte. Er ging zur Kasse, zahlte für zwei Eintrittskarten. Doch als sie in Richtung der Damenkabinen einbog, zögerte er, ob er auch zu seinen Kabinen gehen oder lieber in der Vorhalle bleiben, am Buffet eine Limonade trinken und warten sollte. Sie bemerkte das Zögern: Gehst du nicht? Ein wenig zu ratlos zuckte er mit den Schultern. Und gleich reagierte sie mit dem besorgten Blick einer Pflegerin: Ich will doch keinen Weissmüller, keinen Tarzan. Sie lächelte sanft. Er tat so, als ob sie nichts gesagt hätte, und winkte mit der Hand: Geh, ich komme gleich. Er lächelte. Sie ließ sich in die Irre führen, winkte ihm zu und lief davon. Er schaute entzückt. Dann drückte er einem Bademeister ein paar Mark in die Hand, damit er ihn angezogen durchließ, und ging durch die Glastür. Der Geruch von Chlor und nackten Körpern lag in der Luft. Man hörte Lachen und Plantschen. Jemand rannte vorbei und bespritzte seine weiße Weste, die weiße Hose und die weißen Schuhe; von Keller, nicht irgendwelche orthopädischen Latschen von Ehert. Die weißen Schuhe mit Gummisohle, die extra für diesen Sommer gekauft wurden, klatschten wie Gummistiefel, als Bonkowsky am Schwimmbeckenrand entlangging, auf die Fresken der schlanken Giganten, die ins Wasser sprangen, schaute und den Kopf immer höher zur gläsernen Kastendecke reckte. So, als ob er auf einem Seil laufen würde. Ein Hinkender auf einem Seil, einem glitschigen Seil. Durch die dicke Scheibe der Decke blitzte die Sonne auf. Rasch blickte er zum Wasser; in dem Knäuel starker, fischartiger Körper, zwischen den Bojen der Schwimmkappen, bemerkte er Jette. Aber er sah ihre hellgoldenen Haare nicht, denn auch sie trug eine Schwimmkappe. Sie übte sich im Brustschwimmen und schaute nicht in seine Richtung; flink, glatt, weit entfernt. Dann gingen sie in den Ufa-Palast. Sie wollte sehen, was nächste Woche gespielt würde. Man kündigte *Heimat* mit Zarah Leander an. Sie fragte, ob sie zusammen hingehen sollten. Er lud sie in den ersten Stock zu einem Kaffee ein. Sie bestellte einen mit Milch. Er sagte, es wäre ihr letztes Mal. Sie verstand nicht. Er wiederholte. Sie betrachtete ihn schweigend, als ob sie ihn zum ersten Mal wirklich sehen würde. Gib uns etwas Zeit, bat sie. Vage zuckte er mit den Schultern, sie gingen. Er brachte sie nach Hause. Sie wohnte in der Nähe, in der Altstadt. Aber es schien, als ob sie Kilometer zurücklegen würden. Sein Bein beschrieb riesige Bögen, und er hatte das Gefühl, dass er mit ihm das Schaufenster bei Franz Wernicke einschlagen und mit dem weißen Schuh die silbernen Broschen und die Bernsteinketten zusammenscharren würde. Vor dem Haus wollte er Jette auf die Wange küssen, doch er tat es nicht. Sie stand vor ihm, zart und stark zugleich, im cremefarbenen Sommerkostüm, noch immer den intensiven, irritierend jungen Duft des Schwimmbads an sich, und er sah sie im nassen, ihren Körper eng umschließenden Badeanzug. Es kam ihm der Gedanke, dass er diesen Körper nie besessen hatte und nie besitzen würde. Sie rief ihn eine Woche später in der Arbeit an, am späten Abend. Der Saaldirektor holte ihn von der Bühne – sie machten gerade eine kleine Pause – und ließ ihn in das Hinterzimmer. Bonkowsky nahm den Hörer in die Hand. Er fühlte die auf ihn gerichteten Blicke hinter der Tür, die er absichtlich angelehnt gelassen hatte. Sie war aufgeregt. Sie sprachen kurz. Als er zu dem ungeduldig klimpernden Ensemble zurückkehrte, knurrte der Saaldirektor ihm hinterher: Dass mir deine Nutten hier nicht mehr anrufen. Er sah sie dann noch ein paarmal. Er ging zu der Taubstummenanstalt, blieb an der Ecke Luisenstraße stehen und bemühte sich, von ihr nicht entdeckt zu werden, was ihm wohl auch gelang. Schon früher hatte er sich Frauen gekauft. Um die Wahrheit zu sagen, bezahlte er für alle, die er je besaß. Da er in Nachtlokalen arbeitete, musste er sie nicht lange suchen. An manche gewöhnte er sich sogar, wie an diese Kleine, die ihn Alfi nannte, ganz wie … Doch nach der Trennung von Jette stellte er voller Schrecken fest, dass auch das nichts mehr für ihn war. Eines Nachts nahm er zwei mit aufs Zimmer; sie saugten an ihm und leckten ihn, doch er schaute zur Decke und versuchte sich an die Brüste zu erinnern, die in den nassen Badeanzug gemeißelt waren. Doch wie immer half das auch nicht. Dann verschrieben ihm die Ärzte Testoviron. Und kalte Bäder. Bäder. Das amüsierte ihn sogar, denn das konnte ja nicht helfen. Und noch später erfuhr er, dass Jette verlobt sei. Mit einem großen Blonden, der wie ein Modell aussah. Er dachte: ein Delphin für die Freske in ihrem Schwimmbad. Ein Taucher zwischen ihren Beinen. Er sah sie einmal zusammen an einem auf der Straße stehenden Tisch des kleinen Café Rheingold. Und im September des nächsten Jahres stieß er auf seinen Namen in der «Pommerschen Zeitung», inmitten der Todesanzeigen von der Front. Jette verschwand. Die einen sagten, sie wäre auf der Liste der Opfer des nächtlichen Luftangriffs vom Karfreitag dreiundvierzig, was bedeuten würde, dass sie nicht zu Hause gewesen war, weil damals die Altstadt nicht bombardiert wurde. Andere erzählten, dass sie vermisst sei. Aber eine ihrer Kolleginnen aus der Anstalt in der Kreckower Straße, die Bonkowsky während der Ausschachtungsarbeiten zufällig traf, behauptete, dass Jette schon neunzehnhundertzweiundvierzig nach Stockholm zu irgendeinem Kurs gefahren sei und von dort sogar eine Postkarte geschickt hätte, auf der stand, dass sie heiraten und nicht nach S. zurückkehren würde. Bonkowksy traf das Mädchen nie wieder. Also bekam er die Karte von Jette – falls sie überhaupt existierte – mit der Ansicht vom Platz des Höchsten Gerichtshofs nicht zu sehen. Und in dem Sommer, als er und Jette sich trennten, ging er in den Ufa-Palast, um den Film *Heimat* zu sehen. Allein. Keine einzige Loge war frei. Er setzte sich in die letzte, zweiunddreißigste Reihe. Bonkowsky konnte sich auf die Handlung nicht konzentrieren, aber er behielt das Lied *Eine Frau wird erst schön durch die Liebe* in Erinnerung. Später spielte er es oft. Im Juni fünfundvierzig, als er durch den leeren Flur des früheren Hotels ging, konnte er sich trotz der Müdigkeit, die wie die Schwelle zum Tod war, bis zu jeder einzelnen Note an das Lied erinnern.

Schließlich ging er in eins der oberen Zimmer und legte sich auf einen Schreibtisch an der Wand, den er mit Papieren auslegte, von denen der Flur voll war. Er schloss die Augen und hörte auf den anschwellenden Donner in der Ferne. Ähnliche Geräusche verursachte die Maschine hinter der Bühne des Bellevue; das Scheppern des Blechs, das Knattern des Metalls. Der Geruch von Schminke und Puder, die in der Garderobe kichernden Frauen im Flitter und mit Perücken auf dem Kopf. Mama, kann ich mir diese Bänder nehmen? Mama, ich bin müde. Rosige Wangen, ein leicht nach Anis und Tabak riechender Atem. Alfi, nur noch das Finale. Schlaf nicht. Du kannst dich hinter die Kulissen stellen. Bebe wird dich hinbringen, und du wirst ein schönes, tanzendes Mamilein sehen. Und Alfred Bonkowsky schlief ein; auf einem Stoß Versicherungsfragebogen und im Pyjama, den er aus dem Koffer genommen hatte. Und da das Leben die Literatur in der Überbeanspruchung von Zufällen nachahmt, schlief er in demselben Zimmer ein – nein, nicht in dem, wo er einmal nach dem Regen mit der kleinen … aber in dem, wo ein einziges Mal Fritz Hummel die Nacht verbracht hatte. Den Bonkowsky bis dahin nicht kannte und von dem er niemals von dieser Übernachtung erfahren würde, den er aber ein paar Tage später in Zabelsdorf trifft und der – als er hört, dass der halb in einen Pyjama gekleidete Mann ein Musiker ist, den man bestohlen und dem man alles weggenommen hatte, als er schlief – irgendwelche Klamotten für Bonkowsky organisiert. Und Bonkowsky wird noch am selben Abend bei einem Essen für russische Offiziere von der Kommandantur spielen und sich ein viertel Brot, ein Stück Konserve, etwas Wodka und ein paar Zigaretten verdienen. Er wird auf der Ziehharmonika spielen, eher schlecht, irgendwelche Polkas und Walzer. Hummel wird erst viel später eine Geige für ihn auftreiben. Zunächst wird er sich die Geigen für seine Auftritte ausleihen. Und einer davon wird in dem polnischen Restaurant von Strugała sein, am früheren Am Logengarten, das vor dem Krieg Am Vogelstangenberg hieß. Man wird Bonkowsky und noch ein paar andere mieten, um für gute Stimmung bei irgendeiner Hochzeit oder auch einem polnischem Nationalfest zu sorgen. Bonkowsky wusste das nicht so genau, weil Polen für ihn ein unwirkliches, fernes Land war. Vor dem Krieg hatte er einen Film über den sächsischen Regenten August gesehen, für den eine anmutige polnische Tänzerin tanzte. Dann las er über Polen in Zeitungen, die es hauptsächlich als Brutstätte des Judentums bezeichneten. Ein Dokumentarfilm über die polnische Kampagne hatte zur Folge, dass er seinen ängstlichen Ekel, den er für die Grässlichkeiten des Krieges und für den Tod hegte, auf die Polen übertrug. Und bei Strugała tranken die Polen Wodka und sangen etwas durcheinander; irgendeine ihrer Hymnen mit dem sich wiederholenden Refrain *Warszawo, ty moja Warszawo**. Das dafür zusammengestellte Ensemble lernte schnell die Melodie und spielte sie sieben- oder achtmal. Als die Polen sie hörten, weinten manche von ihnen, was Bonkowsky sogar durch den dichten Rauch der ungarischen und amerikanischen Zigaretten bemerkte. Einer dieser Polen, der schon lange allein dasaß, holte Alfred an seinen Tisch, goss ihm ein Glas Wodka ein, dann ein zweites, bot ihm eine Camel an und erlaubte auch, dass er ein paar mehr nahm. Und während er sich immer tiefer über die fleckige Tischdecke beugte, erzählte er ihm die Geschichte seines Lebens, genauer, die seines Todes und seiner Auferstehung. Bonkowsky verstand kein Wort außer: *Kapujesz Szwabie?*** Und dabei sollte man es belassen, denn das ist keine Erzählung von einem Polen aus Strugałas Restaurant. Als Bonkowsky zum Orchesterpodium zurückkehrte und sein Gesprächspartner mit der Wange auf dem Tisch schnarchte, deutete der korpulente, glotzäugige Akkordeonspieler – der aus Bydgoszcz*** kam und ein paarmal mit

* poln.: Warschau, du mein Warschau

** poln.: Verstehst du, Schwabe? (Schwabe ist im Polnischen ein Schimpfwort für Deutsche)

*** poln.: Bromberg

gespitzten Ohren an den beiden vorbeigegangen war – mit dem Kopf auf den Schlafenden und flüsterte widerwillig: Das sind die Sieger! Hast du gehört, was er erzählte?, fragte Bonkowsky neugierig, obwohl er müde war und der Wodka seinen Körper schwer wie Blei machte. Der mit den Glotzaugen zuckte mit den Schultern, auf denen die Akkordeonträger wie Pferdegeschirr rot schimmerten. Er hat mir die Nummer auf dem Arm unter dem Hemd gezeigt, sagte Bonkowsky eindringlich. Das ist eine Nummer aus dem Arbeitslager, stimmt's? Die Telefonnummer seiner Geliebten, brummte der andere. Und mit plötzlichem Ekel beugte er sich in Richtung des Geigers und informierte ihn darüber, was man sowieso sehen konnte: Und jetzt kotzt er. Bonkowsky drehte sich weg, doch der Akkordeonspieler hatte noch eine Information für ihn: Er hat auch gesagt, dass, wenn er Russen sieht, die ganze Kuhherden von hier in den Osten treiben, dann hätte er Lust, auf sie zu schießen. Dieser Depp! Die Kühe reuen ihn! Seine Kühe! Seine deutschen Kühe, Mensch! Und zum zweiten Mal innerhalb kurzer Zeit dachte Bonkowsky, dass er es nicht mag, wenn man zu ihm «Mensch» sagte. Ein paar Jahre später traf er diesen Polen wieder. Am Tag, an dem den Sektionsleitern der Direktor des Kulturhauses vorgestellt wurde. Und Bonkowsky erfuhr, dass der Direktor dieser Pole, Herr Zygmunt, sein würde. Doch Herr Zygmunt erfuhr weder da noch später, dass Bonkowsky dieser *Szwab* von Strugała war, der sich einmal seine erste und einzige – denn er wiederholte sie nie wieder – Erzählung über den Tod und die Auferstehung angehört hatte. Über die Kuhherden, die von den Russen nach Osten getrieben wurden.

Ein paar Tage vor Silvester, an dem sie das Jahr neunzehnhundertvierundfünfzig begrüßen sollten, hängte sich Bonkowsky, anstatt wie immer Thimm zu begleiten, an den Vorsitzenden Hummel. Es gab keinen Frost, aber feuchte Kälte kroch unter die Mäntel. In manchen Fenstern flackerte das Licht der Kerzen auf den Weihnachtsbäumen. Hummel fühlte sich schlecht, irgendwie zerschlagen und benommen. Detens Krankheit, Majewskis Verhaftung, die sich wiederholenden Vorladungen zu Gesprächen in die ulica Małopolska, die Ausreisebewilligungen, die viel schneller, als man es hätte vermuten können an die wenigen, die noch geblieben waren, erteilt wurden: All das sammelte sich in ihm, häufte sich über die Maßen, gerann und erstarrte. Bonkowsky war auch beim UB gewesen. Er sprach gerade darüber, ohne Emotionen, wie über etwas ganz Gewöhnliches. Ja, man hätte ihn nach Hummel, nach Neumann und sogar nach Herrn Zygmunt gefragt. Was sollte er denn antworten? Nichts, das heißt, er sagte, wie es war. Das heißt, dass es nichts darüber zu sagen gibt?, fragte Hummel. Sie gingen an dem Brandschutzbecken vorbei. Eine völlig leere Straßenbahn näherte sich und läutete merkwürdig langsam. Hinten im Wagen, auf ihrem Platz an der Tür, saß regungslos die Schaffnerin: wie eine Puppe im Schaufenster, blass und stark geschminkt. Genau darum geht es nicht, Herr Vorsitzender. Klar, man könnte über manches reden, aber mit denen? Bonkowsky hielt inne und wischte mit dem Handrücken über den feuchten Geigenkasten. Sie waren auch dort, nicht wahr? Der Vorsitzende schielte durch die trüben Brillengläser, auf die sich ein kaum sichtbarer Nieselregen legte, zu ihm. In der ulica Małopolska?, fragte er. In der Augustastraße, präzisierte Bonkowsky. Sowohl hier als auch dort, antwortete Hummel, es ist die gleiche Adresse. Es klang kühl, fast gleichgültig. Schweigend gingen sie im Gleichschritt nebeneinander her. Hummel wusste genau, dass es der Geiger nicht mochte, wenn man das Tempo verlangsamte. Er überlegte, ob er im Krankenhaus bei Deten vorbeischauen sollte. Er dachte an Gärtner, der Deten einmal Schokolade und Blumen mitgebracht hatte; er wollte irgendwelche Tanzlieder notieren, die sie angeblich kannte. Er sagte: Die Schokoladenfabrik Gryf hat wieder ihren Plan nicht erfüllt, doch wir werden die Schokolade der Genossen Polen essen, um ihnen beim Kampf um die Planerfüllung beizustehen. Er erzählte auch etwas über Spinat aus Brennnesseln und lächelte dabei schief. Aber Hummel konnte sich nicht erinnern, worauf er anspielte. Irgendwie schwieg alles in ihm. Wie die Soldaten, die er gleich nach dem Krieg gesehen hatte, als sie in der Gefangenenkolonne mit geschulterten Schaufeln durch die Stadt liefen. Schweigend. Weil es den ehemaligen Soldaten Hitlers nicht erlaubt war zu singen. Den ehemaligen. Die Mehrheit derer, von denen Hummel bestimmt wusste oder ahnte, dass sie Nazis gewesen waren, harrte, oft unter dem Schutz der Russen, bis zur Ausreise unbehelligt aus. Vor noch gar nicht so langer Zeit hatte er gedacht, darin würde eine Art Gesetzmäßigkeit liegen. So wie in der Tatsache, dass immer diejenigen, die am wenigsten Lust zur Ausreise hatten, am schnellsten ihre Reisedokumente erhielten. Doch als er jetzt in die Wohnung in der ulica Królowej Korony Polskiej zurückkehrte, war er nicht sicher, ob er sich bei dieser Rechnung nicht geirrt hatte. Denn war es nicht eher so, dass sich – nicht in ihm, aber ringsumher – die Erinnerung und die Handlungen, die Worte und die Gewissen, die politischen und die Zollerklärungen vermischten? Und war es überhaupt noch möglich gewesen festzustellen, ob sich diese Menschen in solche und solche Deutsche unterteilen ließen; in jene, die von einer dunklen Vergangenheit gebrandmarkt waren, und in solche, die ein neues Morgen vor Augen hatten? Vielleicht waren es dieselben Menschen, jetzt und immer. Bonkowsky hustete kurz. Sie näherten sich der Kirche. Ein hoher roter Überbau verlor in der feuchten Dämmerung an Farbe. Sie wollten mich etwas fragen, Bonkowsky? Eigentlich wollte ich das auch, antwortete der Geiger. In der letzten Zeit hatte er ein aufgedunsenes Gesicht, als ob er viel trinken würde. An den Schläfen, unter dem Filzhut, konnte man graue Haare sehen, aber der kleine Schnurrbart war immer noch schwarz wie gewichst. Muss eine Sonate immer ein *Allegro* beenden?, fragte Bonkowsky. Hummel blieb überrascht stehen. Er wusste selbst nicht, woher dieses plötzliche, bis zum Herzen steigende, fast physische Gefühl der Angst kam. Man musste es an seinen Augen hinter den Brillengläsern erkennen, denn der Geiger schaute ihn unsicher und verlegen an. Na, das *Allegro* und sogar das *Presto*, muss das immer am Ende sein?, fragte er erneut, als er bemerkte, dass Hummel ihn abwartend betrachtete. Also doch, dachte der Vorsitzende, dieser Musikus hat es gemacht, er hat es vollendet, gerade er. Warum fragen Sie mich?, räusperte sich Hummel und ging im gleichen Schritt weiter wie bisher. Schließlich sind Sie derjenige, der das Konservatorium absolviert hat. Sie sind der Fachmann, sagte Hummel und wartete, wann es ihm der andere sagen würde: dass er es vollendet hatte, er, der Musikus, gerade er. Nur ein Jahr, eineinhalb, das war der ganze Unterricht, zuckte Bonkowsky mit den Schultern. Meine Mutter hat mich erzogen, ohne Vater. Sie war … eine Schauspielerin war sie, im Apollo, wissen Sie, dieses kleine, weiße Theater in der Pölitzer Straße, und im Bellevue; nur mein Großvater kümmerte sich um mich. Er versuchte es, als er aber starb, Sie verstehen, da konnte ich nicht mehr weiterlernen. Das war so eine Sache im Kapitalismus. Na, und dann begann ich, mich mit anderer Musik zu beschäftigen. Aber um die Wahrheit zu sagen: Ich habe das nie bereut. Hummel schwieg. Er wartete. Sie näherten sich aber schon dem Eingangstor, er musste etwas erwidern. Normalerweise ist das so, begann er, dass im Finale ein lebendiges Tempo im Kontrast zu dem vorhergehenden, langsamen oder mittleren, steht. Allerdings bei der klassischen Sonate … Er brach ab, sah Bonkowsky an. Aha, sagte der Geiger, bei der klassischen. Kommen Sie auf einen Tee rauf?, fragte Hummel, dann könnten wir noch ein bisschen … Danke, vielleicht ein anderes Mal. Überraschend für beide, als ob sie darin eine Art ehrenhaften Rückzug sehen würden, gaben sie sich die Hand. Hummel stand dann noch einen Moment da, klimperte mit den Schlüsseln und beobachtete, wie Bonkowsky hinkend umkehrte und nach unten, Richtung ulica Wojska Polskiego lief. Hummel überlegte, was es gewesen war, was ihm vor ein paar Minuten so Angst gemacht hatte. Doch es kam ihm nichts Vernünftiges in den Sinn.

März neunzehnhundertsiebenundvierzig, noch einmal. Die Kreckower Straße ist eine lange, monotone Straße. Sie gingen an den verbrannten Resten des Bestattungsinstituts von Hoppe vorbei, der in den sechziger Jahren des vorhergehenden Jahrhunderts, während der Choleraepidemie, ein Vermögen gemacht hatte. Sie erreichten die Kreuzung, von der aus die Delbrückallee und die Horst-Wessel-Allee auseinander liefen; selten begleitete Bonkowsky Thimm weiter als bis hierher. An sein Bein war er zwar schon seit seiner Kindheit gewöhnt, und ein längerer Spaziergang strengte ihn nicht an, doch er wusste, wie viel er sich zumuten konnte. Diesmal wollte er sich mehr zumuten, als er hätte sollen. Horst-Wessel-Allee. Wie hieß diese Straße vorher?, überlegt Thimm. Einmal, früher. Eigentlich weiß er es und neckt nur sein Gedächtnis. Denn es war aus irgendwelchen Gründen wichtig gewesen, einmal. Und es fügte sich in eine Ordnung, wenn er darüber nachdachte. Und jetzt will er sich an dieser Ordnung satt essen. Das hatte etwas mit Hummel von der Antifa zu tun. Bonkowsky schwatzte unentwegt über Berg; den, der das Bestattungsinstitut von Hoppe übernommen hatte. Der Oberkellner im Restaurant des Hotels Gust, graumeliert und voller Würde, hieß auch Berg, plapperte Bonkowsky, aber das ist bestimmt kein Verwandter von dem anderen, und es gab noch eine Frau Berg, die nach Geranium duftende Kassiererin im Ufa-Palast; für eine Schachtel Pralinen und ein männliches Lächeln war sie bereit, den besten Platz in der fünften Loge zu reservieren, von dem aus man alles sehr gut sehen konnte, am besten mit der Hand auf dem runden Knie von jemandem. Damenschlüpfer, Fressalien und einen Knall in puncto Film: diese unmögliche, fade Kreatur, Thimms Grimasse drückt Irritation aus. Initialen, ja, verdammt noch mal, das war doch gar nicht so lange her, rüttelt Thimm an seinem Gedächtnis und klopft mit dem Stock an den Rand des Bürgersteigs. Wie ein Blinder. Der Hinkende führt den Blinden. In der Innenstadt malten die Jungs von der Hitlerjugend die Bordsteine weiß an. Damit man nachts, bei Verdunkelung nicht über sie stolperte. Bonkowsky erzählt jetzt irgendeinen Film, nein, er spricht eher von Kreuders Musik zu diesem Film. Das lahme Bein beschreibt einen Halbkreis, im Marschschritt fast beseelt. Und Thimm sieht mit einer plötzlichen, ihn selbst irritierenden Klarheit Jannings, der den Richter im *Zerbrochenen Krug* spielt und aufdringlich hinkt; der allzu wortwörtlich, zu deutlich hinkt und dabei Goebbels nachahmt. Gleich danach das gesellschaftliche Gekicher in den Cafés. Spaßvögel, Dummköpfe, Hampelmänner, klopft Thimm im Rhythmus der Worte mit dem Stock. Initialen. Aus dem Film. Neben dem Film. F.H. wie Fritz Hippler, der Generalintendant der Kinematographie; der Blödmann, der vor der Berliner Oper Bücher verbrannte. F.H.? Wie Fritz Hummel. Endlich spürt Thimm so etwas wie die Zufriedenheit des Jägers, der das Wild in die Enge getrieben hat; die Ordnung der Zahlen, die Ordnung der Namen: Fritz Herbert, soll ihn der Teufel holen. Das war die Fritz-Herbert-Allee. Die Allee des Genossen Fritz. Der ein Bußgeld für Gerichtsbeleidigung zahlen musste (wie viel war das damals? Zweihundert, nein hundert Mark, bestimmt hundert). Und dann redigierte er den Scheiß-«Volksboten» und formuliert Postulate für die Scheißrevolution der Arbeiter und Soldaten. Aber er nahm aktiv an Versammlungen im Schillergymnasium teil, nicht bei ihnen, nicht im Bismarck. Obwohl es im Bismarck unter der hoch gewölbten Decke der Aula auch Versammlungen gab. Zum Beispiel diese: Auf dem Podium nur Frauen. Sie fordern das Wahlrecht und das Recht, über ihre (Thimm erinnert sich mit Abscheu an das Wort) Gebärmutter zu entscheiden. Jemand ruft ihnen zu: Ab mit euch, zu den Kindern und Töpfen! Jemand anderes: Stimmt für uns, eure Männer, das sollte euch genügen! Plötzlich rennt ein Junge nach vorn, fast noch ein Kind; mit einem Schal um den Hals, als ob er von einem Klassenausflug käme. Er ruft: Befindet sich der Genosse Fritz im Saal?! Sie rufen zurück: Herbert ist nicht hier! Aber er winkt ab, als ob sie ihn falsch verstanden hätten, und läuft zurück, an Jakob Thimm, der an der Wand steht, vorbei. Und als er schon an der Tür ist, fällt er der Länge nach hin. Sie lachen, selbst die Frauen, die hinter dem Tisch auf dem Podium sitzen. Gellendes, den ganzen Saal erschütterndes Lachen. Lachen als Antwort auf Hunger und vergossenes Blut, Lachen für ein gutes, besseres Morgen. Thimm lacht nicht. Er schaut zu dem Jungen, der seine Knie abklopft, und denkt: Ja, genau so ist es, wenn man rast; man fällt auf die Scheißknie, mit Krachen aufs Maul, immer. Und auch später denkt er oft so. Und selbst wenn die steril saubere Ordnung zu versprechen scheint: Jetzt werden wir es anders machen, wir beginnen mit dem Saubermachen der Hausböden, mit dem Einpflügen von neuen Samen, mit Autobahnen, selbst dann wartet er auf den rennenden Rotzlöffel und sein peinliches Hinfallen. Aber er wartet ordentlich, mit erhobenem Kopf, schließlich ist er bei sich zu Hause; selbst als diese Goldfasane – solche, wie sein kaufmännischer Schwiegersohn – mit schimmernder Verbrämung auf den zivilen braunen Uniformen die Kaiserporträts mit ihren fetten Schnauzen ersetzen. Selbst dann wartet er ordentlich, mit erhobenem Kopf, mit erhobenem Arm. In der Geste des römischen Grußes. Das reicht, sagt er. Ich kann allein weitergehen. Das reicht, sagt er verärgert, weil sie so gemeinsam ... obwohl jeder mit seinen Gedanken, aber doch zusammen, wie auf einer Müllhalde. Es reicht, sagt er, und Bonkowsky schaut ihn an, als ob er nichts verstehen würde. Aber warum denn? Ich werde Sie bis zum Ende begleiten. Bis zum Ende, denkt Thimm, natürlich, ein Hinkebein und ein Blinder. Ein Hinkebein, der herumwandert, und ein Blinder, der sieht.

Denn natürlich, Herr Doktor Thimm, um diesen anderen Gedanken zu Ende zu bringen, jemand, ich wiederhole: jemand, nicht ein Niemand; denn um im Haus Ponath Arbeit zu bekommen, musste man sich erst mal ein paar Jahre durch einige Tanzlokale spielen. Und da wird sich sogar so ein Jemand, wenn er kein eigenes Instrument besitzt – und wenn es nur die einfachste Geige aus der Fabrik ist – wie ein Niemand fühlen. Deshalb habe ich mich so gefreut, Herr Thimm, als Hummel sagte, dass wir nach der Gründung der Antifa ein eigenes Musikensemble haben werden und vielleicht auch eigene Instrumente, und man könne nicht ausschließen, dass ich dieses Ensemble leiten werde. Meinen Sie, dass das eine dumme Freude ist ...? Weil Sie mich so ansehn. Und eine eigene Geige, ist das etwa auch eine dumme Freude? Sie wissen, dass ich kein Künstler bin, und um ehrlich zu sein, als ich das

Studium am Konservatorium abgebrochen habe, da war ich seltener im Konzerthaus als die Jungen von der HJ, die an den Ohren zum Musikunterricht gezerrt wurden; doch ich habe so eine Theorie. Ich werde Ihnen einmal mehr darüber erzählen, im Moment nur so viel: Musik ist der Wein für die Seele, das Brot für den Bauch und dient nicht der Verblödung. Ja, natürlich, Mozart, Bach … Aber bitte beachten Sie, sie alle, die großen, die größten, man konnte sie auch mieten, zu Hochzeiten und Begräbnissen, man könnte sagen zu Tanzveranstaltungen und anderen Bällen, denn so eine Musik gibt es nicht, mein lieber Herr Doktor, die nicht auf irgendeine Bestellung eines reichen Herrn oder eines Fürsten geschrieben worden wäre. Und ich muss sagen, das ist völlig in Ordnung so. Wissen Sie, als ich spielte, kam es manchmal vor, dass die Leute auf dem Parkett sich so nah waren, so, pardon, aneinander geschmiegt, dass auch mich das glücklich machte, wenn ich das sah. Bitte verstehen Sie richtig, was ich Ihnen jetzt erzählen werde: Wir haben einmal im Imperator gespielt, in diesem Tanzcafé beim Heumarkt. Es war ein strenger, schneereicher Winter, und drinnen spürte man so ein brennendes Glühen, als ob man allein eine Flasche Wein getrunken hätte; ich kann mich genau an dieses Paar erinnern. Das Mädchen umrankte ihn wie Efeu. Ich schaue zu ihnen – die Hand, die den Geigenbogen hält, spielt wie von allein –, und ich sehe plötzlich, dass ihre Hand, die an ihrer Hüfte völlig passiv nach unten zu hängen schien, sich heranschleicht, die Knöpfe, pardon, an seinem Hosenschlitz öffnet. Und so verschlingen sie sich gegenseitig, umarmt, und tanzen so direkt vor mir. Ich war damals völlig betäubt, wie betrunken. Und ich dachte, dass ich Ahnung hätte. Nein, was sagen Sie da, Herr Doktor! Was für eine Kuppelei? Musik ist rein, immer und jede. Und die reinste ist die, die Menschen zusammenbringt. Damals besaß ich eine Geige. Eine eigene. Ich sage nur so viel dazu: Sie war das Mondscheinboot. Kennen Sie das Stück: *Im Mondschein ein Boot …?* Also ein aus dem Mond geschnitztes Boot; dieser Ton, der reine Klang und eine entfernte, aber klare Vibration. Ich habe sie mir neunzehnhundertfünfunddreißig angeschafft; nach ein paar guten Konzerten, die wir im Sommer am Meer gegeben haben, kaufte ich sie bei Tappendorff in der Mönchenstraße, an der Ecke, das Geschäft mit den schneeweißen Bordkanten an der Front, die unter den dunklen Schaufenstern wie weiße Manschetten unter einem Frack hervorschauten. Nun, es ist wahr, dass der obere Teil aus tschechischer Tanne war; ein Gartenzwerg könnte Ihnen erzählen, dass an diesem Baum das Harz so herunterläuft wie bei einem Hungrigen der Speichel aus den Mundwinkeln. Doch das Brett für meine Geige muss aus einer von der Sonne verwöhnten Tanne geschnitten worden sein, denn ich könnte meinen Kopf darauf wetten, dass man in ihr das Jodeln Tirols gehört hat. Dafür die Unterseite: ein singender, nach Juli duftender Ahorn! Und darauf der Lack: die pure Melodie, mit einem Honigglanz; ein Lack, der alles fest zusammenhielt und dem Instrument einen Ausdruck gab. Auf so einer Geige würde, aber sicher doch, am besten Schumann klingen. Doch ich sage Ihnen, dass auch eine mecklenburgische Quadrille und *La Paloma* (haben Sie das schon gehört? Ist angeblich aus unserem Film) es wert waren, auf ihr gespielt zu werden. Natürlich, jetzt werden sie mir irgendeinen seelenlosen Kasten geben, einen kleinen Kiefernsarg; obwohl, vielleicht wird es auch etwas Besseres sein. Wichtig ist, dass man übt. Damit die Finger geschmeidig bleiben. Deshalb freue ich mich, dass unser Ingenieur Hummel ... Denn man muss regelmäßig üben. Wie sagte es gleich Albers? Er spielte damals auch einen Ingenieur; wie sagte er es? Wenn ich mich regelmäßig betrinke, heißt das, dass ich ein geregeltes Leben führe. Gut, nicht wahr? Sie haben den Film nicht gesehen? *Wasser für Canitoga.* Man möchte sagen: Goldwasser. Apropos Liköre, erinnern Sie sich? Die besten Marken konnte man wohl bei Homann bekommen. Auf dem Etikett stand immer H.H. Na, und dann lachten später die Leute, dass das Heil Hitler heißt. Nicht gerade unverfänglich, weil auf dem Etikett auch der Baron Münchhausen zu sehen war; breitbeinig saß er auf einer Champagnerflasche und zog am Korken, als ob der gleich herausschießen und wegfliegen würde. Also auf der einen Seite der Baron Prahlhans und auf der anderen angeblich unser … na, Sie wissen schon. Für so was hätte man wahrscheinlich hängen können. Wie die Enten und Gänse bei Benner am Rossmarkt; den Hirschkopf, der sein Haus schmückte, den haben Sie bestimmt nicht nur einmal gesehen, denn dort gab es auch Wild zu kaufen: Rehe, Hasen, Wurst aus Wildschwein. Wissen Sie, wo ich den besten Wildschweinbraten gegessen habe, mit einer ganz dicken Soße? In dem früheren Forsthaus Eckerberg. Natürlich, Haus Ponath, Luft-Dichte, die Kneipe im Hotel Gust an der Grünen Schanze, sogar die Alte Wache, das sind alles Restaurants mit Klasse, aber wenn man wirklich etwas Gutes essen wollte, musste man sich in den Vorstädten umsehen: Lindenhof am Glambecksee, Bergmühle, Julo, und selbst so eine Räuberhöhle wie das Bergschloss an der Ecke Bahnhof- Klosterstraße: Man konnte darauf wetten, sich dort zu vergiften, aber da wurde ein Gulasch serviert, das im Mund wie Butter zerlaufen ist. Erinnern Sie sich an «Rotklee» auf jeder Verpackung? Und dieses Wiesenaroma! Aber einen Hering kann ich auch ohne Butter essen, ohne Tischdecke, zu jeder Tages- und Nachtzeit; so einen silbrigen, der im Schaufenster bei Ernst Schwenke glänzte, am Heumarkt. Wir sind dort immer mit Adolf vorbeigelaufen, auf dem Weg zu unseren Tanzabenden, bei denen wir spielten. Er lachte und meinte, dass wir an einem Bordell vorbeigehen würden; aber ich, Herr Doktor, sehe keine Sünde in diesem Scherz, denn eine Frau riecht, und, pardon, die Liebe auch, und so einen gigantischen Hering, der duftet wie die Nacht über dem Haff, den könnte ich essen und essen und essen. Und dann würde ich in die Altstadt gehen und auf der Kleinen Domstraße herumspazieren, auf der Großen Ritterstraße, der Frauenstraße, Klosterstraße. Und ich würde so herumlaufen, bis …

Dann laufen Sie doch herum, und essen Sie Ihren ekelhaften Hering allein, denn wie Sie wohl sehen, sind wir angekommen, sagt Thimm. Und diese ganzen kleinen und großen Straßen, Herr Geiger, stanken nach Urin, verfaultem Kohl, gegerbtem Leder, Karbid, Teer und nach weiß der Teufel was. Es stank aus den Lagern, Kisten und Fässern in den verfaulten, heruntergekommenen Höfen. Und wenn Sie schon Ihre neue Geige bekommen … sagt Thimm. Was dann?, fragt Bonkowsky lebhaft. Wie hat es doch Zarah Leander gesungen? *Ich weiß, es wird einmal ein Wunder geschehn …*

Dr. Jakob Thimm öffnet die Gartenpforte seines Hauses, läuft gerade über den Gehweg, der gleichmäßig zwischen den noch leblosen Gemüsebeeten angelegt ist, und steigt auf die Veranda. Er hat einen eigenen Schlüssel, aber Helen öffnet ihm. Sie lächelt, ihre Augen strahlen. Ah, Jakob, sagt sie, wir haben gerade … Sie dreht ihr graues Köpfchen in Richtung der Glastür des Salons im Parterre, und Thimm sieht im Inneren den Schatten eines Mannes, der am Tisch sitzt. Er versucht, seine Emotionen zu beherrschen, will den Speichel runterschlucken, doch sein Mund ist trocken. Thomas ist zurückgekommen, denkt er, ohne zu überlegen, was er gedacht hat. Klaus ist zurückgekommen. Er geht zur Tür und öffnet sie mit ausladender Geste. Am Tisch im Salon sitzt Hauptmann Gołuch und trinkt Tee mit Zucker, nach dem er gerade greift. Wir reden hier, sagt Helen, mit Herrn Janek darüber, dass … Thimm schließt die Salontür und geht ohne ein Wort nach oben.

Silvester neunzehnhundertdreiundfünfzig fiel auf einen Donnerstag. Seit dem Morgen wehte ein unangenehmer, unbeständiger Wind, der mit Regen peitschte, manchmal auch mit Schneeregen. Das Thermometer zeigte ein Grad über null. Das Wetter war also, wie man so sagt, unbestimmt. Für den Ball und das Finale der Erzählung auch nicht das Beste; verschwommene, unklare Konturen der Wirklichkeit verwischen die Schärfe der Pointen und haben schlechten Einfluss auf das Klima der zwischenmenschlichen Beziehungen. Na, und die Beschreibung von gefrierendem Nieselregen kann in keiner Weise mit einer frostigen, weißen Szenerie rivalisieren.

Schon während der morgendlichen Probe, die der Vorsitzende Hummel angeordnet hatte und an der alle, die das künstlerische Programm für die Silvesternacht vorbereitet hatten, teilnehmen sollten, erklärte Dr. Thimm, dass er zwar jetzt seine Arbeit machen, aber am Nachmittag nach Hause gehen und zu dem gemeinsamen Fest nicht kommen würde. Denn das sei sowieso nichts mehr für sein Alter, und außerdem hätte er Probleme mit der Leber. Nur Bonkowsky – der mit Josef Kricke das für den Ball vorgesehene Repertoire einübte – wusste, dass es für Thimms Entscheidung andere Gründe gab. Aber vielleicht wusste er es auch nicht, denn sein Gesicht war irgendwie schlaff, der Blick etwas leer, um nicht zu sagen stumpf; nur das schiefe, dünne Lächeln, das von Zeit zu Zeit unter dem gleichmäßig dünnen Schnurrbart hervorschaute, wies darauf hin, dass Bonkowsky an dieser Entscheidung auch irgendwie beteiligt war. Hummel, der immer wieder zu ihm rüberschielte, deutete diese Reaktion als außergewöhnliches Lampenfieber des Musikers. Mal baute er darauf, mal verwarf er – wobei er sich über seine eigene Naivität lustig machte – seine Hoffnungen und Ängste bezüglich des Abendkonzerts, das Bonkowskys Ensemble vor dem Ball geben sollte. Heini saß auf dem Fensterbrett und schaukelte mit den Beinen, obwohl diese fast schon bis zum Parkettboden reichten. Władek schlug mit einer – selbst für ihn außergewöhnlichen – Nervosität in die Tasten, wodurch Leni, die Erik Gärtner bei der Leitung des Tanzensembles vertrat, aus dem Rhythmus kam; ihr Schritt, der die Bewegung der Weberschiffchen aus der Region Schleswig-Holstein nachahmte, zerriss den Tanzfaden und vielleicht auch den Faden einer ganzen Geschichte; der Geschichte, an der nur sie beteiligt war. Der alte Hans Wiese glättete unterdessen ein offizielles Schreiben auf seinem Knie und erwiderte von Zeit zu Zeit das fragende Lächeln der Irina Pawlowna, die gerade den Schaukasten mit den Anführern des Swuworow-Regiments sauber machte; der dicken Irina, die nach einem Federbett roch, der Irina, die von sehr weit gekommen war. Mehr wissen wir nicht, weil das auch keine Erzählung über sie ist. Bonkowsky löste für einen Moment den Bogen von den Saiten und schaute zum Fenster. Der nasse Schnee blieb an der Scheibe haften und schmolz gleich. Zusammen mit Thimm ging er nach unten, weil Lipke Malzkaffee mit Milch für sie vorbereiten sollte. Beim Eingießen wurde etwas Kaffee auf die Plastiktischdecke verschüttet, und Bonkowsky fing gleich an, die Form des nassen Flecks mit der Form der Decke im Haus Ponath zu vergleichen. Sie hatte sehr ähnlich ausgesehen: die weichen, verschwommenen Ränder vermittelten in der Kombination mit den kantigen Pfeilern einen außergewöhnlichen Eindruck. Da erhob sich Thimm vom Stuhl. Sein Kopf begann, wie bei einem Greis zu zittern, obwohl Bonkowsky nie über ihn wie über einen alten Menschen dachte. Die großen, gelblichen Zähne schoben sich durch die schmalen Lippen nach vorn, als ob sie gleich auf den Tisch in Johann Lipkes Dienststube fallen wollten, und der Leiter der Theatersektion sagte: Hör auf, hör endlich auf. Ich hasse all deine Erzählungen. Ich hasse sie. Du benimmst dich, als ob du kotzen und dann das Ausgekotzte wieder essen würdest. Thimm sagte das langsam und betonte mit Nachdruck die Worte, ohne jedoch die Stimme zu heben. Und vielleicht deshalb begriff Bonkowsky – der von ihm schon viele unangenehme Worte gehört hatte, in denen er normalerweise eine Art freundschaftlichen Trotz zu hören glaubte, ein eigenartiges Spiel, einen Dialog, der mit dem Thema des Allegros aus einer Sonate kontrastierte –, er begriff also, dass es diesmal anders war und es eigentlich schon immer anders gewesen war. Als erste Reaktion wollte er Thimm sogar fragen, warum er ihm das sagte, erst jetzt so sagte. Doch er fragte nicht. Denn im Prinzip hatte das keine Bedeutung mehr. In dem Prinzip, das aufgehört hatte, ein Prinzip zu sein. Schweigend tranken sie den Kaffee aus. Sie waren allein. Doch sie sprachen kein Wort mehr. Dann gingen sie nach oben und kehrten zu ihren Pflichten zurück. Und dann zog Thimm seinen Mantel an, trat vors Haus, öffnete den Regenschirm, stapfte vorsichtig die Treppe hinunter und ging zur Haltestelle Ecke ulica Mickiewicza und ulica Bohaterów Warszawy. Nach ein paar Minuten kam die Sieben. Dr. Thimm faltete den Regenschirm zusammen, stieg in die Straßenbahn, kaufte eine Fahrkarte und setzte sich ans Fenster. Er war ruhig. Endlich ruhig. Vielleicht sogar glücklich. Ulica Mickiewicza war eine lange Straße. Der Wagen rumpelte ein wenig hin und her, besonders hinter dem

Viadukt, als sie an dem Gebäude der Handelsakademie mit dem spitzen Dach vorbeifuhren. Er stieg an der Kreuzung mit ulica Reduta Ordona aus und dachte nicht einmal: Brinkmannweg. Das hatte keine Bedeutung mehr. Er lief und atmete den Geruch des Regens ein. Aus dem Mund stieg der Atem empor. Die, die nach Goyłuchs Abreise unten wohnten, waren seit dem frühen Morgen nicht da. Aber auch das hatte keine Bedeutung, genauso wenig wie ihre Schreiben an die Ämter, damit «diese Nazis hier endlich ausquartiert werden». Helen schlief mit einer Häkelarbeit auf den Knien im Sessel. Es fehlen nur noch die Katzen und Enkel, dachte er, das Gesicht verziehend, und schloss die Tür wieder. Er ging zum Schrank, nahm den alten Militärgürtel heraus und riss zweimal an ihm; aber mehr in Gedanken, als um irgendetwas zu prüfen. Es ist schwer zu sagen, ob er trotz seiner Hochschulbildung Tschechow so weit kannte, um sich darüber im Klaren zu sein, dass damit sein detaillierter Plan dem Grundsatz des Tschechowschen Gewehrs zu folgen begann. Doch mit dem Gürtel in der Hand – demselben Gürtel, den er in den ersten Nachkriegsjahren um den Mantel gebunden hatte; etwas demonstrativ, aber auch aus der Not, weil ihm der Mantel nicht gehörte. Genauso wenig wie der Gürtel, in den ein freundlicher Kleinhandwerker eine Klammer eingearbeitet hatte, die die göttliche Mitverantwortung für die Zerstörung halb Europas nicht mehr deklarierte –, mit diesem Gürtel also ging er raus auf die Veranda. Es hatte aufgehört zu regnen. Doch die Wolken am grauen Himmel zogen tief und schnell über Pogodno. Vom Nordwesten wehte ein kalter, schneidender Wind. Jakob Thimm ging in den Garten und blieb unter dem Birnbaum stehen. Ungefähr zur gleichen Zeit trafen im Deutschen Kulturhaus die ersten Gäste ein. Noch nicht die wichtigsten, und nicht diejenigen, die es nicht weit hatten, aber die, für die es nach S. ein langer Weg war und die deshalb mit Lastwagen gebracht wurden. Bonkowsky hatte das Kulturhaus erst gar nicht verlassen; er zog sich im Dienstzimmer um. In Johann Lipkes Schrank hingen sein Jackett, sein Hemd und eine vom häufigen Umbinden speckig gewordene Fliege, die Bonkowsky manchmal der Theatergruppe auslieh, wenn die Handlung eines Stücks in den höheren, degenerierten Kreisen spielte. Und so traf Hummel auf der Treppe einen schon umgezogenen Bonkowsky an. Obwohl er sich vorgenommen hatte, dass er den Geiger ansprechen würde, einfach so, zum Scherz, wie immer: Und, wie sieht's aus mit *Eine kleine …?*, wusste er jetzt, als er an dem die steilen Treppen hochhinkenden Bonkowsky vorbeiging, dass er nichts mehr fragen würde. Dass er nie mehr fragen würde. Es gab nichts zu fragen. Denn nichts war *eine*, noch war es *kleine*. Keine Rührung, kein Zusammenbeißen der Kiefer, weder Gerechtigkeit noch Ungerechtigkeit. Noch Erinnerung. Und das andere, damals, als Bonkowsky – immer einen Schritt hinterher – ihn bis zu seinem Haus begleitet hatte, war nur ein Versuch, nach einem stützenden Geländer zu greifen. Genau so einem, wie dem, auf das sich der Geiger jetzt stützte, während er sich mechanisch, wie ein aufgezogenes Spielzeug, in den ersten Stock schleppte. Und Hummel dachte weiter – wobei er den Grund seiner Angst von damals erkannte, dieser Angst, die Bonkowsky mit seiner Frage nach dem Finale einer Sonate in ihm geweckt hatte –, dass es auch so sein könnte, dass Bonkowsky nicht selbst nach diesem Geländer greifen, sondern es gerade ihm anbieten wollte. Unterdessen kehrt Thimm – während er den schwarzen, zu hohen Ast betrachtet und nüchtern sowohl die Länge wie auch die Festigkeit des Gürtels einschätzt – auf die Veranda zurück, geht ins Haus und verschwindet dann auf der Kellertreppe. Und dann sieht man ihn eine Zeit lang nicht. Unterdessen geht Leni Wiese, elegant, in einer weißen, glänzenden Bluse und ein wenig geschminkt, mit ihrem Vater auf den Silvesterball. Sie hat einen Pelz über die Schultern geworfen, den ihr Vater dort bekommen oder vielleicht auch gekauft hat, wo das Dienstgeheimnis Pflicht ist. Es ist eigentlich sein Pelz, aber Leni hat den Vater überredet, ihn ihr heute zu überlassen, obwohl Wiese keinen Grund dafür sieht; selbst in der Nacht wird es noch keinen starken Frost geben. Da er aber nicht ohne Grund gut gelaunt ist, hat er der Bitte seiner Tochter nachgegeben. Heini Qualm und Willy Peters sind auch schon fertig. Sie haben es nicht weit, also beeilen sie sich nicht. Peters erzählt von einem Segelschiff, mit dem er einmal in See stechen wollte, aber es hätte sich in einen Eisbrecher verwandelt oder so was in der Art. Er erzählt etwas wirr, und Heini hört ihm nicht besonders aufmerksam zu. Vielleicht deshalb, weil ihm vor kurzem der Vorsitzende Hummel etwas anderes erzählt hat. Nämlich dass Loremarie schon groß sei. Fast so wie er, Heini, und wahrscheinlich sogar größer. Sie muss größer sein, denn Heini muss doch kleiner sein. Wenn er in das Muster einer Erzählung vom fliegenden Jungen passen soll, der nicht wächst, ein Muster, das Hummel natürlich nicht kennt (schon allein aus dem Grund, weil *Peter Pan* in deutscher Sprache erst nach dem Krieg erschienen ist, aber auch deswegen, weil die zeitgenössischen literarischen Adaptationen zu einem viel späteren Zeitpunkt veröffentlicht werden als dem, an dem wir uns gerade befinden). Und Heini kennt es umso weniger. Außerdem denkt Heini nicht darüber nach, wie Loremarie aussieht, sondern er wundert sich, dass sie überhaupt existiert. Unterdessen ist es schon fast dunkel geworden. Thimm kommt aus dem Keller. Nachdem er Tschechows Grundsatz verworfen hatte, ließ er den Gürtel vernünftigerweise auf dem Regal neben eingemachtem Obst liegen, das Helen dank der Höflichkeit der neuen Hausherrn weiterhin einkochen darf. Thimm hat jetzt eine Wäscheschnur in der Hand. Und einen Hocker. Er atmet schwer, schließlich ist er auch schon in die Jahre gekommen. Oben ist noch immer kein Licht im Fenster; Helen schläft, also kann auch er etwas ausruhen. Er spürt, dass ihm die Beine zittern. Es gibt doch leichten Frost. Denn das Atmen fällt schwer, und man sieht den Atem dicht am Mund. Und Leni betritt den Ballsaal, den sie und die anderen Mädchen gestern geschmückt haben; mit buntem, gekräuseltem Papier, das von überall in langen Bändern herunterfließt. Auf den Tischdecken sprudeln mit rosiger Süße die Orangeadeflaschen. Stramm stehen gefrorener Wodka und das weiße, halbsüße Złoty Róg*, und da-

* polnischer Wein: Goldenes Horn

neben wackelt Fleisch in Aspik. Es sind schon viele Leute da. Es ist laut, obwohl bis zum Beginn des Fests noch viel Zeit bleibt. Leni entdeckt Heini. Sie ruft ihn zu sich, flüstert ihm etwas ins Ohr. Heini nickt. Und Władek steht in der Toilette im Erdgeschoss. Er will gerade rausgehen, hört aber, dass noch jemand die Toilette betritt. Es sind zwei, sie unterhalten sich. Der erste, Schwerdtfeger, lacht. Der zweite, viel Ältere, ist Hans Wiese. Na, und wann geht's los?, fragt Albin. Schneller, als du denkst, brummt Wiese freudig. Man hört das Wasserrauschen im Waschbecken. Ich bin ich, lacht Albin, aber was ist mit ihrem Władek? Wiese flucht energisch und selbstzufrieden. Nun, was ist mit Leni? Der rothaarige Albin lässt nicht locker. Frauen fragt man nicht, Frauen setzt man in Kenntnis, antwortet Wiese. Und sie weiß es schon? Sie hat schon fast gepackt, sagt Wiese. Unterdessen nutzt Thimm die Tatsache, dass seine Frau Helen immer noch schläft, und stellt den Hocker unter den Baum. Jetzt zittern ihm nicht nur die Knie, sondern auch die Hände. So als ob er erst jetzt die Last der Jahre auf den Schultern spüren würde. Einen Moment lang überlegt er, ob er es schaffen wird, auf den Hocker zu steigen und die Schnur an den Ast zu binden. Er schafft es. Er steht auf dem Hocker und atmet schwer. In dem Haus gegenüber brennt Licht im Fenster. Man hat die Jalousie nicht runtergelassen. Deshalb sieht Thimm den Ast und wirft die Schnur über ihn. Er ist zufrieden, denn er weiß jetzt schon, dass die Schnur zu etwas nützlich sein wird. Władek ist in der Toilette geblieben, allein. Sie haben sogar das Licht ausgemacht. Es ist sehr dunkel. Und endlich beginnt das Fest. Über den Tanzenden fliegen Papierschlangen. Manche haben lustige, bunte Kappen auf den Köpfen. Bonkowskys Musikensemble spielt *Biała mewa**, den Filmwalzer *Na prawo most, na lewo most*** und die Polka *W Arkońskim lasku****, um mit diesem polnischen Akzent gleich am Anfang Herrn Zygmunt

* poln. Lied: Die weiße Möwe
** poln. Lied: Rechts eine Brücke, links eine Brücke
*** poln. Lied: Im Wäldchen von Arkona

eine Freude zu machen. Thimm bindet eine Schlinge mit steifen, ungeübten Händen. Am Ende ist es wirklich kalt geworden. Trotzdem gelingt es ihm. Er zerrt also nur ein-, zweimal an der Schnur, um sie zu prüfen. Nicht sehr stark, weil er immer weniger Kraft hat. Dann schiebt er den Kopf in die Schlinge. Und verliert das Gleichgewicht. Man sieht, der Hocker ist auf dem ungleichmäßigen Gartenboden verrutscht, oder er ist durch Thimms Manöver mit der Schnur ins Wackeln geraten. Auf jeden Fall fällt der Hocker um, und die Dunkelheit wird schwerelos. Und dann stürzt sie auf Thimm nieder. Und zusammen mit Thimm fällt sie auf die Erde, in die vom Frost erstarrten, schwarzen Grasbüschel. Thimm bewegt sich nicht. Erst nach einer Weile beginnt sein Rücken zu zittern und zittert immer stärker. Im Fenster des ersten Stocks geht das Licht an, was gerade in diesem Moment auch eine symbolische Bedeutung haben könnte. Helen ist auch nicht gestorben. Sie läuft mit schnellen, kleinen Schritten die Treppe herunter, ist aufgeregt und kann nichts begreifen. Thimm hat sich schon auf den Ellbogen gestützt. Er setzt sich, berührt mit der Hand die Lippen, weil er spürt, dass er etwas Blut im Mund hat, und dann prüft er, ob jedes einzelne Stück von Dr. Thimm an seiner Stelle ist. Es ist alles da. Aber Thimm zittert immer noch. Immer heftiger. Jakob, ruft Helen, Jakob, mein Gott, was machst du da? Was ist passiert? Er sagt etwas zu ihr, aber sie versteht nicht. Denn er spricht sehr undeutlich. Um die Wahrheit zu sagen, er lispelt. Schließlich versteht ihn seine Frau. Bring die Tassenlampe, sagt Thimm, mir ist das Gebiss rausgefallen. Iss kann es nicht finden. Und da beginnt Thimm noch heftiger zu zittern. Und man hört, dass dieses Zittern ein Kichern ist. Und schließlich bricht Thimm mit einem so lauten, unbändigen Lachen heraus, wie es Helen bei ihm noch nie gehört hat. Und als sie mit kleinen Schritten ins Haus zurückläuft, um diese Taschenlampe zu holen, lacht er immer noch und wiederholt etwas, was sie auch dann nicht verstehen würde, wenn er seine Zähne – die im stomatologischen Labor von Erich Pabst nicht besonders gut angefertigt wurden – nicht verloren hätte. Wenn das eine Schnur von Heymann wäre,

Herr Bonkowsky, ja, wenn das eine Hanfschnur von Heymann wäre, und er antwortet in Gedanken: von dem Vater der Kaufleute in S., dem Heymann vom Hafenkai Bollwerk! Nein, Dr. Thimm spricht diesen Gedanken nicht laut aus. Echte Pointen klingen selten so. Man muss außerdem in Betracht ziehen, dass demjenigen, der diese Worte niederschreibt, als all-, na ja, fast allwissendem Erzähler, jederzeit vorgeworfen werden könnte, er würde sein Wissen missbrauchen, ohne schließlich ein Landsmann von Dr. Thimm – und natürlich von den anderen Protagonisten dieser Erzählung – zu sein. Und deswegen hätte er kein Recht, diese Art von Grundwahrheiten anzubringen. Was soll man jedoch machen? Es ist passiert, oder eher: Es ist das gesagt oder gedacht worden, was gedacht oder gesagt wurde. Unterdessen entwickelt sich das Fest prächtig. Das Konzert mit den beliebten Melodien ist schon vorbei. Heini hat mit der Begleitung von Bonkowskys Quintett *Der Tag ist zu Ende, Heimat, deine Sterne* und sogar die etwas verspätete *Stille Nacht* gesungen. Später folgte ein leichteres Repertoire. Man sang gemeinsam und schunkelte an den Tischen; es wurden auch Szenen aus dem Alltagsleben vorgetragen, Sketche über das Kulturhaus und satirische Lieder über den Rat der Antifa, wobei Noske das Wort führte. Es gab auch ein wenig Unruhe, weil der Bart von Väterchen Frost* abhanden gekommen war; der Bart, den August Kugel samt einer hohen Lammfellmütze tragen sollte. Doch Kugel hat vor kurzem eine Ausreiseerlaubnis in die BRD bekommen, um mit seiner Frau Gretl, der es gut geht, wieder zusammengeführt zu werden. Und Dr. Thimm ist schon nach Hause gegangen. Also ist es so, dass Väterchen Frost jung und rothaarig ist, obwohl man die Haare von Albin unter der russischen Pelzmütze nicht sehen, sondern sich nur vorstellen kann. Sicherlich bemerkt zur ungefähr gleichen Zeit Władek, dass Leni – die von seiner den ganzen Abend anhaltenden Zurückhaltung ihr gegenüber überrascht ist – rausgeht und ihm einen vielsagenden Blick zuwirft. Władek bemerkt ihn, doch

* das sowjetische Pendant zum hl. Nikolaus

er dreht sich zur Bühne, wo Albin aus einem Sack Sahne- und Fruchtbonbons rausholt, weil auf diesem Silvesterball auch Kinder sind. Wobei sich Władek nicht so demonstrativ wegdreht, dass sich Leni etwas denken könnte. Darum bleibt Leni an der Garderobe stehen, wo Lipke, in seine warmen Weste gehüllt, auf einem Stuhl vorgibt zu dösen; Leni stellt sich entschlossen daneben, um auf einer Serviette mit einem Bleistift, der an einer auf dem Tresen liegenden Liste hängt, ein paar Worte zu schreiben. Sie geht zurück, öffnet leicht die Tür, hinter der gesungen und getanzt wird, ruft mit einer diskreten Geste Heini zu sich, gibt ihm die Serviette und geht dann, mit über die Schultern geworfenem Pelz, in den leichten, feuchten Frost hinaus. Heini zwängt sich durch die Tanzenden und übergibt die Nachricht. Władek lächelt, als ob er gerade auf sie gewartet hätte. Ich kapiere auf Deutsch immer weniger, sagt er zu Heini und zeigt mit dem Finger auf die Serviette. Steht hier, dass sie dort, wo wir uns immer treffen, auf mich wartet? Heini ist überrascht. Er schaut Władek an. Aber Władek fragt wirklich. Also schaut Heini wirklich auf die Serviette, liest und nickt. Aha, sagt Władek und nickt auch. Und das hier, heißt das wirklich, dass du, Heini, in einem Eimer heiße Ziegel aus dem Heizraum dorthin gebracht hast und sie auch noch ihren Pelz hat, damit es uns nicht zu kalt ist? Heini bejaht mit einem etwas sichereren Gesichtsausdruck, denn er weiß, was er getan hat, und muss es nicht aus der Nachricht auf der Serviette erfahren. Prima, sagt Władek, dann habe ich eine Freundschaftsbitte an dich, Heinilein. Er dreht die Serviette um und schaut einen Moment etwas ratlos um sich, denn es ist noch nicht die Zeit, in der Kugelschreiber allgemein üblich sind. Er muss also aufstehen, schiebt sich durch die erhitzten Paare, nähert sich Hummel und leiht sich von ihm einen Füllfederhalter. Er kommt zurück, schreibt etwas auf die Serviette, zerknüllt sie und ist verärgert, weil die Tinte auf der Serviette zerläuft und seine Hände davon schmutzig sind. Er macht sich sogar einen dunkelblauen Flecken auf das breite Revers seines dunkelblauen (also sieht man den Fleck kaum) Jacketts. In diesem Moment läuft

Heini, der all diese Bemühungen beobachtet hat, aus dem Saal und die Treppe hoch; er weiß, dass morgens auf dem Fensterbrett ein Stapel Vordrucke oder vielleicht irgendwelcher Erklärungen lag. Nur dass sie jetzt nicht mehr da sind und – wie verhext – nirgendwo, außer gekräuseltem Seidenpapier und bunten Papierschlangen, etwas zum Schreiben zu finden ist. Also rennt Heini, der spürt, dass das alles irgendwie wichtig ist, zur Garderobe runter, schielt gierig nach der Anwesenheitsliste. Und weil Lipke im echten, aber leichten Schlaf auf dem Stuhl hin und her rutscht, entschließt sich Heini, auf die andere Seite des Tresens zu wechseln, wie über einen Zaun, um zu seiner Manteltasche zu gelangen. Es ist natürlich unvorsichtig von ihm, dass er so einen wertvollen Gegenstand in der Tasche trägt. Aber Heini hatte bezüglich dieses Gegenstands gewisse Pläne, also hat er ihn bei sich und holt ihn heraus, weil der dritte Band der *Naturgeschichte* von Buffon, in der Ausgabe von siebzehnhundertfünfundsiebzig, ein Buch ist, das in eine Manteltasche passt. Einen Augenblick zögert Heini, aber dann reißt er mit einer schnellen Bewegung die letzte Seite raus; die zweihundertachtunddreißigste, die nur bis zur Hälfte gefüllt ist. Die, welche mit den Worten «Ende des dritten Bandes» schließt und mit einem Amor, der dem mit dem blauen Blumenstrauß in der Hand inmitten der Rosen ähnelt. Obwohl der über dem Spiegel von vorn zu sehen war und stand; und dieser liegt weggedreht, mit dem Hintern zum Betrachter; er fängt das rauschende Rauschen aus einer großen Muschel auf, aber vielleicht besänftigt er es auch. Heini steckt die übrigen zweihundertsiebenunddreißig Seiten in die Tasche und bringt Władek das eroberte Briefpapier. Doch Władek ist verärgert, weil er inzwischen die Nachricht geschrieben hat und auf Heini, der irgendwo verschwunden ist, wartet, um sie ihm zu übergeben (es wäre dichterischer Missbrauch zu behaupten, dass es ihm nicht gelungen ist, irgendwo ein Stückchen Papier zu finden). Er zerknüllt also ungeduldig das aus dem Buch rausgerissene Blatt und schmeißt es unter den Tisch. Während er Heini seinen Brief gibt und die Stimme geheimnisvoll senkt, sagt er: Fliegst du schnell rüber und bringst es für mich hin? Das ist eine sehr wichtige Sache. Heini schaut ihn mit großen Augen an. Heini versteht Polnisch und weiß, dass das Wort «fliegen» im Polnischen auch «schnell laufen» bedeutet. Es gibt aber auch Momente, in denen das Wissen um etwas nichts nützt. Und das ist so ein Moment. Denn Heini hört jetzt nur, dass ihn Władek darum bittet, dass er, Heini, fliegt, dass er hoch oben durch die Luft gleitet. Das bedeutet, dass Władek davon weiß. Und das bedeutet, dass das passiert ist, was passieren sollte. Und das bedeutet, dass jetzt nur noch das geschehen muss, was geschehen sollte. Das ist für Heini eine plötzliche, aber etwas schmerzhafte Erleichterung. Denn die Welt, die ist, wird zu der Welt, die es nicht gibt. Und man muss nichts mehr vorgeben. Verbergen. Weder sich erinnern noch lernen. Selbst fliegen muss man nicht dahin, wohin es das Fliegen will, aber dahin, wohin es andere wollen. Ganz einfach. Also nimmt Heini den Zettel, hört auf Władeks Erläuterungen und geht dann vors Haus, wo er auf der obersten der vierzehn Stufen stehen bleibt. Er trägt ein enges Jackett, darunter ein weißes Leinenhemd ohne Krawatte, also ist ihm etwas kalt. Er kann jedoch nicht in dem Mantel fliegen, das wäre eine übermäßige Belastung der Regel, von der Last beim Fliegen gar nicht zu reden. Außerdem versucht er, an nichts anderes als an das Fliegen zu denken. Und an das Singen. Er überlegt also, was zu so einem Flug am besten passen würde. Aber es fällt ihm schwer, sich zu entscheiden. Er fühlt eine Anspannung. Und ein Kribbeln am Rücken, den er schon lange nicht mehr gefühlt hat. Endlich entscheidet er sich für die *Mexikanischen Serenade*. Er weiß nicht, warum. Vielleicht ganz einfach deshalb, weil man Serenaden in der Nacht singt, und es ist Nacht, und dieses «ganz einfach» zu etwas geworden ist, was über alles entscheidet? Er hat die erste Strophe des Lieds über den *Gaucho* noch nicht zu Ende gesungen, und schon schwebt er in der Luft. Er gleitet über die Linden, über die Straße und die Stadt, als S. dort unten plötzlich zu schießen beginnt, mit Raketen aufblitzt und rotgrünen Sternenstrahlen explodiert. Natürlich, in dem gerade neu geborenen Jahr neunzehnhundertvierundfünfzig sind das nicht irgendwelche Feuerwerke, sondern eher etwas, was an eine Artillerievorbereitung erinnern könnte, und Heini bekommt Angst. Aber nur für einen Augenblick, denn als ihm bewusst wird, dass das neue Jahr begonnen hat, beruhigt er den schaukelnden Flug und fliegt dorthin, wohin man ihn geschickt hat. Er fliegt schnell und spürt das Klatschen des Schnees auf den Wangen. Er ist schon über dieser Straße, über diesem Haus und sieht schon das Fenster im zweiten Stock. Er denkt nicht darüber nach, was passieren würde, wenn die, zu denen er fliegt, ihn hinter der Fensterscheibe sehen würden. Er fliegt einfach, so, wie es Władek wollte. Und die hinter der Scheibe wundern sich überhaupt nicht und öffnen das Fenster. Ohne ein Wort schauen sie, wie Heini reinkommt und ihnen die Nachricht gibt. Einer von ihnen klopft sogar von dem Jungen den nassen Schnee ab, der sich auf seine Schultern gelegt hat. Die anderen lesen die Nachricht. Aber vielleicht lesen sie sie gar nicht; man hört nichts. Man hört nichts, weil sie nichts sagen. Außerdem haben sie so merkwürdige Gesichter, die sich kaum voneinander unterscheiden. Heini betrachtet sie; er kennt sie. Bis jetzt war ihm das irgendwie nicht aufgefallen. Aber jetzt sieht er: Das sind Menschen, nur dass ihre Gesichter länglich sind, spitz und mit Fell bedeckt. Na, und diese Ohren. Und Hörner, verzweigt. Starke Hörner. Weil das gehörnte Hasen sind. Aus der Radierung von Buffon nach der Seite vierundsiebzig. Gehörnte Hasen, wilde Kaninchen, unsere Retter. Sagte Leni. Und dann geht alles sehr schnell. Vielleicht gehen sie, vielleicht fliegen sie auch gemeinsam zurück. Vielleicht sind sie auch gleich da. Hinter dem Haus, vor dem kleinen Lager mit dem Ornament. Vor der Tür zum Lager. Drei Hasen (drei Menschen?) gehen rein, zwei Hasen (zwei Menschen?) bleiben draußen. Sie lächeln. Heini ist sicher, dass sie lächeln. Aus ihren Hosentaschen holen sie Flaschen raus und trinken. Sie wackeln mit den Schnurrbärten. Die Hörner auf ihren schmalen, mit Fell bedeckten Köpfen bewegen sich auch. Wieder kippen sie den Inhalt der dunklen Flaschen in die Münder und sagen ihm, er solle gehen, weil er doch friere. Aber vielleicht sagen sie ihm auch gar nichts. Hinter der Tür des Lagers hört man Gelächter. Aber vielleicht ist das auch Stöhnen. Und vielleicht hört man gar nichts. Heini würde gern das haarige Gesicht eines der Hasen berühren. Doch er kehrt in den Saal zurück, wo in der Stille die Papierschlangen bewegungslos in der Luft hängen bleiben. Die Orangeade, die zu Zuckerstalaktiten gefroren ist, schmilzt, und die verschwitzten, im Tanz umschlungenen und dampfenden Menschen in halber Bewegung erstarren. Bis plötzlich schmetternd die Musik erklingt; die Tänzer werden wieder lebendig, drehen sich wild im Kreis. Und Władek winkt ihm zu, oder er versucht ihn vielmehr zu schnappen. Denn Heini zappelt plötzlich, hoch oben, in dieser vom Tanz erhitzten, wie Wasser dichten, bis zum Mund ansteigenden Luft und zappelt. Doch er kann den Händen nicht entfliehen. Hunderten von Händen, die nach ihm greifen. Schon haben sie ihn, halten ihn und lassen ihn nicht fallen, lassen ihn nicht wegfliegen. Und Heini kneift mit ganzer Kraft die Augen zu.

Heini geht durch den Park. Der Vorsitzende Hummel hat ihm alles erklärt: Loremarie wohnt in einem anderen Land, in seinem Land, bei fremden, aber sehr netten Leuten, zu denen man Mama und Papa sagt. Auch Heini kann dort wohnen. Weil ihn diese Leute genauso herzlich aufnehmen werden, wie sie Loremarie aufgenommen haben. Wenn er will. Es ist heiß, und es riecht nach warmem Gras, in dem Hahnenfuß und saftig gelber Löwenzahn glänzen. Heini stößt mit der Spitze seiner Sandale die ersten, weißgrauen Kugeln der Pusteblumen an. Er trägt den Koffer, den er unterm Bett hervorgeholt hat. Und er spürt, wie schwer er ist. Aber er schleppt ihn ohne Mühe. Er macht sogar einen Umweg, um ihn länger zu tragen. Er ist unten herum gegangen, in einem Bogen, die ulica Wyspiańskiego entlang, bis zum park Kasprowicza, und erst von dort wird er in die ulica Królowej Korony Polskiej einbiegen. Er braucht etwas Zeit. Für sich. Und für die Zeit, damit sich die Zeit an sich selbst gewöhnt. Damit sie fühlt, dass sie ist.

Heini, Heini. Auf der gebogenen kleinen Brücke über der Rusałka. An die Balustrade gelehnt, berührt er unmerklich und immer wieder den neben ihm stehenden Koffer mit dem Fuß. Die Sonne fällt auf das seichte Wasser und kratzt in die dunkle Oberfläche goldene Zickzacks. Am Ufer schwimmen zwei Schwäne, gebogen wie Violinschlüssel, die Frau Stein an die Tafel malte; mit einer sicheren Bewegung der ansonsten so unsicheren Hand. Sie durchpflügen mit ihren Schnäbeln das Wasser und fressen die aus den Büschen am Abhang rausgezupften Stiele der Kuhblumen. Eine junge Frau im hellen, offenen Mantel und ihr Mann im grauen, für die schmale Gestalt etwas zu weiten Jackett sind stehen geblieben und beugen sich über einen Kinderwagen. Ein kleiner blonder, dicker Junge zeigt mit dem Finger in Richtung der Schwäne und ruft etwas, erregt und fröhlich. Die jungen Erwachsenen geben ihm ein Stück Brot, er wirft es ungeschickt den Vögeln zu. Heini nimmt den Koffer, er muss sich etwas beeilen. Denn die Zeit weiß schon über sich selbst Bescheid, und Heini weiß das.

Zuerst stand Heini am Fenster und erkannte seine Stimme nicht; denn es war eine tiefe, unbekannte Stimme. Die Stimme machte sich über Heini nicht lustig, aber Heini wollte sie nicht hören. Sie schwiegen beide. Und selbst das offene Fenster über der Frühlingsnacht war nicht dasselbe Fenster wie immer. Natürlich, Heini hätte es ohne Singen versuchen können. Aber doch nicht dafür waren so viele Nächte seit dieser einen vergangen! Nicht damit er jetzt einen Versuch mit neuen, unbekannten Bedingungen unternimmt! Er entschloss sich zu warten. Aber auch in den nächsten Nächten war die Stimme heiser und dumpf, und Heini hörte ihr mit Misstrauen zu. Das allerdings schwand. Onkel Willy hat wohl überhaupt nichts bemerkt. Er sagte, dass sie schon bald in eine andere Wohnung umziehen sollten. Immer wieder erzählte er etwas von irgendeiner Frau, über die Heini nichts wusste. Aber Heini wusste auch nicht, wie die anderen seine neue Stimme aufnehmen würden. Es ist jedoch schwer zu sagen, ob er deshalb krank wurde; ganze Tage lag er im Bett, lutschte Pantocid-Tabletten und labte sich an dem Aufschub. Doch schließlich wurde Onkel Willy ungeduldig und sagte ihm, er solle aufstehen. Und als Heini zu einer Probe der Tanzgruppe ging, die Frieda von Leni übernommen hatte, weil es den Chor nicht mehr gab, stellte sich heraus, dass niemand von der Gruppe seine neue Stimme hörte. Man übte gerade den Krakowiak*, zu dem es angeblich sehr schöne Trachten gab; nach dem Abbruch der Vorbereitungen zu der Inszenierung von *Wilhelm Tell* sollten die Tänzer bei dem künstlerischen Wettbewerb des CRZZ das Kulturhaus repräsentieren. Am Klavier saß ein neuer, junger Begleiter, aber alles lief schwerfällig und träge. Ein paar Mädchen tanzten als Paare. Herman und Albin sind abgereist, und die älteren Jungen, die in der Gruppe geblieben waren, wurden von Eugen Holtz, dem früheren Tenor aus Frau Steins Chor, unterrichtet. Aber auch Holtz, der normalerweise keine Gelegenheit verpasste, über Heini zu scherzen, warf ihm nur einen gleichgültigen Blick zu. Deshalb dachte Heini – damals und auch später –, dass das, was mit ihm ist, mit ihm und mit den anderen, dass das vielleicht wirklich ist, aber irgendwie anders. Es ist, aber so als ob es nicht wäre. Erst an einem Nachmittag im April, als er zusammen mit Bonkowsky nach Hause ging, weil sie nah beieinander wohnten, fragte der Geiger ganz unerwartet, ob sich Heini an das Lied erinnern würde, das Bruno so gern gesungen hatte: *Im Quartier, wenn die Müdigkeit* … Heini konnte sich erinnern und sang die erste Strophe. Bonkowsky schaute ihn an und machte mit der freien Hand, in der er nicht den Geigenkasten hielt, eine Bewegung, als ob er ihm die Haare zerzausen wollte. Aber er zog sie zurück und sagte nur: Na, Heini, König Heinrich. Er lächelte nicht, es sah sogar so aus, als ob er an etwas anderes denken würde. Es war wohl damals, dass Heini beschloss, den Inhalt des Koffers noch einmal durchzugehen. Er öffnete ihn, als Peters nicht zu Hause war, und entdeckte, dass noch ziemlich viel Platz in ihm war. Viel mehr, als er bis dahin angenommen hatte. Vielleicht

* ein polnischer Volkstanz

deshalb, weil die *Naturgeschichte* von Buffon nicht mehr drin war. Sie war überhaupt nicht mehr da. Zuerst wollte er sie Leni schenken. Doch als er sie zum Bahnhof Turzyn* gebracht hatte, gab die Hand, die das Buch in der Manteltasche festhielt, vor, dass sie nichts davon wüsste. Außerdem blickte Leni Wiese Heini überhaupt nicht an. Sie blickte niemanden an. Und deswegen hatte Heini Zeit zu bemerken, dass sie jemandem ähnelte. Nicht von den Gesichtszügen oder der Haarfarbe her. Es war etwas, was er nicht benennen konnte. Er brachte also den dritten Band von Buffon zur Bibliothek, und Dr. Thimm stellte diesen Teil des Werks des berühmten Evolutionswissenschaftlers, ohne etwas zu fragen, ins Regal, neben die Broschüren von Wilhelm Pieck. Deshalb war die *Naturgeschichte* nicht mehr in dem Koffer, und Heini konnte viele andere Dinge reintun, bis er sich bis zum Rand füllte. Und nur mit Mühe gelang es Heini, die Verschlüsse zuzumachen. Und jetzt ist er mit ihm den hohen Abhang hochgeklettert und geht durch die Parkallee, die den zarten Duft der Ahornblüten und der rosa gefiederten Hagebutten einatmet. Er geht zu dem Haus des Vorsitzenden F. Hummel. Er macht gleichmäßige Schritte und passt auf, wo er hinläuft. Und nur von Zeit zu Zeit stößt er mit der Spitze seiner Sandale die am Rand des Rasens wachsenden Kugeln der Pusteblumen an, die dann mit einem lauten Knall zerplatzen und rundherum Schwärme von kleinen, fliegenden Männchen ausstreuen.

Der Ingenieur Fritz Hummel, den schon seit langem niemand mehr mit dem Vornamen anspricht – was ihm, um die Wahrheit zu sagen, auch ganz recht ist; wie bei einer Geste, auf die man nicht antworten muss –, erinnert sich gut an diesen Sonntag im Mai, als Heini vor seiner Wohnungstür stand. Mit einem braunen, an den Beschlägen abgewetzten Koffer; er war etwas atemlos und verströmte den intensiven Geruch eines Jungen. Komm rein, sagte Hummel und ging ins Innere des Flurs zurück. Seit

* poln.: Torney

Deten nicht mehr da war, machten ihm die Entfernungen in der Wohnung wie ein zu langer Spaziergang zu schaffen, und manchmal spürte er dabei auch einen lang anhaltenden Druck auf dem Herzen. Heini stand bewegungslos in der Kälte des Treppenhauses. Den Koffer stellte er neben sich auf den Boden und berührte ihn nur unmerklich mit dem Rand seiner Sandale. Willst du nicht reinkommen? Hummel horchte auf die Stille nach seinen Worten. Aus dem Inneren des Hauses, vermutlich vom Erdgeschoss, drang der scharfe Geruch von Krautsuppe nach oben. Heini nahm den Koffer, aber er übertrat nicht die Schwelle. Hummel denkt jetzt an diesen Moment und ist sich dessen nicht bewusst, weil er den Eindruck hat, dass er über viele andere Dinge auf einmal nachdenkt. Denn wenn man seinen eigenen Koffer trägt, dann gewinnen andere Dinge an Gewicht. Andere, wichtigere Dinge. Andere, wichtigere Koffer. Und Hummel, hinter dem und neben dem – in einem gewissen Abstand, der vom Respekt herrührt, aber vielleicht von irgendetwas weniger erhabenem – noch ein paar Personen laufen, erinnert sich, versucht sich zu erinnern an diese anderen Koffer, an diese Bündel, Taschen, Rucksäcke, Leinensäcke, zugeschnürten Kartons, an diese Tage, diese Menschen, diese Züge. Güterwaggons, ihre lange Reihe, die sich noch endlos hinter dem Gleis weiterzog, hinter der Untermauerung der Plattform, bis zum Ende der Erhöhung, auf der der Bahnhof gebaut wurde. Um siebenhundert oder tausend Menschen auf einmal mitzunehmen, braucht man viele Waggons. Von denen zwei Lazarettwaggons sein müssen; und wenn es kalt ist, müssen sie einen Ofen haben; und immer Betten für die Kranken. Ein englischer Gentleman beobachtet das aufmerksam, sogar mit Interesse. Er steht an dem kleinen, roten Gebäude der Station, dann spaziert er wieder entlang der preußischen Mauer ihrer Lager. Dieser Rhythmus, ein nicht eiliges, aufmerksames Gehen und dieses Rennen zu den Waggons, Umkehren, Kreisen, Trippeln, das stockende, sich verlierende, man könnte sagen *Rubato* all derer, die ihre wichtigen, weil schon von den Zöllnern geprüften Koffer, Taschen und Bündel tragen, ihre Reisedokumente, ihren Hass, ihre Wehmut, ihr Sich-Erinnern, ihre Selbstvergessenheit in der Vergangenheit, die jetzt auf die Maße dieses Bahnhofs, dieses Zugs, dieses Waggons geschrumpft ist. Hummel erinnert sich an einen der ersten Transporte vor neun Jahren und an einen kleinen Mann mit dunklem Dreitagebart, der im Vorbeigehen mit einer Kopfbewegung auf die Waggons des gerade zusammengestellten Zugs zeigte und etwas in weichem, gebrochenem Deutsch brummte. Hummel hörte oder vielmehr verstand es nicht und beobachtete den Mann schweigend. Offensichtlich machte das den Mann nervös, der erst nach einem kurzen Zögern – wobei er anscheinend bei dieser letzten Gelegenheit irgendeine alte, tief sitzende Angst überwand – Hummel eindringlich ansah und ihm zuflüsterte: Mit genau so einem Zug, so einem, habt ihr unsere Leute … Und jetzt: wir und ihr zusammen. Er schaute Hummel direkt in die Augen, um die Wirkung seiner Worte zu prüfen. Und er zuckte mit den Schultern. Als ob er abwerfen wollte, was er gesagt hatte. Hummel blieb keine Zeit, etwas zu erwidern, denn der dunkle Mann tauchte in die Menge ein, die sich am Bahnhofseingang verdichtete. Viele Monate später, als Hummel vorsichtig versuchte, in das Schweigen derer einzudringen, die mehr als er wussten, erfuhr er, dass bei den Transporten, die S. verließen, auch Juden waren; hauptsächlich aus dem Osten, aus dem Innern Russlands. Sie schlugen sich über die polnisch-deutsche Grenze nach dem von den Briten verbotenen Palästina durch. In der Regel mit falschen Papieren, als ehemalige Bürger des Reichs. Das war damals, als Hummel mit seiner sozialen und beruflichen Tätigkeit auf alles eine Antwort hatte. Auch auf das Schweigen; auf sein eigenes und auf ein fremdes. Denn die Tätigkeiten waren genauso wichtig wie die Koffer. Damit die Formulare stimmten, damit es mit den Farben stimmte. Weißes Formular: für die, die auf Zeit gebraucht wurden. Und blaues Formular: für die, die man für längere Zeit brauchte. Die weiße Taube des Unfriedens auf blauem Hintergrund der gegenseitigen Zusammenarbeit. Die auf Zeit gebraucht wurden: um die Fortdauer der Produktion zu garantieren. Die für länger gebraucht wurden:

wenn man sie für wertvolle Fachleute hielt. Es gab noch ein rotes Formular: für nicht zu ersetzende Fachleute. Doch später zählten diese Farben nicht mehr, und vor der Ausreise schützte nur noch die neue, grüne Farbe. Und russische Bescheinigungen, bei denen nicht die Farbe, sondern der Stempel wichtig war. Hummel spitzt die Ohren, um das Sch-schsch zu hören. Aber das Schachbrett schläft im Innern des Koffers. Schwarz und weiß, denkt Hummel, wer hat ein solches Schachspiel gesehen? Gelb und schwarz, creme und braun, aus Kiefernholz und aus Mahagoni. Aber schwarz und weiß? Schon nähern sie sich der Kreuzung mit der ulica Bolesława Krzywoustego. Hummel dreht sich um und schaut in diese Straße: die hohe Spitze der Bugenhagenkirche, św. Wojciecha*. Bugenhagen, der an Luther geschrieben hatte, zur Ehre Pommerns, das im Evangelium wiedergeboren wurde; eines protestantischen Pommerns. Und dieselbe Spitze des Kirchturms, die Lanze, die in Wojciech Sławnikowiczs Seite steckt. Der zusammen mit Kaiser Otto … Zur Ehre Gottes und der Menschen. Für den göttlichen Frieden. Hummel schaut die Straße hinauf, die Straße von Krzywousty, die Straße des Fürsten, welcher mit einem blutverschmierten Schwert an die Festungstore von S. geschlagen hatte; er schaut die Straße hinauf, die Hohenzollernstraße, die Straße eines Geschlechts, das die Reiterfahne mit seiner schwarzweißen, räuberisch-heiligen Ritter-Mönch-Mission hierher brachte, um den Osten zu erobern. Und er fährt in den Westen. Jetzt erst. Jetzt schon. Er dreht sich also zum Bahnhof Turzyn, Torney, auf der kleinen, nackten Erhebung und geht auf die andere Seite der ulica Bohaterów Warszawy. Der Straße der Helden. Der Straße Warschaus. Er schaut zu dem kleinen einstöckigen Bahnhofsgebäude und versucht sich die Stadt auf ihrem Weg vorzustellen. Im Rhythmus der Schritte und des Atems, der S. auf seinem Weg durch die so genannte Geschichte begleitet. Aber er sieht natürlich nur Heini, der mit dem Koffer an der Türschwelle steht. Denn die Stadt, die man schnell in einem

* Sw. Wojciech (poln.) ist in Deutschland als heiliger Adalbert bekannt

Marsch durchquert, die Stadt am Wasser, in der Brise des Meeres, das sich an sie erinnert, die Stadt, die sich vor dem Schicksal, das in der Regel nicht ihr Schicksal war, zu drücken versucht, die Stadt des Herings und der Briggs, Beute der Seeräuber und Grenzpfahl, die Stadt der zerstörten Pickelhaube, die Stadt der Hakenkreuze, die Stadt des Feuers und der Häuser, die es nicht mehr gibt, die Stadt aus dem Nichts, aus dem Mangel an eigenen Städten, die Stadt, die auf die Schnelle gebaut wurde, in einer ungebremsten Eile, die Stadt, die vorgibt, eine andere Stadt zu sein, die so tut, als ob sie nie diese andere Stadt gewesen wäre, als ob sie reich und weltoffen wäre, die vorgibt, sie würde wie ein Stern am Himmel der Segler leuchten, die Stadt, die schmerzt und nicht erlaubt einzuschlafen, die man unmöglich die eigene nennen kann, die aber umso mehr die eigene ist, je mehr wir über sie schweigen, die bis zu den Grünanlagen wandert, bis zur Uferlinie, die Stadt der sonnigen Plätze und dunklen Gassen, die Stadt, die man hinter sich lassen möchte, hinter sich werfen, wie einen Spiegel, einen Kamm auf der Flucht, damit uns Wasser und Wald von ihr trennt, die Stadt, die man jedoch nicht verlassen kann, ohne andauernd daran zu denken, dass man es getan hat, diese Stadt, die Stadt S., die das echte S. ist, aber auch das S. der Vergessenheit, das ausgedachte S. – diese Stadt sieht Hummel nicht. Aber ich sehe sie, ich in seinen Augen, mit meinen Augen, wenn ich dort vorbeigehe, wo er gerade jetzt mit seinem Koffer geht. Denn der Vorsitzende Hummel sieht jetzt nur Heini, der an der Türschwelle steht. Heini ist nicht gekommen, um einzutreten. Er ist gekommen, um ihm den Koffer zu geben. Damit ihn Hummel dahin mitnimmt. Nur das, nur den Koffer. Damit er ihn in den Zug nimmt, in einen stattlichen, satten Zug mit Schlafwagen, den neuen Zug der letzten Abreisen. Bei denen man sogar die eigenen Möbel mitnehmen kann. Doch wenn sich hinter Heini die Tür schließen wird und dann noch ein paar Wochen vergehen, Monate, vielleicht ein Jahr, wird Hummel zu dem Koffer, den er unter den Küchentisch geschoben hat, schauen und denken, dass der Koffer für ihn zu schwer ist. Deshalb wird er ihn eines Abends, wenn er einen Spaziergang in

Jasne Błonie macht, hinter eine Bank stellen, ihn dort stehen lassen, im Schatten einer Eibe. Dann wird er nach Hause zurückgehen, beschämt, beruhigt. Und er wird endlich nicht mehr darüber nachdenken, was Heini machen wird, wenn er ihn auf dem Bahnhof ohne den ihm anvertrauten Koffer sieht. Und diesen Koffer wird ein Junge finden, der in der Nähe lebt, in der Straße, wo Hummel vor dem Krieg gewohnt hat. Und er wird ihn öffnen und die Augen aufreißen, denn aus dem Koffer wird ein Barometer mit zerschlagenem Glas herausfallen, eine Kaffeemühle, ein Band vom Eisernen Kreuz und ein Silberlöffel mit Monogramm. Und der Halbmond von der Schallplatte mit Schumanns *Mondnacht*, und dann noch: die mit goldenem Staub bedeckte Linde, die Gottesanbeterin, die jüdischen Hände in Stein, eine Trommel mit gekreuzten Schlägeln, ein Eisenofen, eine im Feuer rot geröstete Prise Salz, das kleine Lager mit dem Wellenornament, die Tür über den vierzehn hohen Stufen der Treppe, Frau Steins Violinschlüssel, die Geschäftepavillons in der ulica Wojska Polskiego, ein Päckchen mit bröseligen Sahnebonbons, die Kugel, die aus dem Finger des russischen Soldaten abgefeuert wurde, die Schuhe aus dem Krankenhauslager, die Schmalspurbahn, die den Schutt in den kleinen Wald transportierte, die *Mexikanische Serenade* und noch viel mehr, dass es unmöglich sein wird, alles aufzusammeln und mitzunehmen, dass alles, was rausgefallen ist, sich zerstreut hat, was sich in die Luft erhebt und im Gras verliert. Natürlich, damit die hier vorgestellte Metapher an banaler Vollendung gewinnt, müsste sich der Junge etwas von diesen Schätzen nehmen. Und sie zu Hause in einer Schublade verstecken. Unterdessen läuft er mit leeren Händen weg, vielleicht etwas erstaunt, vielleicht enttäuscht von dem, was er gefunden hat. Und es ist wirklich schwer zu sagen, ob er sich irgendwann an diesen braunen Koffer erinnern wird. Und wenn ja, dann warum? Und für wen? Und Onkel Willy, der nie ein Onkel von irgendjemandem war, wird Leni Wiese und ihren Vater zum Bahnhof bringen und mit einer Ehrlichkeit, zu der er schon seit langem nicht mehr fähig war, zu Hummel sagen: Mir schien schon immer, dass sie ihr ähnelt. Und erst jetzt sehe ich, wie sehr. Wer?, wird Hummel fragen. Wer und wem? Leni, wird Peters antworten. Sie sieht Heinis Mutter ähnlich. Doch wenn Hummel mit seinem eigenen Koffer zum Bahnhof kommen wird, werden weder Peters noch Heini da sein. Herr Zygmunt – der unter der Beschuldigung verhaftet wurde, sich das Vermögen des Deutschen Kulturhauses angeeignet zu haben – wird auch nicht da sein. Jakob Thimm auch nicht, weil er S. kurz nach dieser Verhaftung verlässt. Seiner Abreise zu der jüngeren Tochter und ihrem kurzsichtigen Mann sind Gerüchte vorausgegangen, dass Thimm sich den Fahrschein verdient hätte, indem er verleumderisch gegen andere, viele andere gehetzt und sie denunziert hätte; unter anderem auch den Direktor. Gegen den er es früher nicht gewagt hätte, seinen Haselnussstock zu heben. Aber wie es in Wirklichkeit war, ist schwer zu beurteilen. In Wirklichkeit. Und in der Fiktion auch. Denn was für eine Strafe sollte so einem Urteil folgen? Was für eine *Summa* gäbe es bei so einer Rechnung? Bonkowsky hat sich nie zu den geflüsterten Beschuldigungen gegen Thimm geäußert. Außerdem ist er vor ihm abgereist. Gleich nachdem Hans und Leni Wiese S. verlassen haben. Noch einen Tag vor der Abreise hat er mit dem Ensemble geprobt; das heißt mit dem Geigenduett, das aus ihm und Josef Kricke bestand. Und dann packte er sorgfältig den neuen, großen Koffer und legte seinen Anzug und die Geige, die in einem der Bruderländer angefertigt wurde, hinein. Er wusste, dass das keine gute Geige war, aber er sagte, dass man überall anfangen müsse, irgendwie anfangen, mit irgendetwas. *Jakoś od jutra.** Vielleicht sagte er das nicht laut, vielleicht war es nicht möglich, dieses polnische *jakoś* irgendwie ins Deutsche zu übersetzen. Und es irgendwie miteinander zu vereinbaren. Diese Mythen, Symbole, Instrumente zu verstecken. Um das Ganze nicht falsch klingen zu lassen. Um nicht zu gut über die Deutschen zu sprechen. Zu gut über die Polen. Um sich nicht in den Daten zu verlieren. Und in den Straßen. Zwischen Unwahrheit und Lüge.

* poln.: irgendwie ab morgen

Zwischen den Menschen. Zum Beispiel denen, die jetzt über das Gleis laufen.

Der Ingenieur Hummel besteigt den Zug und öffnet ein Fenster im Durchgang. Er möchte sich verabschieden. Von denen, die noch geblieben sind. Aber er will auch wissen, was für ein Wetter ist, weil er das bis jetzt nicht bemerkt hat. Das Wetter könnte ein gutes Zeichen für das Finale sein.

Hummel steht also am offenen Fenster des Zuges und schaut.

Kann sein, dass am gleichen Tag, aber eher etwas später, viele Tage später, Heini Qualm und Willy Peters zusammen in die Stadt gingen. Die Beschwernisse des Umzugs – der es ihnen unmöglich gemacht hatte, sich von dem Vorsitzenden Hummel am Bahnhof zu verabschieden – hatten sie schon hinter sich. Peters wollte Heini Vanilleeis in einer Waffel kaufen, aber Heini holte sich eine Tüte Sommeräpfel. Sie liefen lange in der Innenstadt herum, bis ihnen die Beine wehtaten. Aber eigentlich sagte das nur Peters, der schon bald seinen Nachnamen in Pietras umändern sollte. Doch das ist nicht ganz sicher. Zumal es noch nicht ein Ende mit einem echten Punkt ist. Wenn man ihn übrigens in diesem Zusammenhang setzen müsste, sollte man sich auch über den Namen Qualm Gedanken machen. Und darüber, ob Heini jetzt, als Familienmitglied von Peters, ein Anrecht auf diesen Namen hätte. Deshalb sollte man den Nachnamen keine Beachtung schenken und einen Augenblick die beiden betrachten. Nur sie. Und dabei auch vorsichtig mit den Namen der Straßen umgehen, durch die sie gehen und die mehr bedeuten könnten, als sie es wirklich tun. Deshalb gehen Heini und Willy ganz einfach und überqueren die Straße. Eine Frau in gepunktetem Kleid schiebt einen Kinderwagen mit einer Schar rasselnder, kleiner Bären auf einem Draht. Ein älterer Mann im Fenster des ersten Stocks stützt sich mit den Ellbogen auf das Fensterbrett und raucht eine Zigarette. Ein grauer, buckliger Warszawa* ist durch

* polnische Automarke

die Straße geeilt. Irgendwo weiter weg dröhnt gleichmäßig ein Presslufthammer. Durch die Luft fliegt Sand, der von kurzen Windstößen aufgewirbelt wird.

Lauf weiter, wenn du willst, Peters hält es schließlich nicht mehr aus, aber mir tun die Beine weh. Ich werde mich hier ein bisschen hinsetzen, sagt er und bleibt abwartend bei einer Bank am Rande des Platzes stehen.

Dann setz dich ein bisschen, antwortet Heini. Er antwortet ganz selbstverständlich und nimmt einen Apfel aus der Papiertüte. Den ersten an der Seite. Er beißt hinein und geht quer über den Platz, über die Straßenbahngleise.

Februar 1997–März 1999

In den Jahren 1949–1955 existierte in Stettin das Deutsche Kulturhaus der Polnisch-Deutschen Freundschaft. Die Namen und Schicksale der Menschen, die mit ihm verbunden waren, wurden in dieser Erzählung geändert und sind ein Element der literarischen Fiktion.

Mein spezieller Dank für die Hilfe bei der Erforschung der Quellen, die das Deutsche Kulturhaus betreffen, geht an Herrn Stanisław Lagun.